W0402731

Engel küssen besser

MIRA®

MIRA® TASCHENBUCH
Band 95029
1. Auflage: September 2011

MIRA® TASCHENBÜCHER
erscheinen in der Cora Verlag GmbH & Co. KG,
Valentinskamp 24, 20350 Hamburg
Geschäftsführer: Thomas Beckmann

Copyright dieser Ausgabe © 2011 by MIRA Taschenbuch
in der CORA Verlag GmbH & Co. KG
Deutsche Taschenbucherstausgabe

Titel der nordamerikanischen Originalausgaben:
His Accidental Angel
Copyright © 1995 by Sandra Novy Chvostal
erschienen bei: Silhouette Books, Toronto

Mother on the Wing
Copyright © 1994 by Marie Rydzynski-Ferrarella
erschienen bei: Silhouette Books, Toronto

Nanny Angel
Copyright © 1995 by Karen Toller Whittenburg
erschienen bei: Harlequin Enterprises Ltd., Toronto

Published by arrangement with
HARLEQUIN ENTERPRISES II B.V./S.àr.l.

Konzeption/Reihengestaltung: fredebold&partner gmbh, Köln
Umschlaggestaltung: pecher und soiron, Köln
Redaktion: Bettina Steinhage
Titelabbildung: pecher und soiron, Köln;
Thinkstock/Getty Images, München
Satz: Buch-Werkstatt GmbH, Bad Aibling
Druck und Bindearbeiten: CPI – Ebner & Spiegel, Ulm
Printed in Germany
Dieses Buch wurde auf FSC®-zertifiziertem Papier gedruckt.
ISBN 978-3-89941-889-7

www.mira-taschenbuch.de

Werden Sie Fan von MIRA Taschenbuch auf Facebook!

Sandra Paul

Hallo Engel!

Roman

Aus dem Amerikanischen von
Leonore Hoffmann

MIRA®

PROLOG

„Wir verlieren sie, Doktor."

„Herzstillstand."

Gabriella wand sich unruhig auf der Trage. Sie musste weg hier, musste suchen nach ... Sie wollte sich aufrichten, aber ihr Körper gehorchte ihr nicht. Der Schmerz in ihrem Kopf wurde stärker.

Sie sah zu den Krankenschwestern auf, die um sie herum standen. In ihren Augen konnte sie Sorge lesen. Gabriella wurde von Panik ergriffen. Sie konnte nicht mehr atmen. Kälte stieg von ihren Zehen und Fingern auf, breitete sich über Arme und Beine aus. Der betäubende Schmerz erreichte ihr Herz. Sie stöhnte.

Sie fror, fror entsetzlich.

Da wurde sie plötzlich in ein blendendes Licht getaucht. Wärme strahlte in ihre Seele, tröstete sie, umhüllte ihre Glieder. Wie magisch angezogen von der Helligkeit schwebte Gabriella empor ... empor ... empor ...

Der Platz war brechend voll. Unzählige Menschen standen in einer langen Schlange, in der sich nun auch Gabriella wiederfand. Immerhin war es hier angenehm kühl. Ein leichter Nebel umgab die Leute, die hier warteten.

Gabriella machte einen Schritt, um den Anfang der Schlange sehen zu können, und ihr rechter Flügel klappte nach unten. Sie verlor ein wenig das Gleichgewicht und stieß gegen den Mann hinter ihr. „O Verzeihung", sagte sie.

„Macht nichts." Der Mann neigte den kahlen Kopf und las weiter in dem Buch, das er in der Hand hielt.

Wahrscheinlich eine Bibel, dachte sich Gabriella. Der Mann trug einen Priesterkragen. Die großmütterliche Dame vor ihr hatte ein züchtiges rosa Nachthemd an. Gabriella blickte auf ihre eigene Aufmachung herunter und verzog das Gesicht. Was in aller Welt hatte sie sich nur dabei gedacht, ausgerechnet heute ihren türkisfarbenen Minirock anzuziehen? Und dazu dieses bunte Top! Sicher, wie hätte sie beim Aufstehen ahnen können, dass sie in eine Baugrube fallen würde – trotzdem, zusammen mit ihren neuen weißen Flügeln war ihre Erscheinung einfach ... stillos.

Ein weißes Kleid wäre angemessener gewesen. Direkt klassisch. Gabriella hasste es, unpassend gekleidet zu sein, besonders bei einem Anlass wie diesem. Denn wenn sie nicht alles täuschte, war dies hier der große Jubelchor, die Schar der Seligen, das ewige Frohlocken. Mit anderen Worten: Sie hatte ihren Sturz in die Baugrube nicht überlebt. Sie schluckte und trat nervös von einem Bein auf das andere. Ihr Flügel traf den Priester auf den Kopf. „Oh, tut mir leid."

Er lächelte mit himmlischer Geduld. „Schon gut."

Gabriella blickte wieder nach vorn. Was mochte der Grund für diese Schlange sein? Worauf warteten diese vielen Leute? Versuchsweise flatterte sie mit den Flügeln, doch sie trugen sie nicht. Also begnügte Gabriella sich damit, auf der federnden Wolke auf und ab zu hüpfen. Es half nicht viel. Sie konnte nur ein paar Köpfe weit sehen. Davor verschwamm alles im Nebel.

Sie stupste den weichen grauen Flügel der älteren Dame an. Die rundliche Frau drehte sich um, wobei das rosa Nachthemd knisternd raschelte. Sie musterte Gabriella durch ihre runden Brillengläser. „Was ist, Kindchen?"

„Ich frage mich, warum das so langsam vorangeht."

„Sie müssen jeden einzeln registrieren und die Heiligenscheine ausgeben."

„Aha", meinte Gabriella. „Das kann ja dauern."

„Allerdings. Und dann noch der Test. Der braucht auch seine Zeit."

Gabriella versteifte sich. „Der Test?"

„Aber ja." Die Dame tätschelte beruhigend Gabriellas Hand. „Keine Angst, Kindchen, es ist bloß Routine."

Sie wandte sich ab, und Gabriella unterdrückte ein Stöhnen. Ihre Flügel sanken herab. Na toll. So etwas hatte sie fast schon befürchtet. Bei Tests war sie noch nie gut gewesen. Vielleicht fragten sie die Zehn Gebote ab – oder Ähnliches. Himmel, sie hatte sich immer bemüht, ein anständiger Mensch zu sein, aber sie und ihre Mutter waren so oft umgezogen, dass Gabriella eigentlich nie einen konstanten Religionsunterricht bekommen hatte.

Sie war nicht einmal sicher, ob sie überhaupt die Zehn Gebote zusammenbrachte. Gabriella zog die Stirn kraus und faltete nachdenklich die Flügel. Mal nachdenken. „Du sollst nicht töten" – sicher, das hatte sie nie getan. Dann gab es etwas mit Ehebruch, auch das war kein Thema. Aber halt: Lautete nicht eines der Gebote: „Du sollst nicht fluchen"? Sie biss sich auf die Lippe. Verflixt. Das würde kräftig Minuspunkte geben, wie das mit dem Lügen. Was blieb noch? Ihr fiel nichts mehr ein. Kurz kam sie auf die verzweifelte Idee, sich die Bibel des Priesters für einen letzten Crash-Kurs auszuleihen. Sie drehte sich abrupt um und stach ihm mit der Flügelspitze direkt ins Auge.

„Autsch!"

„O Verzeihung!" Er antwortete nicht. Inzwischen ähnelte der Mann mehr einem geplagten Märtyrer als einem nachsichtigen Geistlichen. Vielleicht war es doch keine so gute Idee, ihn um seine Bibel zu bitten.

Es blieb ihr ohnehin keine Zeit mehr. Leises erregtes Murmeln ging durch die Reihe, und plötzlich erschien eine weiß gekleidete Gestalt neben Gabriella. Der Mann sah sympathisch aus. Sie konnte nicht sagen, wie alt er sein mochte, aber sein Gesicht mit den klaren alterslosen Augen wirkte jung. Freundliche Augen. Als würde er alles über die Menschheit wissen und trotzdem stets das Beste erwarten. Ein goldener Ring schwebte über seinem lockigen grauen Haar.

„Seid gegrüßt", sagte er. „Ich bin Bud."

„Sei gegrüßt, Bud", gaben der Priester und die alte Dame einstimmig zurück. Die anderen Leute in der Schlange verblassten im Nebel.

Die Großmutter gab Gabriella einen Rippenstoß. „Ja, ach so, sei gegrüßt, Bud", sagte Gabriella schnell.

Bud lächelte. „Ich habe eine Bitte. Da unten steckt ein Mann gewaltig in der Klemme. Würde einer von euch hingehen und ihm helfen?"

„Er heißt nicht zufällig Herbert Smith?", fragte Gabriella zögernd. Als Bud den Kopf schüttelte, atmete sie erleichtert auf.

„Geht jemand freiwillig?", forschte Bud. Mit seinem warmen Blick schaute er die drei an. Gabriella sah auf die Spitzen ihrer hochhackigen Schuhe herunter, die halb im Nebel verborgen waren. Ein Mann in der Klemme? Sie schauderte. Wie sollte sie ihn da herausholen? Nein, *sie* würde sich bestimmt nicht freiwillig melden.

Außerdem, da sie nun schon einmal hier war, wollte sie nicht wieder weg. Onkel Herb hätte sie natürlich beigestanden, aber das musste Bud verstehen. Es gefiel ihr hier oben. Dies schien ein Ort zu sein, wie sie ihn sich von Kindesbeinen an ersehnt hatte. Hier war sie sicher. Geborgen.

Es war wie ... Heimat.

Die großmütterliche Dame dachte offenbar ähnlich. Sie sagte: „Aber wir warten schon so lange."

„Es wird keine zwei Wochen dauern", versprach Bud. „Wenn du zurück bist, kommst du direkt an die Spitze der Schlange."

Der Knabe da unten muss wirklich ein echter Problemfall sein, wenn es für seine Rettung so eine tolle Belohnung gibt, überlegte Gabriella.

Bud fügte hinzu: „Wir brauchen jemanden mit viel Geduld und Selbstbeherrschung. Und viel Liebe natürlich. Denn Liebe löst alle Probleme."

Gabriella atmete erleichtert auf. Damit war sie eindeutig aus dem Schneider. Was wusste sie denn schon von Liebe?

Der Priester nickte ernst auf Buds Bemerkung hin. Mit seinem knochigen Finger markierte er die Stelle in seinem Buch, sah auf und räusperte sich. „Ich habe Erfahrung mit menschlichen Schwächen. Wer ist der Mann, was ist sein Beruf?" In seinem länglichen Gesicht zeigten sich Besorgnis und Zuversicht.

„Er heißt Devlin Hunt." Bud zögerte. „Er ist Rechtsanwalt."

Ein *Anwalt*. Gabriella zog die Nase kraus. *Das erklärt einiges.*

Die Großmutter blickte bekümmert drein. Sogar der Geistliche verlor ein Stück seiner Zuversicht. Gabriella starrte erneut auf ihre Schuhe.

Das Schweigen wurde langsam peinlich. „Der oder die Freiwillige möge vortreten", sagte Bud schließlich.

Keiner rührte sich.

Freundlich fügte er hinzu: „Die Sache ist dringend. Einer von euch *muss* hinunter."

Sie hätte es ahnen können. Es war ja nicht das erste Mal, dass die unangenehmsten Aufgaben an ihr hängen blieben. Gabriella fing gerade noch den einvernehmlichen Blick zwischen dem Priester und der Großmutter auf, als sie sich sanft angestoßen fühlte. Sie stolperte nach vorn.

Auf Buds Gesicht breitete sich ein strahlendes Lächeln aus. „Wie lieb von dir, Gabriella, dass du einspringst."

Verflixt!

„Übrigens, Gabriella ..."

Hoffnungsvoll sah sie auf. Hatte er es sich anders überlegt?

„Nicht zu viel fluchen, ja?"

Ihre Flügel verschwanden. Überrascht von dem plötzlichen Verlust der Last schwankte sie. Sie machte einen Schritt rückwärts. Eine leichte Brise umfing sie. Einen Augenblick lang taumelte sie am Rand der Wolke.

Und dann fiel sie hinab … hinab … hinab …

1. KAPITEL

Das Lokal war gesteckt voll. Und es war unglaublich heiß. Rauchige Schwaden hüllten die Gestalten ein und machten die Hitze umso drückender.

Devlin band sich die dunkelblaue Krawatte ab, warf sie auf den Stuhl neben sich und öffnete die obersten Knöpfe seines weißen Hemdes. In dieser Umgebung machte er sich keine Mühe, die tadellose Erscheinung zu bewahren, die man in der Kanzlei von ihm erwartete. Er hockte sich an die Bar, die Ärmel hochgerollt, mit offenem Hemd und den Bartstoppeln des frühen Abends im Gesicht, und wusste, er sah zum Davonlaufen aus. Doch das war ihm herzlich egal.

Hier im *Klemm's* kannte ihn niemand, Devlin war zum ersten Mal in dieser Bar. Sie gehörte nicht gerade zu der Sorte Läden, die er sonst aufsuchte. Mit Geschäftsfreunden ging er meist ins *Chanterelle*. Doch heute war er mit Absicht in diese unbekannte Bar gegangen, denn er wollte auf keinen Fall James Putman und seiner Tochter begegnen.

Um nichts in der Welt hätte Dev heute noch den Nerv besessen, in den eleganten Räumen des *Chanterelle* herumzusitzen und sich von seinem Chef oder von Cecilia den Adamson-Fall aufbürden zu lassen. Vor allem Cecilia würde ihn dazu drängen. Seit sie ein Paar geworden waren, redete sie auf ihn ein, sich mehr um wohlhabende Klienten zu kümmern. „Setz deine Energie da ein, wo etwas zu holen ist, Devlin. Auf diese Weise kannst du dich mit einer Viertelmillion trösten, selbst wenn du den Prozess verlierst", versuchte sie ihn immer wieder zu überzeugen.

Kein Zweifel, sie hatte recht. Warum sollte er sich Gedanken machen, ob der Adamson-Fall aussichtslos war, solange er nur ordentlich daran verdienen konnte? Seit er vor etwas über einem Jahr in die Kanzlei Putman, Collens und Angier eingetreten war, schwamm er im Geld. Aber hatte es ihn glücklich gemacht?

Das inzwischen wohlvertraute Gefühl der inneren Leere nahm von ihm Besitz. Er schüttelte es ab. Stress, mehr nicht. Er musste das in den Griff bekommen. Wenn er mit vierunddreißig Jahren schon ausgebrannt war, wie würde er dann erst mit vierzig dastehen?

Voll Bitterkeit verzog er den Mund. Er trank sein Glas aus und winkte die Bedienung heran. „Noch mal dasselbe", sagte er.

„Findest du nicht, du hast langsam genug, Schatz?"

Überrascht sah er auf. Unter dem dicken Make-up hatte die Bedienung ein junges Gesicht, aber alt wirkende Augen. Zynische Augen. Als wüsste sie alles über Männer und rechnete deshalb stets mit dem Schlechtesten.

Er zog die Brauen zusammen. Das Letzte, was er jetzt brauchen konnte, war noch eine Frau, die sich in seine Angelegenheiten einmischte. „Haben Sie nicht verstanden?"

Sie zuckte die Schultern. „Okay, noch ein Whiskey mit Eis." Sie ging.

Devs Unmut hatte sich kaum gelegt, als sie das Glas vor ihn hinstellte und das leere mitnahm. Er war niemandem Rechenschaft schuldig. Jedenfalls nicht bis zu seiner Verlobung mit Cecilia in zehn Tagen.

Der Gedanke heiterte ihn nicht gerade auf. Auf der Suche nach Ablenkung sah er umher und streifte den herausfordernden Blick eines Motorradfahrers am anderen Ende des Raums. Der Mann drehte sich weg. Enttäuscht griff Dev nach seinem Drink. Ihm war nach einer Schlägerei zumute. Das letzte Mal hatte er diese rasende ohnmächtige Wut verspürt, als seine Mutter gestorben war und er als Teenager bei seinem Vater wohnte. Damals hatte er viele Auseinandersetzungen mit seinem übermächtigen Vater ausgetragen, bis er schließlich die eiserne Selbstkontrolle entwickelte, mit der er seine Gefühle zügelte.

Doch heute geriet diese Kontrolle ins Wanken. Er trank einen Schluck Whiskey und ließ seinen Blick erneut durch die Menge schweifen. Wer auf eine Rauferei aus war, fand hier sicher Mitspieler. Das *Klemm's* war eine echte Kaschemme – für Gäste, die gerade eben der Vorhölle entsprungen zu sein schienen. In einer Ecke zielten zwei ölverschmierte Ledertypen auf eine Dartscheibe, in einer anderen bearbeitete ein haariger Gorilla eine üppige Blondine in hautenger roter Hose, die sein Interesse in unzählige Drinks ummünzte. Die Gruppe ungepflegter Männer am Billardtisch kämpfte mit grimmiger Entschlossenheit, und der Engel an der Tür …

Dev verschluckte sich. Er atmete tief durch, rieb sich die tränenden Augen und sah noch einmal hin. Verdammt, die Drinks hier waren stärker, als er erwartet hatte. Im Türrahmen stand ein Engel. Ein weiblicher Engel. Sie war ganz in Weiß gekleidet, hatte zarte Flügel an den Schultern und Sandalen an den Füßen. Im Gegenlicht der frühabendlichen Sonne war ihr Gesicht nicht zu erkennen, aber ihre rotblonden Locken glänzten wie ein Heiligenschein.

Sie betrat die Bar, und der engelhafte Eindruck verflüchtigte sich angesichts ihres schlendernden lässigen Gangs. Dev kniff anerkennend die Augen zusammen. Sie bewegte sich mit einer ursprünglichen Sinnlichkeit, die sämtliche Männerblicke auf ihre hoch angesetzten Brüste und die sanft schwingenden Hüften lenkte. Sie war nicht groß, doch sie hatte lange schlanke Beine mit herrlich geformten Waden und schmalen Fesseln. Im Vergleich zu den übrigen Gästen der schmuddeligen Bar wirkte sie wie eine überirdisch frische Brise.

Sie rückte die weiße Handtasche unter ihrem Arm zurecht und blieb unter einer nackten Glühbirne stehen. Dev stellte fest, dass ihre „Flügel" in Wahrheit weite kurze Ärmel waren.

Das Kleid war hochgeschlossen und wirkte züchtig – bis sie sich umdrehte. Dev pfiff leise durch die Zähne. Das Oberteil war rückenfrei und entblößte ihre glatte gebräunte Haut bis unterhalb der Taille.

Sie stellte sich auf die Zehenspitzen, beugte sich über den abgewetzten Eichentresen und sprach mit dem Barkeeper. Das Kleid spannte sich um ihre Hüften und betonte ihren wohlgeformten Po. Dev ächzte. Wer zum Teufel war diese Frau? Und was suchte sie in einer Kneipe wie dieser?

Der Barkeeper schüttelte den kahlen Kopf, und die engelhafte Frau wandte sich an den Gorilla. Doch auch er schien ihr ihre Frage nicht beantworten zu können, und sie ging weiter. Der Gorilla erhob sich, als wollte er hinterher, aber die Blondine legte ihm die Hand auf die Hüfte, sodass er auf seinen Barhocker zurücksank.

Dev beobachtete die ganz in Weiß gekleidete Frau. Sie schaute sich prüfend um, musterte jeden Mann eingehend. Was hatte sie bloß vor? Vom Billardtisch her starrte sie ein muskelbepackter Kerl mit Glatze und voller Tätowierungen unverfroren an und leckte sich die Lippen. Die Dartspieler, ein Narbengesicht und einer mit rotem Stirnband, unterbrachen ihr Turnier und gafften. Inzwischen hatten fast alle Männer die Frau bemerkt. Wollte sie einen Aufruhr entfesseln? Welche Frau ging in eine Bar wie diese und stand herum, als wartete sie darauf, angesprochen zu werden?

Eine Hure, wurde ihm plötzlich klar. Natürlich. Sie musste eine Prostituierte sein.

Das hätte er sich ja gleich denken können, wenn ihr weißes Kleid und der unschuldige Blick ihn nicht so verwirrt hätten. Das und die Tatsache, dass Straßenmädchen in dieser Gegend nicht so stilvoll, so raffiniert angezogen waren. Vielleicht war sie andere Kundschaft gewohnt. Er sah sich in dem verräucherten Raum um. Mit Sicherheit konnte keiner in der Bar sich dieses Mädchen leisten. Außer ihm, natürlich. Falls er das wollte.

Aber er wollte nicht. Er trank einen Schluck. Noch nie hatte er für Sex bezahlt und würde jetzt auch nicht damit anfangen.

Obwohl – sie war verführerisch, sehr sogar. Er betrachtete sie über den Rand des Glases hinweg. Dieser zerstreute Ausdruck zusammen mit dem aufreizenden Gang bildete wirklich eine reizvolle Mischung.

Erneut sondierte sie die Umgebung, ihr Blick glitt über Devs Gestalt. Er verspürte unvermittelt eine Welle von Wärme. Sie wirkte so … strahlend. Als sie das zweite Mal zu ihm hinschaute, hielt er den Atem an. Ihre Augen waren blau – ein klares Himmelblau, das sogar in diesem schummrigen Licht erkennbar war. Einladende Augen, die einem Mann den Himmel verhießen.

Plötzlich empfand er ein Gefühl von Vertrautheit, als würde er diese Frau schon seit Ewigkeiten kennen und als hätte er sein ganzes Leben nur auf sie gewartet. Etwas an ihr zog ihn an, und er musste den Wunsch unterdrücken, zu ihr zu gehen.

Er fing ihren Blick auf. Vermutlich standen ihm seine Gedanken ins Gesicht geschrieben, denn ihre Augen weiteten sich erschrocken und ihre Lippen formten ein lautloses „O“. Hastig sah sie weg und schaute zum Billardtisch hinüber.

Dev verstand nichts mehr. Wenn sie eine Professionelle war, warum kam sie dann nicht näher? Sie hatte doch gemerkt, welche Wirkung sie auf ihn hatte. Er lächelte zynisch. Natürlich. Indem sie zurückhaltend tat, sich unnahbar gab, machte sie die Jagd umso reizvoller. Sie heizte sein Interesse an, während sie ihm die kalte Schulter zeigte.

Nun, damit verschwendete sie nur ihre Zeit.

Jetzt sah sie wieder zu ihm hinüber, mied jedoch seinen Blick. Verstohlen musterte sie das teure, wenngleich zerknitterte Armani-Jackett über der Stuhllehne. Er hob sein Glas, sodass seine teure Armbanduhr sichtbar wurde. Sie hatte offenbar genug gesehen, denn sie kam auf ihn zu.

Dev senkte die Lider halb und beobachtete ihren sexy Gang, bei dessen Anblick er nur noch daran denken konnte, wie diese schwingenden Hüften sich im Bett unter seinem Körper anfühlen würden. Wie sie sich anfühlen würde. Mit Mühe löste er den Blick von ihren Schenkeln und Brüsten und sah ihr in die Augen, als sie an seinem Tisch haltmachte.

„Hallo", sagte sie.

„Hallo." Seine Stimme war belegt, er räusperte sich. Nicht einmal als Teenager hatte er so einen heftigen Ausbruch sexueller Fantasien erlebt.

„Ich möchte nicht stören, aber ich suche jemanden. Einen Anwalt."

Er wunderte sich, wie sie diesen schüchternen Ton hinbekam. Verdammt, sie war wirklich gewieft. Wie hatte sie seinen Beruf erraten? „Einen Anwalt", wiederholte er.

Sie nickte.

„Sind Sie mit dem Gesetz in Konflikt geraten?"

„Nein, ich …"

„Oder haben Sie etwas getan, was Sie nicht sollten?"

Sie zog die schmalen Brauen zusammen. „Das ist es nicht. Ich suche einen Mann …"

„Aha, einen Mann. Sie brauchen keinen Anwalt, sondern einen Mann." Er setzte sein Glas ab. Ihre Blicke trafen sich. Er öffnete den Mund, um ihr zu sagen, dass er ihr Spiel durchschaue, als er sich zu seiner Verblüffung sagen hörte: „Sie haben ihn gefunden."

Zweifelnd zog sie Stirn kraus. „Wirklich?"

Er zögerte. Er würde sich nicht mit ihr einlassen. Die Worte waren ihm einfach herausgerutscht. Trotzdem nickte er knapp.

Sie musterte ihn noch immer skeptisch. „Und wen genau habe ich gefunden?"

„Na, mich. Devlin Hunt." Er schüttelte den Kopf, um die merkwürdige Benommenheit loszuwerden.

„*Sie* sind Devlin Hunt?" Ihr Mund öffnete sich und klappte wieder zu. Sie sank auf den Stuhl neben ihm.

Ihre Reaktion überraschte ihn nicht. Er war es gewohnt, dass man seinen Namen kannte. Er beugte sich zu ihr hinüber. Über den Geruch von schalem Bier und Zigarettenqualm hinweg wehte ihr leichtes blumiges Parfum, gemischt mit ihrem ureigenen weiblichen Duft zu ihm hin. Verdammt, sie roch gut. Er sog den Duft tief ein, und die Benommenheit wurde stärker. Flüchtig verwünschte er die vielen Whiskeys, die er bereits intus hatte. Bei einer Frau wie dieser hätte er lieber seine Sinne beieinander, anstatt vom Alkohol benebelt zu sein. Er atmete tief durch. „Wie heißt Ihr Parfum?"

„Himmelsgabe", erwiderte sie zerstreut. „Hören Sie, Mr Hunt, Sie finden es vielleicht seltsam, dass ich Sie einfach so anspreche."

„Keineswegs." Irgendwie geriet die Situation außer Kontrolle. Er fühlte sich hilflos, er konnte ihr nicht widerstehen – und allmählich wollte er auch gar nicht mehr.

„Wie bitte?"

„Ich finde es nicht seltsam." Das stimmte. Es schien unausweichlich. Vorherbestimmt. „Wunder geschehen alle Tage", setzte er hinzu.

Ihr Blick wurde warm, sie lächelte. „Ich hätte nicht gedacht, dass Sie gläubig sind."

Die Bemerkung verwirrte ihn. Doch bevor er nachfragen konnte, fuhr sie fort: „Aber Sie haben recht. Es kommt mir fast unglaublich vor, dass ich Sie so schnell gefunden habe. Das ist alles noch etwas ungewohnt für mich, müssen Sie wissen." Sie warf ihm einen neugierigen Blick zu. „Sie nehmen es so gelassen. Wahrscheinlich ist Ihnen schon öfter geholfen worden?"

„Nicht von einer so schönen Frau wie Ihnen“, gab er schlagfertig zurück.

Sie wurde rot. Sie wurde wahrhaftig rot. Teufel, sie war gut – sie war große Klasse. Dev hakte den Fuß hinter ihr Stuhlbein und zog sie näher heran. „Ich bin froh, dass Sie mich ausgesucht haben“, bekannte er mit rauer Stimme.

Sie entspannte sich und lehnte sich leicht zurück. „Also, um ehrlich zu sein, ich habe Sie mir nicht ausgesucht. Ich wurde sozusagen gedrängt.“ Sie zog eine etwas bittere Grimasse. „Zuerst hielt ich es geradezu für unmöglich, Sie überhaupt zu finden. Dann kam mir diese verrückte Idee, in Los Angeles nach Ihnen zu suchen …“

Sie redete weiter, doch Dev hörte nicht mehr zu. Er war hingerissen von der Form ihres Mundes. Schmollmund nannte man das wohl. Klein und rund und wie geschaffen zum Küssen. Ihre Lippen hatten eine natürliche Rosenfarbe, ihre Zähne glänzten perlweiß. Wenn sie sprach, leuchteten ihre Augen. Langsam ließ er seine Blicke über ihren Körper wandern. Alles an ihr strahlte. Sogar ihre Haut. Im Unterschied zu den meisten Rothaarigen war ihre Haut leicht gebräunt und schimmerte. Ein paar winzige goldene Sommersprossen waren über ihren schmalen Nasenrücken gesprenkelt, wie Sternenstaub.

„Ich bin etwas unsicher, wie ich es angehen soll …“

Seiner Meinung nach ging sie es großartig an, mit dieser ernsthaften Art, in der sie auf ihn einredete. Eine Locke fiel ihr in die Stirn und sie schob sie weg. Dev lächelte. Er mochte ihr Haar. Normalerweise waren Rothaarige nicht sein Fall, aber ihre Haarfarbe gefiel ihm, wie es in der schummrigen Beleuchtung in einer Mischung aus Gold, Silber und Kupfer glänzte. Wahrscheinlich zahlte sie ihrem Friseur ein Vermögen. Ihr Haar lud zum Berühren ein. Diese ungebändigten Locken forderten einen Mann geradezu auf, sie um die Finger zu schlingen. Devlin gab der Versuchung nach und fing eine Locke ein.

Sie verstummte. „Mr Hunt …"

„Dev", verbesserte er. Wie erwartet schmiegte sich ihr Haar um seinen Finger, eine leise Einladung. Langsam nahm er die Hand zurück, und die Locke hüpfte zurück an die zarte Haut ihrer Schläfe. Er griff nach einer anderen Strähne.

Sie hielt seine Hand fest. „Mr Hunt – Devlin. Haben Sie mir eigentlich zugehört?"

„Selbstverständlich." Über ihre Schulter hinweg sah er, wie das Narbengesicht sie anstierte. Dev warf einen drohenden Blick in seine Richtung, und der Mann wandte sich ab. Anschließend starrte Dev noch ein paar andere nieder, bevor er stolz seinen Engel betrachtete. Sie blieb argwöhnisch. Er setzte die aufmerksame ehrbare Miene auf, die er sich während des Jurastudiums antrainiert hatte. Er drückte ihre kühle Hand noch fester in seine und sagte: „Erzählen Sie weiter."

Besänftigt fuhr sie fort, und Dev achtete sorgfältig darauf, interessiert zu wirken. Doch ihre Worte rauschten an ihm vorbei, während er sich auf wichtigere Dinge konzentrierte. Zum Beispiel, wie sich ihre Hand anfühlte. Sie hatte schmale Finger, geschmeidig und grazil. Im Unterschied zu den meisten Frauen, die er kannte, waren ihre Nägel nicht aufwendig manikürt, sondern nur zu kleinen Ovalen gefeilt und in einem unauffälligen Rosa lackiert.

„Als ich merkte, wo ich war …"

Er sah ihr ins Gesicht und strich dabei über ihren Daumenhügel bis zur Mitte der sensiblen Handfläche. Zu seiner Befriedigung erwärmte sich ihre Hand. Er streichelte sie weiter. Und weiter. Bald bildete sich ein zarter feuchter Film auf ihrer Haut. Sie reagierte so spontan. Das Verlangen in seinem Körper brannte heißer.

Dev glitt mit dem Daumen höher zu den kleinen blauen Venen an ihrem Handgelenk. Er spürte, wie ihr Puls unregelmäßig ging. Ihre Stimme erstarb. Sie entzog ihm ihre Hand.

„Ich glaube, Sie hören mir nicht zu."

Sie presste die Lippen fest zusammen, und ihre Augen wurden dunkel vor Zorn. Dev widersprach ihrer Anklage nicht, sondern ließ sie ins Leere laufen und ging zum Angriff über. „Machen wir's kurz, mein Engel. Gehen wir jetzt zu mir, oder was?"

Ihr Zorn verebbte und verwandelte sich in Verblüffung. „Muss das sein? Ich dachte, wir könnten uns einfach ein bisschen unterhalten."

„Kommt nicht infrage." Er lehnte sich zurück, das Kinn entschieden gereckt. In diesem Punkt gab es kein Nachgeben. Instinktiv wusste er, dieses „ein bisschen unterhalten" würde ihn keineswegs befriedigen. Und an einem Quickie war er auch nicht interessiert. Er wollte sich Zeit lassen bei dieser Frau und ihren warmen schimmernden Körper die ganze Nacht erforschen. Und am liebsten nicht nur eine Nacht. „Mir bleiben nur noch zehn Tage und die möchte ich voll auskosten."

Ihre Augen wurden groß vor Schreck. „Zehn Tage! Mehr nicht?"

Er nickte, fest entschlossen, ehrlich zu sein. Seine bevorstehende Verlobung mit Cecilia mochte zwar hauptsächlich auf rein geschäftlichen Interessen gründen, aber dennoch würde er ihr treu sein. „Wenn Sie eine längere Beziehung suchen, dann haben Sie mit mir die falsche Karte gezogen."

„Oh, ich will überhaupt keine Beziehung. Ich habe lediglich einen Job zu erledigen. Ich hatte nur nicht erwartet ..." Ihre Züge entspannten sich und sie berührte seine Hand. „Nein, keine Sorge. Zehn Tage sind eine Menge."

Dev war da nicht so sicher. Mit einer einzigen Berührung entzündete sie sein Feuer. Einen Schritt weiter, und er würde womöglich in Flammen aufgehen. Sein Mund wurde trocken. „Also kommen Sie mit?"

Sie überlegte. Doch ehe sie antworten konnte, nahm er eine

Bewegung hinter ihr wahr. Über ihre Schulter hinweg starrte er den tätowierten Burschen an. Der Mann lümmelte auf seinem Sitz, klopfte sich mit dem Queue auf die Handfläche und hielt Devs Blick stand. Vor einer halben Stunde hätte er eine Rauferei noch mehr als begrüßt. Doch jetzt wollte er nur noch so schnell wie möglich aus dieser Bar und in sein Bett. Mit seinen Engel.

Er stand auf – und bedauerte es im selben Moment. Er schwankte, in seinem Kopf drehte sich alles. Hatte der Barkeeper etwas in seine Drinks getan? Verflixt, er musste sich zusammenreißen. Vor allem, da seine abrupte Bewegung die Aufmerksamkeit der anderen Gäste erregt hatte. Wie Schakale, die Blut gewittert hatten, schienen sie seine Schwäche zu spüren und begannen, ihn ganz langsam einzukreisen.

Damit war für Dev die Frage, ob der Engel mit ihm ging oder nicht, entschieden. Er gab der Frau seine Wagenschlüssel, nahm sie am Arm und zog sie sanft hoch. „Kommen Sie, wir müssen hier sofort raus. Halten Sie sich dicht bei mir“, befahl er, während er den Tätowierten aus den Augenwinkeln beobachtete. „Wenn es Ärger gibt, laufen Sie hinaus zu meinem Auto, es ist ein schwarzer Ferrari. Steigen Sie ein und lassen Sie den Motor an. Ich komme so schnell wie möglich nach.“

Sie entzog ihm ihren Arm und sah ihn verständnislos an. „Ärger? Aber warum sollte es denn Ärger geben?“

„Wegen Ihnen.“

„Wegen mir?“

„Ja.“ Sie blickte unschuldig zu ihm hoch, und er setzte grimmig hinzu: „Was haben Sie denn erwartet, wenn Sie ohne Begleitung in so ein Lokal gehen? Der Kerl mit dem tätowierten Rinderschädel auf der Stirn hat Sie nicht aus den Augen gelassen, seit Sie hereingekommen sind.“

„Das ist einfach lächerlich.“ Doch sein bestimmter Ton verunsicherte sie. Sie spähte über die Schulter nach dem Mann.

Der grinste sie breit an und zeigte seine bräunlichen Zahnstümpfe. Durch die Tätowierung sah er aus, als hätte er noch zwei Augen mehr. Hastig wandte sie den Blick ab. „Okay, vielleicht hat er etwas missverstanden."

„Er lechzt schon geradezu nach Ihnen."

„Trotzdem ist das kein Grund für einen Streit. Dabei könnte sich jemand wehtun."

„Keine Angst." Dev lächelte, ihre Besorgnis tat ihm gut. „Ich kann auf mich aufpassen."

„Ich weiß. Ich meinte eher den Mann. Er scheint Probleme zu haben." Sie zupfte an Devs Ärmel. „Gucken Sie ihn nicht so drohend an. Sie erschrecken ihn."

Verblüfft wandte Dev den Blick ihr zu. „Wo leben Sie denn? Der Kerl ist ein Schläger."

„Nur weil er ein paar Tätowierungen hat? Das beweist nichts weiter, als dass er keine Angst vor Nadelstichen hat", gab sie völlig sachlich zurück. „Lassen Sie ihn in Frieden. So, wie Sie ihn anstarren, würde das jeden nervös machen." Sie nahm ihre Tasche sowie sein Jackett und die Krawatte.

Kopfschüttelnd kehrte Dev sich wieder an den Tätowierten. Seine Augen wurden schmal. „Ich muss Sie leider enttäuschen, Süße, aber hier liegt eindeutig Ärger in der Luft."

Doch sie verschwendete nicht einmal einen Blick an die Umgebung. Der Tätowierte beugte sich herausfordernd vor. Dev tat einen Schritt in seine Richtung und erstarrte, als das Bierglas seines Kontrahenten urplötzlich umfiel.

Mit einem Jaulen sprang der Mann auf. Im Schritt seiner Jeans breitete sich ein dunkler Fleck aus. Die Männer am Billardtisch verstummten. Dann kicherte jemand. Der Tätowierte drehte sich um. Er schwang seinen Queue wie einen Baseballschläger und knallte ihn dem Mann, der gekichert hatte, ins Gesicht. Stuhlbeine schlitterten über die Dielen. Und dann brach das Chaos aus.

Dev umklammerte den Arm seines Engels. „Gleich ist hier die Hölle los. Raus."

Er schob sie zur Tür. Auf halber Strecke verstellte ihnen der Gorilla den Weg. Seine schwarzen Knopfaugen hefteten sich auf den Engel, und er grinste, wobei er scharfe Schneidezähne enthüllte, die ihn noch affenähnlicher erscheinen ließen.

Devs Muskeln traten hervor, und der alt vertraute Adrenalinstoß schoss ihm ins Blut. Der Typ war riesig, mit aufgeblähten Muskeln an Rücken und Armen, was ihm eine bedrohliche Körperhaltung verlieh. Dev zweifelte nicht daran, dass er rein kräftemäßig unterliegen würde. Zum Glück wurden Kneipenschlägereien nicht durch Kraft entschieden, sondern durch Hinterlist. Und die Vorstellung, dass ein Affenmensch dieses engelhafte Wesen an seiner Seite anfassen könnte, machte aus Dev ein Bündel aus Hinterlist.

Der Typ griff mit seiner grobschlächtigen Hand nach dem Engel. Offensichtlich war er der drallen Blondinen bereits überdrüssig und hatte seinen Geschmack an Rothaarigen entdeckt. Er drohte Dev mit der Faust und bedeutete ihm mit einem Kopfnicken Richtung Tür, sich aus dem Staub zu machen. Dev spannte die Muskeln an und stellte sich schützend vor den Engel.

Doch auf einmal presste der Gorilla die Augen zu. Er riss den Mund auf und entließ einen übel riechenden Luftschwall. „Haa… haa… haa…"

Dev schaute den Typ etwas irritiert an. Was um alles in der Welt war mit ihm los?

„…tschi!"

Der Gorilla schniefte. Dev wartete. Doch der Typ hörte gar nicht mehr auf zu niesen. „Hatschi! Hatschi! Ha-tschi!"

Dev schnappte seinen Engel kurz entschlossen am Handgelenk. Mit einem wachsamen Auge auf den von Niesreizen geschüttelten Gorilla führte er die Frau an zerbrochenem Glas und Bierpfützen vorbei zum Ausgang.

An der Tür blickte Gabriella zurück. Bierflaschen und Stühle schwirrten durch den Raum. Die Bedienung duckte sich hinter der Bar, während die Gäste aufeinander eindroschen. Und inmitten des Getümmels stand der Affenmann und hörte nicht auf zu niesen.

„Verd… flixt." Sie biss sich auf die Lippen. „Das ist ja grässlich. Ich muss etwas dagegen tun. Ich finde, ich kann nicht einfach so weggehen."

Sie versuchte sich loszumachen, aber Dev lockerte nicht den Griff um ihr Handgelenk. „Kommen Sie", sagte er grimmig.

Sie konnte gerade noch rufen: „Gott schütze euch!", bevor er sie aus der Tür zerrte.

2. *KAPITEL*

Ich hatte nicht erwartet, dass die Situation derart eskalieren würde", sagte Gabriella. Sie rannte neben Dev über den dunklen Parkplatz. „Vielleicht sollten wir zurückgehen. Und versuchen zu helfen."

Dev warf ihr einen strengen Blick zu. „Auf keinen Fall. Du hast fast einen Aufstand verursacht."

„Aber …" Gabriella vergaß ihren Protest, als ihr Absatz in einem Riss im Asphalt stecken blieb und sie stolperte. Devs feste Hand an ihrem Ellbogen bewahrte sie vorm Hinfallen.

Er drängte sie weiter voran, als in der Ferne Sirenen ertönten. „Schneller! Gleich ist die Polizei hier."

Ehe sie etwas erwidern konnten, erreichten sie den schwarzen Ferrari. Dev streckte die Hand nach den Schlüsseln aus, aber Gabriella gab sie nicht her. „Ich fahre", erklärte sie.

Sie machte sich auf eine neuerliche Diskussion gefasst, doch Dev sah sie nur an. Er schloss die brauen Augen und fuhr sich mit der Hand an die Stirn. „Teufel", knurrte er, „das solltest du wahrscheinlich." Sie öffnete ihm die Beifahrertür und er hielt sich daran fest. Mann, war er betrunken!

Gabriella sank auf den weichen Fahrersitz und sog den Duft von Leder und würzigem Rasierwasser ein. Das Auto wirkte erstaunlich geräumig – bis Dev seine lange Gestalt auf dem Nebensitz untergebracht hatte. Auf einmal schien der Innenraum zu schrumpfen, sie in einen dunklen intimen Kokon zu schließen. Sie rückte ein wenig beiseite und betrachtete neugierig das Armaturenbrett.

„Du hast doch hoffentlich einen Führerschein?", erklang Devs tiefe Stimme aus dem Dunkel, während sie regungslos dasaß.

„Natürlich." Verärgert über seinen spöttischen Ton atmete sie tief durch. Sicher, sie war noch nie mit einem Ferrari gefahren, aber Auto war Auto. Sie drehte den Zündschlüssel und der Motor startete mit einem satten Röhren. Stolz lächelte sie und entspannte sich etwas. „Wo entlang?"

„Nach rechts und dann geradeaus."

Der Wagen glitt auf die Straße, sie fuhren zwischen den heruntergekommenen Gebäuden dahin. Im Rückspiegel erblickte Gabriella zwei Streifenwagen, die auf den Parkplatz vor der Bar einbogen. Sie sah zu Dev hinüber. Er saß lässig da und beobachtete sie. Seine weißen Zähne und die dunklen Augen schimmerten im Halbschatten. Gabriella konzentrierte sich ganz auf den Verkehr und versuchte, die bewundernden Blicke zu ignorieren, mit denen Dev sie maß.

Es gelang ihr nicht. Devlin Hunt war kein Mann, den eine Frau ignorieren konnte. Selbst wenn die Frau ein Engel war.

Sie veränderte ihre Haltung und starrte durch die Windschutzscheibe. Doch immer wieder sah sie ihn verstohlen von der Seite an. Die Lichter der Straße überzogen sein Gesicht mit hellen Streifen und Schattenbändern und betonten die stoppelbärtigen Wangen, die aristokratische schmale Nase und die aggressive Kinnlinie. Sein Körper war muskulös, seine Schultern breit und seine Haut von der Sonne gegerbt.

Seine muskulöse Statur erstaunte sie. *Dev* erstaunte sie. Er wirkte nicht wie ein Mensch, der nur noch zehn Tage zu leben hatte. Er sah auch nicht aus wie einer, der die meiste Zeit am Schreibtisch verbrachte. Von seinem weichen dunklen Haar bis zu den Schuhspitzen strahlte er eine verstörende Lebendigkeit aus. Eine kraftvolle Lebendigkeit. Das dunkle Haar trug er aus der breiten Stirn zurückgekämmt. Sein Mund war ebenfalls breit. Er hatte wohlgeformte, aber schmale Lippen, die dünne Linie wirkte fast hart. Da machte sich plötzlich ein sinnliches Lächeln auf seinen Lippen breit.

Abrupt sah Gabriella auf und begegnete seinem Blick. Winzige Funken in der Tiefe der nachtdunklen Augen lockten, warben. Hastig schaute sie wieder auf die Straße. Frauen mussten sehr aufpassen, damit sie nicht in diesen Augen versanken oder dem Zauber dieser dunklen verführerischen Stimme erlagen.

Gabriella umklammerte das Lenkrad fester. Gut, dass sie auf sexy Augen nicht hereinfiel. Oder auf einen muskulösen Körper. Oder eine dunkle, heisere Stimme. Sie hatte ja nicht achtundzwanzig Jahre auf Erden verbracht, ohne ein, zwei Dinge über Männer zu erfahren. Und aus schmerzlicher Erfahrung wusste sie, dass entschlossene Männer ihre Abwehr durchbrechen konnten, und dass solche, die ihre Nerven zum Vibrieren brachten, ihr Herzschmerz zufügen konnten. Devlin war genau der Typ Mann, um den sie stets einen großen Bogen gemacht hatte.

Sie legte die Stirn in Falten. Leider konnte sie keinen Bogen um Dev machen. Er war sozusagen ihr Sorgenkind. Sie spürte seinen unverblümten Blick auf ihren Brüsten. Gabriella verdrehte die Augen. Wenn sie schon jemandem helfen musste, warum hatte man ihr dann nicht ein liebes kleines Mädchen zugeteilt? Oder einen netten alten Herrn? Dev war zu gerissen, zu verwegen, zu sexy. Mit ihm würde keine Frau leicht fertig, geschweige denn sie. Dieser Mann hatte offenbar nur eins im Sinn, und das war mit Sicherheit nicht sein Seelenheil.

Hätte ich doch nur genauere Anweisungen bekommen, dachte sie. „Helfen“ war ein reichlich vager Befehl. Und viel schwieriger, als sie gedacht hatte. Das Bild der Verwüstung, die sie durch ihr bloßes Erscheinen im *Klemm's* angerichtet hatte, stand ihr kurz vor Augen, und Gabriella zog eine Grimasse. Okay, sie hatte nicht gerade einen grandiosen Start hingelegt. Wenigstens war Dev nicht verletzt. Sie musste nur zusehen, dass sie ihn so lange aus Schwierigkeiten heraushielt, bis sie diesen Engeljob im Griff hatte. Aber eins war sicher: Wenn sie die Himmelsleiter erklimmen wollte, musste sie diesem Mann immer zwei Schritte voraus sein.

Ja, Abstand halten war die richtige Strategie. Sie würde ihre Aufgabe erledigen – ihm helfen, so gut sie konnte –, und husch, zurück in die Geborgenheit hinter den Goldenen Pforten. Sie würde sich alle Mühe geben, aber dabei neutral bleiben. Herzlich, aber sachlich distanziert. Abstand halten. Genau so hatte sie es im Leben gehandhabt. Jetzt als Engel würde sie ihre Hände-weg-Taktik fortsetzen.

Sie lächelte säuerlich. Falls sie es schaffte. Vom ersten Augenblick an hatte Devlin Hunt sie immer wieder berührt, ihr Haar, ihre Hände. Berührungen, die sich in ihr einzubrennen schienen. Da, schon wieder. Sie spürte, wie er mit den Fingern durch die Locken in ihrem Nacken strich. Ein erregendes Prickeln lief ihr über die Haut, und ihre Hände wurden feucht.

Sie warf ihm einen weiteren Blick zu. Er lächelte sie hintergründig an, während er seine kraftvollen Finger unter ihr Haar schob und ihren Nacken umfing. In ihrem Bauch zog sich etwas schmerzhaft zusammen. Sie richtete sich auf und entzog sich der besitzergreifenden Hand. „Wohin an der Kreuzung da vorn?"

„Nach links."

Gabriella befolgte gehorsam seine Angaben und lenkte den Wagen in eine stille Straße, die den betulichen Charme einer alten Dame besaß. Dev wies auf ein gemütlich aussehendes Backsteingebäude. „Da wohne ich."

Stirnrunzelnd musterte Gabriella das renovierte viktorianische Haus. Angesichts seines eleganten Anzugs, der teuren Armbanduhr und des schneidigen Sportwagens hätte sie erwartet, dass Dev in einer schickeren Gegend von Los Angeles wohnte. „Warum bist du ausgerechnet in dieses Viertel gezogen?", fragte sie neugierig.

Er zuckte gleichmütig die Schultern. „Hier bin ich aufgewachsen. Vor ein paar Jahren stand dieses Haus hier zum Verkauf, und ich habe zugegriffen. Geldanlage, weißt du? Ich habe das Haus in drei Wohnungen aufgeteilt, auf jeder Etage eine. Zwei sind vermietet, in der obersten wohne ich." Er senkte die Lider halb und fügte hinzu: „Ich habe nicht gern andere über mir."

„Ich auch nicht", pflichtete Gabriella nachdenklich bei. „Obwohl es unten auch angenehm sein kann, solange der über einem rücksichtsvoll ist."

„Dem kann ich für gewisse Situationen durchaus zustimmen", meinte er anzüglich.

Sein Ton machte sie misstrauisch, sie warf ihm einen scharfen Blick zu. Er hob die Lider, ein dunkler Blick traf sie. Die winzigen Flammen in seinen Augen tanzten.

Gabriella sah weg und presste die Lippen zusammen. Dieser unmögliche Mensch machte aus einer völlig harmlosen Bemerkung eine sexuelle Zweideutigkeit! „Und wer sind die Mieter?", erkundigte sie sich, um seine Gedanken in eine unverfängliche Richtung zu lenken.

„Zwei alte Damen im Erdgeschoss und eine Familie mit halbwüchsigen Jungs im ersten Stock."

„Hört sich nett an."

„Ist es auch." Das Thema interessierte ihn nicht sonderlich. Er dirigierte sie zur der Garage hinterm Haus und öffnete das Tor per Fernsteuerung.

Gabriella parkte den Wagen und stieg aus, während Dev zu ihr herumkam. Plötzlich schwankte er. Er stützte sich an der Kühlerhaube ab und fluchte leise.

„Was ist?" Besorgt ergriff Gabriella seinen Arm.

„Nichts." Er strich sich übers Gesicht. „Mir war nur etwas schwindelig."

„Du hast zu viel getrunken."

Er taumelte wieder, fing sich aber gleich. Unwillig sagte er:

„Ich habe nicht zu viel getrunken. Ich verstehe nicht, wieso mir die paar Drinks so zusetzen.“

„Du solltest überhaupt nicht trinken“, sagte Gabriella ernst. „Das ist nicht gut für die Gesundheit.“

Dev nahm die Hand von den Augen und funkelte sie an. „Mach dir mal keine Sorgen um meine Gesundheit. Ich bin noch lange nicht hinüber.“

„Das hoffe ich sehr“, meinte Gabriella warm. „Dieser Auftrag ist sehr wichtig für mich, aber allein kann ich ihn nicht erfüllen. Ich erwarte, dass du deinen Beitrag leistest.“

Er zog die Brauen hoch. „Ich werde auf jeden Fall mein Bestes geben.“

„Prima. Mehr erwarte ich auch gar nicht. Und jetzt leg den Arm um meine Schulter. Lass uns dich in deine Wohnung bringen.“ Sie nahm ihn um die Taille und stemmte die Schulter unter seinen Arm, um seine unsicheren Schritte zu lenken. Ohne Zwischenfall gelangten sie von der Garage in den altmodischen Fahrstuhl im Haus, aber noch bevor sie den zweiten Stock erreichten, lastete Devs Körper bereits schwer auf ihr.

Gabriellas Besorgtheit stieg. Seine Trunkenheit schien mit jeder Minute zuzunehmen. Ebenso seine Kühnheit. Seine Hände machten sich immer selbstständiger. Im Lift legte er die Wange an ihr Haar. „Du riechst so gut.“

Sie versuchte auszuweichen, doch Dev geriet ins Torkeln und hielt sie unerbittlich in ihrer Position fest. „Danke“, sagte sie. „Aber du gehörst jetzt wirklich ins Bett.“

„Gute Idee“, stimmte er zu.

Der Fahrstuhl ächzte nach oben. Gabriella zuckte zusammen, als Dev die Hand in ihren tiefen Rückenausschnitt schob und die Rundung ihrer Hüfte streichelte. Hitze schoss ihr durch den Körper, als er mit seinen warmen Fingern ihre empfindsame Haut liebkoste. Sie schnappte seine Hand und warf seinen Arm wieder auf ihre Schulter. „So kann ich dich besser stützen.“

Dev widersprach nicht, sondern zog sie noch enger an sich, als sie den Lift verließen und den Flur entlanggingen. Bei jedem Schritt spürte Gabriella, wie ihre Brust an seinem Oberkörper rieb. Sie unterdrückte ein Stöhnen und versuchte, seinen warmen Körper auf Abstand zu halten, aber seine langen Finger umklammerten unnachgiebig ihre Schulter und ließen sie keinen Millimeter weg.

Sie erreichten seine Wohnungstür. Gabriella steckte den Schlüssel ins Schloss, stieß die Tür auf und hievte Dev behutsam über die Schwelle. Er schaltete das Licht ein und sie riss fast erschrocken die Augen auf. „Was ist denn das? Ein Ballsaal?"

„Ich mag viel Raum um mich."

„Kann man sehen", murmelte sie und betrachtete die weite Fläche des polierten Eichenparketts im Wohnbereich. Der Raum wirkte gewaltig, kalt und leer. Vor dem Marmorkamin standen eine dreiteilige Ledercouch, ein Audiosystem und ein riesiger Flachbildfernseher. Sonst war der Raum nicht möbliert. Am anderen Ende befanden sich eine offene Küche und eine Essecke. Gabriella wandte sich in die entgegengesetzte Richtung zu einer Tür, wo sie das Schlafzimmer vermutete. „Los, gleich haben wir's geschafft", sagte sie aufmunternd.

Dev schnupperte an ihrem Haar. „Wir haben ja noch nicht einmal angefangen."

Wieder glitt seine Hand an ihrem Rücken hinunter. Gabriella lockerte ihren Griff um seine Taille, um seine frechen Finger abzuwehren. Dev taumelte. Sie warf die Arme um seinen Körper, um ihn zu stützen. Er umschlang sie sofort und drückte sie fest an sich. Sie drückte sich die Nase an seinem Hemd flach.

Gabriella rang um Gelassenheit und holte tief Luft. Der betäubende Duft von Whiskey und warmen männlichen Körper stieg ihr in die Nase. Sie schubste ihn weg und verschränkte die Arme vor der Brust.

„Dev“, sagte sie warnend.

Er war so damit beschäftigt, sie wieder an sich zu ziehen, dass er nichts hörte.

„Dev!“

„Was?“, fragte er mit heiserer Stimme.

„Geh weiter. Wir müssen dich ins Bett schaffen.“ Sie ging voran, und Dev machte gehorsam zwei Schritte rückwärts. Plötzlich fuhr er herum und vertauschte ihre Positionen, sodass Gabriella mit dem Rücken zur Schlafzimmertür stand. Mit Anstrengung drehte sie ihn wieder zurück, und er wiederholte das Ganze, bis sie den Eindruck hatte, einen seltsamen Tanz aufzuführen. Mit diesen komischen Schrittfiguren überquerten sie das Parkett und betraten schließlich das Schlafzimmer.

Im schwachen Lichtschein, der durch den Türrahmen fiel, entdeckte Gabriella ein imposantes Doppelbett an der Wand und steuerte Dev darauf zu. Als sie beim Bett anlangten, wollte er sie schon wieder fest in die Arme nehmen und sich zusammen mit ihr auf die Matratze fallen lassen. In letzter Sekunde konnte Gabriella ihn abschütteln und ihm einen Schubs versetzen.

Dev fiel sanft auf das Wasserbett. Das Schaukeln verebbte allmählich, und er lag flach ausgestreckt auf der roten Steppdecke. Er lächelte matt, als sie sich mit angehaltenem Atem über ihn beugte. „Das hat Spaß gemacht“, sagte er.

„Den Teu… – nichts hat es“, murmelte sie grimmig. Schnell zog sie ihm Schuhe und Socken aus und knöpfte ihm das Hemd weiter auf. Dann hakte sie seinen Gürtel auf und zerrte ihn mit einem harten Ruck aus den Schlaufen.

Devs Lächeln wurde breiter. „Gut machst du das“, lobte er.

„Du hast keine Ahnung, was ich noch alles kann.“ Zufrieden mit ihrer Leistung richtete Gabriella sich auf. Sie zog die Stirn kraus und überlegte, ob sie ihm auch die Hose ausziehen sollte. Skeptisch sah sie ihn an. Dev heftete die Augen auf sie, in der dunklen Tiefe stand freudige Erwartung. Sie beschloss, ihm die Hose anzulassen, und trat vom Bett zurück.

Er zog die dichten Brauen zusammen und krümmte den Zeigefinger. „Leg dich zu mir", lockte er, eindringlich, hungrig.

Gabriella schluckte und wich weiter zurück. „Nein."

„Bitte."

„Nein."

Er betrachtete ihre gespannte fluchtbereite Haltung. Sein Gesicht wurde zu einer undurchdringlichen Maske. „Na gut." Er seufzte und bedeckte die Augen mit dem Arm. Unruhig wand er sich auf der Bettdecke. „Ich fühle mich sowieso nicht besonders. Mein ganzer Kopf glüht."

„Wirklich?" Besorgt kam sie näher und legte ihm die Hand auf die Stirn.

Im selben Moment schnappte er danach. Er zog an ihrem Arm, und sie fiel nach vorn auf seine breite Brust. Sofort warf er sich herum und begrub sie unter sich. Er hob den Kopf und sein Blick wurde noch brennender, als er in ihre erschrockenen Augen sah. Er lächelte. „So gefällt mir das schon besser", murmelte er.

Gabriellas Augen wurden schmal. „Lass ... mich ... hoch!"

„Nein", sagte er schlicht. Er tupfte ihr einen Kuss auf die Nase.

„Dev! Geh runter von mir!" Sie zappelte und versuchte, die Arme zwischen ihre Körper zu bekommen, um ihn wegzuschieben.

Das wusste er zu verhindern, indem er sie mit seinem vollen Gewicht an Ort und Stelle hielt. „Langsam, Honey. Wir haben die ganze Nacht."

Gabriella atmete durch und zwang sich zur Ruhe. Obwohl er mit den Lippen ihre zarte Kinnlinie erkundete, konnte sie ihre Stimme ruhig klingen lassen. „Wir müssen damit aufhören." Sein Mund näherte sich ihrem Kinn und sie sagte, schon dringlicher: „Das ist bestimmt nicht gut für dich."

„Ich könnte mir nichts Besseres vorstellen." Die Worte klangen rau.

Gabriella schauderte es. „Aber du bist krank."

Er hielt inne und hob den Kopf. Sein Blick war verhangen und fragend. „Krank?"

„Ja." Gabriella nickte. Endlich war er ansprechbar. „Du sagtest doch, dass du bald stirbst."

Dev zog die Brauen hoch und starrte sie eine Weile an. Dann lachte er, das Beben übertrug sich auf ihren Brustkorb, der fest an seinen gepresst war. „Ich weiß nicht, wo du das herhast." Sein Blick wurde dunkler und glitt langsam über ihr erhitztes Gesicht. „Ich sterbe höchstens vor Verlangen nach dir."

Gabriella starrte ihn verständnislos an. „Aber du hast gesagt …" Sie schluckte. Er küsste ihren Hals, während sie versuchte, sich an seine genauen Worte zu erinnern. Seine Lippen wanderten zu ihrer Schulter hinunter, und da gab sie ihre Überlegungen auf. Ihr Herz schlug schneller und sie sagte sich, dass es egal sei, was er gesagt hatte und warum sie ihn missverstanden hatte. Tatsache war, dass er nicht sterben würde. Im Gegenteil, der Mann war kerngesund. Und momentan überaus aktiv. Seine Hände glitten tiefer bis zu dem Dreieck zwischen ihren Schenkeln. Gabriella stöhnte auf. Kerngesund. Der Beweis – der harte Beweis – war zum Greifen nah.

Ihr Herz pochte heftig, als sie zu ihm aufsah. Er tat ihr nicht weh, aber er war so groß, stark und überwältigend, wie er mit seiner ganzen Länge auf ihr lag. Er presste sich an ihren nachgiebigen Körper. Gabriella begann zu zittern.

„Hör auf, Dev." Er rührte sich nicht. Tief in ihrem Bauch setzte ein sehnsüchtiges Ziehen ein, und ihr Zittern wurde stärker. „Lass mich aufstehen. Sofort."

Er strich ihr besänftigend übers Haar und umfing ihren

Kopf mit seiner großen Hand. „Entspann dich." Er küsste sie auf die Wange. „Du bist so weich. So zart."

Sie blickte in sein halb beschattetes Gesicht. „Es ist mir Ernst."

„Mir auch." Er streute Küsse über ihre Schläfe und Kinnpartie.

Gabriellas Lider bebten, als er mit den Lippen darüber strich. Jetzt wünschte sie, sie hätte sein Hemd nicht aufgeknöpft. Der warme würzige Duft seiner Haut brachte ihren Puls noch mehr zum Rasen. „Hör auf", wiederholte sie lahm.

„Aber es gefällt dir doch."

„Nein", widersprach sie. Er knabberte an ihrem Ohr. Sie wand sich unruhig unter ihm. „Nein. Nein, ich mag das nicht."

Er lachte leise, tief in der Kehle. „Lügnerin."

„Ich lüge nicht. Das darf ich gar nicht. Es ist verboten …"

Sein zärtlicher Mund liebkoste ihre sensible Stelle hinter dem Ohr. Langsam schloss sie die Augen. Dev begann, sanft an ihrer Haut zu saugen.

Unwillkürlich bäumte Gabriella sich auf, sie zitterte in seinen Armen. Sie riss die Augen auf. „Verflixt, Dev, wenn du mich nicht loslässt, muss ich …"

Sein Mund war auf ihrem, und die drohenden Worte erstarben ihr in der Kehle.

3. KAPITEL

Noch nie hatte ein Mann Gabriella so nachhaltig – so intensiv – geküsst. Sie geriet in Panik und stemmte sich hilflos gegen seine starken Arme, sodass das Wasserbett schaukelte. Er hob den Kopf und sah beunruhigt auf sie herunter. „Stimmt etwas nicht, Honey?"

Sie starrte ihn stumm an, und er runzelte die Stirn. Behutsam umschlang er sie und rollte auf den Rücken, bis sie wieder auf ihm lag. Dann ließ er sie los. Er strich ihr eine kecke Locke aus dem Gesicht und das Glitzern in seinen dunklen Augen wich einem sanften Glimmen. „Es tut mir leid. Ich wollte dir keine Angst einjagen", sagte er mit rauer Stimme.

Gabriella seufzte erleichtert. Sie platzierte die Ellbogen auf seinem harten Brustkasten und richtete sich halb auf. Endlich konnte sie sich frei bewegen, er hielt sie nicht mehr umschlungen. Er streichelte ihr nur sacht den Rücken und die Arme, während er sie nachdenklich betrachtete.

Sie sagte sich, dass sie aufstehen sollte. Aber ihre Beine fühlten sich noch immer schwach an. Und da Dev sie nicht mehr umklammerte, war der Drang zu fliehen vergangen. Er würde ihr nichts tun. Das Ganze war einfach ein Missverständnis.

Mit einer Hand strich er ihr beruhigend über das Rückgrat und sie atmete tief ein, während sie unbewusst genüsslich den Rücken krümmte. Dev lächelte verhalten. Er schob die Hand in ihr Haar und zog ihren Kopf herunter zu einem kurzen Kuss. Ihre Lippen berührten sich, dann noch einmal, er rieb seinen Mund sanft an ihrem hin und her.

Besänftigt von Devs behutsamen Berührungen und dem sanften Schaukeln des Wasserbetts entspannte sich Gabriella und schloss die Augen. Gleich würde sie aufstehen – nur noch eine Minute. Sein Mund war so warm, eine süße verbotene

Frucht. Er schmeckte nach Whiskey und Würze. Die letzten Reste von Widerstand schmolzen dahin, sie gab dem sanften Saugen und Ziehen nach. Sie vergaß ihre Aufgabe, Devs Leben zu ändern, und überließ sich bedenkenlos dem heißen Drängen seiner Lippen. Ihr Verstand war von Gefühlen benebelt, nichts anderes existierte mehr als dieser Mann.

Sie schob die Hände in sein dichtes dunkles Haar. Dicht an ihren Lippen murmelte Dev zärtliche Worte und zog sie näher an sich, indem er die Arme um sie schlang. Er vertiefte den Kuss, teilte ihre Lippen und erkundete das Innere ihres Mundes mit seiner begehrlichen Zunge.

Er grub die Finger in die weiche Rundung ihres Pos, und sie zitterte heftiger. Überall, wo er sie berührte, schien er ihre Haut zu versengen. Seine harten Schenkel bewegten sich unter ihr und das sehnsüchtige Pochen breitete sich wieder in ihrem Unterkörper aus. Sie war wie im Fieber, ließ sich tiefer und tiefer in den dunklen Strudel der Lust ziehen, den er mit seinen erfahrenen Händen und seinen lockenden Lippen schuf. Und sie fiel hinab ... hinab ... hinab ...

Plötzlich brach er den Kuss ab, sein Griff lockerte sich. Verwirrt blickte Gabriella in sein Gesicht.

Mit geschlossenen Augen und einem kleinen Lächeln lag Dev unter ihr. Doch erst als sie ein leises Schnarchen vernahm, verflüchtigte sich der Nebel der Sinne, der ihre Vernunft eingehüllt hatte. Sie begriff, was geschehen war.

Devlin Hunt war eingeschlafen.

Am nächsten Morgen wurde Dev von einem ungewohnten Geräusch geweckt. Er schreckte hoch. Das Wasserbett schaukelte. Mit der Hand fuhr er sich an die Stirn und unterdrückte ein Stöhnen.

Dieser verdammte Whiskey. Sein Kopf war kurz vorm Platzen. So einen Kater hatte er nicht mehr gehabt seit ... Teufel, so einen Kater hatte er überhaupt noch nie gehabt! Das dämliche Bett war auch nicht gerade eine Erleichterung. Er kam sich vor wie auf stürmischer See, kurz davor, über Bord zu gehen. Als er zurücksinken wollte, vernahm er von nebenan ein Klirren. Er erstarrte, drängte den Kopfschmerz in den Hintergrund und horchte. Da war das Klirren wieder.

Dev setzte einen Fuß auf den Boden und stieg vorsichtig aus dem Bett. Der Raum drehte sich um ihn. Verbissen hielt er dagegen und tapste zur Tür. Jetzt war nichts mehr zu hören, aber er war sicher, dass der Eindringling noch in der Wohnung war. Er sah um die Ecke und erblickte seine Golftasche, die an der Wand lehnte. Dev zog einen Golfschläger heraus und betrat lautlos den Wohnraum.

Im Licht des frühen Morgens erkannte er, dass sein teures Audiosystem und der Fernseher unangetastet waren. Er spähte um die Ecke in die Küche. Die Kühlschranktür stand offen. Ein gemeiner Dieb raubte seinen Kühlschrank aus!

Mit erhobenem Golfschläger betrat Dev die Küche. „Keine Bewegung", brüllte er und schrak fast vor dem Klang seiner eigenen Stimme zurück.

Eine Frau, eine sehr hübsche Frau mit zerzausten rotgoldenen Locken kam hinter der geöffneten Kühlschranktür hervor. Dev erblickte ein Paar bekümmerte blaue Augen sowie zwei dicke Backen, gefüllt mit – von dem Glas in ihrer Hand zu schließen – *seinen* Maraschino-Kirschen.

Er verkniff sich einen Fluch, sank auf einen Stuhl und schloss die Augen. „Teufel auch, dich hatte ich vollkommen vergessen."

Jetzt allerdings stoben ihm seltsame Szenen durchs Gehirn. Eine Bar. Tätowierte Männer. Ein niesender Gorilla? Dev schüttelte den Kopf und versuchte, sich zu sammeln. Ja, er erinnerte sich, wie er sie aus dem zwielichtigen Lokal bugsiert hatte, als die Rauferei begann, und mit ihr nach Hause gefahren war …

Nach Hause gefahren! Himmel, er hatte sie seinen Wagen fahren lassen!

Er ächzte und krallte die Hände in seine Haare. Was in aller Welt war in ihn gefahren? Er öffnete die Augen und erblickte ihre langen schlanken Beine. Okay, das also war in ihn gefahren. Trotzdem – so etwas hatte er noch nie gemacht, niemals.

Sein Leben lang hatte er nüchtern die Konsequenzen seiner Handlungen abgewogen und sie Monate – Jahre sogar – im Voraus geplant. Da er in einem der ärmeren Viertel aufgewachsen war, konnte er eine Reihe Beispiele anführen, wie Unüberlegtheit jemanden um Jahre zurückwerfen, ja sogar ein ganzes Leben zerstören konnte. Gestern Abend hatte er zum ersten Mal diese hart erlernte Regel vergessen.

Er musste den Verstand verloren haben. Das war die einzig mögliche Erklärung. Und was hatte er sonst noch angestellt? Hatten sie *es* getan? Er riskierte einen kurzen Blick in ihre Richtung. O Himmel, so war es. Das weiße Männerhemd, das sie trug, war eins von seinen. Es war ihr viel zu weit und reichte ihr bis an die Knie. Sie hatte die Ärmel hochgerollt und es fast ganz zugeknöpft, sodass nur ein winziges Stück ihrer goldfarbenen Haut am Hals zu sehen war. Im hellen Morgenlicht sah sie hübsch aus. Verdammt hübsch.

Devs Magen zog sich zusammen. Er erinnerte sich, dass er sie geküsst hatte, ihre glatte Haut berührt hatte, aber sonst … Das angestrengte Nachdenken verursachte ein Pochen in seinem Kopf. Er verzerrte das Gesicht.

Gabriella erkannte, dass er einen mächtigen Kater hatte. „Alles okay?“

Ein gereiztes Knurren war die einzige Antwort. Sie wartete einen Moment und musterte Devlin eingehend, während sie mit dem Finger eine weitere Kirsche aus dem Glas fischte. Sie steckte die Frucht in den Mund und rollte sie auf der Zunge herum, wobei sie Dev unverwandt anschaute.

Er hatte die Ellbogen auf den Tisch gestützt, die Stirn in den Händen. Sein dunkles Haar war zerwühlt, seine Augen fest geschlossen, und zwischen seinen Brauen stand eine steile Falte. Dunkle Bartstoppeln bedeckten seine Wangen, und er trug noch das Hemd und die Hose, in denen sie ihn zu Bett gebracht hatte. Sie lachte leise. Gestern Abend mochte er ein Wolf auf Beutezug gewesen sein, aber heute Morgen ähnelte Devlin Hunt mehr einem tapsigen Hundebaby.

Beim Klang ihres Lachens öffnete er ein rot gerändertes Auge und starrte sie drohend an. Schnell verbarg Gabriella ihre Belustigung. Angeschlagen, ja – tapsig, nein. Sogar mit seinem gewaltigen Kater wirkte Devlin Hunt gefährlich. Doch wenn sie von seiner fahlen Gesichtsfarbe ausging, würde er ihr in nächster Zukunft keinen Ärger machen. Sein Zustand war erbarmungswürdig.

Gabriella schob sich noch eine Kirsche in den Mund. Sie hatte ja Mitleid mit ihm, wirklich. Ein bisschen. Etwas. Okay, gar nicht. Sie fand, Devlin hatte diesen Kater mehr als verdient. Gleich an ihrem ersten Abend hatte der Mann ihr fast die Chance verpatzt, in den Himmel zurückzukehren. Er hatte ihr nicht nur einen Bären aufgebunden, dass er bald sterben würde, und versucht, sie zu verführen. Nein, er hatte auch noch die Geschmacklosigkeit besessen, dabei einzuschlafen!

Wachsam behielt sie ihn im Auge. Da er weder aufsah noch Anstalten machte, wieder über sie herzufallen, stellte sie das Glas ab und setzte ihre Nahrungssuche fort. Engel sein machte wahrhaftig hungrig. Missbilligend begutachtete sie die karge Auswahl in Devs Kühlschrank. Oliven. Champagner. Orangensaft. Eine Dose mit erlesenem Kaffee. Ein Glas Kaviar. Sie nahm es heraus. „Kaviar! Isst du das Zeug wirklich?"

„Ja", gab Dev schwach zurück, ohne die Augen aufzumachen.

„Schmeckt das?"

„Ja."

„Du magst es?"

„Ja."

„Das sind doch Fischeier, oder?" Sie schraubte das Glas auf und äugte zweifelnd hinein. „Ziemlich eklig." Sie schnüffelte. „Riecht das immer so fischig, oder ist es vielleicht schlecht geworden?"

„Der Kaviar ist in Ordnung."

„Ich weiß nicht. Da, riech selbst." Sie hielt ihm das Glas unter die Nase und unterdrückte ein ganz und gar unengelhaftes Grinsen, als Dev erblasste und zurückzuckte.

„Bitte, Miss ..."

„Gabriella. Gabriella Smith. Aber meine Freunde nennen mich ..."

„Gabby?"

„Gaby", verbesserte sie streng. „Also wenn der Kaviar in Ordnung ist, darf ich davon probieren? Ich wollte schon immer wissen, wie das Zeug schmeckt."

Dev hob den Kopf. „Gabriella, Gaby, was auch immer, bitte bedienen Sie sich. Essen Sie von mir aus das ganze Glas. Aber halten Sie um Himmels willen den Mund." Bei den letzten Worten durchbohrte der Schmerz wie mit spitzen Nadeln seinen Schädel. Er schloss erneut die Augen und ließ den dröhnenden Kopf auf die Hände sinken.

Er wartete. Heilsame gesegnete Stille. Nach einer Weile hörte er sie leise rumoren. Doch er hielt die Augen geschlossen aus Angst, etwas zu tun, das ihr Mundwerk wieder in Gang setzen würde. Er vernahm das Geräusch von fließendem Wasser, dann spürte er ein leichtes Stupsen an der Schulter.

Unter halb gesenkten Lidern blickte er hoch. Sie stand neben ihm, in einer Hand ein Glas Wasser, in der anderen zwei Aspirin. Schweigend hielt sie ihm beides hin, und er schluckte die Tabletten mit einem Schluck Wasser.

Still saß er da und versuchte, den pochenden Schmerz hinter der Stirn zu ignorieren. Die Frau entfernte sich, vermutlich auf der Suche nach mehr Essbarem. Aus den Augenwinkeln beobachtete er, wie sie die Küchenschränke durchforstete. Sein Blick glitt an ihren langen Beinen hinunter. Verärgert über sich selbst schaute er auf. Sie löffelte Kaffeepulver in die Maschine. „Hören Sie, Miss …“

„Gaby“, sagte sie, ohne sich umzuwenden. „Gestern Abend hattest du keine Probleme, mich zu duzen.“

Er spannte die Kinnmuskeln an. „Gaby. Ich weiß, das ist alles ein bisschen peinlich.“

„Was?“

„Die ganze Situation. Sie, äh, du, ich, gestern Abend.“ Sie drehte sich um und sah ihn an. Er musterte ihr Gesicht, um einen Hinweis darauf zu finden, was in der Nacht wirklich passiert war. Ihre Miene verriet rein gar nichts. Er knirschte verhalten mit den Zähnen. „Schau, vielleicht solltest du lieber gehen …“

„Das habe ich vor. Aber erst, wenn mein Job erledigt ist.“

„Ach so, natürlich, du willst Geld …“

„Ich brauche kein Geld.“ Sie füllte Wasser in die Kaffeemaschine.

Er runzelte die Stirn. „Warum machst du das dann?“

„Aus reiner Herzensgüte.“ Sie zuckte mit den Schultern. „Und weil ich quasi dazu gezwungen wurde“, fügte sie ehrlicherweise hinzu.

Die Falte zwischen seinen Brauen wurde steiler. Hämmerchen klopften hinter seinen Schläfen direkt auf die Nerven. „*Gezwungen*? Willst du damit sagen, ich hätte …“

„Nicht du. Der Priester und die nette alte Dame.“

Dev starrte sie verdutzt an. „Du meinst, du hast mit mir geschlafen, weil ein Priester dich dazu gezwungen hat?“

Die Kaffeekanne in der Hand fuhr sie herum. „Ich habe

nicht mit dir geschlafen! Erinnerst du dich nicht?“ Mit einem Knall setzte sie die Kanne ab, und die Hämmerchen in Devs Kopf wurden zu Hämmern. „Weißt du denn nichts mehr?“

„Einiges. Nicht alles.“ Er drückte die Hände an die Schläfen.

„Verstehe.“ Gaby kreuzte die Arme vor der Brust und betrachtete ihn aus schmalen Augen. „Ist dir klar, wie beleidigend das ist?“

Er strich sich durch die Haare und entgegnete steif: „Natürlich ist mir das klar. Und ich entschuldige mich dafür. Meine Erinnerung ist nur etwas verschwommen.“

„Du unterliegst einem gewaltigen Missverständnis“, sagte sie. Ihre klare Stimme schnitt seine vagen Ausreden ab. „Nicht dein mangelndes Erinnerungsvermögen ist beleidigend, sondern deine Unterstellung, ich hätte mit dir geschlafen.“

Devs Züge verhärteten sich, und ein spöttisches Glitzern trat in seine Augen. Er lehnte sich zurück. „Mach doch kein Theater. Du bist sehr bereitwillig mit zu mir gekommen. Heute Morgen finde ich dich in meiner Wohnung, in meinem Hemd. Du willst mir doch nicht ernsthaft erzählen, wir hätten nicht …“

„Doch, will ich! Ich bin nicht mitgekommen, um mit dir zu schlafen. Ich war und bin hier, um dir zu helfen.“

Dev zog die Brauen hoch. „Du wolltest mir helfen? Wobei?“

„Erstens, dich aus dieser Bar zu holen. Zweitens, dich nach Hause zu fahren. Wie hättest du das ohne mich schaffen wollen?“ Kopfschüttelnd wandte sie sich ab und schaltete die Kaffeemaschine an. „Ich habe dir schon gestern gesagt, dass ich zu deiner Hilfe abgesandt bin. Ich habe dir alles genau erklärt. Hast du überhaupt nicht zugehört?“

Nein, hatte er nicht. Gestern Abend hatte er – sein Blick glitt über ihre Figur – anderes im Kopf gehabt. „Du behauptest also, du hättest mich nur angesprochen, weil du dachtest, ich brauchte Hilfe?“

„Ich *wusste*, du brauchtest Hilfe.“

Sie wirkte vollkommen aufrichtig, er sah keinen Grund, ihr zu misstrauen. Sie hatte ihn nach Hause gefahren. Wer weiß, was alles hätte passieren können, wenn er sich in seinem Zustand hinters Steuer gesetzt hätte. Und wenn sie ihn ausrauben wollte, hätte sie dazu reichlich Gelegenheit gehabt, nachdem er einfach so eingeschlafen war. Etwas besänftigt murmelte er: „Es tut mir leid, aber …“

„Es sollte dir wahrhaftig leidtun. Nicht jede Frau ist scharf darauf, mit dir zu schlafen. Hast du wirklich gedacht, dass ich darauf aus war?“

Verärgert wollte Dev anfangen zu erklären, was er wirklich von ihr gedacht hatte, doch dann hielt er lieber den Mund. Der Kopfschmerz mochte ihm das Hirn vernebeln, trotzdem war er nicht so dumm zuzugeben, dass er sie für eine Prostituierte gehalten hatte. Sie wirkte, als würde sie jeden Moment vor Empörung explodieren – ihre blauen Augen blitzten, ihre weichen Lippen bildeten eine schmale Linie. Wenn sie erfahren würde, was er von ihr gedacht hatte, würde sie ihm vermutlich den Kopf abreißen.

Als er sie jetzt so anschaute, fragte er sich, wie er sich dermaßen in ihr hatte täuschen können. Gabriella hatte nichts von einem leichten willigen Mädchen, dafür viel von einer eigensinnigen Kratzbürste.

Dev entspannte sich etwas. Himmel, er hatte fast schon vergessen, dass es tatsächlich Menschen wie Gaby gab, die sich die Mühe machten, einem anderen zu helfen. Ohne Eigennutz. „Beruhige dich“, sagte er rau. „Es tut mir leid, dass ich dich falsch eingeschätzt habe, aber in meinem Beruf – nun ja, ich treffe nicht alle Tage auf die Sorte Wohltäter. Wenn es auch eine Dummheit von dir war, glaube ich doch, dass du es gut gemeint hast.“

„Vielen Dank“, sagte Gaby und schenkte Kaffee aus. Dann knallte sie die Kanne vor ihn hin.

Dev umfasste seinen Becher. Der Kaffee roch köstlich. Ebenso Gabys zartes Parfum. Er erinnerte sich von letzter Nacht an den Duft ... er legte die Stirn in Falten. Wieder berührte ihn das Gefühl von Vertrautheit, als sie ihm gegenüber Platz nahm. Dieses helle Haar und das gewinnende Lächeln. Wo war er ihr schon einmal begegnet?

„Wohnst du in dieser Gegend, Gaby?“

Sie schüttelte den Kopf. „Ich habe keinen festen Wohnsitz. Ich bin dauernd unterwegs.“

Devs Stirnfalten wurden tiefer. Langsam sagte er: „Mir ist, als würden wir uns kennen.“

Sie zog eine Grimasse wegen der abgegriffenen Anmache, und er verteidigte sich ärgerlich. „Das ist kein blöder Spruch, ich meine es ernst. Warst du schon einmal in Los Angeles?“

Sie nickte. „Vor Jahren. Ich habe kurz studiert an ...“

„... der Universität von Southern California“, beendete Dev den Satz.

Sie wirkte überrascht. „Stimmt. Woher weißt du das?“

„Wir haben dieselbe Vorlesung besucht. Ich glaube, es ging um Filmkritik.“

Gaby musterte ihn nachdenklich. „Ja. Die Vorlesung hatte ich belegt, aber an dich kann ich mich nicht erinnern.“

Irgendwie verletzte ihn das. Sie schien es zu spüren, denn sie rutschte unbehaglich hin und her. Schließlich zuckte er mit den Schultern und fuhr mit dem Finger über den Henkel seines Kaffeebechers. „Ich musste mir damals allein das Studium finanzieren und war daher älter als die meisten Studenten. In die Vorlesung ging ich nur, weil ich noch einen Schein fürs Examen brauchte. Ehrlich gesagt fand ich die Veranstaltung ziemlich entbehrlich.“ Er setzte hinzu: „Aber du hast sie offenbar sehr genossen.“

Bei seinem bitteren Ton zog sie die Brauen hoch. „Habe ich das? Wie gesagt, ich kann mich kaum erinnern, aber du hast wahrscheinlich recht." Ihr Blick wurde weich, auf ihren Lippen spielte ein leichtes Lächeln, als sie gestand: „Ich liebe alte Filme."

„Na, jedem das Seine", gab er zurück und starrte auf ihren Mund. „Warum hast du die Vorlesung dann abgebrochen?"

„Ich habe das ganze Studium abgebrochen", erklärte sie und griff nach der Kaffeekanne. „Meine Familie ist viel herumgereist. Wir sind nie lange an einem Ort geblieben." Sie schenkte sich noch etwas Kaffee nach. „Dabei fällt mir ein, wir haben nicht viel Zeit, also sollten wir lieber anfangen."

„Anfangen?", fragte er vorsichtig.

Sie nickte munter und lächelte ihn an.

Dev musste sich zwingen, nicht zurückzulächeln. „Womit?"

„Mit meinem Job."

„Ich dachte, du wärst hier, um mich sicher nach Hause zu bringen."

Gaby wischte die Bemerkung beiseite. „Ach, das war doch nur der Anfang. Wir haben ein hartes Stück Arbeit vor uns, bevor ich zurückgehen kann."

„Zurückgehen?" Da war ihm wohl etwas Wesentliches entgangen. Mit Gewalt riss er den Blick von ihren leicht geschürzten Lippen. Er hob die Hand. „Langsam, ja? Wohin willst du zurück?"

„In den Himmel." Sie trank einen Schluck Kaffee und schaute auf. Indem sie seinen verständnislosen Blick festhielt, fügte sie hinzu: „Ich dachte, ich hätte es dir gesagt. Ich bin ein Engel."

4. KAPITEL

Dev traute seinen Ohren nicht. Vorsichtig stellte er den Kaffeebecher ab. „Verstehe“, sagte er langsam. „Du bist ein Engel.“

„Richtig.“

„Du meinst nicht etwa das Baseball-Team gleichen Namens oder gewisse Streifenpolizisten in New York, denen man diesen Spitznamen gibt?“

„Nein“, gab Gaby scharf zurück. „Ich bin ein echter Engel, der auf die Erde geschickt wurde, um dir zu helfen.“

„Ja ja, das hatte ich befürchtet.“ Das Ausmaß seiner Enttäuschung erstaunte Dev. Er hätte sich denken können, dass ein Glücksfall wie Gabriella nicht ganz normal sein konnte. In diesen Zeiten waren Menschen, die anderen helfen wollten, eindeutig arme Irre.

Missmutig trank er noch einen Schluck Kaffee. Immerhin wirkte sie nicht gefährlich. Sichtlich zufrieden, dass sie diesen Punkt geklärt hatte, stand sie auf und machte sich wieder an seinen Küchenschränken zu schaffen.

„Soll ich dir Frühstück machen? Was isst du denn so normalerweise?“, fragte sie über die Schulter zurück.

„Toast“, erwiderte er geistesabwesend. „Brot ist im Tiefkühlfach. Wo wohnst du in L. A.?“

„Bis jetzt nirgends. Ich war gerade gelandet …“

„Vom Himmel?“

„Von Denver. Dummerweise wurde mir mein Gepäck am Flughafen gestohlen. Nachdem ich zig Formulare ausgefüllt hatte, war ich fix und fertig.“ Sie nahm eine Packung Brot aus dem Kühlfach. „Und auf der Suche nach einem Hotel hatte ich diesen Unfall.“

„Einen Unfall?“ Dev wurde hellhörig. Aha, vielleicht war sie noch etwas benommen? „Was ist passiert?“

„Ach, es war wirklich dumm von mir. Ich bin die Straße entlanggelaufen und fiel in eine Baugrube. Dabei habe ich mir den Schädel gebrochen. Und deshalb kam ich in den Himmel und bin ein Engel geworden."

„Du bist gestürzt, mit dem Kopf aufgeschlagen, und kamst in den Himmel", wiederholte Dev. „Und jetzt bist du ein Engel."

„Ein Engel auf Probe", korrigierte Gabriella. „Ich habe meinen Heiligenschein noch nicht. Die haben mich noch einmal zurückgeschickt, damit ich dir helfe."

„Natürlich", meinte Dev. Ja, das Bild wurde allmählich klarer. „Du bist auf die Erde zurückgekommen, um einen Anwalt zu finden." Er lehnte sich auf dem Stuhl zurück, dieses Gebiet war ihm vertraut. „Wen willst du verklagen? Deinen Arzt oder die Baufirma, die die Grube ganz offensichtlich nicht richtig abgesichert hat?"

„Ich will niemanden verklagen! Ich habe nicht irgendeinen Anwalt gesucht. Bud hat mir aufgetragen, genau *dich* ausfindig zu machen – Devlin Hunt."

„Bud?"

„Der Oberengel. Er meinte, du brauchtest Hilfe. Als er mich wieder heruntergeschickt hatte, habe ich nach dir gesucht."

„Du bist also nächtens durch die Straßen von L. A. gestreift, auf der Suche nach mir?"

„Als ich anfing, war es noch nicht dunkel", erläuterte Gaby, leicht verärgert über seinen spöttischen Ton. Sie nahm den Toaster aus dem Schrank. „Es war erst Nachmittag. Ich habe mich ein bisschen vertrödelt. Es dauerte eine Weile, bis ich etwas Passendes zum Anziehen gefunden habe – ich brauche ja etwas Weißes für die Rückreise."

„In die Klinik?", fragte Dev mit leiser Hoffnung.

„In den Himmel." Sie setzte den Toaster mit einem harten

Knall auf und drehte sich um, Hände in den Hüften. „Bist du schwerhörig?“

„Nein, nein, ich höre dich klar und deutlich.“ In seinem Kopf begann es wieder zu pochen.

„Na gut.“ Offenbar besänftigt steckte sie zwei Brotscheiben in den Toaster und berichtete weiter. „Als ich das Kleid hatte, lief ich ein bisschen herum und sah auf einmal das Neonschild vom *Klemm's*. Da hatte ich plötzlich diese *Eingebung* und ging hinein. War das nicht super von mir?“ Sie strahlte ihn an.

„Fantastisch. Ganz toll.“ Er konnte ihr Lächeln nicht erwidern. Mit düsterem Blick musterte er sie. „Wie hieß dein Arzt doch gleich, Gaby?“

Sein Versuch, auf den Arzt zurückzukommen, war offensichtlich zu plump, denn ihr Lächeln schwand. „Du glaubst mir nicht.“

„Das habe ich nicht gesagt.“

„Das brauchst du auch gar nicht. Ich sehe es dir an. Du glaubst mir kein einziges Wort.“

Er rieb sich die schmerzenden Schläfen. „Ich glaube, dass du glaubst, du wärst ein Engel.“

Sie warf ihm einen verächtlichen Blick zu. „Der Himmel schütze mich vor Anwälten. Verschone mich mit deinen Haarspaltereien, ja? Das ist überhaupt nicht kompliziert, sondern ganz einfach. Ich bin ein Engel und wurde auf die Erde geschickt, um dir zu helfen.“

„Wobei zu helfen?“

Sie zog die Augenbrauen zusammen. „Tja, da liegt der Haken“, gab sie widerstrebend zu. „Ich weiß es nicht genau. Du hast so viele Untugenden, dass ich gar nicht weiß, wo ich anfangen soll.“

Die Bemerkung ärgerte ihn. „Ich habe keine Untugenden!“

„Aber ja. Du trinkst.“

„Nicht oft. Und nie so maßlos wie gestern Abend. Verdammt, ich möchte schwören, der Barkeeper hat mir irgendetwas ins Glas getan."

„Und du fluchst."

„Tue ich nicht, verdammt." Er schwieg kurz. „Okay, manchmal. Selten, aber ..."

„Du solltest nie fluchen", sagte sie streng. „Ich finde, daran sollten wir als Erstes arbeiten."

Dev knirschte mit den Zähnen. „Wie kommst du eigentlich dazu, mir Vorschriften zu machen?"

„Und du hast ein aufbrausendes Temperament." Als sie den finsteren Zorn in seinem Blick aufsteigen sah, setzte sie triumphierend hinzu: „Eine unangenehme Eigenschaft. Und da du mich gestern Abend abschleppen wolltest, scheinst du auch ein Frauenheld zu sein."

„Ich bin kein Frauenheld." Er holte tief Luft, und sein Kiefermuskel verspannte sich. „Ich bin im letzten halben Jahr nur mit einer einzigen Frau ausgegangen. Cecilia stammt aus einer angesehenen Familie, und unsere Beziehung ist absolut intakt. Ich habe dich in der Bar nur deshalb mitgenommen, weil ich fürchtete, du könntest in Gefahr geraten."

„Okay, ein Lügner bist du also auch." Seine dunklen Augen funkelten vor Wut. Er öffnete den Mund, um ihr etwas Niederschmetterndes zu entgegnen, doch sie kam ihm zuvor und murmelte: „Wenn ich mich richtig erinnere, hattest du durchaus ganz bestimmte Absichten."

Dev schloss den Mund. Ihm wurde heiß. Er dachte an ihren schlanken Körper, den er unter sich gespürt hatte.

Zufrieden mit ihrem momentanen Sieg kehrte Gaby zum vorherigen Thema zurück. „Du bist also verlobt?", fragte sie und zog die Augenbrauen hoch.

Dev atmete tief durch. „Richtig", knurrte er. „Cecilia und ich werden unsere Verlobung auf einer Party verkünden, die ihr Vater demnächst für uns ausrichtet."

Gaby runzelte die Stirn und griff nach dem Kaviarglas. Dev litt schwer an seinem Kater, und sein Magen zog sich zusammen, als sie den Fischrogen auf ihren Toast strich. „Aber du siehst nicht gerade aus wie ein glücklich verlobter Mann."

„Wie sollte ich denn aussehen?"

„Na, glücklich eben, erwartungsfroh." Sie wedelte heftig mit dem Toast.

Der zynische Blick kam wieder in seine Augen. „Das ist doch albern. Die Ehe ist nicht mehr als ein Geschäft, von dem beide Seiten enorm profitieren."

Sie legte ihren Toast auf den Teller. „Du hörst dich an wie ein zynischer Jurist. Worin liegen denn diese beiderseitigen Vorteile?"

Er zuckte die Schultern. „Ich möchte in ein paar Jahren Partner in der Kanzlei sein. Und mit diesem beruflichen Hintergrund kann ich dann eine Karriere in der Politik anstreben. Mit ihren familiären Beziehungen würde Cecilia eine perfekte Politikergattin abgeben."

„Liebst du sie denn nicht?", fragte Gaby neugierig.

Er verzog die Lippen zu einem bitteren Lächeln. „Schätzchen, ich habe vor Jahren gelernt, dass Liebe nur Einbildung ist, nicht mehr als eine wacklige Krücke für jene Menschen, die die harte Wirklichkeit nicht aushalten können. Cecilia und ich bauen mehr auf eine ehrliche Beziehung."

„Ich vermute, das drückt *deine* Sicht der Dinge aus. Aber was hat deine zukünftige Frau von dem Handel?"

„Einen wohlhabenden Ehemann, der eine glänzende Karriere vor sich hat." Sie starrten einander schweigend an, bis er lässig hinzufügte: „Und ich wüsste nicht, was dich das anginge."

Gaby richtete sich auf. „Und ob mich das etwas angeht. Ich soll dir helfen und …" Ihre Augen blitzten. „Ja, genau! Bud sagte ‚Liebe löst alle Probleme', und dass ich knapp zwei Wochen Zeit habe. Jetzt weiß ich, warum du mich zum Mitgehen gezwungen hast. Ich muss dir helfen, dich in deine Verlobte zu verlieben!"

„Was?"

„Und ich sollte mich auch gleich um deine übrigen Fehler kümmern. Nur zur Sicherheit", fügte sie hinzu.

„Zu deiner Sicherheit solltest du mich in Ruhe lassen, verflixt." Sie kaute bloß stumm, und Dev – zufrieden mit seiner energischen Reaktion – stand auf, um sich noch Kaffee zu holen.

Kaum hatte er Gabriella den Rücken zugewandt, verspürte er ein Kneifen am Po. Er fuhr herum, die Augen erst ungläubig geweitet, dann schmal. „Hast du mich eben gezwickt?", fragte er drohend.

„Hast du mich dabei gesehen?" Sie biss wieder von ihrem Toast ab.

„Nein, aber ich habe es gespürt."

Sie blickte unschuldig drein. Dev glaubte an ihre Unschuld ungefähr so wie an den Weihnachtsmann. Er senkte die Augenbrauen, als sie sachlich meinte: „Du sagtest doch, du hältst dich immer an die Fakten. Du hast nicht gesehen, dass ich dich gezwickt habe, woher weißt du dann, dass es nicht Einbildung war?"

„Verdammt, lass diese Wortklaubereien." Er griff nach der Kaffeekanne und spürte zu seinem Erstaunen ein neues Zwicken. Wieder schnellte er herum. Gaby hatte beide Hände an ihrem Becher. Er biss die Zähne aufeinander. „Hör auf damit!"

„Womit?"

„Tu nicht so unschuldig. Ich wurde gekniffen. Außer dir und mir ist niemand im Raum, also bist du es gewesen."

„Vielleicht war es eine unbewusste Selbstbestrafung, weil du geflucht hast." Sie trank noch einen Schluck Kaffee.

„Ich leide nicht an unbewusstem Strafbedürfnis – und ich habe mir das Zwicken nicht eingebildet!"

Gaby seufzte und betrachtete ihre Fingernägel. „Du bist noch verkorkster, als ich dachte. Das wird ein hartes Stück Arbeit, fürchte ich."

Dev lachte kurz auf. „Und das muss ich mir von einer Frau sagen lassen, die glaubt, sie wäre ein Engel."

Sie richtete sich auf. „Ich bin ein Engel. Letzte Nacht hast du es geglaubt. Du nanntest mich sogar ‚Engel'."

Dev wollte widersprechen, doch da fiel ihm Gabys erster Anblick im Türrahmen der Kneipe ein. Verärgert runzelte er die Stirn. „Ich war betrunken."

„Aha", setzte sie sofort nach. „Du hast also an einen Engel gedacht, als du mich sahst."

„Das tut nichts zur Sache."

„O doch. Du hast es geglaubt, du musst deinen Glauben nur wiederfinden." Sie schürzte die Lippen und sah ihn nachdenklich an. „Was müsste geschehen, damit du mir glaubst?"

„Vielleicht sollte ich ein paar Whiskeys trinken?"

Sie fegte die Bemerkung beiseite. „Es ist mein Ernst. Moment – was ist mit der Prügelei in der Bar? Erinnerst du dich nicht, wie ich dich beschützt habe?"

„Nein."

„Was meinst du, warum das Bierglas plötzlich umkippte? Und wieso der haarige Kerl anfing zu niesen? Das war mein Werk!"

„Dein Werk?"

„Ja. Ich habe sogar …" Sie senkte den Blick und fingerte an ihrer Serviette herum. „Ich dachte, du wärst leichter zu handhaben, wenn du, nun ja, ein bisschen betrunken wärst. Das hat dann ja auch geklappt."

Dev starrte sie an, aber sie mied seinen Blick. „Hast du mir etwas ins Glas geschüttet?", fragte er anklagend. Ihre Locken flogen, als sie heftig den Kopf schüttelte. „Dann glaube ich dir nicht. Es war dein Wunschdenken und alles reiner Zufall."

„Du musst mir glauben.“ Sie biss sich auf die Lippen, denn sie sah ihre Chance, in den Himmel zurückzukehren, immer mehr schwinden. „Es muss doch etwas geben, das einen abgebrühten Anwalt wie dich überzeugt.“ Ihr Gesicht hellte sich auf. „Ich hab's!“

Sie ging ins Wohnzimmer und holte ihre Tasche. Wieder in der Küche, zog sie ein Blatt Papier heraus. „Da.“

Unwillig nahm er das Blatt entgegen. „Was ist das?“

„Eine Liste meiner Referenzen.“

Er überflog das Papier. „Ich sehe nirgends Buds Namen“, sagte er trocken.

„Das ist keine Liste von Engeln, sondern von Menschen, bei denen ich früher gearbeitet habe. Ich weiß, Juristen halten viel von handfesten Beweisen. Vielleicht können diese Personen dich von meiner Glaubwürdigkeit überzeugen.“

Dev presste die Lippen aufeinander. „Hör mal, das Einzige, wovon ich überzeugt bin, ist, dass du dringend in ärztliche Behandlung gehörst. Ich habe einen Freund, der Psychiater ist. Sollen wir uns einen Termin geben lassen?“

„Nein.“ Ihr weicher Mund wurde zu einer schmalen wütenden Linie. „Ich habe keine Zeit für solche Sachen. Ich möchte so schnell wie möglich in den Himmel zurück, und das geht erst, wenn ich dir den Kopf zurechtgerückt habe.“

Dev musterte ihre widerborstige Miene. Er ging diese Diskussion völlig verkehrt an. Gaby mochte verrückt sein, aber sie redete ihn glatt an die Wand – ihn, einen ausgebildeten Juristen. Also sollte er besser anfangen, wie ein Jurist vorzugehen. Vielleicht war es das beste Verfahren, sie mit ihren eigenen Waffen zu schlagen. „Du willst mich also überzeugen. Okay, dann tu das und bewirke noch ein Wunder.“

Gaby runzelte die Stirn. „Noch ein Wunder?“

„Richtig, ein Wunder. Du behauptest, du hättest gestern Abend all diese Wunder bewirkt. Dann tu noch eins. Ein klitzekleines genügt mir schon." Er blickte zum Fenster. Weit und breit waren keine Wolken zu sehen, der strahlende Himmel verhieß einen weiteren heißen Junitag. „Lass es regnen", forderte er.

„Regnen? Aber in Kalifornien herrscht eine Trockenperiode. Es hat nicht mehr geregnet seit …" Ihre Stimme erstarb, als sie sein unerbittliches Gesicht sah. „Ist das die einzige Möglichkeit, dich zu überzeugen?"

„Ja, so ist es." Er verschränkte die Arme vor der Brust. „Wenn du keinen Regen machen kannst, fahren wir in die Klinik."

Gaby betrachtete ihn nachdenklich. „Und wenn ich dieses Wunder vollbringe, glaubst du mir? Dann darf ich hierbleiben und dir helfen?"

„Ja."

Sie blieb skeptisch. „Woher weiß ich, dass du dein Wort hältst?"

Ein kleiner Muskel in seiner Wange zuckte bei dieser Beleidigung, doch er entgegnete ruhig: „Berechtigter Einwand. Wir setzen einen Vertrag auf."

„Ein Anwalt, wie er im Buche steht", murmelte Gaby vor sich hin.

Dev ignorierte ihre Bemerkung. Er ging an seinen Schreibtisch, setzte sich und zog einen Schreibblock heran. „Wir machen es ganz schlicht. Etwa so: *16. Juni, 11.00 Uhr. Falls es innerhalb der nächsten Stunde nicht regnet, ist Gabriella – Smith, richtig? – bereit, einen Psychiater aufzusuchen und sich einer eingehenden Untersuchung zu unterziehen.*"

Gaby beugte sich über seine Schulter und diktierte: „*Falls es regnet, ist Devlin Hunt bereit, sich von Gabriella Smith helfen zu lassen, bis ihre Aufgabe erfüllt ist und sie in den Himmel zurückkehren kann.*" Sie sah zu, wie er alles aufschrieb.

„Zufrieden?", erkundigte er sich.

Sie zog die Stirn kraus. „Ich weiß nicht …“ Sie nahm das Schriftstück und las es sorgfältig durch. Dann fragte sie: „Wie definierst du Regen?“

Er schnappte ihr das Blatt weg. „Ich werde doch nicht anfangen und Regen definieren. Regen ist Regen.“

Gaby schürzte die Lippen. „Ich weiß, wie hinterhältig Anwälte sein können. Wenn du Regen nicht eindeutig definierst, würdest du ihn leugnen, selbst wenn ein Gewitter über dich hereinbricht.“

„Das würde ich nicht, aber in drei Teufels Namen, bitte: *Regen wird hier definiert als eine wahrnehmbare Menge Wasser, die vom Himmel fällt.*“ Er starrte sie düster an. „Ist das deutlich genug?“

Sie nickte. „Das müsste genügen.“

„Dann unterschreib.“

Sie unterzeichneten beide den Vertrag. Dev faltete das Blatt und legte es in eine Schublade. „Okay. Frühstücke weiter, ich ziehe mich inzwischen an.“

Dev ging ins Bad, während Gaby Toast mit Kaviar verspeiste. Voll düsterer Vorahnungen zog er sich aus und trat unter die heiße Dusche. So ging es einem, wenn man sich einen Ausrutscher erlaubte. Er hätte diese Bar nie betreten, nie so viel trinken dürfen. Und auf keinen Fall hätte er Gaby mit nach Haus nehmen sollen. Er schüttelte den Kopf, fast von sich selbst angewidert. Nie zuvor waren seine Triebe dermaßen mit ihm durchgegangen.

Er seifte sich gründlich ein und ließ sich das heiße Wasser auf den Rücken prasseln. Bloß gut, dass sie den Vertrag unterschrieben hatte. Er lachte kurz auf. Regen im Juni, mitten in der Trockenperiode. Eine geniale Idee. Fast tat es ihm leid, dass er sie so locker aufs Kreuz gelegt hatte. Aber es war ja zu ihrem Besten. Auf diese Weise bekam er sie dazu, sich in ärztliche Behandlung zu begeben. Außerdem konnte er sie wahrhaftig nicht in seiner Wohnung behalten. Ihr Zustand könnte sich verschlimmern. Aber noch schlimmer war, dass sie ihn enorm beunruhigte. Erinnerungen an die vergangene Nacht stiegen in ihm auf. Weiche Brüste an seine Rippen gepresst. Wie süß sie geschmeckt hatte. Er drehte sich in der Duschkabine um und wandte das Gesicht dem heißen Wasserstrahl zu. Und heute Morgen. Ihre schlanken nackten Beine unter seinem Hemd. Er hätte sie berühren mögen und …

„Arrgh!“ Dev zuckte vor dem plötzlich eiskalten Wasser zurück, das ihn wie mit tausend Nadeln stach. Fluchend und keuchend tastete er nach dem Hahn und stellte das Wasser ab.

„Verdammt.“ Er bebte vor Kälte, als er aus der Duschkabine floh. Es war noch nie passiert, dass ihm das heiße Wasser ausging. Das Füllvermögen des Boilers war riesig. Vielleicht sollte er die Heizanlage nachsehen lassen.

Zehn Minuten später kam er in die Küche. Er knöpfte sich die Manschetten zu und betrachtete Gaby, die am Tisch saß und Kaffee trank. Der Stapel von Toasts war verschwunden.

Während er sich das Hemd in die Hose stopfte, teilte er ihr mit: „Du hast eine Stunde. Vollführ deinen Regentanz oder was immer ihr Engel so macht, ich muss zu einer Verabredung mit Cecilia.“

Gaby presste die Lippen zusammen. „Wir tanzen nicht herum. Wir senden gute Gedanken aus.“

„Wunderbar. Dann tu das.“ Dev nahm sein Jackett und zögerte. Plötzlich hatte er es gar nicht mehr so eilig. Nicht, dass er fürchtete, sie würde seine Wohnung ausräumen. Wenn sie darauf aus gewesen wäre, hätte sie genügend Gelegenheit dazu gehabt. Aber wenn sie wirklich krank war und Hilfe brauchte? Behutsam fragte er: „Kann ich dich hier eine Weile allein lassen?“

„Selbstverständlich.“

„Schön.“ Dev räusperte sich. „Du kannst gern duschen –

obwohl das heiße Wasser anscheinend knapp ist. Und iss dich ruhig mal so richtig satt", fügte er mit leichtem Sarkasmus hinzu, indem er ihren leeren Teller ansah.

Sie lächelte. „Danke."

Mit einem abschließenden Nicken ging er und schloss die Tür hörbar hinter sich. Es würde nicht viel Zeit kosten, Cecilia die Lage zu erklären und zu Gabriella zurückzukehren, sagte er sich im Lift. Er wollte das Mädchen so bald wie möglich ärztlich versorgt sehen. Am besten sollte der Psychiater sie in der Wohnung aufsuchen. Vielleicht würde er sie gleich in eine Klinik überweisen.

Sorgenfalten standen auf Devs Stirn, als er durch die Eingangshalle eilte. Hoffentlich würde es Gaby nicht zu nahe gehen. Was für ein Drama. Sie war verrückt. Ganz offensichtlich. Und sie ging ihm auf die Nerven. Aber er konnte nicht leugnen, dass er sich zu ihr hingezogen fühlte. Er trat auf den Bürgersteig hinaus. Eine leichte Brise umwehte ihn. Warum musste diese Frau auch so unglaublich attraktiv sein.

Eine ungute Vorahnung ließ ihn innehalten. Instinktiv sah er nach oben.

Ein Wasserschwall prasselte auf ihn herab und durchtränkte ihn von Kopf bis Fuß.

5. *KAPITEL*

Vor Verblüffung war Dev wie versteinert. Dann schüttelte er reflexartig den Kopf und strich sich das triefende Haar aus der Stirn. Wassertropfen spritzten auf das heiße Pflaster, wo sie im Sonnenlicht glitzerten.

Er war pudelnass. Sein Haar, sein Gesicht. Er blickte an sich herunter. Sein Anzug. *Ah, dieses kleine Biest.* Rasende Wut überkam ihn. Er machte auf dem Absatz kehrt und stürmte ins Gebäude zurück. Zu wütend, um auf den Lift zu warten, hastete er die Treppe hoch und nahm mehrere Stufen auf einmal.

Er stieß die Tür zu seiner Wohnung auf. Gaby saß am Tisch mit einem Glas Oliven in der Hand und sah ihm mit großen Augen entgegen. Als sie sein nasses Haar und den tropfenden Anzug bemerkt, lächelte sie. „Es hat geregnet."

„Zum Teufel, das hat es nicht", fauchte Dev. Er schälte sich aus dem Jackett und warf es auf den Boden. Vom Tresen schnappte er sich ein Küchenhandtuch und trocknete sein Gesicht.

Gaby beobachtete ihn grinsend. Sogar sein weißes Hemd war durchnässt und ließ die Muskeln seiner breiten Schultern deutlich erkennen.

Ihr Lächeln schwand, als er das Handtuch von sich schleuderte. Aus schmalen Augen starrte er in ihr Gesicht, das völlig harmlos wirkte. „Du hast Wasser aus dem Fenster geschüttet!"

„Habe ich nicht!"

Aufgebracht trat Dev ans Fenster, dicht gefolgt von Gaby. Die untere Hälfte war geschlossen, und als er sich auf die Fensterbank kniete, um die Scheibe hochzuziehen, bewegte sich nichts. Er zerrte heftiger. Da öffnete sich das Fenster endlich mit einem vernehmlichen Knarren.

Mit gerunzelter Stirn untersuchte Dev die abgeplatzte

Farbe am Rahmen. Offensichtlich war das Fenster seit dem letzten Anstrich nicht aufgemacht worden.

Wortlos ging er zum nächsten Fenster. Seine Armmuskeln traten hervor, als er die Scheibe mit Anstrengung hochschob. Dasselbe Bild, auch hier Farbreste. Dev blickte sich um. Sein Zorn wich einer gewissen Verwirrung. Dies waren die einzigen Fenster, aus denen Gaby etwas geschüttet haben konnte, denn die anderen Fenster lagen zu weit ab. Die Hände in die Hüften gestemmt, wandte er sich ihr zu. „Jemand hat mir Wasser über den Kopf gegossen. Wenn du es nicht warst, dann wahrscheinlich die Kinder vom Stock unter mir."

„Machen sie das öfter?"

Er zog die Brauen zusammen. „Nein, bisher noch nie, aber …"

„Nichts aber. Es hat geregnet, und das weißt du."

Seine dunklen Augen glühten bedrohlich und seine Kinnmuskeln verspannten sich. „Ich weiß gar nichts. Höchstens, dass du mir einen üblen Streich gespielt hast. Ich trete von unserer Vereinbarung zurück."

Gaby wurde steif vor Wut, sie ballte die Fäuste. „Ich hätte wissen müssen, dass du dein Wort nicht halten würdest." Dieser starrsinnige eingebildete *unbelehrbare* Kerl!

Sie schritt zum Schreibtisch, riss die Schublade auf und nahm den unterschriebenen Vertrag heraus. Laut las sie vor: *„Regen wird hier definiert als eine wahrnehmbare Menge Wasser, die vom Himmel fällt."* Sie kam auf ihn zu und schwenkte das Blatt vor seinem Gesicht. „Das hast du unterschrieben. Kam Wasser herunter oder nicht?"

„Ja, aber nicht vom Himmel", wandte er ein.

Sie verdrehte die Augen. „Verstehe. Wir hätten auch noch den Himmel definieren müssen." Sie stemmte die Hände in die Hüften. „Gib's auf, Dev. Selbst wenn es die Kinder waren, die das Wasser über dir ausgeleert haben, bleibt doch die Tatsache, dass sie es genau heute und um diese Zeit getan haben, ein Wunder, oder?“

„Es ist Zufall.“

„Der eine nennt es Zufall, der andere Wunder. Du hast Wasser vom Himmel abbekommen. Das ist mein Wunder, und ich bleibe hier wohnen, basta. Ich helfe dir, dein Leben auf die Reihe zu kriegen.“

Sein Mund war eine schmale harte Linie. Langsam und deutlich sagte er: „Vielen Dank, aber mein Leben ist auf der Reihe. Und ich habe auch nicht vor, es mir von einem eben mal vorbeifliegenden Engel durcheinanderbringen zu lassen.“

„Aber unser Vertrag. Du hast versprochen …“ Gaby starrte in seine unerbittliche Miene. Er würde sie an die Luft setzen, sie spürte es. Und sie sah, wie das Himmelreich ihr immer weiter entglitt. Angstvoll suchte sie nach einem Ausweg.

Er setzte an: „Tut mir leid, Gaby, aber …“

Da klingelte es an der Tür.

Dev machte den Mund zu. Ein Muskel in seiner Wange zuckte. Gaby sank erleichtert auf die Couch.

Er warf ihr einen verärgerten Blick zu. „Glaub ja nicht, das Thema wäre erledigt.“

Dev ging zur Tür, öffnete und starrte verdutzt auf die Frau, die vor ihm stand. Im ersten Moment war er versucht, die Tür einfach zuzumachen. Bei genauerem Nachdenken erschien ihm Cecilia mit ihrer ruhigen beherrschten Art jedoch als eine willkommene Abwechslung zu den Gefühlsduschen, die Gaby ihm ständig bereitete. Er lächelte. „Hallo, Cecilia.“

Gaby fuhr von der Couch auf, getrieben von Neugier. Dies war also Devs Zukünftige. Gaby reckte den Hals, um mehr zu sehen, doch Devs breite Schultern verwehrten den Blick auf die Frau an der Tür.

Cecilias Stimme klang angenehm, leise und wohlerzogen, als sie die Begrüßung erwiderte. „Hallo, Devlin. Ich habe über eine halbe Stunde auf dich gewartet, und da dachte ich, du hättest vielleicht …“ Sie brach ab. Entsetzt rief sie aus: „Devlin! Was ist passiert? Du bist ja vollkommen durchnässt.“

„Ein kleines Missgeschick. Aber komm doch herein.“ Er zog die Tür weiter auf.

Eine Blondine betrat die Wohnung. Sie verharrte, als sie Gaby auf der Wohnzimmercouch erblickte. „Oh, hallo. Ich wusste nicht, dass du Besuch hast.“

Gaby stand auf und machte sich auf einen eifersüchtigen Wortwechsel gefasst. Doch die blonde Frau wandte sich an Dev und meinte missbilligend: „Solltest du dich nicht umziehen?“

„Das kann warten. Gaby, dies ist Cecilia Putman. Cecilia – Gabriella, Gaby Smith.“

Cecilia lächelte. „Sehr erfreut.“ Sie nickte Gaby zu, ohne sie wirklich wahrzunehmen, und wandte sich erneut Dev zu. „Ich wollte mit dir über die Adamsons sprechen.“

„Soll ich lieber rausgehen?“, fragte Gaby.

Cecilia reagierte nicht, aber Dev zuckte die Schultern. „Wir haben keine Geheimnisse zu besprechen.“

Neugierig, das Paar im Umgang miteinander zu beobachten, ließ Gaby sich wieder auf der Couch nieder. Dev setzte sich auf die Armlehne neben ihr – fast wie ein Wachposten, fand sie –, während Cecilia in einem Sessel gegenüber Platz nahm.

Gaby hörte schweigend zu, wie die Blondine die juristischen Probleme einer gewissen Helen Adamson ausbreitete. Offenbar war Cecilia mit der Frau eng befreundet und wollte, dass Dev sie vertrat. Gaby nahm wahr, dass er sich zwar verbindlich gab, aber eine klare Zusage vermied.

Es überraschte sie, dass Dev sich seiner zukünftigen Verlobten dermaßen widersetzte. Sie wusste nicht, wie sie sich Cecilia vorgestellt hatte, doch so eine Frau hatte sie bestimmt nicht erwartet.

Cecilia war rundum kühl und glatt. Sie trug das platinblonde Haar zu einem eleganten Nackenknoten geschlungen, ihre schlanke Figur war mit einem hellen Seidenkostüm bekleidet, Strümpfe, Schuhe und Handtasche passten perfekt dazu.

Vermutlich hat sogar ihre Unterwäsche dieselbe Farbe, dachte Gaby. Cecilia machte nicht den Eindruck, als würde sie auch nur die winzigste Kleinigkeit übersehen. Ihre Erscheinung war einfach makellos.

Natürlich bildeten auch Cecilias Zähne zwei perfekte weiße Reihen. Sie enthüllte sie bei einem kühlen Lächeln, als Dev die Diskussion beendete: „Das ist also der Stand der Dinge, Cecilia. Ich treffe Helen Adamson am Montag und entscheide, ob da ein Rechtsfall vorliegt oder nicht."

„Aber gewiss", versicherte Cecilia. „Clara und Lisa Ann sagen, dass dieser Mann ihre Mutter einer regelrechten Gehirnwäsche unterzieht. Du weißt, wie leicht beeinflussbar Helen ist. Du musst sie leiten, Devlin." Sie stand auf. „Ich gehe jetzt. Es war nett, Sie kennenzulernen, Gabriella. Wie lange, sagten Sie, wollen Sie in L. A. bleiben?"

Cecilia nahm ihre Tasche auf und sah zum ersten Mal direkt in Gabys Augen. Es war ein kleiner Schock. Cecilia besaß die kältesten grauen Augen, die Gaby je gesehen hatte. „Ich bleibe ein paar Tage", entgegnete Gaby. „Ich muss …"

„Gaby ist in einem besonderen Auftrag hier", fiel Dev ihr ins Wort. Er legte Gaby eine Hand auf die Schulter und drückte sie warnend. „Ich denke, sie darf nicht darüber sprechen."

Cecilia hob die sauber gezupften Brauen. „Meine Güte, das hört sich ja wichtig an."

„Es ist sehr wichtig", betonte Gaby. „Und ich möchte auf keinen Fall versagen." Sie schüttelte Devs Hand ab und schoss ihm ihrerseits einen warnenden Blick zu.

„Wie interessant", murmelte Cecilia. „Woher stammen Sie?"

„Ach, von hier und da", gab Gaby unbestimmt zurück. „Ich bin viel gereist, vor allem in letzter Zeit."

„Sind Sie geheimdienstlich tätig?"

Gaby lachte. „O nein. Ich hatte die verschiedensten Jobs, meist als Bedienung oder als Sekretärin."

„Bedienung? Sie Ärmste." Cecilia verzog leicht verächtlich den Mund. „Ihr neuer Job scheint sich da besser auszuzahlen."

„Er ist jedenfalls anspruchsvoller", sagte Gaby.

„Na, dann viel Glück." Cecilia wandte sich zur Tür und sah den Golfschläger, den Dev neben der Tür deponiert hatte. „Was tut denn der hier, Devlin? Bereitest du dich schon auf dein Spiel am Montag vor?"

„Spiel?", fragte Gaby.

Cecilia nickte. „Golf. Devlin legt Wert darauf, einmal pro Woche zu spielen. Damit er in Übung bleibt."

„Das macht bestimmt Spaß." Gaby versuchte, einen begehrlichen Ton anzuschlagen. „Ich liebe Golf. Vielleicht begleite ich dich, Dev."

Sie schenkte ihm einen schmelzenden Blick, den er hinter Cecilias Rücken mit eisigem Starren erwiderte.

Cecilia lachte leise. „Wenn ich Devlin nicht bedingungslos vertrauen würde, könnte ich direkt eifersüchtig werden."

„Sie können doch auch mitkommen", schlug Gaby vor und ignorierte Devs drohende Miene.

„Das ist eine gute Idee", meinte Cecilia. „Eine Golfpartie ist vielleicht mal eine nette Abwechslung." Sie sah Gaby nachdenklich an. „Ich habe noch eine Idee. Warum wohnen Sie nicht bei mir, solange Sie in der Stadt sind? Ich habe genügend Platz."

„Ich möchte nicht lästig fallen."

Cecilia wischte den Einwand beiseite. „Unsinn. Devlins Freunde sind auch meine Freunde."

Gaby schöpfte neue Hoffnung. Bei Cecilia zu wohnen, war

nicht gerade optimal, aber vielleicht keine schlechte Lösung. Vor allem, da Dev sie unbedingt aus dem Haus haben wollte. In Cecilias Nähe könnte sie ebenso gut bewirken, dass die beiden sich ineinander verliebten. Sie würde das Problem aus Cecilias Blickwinkel angehen. Dieser kühlen Frau ein wenig mit netten Bemerkungen über Dev einheizen. Sicher würde Gaby der eine oder andere positive Zug an ihm einfallen.

Gaby lächelte. „Das würde ich gern …"

„Das ist reizend von dir, Cecilia", unterbrach Dev. „Aber es ist nicht nötig. Sie bleibt hier."

Sein Blick nagelte Gaby geradezu fest. „Bei mir."

6. KAPITEL

Dev konnte nicht fassen, dass er Gaby zum Bleiben aufgefordert hatte.

Mürrisch blätterte er in den Papieren auf seinem Schreibtisch, während er darauf wartete, dass seine Sekretärin den nächsten Besucher ankündigte. Selbst jetzt, nach zwei Tagen, war ihm immer noch nicht klar, wie dieser nervtötende kleine Rotschopf ihn dazu herumgekriegt hatte.

Aber als Cecilia Gaby zu sich eingeladen hatte, war ihm keine andere Wahl geblieben. Er schob die Papiere beiseite und schwang mit seinem Sessel herum, um die Hochhäuser aus Glas und Chrom auf der anderen Straßenseite zu betrachten. Das Mädchen bei Cecilia abzuladen, wäre nicht fair, wenngleich die Idee ihren Reiz hatte. Nein, Gaby war *sein* Problem, so einfach wurde er sie nicht los.

Er drehte sich wieder zum Schreibtisch und griff nach einem Stift. Über Gaby nachzudenken war Zeitverschwendung, und Zeit hatte er wahrlich nicht zu verschenken. Seit er in die Kanzlei Putman, Collens und Angier eingetreten war, arbeitete er achtzig Stunden pro Woche, und wenn alles so weiterlaufen würde wie bisher, würde er in spätestens fünf Jahren Partner in der Kanzlei sein. Als Cecilias Ehemann wäre ihm die Partnerschaft natürlich sowieso sicher, doch das schmälerte sein Arbeitspensum keineswegs.

Und an den letzten beiden Abenden war er zu Hause zu rein gar nichts gekommen. Am ersten Abend waren die Mieter von unten, Mrs Miller und ihre zwei Jungen, zum Spaghettiessen gekommen. Gaby hatte sich von Mrs Miller Möbelpolitur geborgt und Devs Möbel einer gründlichen Behandlung unterzogen. Die ganze Wohnung glänzte wie noch nie. Er hatte protestiert und gesagt, sie solle sich doch keine Mühe machen. Aber Gaby hatte nur erwidert: „Was soll ich den ganzen Tag tun? Du hast eine hübsche Wohnung, und Hausarbeit ist etwas Neues für mich."

Die Idee mit dem Spaghettiessen war auch von Gabriella gekommen. Sie hatte erklärt, so könne er seine Mieter besser kennenlernen. Doch er argwöhnte, sie wollte in Wirklichkeit beweisen, dass die Jungen ihm nicht das Wasser auf den Kopf geschüttet hatten. Und gegen Ende des Abends war er endgültig überzeugt. Gaby hatte beiläufig erwähnt, dass Devs Fenster mit Farbe zugemalt waren, und Mrs Miller hatte dasselbe von ihren berichtet.

„Nicht, dass ich mich beschwere", hatte sie hastig hinzugefügt, da sie Devs düsteren Blick falsch verstand. „Sie haben so viel für uns getan, Mr Hunt, die Wohnung ist wunderschön und die Miete gar nicht hoch. Ich kann Ihnen nicht genug danken."

„Sie brauchen mir nicht zu danken", wehrte er unbehaglich ab. Die Höhe der Miete hatte er kaufmännisch genauestens durchkalkuliert, die Frau musste ihn also nicht wie einen Wohltäter verehren. „Es ist für mich von Vorteil, anständige und zuverlässige Mieter im Haus zu haben. Aber sagen Sie es mir in Zukunft, wenn Sie Beanstandungen haben."

Gestern Abend waren Mrs Frederick und Mrs Richards, die beiden alten Damen aus dem Erdgeschoss, an der Reihe gewesen, von Gaby verköstigt zu werden. Dev zog eine Grimasse. Auch sie hatten in fast peinlicher Weise dankbar die niedrige Miete gerühmt. Am Ende des Abends nannten sie ihn „mein Junge" und versprachen ihm eine wöchentliche Ration ihrer berühmten Plätzchen, da „junge Männer bei Kräften bleiben müssen", wie sie augenzwinkernd in Gabriellas Richtung sagten.

Während des Gesprächs hielt Gaby sich im Hintergrund, doch er konnte sehen, wie in ihren Augen der Schalk tanzte. Ja, sie mischte sich nicht nur in sein Liebesleben ein, sie dirigierte sogar sein gesamtes Privatleben! Sie war die anstrengendste Person, der er je begegnet war.

Als er merkte, dass er schon wieder an sie dachte, warf er verärgert den Stift auf die Tischplatte. Er musste unbedingt etwas dagegen tun.

Angespannt griff er zum Telefon. „Evelyn? Machen Sie mir eine Verbindung mit dem Cedar Sinai Hospital in West Hollywood." Nach zehn Minuten hatte er das Schwesternzimmer der Klinik, in der Gaby nach ihrem Sturz in die Baugrube behandelt worden war, am Telefon. Weitere zehn Minuten später musste Dev feststellen, dass er von den Schwestern keinerlei Informationen bekommen würde.

„Tut mir leid, Sir", wiederholte die Schwester beharrlich. „Die Daten unserer Patienten sind vertraulich. Ich kann mich an die Patientin nicht erinnern, aber selbst wenn, dürfte ich nicht über sie sprechen."

Unwillig fuhr Dev sich durchs Haar. „Können Sie mir nicht wenigstens sagen, ob sie sich auffallend verhielt? Ob es Grund gab, an ihrer Zurechnungsfähigkeit oder ihrer geistigen Gesundheit zu zweifeln?"

„Zurechnungsfähigkeit? Einen Augenblick", sagte die Schwester. „Wer, sagten Sie, sind Sie?"

„Devlin Hunt. Ich bin Anwalt."

„Anwalt! Steckt diese Frau etwa in Schwierigkeiten?"

„Die Schwierigkeiten habe eher ich", gab er grimmig zurück.

„Warum erkundigen Sie sich dann nach ihr?"

Entnervt schnaubte Dev: „Weil sie bei mir wohnt und behauptet, sie wäre ein Engel!"

„Na, wenn sie mit Ihnen auskommt, muss sie tatsächlich eine Heilige sein."

Es klickte in der Leitung. Wütend schmetterte er den Hörer auf die Gabel. Verbreitete Gaby diesen Engel-Quatsch vielleicht nur bei ihm?

Er beschloss, noch ein paar Nachforschungen anzustellen.

Doch bevor er zum Hörer greifen konnte, klopfte es leise an der Tür und seine Sekretärin schaute herein. „Mrs Adamson ist jetzt da, Mr Hunt."

Dev atmete tief durch. Er zwang sich, nicht mehr an Gaby zu denken, und stand auf. Während er sein Jackett glatt zog, öffnete Evelyn die Tür. Sie hatte nur die halbe Wahrheit gesagt. Hinter Helen Adamson stapften ihre zwei nicht mehr ganz taufrischen Töchter in den Raum, Helens kahlköpfigen blässlichen Schwiegersohn im Schlepptau.

Dev kam hinter dem Schreibtisch hervor und ergriff behutsam Mrs Adamsons Hand. Sie schien sich fast an ihn klammern zu wollen und sah ihn beinah flehentlich an, als wäre er ihre letzte Rettung. Wie sie da zwischen ihren großen robusten Töchtern stand, wirkte sie auf Dev wie eine arme reuige Sünderin, die man aufs Schafott führen wollte.

Er begleitete sie zu seinem bequemsten Sessel und blickte lächelnd in ihre sanften braunen Augen. „Ich freue mich, Sie zu sehen, Mrs Adamson." Dann wandte er sich an die restlichen drei. „Nehmen Sie bitte Platz. Wir können gleich anfangen."

Die Töchter rangelten verhalten um den Sessel neben ihrer Mutter. Clara, die ältere von den beiden, setzte sich durch. Mit einem triumphierenden Lächeln brachte sie ihr ausladendes Gesäß in dem Sessel unter, während ihre Schwester Lisa Ann den anderen Sessel ignorierte und beleidigt stehen blieb. Walter, der Schwiegersohn, hüstelte unbehaglich und lehnte Devs Aufforderung, sich zu ihnen zu gesellen, ab. Stattdessen schlurfte er zu einem Stuhl neben der Tür.

Dev nahm seinen Platz hinter dem Schreibtisch wieder ein und musterte die Versammlung. Die Schwestern glichen einander sehr in ihren Chanel-Kostümen – eins beige, das andere anthrazit – mit ihrem brünetten, kurz geschnittenen Haar und dem entschlossenen Ausdruck auf den sorgfältig geschminkten Gesichtern. Keine von beiden hatte erkennbare Ähnlichkeit mit ihrer zarten grauhaarigen Mutter. Walter schaute lediglich befremdet drein – offenbar seine gewohnte Haltung, befand Dev. Ob Walter wohl vor der Heirat mit Lisa Ann auch schon so ausgesehen hat?, fragte Dev sich kurz und wandte sich dann seiner Aufgabe zu.

„Nun, Mrs Adamson, was kann ich für Sie tun?"

„Also", begann sie, aber Clara unterbrach sie sofort. Die schneidende Stimme übertönte die ihrer Mutter.

„Es ist eine hässliche Geschichte, Mr Hunt – eine ganz hässliche. Ich fürchte, meine Mutter ist einem üblen Betrüger zum Opfer gefallen."

Dev zog eine Augenbraue hoch, seine Aufmerksamkeit war geschärft. Betrug? Davon hatte Cecilia nichts gesagt. Er zog einen Notizblock heran und griff nach einem Kugelschreiber. „Von welcher Art ist der Betrug? Gefälschte Antiquitäten? Geplatzte Investmentfonds?"

„Nein, nein." Lisa Ann trat vor, mit ihrer fleischigen Hand wischte sie solche albernen Dinge beiseite. „Es ist viel schlimmer. Etwas Privates. Unsere Mutter ..." Sie sah Helen mit einer Mischung aus Mitleid und Ekel an. „Mutter hat sich mit einem *Mann* eingelassen."

Dev sah bis jetzt noch nicht, was das einen Juristen angehen sollte. Er wollte gerade vorschlagen, dass dies eher ein Fall für gute Freundinnen sei, als Clara sich einmischte. „Sie hat ihn beim Bingo-Spielen kennengelernt", rief sie empört aus. Sie saß sehr aufrecht und hielt ihre große schwarze Tasche wie einen Schutzschild vor sich. „Er hat bei den Frauen dort sogar einen Spitznamen. Bert der Casanova nennen sie ihn."

„Richtig, so heißt er", bekräftigte Lisa Ann. Ihre Handtasche war oval und hatte eine lange Goldkette, die sie zwischen ihren dicken Fingern knetete, während sie erregt auf und ab ging. „Offensichtlich hat er in Mutter sofort sein perfektes Opfer erkannt." Zornig zerrte sie an der Goldkette.

„Offensichtlich“, bestätigte Clara. „Bevor wir merkten, was sich da anbahnte, ist er bereits jeden Abend mit Mutter ausgegangen. Ins Kino, in Restaurants. Sogar in die Disco!“

„Es war keine Disco, Liebes“, widersprach Helen schwach. „Wir sind in einen Country Western Club gegangen …“

„Country Western, Disco, was macht das für einen Unterschied, Mutter? Der Mann hat dich ausgenutzt, er hat dein Bedürfnis nach Nähe für seine egoistischen Motive ausgebeutet!“ Clara schlug mit Nachdruck auf ihre Tasche.

„Und worin bestanden diese Motive?“, fragte Dev.

„Heirat natürlich!“ Clara setzte sich voll Empörung auf, während Lisa Ann aufgebracht mit der Kette ihrer Tasche rasselte und wiederholte: „Natürlich!“

Dev lehnte sich zurück. „Eine Heirat ist ein ernster Schritt, das gebe ich zu. Aber einen Mann des Betrugs zu bezichtigen, nur weil er einer Frau einen Heiratsantrag macht, wird vor Gericht kaum gelten.“

Clara schien in ihrem Sessel zu wachsen, während ihre Mutter immer kleiner wurde. „Sie verstehen nicht, Mr Hunt. Meine Mutter ist eine außerordentlich wohlhabende Frau …“

„*Außerordentlich* wohlhabend!“, betonte Lisa Ann und wedelte mit erhobenem Zeigefinger. „Und dieser Herbert Smith besitzt keinen Penny.“ Erbost blies sie die vollen Wangen auf. „Er ist seit Jahren arbeitslos, und davor hatte er einen zwielichtigen Job.“

„Er war Vertreter, Liebes“, sagte Mrs Adamson.

Lisa Ann fauchte: „Die Sorte kennt man doch!“ Als sie den unterwürfigen Blick ihrer Mutter auffing, setzte sie unwillig hinzu: „Sagen wir es ganz offen: Meine Mutter hat ihm eine beträchtliche Summe überlassen. Sie hat sogar einen Vertrag mit ihm gemacht.“

Sie ging zu Walter hinüber und gab ihm einen Klaps auf die Schulter. Der fuhr erschrocken hoch und reichte ihr eine

Akte, die er auf den Knien hielt. Sie trug das Dossier zu Devs Schreibtisch und legte es ihm vor. „Hier steht alles drin. Mutter hat mit diesem Mann ein Unternehmen gegründet und ihm eine Viertelmillion Dollar überlassen. Eine *Viertelmillion.*" Lisa Anns rundliche Hand fegte durch die Luft.

Dev schlug die Akte auf und überflog den Vertrag. Er war nicht gerade juristisch ausgefeilt, aber dennoch rechtlich in Ordnung. Dev sah Mrs Adamson an. „Sie möchten sich im Tourismusgeschäft betätigen?"

„Das hatten wir vor", gab sie zögernd zu. „Bert findet, Menschen in unserem Alter haben ganz bestimmte Bedürfnisse, wenn sie verreisen. Wir wollen eine Reiseagentur für ältere Kunden aufziehen." Sie beugte sich zu Dev hinüber. „Ich gebe das Startkapital und Bert …"

„… wird mit der vollen Härte des Gesetzes verfolgt", unterbrach Lisa Ann ihre Mutter. „Der Mann ist ein Schwindler!"

Mrs Adamson erwiderte sichtlich aufgeregt: „Er hat auch Geld investiert, Liebes."

„Nur ein Viertel deiner Einlage!", schnaubte Lisa Ann verächtlich. Sie warf Devlin einen bedeutungsvollen Blick zu. „Er erzählt ihr, sie würden zusammen herumreisen und die schönsten Urlaubsorte aussuchen. Meine Mutter – eine Adamson! – in einem Wohnwagen!"

„Sie müssen etwas dagegen unternehmen." Clara hielt ihre Tasche vor sich und neigte sich Dev zu. „Er ist an Mutter nur ihres Geldes wegen interessiert. Sie wusste nicht, was sie tat, als sie den Vertrag unterschrieb. Himmel, wenn wir nicht eingeschritten wären, hätte er sie völlig eingewickelt." Sie ballte eine Faust und rief aus: „Den Kerl bringen wir vor Gericht!"

„Ja! Er gehört vor Gericht!", pflichtete Lisa Ann bei. „Selbstverständlich möchten wir, dass Mutter glücklich ist. Aber wenn sie noch einmal heiraten will, dann sollte sie sich jemanden suchen, zu dem sie aufblicken kann. Jemanden wie Walter."

Automatisch sahen alle zu Walter hinüber. Er hatte die Augen geschlossen und den kahlen Schädel an die Wand gelehnt. Sein Mund stand schlaff offen, seine Lippen bebten in leisem Schnarchen.

Lisa Anns üppiger Mund wurde schmal vor Missbilligung. „Walter!"

Er fuhr hoch und erwachte mit einem Grunzer. „O ja. Ja, ich bin völlig deiner Meinung, Liebes", beteuerte er eilfertig.

Lisa Ann schoss ihm einen vernichtenden Blick zu und wandte sich wieder an Dev. „Nun, Mr Hunt, was gedenken Sie wegen Bert Smith zu unternehmen?"

Die Schwestern trugen eine wilde Entschlossenheit zur Schau, während Walter versuchte, gebührend besorgt dreinzublicken, doch er wirkte nur verwirrt. Mrs Adamson hingegen war sichtlich unglücklich.

Dev traf seine Entscheidung, stand auf und kam um den Schreibtisch herum. „Ihre Informationen waren sehr hilfreich, aber ich denke, ich sollte mich kurz mit Mrs Adamson allein unterhalten." Mit sanftem Nachdruck geleitete er Lisa Ann zur Tür. „Falls Sie nichts dagegen haben?"

Da sie sich quasi hinausbefördert sah, gefolgt von Clara und Walter, protestierte Lisa Ann: „Aber Mutter braucht unseren Beistand. Und ich habe noch diesen Brief, der beweist, dass sie überhaupt nicht wusste, was sie tat." Sie verharrte und holte den Umschlag aus der Tasche.

Dev nahm den Brief entgegen. „Wir werden alle Einzelheiten besprechen." Er öffnete die Tür, und seine Sekretärin sah auf. Liebenswürdig sagte er: „Evelyn, würden Sie unseren Gästen bitte einen Kaffee bringen, während sie hier draußen warten? Ich muss ein paar Minuten mit Mrs Adamson allein sprechen."

„Selbstverständlich, Sir."

Dev schloss die Tür hinter dem Trio und kehrte zu Mrs

Adamson zurück. Sie hatte sich nicht gerührt und saß ein wenig verloren in ihrem Sessel. Dev überflog das Schreiben, das Lisa Ann ihm gegeben hatte. Es war ein Brief von Helen an Herbert Smith, in dem sie ihre Begeisterung über das gemeinsame Projekt ausdrückte.

Stirnrunzelnd studierte Dev das Schriftstück und setzte sich dann neben seine Klientin. Bedächtig sagte er: „Mrs Adamson, Ihre Töchter sind von Herbert Smith offenbar nicht besonders angetan. Wehrt er sich gegen die Auflösung Ihres Vertrags?"

Sie nickte. Dev sah Tränen in ihren Augen, bevor sie den Blick senkte. „Ja, Mr Hunt. Herbert befürchtet, ich würde dann wieder dasselbe öde Leben führen wie zuvor. Er glaubt, dass meine Töchter nur an ihr Erbe denken und sich nicht darum kümmern, dass ich geliebt werden möchte und mir noch ein wenig Freude wünsche." Niedergeschlagen fügte sie hinzu: „Und manchmal denke ich, er hat recht."

„Warum lassen Sie dann zu, dass sie sich so einmischen?"

„Weil ich meine Mädchen liebe, egal, was sie tun. Ich verstehe ihren Standpunkt – sie machen sich Sorgen um mich. Es ist nur schade, dass Herbert es nicht so sieht." Sie knüllte ihr Spitzentaschentuch zusammen. „Wir hätten nicht von Heirat sprechen dürfen, sondern bloß weiter miteinander ausgehen sollen."

Bis die „Mädchen" auch das unterbunden hätten, dachte Dev. „Sind Sie sicher, dass dieser Mann Sie liebt, Mrs Adamson?"

„Wenn ich mit ihm zusammen bin, glaube ich es ... und wenn ich bei meinen Töchtern bin, werde ich unsicher. Sie behaupten, Herberts Absichten seien unehrenhaft. Denken Sie das auch, Mr Hunt?"

Dev überlegte. Er mochte die Adamson-Töchter nicht – schon gar nicht die Art, wie sie mit ihrer Mutter umsprangen –, doch er begriff, dass sie diese liebe alte Dame beschützen wollten. Zudem lag der Verdacht nahe, dass Smith sie auszunutzen versuchte. Die Ermittlungsakte über Herbert Smith würde in einigen Tagen vorliegen, aber Dev hatte die bisherigen Daten eingesehen, und gewisse Fakten waren nicht von der Hand zu weisen. Der Mann hatte alles Mögliche unternommen, um auf schnelle Art an Geld zu kommen. Bislang war ihm eine Gefängnisstrafe erspart geblieben, aber mitunter hatte es ziemlich auf der Kippe gestanden.

Eine Romanze mit einer reichen Witwe kam Smith bestimmt sehr gelegen, in seinem Alter …

Dev wollte seine Befürchtungen gerade aussprechen, als Mrs Adamson hoffnungsvoll aufblickte. Er zögerte. „Ich glaube, wenn Sie den Vertrag lösen möchten, dann müsste das möglich sein“, sagte er schließlich.

Die Hoffnung in ihrem Blick erstarb. „Ich verstehe.“ Sie lächelte tapfer, aber ihre Lippen bebten. „Ja, ich möchte den Fall verfolgen. Es war dumm von mir, wie ein junges Ding herumzuschäkern.“ Sie sah auf ihre Hände herunter. „Ich weiß, vielleicht versucht Herbert, mich auszunutzen. Das war mir von Anfang an klar. Aber ich kann gar nicht beschreiben, wie wohl ich mich in seiner Nähe fühle. Er bringt mich zum Lachen. Er denkt sich Überraschungen aus. Er gibt mir das Gefühl, vor Leben zu sprühen. Und“, sie wurde tatsächlich rot, „er ist der attraktivste Mann, den ich je gesehen habe. In seiner Gegenwart sage oder tue ich Dinge, die ich mir nie zugetraut hätte. Ach, Sie wissen ja nicht, wie es ist, wenn plötzlich jemand in Ihr Leben tritt und es vollkommen auf den Kopf stellt.“

Dev starrte sie an. „O doch“, sagte er langsam. „Ich weiß genau, wie das ist.“

Sie tätschelte seine Hand. „Natürlich, Sie sind mit Cecilia Putman liiert, wie ich hörte. Sie wissen sicher, dass wir mit den Putmans seit jeher befreundet sind.“

Er zog die Brauen zusammen. „Ja, aber …“

Plötzlich flog die Tür auf, und sie fuhren herum. Da stand James Putman, hinter ihm drängten Clara, Lisa Ann und ihr Ehemann ins Zimmer herein.

„Hallo, Devlin. Entschuldigt die Störung, aber ich wollte die Gelegenheit wahrnehmen, eine liebe Freundin zu begrüßen.“ Mit ausgestreckten Armen ging er auf Mrs Adamson zu. „Wie geht es dir, Helen? Es tut mir leid, dass du Probleme hast. Aber bei uns bist du in besten Händen.“

Dev blieb im Hintergrund und beobachtete mit widerwilliger Bewunderung, wie Putman mit genau der richtigen Mischung aus freundschaftlicher Besorgnis und väterlichem Rat auf Mrs Adamson einredete. Wie so oft erinnerte James Putman Dev an seinen eigenen Vater. Auch Lowell Hunt hatte seinen Charme immer gekonnt spielen lassen und seinem Gegenüber das Gefühl vermittelt, nichts und niemand sei so wichtig wie dieser Mensch vor ihm.

Unter beschwichtigenden Worten steuerte Putman die Adamsons aus dem Raum, nicht ohne sie an die bewusste Party am Freitag zu erinnern. „Es ist nur ein kleines Fest – zweihundert Gäste oder so – zur Feier des Neuzugangs in unserer Familie“, sagte er und lachte, wobei er Dev väterlich den Arm auf die Schulter legte.

Sobald die Tür zu war, ließ er jedoch den Arm fallen und der Blick seiner grauen Augen wurde hart. „Was geht hier vor, Hunt? Clara Adamson kam ganz aufgelöst in mein Büro. Du hättest sie vom Gespräch ausgeschlossen, um mit ihrer Mutter allein zu reden. Sie hatte den Eindruck, du wärst nicht sehr daran interessiert, den Fall zu übernehmen.“

„Bin ich auch nicht“, sagte Dev schroff. Er bot Putman einen Stuhl an und ließ sich auf seinem eigenen hinter seinem Schreibtisch nieder. „Wir können den Vertrag mit Smith annullieren lassen, aber ich bezweifle, dass Mrs Adamson viel Schadensersatz bekommen wird.“

Putman schnaubte und strich sich über das gepflegte Haar. „Der gegnerische Anwalt ist ein kleiner Einzelkämpfer, spezialisiert auf Personenschaden. Willst du mir etwa erzählen, du könntest den vor Gericht nicht fertigmachen?"

„Lisa Ann hat mir einen Brief gezeigt, den ihre Mutter Smith geschrieben hat. Sie glaubt, er spräche für ihre Mutter, aber ich fürchte, er wäre ein enormer Pluspunkt für Smith, wenn er ihn beim Prozess vorlegte."

„Wie kann er ihn vorlegen, wenn du ihn hast?" Putman zog fragend die Brauen hoch.

Als Dev ihn schweigend ansah, lachte der ältere Mann. „Wir wollen kein Drama daraus machen, Devlin, oder uns mit kleinlichen moralischen Bedenken aufhalten. Wenn der Brief ein Problem ist, dann lass ihn verschwinden." Er wedelte verächtlich mit der Hand. „Wir haben die Pflicht, die Interessen unserer Klientin zu vertreten."

„Nur die Töchter stehen in Waffen. Ich habe nicht den Eindruck, dass Helen Adamson gegen den Mann vorgehen möchte."

„Dann überzeuge sie eben."

Dev hielt Putmans kaltem Blick stand. Die Kosten eines solchen Verfahrens wären beträchtlich. Dev wusste genau, was der Seniorpartner der Kanzlei von ihm erwartete. Ja, James Putman ähnelte Lowell Hunt sehr. Dev schluckte den Ekel hinunter, der ihm wie Galle in der Kehle hochstieg. „Keine Sorge", sagte er knapp. „Ich habe alles unter Kontrolle."

„Sicher, sicher. Daran habe ich nie gezweifelt, mein Junge." Putman stand auf und ging zur Tür. Plötzlich drehte er sich um. „Oh, eins noch. Was habe ich da gehört – bei dir wohnt eine ‚alte Freundin'?"

Dev lehnte sich zurück und hob eine Augenbraue. Cecilia hatte ihrem Vater also von Gaby erzählt. „Cecilia hat dich angerufen?"

„Selbstverständlich."

Putmans Sorge um das Wohl seiner Tochter war verständlich. Vorsichtig begann Dev: „Wenn du meinst, ich würde deine Tochter betrügen ..."

Putman lachte lauthals. „Betrügen? Himmel, nein, darum mache ich mir keine Sorgen, und auch Cecilia nicht. Ich bin Realist, Devlin, genau wie meine Tochter. Wir kümmern uns nicht um dein kleines Geplänkel mit irgendeiner Bedienung. Wir machen uns nur Gedanken über deinen Ruf. Politiker können sich keinen Skandal leisten, das weiß jeder. Ich hoffe, du bist vorsichtig genug."

Mit ausdruckslosem Gesicht erwiderte Dev: „Da ist nichts, worüber ihr euch Gedanken machen müsstet."

„Schön. Cecilia hat mir erzählt, dass ihr drei heute Nachmittag Golf spielt. Eine gute Idee. Zeig den wichtigen Leuten im Klub, dass diese Frau ohne Bedeutung ist. Cecilia bat mich, dir zu sagen, dass sie die Kleine in deiner Wohnung abholt und ihr euch dann im Klub trefft."

Verärgert stand Dev auf. Bis jetzt war es ihm gelungen, Cecilia und Gaby voneinander fernzuhalten. Wenn die beiden miteinander allein wären, könnte Gaby mit ihren Engelgeschichten allerhand Unheil stiften. Wie würde Cecilia darauf reagieren? Gegen ihren klug berechneten Charme würde Gaby mit ihrem naiven Optimismus nichts ausrichten können.

Mit einem kurzen Nicken in Putmans Richtung stürmte Dev an ihm vorbei aus dem Büro.

7. KAPITEL

Gaby schwang nachlässig einen Golfschläger und beobachtete Cecilia und Dev. Die beiden standen nicht weit entfernt auf dem Grün und diskutierten über das erste Loch – zwei wohlhabende erfolgreiche Personen aus einer anderen Welt.

Das wird nicht leicht, befand Gaby, als sie die unbewegten Gesichter der zwei betrachtete. Wie sollte sie Menschen, die nichts von Gefühlen hielten, dazu bringen, sich ineinander zu verlieben?

Doch nein, Cecilia *hatte* Anzeichen von Eifersucht zu erkennen gegeben. Das war ein gutes Zeichen. Und Dev musste, entgegen seinen Beteuerungen, einfach etwas für die schöne Blondine empfinden. Vermutlich bestand das Hauptproblem darin, dass Dev so viel arbeitete. Die beiden brauchten mehr Zeit füreinander. Wenn sie zusammen die Natur genossen, etwas Schönes unternahmen, würde die Liebe schon noch wachsen und reifen.

Besonders wenn ein Engel den Verlauf überwachte und lenkte.

Gaby lächelte und zog ihren weißen Hut tiefer in die Stirn. Geduldig wartete sie, bis sie an die Reihe zum Abschlag kam. Ja, mit Cecilia und Dev würde sich alles zum Besten wenden. Und in null Komma nichts wäre sie wieder im Himmel und könnte den Hut gegen einen Heiligenschein eintauschen.

„Ich habe trainiert, Devlin“, verkündete Cecilia und trat zu ihrer Golftasche. „Ich hoffe, du bist auf eine Niederlage vorbereitet.“

„Ich bereite mich nie auf eine Niederlage vor.“

Cecilia lachte hell. „Im Gerichtssaal bist du vielleicht unschlagbar, aber das heißt noch nicht, dass du auch beim Golf gewinnst.“ Sie warf ihm einen herausfordernden Blick zu.

Dev antwortete nicht und Gaby musterte verstohlen sein verschlossenes Gesicht. Er hatte bislang nur einmal etwas gesagt und zwar als Gaby nach seinem Eintreffen vorgeschlagen hatte, dass sie besser nicht mitspielen sollte, da sie keine Golfkleidung anhatte. Sie hatte Gefallen an der Idee gefunden, nebenherzuspazieren und die Beziehung des Paares genauer zu studieren. Aber Dev hatte sie daraufhin sofort in den Klubladen gezerrt und gewartet, bis sie eilig ein weißes Hemd und Shorts ausgesucht hatte. Dann hatte er ihr noch einen Golfhut auf den Kopf gedrückt und seine Kreditkarte auf den Tresen gelegt.

Gabriella hatte Einspruch erhoben. Es war ihre Aufgabe, sich um ihn zu kümmern, nicht umgekehrt, und dass er für ihre Kleidung zahlte, verletzte ihren Stolz. Mit gelangweilter Miene hatte er ihre Proteste ignoriert und den Verkäufer mit einem stummen Kopfnicken aufgefordert, die Karte in das Lesegerät zu schieben. Um keine Szene zu machen, war Gaby gezwungen gewesen, die Geschenke anzunehmen. Innerlich schäumend war sie ihm aus dem Laden gefolgt, wo sie Cecilias eiskalten Blick aufgefangen hatte.

Aber jetzt lächelte Cecilia wieder, als sie ihrem hoch davonfliegenden Ball nachblickte. Dev war als Nächster an der Reihe. Er schlug seinen Ball nicht ganz so weit, und Cecilias Lächeln wurde noch zufriedener.

Jetzt war Gaby an der Reihe. Sie blinzelte auf den winzigen weißen Ball vor ihren Füßen herunter. Das musste doch zu schaffen sein. Mit dem Schläger ausholen und den Ball treffen. Ganz einfach.

Sie brauchte nur ein wenig Selbstvertrauen.

Sie hob den Schläger ungefähr so, wie sie es bei Cecilia und Dev gesehen hatte, um den Ball über die Baumwipfel auf das dahinter liegende Grün zu befördern. Mit aller Kraft ließ sie den Schläger niedersausen und hielt dann die Hand wie einen

Schirm vor die Augen, um den Flug des Balls am strahlend blauen Himmel zu verfolgen.

„Er liegt noch vor dir", bemerkte Dev schließlich hilfsbereit.

Erstaunt sah Gaby hinunter. Der Ball hatte sich keinen Millimeter bewegt.

„Du hast wohl noch nicht oft Golf gespielt, wie?", meinte er.

Sie zuckte die Schultern. „In Minigolf bin ich ziemlich gut."

„O nein, Gabriella, das ist nicht Ihr Ernst", ließ Cecilia sich vernehmen. „Wenn Sie Anfängerin sind, hilft Ihnen hier nicht einmal Beten."

„Mir hilft Beten immer", gab Gaby zurück. „Aber ich muss ja nicht mitspielen ..."

„Du spielst", sagte Dev entschieden.

Zu ihrer Überraschung trat er hinter sie, legte ihr die Arme um den Körper und seine Hände auf ihre, die den Schläger hielten.

„Die rechte Hand nach unten, Finger übereinander. Das verhindert das Wegknicken des Handgelenks beim Abschlag."

Gaby versuchte, sich auf seine Anweisungen zu konzentrieren und nicht an die Wärme seines Körpers dicht an ihrem zu denken. Doch als die Erinnerung an seinen Kuss in ihr aufstieg, versteifte sie sich. Er knuffte sie leicht von hinten und befahl: „Entspann dich und geh mehr in die Knie. Versuch, den Ball im unteren Viertel zu treffen."

Die Hände über ihren gefaltet, hob er den Schläger und schwang durch. Gabys Blick folgte dem winzigen weißen Fleck in der Luft, er landete sanft auf dem Gras und rollte auf die weit entfernte kleine Fahne zu.

„Geschafft!", krähte sie stolz.

Freudestrahlend drehte sie sich um und traf auf Devs Blick.

Er starrte schweigend zurück, und auf einmal wurde ihr bewusst, dass ihr Rücken und Unterkörper eng an ihn gepresst waren, dass seine starken Arme sie fest umfingen. Er sah ihr in die Augen, der Druck seiner Hände auf ihren wurde wahrnehmbar stärker. Der Griff des Schlägers drückte gegen ihren Bauch, und sie verspürte ein heißes Ziehen, entfacht von dem begehrlichen Glimmen in Devs dunklen Augen.

„Erstaunlich", sagte Cecilia leicht ungeduldig. „Machen wir weiter."

Gaby schluckte und trat hastig von Dev zurück. Sie nahm ihre Tasche, warf sie in den Golfwagen und stieg ein. Ihre Wangen waren gerötet, als sie zusammen mit Cecilia und Dev zum nächsten Loch fuhr. Wie konnte ein Mann sie so beunruhigen, mit einer schlichten Berührung ein solches Verlangen in ihr auslösen?

Gaby sah Cecilias starres Profil von der Seite an und holte tief Luft. „Das macht Spaß, nicht?", meinte sie heiter. „Sie sollten öfter mit Dev Golf spielen."

„Dafür sind unsere Terminkalender zu voll. Außerdem finden wir beide, dass Abstand den Reiz einer Beziehung erhöht", gab Cecilia zurück.

Gaby legte die Stirn in Falten. Die bekannte Redeweise war kein Rezept für eine gelingende Beziehung, sondern eine Ausrede dafür, dass sie sich so wenig füreinander interessierten.

Cecilia warf ihr einen Seitenblick zu. „Sagen Sie, Gabriella, wo haben Sie Dev eigentlich kennengelernt?"

„Wir haben dieselbe Vorlesung besucht", erklärte Gaby. Das war schließlich nicht gelogen, obwohl sie ihn damals nicht wahrgenommen hatte. Sie setzte hinzu: „Und neulich sind wir uns zufällig wieder begegnet. In einem Lokal, und wir haben uns unterhalten. Er fühlte sich nicht ganz wohl, und da habe ich ihn nach Haus gefahren."

„Und sind dann auch gleich über Nacht geblieben“, stellte Cecilia sachlich fest.

Gaby setzte sich auf. „Weil ich kein Hotelzimmer reserviert hatte, ließ er mich freundlicherweise in seinem Gästezimmer schlafen.“ Sie betonte „Gästezimmer“. Da Cecilia schwieg, fügte sie an: „Und weil ich zu allem Überfluss auch noch mein Gepäck verloren hatte, gab Dev mir eins seiner Hemden.“

Es klang schwach, selbst in ihren eigenen Ohren, musste Gaby zugeben. Sie wartete darauf, dass Cecilia näher nachfragte, aber die Blondine sagte nur: „Eine dumme Geschichte, nicht?“ Sie stoppte den Buggy vor dem nächsten Loch.

Je weiter die Partie voranschritt, desto spärlicher wurde die Unterhaltung. Gaby verweigerte Devs Hilfsangebote, und bei jedem ihrer unsicheren Abschläge lächelte Cecilia freundlich überlegen und zeigte dabei ihre makellosen weißen Zähne. Dev wirkte nach wie vor gleichgültig. Doch es war klar zu erkennen, dass die beiden mit grimmiger Entschlossenheit gegeneinander spielten.

Das Verhalten des Paars bekümmerte Gabriella. Sie lachte und lächelte zwar weiterhin, als würde sie nichts bemerken, aber insgeheim machte sie sich Sorgen. Am vierten Loch starrten Dev und Cecilia sich feindselig an. Am sechsten fauchten sie sich regelrecht an. Gaby schüttelte still den Kopf. Wussten sie denn nicht, dass dies ein Spiel war?

Sie erkannte, dass sie etwas tun musste – und zwar schnell –, bevor die beiden sich an die Kehle gingen. Aber die Situation schien ausweglos. Wenn Cecilia gewann, wäre Devs männliches Ego am Boden zerstört. Und wenn Dev gewann – Gaby sah in Cecilias stolzes Gesicht und schauderte. Nein, das konnte sie auch nicht zulassen.

Cecilia blickte auf die Zählkarte. „Sie liegen nur zwanzig Punkte zurück, Gaby. Wenn Sie von jetzt an perfekt spielen – oder wenn Devlin und ich jeden Schlag versieben – können Sie durchaus noch gewinnen." Sie lachte, als hätte sie einen köstlichen Scherz gemacht.

Genau! *Sie* würde gewinnen. Das wäre die perfekte Lösung, dachte Gaby. Dann würden Dev und Cecilia ihre Feindseligkeiten einstellen und sich zusammen gegen sie wenden.

Gaby eilte zum nächsten Loch, wo die beiden standen. Cecilia puttete sorgfältig und runzelte die Stirn, als der Wind ihren Ball aus der Bahn trieb. „Verflixt."

Die Brise spielte mit Cecilias Haar und wehte ihr ein paar Strähnen in die Augen. Sie wischte sie ärgerlich weg und versuchte, ihren tadellosen Knoten wieder in Ordnung zu bringen. Indessen trat Gaby an.

Sie zielte sorgfältig und schlug. Wie gewöhnlich wollte ihr Ball links am Loch vorbeirollen. Doch dann, zu ihrem Entzücken, trieb der Wind ihn in einer Kurve zurück. Der Ball fiel ins Loch.

„Habt ihr das gesehen? Er ist direkt hineingerollt!", rief Gaby.

Cecilia hob ihre schmalen perfekt gezupften Augenbrauen. „Wie aufregend", meinte sie herablassend. Sie verscheuchte einen kleinen Schmetterling, der es gewagt hatte, sich auf ihr feines rosa Sporthemd zu setzen, und warf Gaby einen spöttischen Blick zu.

Ihre Überheblichkeit schwand jedoch, als Gaby einen Ball nach dem anderen einlochte.

„Haben Sie immer so viel Glück beim Spiel?", bemerkte Cecilia leicht irritiert. „Sind Sie sicher, dass Sie noch nie Golf gespielt haben?"

Gaby nickte. Cecilia sah sie misstrauisch an und wandte sich ab. Der Wind wurde heißer und heftiger, er wirbelte Blätter und Staub um die Füße der Blondine. Unwillig blickte Cecilia herab. „Dieser Wind ist ekelhaft. Scheint ein Santa Ana zu sein."

„Ein Santa Ana?“, fragte Gaby.

Dev nickte. „So nannten ihn die Ureinwohner. Er kann sehr stark werden. Manchmal wird er auch als Teufelswind bezeichnet.“

„In diesem Fall nicht“, murmelte Gaby. Dev sah sie streng an, und sie schlug heiter vor: „Wollen wir nicht einfach aufhören?“

Bevor er antworten konnte, fauchte Cecilia: „Nein, zum Teufel, wir hören nicht auf.“ Der Saum ihres Hosenrocks hob sich, hastig zog sie ihn an den Beinen herunter. „Ich gebe nie auf.“

Sie ging zum Golfwagen. Der Wind fing sich in den Baumkronen und wehte ihr einen Zweig ins Haar. Mit einem ärgerlichen Aufschrei versuchte sie, den Zweig zu entfernen. Ihr Knoten löste sich, und das Haar umflatterte ihr Gesicht.

Dev runzelte die Stirn. „Gaby …“ Er brach ab.

Sie sah ihn mit ihren strahlend blauen Augen an. „Was ist?“

„Nichts.“

Sie betrachtete sein mürrisches Gesicht und lächelte. „Du wolltest mich bitten, den Wind abzustellen, nicht wahr, Dev?“

Dev warf einen Blick zu Cecilia hinüber in der Hoffnung, dass sie außer Hörweite war. Sie kämpfte mit ihrem Haar und achtete nicht auf die beiden. „Nein, wollte ich nicht.“

Gaby ließ sich von seinem barschen Ton nicht täuschen. „Wolltest du doch“, beharrte sie.

Dev sah die frechen Funken in ihren Augen, bevor sie sich wegdrehte. Der warme Wind wühlte in ihren goldroten Locken. Ihre Wangen waren erhitzt und sie hob die Arme in sinnlicher Lust, während die Luft sie umtanzte, ihr das Hemd eng an Brust und Taille presste.

Beim nächsten Loch flog Devs Ball in einen Sandbunker, und Cecilias triumphierendes Lächeln erstarb, als ihrer in den Teich hüpfte. Gaby hieb ihren Ball in die Bäume, doch der Wind trug ihn in einem schönen Bogen zurück auf das Grün.

Dev schüttelte ungläubig den Kopf, und Cecilia legte die Stirn in Falten. „Das ist doch offensichtlich, dass sie schon öfter gespielt hat", flüsterte sie ihm zu.

Dev sah die Frau an seiner Seite an. Cecilias Lippen waren verkniffen, ihre Kinnlinie verspannt. Er zog die Brauen hoch. „Sie behauptet, sie habe noch nie zuvor einen Golfschläger in der Hand gehabt."

„Wer's glaubt", entgegnete Cecilia knapp und marschierte hinter ihm her.

Das Spiel ging weiter, und der heiße Santa Ana wurde mit jedem Loch stärker. Cecilia stemmte sich fluchend gegen den Wind und versuchte, ihre flatternde Kleidung und das aufgelöste Haar zu bändigen.

Gaby hingegen tänzelte geradezu über das Grün, ihre Bewegungen waren stürmisch und voller Begeisterung. Wie elektrisiert.

Während Dev die schlanke weiße Gestalt beobachtete, ging etwas von ihrer Vitalität auch auf ihn über. Energie durchpulste ihn. Er schlug seine Bälle kraftvoll gegen die Windstöße an und genoss die Herausforderung zutiefst.

Beim letzten Loch umtoste sie fast ein Sturm, als Gaby sich zum Einputten bereit machte.

Cecilia und Dev waren fertig. Dev zählte die Punkte zusammen und erklärte Gaby: „Wenn du den Ball verschlägst, steht es unentschieden. Wenn du ihn einlochst, hast du gewonnen."

Gaby lächelte. Komisch, wie leicht alles ging, wenn man ein Engel war. Ein Unentschieden wäre bestens. Es würde keinen Verlierer geben.

Sie legte sich den Ball zurecht, und Cecilia verlagerte unruhig ihr Gewicht von einem Fuß auf den anderen. Gaby wollte ausholen, als die Blonde plötzlich einwarf: „Das ist der falsche Schläger."

Gaby erstarrte und blickte verwundert auf. „Was?“

„Ich sagte, das ist der falsche Schläger. Hierfür brauchen Sie einen Putter, und Sie haben ein Eisen fünf.“

Gaby sah zu Dev hinüber. Sein Gesichtsausdruck war undurchdringlich. Sie zuckte die Schultern. „Egal. Dieser Schläger fühlt sich irgendwie richtig an für mich.“

„O Verzeihung. Ich wollte Ihnen nur einen Tipp geben.“ Cecilia presste die Lippen zusammen, ihr Blick gefror.

Gaby wandte sich wieder dem Ball zu. Der Wind hatte sich gelegt, kein Lüftchen rührte sich. Sie ging leicht in die Knie und puttete, wobei sie sorgfältig zwei Meter neben das Loch zielte.

Langsam rollte der Ball über den Rasen.

Und verschwand im Loch.

Gaby ächzte. Cecilia wurde blass und umklammerte ihren Schläger. Sie starrte erst auf das Loch, dann zu Gaby. Ihre Augen waren wie aus Eis. „Herzlichen Glückwunsch“, sagte sie leise. Damit wandte sie sich ab und hielt auf das Klubhaus zu.

Gaby fühlte sich gar nicht wohl in ihrer Haut.

Schuldbewusst blickte sie Dev an. Anstatt hinter Cecilia herzusehen, starrte er sie an.

Er fing ihren Blick auf und lächelte fast widerstrebend. „Du hast gesiegt, Gaby. Du und dieser Teufelswind.“

8. KAPITEL

Sie machte ihn wahnsinnig. Dev warf den Stift auf die Schreibtischplatte und starrte auf den Vertrag. In die Zeile, wo der Kläger genannt werden sollte, hatte er „Gabriella Smith" geschrieben – klar und deutlich.

Verärgert knüllte er den Vertrag zusammen und warf ihn in den Papierkorb. Er konnte nicht mehr richtig denken. Seit der unseligen Golfpartie vor drei Tagen verfolgte Gaby ihn nicht nur quasi Tag und Nacht, sondern pries ihm gegenüber auch unablässig die Freuden der Liebe an. Seine Konzentration war gleich null. Er beging unsinnige Fehler. Sein Schreibtisch quoll über vor unerledigten Akten.

Dev stand auf und ging langsam in seinem Büro auf und ab. Das Problem war, dass er nicht aufhören konnte, an Gabriella zu denken. Wie sie sich angefühlt hatte, als er sie auf dem Golfplatz an sich gezogen hatte. Wie sie gestrahlt hatte, wenn ihr ein guter Schlag gelungen war. Wie sie mit dem verdammten Teufelswind getanzt hatte.

Für Cecilia stellte Golf eine gesellschaftliche Notwendigkeit dar, sie spielte mit grimmiger Entschlossenheit. Mit Gaby hingegen hatte das Spiel ihm zum ersten Mal einfach nur Spaß gemacht.

Er schüttelte den Kopf. Entweder war er verrückt, oder er hatte einen Albtraum, einen langen Albtraum, der nicht enden zu wollen schien. In dem er gezwickt wurde, sobald er fluchte. In dem die Dusche kalt wurde, sobald er auf sündige Gedanken kam, und in dem Golfspiele von unberechenbaren Windstößen entschieden wurden. Äußerlich wirkte sein Leben nach wie vor vollkommen geordnet, doch innerlich war es einfach vollkommen daneben – und das lag an dem blauäugigen Engel, der ihn regelrecht überfallen hatte und ihm das Dasein seitdem zur Hölle machte.

Und was ihm am meisten zu schaffen machte, war sein Verlangen nach diesem Engel, das mit jedem Tag wuchs.

Dev setzte sich wieder an seinen Schreibtisch und holte die zerknitterte Liste mit Auskunftspersonen hervor, die Gaby ihm gegeben hatte. Er sah die Orte durch, in denen sie gewohnt hatte. Ohio. New York. Phoenix. Und noch mindestens zehn weitere Städte. Früher hatte er auch einmal von so einem Vagabundenleben geträumt. Viel von der Welt sehen, unterschiedlichste Jobs ausprobieren. Dann hatte er sich für die Juristerei entschieden und die dummen Träume gegen die harte Realität einer Karriere eingetauscht.

Seit sieben Jahren arbeitete er nun in dieser Stadt. Los Angeles. Stadt der Engel. Gabys Liste zufolge war sie nirgends länger als sieben Monate geblieben.

Er legte das Blatt hin und trommelte geistesabwesend mit den Fingern darauf, während er die Gebäude vor der breiten Fensterfront betrachtete. Es war offenbar ihr Ernst, dass sie ihn nach zehn Tagen verlassen wollte. Schnelles Umschalten war genau ihr Stil.

Stirnrunzelnd nahm er die Liste erneut auf. Er hatte einige ihrer ehemaligen Arbeitgeber angerufen und gefragt, ob ihnen jemals etwas Ungewöhnliches an Gaby aufgefallen war. Aber alle waren des Lobes voll über sie. Sie war eine außerordentlich fähige und liebenswürdige Bedienung gewesen, hatte der Mann aus New York versichert. Der Buchhalter aus Detroit hatte eine belegte Stimme, als er beschrieb, wie „erstaunlich begabt" Gaby im Umgang mit Zahlen gewesen war. Und auch ihr Arbeitgeber damals in Key West hatte sie als sehr talentiert bezeichnet. „Wenn Gaby das Känguru-Kostüm anzog, kamen wir mit dem Verkauf der heißen Würstchen kaum nach. Sie sprang vor dem Lokal herum, und die Leute lachten sich kaputt. Natürlich kamen sie daraufhin herein ... Der Knabe, den wir jetzt haben, steht nur herum wie eine Riesenratte", fügte er bitter hinzu. „Sehen Sie eine Möglichkeit, dass Gaby zurückkommt?“

„Nein“, sagte Dev und legte auf. Er wusste, dass es so war. Auf der ganzen langen Liste stand jeder Ort, jeder Job nur einmal. Mit Ausnahme von Los Angeles. Er runzelte die Stirn. Eigentlich seltsam, sagte er sich. Warum war sie zum zweiten Mal hier?

Wahrscheinlich Zufall. Die Ausnahme bestätigte die Regel. Wenn Gaby den Staub einer Stadt von den Füßen geschüttelt hatte, blickte sie nicht mehr zurück.

In Ordnung. Bestens. Wenn das ihr Lebensstil war, brauchte er sich keine Sorgen um sie zu machen. Bloß dass sie sich für einen Engel hielt, bereitete ihm Unbehagen.

Schon wieder dieses Verantwortungsgefühl, das ihn neuerdings ständig überkam. Wenn er sie von diesem Gefühl nur befreien könnte, würde es ihm weit besser gehen. Mit Erleichterung könnte er Gaby ihrer Wege ziehen lassen, wenn er wüsste, dass mit ihr alles in Ordnung war.

Und sobald sie aus seinem Leben verschwände, würde auch sein verzweifeltes Verlangen nach ihr aufhören.

Entschlossen holte er sein Adressbuch hervor und suchte die Nummer des Psychiaters heraus, den er kürzlich bei einem Fall zu Rate gezogen hatte. Er schätzte Eric Riess und die Art, wie er damals vor Gericht unbeirrt seine Diagnose vorgetragen hatte. Dev wählte die Nummer und zog einen Notizblock heran.

„Hallo, Hunt, was gibt's? Brauchen Sie wieder ein psychologisches Gutachten über einen Mandanten?“, erkundigte sich Riess ohne Umschweife.

„Nicht ganz.“ Dev schilderte ihm Gabys kürzlichen Unfall und schloss: „Sie glaubt, sie sei ein Engel, Riess.“

„Ein Engel, sagen Sie? Das ist keine ungewöhnliche Wahnvorstellung.“

Dev zog die Brauen hoch und lehnte sich erleichtert zurück. „Sie haben das also schon öfter erlebt?“

„Sicher. Seit Jahrhunderten glauben Menschen an Engel. Meistens behaupten sie zwar nur, einem begegnet zu sein, aber Ihre Mandantin scheint einen Schritt weiter zu gehen. Es gibt eine medizinische Bezeichnung dafür.“

Er erging sich in fachlichen Ausführungen und Dev lauschte aufmerksam. Als Riess innehielt, fragte Dev: „Können Sie das für einen Laien wie mich auch ein wenig einfacher formulieren?“

„Nun, kurz gesagt: Die Gute leidet an Größenwahn. Eine freundlichere Bezeichnung dafür wäre, dass sie ein, sagen wir mal, magisches Weltbild besitzt.“

„Wie entsteht so etwas?“

„Meistens durch ein Trauma. Sie haben erwähnt, dass sie einen lebensgefährlichen Unfall hatte?“

„Ja.“

„Na bitte, da haben Sie es.“

Dev holte tief Luft und hatte fast Angst vor der nächsten Antwort. „Wird sie dieses Erlebnis überwinden?“

„Mitunter beobachten wir Spontanheilungen. Aber meistens geht die Heilung schrittweise vor sich. Wir führen die Patienten langsam aus ihren Wahnvorstellungen heraus, indem wir ihnen Fragen stellen.“

„Welche zum Beispiel?“

„Ach, über alles Mögliche. Oft liegt der Schlüssel für diese Wahnvorstellungen in der Kindheit. Nachdem wir diese Dinge aufgearbeitet haben, entwickeln die Patienten meistens sehr schnell wieder einen gesunden Realitätssinn.“

Wunderbar, dachte Dev, während er sich fieberhaft Notizen machte. Das waren doch Ansatzpunkte. „Braucht das viel Zeit?“

„Unterschiedlich. Jeder Fall liegt anders. Im Normalfall sehen wir nach drei bis vier Monaten Fortschritte bei den Patienten."

Dev runzelte die Stirn und klopfte mit dem Kuli auf den Tisch. „Gibt es keine schnellere Methode?"

„Sie wollen ein Eilverfahren, wie? Hier geht es um Menschen, Hunt, nicht um Roboter. Nur in seltenen Fällen ist eine Schocktherapie von Vorteil." Riess lachte. „Vielleicht könnten Sie das Mädchen dazu bringen, etwas zu tun, was gegen die Engelnatur ist. Ein bisschen menschlich sein, wenn Sie verstehen, was ich meine."

Dev blickte düster vor sich hin. Leicht gesagt, dachte er, während Riess weitersprach. Der Arzt hatte keine Ahnung, wie Gabriella war. Wie verführte man jemanden zur Sünde, der mit aller Kraft gut sein wollte? Sie log nicht. Sie fluchte nicht. Sie dachte nicht einmal an – Devs Augen wurden schmal – Sex.

Er lächelte. Schade, dass sie nicht verführbar war. Gabriella hielt sich für einen Engel. Und Engel konnten schließlich nicht mit Männern schlafen. Oder doch? Nein, er war ziemlich sicher, dass sie das nicht konnten. Sex war eine ganz und gar irdische Beschäftigung.

„Die Zeit ist in diesen Fällen meistens die beste Medizin", setzte Riess hinzu. „Gehen Sie mit ihr zu einem guten Psychiater."

„Sie weigert sich."

„Aha. Das muss kein schlechtes Zeichen sein. Womöglich ist sie näher an der Erkenntnis der Realität, als Sie denken. Sie widersetzt sich aus Angst, ihr Wahn könnte einer genaueren Prüfung nicht standhalten."

Das klang ermutigend. Und mit Gaby über ihre Kindheit zu sprechen, war sicher auch nicht schwierig. Er würde es versuchen. „Eins noch, Riess." Dev machte eine Pause und überlegte, wie er seine Frage formulieren sollte. „In ihrer Gegenwart geschehen merkwürdige Dinge. Haben Sie dergleichen schon erlebt?“

„Selbstverständlich. Unterschätzen Sie niemals die Kraft der Einbildung. Der menschliche Geist ist ein kompliziertes und mächtiges Werkzeug.“

Dev atmete erleichtert aus. „Danke. Jetzt haben Sie einiges bei mir gut. Die Frau macht mich wahnsinnig.“

„Sollten Sie mal einen guten Seelendoktor brauchen …“ Lachend legte Riess auf.

Devs Sekretärin sah zur Tür herein. Als sie die Falten auf seiner Stirn erblickte, sagte sie hastig: „Ihr Nachmittagstermin hat abgesagt.“

„Schön.“

„Aber hier ist ein Mann, der Sie sprechen möchte. Ein gewisser Herbert Smith.“

Devs Miene verfinsterte sich noch mehr. „Ich habe keine Veranlassung, mit Mr Smith zu sprechen. Wenn er etwas von mir möchte, soll er durch seinen Anwalt Kontakt aufnehmen.“

„Gewiss, Sir.“ Evelyn schloss die Tür, doch eine Sekunde später wurde sie erneut aufgestoßen. Sie protestierte: „Mr Smith, Sie können doch nicht einfach …“

Ein untersetzter Herr preschte an der Sekretärin vorbei und auf Devs Schreibtisch zu. Seine Augen sprühten, sein Hemd war zerknittert, sichtlich aufgeregt fuhr er sich immer wieder durch das angegraute rötliche Haar. „Sie müssen mich anhören. Sie *werden* mir zuhören.“ Smith stützte die Hände auf die Schreibtischplatte und beugte sich vor, um geradewegs in Devs ungerührtes Gesicht zu starren. „Sie dürfen diesen Fall nicht annehmen.“

Devlin erhob sich, sein Blick war kalt und hart. „Rufen Sie die Sicherheitsbeamten, Evelyn“, wies er seine Sekretärin an, die hilflos an der Tür stand.

Sie eilte hinaus. Devlin musterte den Mann eingehend.

Es kam immer wieder vor, dass geistig verwirrte Personen in Kanzleien eindrangen und Dev machte sich auf eine körperliche Auseinandersetzung gefasst. „Sollten Sie eine Waffe haben …“

Der kleine Mann wich überrascht zurück. „Ich habe keine Waffe! Ich möchte nur mit Ihnen reden.“

Devlin entspannte sich etwas, doch seine Haltung blieb unerbittlich. Flehend sagte Smith: „Bitte, Mr Hunt, hören Sie mich an. Helen möchte doch gar keine Klage erheben. Ihre Töchter sind es, die haben sie dazu überredet und jetzt sagt sie, Sie würden ihr auch zu einer Klage raten. Sie hört nicht mehr auf mich. Sie nimmt meine Anrufe nicht mehr entgegen.“

„Das ist ihr gutes Recht“, erwiderte Devlin unbeteiligt. „Ich rate Ihnen, diesen Raum zu verlassen und über Ihren Anwalt Kontakt aufzunehmen, wenn Sie etwas mit mir besprechen wollen.“

„Nein, ich muss mit Ihnen persönlich reden. Helen hält viel von Ihrer Meinung. Ich dachte, wenn ich Ihnen begreiflich machen kann, dass meine Absichten ehrlich sind, könnten Sie Helen dazu bringen, die Klage fallen zu lassen. Es ist nicht nur verletzend für mich“, er schluckte angestrengt, sein Adamsapfel hüpfte, „es tut auch Helen weh.“

„Ich weiß, die Situation bereitet Mrs Adamson Kummer. Wenn Sie das verhindern wollen, sollten Sie sie in Ruhe lassen. Sprechen Sie mit Ihrem Anwalt, und wir werden versuchen, eine Vereinbarung zu treffen.“

„Aber ich liebe Helen. Und sie liebt mich. Es ist nur das dumme Geld, das alles so schwierig macht. Helen sagt, Sie seien verlobt. Sicher können Sie verstehen, wie es ist, wenn man eine Frau liebt.“

Devlin verzog den Mund. „Kommen Sie mir doch nicht so, Mr Smith. Wenn ich etwas nicht ausstehen kann, dann sind es so schmierige Kerle wie Sie.“

Ganz langsam sagte Smith: „Ich verstehe. Ich dachte, Sie hätten vielleicht Verständnis. Habe mich anscheinend getäuscht. Sie begreifen überhaupt nicht, was ich meine. Möglicherweise denken Sie, ich wollte Helen nur ausnutzen, weil Sie genau das mit Ihrer Verlobten machen."

Devlins Lippen wurden blass. „Was erlauben Sie sich!" Er blickte auf, als ein Sicherheitsbeamter das Büro betrat, die Hand am Pistolenhalfter. Smith sah den Mann an, dann Devlin. Seine Züge wirkten auf einmal eingefallen.

„Na komm schon, Freundchen." Der Wachmann griff nach Smiths Arm.

Der kleine alte Herr drückte die Brust durch und wandte sich an Devlin. Er ignorierte den Griff des Beamten und erklärte so würdevoll wie möglich: „Ich sehe ein, es war ein Fehler, zu Ihnen zu kommen, Mr Hunt. Helen hat unrecht. Sie haben kein Herz. Ich kenne Menschen wie Sie – Ihnen ist niemand wichtig. Früher war ich auch wie Sie, aber ich habe mich geändert. Ich bezweifle jedoch, dass Sie sich jemals ändern."

„Es reicht." Der Wachmann fasste härter zu und Smith ließ sich bereitwillig hinausführen.

Dev stand am Schreibtisch, die Brauen zusammengekniffen. Er war nicht wie Herbert Smith. Er verabscheute Schwindler zutiefst. Gut, er mochte Cecilia wohl für seine Karrierezwecke benutzen, aber sie nutzte ihn ebenso aus. Er hatte sich nicht in scheinheilige Liebesschwüre geflüchtet, damit sie seinen Heiratsantrag annahm. Cecilia wusste genau, woran sie war. Wie er auch. Die beiden Fälle waren überhaupt nicht zu vergleichen.

Die Falten auf seiner Stirn vertieften sich. Er war es gründlich leid, dass andere ihm sagten, wie er zu leben hatte. Zuerst sein Vater, jetzt dieser Smith, und jetzt auch noch der „Engel" Gabriella ...

Er sah auf. Als hätten seine Gedanken Gestalt angenommen, stand Gaby in der Tür. Sie wandte ihm ihr Profil zu, während sie über die Schulter zurückblickte. Dev verschlang ihre schlanke Gestalt geradezu mit Blicken. Sie hatte ihm noch eins seiner weißen Hemden gemopst und trug es zu ihren weißen Shorts. Ein heller Gürtel – seine Lieblingskrawatte, wie er erkannte – umfing ihre schmale Taille, und an den Füßen trug sie weiße Sandalen. Bei den meisten Frauen hätte dieser Aufzug albern gewirkt, aber Gaby sah mit ihrem hellen Haar und der schimmernden Haut einfach hinreißend aus.

Sie wirkte leicht verstört, als sie den Raum betrat. „Dieser Mann, Herbert Smith …“

Dev zog die Brauen zusammen. „Hat er dich belästigt?“

Verblüfft sah sie ihn an. „Nein, natürlich nicht.“

„Sicher?“

„Ganz sicher. Er hat mich nicht einmal gesehen. Wieso?“

Dev seufzte und fuhr sich durchs Haar. „Bei solchen Leuten weiß man nie, ob sie nicht gefährlich sind. Er ist vor ein paar Minuten hier hereingestürmt und wollte mich unbedingt sprechen.“

Alarmiert riss Gaby die Augen auf. „Er hat dich doch nicht etwa bedroht?“

„Nein, aber ich fürchte, der Kerl könnte zum Problem werden.“

„Warum? Was hat er gemacht?“

„Bis jetzt noch nichts“, bekannte Dev, als er ihre Besorgnis sah. Er hatte nicht die Absicht, ihr einen Schrecken einzujagen. „Er ist dieser Schwindler, von dem Cecilia sprach. Er versucht, eine reiche ältere Witwe – Mrs Adamson – über den Tisch zu ziehen. Ich vermute, er wollte mich von seinen ehrlichen Absichten überzeugen.“

„Und, ist es ihm gelungen?“

Dev lächelte. „Keine Chance. Ich hasse Betrüger, und meiner Meinung nach ist Smith einer von der schlimmsten Sorte.“

„Aha“, meinte Gaby.

Sie musterte sein Gesicht mit einem seltsamen Blick. Dev wurde misstrauisch. „Du kommst doch hoffentlich nicht auf die verrückte Idee, diesem Smith zu helfen, Gaby?“

Sie hob harmlos die Augenbrauen. „Warum sollte ich das tun?“

„Wer weiß schon, was du vorhast?“ Er warf ihr einen drohenden Blick zu. „Ich will nicht, dass du dich hier einmischst.“ Leise fügte er mehr zu sich selbst hinzu: „Du hast dich schon genug in mein Leben eingemischt.“

„Das habe ich genau gehört, Devlin“, sagte Gaby. „Keine Sorge, ich mische mich nicht in deine Arbeit ein.“

„Gut. Ich nehme dich beim Wort.“

Sie lächelte nur und spazierte im Büro herum. Außer dem mächtigen Schreibtisch und den hohen Bücherschränken gab es nicht viel zu sehen. Genau wie seine Wohnung wirkte alles recht leblos. Sie strich mit der Hand über die polierte Eichenplatte des Schreibtischs und bestaunte mit großen Augen die Aktenstapel, die an der Kante aufgereiht waren.

„Unterlagen von aktuellen Fällen“, erklärte Dev, als er ihrem Blick folgte.

Sie blieb vor den zwei gerahmten Dokumenten an der Wand hinter seinem Schreibtisch stehen. Das eine war seine Anwaltsurkunde. Sie las das zweite laut vor: „Mitglied der Coif-Verbindung.“ Spöttisch sah sie über die Schulter und bemerkte: „Hört sich an wie eine Sekte für Friseure.“

„Glaub's oder nicht“, gab Dev trocken zurück. „Das ist es nicht.“

„Sondern?“

„Es bedeutet nur, dass ich ein guter Student war.“

„Ah, ein Streber. Das wundert mich nicht.“ Sie schlenderte zu den antiken Bücherschränken hinüber. Meterweise ledergebundene Wälzer, sauber aufgereiht. Sie öffnete eine der Glastüren und berührte die Goldprägung eines Buchrückens. „Kalifornisches Strafrecht. Ich dachte, du hättest nur mit Zivilrecht zu tun?"

„Stimmt." Dev beobachtete, wie sie die sinnlichen Lippen schürzte, während sie in einem der dicken Bände blätterte.

Interessiert fragte sie: „Wieso steht das dann hier?"

Er zuckte die Schultern. „Reine Nachlässigkeit. Ich habe es nicht weggeworfen, als ich aus dem Staatsdienst ausschied."

„Du warst Staatsanwalt?"

„Ja, ich hatte mich auf organisiertes Verbrechen spezialisiert."

„Toll." Sie stellte das Buch an seinen Platz zurück und erblickte einen größeren Band, der aus der säuberlichen Reihe herausragte. „Was ist das?"

„Ein Album mit Presseausschnitten. Meine Sekretärin in der Staatsanwaltschaft schenkte es mir zum Abschied." Dass die nüchterne grauhaarige Dame, die sein Büro mit eiserner Hand verwaltet hatte, ein so liebevolles Album führte, hatte ihn erstaunt. Er war merkwürdig gerührt gewesen, als Maria ihm den Band an seinem letzten Arbeitstag überreicht hatte.

Gabys Augen leuchteten. „Darf ich es ansehen?"

„Nur zu."

Vorsichtig nahm sie das Buch aus dem Schrank. Anstatt es zu Devs Schreibtisch zu tragen, wie er erwartet hatte, ließ sie sich anmutig damit auf dem weichen cremefarbenen Teppich nieder. Über ihren gekreuzten Beinen schlug sie den Band auf.

„*Junger Staatsanwalt presst den Presser aus.*" Sie sah auf. „Um was ging es da?"

„Benny der Presser war einer der größten kriminellen Bosse im Südwesten. Wir brauchten drei Jahre, um ihn hinter Gitter zu bringen."

„Und das hast du bewirkt?"

Er nickte und trat neben sie, während sie die verblichenen Zeitungsausschnitte umblätterte. Sie legte den Finger auf eine fette Schlagzeile. „*Mexiko stimmt Auslieferung zu.*"

„Das war ein harter Kampf", erläuterte er. „Wir mussten einen Drogenbaron aus Mexiko herausbekommen."

„Und dies: *Hunt macht Beute*."

„Ein Fall von Kidnapping."

Ehe er es sich versah, saß Dev neben Gaby auf dem Boden, ohne Jackett, die Krawatte gelockert, und erging sich in Einzelheiten über die jeweiligen Fälle. Nachdem sie auf der letzten Seite angelangt waren, klappte sie das Buch mit einem Seufzer zu. „Das hört sich alles so aufregend an … und du warst enorm erfolgreich, Dev. Warum hast du das aufgegeben?"

Er schwieg. Ja, warum? Er sah Gaby an. Das Sonnenlicht, das durchs Fenster fiel, glitzerte in ihren Locken. Ihre Haut wirkte so seidig. Er konnte jede winzige Sommersprosse auf ihrer Nase erkennen. Ihre erfrischende Unschuld forderte Ehrlichkeit. „Ich wollte den Erfolg", gestand er. „Ich wollte erfolgreicher als mein Vater sein."

Sie sah ihn aufmerksam an. „Aber du warst erfolgreich. Du hast praktisch jeden Prozess gewonnen."

Er zuckte die Schultern. „Richtig, aber im Staatsdienst kann man nicht reich werden."

„Ist Erfolg für dich gleichbedeutend mit Geld?"

Er warf ihr einen schnellen Blick zu. „Ist das nicht für die meisten Menschen so? Geld bedeutet Macht, was sonst?"

Sie nahm das Buch von ihrem Schoß hoch. „Wie ist es, wenn man anderen helfen kann? Ist das nicht auch ein Zeichen von Erfolg?"

„Nicht dort, wo ich herkomme. Mein Vater war John Lowell Hunt." Er sah, dass der Name ihr einiges sagte, und lächelte sarkastisch. „Ganz recht. Der Staranwalt."

„Bist du deshalb Jurist geworden?"

„Ich wurde Jurist, weil die Rechtsmaterie mich schon immer fasziniert hat. Mein Studium habe ich allein finanziert. Von meinem alten Herrn habe ich keinen Penny angenommen.

Und ich habe auch nie seinen berühmten Namen eingesetzt, um vorwärts zu kommen. Mein Vater hätte mich ohnehin nie gefördert." Er beugte sich herüber und pochte auf das Album auf ihrem Schoß. „Nichts hiervon beeindruckte ihn auch nur im Geringsten. Er hat sich immer gewünscht, dass ich in eine erfolgreiche Kanzlei eintrete und viel Geld verdiene."

„Du bist zu Putman, Collens und Angier gegangen, um ihm einen Gefallen zu tun?"

„Nein." Devs dunklen Augen wurden kalt. „Als ich die Strafverfolgung aufgab, war mein Vater schon über ein Jahr tot. Ich habe mir selbst den Gefallen getan."

„Aber wieso?"

„Im öffentlichen Dienst macht man ständig Überstunden, die Fälle sind nervenaufreibend und die Mittel begrenzt. Ich dachte, ich könnte gegen das System ankommen, aber es war unmöglich. Ich habe fast zehn Jahre lang geschuftet und doch nichts erreicht."

„Wie meinst du das? Was wolltest du denn erreichen?"

„Ich wollte Richter werden, kannst du dir das vorstellen? Vor zwei Jahren bewarb ich mich bei der Jenny-Kommission. Das ist der Ausschuss, der die Richter ins Amt setzt." Er lächelte selbstironisch. „Ich dachte, ich könnte es durch pure Leistung schaffen. Also begab ich mich auf die Ochsentour – sammelte Empfehlungsschreiben und schwitzte in endlosen Bewerbungsgesprächen vor der Kommission – hat alles nichts genützt. Hinterher war ich schlauer. Ich habe den Staatsdienst quittiert und mich bei Putman beworben. Sie nahmen mich auf der Stelle."

„O Dev." Er wirkte knallhart, ungerührt, das Gesicht vollkommen beherrscht, aber Gaby fiel nicht darauf herein. Sie spürte instinktiv, dass ihm an dem Richteramt viel gelegen hatte. „Warum hat der Ausschuss dich abgelehnt?"

„Sie haben mich nicht direkt abgelehnt … das tun sie selten, musst du wissen. Sie halten einen nur hin. Als ich vor einem Jahr das letzte Mal nachfragte, hieß es, man würde mich noch immer ,in Erwägung ziehen'. Hätte ich meine Bewerbung nicht zurückgezogen, würden die mich vermutlich mein Leben lang ,in Erwägung ziehen'."

Sie richtete sich auf. „Das kannst du nicht wissen. Vielleicht wirst du ausgewählt."

„Ja, und du bist vielleicht tatsächlich ein Engel."

Sie versteifte sich. Das hatte sie verletzt. Dev holte tief Luft. „Es tut mir leid, ja? Ich wollte das Thema nicht ansprechen. Lass uns das Ganze vergessen."

Er stand auf und streckte ihr die Hand hin. „Was hast du heute Vormittag gemacht? Warst du einkaufen?"

Gaby schüttelte den Kopf. Sie nahm seine Hand, stand auf und stellte das Album wieder in den Schrank. „Ich habe im Obdachlosenasyl ausgeholfen. Das mache ich jeden Morgen für ein paar Stunden, die können dort jede Hilfe gebrauchen."

„Aha." Automatisch griff er nach der Brieftasche. „Wolltest du um eine Spende bitten? Brauchen sie Geld?"

Sie warf ihm einen sarkastischen Blick zu. „Geld brauchen sie immer, aber deswegen bin ich nicht hier. Besuchen dich die Menschen nur, wenn sie etwas von dir wollen? Ich bin gekommen, weil du heute Geburtstag hast."

Er starrte sie verdutzt an.

Sie seufzte und ging zur Tür. „Heute ist der 21. Juni, Devlin. Ich habe dir einen Kuchen gebacken. Er steht auf Evelyns Schreibtisch."

Gaby winkte ihn heran. Er folgte der Aufforderung und spähte um die Ecke. Kein Zweifel, auf dem Pult seiner Sekretärin stand ein prachtvoller Kuchen, verziert mit weißem Zuckerguss und Kokosraspeln.

Die ungeheure Freude, die er empfand, überraschte ihn selbst. Er ging zu Evelyns Schreibtisch und betrachtete den

Kuchen wehmütig. Seit dem Tod seiner Mutter hatte niemand mehr an seinen Geburtstag gedacht. „Woher wusstest du das?“

„Geheime Quellen.“

Mit dem Finger tupfte er etwas von dem Belag auf und kostete. Der herb-süße Geschmack reizte seine Zunge. „Köstlich. Was ist das?“

„Es nennt sich Engelskuchen.“

Er lächelte. „Natürlich.“

Sie fing seinen Blick auf und gab sein Lächeln zurück. „Und das ist noch nicht alles. Evelyn hat deinen Terminkalender umgestellt, damit du zwei Stunden Mittagspause hast.“

„Das ist nett gemeint, Gaby, aber ich kann wirklich nicht weg.“ Er sah ihre Enttäuschung und zögerte. „Was hattest du denn vor?“

„Ein Picknick. Es dauert bestimmt nicht lange, Dev. Du bist rechtzeitig zu deinem nächsten Termin zurück. Das verspreche ich.“

Dev fuhr sich durchs Haar und blickte aus dem Fenster. Ein Picknick. Die Idee war kindisch – und merkwürdig charmant. Gaby wirkte so begeistert. Mit ihr bekam alles einen eigenen Reiz: Golfspielen, ein altes Album durchblättern, sogar die langweilige Vorlesung, die er vor ewigen Zeiten besucht hatte. Ein Picknick mit ihr würde garantiert Spaß machen. Die Vorstellung, mit Gaby an einer abgelegenen schattigen Stelle des Parks im Gras zu liegen, ließ ihm das Blut heißer durch die Adern strömen.

Außerdem ist es eine gute Gelegenheit, den Tipp von Riess in die Tat umzusetzen, sagte er sich. Es gab keine bessere Gelegenheit, Gabriella über ihre Kindheit auszufragen, als ein Picknick zu zweit. „Ich denke, das ist eine ausgezeichnete Idee“, sagte er mit leicht belegter Stimme.

Ihre blauen Augen leuchteten auf. Doch bevor sie etwas erwidern konnte, ertönte eine kühle Stimme. „Hallo, Devlin.“

Er wandte sich um. Cecilia stand in der Tür, schlank und elegant in einem cremefarbenen Leinenkostüm. Dev unterdrückte eine gereizte Reaktion. Cecilia hatte wirklich eine Art, in den unpassendsten Momenten aufzutauchen. Hektisch überlegte er, wie er sie auf höfliche Weise loswerden könnte. Doch er hörte sich nur mürrisch hervorstoßen: „Hallo, Cecilia. Was willst du denn hier?"

Cecilia hob die Augenbrauen, und Gaby fiel hastig ein: „Oh, habe ich dir das nicht gesagt, Dev?"

Er sah sie fragend an.

Sie lächelte. „*Ich* habe Cecilia hergebeten. Sie kommt mit uns."

9. KAPITEL

Kann mir mal einer sagen, warum Gabriella ausgerechnet diesen Ort ausgesucht hat? Hier ist es so … dreckig."

„Es ist nicht dreckig, es ist ein Park, Cecilia", sagte Dev. Er hielt die Augen geschlossen, nicht gewillt, seine bequeme Rückenlage unter dem Baum aufzugeben. Die Sonne beschien seine Lider, Licht sickerte durch das Ahorndach über seinem Kopf. Er lag regungslos auf der roten Wolldecke, die Gaby mitgebracht hatte, und fühlte sich herrlich entspannt. Der Platz war einfach idyllisch, Dev konnte sogar das Säuseln der Blätter im Wind hören. Irgendwo tirilierte ein Vogel. Ein Fink?, überlegte Dev. Oder …

„Und überall Käfer!"

… eher eine Krähe. Widerstrebend öffnete er die Augen und drehte sich auf die Seite, um Cecilia anzusehen. Sie saß aufrecht an der Kante der Decke und umklammerte ihre Knie, als befände sie sich auf einem Floß im Wasser anstatt auf einem üppigen grünen Rasen. „Du hast doch gesagt, du magst Picknicks."

„Ja, aber nicht in einem heruntergekommenen Stadtpark. Und ich bevorzuge eine andere Art von Zutaten. Zu einem Picknick gehören französische Pastetchen, Lachs, eisgekühlter Champagner. Nicht zu fassen, was dieses Mädchen da eingepackt hat." Sie verzog angewidert den Mund.

Dev dachte an Gabys Sandwichs, belegt mit Schinken, Truthahn, Salami, Schweizer Käse und Gürkchen, dazu ein paar scharfe Peperoni, um dem Ganzen Würze zu verleihen. Knackige Kartoffelchips und Eistee. Der Geburtstagskuchen.

„Sie hat sich sehr viel Mühe gegeben", sagte er. „Was ist gegen das Essen einzuwenden?"

„Nichts, solange einem die eigene Figur egal ist." Der Blick, den sie ihm zuwarf, wirkte überheblich. „Das alles hat vor Fett doch nur so gestrotzt. Es war unappetitlich und ordinär." Mit gerunzelter Stirn musterte sie einen kleinen Fleck auf ihrem Leinenkostüm. „Mir ist sogar etwas auf die Jacke getropft."

„Warum hast du dich nicht schlichter angezogen?"

Verdutzt sah sie auf. „Aber ich bin schlicht angezogen. Dieses Kostüm ist genau das Richtige für ungezwungene Anlässe. Ich konnte ja nicht ahnen, dass ich auf einer Decke herumhocken müsste wie eine Obdachlose. Was hat Gaby sich nur dabei gedacht? Diese Aktion hier ist peinlich, einfach nur peinlich."

„Finde ich nicht." Dev sah hinüber zum Spielplatz, wo Gaby ein kicherndes kleines Mädchen auf der Schaukel anstieß. Das Gesicht des Kindes strahlte vor Seligkeit, die sich in Gabys Zügen widerspiegelte. Ein paar wartende Kinder ließen vermuten, dass sie noch eine Weile beschäftigt sein würde. „Gaby scheint sich zu amüsieren. Die Kinder mögen sie offensichtlich."

„Kein Wunder", gab Cecilia zurück. „Sie ist ja selbst noch ein halbes Kind. Ich meine, sie ist ständig unterwegs, oder? Dieser Job, den sie angeblich hat – tut sie überhaupt etwas dafür?"

„Oh, eine Menge", entgegnete Dev grimmig, wobei er an Gabys unermüdliche Versuche dachte, ihm zu „helfen".

Cecilia wirkte wenig überzeugt. „Ich muss zugeben, das überrascht mich. Sie scheint nichts wirklich ernst zu nehmen. Ein impulsiver gefühlsgesteuerter Mensch wie sie. Ich bevorzuge es, nüchtern und sachlich … iih, was ist das?" Abrupt richtete sie sich auf und zerrte sich einen Schuh vom Fuß. Sie hob ihn über den Kopf und ließ ihn mit Schwung niedersausen. Die winzige braune Spinne, die zierlich über die wellige Decke getänzelt war, starb. „Dies ist alles so absolut Unterschicht! Oh, ich wünschte, ich wäre zu Haus geblieben."

Das wünschte ich auch. Dev verkniff sich eine bissige Bemerkung, während Cecilia wieder in ihren Schuh schlüpfte. Das Missbehagen stand ihr deutlich in das hübsche Gesicht geschrieben. Er konnte das Ausmaß der Enttäuschung immer noch nicht einordnen, die er empfunden hatte, als Gaby im Büro verkündete, dass sie seine Verlobte auch eingeladen hatte.

Auf der Fahrt zum Park hatte er sich eingeredet, dass seine Reaktion begreiflich war. Er hatte gehofft, mit Gabriella über ihre Kindheit und ihren Engelwahn sprechen zu können. Cecilias Anwesenheit machte das natürlich unmöglich.

Außerdem war Cecilia kein Typ für familiäre Stadtparks. Für pralle Sonne und zünftige Rasenpicknicks war sie nicht zu haben. Als sie in seinem Büro eintraf, hatte sie vorgeschlagen, lieber in ein elegantes Gartenlokal zu gehen. Gaby war sofort einverstanden. Dev nicht. Sein Entschluss hatte nichts damit zu tun, dass Gaby versuchte, ihren Picknickkorb unter Evelyns Pult und außer Sichtweite zu schieben. Oder mit der leisen Verletztheit, die er in ihrem Blick wahrgenommen hatte. Er wollte einfach in den Park.

„Wann ist sie denn endlich fertig?" Unwillig sah Cecilia zu Gaby hinüber. Ihre Augen wurden schmal, als sie die schlanke Gestalt in Weiß anstarrte. „Sie ist ein aktiver Typ, wie? Wann, sagtest du, reist sie ab?"

„In vier Tagen", erklärte Dev knapp.

Cecilias Gesicht hellte sich auf, die Falten auf ihrer Stirn glätteten sich. Ihre zusammengepressten Lippen wurden weicher, als sie mit einem Lächeln sagte: „Das ist ja bald. Ich bin sicher, die Zeit vergeht dir wie im Flug, mit unserer Party und alldem." Sie berührte leicht seine Hand. „Es war nett vor dir, Gabriella einzuladen, Devlin. Aber ich weiß nicht … Meinst du nicht, es könnte peinlich für sie werden? Immerhin kommt sie nicht aus unseren gesellschaftlichen Kreisen."

Dev zog die Augenbrauen hoch. Trocken bemerkte er: „Ich auch nicht."

Cecilia lächelte liebenswürdig. „Also bitte, ist das der Devlin Hunt, der juristische Überflieger, der da plötzlich Minderwertigkeitskomplexe entwickelt? Deine Mutter mag ein Niemand gewesen sein, aber dein Vater war überall anerkannt, sogar in Europa! Dir ist eine strahlende Zukunft gewiss, mein Lieber."

„Meine Mutter war kein Niemand, Cecilia", warf Dev grimmig ein. „Sie war eine liebevolle starke Frau. Sie hat mich allein großgezogen, als mein Vater vor lauter Karriere sich nicht mehr um uns scherte und sich von ihr scheiden ließ."

„Aber ja doch. Ich meinte nur, sie hatte keinen Namen in der Gesellschaft." Als sie seinen unnachgiebigen Blick sah, setzte sie beschwichtigend hinzu: „Außerdem ist das heute nicht mehr wichtig."

Sie berührte seine Wange. „Es tut mir leid, dass ich deinen Geburtstag vergessen habe. Ich verspreche, dich bei der Party dafür zu entschädigen. Ich habe eine besondere Überraschung geplant."

„Du musst dir keine Mühe machen."

„Es ist keine Mühe. Wirklich nicht." Sie sah erneut zu Gaby hinüber und stand auf. „Ich muss jetzt wirklich gehen. Es gibt noch Tausende von Dingen zu erledigen, damit die Party ein Erfolg wird. Lass uns gehen, Devlin. Du musst doch sicher auch zurück ins Büro."

„Ehrlich gesagt, ich fühle mich hier unglaublich wohl", gab er gemächlich zurück. „Ich verstehe natürlich, dass du gehen musst."

Cecilia presste kurz die Lippen zusammen. Dann lachte sie leichthin. „Du wirst deine Neigung zum Küchenpersonal irgendwann in den Griff bekommen müssen, Darling." Sie küsste ihn auf die Wange. „Wir sehen uns morgen."

Auf dem Spielplatz schubste Gaby hingebungsvoll schaukelnde Kinder an und beobachtete dabei aus dem Augenwinkel Dev und Cecilia. Sie unterhielten sich. Das war ein gutes Zeichen. Offenbar funktionierte ihr Plan – obwohl sie kurz gezweifelt hatte, als Cecilia ihren Schuh auszog. Es hatte fast ausgesehen, als ob sie Devlin damit auf den Kopf schlagen wollte.

Doch selbst das wäre womöglich besser gewesen als die kühle Distanz, die sie üblicherweise zur Schau trug. Wie sollten sich die beiden ineinander verlieben, wenn sie kaum etwas voneinander wussten?

Ein braunäugiger Junge, seinem schmelzenden Blick nach zu urteilen garantiert ein zukünftiger Frauenheld, kletterte auf die Schaukel. Gaby schubste ihn an und spähte wieder zu Devlin und Cecilia hinüber. Zu ihrer Überraschung war Cecilia gerade dabei aufzubrechen. Dev stand mit den Händen in den Hosentaschen da und beobachtete, wie die Blondine über den Rasen stakste. Immer wieder versanken ihre hohen Absätze in dem weichen Boden, doch sie hielt beharrlich auf ihren Wagen zu, ohne zurückzublicken.

Gaby wusste nicht, was sie von der neuerlichen Entwicklung der Dinge halten sollte. Aber wenn Dev Cecilia so aufmerksam nachschaute, hatte er sich bestimmt in sie verliebt – wenigstens ein bisschen?

Bei dem Gedanken empfand Gaby einen unerwarteten kleinen Stich in der Herzgegend. Sie betrachtete Devs regungslose Gestalt und zweifelte kurz. Waren Cecilia und Dev tatsächlich richtig füreinander? Sie hoffte es sehr. Diese Frau musste einfach lockerer werden, menschlicher. Wenn Cecilia und Dev sich nicht verliebten, hätte sie ihre ganze Zeit vergeudet. Und sie könnte sich ihren Heiligenschein abschminken.

Der kleine Junge stieg von der Schaukel, und Gaby hob ein goldgelocktes Engelchen hinauf. Sie musste lächeln, als das kleine Mädchen eifrig die Beinchen schwang, um höher hinauf zu kommen. Kinder waren so süße Wesen. Sie wünschte, sie hätte zu Lebzeiten mehr Nähe zu solchen Kleinen gehabt. Aber ihre Mom war immer so rastlos gewesen, und erst recht Onkel Herb …

Bei dem Gedanken an ihren Onkel legte Gaby die Stirn in Falten und schupste das kleine Mädchen stärker an. Als sie Herbert auf dem Flur von Devs Kanzlei gesehen hatte, war sie wie vom Donner gerührt gewesen. Sie wusste, dass er in Los Angeles war und in Schwierigkeiten steckte – aber dass Dev gegen ihn Klage erhob! Onkel Herb besaß die Gabe, sich in jeder neuen Stadt innerhalb von Monaten in eine heikle Lage zu manövrieren. Aber es sah ihm gar nicht ähnlich, sich an reiche Witwen heranzumachen. Herbert Smith war mit Sicherheit kein Heiratsschwindler.

Sie war versucht gewesen, Dev dies mitzuteilen, doch nach einem Blick in sein strenges Gesicht hatte sie davon abgelassen. Als er Onkel Herb erwähnte, war sein Ton so verächtlich gewesen, dass Gaby direkt zusammenzuckte. Hoffentlich würde er diese Verachtung nicht irgendwann auf sie übertragen. Sie hatte es nur allzu oft erlebt, dass man sie für die Machenschaften ihres Onkels verantwortlich machte. Nein, sie würde Dev nicht gestehen, dass sie mit Herbert verwandt war. Das war nicht nötig. In ein paar Tagen würde sie wieder im Himmel sein, und ihr Auftrag lautete schließlich, sich um Devs Wohlergehen zu kümmern. Onkel Herbert musste sich endlich einmal selbst aus der Patsche helfen.

Trotzdem bereitete ihr die Vorstellung, ihr armer Onkel würde es vor Gericht mit Dev zu tun bekommen, Magenschmerzen. Das kleine Mädchen wollte von der Schaukel und Gaby hob es herunter. Plötzlich war ihr so schwer ums Herz. Onkel Herbert machte ihr Sorgen. Und Dev noch mehr. Zu allem Überfluss konnte sie nicht umhin, an diesem herrlichen Tag, inmitten von Sonnenschein und dem würzigen Duft der

Gräser, all das schmerzlich zu bedauern, was sie auf Erden nicht gehabt hatte. Echte Freundschaft. Mutterschaft. Verliebtsein.

Sie hatte nie nach diesen Dingen gestrebt. Warum tat es ihr jetzt leid?

Dev drehte sich um und kam auf Gabriella zu. Der Wind zauste sein Haar, sodass ihm eine Strähne über die dunklen ernsten Augen fiel. Mit seinen aufgekrempelten Ärmeln, die seine gebräunten Unterarme sehen ließen, und dem gelockerten Schlips wirkte er so entspannt, wie sie ihn nie erlebt hatte. In der vergangenen Woche hatte sie festgestellt, dass Devlin keineswegs so eigensüchtig war, wie sie zunächst angenommen hatte. Er leugnete es zwar, doch seine Mieter lagen ihm ebenso am Herzen wie seine Mandanten. Zweifellos war er ein hervorragender Jurist. Seine zynische Haltung hatte sich verflüchtigt, als sie das Album mit seinen früheren Fällen durchblätterten. Er war plötzlich lebhaft und aufgeschlossen geworden.

Dev lächelte, während er heranschlenderte. In den Winkeln seiner dunklen Augen bildeten sich kleine Falten, und Gaby wurde auf einmal klar, dass dieser Mann viel zu selten lächelte. Er arbeitete zu angestrengt, war viel zu ernst – besonders in Cecilias Gegenwart. Diese Frau sprach offenbar seine negativen Seiten an.

Gaby schüttelte ihre neuerlichen Bedenken ab und erwiderte sein Lächeln. Er trat neben sie auf die Sandfläche. „Musste Cecilia schon gehen?“, erkundigte sie sich.

„Sie muss noch einiges für die Party erledigen. Ich habe ihr gesagt, dass wir auch allein zurückfinden.“ Fragend zog er die Brauen hoch. „Wo sind denn auf einmal all die Kinder geblieben?“

Sie wies über den Rasen auf ein weißes Fahrzeug. „Der Eismann hat mir den Rang abgelaufen.“

„Sie haben dich einfach im Stich gelassen?“

„Das ist wohl mein Schicksal." Die Worte klangen ernster, als Gaby beabsichtigt hatte. Dev kniff die Augen zusammen und kam näher. Sie schluckte. Er war zu nah. Immer wenn sie die Nähe seines Körpers spürte, überfiel sie Gehemmtheit – und eine ungehörige Erregung. So locker wie möglich ging sie zu einem Schaukelsitz und ließ sich darauf nieder.

Dev folgte ihr und lehnte sich mit seinen breiten Schultern an den Pfosten. „Wie meinst du das? Deine Eltern haben dich doch nicht etwa ausgesetzt?"

„Nein. Klar, mein Vater verließ meine Mutter, aber das war vor meiner Geburt – sie waren nicht verheiratet. Er sagte, er wolle sich nicht anketten lassen. Ein paar Jahre später starb er." Sie strich mit den Sandalen über den Sand und ließ die Körnchen zwischen ihre Zehen gleiten. „Eigentlich komisch, seine Begründung. Mom wollte sich nämlich auch nicht anketten lassen. Sie war ständig in der Welt unterwegs, bis zu ihrem Tod."

Dev beobachtete sie genau. Er griff nach der Schaukelkette und versetzte sie in Drehung, bis Gaby in Halbkreisen schwang. „Das war sicher hart für dich", sagte er leise.

„Nein, nein, es war nicht weiter schlimm." Sie lächelte. „Mom und mein Onkel – ihr Bruder – hatten ein humorvolles Gemüt. Sie kamen überall zurecht und haben die vielen Bekanntschaften und Ortsveränderungen immer genossen. Manchmal denke ich, sie fühlten sich in den verschiedenen Städten stets wohler als die Menschen, die ihr ganzes Leben dort verbrachten." Ihr Lächeln schwand. „Für meinen Onkel war es ein schwerer Schlag, als Mom vor ein paar Jahren starb. Außer mir war sie seine einzige Angehörige. Eine Zeit lang war er ziemlich am Trudeln. Er verlor den Boden unter den Füßen."

„Und du?", fragte Dev eindringlich.

Ich war mein ganzes Leben lang am Trudeln. Laut sagte sie: „Mir hat sie auch sehr gefehlt."

Dev blickte auf sie herunter und fragte sich, was hinter diesem leicht betrübten Gesicht vorgehen mochte. Sie schien sich stets mehr um andere zu sorgen – zum Beispiel um ihren Onkel –, als um sich selbst. „Lebt dein Onkel noch?“, wollte er wissen.

Gaby schrak auf. Ahnte Dev etwa, dass Herbert Smith ihr Onkel war? „Ja, allerdings“, gab sie vorsichtig zurück. „Er hat sich in eine Frau verliebt …“

„Und hofft, mit ihr glücklich bis an sein Lebensende zu werden“, schloss Dev sarkastisch.

„Warum auch nicht?“ Da sie weitere Fragen im Kern ersticken wollte, begann sie zu schaukeln. „Das macht wahnsinnig Spaß. Ich habe seit Ewigkeiten nicht mehr auf einer Schaukel gesessen.“

Zu ihrer Erleichterung ließ Dev von seinem Thema ab und bemerkte nüchtern: „Ich nehme an, das ist wie Rad fahren. Man verlernt es nie.“

Er trat hinter sie. Gaby machte große Augen, als er sich über ihre Schulter beugte. „Was wird das?“

„Ich schubse dich an.“ Er legte ihr die Hände auf den Po und gab ihr einen leichten Stoß.

„Das ist aber nicht nötig.“ Automatisch streckte sie die Beine aus, um die Schaukel höher zu treiben.

„Ich glaube doch“, meinte Dev, als sie zurückschwang. „Du hast mich die ganze Woche lang herumgeschubst, jetzt bin ich mal an der Reihe.“

„Sehr witzig“, bemerkte Gaby, doch sie protestierte nicht weiter. Sich schaukeln zu lassen, war ein harmloses Vergnügen. Sie verbannte alle Gedanken an Vergangenheit und Zukunft und genoss die schwebende Bewegung.

Sie hatte ganz vergessen, wie schön dieses Schwingen sein konnte. Wie erregend. Sie versuchte zu verdrängen, dass die Erregung hauptsächlich aus der Berührung von Devs starken

Händen an ihren Hüften entsprang. Sie hob und senkte die Beine, und mit ihrer Körperkraft und Devs kräftigen Stößen flog sie höher und höher. Sie warf den Kopf in den Nacken. Der blaue Himmel sauste vorbei und Devs Gesicht stand umgekehrt. Sie kam wieder herunter und er packte sie erneut – fest und nah, er schickte sie noch höher hinauf. Immer schneller und wilder schaukelte sie, der warme Wind zerwühlte ihr Haar. Die Bewegung war berauschend, wieder stieß sie hinauf. Sie fühlte sich frei. Befreit. Ein Gefühl wie Fliegen.

Spontan sprang sie.

Einen kurzen atemlosen Moment lang hing sie in der Luft. Dann kam sie auf dem Boden auf, der Schwung warf sie auf die Knie.

„Wau“, stieß sie hervor. Kieselsteine gruben sich in ihre Handflächen. Sie wollte sich gerade aufrichten, da war Dev schon bei ihr, nahm sie unter den Achseln und zog sie hoch.

„Hey, was war das denn?“ Er drehte sie zu sich herum und zog besorgt die Augenbrauen zusammen. „Bist du abgerutscht?“

„Nein, ich war einfach übermütig. Mir war in dem Moment, als könnte ich flie…“ Sie brach ab. Sie hatte sich frei gefühlt. Freier als jemals bei ihren Reisen von Stadt zu Stadt.

Devs Augen wurden schmal. Sie mied seinen Blick und wischte sich den Sand von den Knien. Er fragte: „Was wolltest du sagen? Dass du dachtest, du könntest fliegen?“

Sie nickte. Kalter Zorn stieg in Dev auf. Seine Stimme wurde hart. „Dieser dumme Engelwahn. Jetzt glaubst du sogar schon, du könntest fliegen.“

„Ich möchte an deinem Geburtstag nicht streiten“, sagte Gaby, während sie sich die Steinchen von den Händen strich. „Ich sagte doch, ich habe mich hinreißen lassen.“

„Das wundert mich gar nicht.“ Er nahm ihre Hand und betrachtete mit zusammengebissenen Zähnen die roten Kratzer.

Dann sah er ihr in die Augen. „Du siehst die Grenze zwischen Fantasie und Wirklichkeit nicht mehr."

Sie riss ihre Hand los. „O doch."

Dev fasste sie hart bei den Schultern. „Dann sag mir, dass du kein Engel bist."

„Das kann ich nicht. Ich bin ein Engel." Ihr Blick war unnachgiebig. „Und ich bin schon bald wieder weg."

Dev unterdrückte einen Fluch. Diese verdammten Engelgeschichten. Über ihre Kindheit zu reden könnte hilfreich sein – wenn er Monate Zeit dazu hätte. Aber die Zeit wurde knapp. Gaby blieb nie lange an einem Ort. Sie befreundete sich mit Menschen, knüpfte enge Beziehungen – und begab sich plötzlich anderswohin.

Unvermittelt dachte Dev an jene Vorlesung damals. Er war viel älter als die anderen Studenten gewesen und hatte sich abseits gehalten, er hatte sich geärgert, dass er diese sinnlose Veranstaltung überhaupt belegt hatte. Doch dann war Gaby hereingeschneit gekommen und im Nu mit ihrer ganzen Umgebung gut Freund. Er hatte von seinem Winkel aus immer beobachten können, wie sie alle bezauberte – sogar den trübsinnigen Professor – und in jeder Stunde heiß diskutierte und viel lachte.

Damals hatte er überlegt, ob er sich um Gaby bemühen sollte. Aber zwischen Job und Studium blieb ihm keine Zeit für Geselligkeit, und er hatte dem Drang, diese Frau näher kennenzulernen, widerstanden. Und eines Tages schließlich hatte Gaby gefehlt und war nie wiedergekommen. Das ganze restliche Semester über hatte er eine leise Wehmut empfunden. Nicht, weil sie weg war, sondern weil sie überhaupt aufgetaucht war. Er vermisste sie.

Und sie hatte nicht einmal bemerkt, dass es ihn gab.

Der Gedanke gab ihm einen Stich. Er ließ Gabriella los und wandte sich ab, um die Decke und den Korb zu holen.

Auf der Rückfahrt übersah er bewusst ihre fragenden Blicke. Er hielt vor seinem Haus und begleitete sie zur Tür. „Sieh zu, dass du fertig bist, wenn ich nach Hause komme“, sagte er. „Zur Feier meines Geburtstags gehen wir essen.“

„In Ordnung“, gab sie leise zurück. Ihre blauen Augen waren groß, als sie auf der Türschwelle zu ihm aufsah.

Er nahm ihre Züge aufmerksam in sich auf, ihre gerade kleine Nase, die Sommersprossen auf ihrer zarten Haut, den weichen Kussmund. Seine Frustration löste sich, und Entschlossenheit machte sich in ihm breit. Er würde Gaby von ihrem Engelwahn befreien, egal, was es ihn kostete!

Dev konnte sie einfach nicht gehen lassen, solange sie glaubte, ein Engel zu sein. Falls er dafür mit ihr schlafen musste, würde er das tun.

Und wenn sie dieses Mal ging, dann würde sie sich garantiert an ihn erinnern.

10. KAPITEL

Vier Stunden später betrat Gaby den Wohnraum. Devlin, im dunklen Anzug und eleganter Krawatte, wartete bereits auf sie. Sein Blick glitt langsam über ihre feuchten Locken, das weiße Kleid, die Nylonstrümpfe, die hochhackigen Schuhe. Er lächelte.

Sie verharrte im Türrahmen. Sein Blick bereitete ihr leises Unbehagen. Etwas sehr Vertrautes und Intimes lag darin. Ja, es war derselbe Ausdruck, mit dem er sie damals im *Klemm's* gemustert hatte. „Hast du getrunken?", fragte sie.

Sein Lächeln wurde breiter. Ihr Unbehagen wuchs. „Ich habe keinen Tropfen angerührt", versicherte er und kam auf sie zu.

Gaby unterdrückte den Impuls zurückzuweichen. Als er näher kam, beschleunigte sich ihr Herzschlag. Dev hob die Hand und strich ihr eine Locke von der Wange. Sie hielt den Atem an.

Rau sagte er: „Du siehst bezaubernd aus."

„Danke", gab sie zurück. Doch sie sah dabei so unglücklich aus, dass Dev leise lachen musste, tief in der Kehle.

Er nahm ihren Arm unter seinen. „Gehen wir. Du hast seit mindestens zwei Stunden nichts gegessen – ich wette, das ist ein Rekord. Also sollte ich dich allmählich wieder füttern."

„Kommt Cecilia nicht mit?", erkundigte sich Gaby erstaunt.

Er schüttelte den Kopf. „Sie hat was anderes vor. Nachdem sie mich neulich beim Golf verlieren sehen hat und vorhin auch noch meine unstandesgemäße Vorliebe für Picknicks im Park feststellen musste, hat sie wohl für eine Weile genug von mir." Seine Augen funkelten, als er hinzufügte: „Du hast bewirkt, dass sie mich in einem völlig neuen Licht sieht. Da hast du wirklich großartige Arbeit als Amor geleistet."

Verletzt entzog Gaby ihm den Arm. „Wenn sie nicht mitkommt, brauchen wir gar nicht erst zu gehen."

„Aber natürlich gehen wir“, konterte Dev locker. „Du kannst mich während des Essens ja darüber aufklären, was Frauen sich von Männern wünschen.“

„Wirst du denn auf mich hören?“, fragte sie misstrauisch.

Dev lächelte erneut. „Auf jedes einzelne Wort.“

Gaby atmete tief aus. Wenn er das versprach, konnte sie sich nicht weigern. Schließlich war sie hier, um ihm zu helfen.

Sie ging voraus durch die Tür und widerstand dem Drang, einfach wegzulaufen. Dev folgte ihr schweigend, ein gefährliches Glimmen in den dunklen Augen. Auf der Fahrt zum Restaurant sprachen sie wenig, aber sie merkte, wie er sie ständig ansah. Nichts läuft so, wie es laufen soll, dachte sie gereizt, und starrte aus dem Fenster. Sie musste es schaffen, dass Dev und Cecilia sich ineinander verliebten. Dev brauchte viel Liebe – diese Gewissheit war tief in ihrer Seele verankert. Aber sie täte sich mit ihrer Aufgabe auch wirklich etwas leichter, wenn Cecilia ihren Verlobten ein bisschen besser verstünde. Wenn Cecilia nur ein wenig menschlicher wäre. Oder wenn Gaby sich weniger menschlich fühlen würde.

Unruhig rutschte sie auf dem Ledersitz herum. Immer wenn Dev sie mit seinen sexy dunklen Augen ansah, empfand sie ein erregendes Prickeln. Verdächtige Gefühle, die ihr bewusst machten, dass sie lebendig war – dass sie eine Frau war.

Im Restaurant geleitete der Oberkellner sie zu einer intimen Nische im hinteren Bereich des Raums. Devs Hand, die besitzergreifend auf ihrem nackten Rücken lag, machte Gaby nervös. Erst als sie saßen und Dev seine Aufmerksamkeit der Speisekarte widmete, konnte sie wieder normal atmen.

Hinter ihrer Karte spähte Gaby verstohlen umher. Kein Zweifel, es war ein teures Lokal, kein Vergleich mit den Restaurants, in die Onkel Herb sie immer eingeladen hatte. Die Bezeichnungen der Speisen auf der Karte klangen kompliziert, und die Preise fehlten. Die Tische standen in Nischen zwischen stilvollen Raumteilern und Pflanzen, um den Gästen ein Gefühl von Ungestörtheit zu vermitteln. Köstliche Düfte stiegen Gaby in die Nase. Die einzigen Geräusche bestanden aus dem gedämpften Klirren von Besteck auf kostbarem Porzellan und leiser Violinmusik.

Die ungewohnte Umgebung mit den edlen Leinentischtüchern und den eleganten Teppichen verstörte Gaby – oder lag es an dem Mann, der so dicht neben ihr saß?

Zu intensiv nahm sie seine Blicke wahr, seine kantigen Gesichtszüge, die das Kerzenlicht besonders hervorhob. Sie sah auf. Devs Augen wurden noch dunkler, als er ihren Blick auffing, er senkte ein wenig die Lider. Und er lächelte.

Gaby warf die Karte auf den Tisch. „Hör auf damit, Dev!", fauchte sie.

„Womit?" Er tat verdutzt, unschuldig. Gabys Augen verengten sich. Er spielte den Harmlosen nicht überzeugend genug. Das verwegene Glitzern in seinen Augen konnte er nicht verbergen.

„Du weißt genau, was ich meine", sagte sie. „Ich bin mit dir hergekommen, weil du Geburtstag hast und weil ich mit dir besprechen möchte, was du tun kannst, damit Cecilia sich in dich verliebt. Wir sind nicht hier, damit du mich unverschämt anstarrst."

„Aber ich starre dich gern unverschämt an", murmelte er.

Gaby setzte eine strenge Miene auf und meinte tadelnd: „Du musst doch hungrig sein. Wir sollten erst einmal bestellen, bevor wir alles Weitere besprechen."

Dev sah auf, und sofort eilte ein Ober herbei. Das dunkle Haar des Mannes war akribisch an seinen Kopf gekämmt, er hatte ein rundes Bäuchlein und kurze Beine. Irgendwie erinnerte er Gaby an einen Pinguin. Er verbeugte sich. „Guten Abend, Mr Hunt. Was darf ich Ihnen bringen?"

„Bitte eine Flasche Dom Pérignon, André", sagte Dev.

Gaby zog die Nase kraus, und Dev hob fragend die Augenbrauen. „Oder möchtest du etwas anderes?"

„Ich wünschte, du würdest gar keinen Alkohol trinken. Er macht dich unvernünftig."

Dev zeigte sich amüsiert. „Ich will nicht mit dir streiten. Wir nehmen den Champagner."

Schweigend und mit erhobenem Kinn betrachtete Gaby die Flasche, die der Ober heranbrachte. Der Mann goss einen Schluck ein. Dev hob sein Glas und sah Gaby trotzig an. Er kostete.

Und verschluckte sich.

Er setzte das Glas ab und wandte sich an André. „Was zum Teufel …"

Dev verspürte ein Zwicken und fuhr herum. Gaby saß vollkommen ruhig da, die Hände auf dem Tisch gefaltet. Dev runzelte die Stirn und fragte den Kellner: „Haben Sie das gesehen?"

Der Mann sah ihn verdutzt an. „Was soll ich gesehen haben, Mr Hunt?"

„Wie sie mich gezwickt hat."

André warf Gaby einen irritierten Blick zu. Ohne dass Dev es bemerkte, tippte sie sich bedeutungsvoll an den Kopf. Sie nahm die Hand herunter, als Dev sie wieder ansah. Misstrauisch betrachtete er ihr regungsloses Gesicht. Er sah den Ober an. „Ach, vergessen Sie das. Aber der Champagner ist nicht in Ordnung."

„Nicht in Ordnung, Sir?" André wirkte bestürzt.

„Ja. Er schmeckt nach …" Dev zögerte kurz und äußerte dann entschieden: „Er schmeckt nach Milch."

Der Kellner beherrschte sich auf bewunderungswürdige Weise. „Milch? Aber das ist unser bester Champagner, Sir." Er musterte Devs ungerührtes Gesicht und schlug vor: „Möchten Sie eine andere Flasche probieren?"

Ehe Dev einwilligen konnte, schaltete Gaby sich ein: „Darf ich mal kosten?"

Dev schwieg missmutig, doch der Ober sagte sofort: „Gewiss, Madam." Er reichte ihr ein gefülltes Glas.

Gaby nahm einen Schluck. Sie schloss die Augen und ließ den perlenden Champagner auf der Zunge zergehen, wie sie es vom Fernsehen her kannte. Als sie die Augen öffnete, verkündete sie strahlend: „Er ist köstlich! Wie Sternentau!"

André strahlte zurück. „Genau das sagte Dom Pérignon, der Mönch, der den Champagner erfand, als er ihn das erste Mal kostete. Wenn ich bemerken darf, Madam hat einen ausgezeichneten Geschmack."

Dev starrte düster vor sich hin. „Er schmeckt nicht wie Sternentau. Er schmeckt nach …" Er blickte von Gabys harmlosem Gesicht zu der leicht überheblichen Miene des Kellners. „Ach, lassen Sie ihn nur da", sagte er unwillig.

André stolzierte davon.

Gaby griff nach ihrer Serviette und tupfte sich zierlich den Mund. „Vielleicht hatte Dom Pérignon die Milchstraße im Sinn", warf sie versöhnlich ein.

Er lächelte wider Willen. Das bedrohliche Glitzern schwand aus seinem Blick und er bemerkte boshaft: „Ich weiß nicht, wie du das gemacht hast, aber den Geschmack von Champagner zu verhunzen, ist eine Sünde." Er hob die Hand, um ihre Erklärungen abzuwehren. „Schon gut, es ist nicht wichtig."

„Ja, wirklich nicht", pflichtete Gaby. „Kommen wir jetzt zum Geschäftlichen. Also, wenn du möchtest, dass eine Frau sich in dich verliebt …"

Über den Krabbencocktails hielt sie Dev einen Vortrag über die Bedeutung des Zuhörenkönnens, echten Zuhörens, während ihr Schüler ihre Worte aufmerksam in sich aufnahm.

Beim Chateaubriand sprach sie über das Bedürfnis einer Frau nach Sicherheit und die Pflicht der Männer, emotionale

Stärke und Unterstützung zu geben. Dev nickte ernst und nippte an seinem Mineralwasser.

Und während sich Gaby schließlich über die Erdbeertorte mit Sahne hermachte, klärte sie ihn über den zutiefst weiblichen Traum auf, für den Mann einzigartig zu sein.

Dev hatte auf die Torte verzichtet und saß still da, einen Arm auf der Lehne hinter ihr, den anderen auf dem Tisch ausgestreckt. Nach seinem ersten Schluck Champagner hatte er ihn nicht mehr angerührt, Gabys Glas jedoch ständig nachgefüllt. „Wir wollen doch nichts verkommen lassen", hatte er erklärt, als sie Einwände machte. Bald musste sie ihm zustimmen. Es wäre wirklich eine Sünde, diesen edlen Tropfen zu verschwenden. Der Champagner kitzelte ihr in der Nase und versetzte sie in Hochstimmung.

Irgendwann während des Essens hatte Gaby ihre Schuhe abgestreift. Jetzt ruhten ihre Füße unter dem Tisch auf Devs übereinander geschlagenen Fesseln, die Wärme seiner Beine bildete einen angenehmen Gegensatz zu den kühlen Früchten, die ihre Kehle hinunterglitten.

„Und Blumen. Blumen machen sich immer gut", erläuterte sie und zerdrückte eine saftige Erdbeere am Gaumen. „Pralinen sind auch okay, es sei denn …" Sie unterbrach sich. „Macht Cecilia sich Sorgen um ihr Gewicht?"

„Immer und überall."

„Oh. Dann natürlich keine Pralinen." Gaby nahm einen weiteren Happen.

„Machst du dir denn keine Sorgen um deine Linie?", erkundigte Dev sich neugierig.

„Das Leben ist so kurz." Sie häufte Sahne auf ihren Löffel und schob ihn in den Mund, die Augen wonnevoll geschlossen. „Das ist mir erst als Engel richtig klar geworden."

Dev lächelte ihr zu. Ihre Augen glänzten, und sein Puls beschleunigte sich. Er winkte einen Kellner heran und flüsterte ihm etwas zu. Der Mann verschwand und kehrte wenige Minuten später mit einer roten Rose zurück. Dev bedankte sich und überreichte Gaby die Rose.

Ihr Gesicht strahlte vor Überraschung. „Oh, wie nett, Dev." Sie hob die zarte Knospe an die Lippen. Gabys blaue Augen nahmen einen verträumten Ausdruck an, ihre dunklen Wimpern warfen einen leichten Schatten auf ihre Wangen. „Die Blätter sind so weich. Hast du je etwas Schöneres gesehen?"

Er berührte eine goldrote Locke, die neben seiner Hand auf der Sitzlehne lag. „Ich glaube, ja."

Mit einem verhaltenen Lächeln auf den Lippen lehnte Gaby sich zurück. Langsam strich sie mit der Rosenblüte über ihre erhitzten Wangen. In ihrer Anmut wirkte sie so jung. So süß. Und sexy.

Begehren begann sich in Dev zu rühren. Er sah sich im Raum um. Ebenso wie im *Klemm's* zog Gaby die Blicke der Männer auf sich. In ihren Designer-Anzügen, gewienerten Schuhen und teuren Haarschnitten schienen sie zwar auf den ersten Blick nicht so ungehobelt, aber sie waren dafür umso gefährlicher. Es handelte sich um eine hochgezüchtete Rasse von Schakalen, die sich vom gewöhnlichen Rudel entfernt hatten.

Sie belauerten Gaby verhohlen, vermutlich warteten sie auf die nächste Gelegenheit zum Zupacken. Dev hatte nicht die Absicht, ihnen eine zu geben.

Um ihre Aufmerksamkeit wieder auf sich zu lenken, wickelte er eine winzige Locke in ihrem Nacken um den Finger und zog spielerisch daran, bis Gaby ihn ansah. „An was denkst du?"

Sie legte den Kopf schräg und ließ den Blick über sein Gesicht gleiten. „An dich. Manchmal kannst du richtig nett sein. Wie warst du als Kind, Dev?"

„Ich als Kind? Ach, ich weiß nicht." Die Frage überraschte ihn ziemlich. Er konnte sich nicht erinnern, wann er das letzte

Mal über seine Kindheit gesprochen hatte. Cecilia und James hatten ihn zwar einmal nach seiner Vergangenheit gefragt, aber damals war es nur darum gegangen, ob er irgendwelche „Jugendsünden“ auf seinem Konto hatte, die ihn später als Politiker belasten könnten.

Gaby schwieg geduldig. Erwartungsvoll sah sie ihn an und er runzelte die Stirn, während Dev überlegte, was er ihr erzählen sollte. Er hatte die alten Erinnerungen irgendwo tief vergraben, es bereitete ihm Mühe, sie wieder hervorzuholen. Schulterzuckend sagte er: „Ich war wohl ziemlich normal. Meine Eltern trennten sich, als ich noch klein war, ich wuchs bei meiner Mutter auf. Als sie starb, war ich fast erwachsen und wohnte zwei Jahre bei meinem Vater. Wir verstanden uns nicht besonders. Ich bekam ein Stipendium für die Universität und zog ohne Bedauern aus. Das ist alles.“

Ihr Blick wurde weich. „Das hört sich ja entsetzlich an.“

Mit seinem gewohnt spöttischen Gesichtsausdruck gab er zurück: „Nein, Gaby. Das ist das Leben.“

Sie legte ihm die Hand auf den Arm, und seine Muskeln verspannten sich. „Haben deine Eltern sich geliebt?“

Dev dachte an die gefasste Haltung seiner Mutter gegenüber der Gleichgültigkeit seines Vaters. Er verzog den Mund zu einem zynischen Lächeln. „Was soll das sein, Liebe? Ist das alles, was dich beschäftigt? Du hast mir erzählt, dass Frauen sich nach Rosen und Pralinen, Sicherheit und Stärke sehnen. Verstehst du das unter Liebe, Gaby?“

Sie nahm ihre Hand weg, griff wieder nach der Rose und drehte den Stiel zwischen den Fingern. Automatisch gab sie die Antwort, die sie seit Jahren parat hatte. „Nein, nein. Aber ich bin sowieso anders. Ich war nie auf die Dinge aus, die Frauen meistens wollen. Ich lerne gern neue Menschen kennen und schließe leicht Freundschaft, aber ich möchte frei sein. Ich will mich nicht festlegen.“

Das überraschte Dev keineswegs. Kommen und gehen. Ja, das war Gaby.

Er sah sie schweigend an. Sie saß ruhig da und strich sanft mit der Knospe über ihre Haut, mit leicht wehmütigem Blick. Die Kerze flackerte, warf einen Schatten über ihre Augen und hob die weichen Konturen ihrer Wangen und Lippen hervor. Dev kannte nur noch ein Verlangen – mit ihr allein zu sein.

Er gab ihr einen Schubs mit der Schulter. „Komm, wir gehen nach Hause."

„Nach Hause?" Gaby hielt den Atem an. „Du meinst, in deine Wohnung?"

Er lächelte. „Natürlich, mein Engel."

Engel. Ernüchterung überkam sie. Einen Moment lang hatte sie vergessen, dass sie ein Engel und ihr Aufenthalt auf Erden begrenzt war. Die Worte „nach Hause" hatten so selbstverständlich geklungen, als wäre seine Wohnung tatsächlich ihr Heim.

Geistesabwesend strich sie sich über den Rock. Sie durfte nicht vergessen, dass dies alles hier nur eine weitere Station war, die sie hinter sich lassen musste. Und ihr blieb nicht mehr viel Zeit.

Sie angelte nach ihren Schuhen und folgte Dev aus dem Lokal. Der Page fuhr den Ferrari vor und hielt Gaby die Beifahrertür auf. Als sie losfuhren, blickte sie Dev von der Seite an. Er wirkte glücklich und entspannt, eine Hand am Lenkrad, die andere auf der Lehne ihres Sitzes. Er wandte sich ihr zu und lächelte – nicht das entnervende zynische Lächeln, für das sie ihn am liebsten schütteln würde, sondern ein sanftes Heben der Mundwinkel. Das Schimmern in seinen dunklen Augen wirkte fast zärtlich.

Verlegen wandte sie ihren Blick ab. Das musste aufhören. Sie durfte seine Nähe nicht dermaßen genießen, ihn nicht so ungeheuer attraktiv finden, keine Besitzansprüche anmelden. Devlin gehörte zu Cecilia. Das musste sie ein für alle Mal einsehen.

Bei der Wohnung angekommen, schloss er auf und trat hinter ihr ein. Nachdrücklich klappte er die Tür zu. Er hielt einen Moment inne, und sein Blick machte Gaby sehr nervös. Sie schob sich das Haar hinters Ohr. „Nun ja, ich hoffe, du hast heute Abend einiges über Frauen gelernt, Devlin."

„Es war jedenfalls interessant, das muss ich gestehen." Er hockte sich auf eine Sessellehne, ohne Gaby aus den Augen zu lassen, während sie unruhig durch den Raum ging. Bedächtig sagte er: „Aber ich glaube, meine Beziehung zu Cecilia ist nicht zu ändern. Betrachte das lieber als einen hoffnungslosen Fall."

Entsetzt fuhr Gaby herum. Seine Aussage bestätigte ihre schlimmsten Befürchtungen. „Es ist nicht hoffnungslos, Devlin. Du kannst dich ändern. Da bin ich sicher."

„Wie kannst du so sicher sein?"

„Weil ich mich auch geändert habe. Bevor ich ein Engel wurde, habe ich oft geflucht und gelogen … und andere blöde Dinge gemacht", gestand sie ein wenig vage. „Aber jetzt bin ich ganz gut."

„Ich weiß."

„Wirklich?"

Er nickte. „Ja. An unserem ersten Abend – in meinem Bett. Da hast du dich verdammt gut angefühlt."

Ihre Blicke trafen sich, und Gaby zuckte zusammen. In seinen Augen erkannte sie wieder diesen trägen sinnlichen Schmelz. Schnell sagte sie: „Das lag nur an dir. Ich habe mich nie zuvor so hinreißen lassen und habe nicht vor, das zu wiederholen. Von jetzt an bleibe ich auf dem Pfad der Tugend."

„Keine Verlockungen mehr vom großen bösen Wolf?"

„Mit Sicherheit nicht", sagte sie empört.

Er erwiderte nichts, und ein verdächtiges Prickeln lief ihr das Rückgrat hinunter. Da war es wieder – Dev brachte sie dazu, sich menschlich zu fühlen. Zu menschlich.

Er schaltete das Licht aus, sodass nur noch eine kleine

Lampe den Raum erhellte. Gabys Nervosität wuchs, als er sein Jackett auszog und über die Sessellehne hängte. Er lockerte die seidene Krawatte und knöpfte sein Hemd ein Stück weit auf. Sie schluckte.

„Ich denke, ich lege mich dann mal aufs Ohr", meinte sie burschikos und versuchte einen kumpelhaften Ton.

Er lächelte, seine weißen Zähne schimmerten. Gleichzeitig machte er sich die Manschetten auf, krempelte die Ärmel ein wenig hoch und enthüllte seine kräftigen gebräunten Unterarme. „Aber ich habe doch Geburtstag, Gaby. Du kannst bestimmt noch etwas aufbleiben und dich mit mir unterhalten." Sie zögerte, und er setzte lockend hinzu: „Nur ein Weilchen."

„Okay", gab sie ziemlich ungnädig nach. Sie nahm auf der Couch Platz.

Gaby wurde unruhig, als Dev seinen Sessel verließ und sich neben sie setzte. Er streckte den Arm hinter ihr aus. Obgleich er sie nicht berührte, richteten sich die Härchen in ihrem Nacken auf.

„Ich glaube, ich habe mich noch gar nicht richtig für das Picknick und den Kuchen bedankt." Er lächelte ein wenig schief. „Es hat köstlich geschmeckt." Dev nahm ihre Hand, die zwischen ihnen auf dem Polster lag, und drückte einen leichten Kuss darauf. „Du hast mir den schönsten Geburtstag seit Jahren bereitet."

„Das war doch nichts Besonderes", sagte Gaby.

Er strich mit dem Finger über ihre zarte Haut.

Gaby stockte der Atem bei seiner Berührung. Hastig suchte sie nach einem Thema und fragte: „Hat es Cecilia auch gefallen? Das Picknick, meine ich?"

„Nein." Er blickte nicht von ihrer Hand auf. Langsam fuhr er mit seinen Fingern bis zu ihrem Handgelenk, wo er die blauen Venen unter ihrer Haut nachzog. „Cecilia hasst Parks, hasst Kinder, hasst Staub und sie hasst Käfer."

„Ach, sie wird sicher lernen, das zu mögen, wenn sie erst mit dir verheiratet ist."

Unter seinem ironischen Blick wurde sie rot. „Ich meine, sie wird alles lieben, was du magst."

„Glaubst du das im Ernst?" Er hielt ihren Blick mit dieser beunruhigenden Eindringlichkeit fest. Dann zog er ihre Hand an die Lippen. „Alles, was ich mag?" Er küsste zärtlich ihre Fingerspitzen.

Gaby schauderte und versuchte, ihre Hand loszumachen. Dev ließ es nicht zu und erkundigte sich besorgt: „Ist dir kalt?"

Beim Klang seiner tiefen rauen Stimme nahm ihr Zittern zu. „Nein ... oder vielleicht ... ein bisschen. Funktioniert dein Kamin?" Ihr war alles recht, um ihn außer Reichweite zu bringen. Um ihrem rasenden Puls Gelegenheit zu geben, sich zu beruhigen.

Er zog eine Braue hoch und hielt ihre Hand auf halbem Weg in der Schwebe. „Ein Kaminfeuer mitten im Juni?"

„Es ist reichlich kühl für die Jahreszeit, findest du nicht?"

„Nein, aber wenn du ein Feuer möchtest ..." Mit einer geschmeidigen Bewegung stand er auf.

Gaby seufzte erleichtert auf. Sie sah ihm zu, wie er neben dem Kamin in die Hocke ging. „Brauchst du kein Holz dazu?"

„Ich habe den Kamin auf Gas umstellen lassen." Er entzündete ein Streichholz, und leichter Schwefelgeruch erfüllte die Luft. „Das ist sauberer. Und schneller."

„Aha", sagte Gaby.

Dev drehte an ein paar Knöpfen, bis eine blaue Flamme aufleuchtete. Er drehte sich um und lächelte Gaby vielsagend an. „Die Scheite sehen zwar wie echt aus, aber sie sind es nicht."

Sie versteifte sich. „Immerhin ist das Feuer echt."

Er nickte bedächtig. „Da hast du recht. Ich muss zugeben, mir wird direkt", er warf ihr einen sinnlichen Blick zu, „heiß."

Sofort entgegnete Gaby: „Oh, wenn das so ist, machen wir das Feuer lieber wieder aus."

„Ich fürchte, das wird nichts nützen."

Er sah zu ihr hoch. Bartstoppeln beschatteten sein Kinn und die Wangen, sein dunkles Haar war leicht zerzaust. Der Schein der Flammen hinter seinem Rücken warf orangerote Lichter auf sein Gesicht und sein weißes Hemd.

Gaby schluckte. Er wirkte fast animalisch. Gefährlich. In seiner Haltung lag etwas Sprungbereites.

Sie erhob sich von der Couch. „Meine Güte, ich werde auf einmal ganz schläfrig." Sie tat so, als müsste sie gähnen. „Ich gehe wohl besser ins Bett. Bis morgen, Devlin."

Sie wollte sich abwenden, doch Dev stand auf und trat zwischen sie und die Schlafzimmertür. Verunsichert hielt sie inne, starrte auf die harten Muskeln, die unter seinem offenen Hemd sichtbar waren.

Er kam einen Schritt auf sie zu. Ihr Blick glitt hoch zu seinem Gesicht. Sie streckte die Hand aus, um ihn zu stoppen, aber er fing sie ab und schob sie unter sein Hemd an seine warme Brust. Gaby spürte den starken langsamen Schlag seines Herzens. Sie fing seinen intensiven Blick auf, sein Herzschlag wurde schneller. Da beschleunigte sich auch ihr Puls, wie im Einklang mit seinem.

Dev neigte den Kopf, und sein Mund berührte ihre Lippen. Gaby versuchte, ihre ganze Willenskraft aufzubringen, doch vergebens. Sie gab seinen Lippen nach. Ihre Muskeln entspannten sich, und sie leistete keinen Widerstand, als er sie an sich zog. Langsam und verführerisch strich er ihren Rücken hinunter und legte eine Hitzespur auf ihre Haut. Hatte sie nicht behauptet, ihr sei kalt? Unmöglich. Ihr Körper schien zu brennen, wo immer er ihn berührte.

Sie hob die Arme und umschlang seinen kräftigen Nacken. Er nahm sie fester in die Arme, bis ihre Brüste an seiner Brust lagen. Gaby seufzte leise, als sich ein fast schmerzliches Verlangen in ihr entzündete. Sie war ein Engel, sie sollte nicht so ein ungezügeltes irdisches Begehren empfinden. Doch die lockenden Bewegungen von Devlins Zunge und seine Liebkosungen vernebelten ihr Denken. Tiefer und tiefer ließ sie sich in diese Lust fallen. Plötzlich drehte sich der Raum um sie, als Dev sie auf die Arme nahm und sie den Flur entlang zu seinem Schlafzimmer trug.

Er ging zum Bett und legte Gaby sachte darauf. Sie regte sich nicht, ihre Augen waren geschlossen, die Handflächen neben ihrem hellen Haar nach oben gerichtet, mit leicht gekrümmten Fingern. Ihre langen dunklen Wimpern warfen Schatten auf ihre Haut, ihre Wangen waren gerötet, die rosigen Lippen halb geöffnet, sie atmete heftig. Die zarte Gestalt in dem weißen Kleid wirkte beinah unwirklich, wie eine kostbare Puppe, die jemand auf das Laken geworfen hatte.

Oder wie ein Engel, der vom Himmel gefallen war.

Der Gedanke versetzte Dev einen scharfen Stich. Fast ärgerlich ging er hin, setzte sich auf die Bettkante und nahm Gabys schmale Hand in seine. Ihre Finger fühlten sich tröstlich warm und lebendig an. Sie machte die Augen auf und blickte in sein Gesicht. Ihr Lächeln war zärtlich.

Ein tiefes Stöhnen stieg in Devs Kehle auf. Er beugte sich herunter und küsste sie wieder. Vorsichtig, beinahe zaghaft strich er dabei mit der einen Hand über ihre Brüste. Er hatte angenommen, die Erinnerungen an jene erste Begegnung wären vom Whiskey vergoldet gewesen. Jetzt wusste er, dem war nicht so. Gaby fühlte sich noch himmlischer an, als er es in Erinnerung hatte.

Er vertiefte den Kuss und stöhnte erneut auf, als ihre Zungenspitze scheu der seinen entgegenkam. Unter seiner Hand konnte er fühlen, wie sich die Knospen ihrer Brüste verhärteten. Seine Körpertemperatur schoss in die Höhe, sein Begehren brannte heißer und heißer. Er legte sich neben sie – und schoss hoch, als ein eiskalter Wasserguss ihn traf.

„Das ist doch nicht zu fassen!“ Mit einem lauten Fluch sprang er vom Bett. „Die Matratze ist undicht. Das ist mir noch nie passiert.“

Sein Brustkorb hob und senkte sich unter seinen angestrengten Atemzügen.

Er half Gaby hoch und strich ihr über Bauch, Rücken und Po. Nur der Saum ihres Kleides fühlte sich feucht an.

Dev streifte sein nasses Hemd ab und warf es auf den Boden. Er umfasste Gabys Po und drückte sie eng an sich. „Lass mich dir dein Kleid ausziehen, Liebes.“

„Nein.“

Die Hände in der Luft, starrte er sie an. „Was meinst du mit ‚nein‘?“

„Ich meine nein. Wir müssen damit aufhören.“ Sie legte die Arme um ihre Mitte und entzog ihr Kleid seinem Griff. Dann wollte sie zur Tür, aber er packte sie am Arm und drehte sie zu sich herum.

„Gaby“, ächzte er, halb verwirrt, halb flehend.

Sie ignorierte das Bitten in seiner Stimme. „Verstehst du denn nicht? Das ist vollkommen verkehrt, was wir hier machen.“ Sie wies auf das Bett. „Ich bin ein Engel, Dev. Das hatte ich einen Moment lang vergessen, aber es wird nicht wieder vorkommen. Lass mich bitte gehen.“

Sie stob an ihm vorbei aus der Tür. Sekunden später hörte er ihre Zimmertür zuschlagen.

Dev fuhr sich entnervt durch die Haare. Er hatte geglaubt, dass sie die Engelgeschichten endlich abgetan hätte. Dass sie ihn ebenso begehrte wie er sie. Er hatte falsch gelegen.

Ärgerlich, *kochend vor Wut* warf er sich wieder auf sein Wasserbett und sprang nicht auf, als das kalte Nass seine Haut traf.

Eine kalte Dusche war genau das, was er jetzt brauchte.

In ihrem Zimmer sank Gaby auf die Bettkante. Was war los mit ihr? Was war ihr eingefallen? Hätte das Wasserbett nicht ein Leck bekommen, hätte sie mit Dev geschlafen.

Sie streckte sich aus, drehte sich automatisch auf die Seite und rollte sich zusammen. Warum lief alles so gründlich schief? Anfangs war es so leicht gewesen, ein Engel zu sein. Sie hatte sich etwas Bestimmtes vorgestellt, und irgendwie war es eingetreten – wenn auch nicht immer genau so. Dann allmählich war ihr die Gewissheit abhanden gekommen, dass sie auf dem richtigen Weg war. Ihre Rückkehr in den Himmel schien in immer weitere Ferne zu rücken. Sie hatte enorme Mühe, positiv zu denken, weil sie ununterbrochen an Dev dachte – was er meinte, was er empfand. Was seine nachtschwarzen Augen in ihr für Gefühle auslösten.

Selbst jetzt wünschte sie sich nichts sehnlicher, als wieder in sein Zimmer zu gehen. Seufzend drehte sie sich auf den Rücken und starrte an die weiße Decke. Ihr Verlangen nach Dev drohte die Oberhand zu gewinnen, und das konnte sie nicht zulassen. Sie durfte nicht mit ihm schlafen. Er könnte ihr wehtun, und das Risiko wollte sie nicht eingehen. Sie sehnte sich nach Geborgenheit. Einem sicheren Platz. Der Himmel war der einzige Ort, von dem sie wusste, dass sie ihn nicht wieder verlassen musste.

Gaby legte den Arm über ihre stechend heißen Augen. Sie wusste nicht mehr, was sie tun sollte – was für Dev das Richtige war. Nur eins wusste sie ganz sicher.

Wenn sie in den Himmel zurückkehren wollte, musste sie sich von Devlin Hunt fernhalten.

11. KAPITEL

Gaby ging Dev aus dem Weg. Und das passte ihm ganz und gar nicht. Missmutig starrte er zu der zierlichen weißen Gestalt hinüber. Der Raum war voller eleganter Menschen, die gestelzte Nichtigkeiten von sich gaben. Putman und Cecilia hatten für diese Party ihre sämtlichen Beziehungen spielen lassen. Politiker mit aufpoliertem Lächeln, Unternehmer mit kalten Augen, Schauspieler und Schauspielerinnen mit perfekten Plastikgesichtern – alle waren sie da. Geld, Macht und Ruhm in Hülle und Fülle, damit die Veranstaltung ein rauschender Erfolg wurde.

Eigentlich sollte es Dev nichts ausmachen, dass Gaby sich gleich nach der Ankunft selbstständig gemacht hatte und Cecilia, in einem schicken roten Satinkleid, ihn mit Beschlag belegte. Ebenso sollte es ihn nicht kümmern, dass Gaby den ganzen Abend von Gruppe zu Gruppe schwirrte und ihm keine Chance gab, sich ihr zu nähern. Er führte seine zukünftige Frau am Arm und hatte ihren einflussreichen Vater an der Seite. Was also lag ihm an Gabriella?

Eine Menge.

Cecilia und ihr Vater arbeiteten sich gerade professionell durch den Raum und machten den Gästen ihre Aufwartung. Eigentlich sollte Dev es ihnen gleichtun. Stattdessen gesellte er sich zu einer kleinen Gruppe von Männern in der Ecke beim Klavier. Er tat so, als interessiere er sich für das Gespräch und nickte ab und zu mit dem Kopf, um Zustimmung zu signalisieren. Seine gesamte Wahrnehmung war jedoch auf Gaby gepolt. Als besäße er eine innere Radarantenne, registrierte er alle ihre Bewegungen, ihre Kontakte, ihr Lächeln.

Ein prominenter, ziemlich beleibter Senator versperrte Dev die Sicht und er trat einen Schritt zur Seite, um Gaby im Blickfeld zu behalten. Sie sah hoch und fing seinen Blick auf.

Hastig wandte sie sich ab.

Dev verzog säuerlich den Mund. So verhielt sie sich schon die ganze Zeit, seit die Sache mit dem Leck im Wasserbett passiert war. Nachdem sie in ihr Zimmer geflüchtet war, hatte sie sich nicht mehr gezeigt. Und sein Stolz hatte es ihm verboten, ihr in jener Nacht hinterherzulaufen. Der Whiskey, den er sich als Schlummertrunk eingeschenkt hatte, hatte abstoßend nach Milch geschmeckt. Vor Wut hatte er die ganze Flasche ins Waschbecken gegossen.

Am Morgen darauf hatte er Berge von Toasts geröstet und eine große Kanne Kaffee gekocht, doch selbst das hatte Gabriella nicht aus ihrem Zimmer gelockt. Türknallend hatte er daraufhin die Wohnung verlassen und war in die Kanzlei gefahren. Warum sollte er ihretwegen Gewissensbisse haben? Sie war diejenige, die in sein Leben gestürmt war, nicht umgekehrt. Die nächsten zwei Tage lang hatte er sich in Arbeit vergraben, und zu seiner Verblüffung hatte sie ihn völlig in Ruhe gelassen.

Noch erstaunlicher war, dass die Arbeit ihn keineswegs so ablenkte, wie er gehofft hatte. Sein Leben lang war Arbeit ein Allheilmittel für jeglichen Kummer gewesen. Doch in der vergangenen Woche hatte sich das geändert. Er konnte an nichts anderes denken, als nach Hause und zu Gaby zu kommen. Er kniff die Lippen zusammen. Sie hatte ihn wie Luft behandelt. Genau wie jetzt.

Er beobachtete, wie sie den Raum durchquerte und sich zu Clara und Lisa Ann gesellte, die sich am Büfett verschanzt hatten. Sie sprach ein paar Minuten mit den beiden und ging dann weiter. Er konnte es ihr nicht verübeln. Die Adamson-Töchter waren wirklich keine charmanten Unterhalterinnen.

Als Nächstes steuerte Gaby auf Helen Adamson und Walter zu. Während Walter mit nichtssagendem Blick dabeistand, plauderte sie eine Weile mit Helen – bis Dev sich fragte, worüber sie sich wohl so angeregt unterhielten.

Er war fast entschlossen, es herauszufinden, als Gaby zu einer kleinen Gruppe von Frauen trat, die sie kühl musterten. In ihrem schlichten „Engelsgewand“ hätten all die Brillanten und Goldgehänge der Frauen sie eigentlich überstrahlen müssen, aber ihr helles Haar leuchtete wie ein Fanal, und ihre schimmernde Haut und ihr ausdrucksvolles Gesicht zogen viele bewundernde Männerblicke auf sich.

Sie sagte etwas und gestikulierte mit ihrer schmalen Hand, die Lippen drollig gekräuselt. Die Frauen lachten. Minuten später drängten sie sich um Gaby, und sie war in den Kreis aufgenommen.

Dev verspürte ein Ziehen in der Brust. Ja, das war Gaby. Sie war fähig, sich überall anzupassen.

Ein Kellner trat heran und unterbrach seine Überlegungen. Dev ließ sich ein Glas Champagner geben und trank vorsichtig einen Schluck. Er verzog das Gesicht. Milch.

Mit dem Glas in der Hand spähte er zu Gaby hinüber; sie nahm seinen Blick auf. Sie hatte die Gruppe wieder verlassen und stand jetzt allein neben den offenen Terrassentüren. Dieses Mal wandte sie sich nicht ab, sondern erwiderte ernst seinen Blick.

Plötzlich verspürte Dev den Drang, zu ihr zu gehen. Doch er war eingeklemmt zwischen dem Flügel und dem Gouverneur, der von der Wiederbelebung der Konjunktur schwafelte. Es wäre ungehörig gewesen, den Mann zu unterbrechen. Also versuchte Dev, Gaby mit einem Augenzwinkern herbeizulocken.

Sie reagierte nicht. Als verstünde sie seine stumme Bitte nicht, starrte sie ihn weiter an.

Ungeduldig winkte er ihr mit der Hand zu.

Sie trank einen Schluck aus ihrem Glas und rührte sich nicht von der Stelle.

Ärger stieg in ihm hoch. Lautlos bewegte er die Lippen. *Verdammt noch mal! Komm endlich her …* „Au! Was in aller …“

Devs gequälter Ausruf ging in einem misstönenden Schwall von Klaviertönen unter.

„Sir! Haben Sie sich verletzt?“ Voller Entsetzen klappte der Pianist den Klavierdeckel hoch, der auf Devlins Hand gefallen war. „Es tut mir unendlich leid. Mir ist schleierhaft, wie das passieren konnte. Ist Ihre Hand in Ordnung?“

„Schon gut“, murmelte Dev mit zusammengepresstem Mund. Er bewegte die schmerzenden Finger und wehrte die besorgten Fragen der umstehenden Männer unwillig ab. „Sprechen Sie weiter, Thompson. Sie erklärten gerade …“

Dev tat, als hörte er zu. Nach ein paar Sekunden wagte er wieder einen Blick in Gabriellas Richtung. Hatte er sich nicht eine Reaktion von ihr gewünscht? Jetzt zeigte sie eine. Sie lehnte an der Wand und bog sich vor Lachen.

„Entschuldigen Sie mich bitte einen Moment“, sagte Dev. Entschlossen strebte er auf Gaby zu, Rache im Sinn. Aber auf halbem Weg fing Cecilia ihn ab. Sie ergriff seinen Arm und grub die Finger in den Ärmel seiner Smokingjacke. „Tanzen wir, Devlin?“

Er zögerte, gab dann widerstrebend nach und führte sie auf die Tanzfläche.

Sie legte ihm die Arme um den Hals und zog seinen Kopf zu sich herunter. Das tut sie vermutlich für die neugierigen Beobachter, dachte Dev spöttisch. Noch nie hatte sie ihm körperliche Zeichen von Zuneigung gegeben. Sie flüsterte ihm ins Ohr: „Vergiss nicht, Devlin, ich habe dir für heute Abend eine Überraschung versprochen.“ Sie zog eine perfekt gezupfte Braue hoch. „Zur Feier deines Geburtstags.“

„Ich sagte doch, das wäre nicht nötig gewesen, Cecilia“, wehrte er gelassen ab.

Sie schmiegte sich an ihn. „Warte, bis du gehört hast, was ich für ein Geschenk ich für dich habe, bevor du es ablehnst. Ich dachte, nach der Party könntest du deinen Wagen hier lassen und wir ... nur du und ich ..." Sie strich mit dem rot lackierten Fingernagel über die Kontur seiner Lippen. „... gehen ins *Vier Jahreszeiten*."

Er hielt sie ein Stück von sich und sah ihr ins Gesicht. In ihren kühlen Augen stand ein wachsamer Ausdruck. „Ich dachte, du wolltest damit warten", sagte er beinah abweisend.

Sie lachte hell. „Ich war es nicht, die warten wollte. Du hast mich nur nie gedrängt. Natürlich war es mir recht so. Sexaffären sind so ordinär, findest du nicht? Aber sobald unsere Verlobung offiziell ist, kann die Publicity nicht schaden, falls es an die Öffentlichkeit dringt."

Dev tanzte schweigend, während er seine Gedanken zu sammeln versuchte. Cecilias Worte klangen vernünftig. Doch die Vorstellung, mit ihr zu schlafen?

„Ich finde, wir sollten warten. Die Hochzeit ist in zwei Monaten. Warum sollen wir ein Risiko eingehen?"

Cecilias Augen wurden schmal. Dann zuckte sie mit den Schultern. „Ganz wie du meinst, Darling."

Der Tanz endete, und wie auf ein Stichwort empfing Putman sie am Rand der Tanzfläche. Er lächelte und legte Dev den Arm um die Schultern. Mit vernehmlicher Stimme sagte er: „Meine Damen und Herren, dürfte ich einen Moment um Ihre Aufmerksamkeit bitten? Ich habe eine erfreuliche Mitteilung zu machen."

Die Gespräche erstarben. Alle Gesichter wandten sich dem Gastgeber zu. Dev erblickte Gaby neben der Tür, dann schoben sich andere Menschen dazwischen.

Freudestrahlend verkündete Putman: „Wie Sie vielleicht wissen, trat vor einer Weile ein junger Anwalt in unsere Kanzlei ein. Er erwies sich als wertvoller Mitarbeiter, erfolgreich vor Gericht und auch sonst äußerst fähig ..."

Während Putman als geschickter Redner die Ankündigung der Verlobung einleitete, überfiel Dev plötzlich eine seltsame

Beklommenheit, fast Panik. Mit eiserner Beherrschung kämpfte er die ungewohnte Empfindung nieder. Das war es doch, was er erstrebt hatte – eine weitere Stufe in seiner Karriere.

Er wandte sich zu der Frau an seiner Seite. Cecilia lächelte zu ihm empor, ihr harter Griff um sein Gelenk wirkte wie eine Handschelle. Ihr Vater fuhr fort: „… und nun hat Devlin ein weiteres großes Los gezogen – meine Tochter. Ich freue mich, hiermit die Verlobung meiner Tochter Cecilia mit Devlin Hunt verkünden zu können."

Donnernder Applaus brach aus. Dev sah sich einem Meer fremder Gesichter gegenüber. Gaby war nirgendwo zu sehen.

Getrieben von qualvoller Unruhe schlüpfte Gaby aus dem Raum. Da drin, inmitten dieser aufgesetzten Freundlichkeit, hielt sie es keine Sekunde länger aus. Als Putman Devs und Cecilias Verlobung verkündete, wurde ihr angesichts dieser trügerischen Darstellung eines glücklichen Paars regelrecht übel. Sie hatte versagt.

Sie ging den Gartenpfad hinunter und wanderte zwischen den Blumen umher, suchte Trost in den Düften des stillen Abends. Ja, sie war eine Versagerin. Sie hatte gewusst, dass sie keine Ahnung von Liebesdingen hatte. Gewiss, sie hatte sich alle Mühe gegeben, aber ihre eigenen Gefühle für Dev waren ihr in die Quere gekommen. In den letzten Tagen war sie auf Distanz gegangen, hatte gründlich nachgedacht, und jetzt blieb ihr nur noch ein Tag. Ein einziger Tag, um eine Lösung zu finden – eine geniale Lösung, um den beiden Liebe einzuflößen.

Sie kickte einen Kieselstein aus dem Weg. Vielleicht, wenn Cecilia Dev etwas ganz Besonderes gäbe, etwas, das er sich sehnlichst wünschte?

In Gedanken versunken blickte sie auf ein Rosenbeet, das von Farnkraut und dichten Stauden umgeben war. Warum konnte sie nicht sachlich denken? Warum half ihr niemand und sagte ihr, was sie tun sollte?

„Gaby. Pst, pst, Gaby!“, zischte da eine Stimme.

Erschrocken blickte sie sich um. Sie sah zum bestirnten Himmel auf. „Bud?“, fragte sie zweifelnd.

„Nein, ich bin’s.“ Die Farne schwankten, und ein Schopf angegrauter roter Haare tauchte dahinter auf. „Ich bin’s, Onkel Herbert.“

„Onkel Herb! Was machst du denn hier?“

„Was ich hier mache? Was machst *du* denn hier? Ich wusste nicht einmal, dass du in Los Angeles bist. Wo hast du gesteckt?“

„Ich war, äh, beschäftigt.“

Herb spähte zwischen den Pflanzen hervor, Farnwedel umstanden seine gerunzelte Stirn. „Etwa bei diesem James Putman?“

„Nein, mit Devlin Hunt.“

„Devlin Hunt!“ Das Gebüsch geriet in heftige Bewegung. Herberts Schopf stand wie eine Krone darüber. „Dieser Unmensch, dieser herzlose Kerl! Was in aller Welt hast du mit dem zu tun?“

„Nun, ich bin eine Art Leibwächter für ihn.“

Ihr Onkel schnaubte verächtlich. „Ich kann mir gut vorstellen, dass der Leibwächter braucht. Er hat garantiert einen Haufen Feinde. Du ahnst nicht, was er mir angetan hat, Gaby. Ich habe eine Frau kennengelernt, wir wollen heiraten.“

„Ich weiß.“

„Was?“

„Ich sagte, ich weiß“, wiederholte Gaby. „Ich weiß Bescheid über dich und Helen Adamson. Eben gerade habe ich da drin mit Helen und ihren Töchtern gesprochen.“ Sie schwankte zwischen Zorn und Enttäuschung. „O Onkel Herb, wie konntest du nur so etwas tun? Ich weiß ja, du warst immer darauf aus, reich zu werden, aber so eine arglose Frau auszunutzen!

Dass du so tief sinken konntest! Helen sagt, du liebst sie nicht, du willst nur ihr Geld."

„Was?" Das Farnkraut teilte sich und gab Herberts verdutztes Gesicht preis. „Aber Gaby, du verstehst nicht …"

„Ich verstehe sehr gut", unterbrach sie ihn.

„Nein, ich liebe Helen wirklich. Und wenn du bei Hunt arbeitest, dann sprich mit ihm. Mach ihm klar, dass Helen und ich …"

„Nein."

„Wie?"

„Ich sagte Nein." Sie empfand Mitleid, aber mehr noch Zorn. Mit geballten Fäusten stieß sie hervor: „Dieses Mal helfe ich dir nicht aus der Patsche, Onkel Herb. Du hast Helen wehgetan. Und mir."

Er antwortete nicht.

„Onkel Herb?"

Im Gebüsch blieb es still. Gaby schluckte ihre Zornestränen hinunter. Was hatte sie eigentlich erwartet? Natürlich würde er nichts erwidern. Vermutlich war er längst auf und davon.

Trotzdem fragte sie: „Willst du mir nichts darauf sagen?"

„Mit wem reden Sie da?"

Gaby zuckte zusammen, als sie die scharfe weibliche Stimme hinter sich vernahm. Sie drehte sich um. Da stand Cecilia, ihr enges rotes Kleid glänzte im schummrigen Licht. Ungeduldig wiederholte sie: „Mit wem haben Sie gesprochen?"

„Ich … ich habe mit den Blumen geredet", sagte Gaby schlicht.

Mit schmalen Augen blickte Cecilia vom Beet zu Gaby. „Sie sind ein komisches Mädchen. Was soll der Unsinn?"

„Ja, vermutlich ist es albern", gab Gaby zu. „Wollten Sie etwas von mir, Cecilia?"

Cecilias Lippen wurden schmal. „Es geht nicht darum, was ich will, sondern Devlin."

„Dev?“ Bestürzt nahm Gaby die Feindseligkeit in den Zügen der anderen wahr. „Was meinen Sie damit?“

„Also, bitte. Spielen Sie doch nicht die Unschuld vom Lande. Dev hat viel Zeit mit Ihnen vergeudet, und, ehrlich gesagt, es wird ihm langsam lästig. Er ist ein viel beschäftigter Mann, müssen Sie wissen. Finden Sie nicht, Sie sollten allmählich abreisen?“

Gaby ballte die Hände in den Falten ihres Kleides. „Ich bin nur noch für einen Tag da, dann gehe zurück in … dahin, wo ich herkam.“ Sie wischte sich die feuchten Hände am Rock ab. „Aber da Sie das Thema zur Sprache bringen, würde ich mich gern mit Ihnen über Devs Wünsche unterhalten. Ich weiß nicht, ob er es Ihnen erzählt hat, aber er würde gerne Richter sein, das ist sein sehnlichster Wunsch. Ich denke, mit Ihren Beziehungen könnten Sie ihm dabei helfen. Vielleicht können Sie mit jemandem in der Berufungskommission sprechen.“

„Sie machen wohl Witze.“ Mit kalter Stimme schnitt Cecilia Gaby das Wort ab. „Ich habe nicht die Absicht, Dev zu einem Richteramt zu verhelfen.“ Sie lachte verächtlich. „Haben Sie überhaupt eine Ahnung, was man da verdient? Ein besseres Taschengeld.“

Gabriella starrte sie an und dachte an Devs Gesicht, als er von seinem Traum gesprochen hatte. „Aber es ist das, was er möchte. Und wenn es ihn glücklich macht?“

„Woher wollen Sie denn wissen, was ihn glücklich macht?“ Cecilias Augen funkelten Gaby an. „Jedenfalls weiß ich, was *mich* glücklich macht, und das ist mit Sicherheit keine Ehe mit einem kleinen Richter. Mein Vater und ich haben große Pläne mit Dev. Ich erinnere Sie daran, dass Dev *mich* heiraten wird, es geht hier um *meine* Zukunft. Und ich wiederhole, Sie sollten abreisen.“

Sprachlos sah Gaby Cecilia nach, die ohne sich noch einmal umzudrehen zurück zur Party ging.

Es dauerte noch eine gute halbe Stunde, bis Dev endlich den Gratulanten entkam, die ihn umdrängten. Er schlüpfte aus der Tür in die kühle Finsternis der Nacht. Nachdem er die schwach beleuchtete Terrasse überquert hatte, steuerte er auf den gepflasterten Pfad zu, der den gepflegten Rasen vom Blumengarten am Ende des Putman-Anwesens trennte.

Er fand Gaby am Gartenteich. Auf dem dunklen Wasser schwammen kleine Kerzen in lilienförmigen Haltern. Gabys Kleid und Gesicht hoben sich hell gegen den Nachthimmel ab, sie stand still da und betrachtete die winzigen Lichter. Sie wirkte geisterhaft, überirdisch. Unberührbar.

Verwirrt von diesem Eindruck trat Dev neben sie und legte ihr die Hand auf den nackten Arm. Ihre warme Haut fühlte sich merkwürdig beruhigend an. „Was machst du hier?"

„Ich denke nach."

Dev stutzte. Unwillkürlich verstärkte er den Griff um ihren Arm. „Worüber? Noch mehr Tipps, wie sich Cecilia in mich verlieben kann? Oder hast du beschlossen, jetzt jemand anderem zu helfen?"

Sie schüttelte den Kopf und erwiderte wie geistesabwesend: „Nein, ich habe nicht vor, noch mehr Tipps zu geben – keinem anderen und ganz bestimmt nicht dir."

„Warum nicht?"

„Weil ich mich geirrt habe."

Überrascht ließ Dev sie los und schob die Hände in die Hosentaschen. „Gibst du endlich zu, dass du kein Engel bist?"

Sie lächelte traurig. „Nein, ich gebe nur zu, dass ich kein besonders guter Engel bin. Ich habe mich auf der ganzen Linie getäuscht. Ich hätte es längst merken müssen – nach dem Golfspiel und dem Picknick. Ich machte mir wohl Sorgen, aber ich habe die Wahrheit nicht erkannt. Bis heute Abend."

„Was hast du nicht erkannt?"

„Dass du Cecilia nicht heiraten solltest."

Dev starrte sie ungläubig an. „*Du* hast entschieden, dass Cecilia und ich nicht heiraten sollten?“

Sie nickte. Ihre Augen waren groß und ernst.

Ärger machte sich in ihm breit. „Verstehe. Was schlägst du also vor? Dass ich wieder hineingehe und aller Welt erkläre, die Verlobung sei bloß ein Partygag gewesen?“

Gaby biss sich auf die Lippen, und er lachte höhnisch, indem er sich abwandte. „Nein? Das habe ich mir gedacht.“

Sie packte ihn am Arm. „Warte! Hör mir bitte zu. Ich kann nicht zulassen, dass du in deinem Leben noch mehr Fehler machst.“

Seine Schultern versteiften sich, aber Gaby achtete nicht darauf. Sorgfältig wog sie ihre Worte ab. „Du wirst nur unglücklich, wenn du Cecilia heiratest, Dev. Du liebst sie nicht, und sie liebt dich ganz gewiss nicht. Ich glaube, dieser Frau ist außer ihr selbst überhaupt niemand wichtig.“

Sie umklammerte fest seinen Arm und fuhr fort: „Aber du bist nicht wie Cecilia. Dir liegt an anderen Menschen. Sonst würdest du die Miete in deinem Haus nicht so niedrig halten, dass die beiden alten Damen und die Familie sich eine so hübsche Wohnung leisten können. Du hättest nicht als Staatsanwalt so hart gearbeitet, um Verbrecher hinter Gitter zu bringen, und es würde dir nicht so viel daran liegen, Richter zu sein. Du interessierst dich nicht für Geld – du möchtest anderen helfen.“

„Du weißt nicht, was du redest.“

„O doch.“ Sie blickte in sein unnachgiebiges Gesicht und setzte in eindringlichem Ton hinzu: „Ist dir immer noch nicht klar, dass du sehr viel zu geben hast? Du darfst Cecilia nicht heiraten. Jeder kann sehen, dass euch nichts aneinander liegt. Ich glaube, du kannst dich nicht einmal überwinden, mit ihr zu schlafen.“

„Bist du bald fertig?“, erkundigte er sich eisig. „Dann will ich dir mal ein paar Dinge erklären, Miss Gabriella Smith. Ich habe mich Tag und Nacht krumm gelegt, um Partner in der Kanzlei zu werden und eine Frau zu gewinnen, mit der ich meine und ihre Ziele verwirklichen kann. Ich bin nicht bereit, das alles für ein Hirngespinst namens ‚Liebe' aufzugeben. Ich habe dir schon einmal gesagt, dass Liebe ein Märchen ist, eine Illusion. Ich glaube nicht daran."

Gaby hob das Kinn. „Schön, du glaubst nicht an Liebe. Aber ich sage, du hast einfach Angst, dich darauf einzulassen, um nicht verletzt zu werden. In Wirklichkeit bist du ein Feigling."

„*Feigling*?" Kalte Wut schüttelte ihn, er presste die Lippen zusammen. „Wer bist du denn, dass du mich Feigling nennst? Ein Engel aus irgendwelchen höheren Sphären? Erhabener und heiliger als wir Erdenwürmer?"

Er trat auf sie zu, sie wich zurück. „Nein, bist du nicht, Lady. Du bist nicht anders als ich. Vielleicht strebe ich nach den falschen Dingen, aber was tust du? Du tändelst von einem Ort zum nächsten, streust hier und da ein Lächeln und kleine Wohltaten aus wie Rosenblüten. Und dann ziehst du weiter. Wirst du jemals an einem Ort länger als ein halbes Jahr aushalten? Wann lässt du dich selbst auf diese ach so wunderbare Liebe ein, von der du dauernd faselst?"

Er blickte ihr in die Augen. Und für den Bruchteil einer Sekunde sah er etwas, das ihn verstummen ließ.

Dann verhüllte sich ihr Blick. Sie sah weg.

Mit einem Mal wurde Dev so aufgebracht wie noch nie. „Wenn du mich jetzt entschuldigen willst? Meine Verlobte und ich haben noch etwas vor. Und da du dir solche Sorgen um mein Liebesleben machst, lass mich dir sagen: Cecilia und ich werden diese Nacht im *Vier Jahreszeiten* verbringen."

12. KAPITEL

Dev tobte innerlich noch immer vor Wut, als er sich von dem überraschten Putman verabschiedete und die ebenso verblüffte Cecilia aus dem Kreis von Politikern herauslöste, vor dem sie Hof hielt. Er schäumte geradezu, einen so heißen Zorn hatte er seit Jahren nicht mehr empfunden.

„Wohin willst du?“, fragte Cecilia deutlich verstimmt, als er sie zum Ausgang führte.

„Raus hier.“

„Aber wohin denn? Ich gebe ja zu, die Party neigt sich dem Ende zu, aber noch haben wir Gäste.“

Er warf ihr einen Blick zu. „Ich dachte, du wolltest mit mir ins Hotel gehen?“

Ihr Unmut verflog und machte einem triumphierenden Lächeln Platz. Sie sagte nichts mehr, doch in der imposanten Eingangshalle blieb sie plötzlich stehen. „Moment, ich muss noch meinen Pelz holen.“

„Lass ihn hier“, sagte er knapp. „Den kannst du morgen holen. Die Nacht ist warm.“

Spöttisch entgegnete Cecilia: „Ich trage meinen Pelz nie gegen die Kälte.“ Sie ging davon, und Dev wartete ungeduldig auf ihre Rückkehr, die Hände in den Hosentaschen.

Der Page fuhr den Wagen vor. Cecilia stieg ein und drapierte den weißen Zobel um ihre Schultern. Als Dev den Motor anließ, meinte sie tadelnd: „Ich weiß nicht, ob es klug war, so früh zu gehen. Brad Leander deutete gerade an, dass er dich unterstützen könnte, wenn du dich in ein paar Jahren auf der Landesliste zur Wahl stellen würdest.“

Dev sah sie von der Seite an, einen grimmigen Zug um den Mund. „Du hast die Wahl, Cecilia. Entweder du kommst mit mir oder du versuchst weiter, bei Leander um Unterstützung zu buhlen.“

„Natürlich komme ich mit dir mit."

Während der Sportwagen durch die Straßen glitt, plauderte sie locker über die Party und die wichtigen Gäste. Dev reagierte einsilbig. Im Geist spielte er wieder und wieder das Gespräch mit Gaby durch, der Zorn darüber brannte in ihm wie ein Fieber. Cecilia schien seinen Zustand nicht zu bemerken, zufrieden schmiegte sie sich in ihren Pelzmantel.

Im Hotel checkten sie ein und fuhren schweigend im Lift zu der Suite hoch. Während Dev dem Pagen ein Trinkgeld gab, musterte Cecilia den Raum. Das etwas üppige Dekor in Gold und Grün fand ihre Billigung.

Dev legte seine Schlüssel auf den antiken Sekretär und trat ans Fenster. Die Hände in den Taschen blickte er auf die Lichter der Stadt hinab, die wie ein Sternschnuppenregen aussahen.

„Ich wollte schon lange mit dir reden, Dev."

Er wandte sich vom Fenster ab und sah stirnrunzelnd zu, wie Cecilia ihren Pelz achtlos auf die golddurchwirkte Decke des Doppelbetts warf. „Über was?", fragte er, obwohl er glaubte, es zu wissen. Er hatte dieses Gespräch erwartet, die Frage nach seiner Beziehung zu Gabriella.

Graziös ließ Cecilia sich auf einem Sessel in der Nähe des Bettes nieder. „Über den Adamson-Fall. Du weißt, das beschäftigt mich. Clara sagte mir heute Abend, dass ihre Mutter noch immer an diesem Mann hängt."

„Augenblick, Cecilia", unterbrach Dev. „Ich bewundere dich ja, dass du dich so um die Gefühle deiner Freundinnen sorgst, aber …"

Cecilia lachte auf, und er brach ab. Die Falten auf seiner Stirn wurden tiefer. „Was ist denn?"

„Meine Güte, Devlin, du glaubst doch wohl nicht, dass Helen Adamsons Gefühle mich bekümmern? Nein, ich bin vernünftig genug, um mich nicht emotional auf Klienten einzulassen. Ich denke nur an ihr Vermögen. Helen wird eine der wichtigsten Geldgeberinnen sein, wenn du dich in die Politik begibst. Wir können nicht zulassen, dass sie alles an diesen Gauner verschwendet."

Dev schwieg darauf. Schließlich sagte er langsam: „Kannst du an nichts anderes als an Macht und Geld denken, Cecilia?"

Sie zog ihre schmalen Brauen hoch. „Was gibt es denn sonst noch?"

Er dachte an Gaby und wie sie ihn gescholten hatte. „Freunde. Familie. Kinder."

„Kinder." Sie verzog leicht das Gesicht. „Keine Sorge. Mir ist klar, dass du dir einen Erben wünschst. Ich bin bereit, dir ein Kind zu schenken, eins – einen Jungen."

„Kein Mädchen?", fragte Dev und zog spöttisch eine Augenbraue hoch.

Sie musterte ihn einen Moment und sagte dann mit Bestimmtheit: „Ich glaube, ein Junge wäre besser für unsere Ziele. Und was das Thema Freunde betrifft, sagte ich dir doch, dass wir mit den Adamsons befreundet sind. Unsere Familien kennen sich schon ewig."

„Und wie steht es mit Familie?"

Cecilia lächelte. „Vater ist meine Familie, wir besprechen alle meine Entscheidungen. Du weißt ja, wir sind einhellig der Meinung, dass du eine glänzende Karriere vor dir hast – wenn alles sorgfältig geplant wird. Du kannst es ohne Schwierigkeiten zum Senator bringen, und wir glauben sogar …", ihre Augen glitzerten vor Erregung, „… noch viel weiter. Du hast das Zeug zum Sieger, Devlin."

Er sah sie ausdruckslos an. „Meinst du?"

Cecilia nickte. „Ja." Sie strich sich den Rock über den Knien glatt und vermied es, ihm in die Augen zu blicken. „Ich will ehrlich sein. In den letzten zwei Wochen habe ich mir Gedanken gemacht über die seltsamen Gefühle, die du an den Tag gelegt hast. Deshalb fand ich, wir sollten unsere Beziehung auf die nächste Stufe heben", fügte sie dezent hinzu.

„Du willst mit mir in Bett gehen, um meine Gefühle in die richtigen Bahnen zu lenken?", fragte er.

„Sei nicht albern." Wieder glättete sie ihren Rock. „Ich könnte mir vorstellen, dass Sex sie, sagen wir, zerstreut. Gelassenheit und Beherrschtheit kommen bei Wählern nun einmal besser an."

Dev lachte dröhnend. „Du bist bereit, dich für mein makelloses Image zu opfern?"

Sie sah ihn gleichmütig an. „Du hast keinen Grund zu Bitterkeit. Schließlich sind wir beide in diesen Dingen nicht unerfahren. Wir wissen, dass beim Sex die Welt nicht untergeht oder die Sterne vom Himmel fallen. Ich hege keine übersteigerten Erwartungen an dich."

„Nett, dass du das sagst", bemerkte Dev trocken.

„Seien wir doch vernünftig", sagte sie ruhig. „Ich lege Wert auf Offenheit zwischen uns, und du sicher auch."

Er warf ihr einen forschenden Blick zu. „Ist mein Plan, in die Politik zu gehen, dein einziger Grund, mich zu heiraten?"

Sie hob amüsiert die Brauen. „Natürlich. Ich bin dazu erzogen worden, eines Tages eine Führungspersönlichkeit zu heiraten. Und was die sexuellen Bereiche des Zusammenlebens angeht, bin ich bereit, auch da meine Pflicht zu erfüllen."

Sie stand auf und begann, den Reißverschluss am Rücken ihres Kleides aufzuziehen.

„Stopp", sagte Dev da plötzlich.

Überrascht hielt sie inne. Ein verstehendes Lächeln glitt über ihre Lippen. „Dann komm und tu du es."

Dev zögerte. Widerstrebend ging er zu ihr. Cecilia drehte sich um, und er öffnete den Verschluss. Das rote Kleid glitt zu Boden.

Mit einem selbstgefälligen Lächeln wandte sie sich zu ihm um. Ihr schwarzes Seidenhemd lag eng um ihre hohen Brüste, die schlanke Taille, die sanft geschwungenen Hüften. Still stand sie vor ihm.

Dev runzelte die Stirn, als er einen kleinen dunklen Fleck auf ihrer linken Wange bemerkte. „Du hast ja ein Muttermal."

„Das habe ich von Geburt an."

„Und deine Augen sind grau. Das ist mir noch nie aufgefallen", fuhr er nachdenklich fort.

Cecilia zuckte achtlos die Schultern, doch in Dev lösten die neuen Entdeckungen tiefes Unbehagen aus. Er kannte diese Frau jetzt seit fast einem Jahr und hatte noch nie diesen Schönheitsfleck bemerkt. Gaby kannte er keine zwei Wochen und er konnte bereits jede winzige Sommersprosse auf ihrer Nase beschreiben. Er sah die kesse Kurve ihrer Lippen vor sich, den intensiven Farbton ihrer blauen Augen.

Cecilia ging zum Bett und ließ sich auf der Kante nieder. Regungslos starrte Dev sie an. Er fühlte sich wie gelähmt, gefangen in einer Falle. Entschlossen schüttelte er das Gefühl ab.

Langsam näherte er sich dem Bett und Cecilia. Er beugte sich herunter, um sie zu küssen. Ihr starkes Parfum stieg ihm in die Nase. Es roch fremd. Unpassend. Dev musste gegen eine aufsteigende Übelkeit ankämpfen. Bedächtig richtete er sich auf.

„Cecilia, ich finde, wir …"

Sie legte ihm die Finger auf die Lippen. „Hast du auf einmal Bedenken? Dafür ist es ein wenig spät." Sie fuhr mit den Fingern von seinem Mund herunter zu seinem Kinn. „Wir haben heute Abend unsere Verlobung verkündet, und ich weiß zufällig …" Ihr Fingernagel glitt über seine Kehle bis zu seinem Schlüsselbein. Sie drückte in die Mulde, wo sein Puls heftig schlug. „Ich weiß zufällig, dass Vater nicht länger warten will. Er wird dich innerhalb der nächsten zwei Monate zum Partner in der Kanzlei machen."

Dev verharrte stocksteif und blickte in ihr ausdrucksloses Gesicht – eine schöne glatte Maske. Ihre Worte hätten ihn glücklich machen müssen, zumindest zufrieden, dass er die erste Etappe seines Ziels erreicht hatte. Doch er empfand nichts als eine endlose Leere. Die vermeintlich gute Nachricht interessierte ihn nicht im Geringsten.

Die Erkenntnis traf ihn wie ein Schlag, er stand wie versteinert. Himmel, Gaby hatte recht – er wollte gar nicht Partner bei P. C. & A. sein, er wollte auch nicht in die Politik gehen. Er wollte keinen Job, bei dem er ständig das Gefühl hatte, seine Seele zu verkaufen.

„Dev?"

Er sah auf Cecilia herab. Auch hier hatte Gaby recht. Er begehrte Cecilia kein bisschen. Sie war eine schöne Frau, wie sie da auf der Bettkante saß, er bewunderte durchaus ihre makellose weiße Haut, ihre wohlgeformte Figur. Aber die Bewunderung blieb ohne Nachhall. Er war ungefähr so berührt wie beim Anblick einer perfekten Statue.

Er konnte sich Cecilia nicht in seinem Alltag vorstellen – in seinem Bett, in vertrauter Nähe. Und wenn er sich seine Kinder vorstellte, hatten sie Gabys goldrote Locken.

Langsam schüttelte er den Kopf. „Es tut mir leid, Cecilia, aber ich kann nicht."

Sie zog die Stirn kraus. „Darling, Sex ist nicht wichtig."

„Es ist nicht nur das. Es ist das ganze teuflische Arrangement. Ich denke, wir sollten nicht heiraten. Wir passen nicht zusammen."

Ihre grauen Augen sprühten Funken. Mit einer geschmeidigen Bewegung erhob sie sich. „Wie kannst du so etwas sagen? Wir können gemeinsam alles erreichen, Geld, Macht." Sie legte ihm die Arme um den Hals und presste sich an seinen regungslosen Körper. „Sei kein Narr. Ich zeige dir, wie schön es mit uns sein kann."

Dev versuchte, sich frei zu machen, doch sie umklammerte

ihn nur noch fester. Sie zog seinen Kopf herunter und drückte ihren Mund auf seinen.

Ein kalter Wasserschwall strömte auf sie herunter.

Mit einem Aufschrei fuhr Cecilia zurück und fiel aufs Bett. Wie vom Donner gerührt starrte Dev an die Zimmerdecke. Die Sprinkleranlage hatte sich eingeschaltet.

Unwillkürlich brach er in lautes Gelächter aus. Cecilia schrie weiter und versuchte vergeblich, ihre Frisur zu retten. Innerhalb von Sekunden waren sie beide nass bis auf die Knochen.

„Unternimm doch etwas! *Stell das ab!* Mein Make-up! Mein Haar! Oh, dafür wird jemand elend büßen!"

„Keine Aufregung, Cecilia", stieß er unter Lachen hervor. „Es wird gleich aufhören."

Kaum hatte er ausgeredet, war der Guss vorüber. Cecilia starrte ihn vom Bett aus an. Ihr Hemdchen war durchnässt und außer Form. Das Haar hing ihr auf die Schultern, ihr Eyeliner lief in Schlieren über ihre blassen Wangen hinunter.

Dev brachte sein Lachen unter Kontrolle. Cecilia tat ihm leid. Er reichte ihr die Hand, um ihr auf die Füße zu helfen, aber sie schlug ihn beleidigt weg. „Lass mich in Ruhe. Geh weg, sage ich!" Sie kreischte wütend, als er einen Schritt näher kam. „Du findest das wohl unheimlich lustig."

„Absolut nicht." Dev schüttelte den Kopf, wobei ein paar Wassertropfen Cecilia ins Gesicht flogen. Er biss sich auf die Unterlippe. „Ich bedauere wirklich …"

„Ach, hör auf mit deinen halbherzigen Entschuldigungen, du Idiot." Cecilia stand auf und baute sich vor ihm auf. „Du, du Versager!"

Er musste an sich halten, um nicht wieder zu lachen. Ihr triefendes Haar, die ganze verrückte Situation – es war einfach zu lustig.

Cecilia warf ihm einen eisigen Blick zu und trat vor, um ihr

Kleid aufzuheben. Sie wrang das durchtränkte rote Etwas aus und streifte es sich über. Dann schlüpfte sie in ihre High Heels. „Wenn du es genau wissen willst, ich konnte deinen proletarischen Geschmack sowieso nie ausstehen“, zischte sie gehässig. Sie warf sich den feuchten Pelz um die Schultern. „Vermutlich ist deine kleine Freundin, diese Kneipenbedienung, genau das Richtige für dich.“

Sie stakste zur Tür. „Du brauchst mich nicht nach Hause zu bringen. Ich will dich nie wiedersehen. Und“, fügte sie boshaft hinzu, „wenn mein Vater von der aufgelösten Verlobung erfährt, wundere dich nicht, wenn du auch deinen Job los bist.“ Mit einem vernehmlichen Türenknallen war sie weg.

Dev starrte auf die geschlossene Tür. Seine Heiterkeit schwand angesichts Cecilias rachsüchtiger Haltung. Er musste dem Himmel danken, dass er rechtzeitig zur Besinnung gekommen war und mit ihr gebrochen hatte.

Nein, er musste *Gabriella* danken.

Seit sie in sein Leben getreten war, hatte sie es auf den Kopf gestellt. Sie brachte ihn zum Lachen, sie machte ihn zittern vor Wut, sie flößte ihm Gefühle ein, die er nicht haben wollte. Und die er nie zuvor erlebt hatte.

Aber vor allem hatte sie ihm klargemacht, dass in seinem perfekt geplanten Leben etwas fehlte. Etwas, das Cecilia ihm sicher nicht geben würde.

Devs Augen wurden schmal. Er empfand Begehren zusammen mit Entschlossenheit, beides breitete sich in ihm aus, bis nur noch ein Gedanke ihn beherrschte. Seine Kiefermuskeln waren verspannt, als er zur Tür ging. Zum ersten Mal seit Jahren wusste er genau, was er wollte.

Und Gaby täte gut daran, anwesend zu sein, sobald er zu Haus eintraf.

13. KAPITEL

Die Zeit zum Gehen war gekommen.

Im Gästezimmer von Devs Wohnung klaubte Gaby ihre wenigen Habseligkeiten zusammen und stopfte sie in ihre Reisetasche.

Als sie zu der Party zurückgekehrt war, hatte sie festgestellt, dass Dev und Cecilia gegangen waren. James Putman war zu ihr getreten, der mitleidige Blick seiner hellen Augen täuschte kaum über seinen stillen Triumph hinweg.

Er war es, der das Taxi bestellt hatte. Während der langen Fahrt hatte Gabriella regungslos und in sich gekehrt dagesessen und sich bemüht, ihre Gedanken zu sammeln.

Ich habe es geschafft, sagte sie sich immer wieder. Bis sie Devs Wohnung betrat. Kaum war sie über die Türschwelle getreten, brach der Schutzwall, den sie um ihre Gefühle herum aufgerichtet hatte. Angesichts der Wahrheit war sie hilflos.

Sie war ein jämmerlicher Engel.

Gaby seufzte und sank auf die Bettkante. Als Mensch hatte sie ebenfalls nicht viel vorzuweisen. Jedes von Devs Worten stimmte. In ihrer ganzen Zeit auf der Erde hatte sie sich kein einziges Mal verliebt. Sie hatte ihn Feigling genannt, aber sie war auch nicht besser. Sogar schlimmer. Sie *wusste* immerhin, dass es Liebe gab. Oft war sie Zeuge davon geworden. Sie hatte Liebe gesehen in den Augen junger verzückter und alter zufriedener Paare.

Manchmal hatte sie diese Menschen beneidet – doch nicht allzu sehr, denn sie kannte auch den Kummer, den Liebe bringen konnte. Sie hatte erlebt, was die Liebe ihrer Mutter angetan hatte.

Gabriella zog die Beine aufs Bett, schlang die Arme um die Knie und legte das Kinn darauf. Margaret Smith hatte nie verwunden, dass ihr Liebster sie verließ. Gaby hatte das Leid ihrer Mutter stets gespürt, während dieser Suche nach etwas, das sie nirgends fand. Immer sollte der nächste Ort auf der Landkarte der sein, an dem sie endlich zur Ruhe kommen würden. Jeder Mann, mit dem Margaret ausging, sollte der sein, der ihr den ersten ersetzte.

Doch das erfüllte sich nie. Bis zu ihrem Todestag war Gabys Mutter auf der Suche gewesen.

Gaby schluckte. Die Augen taten ihr weh, und sie presste ihren Kopf gegen die Knie, um den Schmerz nicht herauszulassen, ihn mit aller Kraft in sich zu verschließen. Irgendwann hörte der Schmerz immer auf. Das hatte sie schon als Kind gelernt, wenn der Kummer ihrer Mutter sie zu sehr peinigte.

Doch jetzt mischte sich Zorn in ihren Schmerz. Zorn auf ihren Onkel und seine hirnverbrannten Machenschaften. Und sogar Zorn auf ihre Mutter – ihre schöne intelligente Mutter –, weil sie sich so sehr hatte verletzen lassen, dass sie ihr Leben fortan mit der Suche nach etwas, nach jemandem vergeudete, um ihre innere Leere zu füllen. Das sollte ihr selbst niemand antun, hatte Gaby sich geschworen. Und so war es auch.

Sie hatte früh die Kunst erlernt, Menschen für sich zu gewinnen, ohne sie richtig an sich herankommen zu lassen. Nett sein kostete nichts, es waren flüchtige Gesten – hier ein freundliches Wort, dort eine helfende Hand. Die anderen waren glücklich und verlangten nicht von ihr, so lange zu bleiben, bis eine tiefere Beziehung entstand, bis sich die Gefahr einer Verletzung abzeichnete.

Gaby hatte aus den Fehlern ihrer Mutter gelernt. Keiner war ihr nahe gekommen. Und so hatte sie dasselbe Leben geführt, war von einem Ort zum anderen gezogen, um der Liebe aus dem Weg zu gehen, die ihre Mutter so verzweifelt suchte.

Und warum saß sie dann jetzt hier und wartete auf Dev, der nicht kommen würde?

Gabriella atmete tief durch, stand auf und schulterte ihre Reisetasche. Sie verließ das Zimmer und wanderte durch die dämmerige Wohnung, sah sich zum letzten Mal darin um. Nur zwei, drei Lampen waren an, alles wirkte leblos und still.

Im Wohnzimmer blieb sie stehen. Dev mochte ihr vorwerfen, dass sie einfach davonlief, aber was blieb ihr denn anderes übrig? Ihre Aufgabe war erledigt. Er hatte nicht auf sie gehört und war mit Cecilia weggefahren. Vielleicht würden sie gerade in diesem Moment …

Sie straffte die Schultern, ging zur Wohnungstür und öffnete sie.

„Wo willst du hin?"

Gaby ächzte, sie presste die Hand aufs Herz. Da stand Dev, stark und bedrohlich. Sein Blick wanderte von ihrem Gesicht über ihr weißes Kleid zu der Reisetasche und wieder zurück zu ihrem Gesicht. Er machte schmale Augen.

Er trat ein und schloss die Tür hinter sich. Gaby wich ins Wohnzimmer zurück. „Was tust du hier?", fragte sie atemlos. „Ich dachte, du und Cecilia …" Ihre Augen weiteten sich, als das Licht auf ihn fiel und sie ihn genauer sah. Entsetzt rief sie: „Dev! Du bist ja total durchnässt!"

„Überrascht dich das etwa?", gab er spöttisch zurück. „Als ob du nicht genau Bescheid wüsstest." Er stapfte ins Bad und kam mit einem Handtuch wieder. Während er sein Haar abtrocknete, musterte er sie misstrauisch. „In dem Hotelzimmer, wo Cecilia und ich übernachten wollten, ging plötzlich die Sprinkleranlage los."

„Oh." Ein Leuchten ging über ihr Gesicht. „Also habt ihr nicht …?"

„Nein, haben wir nicht." Er warf ihr einen Blick zu und sah dann weg. „Du hattest recht. Cecilia ist nicht die Richtige für mich."

„Ich hab's gewusst! Ich wusste, dass du – dass wir – einen Fehler gemacht hatten!" Erleichtert und mit einem zufriedenen Lächeln ließ sie sich auf die Couch fallen. „Mach dir keine Sorgen, Dev. Wir finden bestimmt eine andere, die ..."

„Nein."

Sie blinzelte verdutzt. „Was?"

„Ich sagte Nein. Nicht *wir* werden eine andere finden." Er rubbelte sich das Haar mit dem Handtuch und ließ es dann nachlässig auf den Parkettboden fallen. „Ich bin zur Vernunft gekommen. Du wirst mich nicht mehr an der Nase herumführen. Ab sofort bestimme ich selbst über mein Leben."

Gabys Lächeln schwand. „Aber ich möchte dir helfen."

„Mir helfen? Der Himmel möge mich bewahren vor deiner Hilfe." Dev löste seine goldenen Manschettenknöpfe. „Seit du hier bist, kostest du mich wertvolle Arbeitszeit."

Sie sah die Manschettenknöpfe auf dem Boden hüpfen und unter der Couch verschwinden.

„Ich fühle mich richtiggehend umzingelt." Er beugte sich herunter und streifte Schuhe und Socken ab. Dann richtete er sich auf und band seine Smokingfliege ab. „Die alten Damen von unten mästen mich mit Plätzchen."

Die Fliege flog in die Gegend, gefolgt vom Kummerbund. Gabys Hände wurden feucht, als er begann, sein Hemd aufzuknöpfen. Er löste den Kragen, ohne Gaby aus den Augen zu lassen. Dev trug kein Unterhemd, im Dämmerlicht nahm sie seine kräftigen Nackenmuskeln wahr. Er streifte das Hemd ab und warf es auf den Boden.

Er stand vor ihr, die glatte muskulöse Brust nackt, die Hände in die Hüften gestemmt. „Ich habe meine Verlobte verloren und damit meinen Job, für den ich ein Jahr lang Sklavenarbeit geleistet habe. Zur Krönung des Ganzen kann ich auch diesen Smoking vergessen."

Er griff nach dem Verschluss seiner Hose. Gabys Augen wurden groß, dann drückte sie sie hastig zu. Sie vernahm ein raschelndes Geräusch – etwa wie herabgleitende Hosen, gefolgt von Stille. Als sie die Spannung nicht mehr ertrug, riskierte sie einen Blick. Dev hatte noch seine marineblauen Boxershorts an. Sie atmete auf, zugleich erleichtert und bedauernd.

Langsam ließ sie den Blick von seinem flachen Bauch hinauf zu seiner breiten Brust mit der dunklen Behaarung, zu seinem beschatteten Kinn gleiten. Dev fing ihren Blick auf. Wie hypnotisiert von dem herausfordernden drohenden Ausdruck in seinen Augen starrte sie ihn stumm an.

Er lehnte sich mit der Schulter an den Türrahmen und verschränkte die Arme. Ohne ihren Blick loszulassen, sagte er: „Du hast mich fast wahnsinnig gemacht, Gabriella, und damit ist jetzt Schluss. Ich habe meine Ziele geändert und weiß nun genau, was ich will. Und dieses Mal werde ich es bekommen."

Gabys Kinn klappte herunter. Sie schluckte und leckte sich über die trockenen Lippen. „Und das wäre?"

„Du."

„Aber du kannst mich nicht haben", sagte sie entsetzt.

Dev schien amüsiert. „Das glaube ich nicht." Er reckte sich und machte einen Schritt auf sie zu. Ihr stockte der Atem. Er hielt kurz inne, um das Licht noch mehr zu dimmen.

Die Schatten im Raum wurden tiefer. Dev ging weiter auf sie zu, und je näher er kam, desto mehr schnürte sich beim Anblick der Entschlossenheit und der kaum verhüllten Belustigung in seinem Gesicht Gabys Kehle zu. Sie stand auf und rief fast flehend: „Dev, ich bin ein Engel!"

„Das sagst du dauernd. Aber in diesem Fall ist es mein Vorteil." Er blieb vor ihr stehen. So nah, dass sie den würzigen Geruch von Seife und Mann wahrnahm. So nah, dass sie die sinnliche Wärme spüren konnte, die von seinem Körper ausging.

Er ergriff ihre Arme über den Ellbogen unter ihren weiten Ärmeln. Selbstvergessen strich er mit den Daumen über die zarte Haut. „Engel tun Gutes, aber sie haben keine echten Gefühle, oder, Gaby? Sie verspüren weder Schmerz noch Verlangen noch Lust."

„Richtig“, gab sie verunsichert zurück. Sie konnte nicht klar denken. Die sinnliche Berührung seiner Daumenkuppen lenkte sie ab. Unruhig verlagerte sie ihr Gewicht, als eine unbekannte Sehnsucht in ihr aufstieg. In dem Bemühen, das Gefühl unter Kontrolle zu bringen, drückte sie ihre Arme an den Körper.

So konnte er nicht mehr ihre Arme streicheln, dafür lagen seine Daumen nun an ihren Brüsten und beschrieben kleine Kreise an den weichen Außenseiten. Durch die rhythmische Liebkosung spannte sich ihr Kleid, während Gaby ein wohliges Prickeln durchrieselte.

„Und Engel lügen nicht, stimmt's?“ Er zog seine Kreise größer, rieb fester. „Dann sag mir, dass ich aufhören soll, Gabriella, und ich gehorche sofort.“

Seine Daumen kamen immer näher an ihre Brustspitzen, die sich erwartungsvoll aufrichteten, berührten sie jedoch nicht. Ein bittersüßer Schmerz breitete sich von ihrem Bauch aus. Gaby öffnete die Lippen, um zu sprechen, doch die Worte wollten nicht kommen.

Hilflos starrte sie zu Dev hoch. Sein brennender Blick hielt sie gefangen, seine tiefe raue Stimme umhüllte sie im Dämmerlicht. „Sag es, Gabriella. Sag's mir.“

Er strich flüchtig über ihre Brustspitzen. Das heftige Lustgefühl durchschoss sie wie ein Stich, und sie stöhnte: „Ich kann nicht. Oh, ich kann es nicht.“

Sie sah die stolze Befriedigung in seinen Augen, bevor sie ihre schloss. Er legte die Arme um sie und zog sie an sich. Ihre Brustspitzen rieben gegen seine harte Brust, und sie seufzte selig.

Er erstickte den leisen Laut mit einem leidenschaftlichen Kuss, seine Zunge erforschte kühn die feuchte Wärme ihres Mundes. Willig gab sie dem Druck seiner Lippen nach, überwältigt von seinem herrischen Fordern. Als er schließlich den

Kuss beendete, schwirrte ihr der Kopf und sie atmete stoßweise.

Langsam hob sie die Lider und sah in sein Gesicht. Das Begehren in seinem Blick entfachte eine nie geahnte Glut unter ihrer Haut.

Ohne sie loszulassen, bewegte Dev sich rückwärts auf die Couch zu. Er setzte sich hin und zog Gaby auf seinen Schoß.

Er umfasste ihren Nacken, zog ihren Kopf zu sich heran und küsste sie wieder – zuerst sanft, dann heftiger. Noch heftiger. Gaby hatte das Gefühl, innerlich zu schmelzen, zu glühen wie flüssige Lava.

Dev bedeckte ihren Hals mit Küssen, und ihre Haut prickelte überall, wo seine stacheligen Bartstoppeln sie reizten. „Wie gut du riechst", murmelte er. Mit einem gekonnten Griff öffnete er den Verschluss ihres Kleides. Langsam schob er das Oberteil herunter und betrachtete die cremefarbene Haut, die er freilegte. Sein Mund kam näher, berührte den Ansatz ihrer Brust. „Und wie gut du schmeckst."

Sein feuchtes kaltes Haar versetzte ihrer erhitzten Haut einen kleinen Schock. Er nahm ihre Brustspitze in den Mund und saugte leicht daran. Gaby stöhnte und schloss die Augen, während sie die Hände in seinem Haar vergrub.

Die Bewegungen seiner Hände wurden fordernder, als sie von den Knien zu ihren Schenkeln hinaufglitten. Nun berührte er sie zwischen den Beinen und zeichnete langsam den Saum ihres Höschens nach. Ihr Körper reagierte instinktiv auf die Liebkosungen seiner erfahrenen Hände, sie überließ sich der Lust, die sein sanft an ihren Brüsten saugender Mund entfachte. Er trieb sie höher und höher auf einer heißen Welle von Begehren, an einen Ort, an dem sie noch nie gewesen war.

Etwas in ihr wollte sich Bahn brechen. Emotionen, die sie tief in sich vergraben hatte, drängten explosiv an die Oberfläche. Jeder Kuss, jede zärtliche Berührung verstärkte diese alles verschlingende Sehnsucht.

Die Empfindung, zusammen mit der Leidenschaft seines Begehrens, machte ihr Angst. Sie fühlte sich fortgerissen, völlig außer Kontrolle.

„Hör auf, Gaby", flüsterte Dev. „Liebling, hör auf."

„Womit?" Verwirrt öffnete sie die Augen. Sein Gesicht wirkte verschwommen. Besorgt zog er die Brauen zusammen, sein Mund bildete eine schmale Linie, während er Gaby anschaute.

„Du weinst", stellte er mit belegter Stimme fest.

„Wirklich?"

„Ja." Mit der Daumenspitze wischte er behutsam die Tränen von ihrer Wange. Er verzog den Mund mit einer Mischung aus Ironie und Zärtlichkeit. „Und ich hatte mir eingebildet, ich würde endlich einmal nicht mehr dastehen wie ein begossener Pudel."

„Es tut mir leid." Sie mied seinen Blick und richtete sich unbeholfen auf. Er half ihr von seinem Schoß, bis sie neben ihm auf der Couch saß. Sie raffte ihr Kleid vor der Brust zusammen und wischte sich mit dem Handrücken über die Augen. „Ich weiß gar nicht, wieso ich weine. Ich weine nie … es ist nur …"

„Hey, das macht doch nichts." Er nahm ihre Hand, um ihre fahrigen Gesten zu beruhigen. Dann griff er nach dem Saum ihres Kleides und tupfte sanft ihr Gesicht trocken.

Als das erledigt war, sah er sie ernst und forschend an.

Sie blickte zur Seite. Was sollte sie sagen? Sie fühlte sich wie ausgelaugt. Widerstrebende Gefühle zerrten an ihr.

„Geht es jetzt wieder?", fragte Dev.

Sie nickte.

„Gut." Er schob ihr eine Locke aus der Stirn und ergriff erneut ihre Hand, die schlaff auf dem Polster zwischen ihnen lag. Leise sagte er: „Ich habe dich erschreckt."

Erstaunt sah sie ihn an. „Es war nicht deine Schuld."

„Doch." Er drückte Gabys Finger, um sie zum Schweigen zu bringen, dann nahm er ihre Hand zwischen seine. „Ich habe dich überrumpelt. Das wollte ich nicht." Er blickte herunter, während er bedächtig seine Finger mit ihren verflocht. „Jedenfalls nicht so. Ich wollte dich nur dazu bringen ..." Die Stimme versagte ihm fast, „... bei mir zu bleiben."

Ihr Herz zog sich bei seinen leisen Worten zusammen. „O Dev!"

Er verstärkte den Druck auf ihre Hand. „Lass mich ausreden." Er sah ihr in die Augen. „Ich weiß, ich habe dich erschreckt. Aber das wird nicht wieder vorkommen. Als ich sagte, ich wüsste, was ich wollte, war das mein voller Ernst. Wir werden diese Engelgeschichte in den Griff kriegen. Wir werden alle Probleme bewältigen."

Er blickte ihr forschend ins Gesicht. Sie schwieg, Tränen saßen ihr in der Kehle.

Heiser fragte er: „Gibst du uns eine Chance?"

Sie empfand einen Schmerz, der ihr tief in die Seele schnitt. „O Dev, ich glaube nicht ..."

Schnell legte er ihr die Hand auf den Mund. „Sag jetzt nichts. Denk einfach nur darüber nach."

Er nahm die Hand weg. In seinen dunklen Augen schimmerte es feucht, als er sie ansah. „Bleib bei mir, Gabriella. Sei bei mir zu Hause."

14. KAPITEL

Gabriella sprang vom Sofa auf und floh aus dem Zimmer. Dev schaute ihr verwirrt, aber ruhig hinterher und ließ sie gehen. Er wollte ihr Zeit geben, das eben Gesagte zu überdenken. In ihrem Schlafzimmer angelangt, warf sich Gaby auf das Bett und rollte sich zusammen. Die ganze Nacht wälzte sie sich schlaflos herum. Sie versuchte, zu einer Entscheidung zu gelangen – und fragte sich gleichzeitig, ob sie überhaupt eine Wahl hatte.

Sie konnte nicht bei Dev bleiben, sie musste zurück in den Himmel. Schließlich war sie ein Engel.

Engel haben keine echten Gefühle, oder, Gaby?

Das Kopfkissen unter ihren erhitzten Wangen fühlte sich kühl an. Doch, Engel hatten Emotionen. Jedenfalls hatte *sie* welche. Das Verlangen, das Dev in ihr erregt hatte, brannte noch immer in ihrem Körper. Sie sehnte sich nach Dev, sehnte sich nach den Berührungen seiner Hände, seiner Lippen, damit sie die Glut löschten, die er entfacht hatte. Aber noch mehr verlangte es sie nach der Geborgenheit, die sie kurz in seinen Armen empfunden hatte. Nach dem Gefühl, zu Hause zu sein.

Hellwach lag sie da und starrte in die Dunkelheit, bis das erste Morgenlicht durch die Vorhänge sickerte und sie Dev in der Wohnung hantieren hörte. Erst als er aus dem Haus war, verließ sie ihr Zimmer und entdeckte den Zettel, den er auf dem Küchentisch hinterlassen hatte. In seiner kühnen ausgreifenden Schrift forderte er Gaby auf, am Nachmittag in sein Büro zu kommen. *Mit einer Antwort.*

Nachdenklich fuhr sie mit dem Finger über die Zeilen. Dann ging sie in der Wohnung umher und berührte Devs Möbel, seine Bücher, die Erinnerungsstücke, die er in seiner Privatwelt hegte.

Viele waren es nicht. Keine gerahmten Fotos, keine sonstigen Andenken. Seine Möblierung war praktisch und karg. Offenbar hatte Dev alles Überflüssige aus seiner Umgebung getilgt – auch überflüssige Emotionen. Zum Beispiel Liebe.

Vor der Vase mit Rosen auf dem Couchtisch blieb sie stehen. Er hatte nie ein Wort verloren über diese Rosen oder die anderen Blumen, mit denen sie seine Wohnung geschmückt hatte. Einmal jedoch, als er sich unbeobachtet glaubte, sah sie, wie er zärtlich über eine der hellgelben Blüten strich und ein kleines Lächeln über seine herben Züge geglitten war.

Sie griff nach den welkenden Blumen und fuhr im selben Moment erschrocken herum, als es an der Tür klingelte. Der Hoffnungsschimmer, es könnte Dev sein, erlosch beim Öffnen der Tür. Es war Onkel Herbert.

Gaby seufzte unhörbar. Das Letzte, was sie jetzt gebrauchen konnte, waren noch mehr Verwicklungen. Die Dinge lagen ohnehin kompliziert genug. „Onkel Herbert, ich sagte dir doch, dass ich dir nicht helfen kann."

„Nein, nein, du verstehst ja nicht." In seinem verknitterten grauen Anzug und mit flehendem Blick preschte er an ihr vorbei. Er stapfte ins Wohnzimmer und wandte sich zu ihr um, während er sich aufgeregt durch das ergrauende rote Haar fuhr. „Ich bin nicht gekommen, um über Helen zu sprechen. Sondern über dich und mich. Und deine Mutter."

Gaby war verdutzt. „Was meinst du damit?"

Ihr Onkel holte tief Atem. „Setz dich bitte. Nur eine Minute. Ich erklär's dir."

Sie tat ihm den Gefallen und setzte sich neben ihn auf die Couch. Onkel Herbert wandte sich ihr zu, seine blauen Augen waren ernst. „Nach unserem Gespräch gestern Abend ist mir klar geworden, dass ich unbedingt noch einmal mit dir reden muss. Bist du wirklich der Überzeugung, es ginge mir bei allem nur um Geld?"

Abweisend erwiderte sie: „Es war doch immer offensichtlich, dass du einzig und allein reich werden wolltest. Genau wie Mutter auf einen Mann aus war."

„Das stimmt absolut nicht, Liebes." Sie wollte widersprechen, doch er hob abwehrend die knochige Hand. „Jedenfalls nicht ganz. Ja, ich wollte Geld verdienen. Jawohl, ich habe von Reichtum geträumt. Aber doch nur, damit ich dir – und deiner Mutter – die Dinge verschaffen könnte, die euch zustanden."

Gaby starrte ihn an. „Was für Dinge denn? Ich habe nie um etwas gebeten, oder?"

„Nicht ausdrücklich. Aber ich wusste, Gaby, und deine Mom wusste es auch, dass du dir gewisse Dinge gewünscht hast. Erinnerst du dich an das kleine weiße Haus mit Garten in Phoenix? Es hat dir damals fast das Herz gebrochen, als wir dort wegziehen mussten. Das hat deiner Mutter und mir unendlich zugesetzt. Wir flehten den Vermieter an, das Haus nicht zu verkaufen, es nutzte nichts. Also zogen wir wieder weiter."

„Aber warum mussten wir in eine andere Stadt ziehen? Warum sind wir nicht dort geblieben?" Eine alte Wunde brach in ihr auf. „Ich weiß, weil Mom sich von ihrem Freund trennen wollte."

Bedrückt fuhr Herbert sich durchs Haar. „Das war einer der Gründe, Gaby, aber verurteile sie nicht so streng. Deine Mutter war am Boden, als dein Vater sie verließ. Sie hielt es für ihre Schuld, dass du kein normales Familienleben haben würdest, und sie suchte verzweifelt nach jemandem, der dir den Vater ersetzen würde."

Seine Stimme wurde rau. „Ich wollte diese Stelle ausfüllen, aber was soll ich sagen – ich war eben bloß dein Onkel und damals selbst nicht gerade gefestigt. Ich wollte es ja recht machen, immerhin waren du und meine Schwester alles, was mir an Familie blieb." Er schluckte, sein Adamsapfel hüpfte heftig. „Ich wollte für euch sorgen."

„Das hast du doch getan."

„Nicht so, wie ich gewollt hätte." Er räusperte sich. „Deshalb waren wir ständig unterwegs, immer in der Hoffnung, ich würde eines Tages den Durchbruch schaffen. Aber ich schaffte es nicht, und ehe ich mich versah, warst du erwachsen. Und brauchtest mich nicht mehr."

„O Onkel Herb." Gaby sah ihn hilflos an. „Ich werde dich immer brauchen."

„Wirst du nicht. Du brauchst eine eigene Familie." Plötzlich wurde sein Ton munter. „So gehört es sich."

Er stand auf. „Und ich habe jetzt Helen." Er sah Gaby offen an. „Ich liebe sie. Ich brauche sie, und sie braucht mich."

Gaby musterte seine vertrauten Züge. Er hielt ihrem Blick stand, und auf einmal erkannte sie sein Wesen klarer als je zuvor. Herb liebte Helen Adamson aufrichtig und wollte alles tun, um sie glücklich zu machen.

Sie berührte seinen Arm. „Ich glaube dir, Onkel Herb." Sie begleitete ihn zur Tür, und eine besorgte Falte trat auf ihre Stirn, als sie an Helen dachte. „Wie willst du ihr klarmachen, dass du nicht nur auf ihr Geld aus bist?"

Onkel Herb seufzte. „Das weiß ich noch nicht. Aber keine Sorge, das kriege ich schon hin." Er lächelte bitter. „Wenn ich irgendwann das große Los gezogen hätte, würde Helens Familie nichts gegen mich einzuwenden haben."

„Es sei denn, Helen wäre arm."

Herb sah sie betroffen an. „Ja, das stimmt. Dann würde sie wissen, wie ernst es mir ist und dass es ihren Töchtern letztlich nur um das Erbe geht." Nachdenklich verharrte er einen Moment in der Garderobe. „Vielen Dank, Gaby. Ich glaube, Helen und ich finden einen Weg."

„Sag ihr einfach, wie sehr du sie liebst." Ihr Lächeln war

zitterig. „Wir Smiths haben offenbar Schwierigkeiten mit solchen Bekenntnissen."

Ihr Onkel warf ihr einen schrägen Blick zu. „Auch wenn ich es nie gesagt habe, ist es doch wahr." Er hüstelte. „Ich habe dich lieb, Kleines. Für immer."

Tränen stiegen Gaby in die Augen. „Ich dich auch, Onkel Herb." Sie umarmte ihn, der grobe Tweed seines Jacketts und der würzige vertraute Duft seines Rasierwassers erinnerten sie an früher und spendeten ihr Trost.

Er tätschelte ihr unbeholfen den Rücken und meinte ernst: „Pass gut auf dich auf. Und lass von dir hören, ja?"

Gaby dachte an den Oberengel Bud und ihre bevorstehende Rückkehr in den Himmel. Sie nahm Onkel Herb ein wenig fester in die Arme. „Ich will es versuchen. Aber du sollst wissen, wo immer ich auch bin, werde ich an dich denken."

Er ging. Gaby schloss die Tür hinter ihm und lehnte den Kopf an die Türfüllung. Seltsam, wie das Leben spielte. Nichts war so, wie es den Anschein hatte. Jahrelang hatte sie gemeint, sich um Onkel Herb kümmern zu müssen, während er sich um sie sorgte. Beide waren sie nicht in der Lage gewesen, die schlichten Worte auszusprechen, die alles ins Lot gebracht hätten.

Ich habe dich lieb.

Vielleicht war es an der Zeit, dass sie sich der Wirklichkeit stellte, der Wahrheit nicht länger auswich, und auch Dev diese wichtigen Worte sagte.

Dev legte eine Akte aus der Hand und blickte sich in seinem Büro um. Die Bücher waren fast alle eingepackt, seine Urkunden von der Wand genommen, und er hatte seine Kündigung eingereicht. In etwa einer Woche würde er Putman, Collens und Angier für immer Lebewohl gesagt haben.

Er betrachtete den Aktenstapel, den er den Kollegen hinterlassen würde. Der Fall Adamson lag obenauf. Er griff danach und blätterte zerstreut in dem Ordner. Mrs Adamson war zu dem verabredeten Termin nicht erschienen. Das tat ihm ein wenig leid. Er mochte die nette Dame und wünschte ihr das Beste. Doch jetzt würde er den Fall zwangsläufig abgeben und er wusste, Putman würde alles daransetzen, die Prozesskosten in die Höhe zu treiben – egal, ob Aussicht auf Erfolg bestand oder nicht.

Der Gedanke widerte Dev an, und er legte die Akte weg. Gaby hatte recht. Er hatte diesen Job nie gemocht. Es lag ihm einfach nicht, die juristischen Interessen der Reichen und Mächtigen zu vertreten. Er hatte es satt, für eine Kanzlei zu arbeiten, die einen Klienten nach der Höhe der Honorare beurteilte, die er zu zahlen bereit war.

Dev wusste noch nicht, wie es bei ihm weitergehen würde. Vielleicht sollte er wieder als Staatsanwalt arbeiten. Seine einzige Gewissheit war, dass er Gaby bei sich haben wollte, was immer auch aus ihm wurde.

Unruhig ging er zum Fenster. Sie hätte längst da sein und ihm ihre Antwort geben müssen, und er weigerte sich anzunehmen, dass diese Antwort anders als „Ja“ lauten könnte. Gaby gehörte zu ihm; das musste sie doch auch spüren. Gestern Abend war sie in seinen Armen schier verglüht. Hätte er sie nicht so bedrängt und verschreckt, wären sie jetzt ein Liebespaar.

Die Bürotür ging auf, und Devs Herz machte einen Satz. Doch es war nicht Gaby, sondern James Putman, der eintrat und die Tür hinter sich schloss.

Dev nahm den Blick des älteren Mannes auf, blieb jedoch ausdruckslos. Es überraschte ihn, Putman hier zu sehen. Natürlich hatte Dev mit einer Auseinandersetzung gerechnet, doch er hatte erwartet, sein Chef würde ihn in sein eigenes

Büro zitieren. Wenn Putman auf den Heimvorteil verzichtete, hatte das sicherlich seine Gründe. Das Oberhaupt der Kanzlei war bekannt als Experte für Machtspiele jeder Art.

Putman schlenderte herein und gab sich betont lässig. „Devlin, mein Junge, was höre ich da – du willst uns verlassen?" Er setzte sich auf einen Stuhl vor dem Schreibtisch, schlug die Beine übereinander und legte locker einen Arm auf sein Knie. „Ich bin sicher, wir können dieses kleine Problem aus der Welt schaffen."

„Das glaube ich nicht."

Putman runzelte die Stirn. „Wenn es um Cecilia geht …"

„Nein. Wirklich nicht." Dev packte ein weiteres Buch in den Karton und klappte den Deckel zu. „Cecilia und ich passen nicht zusammen, aber das ist nicht der einzige Grund für meine Kündigung. Ich gehöre nicht hierher."

Putman hüstelte. „Wenn du mehr Geld möchtest …"

„Geld ist nicht das Thema. Mir ist nur klar geworden, dass ich andere Vorstellungen von Rechtsausübung habe."

„Das sind doch nur geringe Nuancen."

„Für mich sind sie keineswegs gering." Er sah Putman gerade in die Augen und sagte offen heraus: „Ich habe keine Lust mehr, Leute zu vertreten, die so reich sind, dass sie meinen, sie könnten sich alles erlauben und ungeschoren davonkommen. Ich will nicht Teilhaber einer Kanzlei werden, die einen Mandanten nur nach seinem Geldwert betrachtet."

Eine dunkelrote Färbung machte sich unter Putmans gepflegter Sonnenbräune breit. „Na ja, Diplomatie war nie deine Stärke", bemerkte er eisig.

„Wirklich nicht", bestätigte Dev.

Langsam sagte Putman: „Ich hatte gedacht, deine hervorragenden Leistungen würden deine Schwächen wettmachen, aber Cecilia hatte mich schon gewarnt, dass du ein Weichling bist. Sie hat mir von deinem Hang zu diesem Mädchen berichtet, aber ich dachte, du hättest mehr von deinem Vater mitbekommen. Lowell Hunt hätte nie eine Frau über seine Karriere gestellt. Als er damals merkte, dass deine Mutter ihn zu sehr ablenkte, zu viel Zeit neben seiner Arbeit beanspruchte, hat er sich von ihr getrennt."

„Zu seinem eigenen Nachteil. Sie hätte ihn glücklich machen können."

Putman sah Dev von oben bis unten an, seine Verachtung war unverkennbar. „Versuch doch nicht, dich hinter irgendwelchen schwammigen Idealen zu verstecken. Tatsache ist, dass du gehst, weil du hinter einer Frau her bist, einer miesen kleinen …"

„Halt dich zurück." Devs kalte Stimme schnitt Putmans Satz ab. „Wenn du nicht riskieren willst, dass ich dir deine Worte in die Kehle zurückstopfe."

Das Gesicht seines Gegenübers lief noch dunkler an, seine blassgrauen Augen wurden eng vor Wut. Dev hielt dem Blick stand, der andere sah verunsichert beiseite und blieb an der einsamen Akte auf dem Schreibtisch hängen. Mit sichtlicher Anstrengung setzte er seine joviale Maske wieder auf, zusammen mit einem gewinnenden Lächeln, das jedoch seine Augen nicht erreichte. „Wir wollen nicht streiten. Geschehen ist geschehen." Er rückte seine Krawatte zurecht. „Ich muss zugeben, du hast deine Karten klug gespielt. Außerordentlich klug, muss ich sagen."

„Wovon sprichst du?"

Putman zog die Augenbrauen hoch. „Na, vom Adamson-Fall natürlich."

„Was ist damit?"

Putman lächelte. „Aber du weißt doch sicher, dass Helen Adamson vorhin angerufen hat und erklärte, dass sie Herbert Smith ehelichen wird. Sobald die Heirat über die Bühne ist, bist du auf der sicheren Seite. Du brauchst nie wieder zu arbeiten."

Devs Gesicht wurde schier zu Stein. „Ich habe keine Zeit für solche Späße. Das ist doch alles Unsinn. Helen Adamsons Heirat geht mich überhaupt nichts an."

„Oh, da liegst du aber gründlich falsch, mein Junge. Ganz gründlich. Wer, meinst du, hat Smith zu seinem Wohlstand verholfen?"

Als Dev stumm blieb, wurde Putmans Lächeln breiter. „Seine Nichte natürlich. Gabriella Smith."

15. KAPITEL

Gaby lief den Gehweg zu Devs Büro entlang. Sie fühlte sich so unbeschwert, als könnte sie fliegen. Es war ein schöner Tag, und sie kam sich auch schön vor. Sie strich über den Rock ihres neuen Kleids, genoss das Gefühl von zarter Seide und die frischen Farben. Frühlingsgrün. Himmelblau. Weiches Goldbraun. Die Farben des Lebens.

Dev würde überrascht sein. Er kannte sie nur in Weiß.

Sie stieg die breite Eingangstreppe zum Putman-Gebäude empor und legte verzückt den Kopf in den Nacken, als eine warme Brise ihre Wangen umfächelte. Der sanfte Windstoß lichtete den Smog, und die untergehende Sonne tauchte die Fensterscheiben des Hochhauses in einen warmen goldenen Glanz.

Gaby ging durch die Eingangshalle zu den Lifts. Auf Devs Etage angekommen, verließ sie den Aufzug und beschleunigte ihren Schritt. Ihr Herz pochte in atemloser Erwartung.

„Dev?“ Sie spähte in sein Büro und versuchte, ihren jagenden Puls unter Kontrolle zu bringen. Er saß hinter seinem Schreibtisch, den Stuhl zur Seite gedreht. Sein kühnes Profil wurde durch den Schein der Abendsonne, der durch das hohe Fenster fiel, besonders hervorgehoben. Im Gegenlicht waren seine Züge kaum zu erkennen, doch etwas an seiner Haltung, zurückgelehnt, die Beine ausgestreckt, einen Arm auf dem Schreibtisch, erinnerte sie an den ersten Eindruck, den sie von ihm in der Bar gehabt hatte.

Vielleicht lag es auch nicht an seiner Körperhaltung, sondern an der Aura von Einsamkeit, die seine Gestalt umgab und die Gaby an jenen ersten Abend zurückdenken ließ.

Sie betrat sein Büro. Dev sah auf. Gaby konnte nicht verhindern, dass ein Lächeln über ihr Gesicht glitt. Gespannt wartete sie auf ein Kompliment über ihr neues Kleid. Sein Blick maß sie kurz, doch zu ihrer Enttäuschung sagte er kein Wort. Er lehnte sich in seinem Sessel zurück und legte die Füße auf den Schreibtisch. „Dich habe ich hier nicht erwartet."

„Wieso nicht?" Mitten im Raum blieb sie stehen. Verwundert kräuselte sie die Stirn. „Du hast mich doch gebeten zu kommen." Eine Hitzewelle stieg ihr in die Wangen. „Mit meiner Antwort."

„Habe ich das?" Seine Stimme klang gleichgültig. „So ein Zufall. Heute bekomme ich anscheinend eine Menge Antworten."

Er hob die Hand und zählte an den Fingern ab: „Zuerst die von Putman – ein scharfsichtiger Mensch, dieser Putman. Er hört in seiner Kanzlei das Gras wachsen und zeigt selten Gefühle. Heute allerdings legte er einige offen." Devs kalter Blick bohrte sich in ihre Augen. Sein Ton wurde schärfer. „Er hat es sichtlich genossen, mir zu enthüllen, dass du Herbert Smiths Nichte bist."

Entsetzt erkannte Gaby ihre missliche Lage. „Dev, ich kann alles erklären."

Mit einer verächtlichen Geste wischte er ihre Bemerkung beiseite. „Nicht nötig, ich weiß Bescheid. Nachdem Putman gegangen war, habe ich ein bisschen telefoniert. Ich ließ mir über deinen Onkel berichten – und über dich. Herbert Smith hat Leute überredet in sein ‚Schlankheitsmittel' zu investieren sowie in sein ‚Perpetuum mobile'."

„Er glaubte damals an den Erfolg der Produkte", erwiderte Gaby. „Er wollte niemanden schädigen, er hat einfach nur von Erfolg geträumt."

„Nun hat er es ja geschafft." Dev zog die Brauen hoch. „Als Nächstes muss ich erwähnen, dass Helen Adamson mir auch ein paar Antworten geliefert hat. Sie hat deinen Onkel heute Nachmittag geheiratet. Die beiden hatten beschlossen, einem gewissen Ratschlag zu folgen. Deinem." Sein Blick wurde undurchdringlich. „Ist das nicht die Rolle, die du gewöhnlich bei den Unternehmungen deines Onkels spielst? Den Handel festklopfen?"

„Nein, das hast du völlig falsch verstanden." Gabys Kehle wurde eng. „Ich habe ihr nicht geraten, meinen Onkel zu heiraten." Als sie den Zweifel in seinem Blick sah, setzte sie flehend hinzu: „Ich würde dich niemals anlügen."

„Nicht doch." Anzüglich betrachtete er ihr neues Kleid. „Ich sehe, du hast inzwischen deine Engelsmaske abgelegt und bist wieder zur Farbe der Sterblichen zurückgekehrt. Also lass das Theater."

„Es war kein Theater. Ich habe Onkel Herb und Helen nur geraten, auf die Stimme ihrer Herzen zu hören."

Sein Nicken wirkte zustimmend. „Ja, ich verstehe. Ein guter Rat. Hätte Helen nämlich auf ihre Vernunft gehört, hätte sie dich und deinen Onkel durchschaut, nicht wahr? Und das hätte ich auch tun sollen."

Sein harter Blick troff vor Verachtung. „Kein Wunder, dass du damals in L. A. so schnell von der Universität verschwunden bist. Du hattest erfahren, dass dein Onkel wieder etwas im Schilde führte, stimmt's?"

„Nein, das war es nicht."

„Oh, ich bin sicher, du hast eine Reihe von einleuchtenden Erklärungen parat. Vielleicht auch ein paar an den Haaren herbeigezogene. Wie die, dass du ein Engel bist."

Gabys Hand fuhr an ihre Kehle. „Dev, bitte, hör mir zu. Du musst mir glauben."

Er lachte – ein rauer knirschender Laut, ohne Spur von Humor. „Weißt du, was das Lustigste an dieser Komödie ist? Ich fing doch tatsächlich an, dir zu glauben." Er sah sie mit höhnischer Bewunderung an. „Ein geniales Manöver. Du hast mich mit deinen angeblichen Wahnvorstellungen so eingewickelt, dass ich nicht merkte, dass du mich eigentlich nur von den Machenschaften deines Onkels und dir ablenken wolltest. Ich dachte wirklich allmählich, du wärst ein Engel, den mir der Himmel geschickt hat."

„Das war ich, und das bin ich." Ihr wurde leicht schwindelig, und sie atmete tief durch. Sie krallte die Finger in ihren Rock und stellte die alles entscheidende Frage: „Dev, möchtest du noch immer, dass ich bleibe?"

Als er sie wortlos anblickte, kalt und abweisend, schoss ihr ein betäubender Schmerz durch den Körper. Wie dumm sie doch gewesen war, wie naiv – zu hoffen, dass er ihr glauben würde und sie bei sich haben wollte.

Dass er sie liebte.

Denn jetzt wusste sie, was sie die ganze Zeit erhofft – und vom Himmel erfleht – hatte. Dass sie einen Platz zum Bleiben finden würde, bei jemandem, der sie wirklich brauchte. Einen, der sie liebte, und den sie auch liebte.

Mühsam stieß sie hervor: „Als du mich gestern gebeten hast zu bleiben, dachte ich, du liebst mich. Aber das stimmt nicht. Liebe bedeutet Vertrauen. Es bedeutet, dass man dem anderen glaubt, auch wenn alles gegen ihn spricht."

Er öffnete den Mund, um etwas zu sagen, doch Gaby begriff plötzlich, dass sie das nicht mehr aushalten würde. Blindlings wandte sie sich um und stolperte aus dem Raum. Auf dem Flur blieb sie einen Moment stehen und suchte Halt an der Wand. Wie merkwürdig alles auf einmal aussah. Die Wand schien nachzugeben, der Teppichboden kam ihr entgegen. Gabriella strebte vorwärts, doch ihre Bewegungen waren wie in Zeitlupe. Tief im Innern empfand sie einen verzweifelten Drang, hier herauszukommen.

Sie erreichte den Lift und drückte auf den Knopf. Wieder und wieder. Der Lift kam nicht, und sie sah sich panisch um. Da, das Treppenhaus.

Sie rannte hinunter.

In seinem Büro stand Dev wie versteinert neben dem Schreibtisch und starrte auf die Tür. Er wartete, wartete auf das Gefühl von Bestätigung, dass er recht gehabt hatte – und das seinen nagenden Schmerz beenden würde. Jawohl, sie hatte ihn belogen. Sie hatte ihm nichts von ihrem Onkel gesagt. Doch der Schmerz blieb. Er breitete sich sogar aus und hinterließ nichts als eine große Leere.

In seinem Gesicht zuckte es, und mit einem Mal war ihm klar, dass er sich nicht länger selbst betrügen konnte. Gaby hatte recht. Der Augenschein sprach gegen sie, aber das war nicht wichtig. Entgegen aller Logik glaubte er ihr. Weil er sie liebte.

„Gaby!“, rief er.

Keine Antwort.

Die Leere wurde größer. Eine kalte vertraute Leere, die er von früher kannte. Als seine Mutter gestorben war. Als er merkte, dass sein Vater unfähig war zu lieben.

Noch lauter rief er: „Gaby!“ Er stürmte aus der Tür und rannte zu den Lifts. Der Leuchtanzeige nach fuhren alle nach oben. Sie musste die Treppe genommen haben. Dev stürzte zum Treppenhaus. Von unten hörte er leises Keuchen und das Klicken von Gabys Absätzen auf den Stufen.

Er beugte sich übers Geländer und entdeckte ihr helles Haar. „Gaby!“

Sie sah hinauf und traf seinen Blick. Einen Moment lang war Schweigen. Dann drehte sie sich um und lief noch schneller.

„Gaby.“ Er raste die geschwungene Treppe hinunter. „Warte! Mach langsam. Du wirst dir noch etwas antun.“

Gaby hörte nicht. Sie glitt aus, konnte jedoch das Geländer packen. Noch hastiger eilte sie weiter.

Ihr Herz klopfte hart. Er holte auf. Jetzt war sie im dritten

Stock und spürte ihn hinter sich, keine zehn Meter entfernt. Das Treppenhaus löste sich in ein Gewirr von Farben und Geräuschen auf, während sie hinunterrannte.

Sie erreichte die letzte Biegung.

„Gaby!“, rief er. „Gaby, ich liebe dich.“

Der verzweifelte Klang seiner Stimme ließ sie innehalten, sie sah nach hinten – und schwankte. Einen Augenblick lang balancierte sie auf der Kante.

Dev streckte die Arme aus, um sie aufzufangen. Vergeblich.

Sie fiel, stürzte hinab … hinab … hinab …

Und war weg.

16. KAPITEL

Der Ort war verlassen. Niemand wartete auf Einlass, und erst als Gabriella durch den Nebel näher heranschwebte, bemerkte sie Bud, der auf einer weißen Bank vor der Himmelspforte saß.

Der goldene Heiligenschein krönte noch immer sein graues Lockenhaar, und seine alterslosen Augen blickten noch genauso, wie sie es in Erinnerung hatte. Er hatte sich kein bisschen verändert – aber sie war ja auch nur elf Tage weg gewesen. Komisch, wie sich in so kurzer Zeit für sie alles geändert hatte.

Er lächelte, als sie herankam. „Sei gegrüßt, Gabriella."

Seine Freundlichkeit war ebenfalls unverändert. Gabriella gab sein Lächeln zurück und gewann einen schwachen Trost aus seinem warmen verständnisvollen Blick.

„Sei gegrüßt, Bud." Sie setzte sich neben ihn auf die Bank. Sie blickte in sein leuchtendes Gesicht und ihr Lächeln schwand langsam. „Du weißt vermutlich, dass ich versagt habe."

„Hast du das?"

„Ja. Ich war nicht fähig, Devlin Hunt zu helfen. Er flucht immer noch – und lügt." *Ich liebe dich, Gaby.* Ihre Stimme wurde rau. „Ich habe alles falsch gemacht, Bud. Ich fürchte, er hat jetzt noch größere Schwierigkeiten als vorher."

„Und wieso glaubst du das?"

Sie sah auf ihre Füße herab und betrachtete den zarten Nebel, der um ihre Schuhe wallte. „Weil er seinen Job verloren hat … und seine Verlobte. Weil er sehr unglücklich ist. Und sehr wütend."

Die Herzlichkeit wich nicht aus seinen Augen. „Seine Zufriedenheit wäre kein Beweis für deinen Erfolg, Gabriella. Devlin Hunt musste erfahren, was Liebe ist. Das hast du ihm gezeigt."

Sie schüttelte den Kopf. „Nein. Er hat sich nicht in Cecilia verliebt."

„Das war auch nicht vorgesehen. Devlin Hunt war dazu ausersehen, sich in dich zu verlieben."

Sie hielt die Luft an. „In mich?"

Bud nickte. „Ja."

Das Strahlen in ihren Zügen erlosch. „Aber er liebt mich nicht. Nicht wirklich." Traurig sah sie Bud an, ihr war zum Heulen. „Ich wollte ihn dazu bringen, mir zu glauben, aber ich habe ihm ja nicht einmal selbst vertraut. Ich habe verschwiegen, dass Herbert Smith mein Onkel ist. Ich habe ihm nicht einmal gesagt, dass ich ihn liebe." Heftiges Bedauern erfüllte ihr Herz. Warum war sie so dumm gewesen? „Ich dachte, wenn ich meine Gefühle verleugnete, würde ich nicht verletzt werden. Doch genau dadurch habe ich Dev verletzt – und das tut mir am meisten weh. O Bud, ich habe alles verkehrt gemacht. Ich bin ein jämmerlicher Engel."

„Du warst ein Mensch, Gabriella. Und das ist Devlin Hunt auch. Liebe ist ein Geschenk. Ein Wunder. Aber nicht jeder kann ein Wunder erkennen oder ein kostbares Geschenk annehmen." Er lächelte. „Oder den Mut aufbringen zu lieben, obwohl Leid daraus entstehen könnte." Er legte ihr leicht die Hand auf das zerzauste Haar. Ein warmer Schein umhüllte Gabriella. „Du hast deine Sache gut gemacht. Du hast den Test bestanden."

Verwundert riss sie die Augen auf. „Das war mein Test?"

Bud nickte. „Nun", fragte er sanft, „bist du bereit, in den Himmel zu gehen?"

Der glückliche Schimmer, der sie umgab, verblasste ein wenig. Natürlich wollte sie. Wie konnte jemand sich nicht wünschen, in den Himmel zu kommen? Sie wollte sich geborgen fühlen, warm, geliebt. Vor allem geliebt.

Trotzdem wollte sich die Zufriedenheit nicht einstellen, die sie beim ersten Mal empfunden hatte. Etwas – oder jemand – hinderte sie. Zerrte an ihrem Herzen. An ihrer Hand.

Bleib bei mir.

Sie schloss die Augen und versuchte, sich zu konzentrieren. Nanu, regnete es? Sie spürte warme Tropfen auf ihr Handgelenk fallen. Komisch. Im Himmel regnete es nie.

Gaby machte die Augen auf. Benommen sah sie hoch zu der weißen Decke, auf die grün getünchten Wände eines Krankenzimmers. Sie wandte den Kopf auf dem Kissen. Dev saß neben ihrem Bett.

Sie nahm seinen bekümmerten Blick wahr. Der Druck seiner Hand auf ihrer wurde stärker. „Gabriella?“, fragte er behutsam, und ihr Herz pochte schmerzlich, als sie die Sehnsucht in seiner heiseren Stimme wahrnahm. „Kannst du mich verstehen, Liebling?“

Langsam nickte sie.

Seine Augen waren angstvoll geweitet. Und feucht. Er presste das Gesicht in ihre Handfläche, seine Tränen liefen über ihre Finger. „Gott sei Dank.“ Mit erstickter Stimme flüsterte er in ihre Hand: „O Gaby, du bist regelrecht vor mir verschwunden. Du warst auf einmal weg. Ich dachte, ich würde dich nie wiederfinden.“

In der Erinnerung an die entsetzliche hilflose Situation drückte er ihre Hand fester an seine Wange, als suchte er ihre beruhigende Wärme. Ihre Hand fühlte sich klein und zerbrechlich an, aber doch tröstlich stark, wenn er sie hielt. „Ich habe dich überall gesucht. In der Stadt, im Büro. In unserer Wohnung. Schließlich kam ich auf die Idee, hierherzukommen. Die Schwestern sagten mir, sie hätten eine Miss Smith, aber sie läge im Koma, und das seit elf Tagen. Sie ließen mich in das Zimmer …“

Er sah auf. Sie betrachtete ihn, ihr Haar bildete einen hellen Farbfleck auf dem weißen Kissen. Er blickte in ihre blauen Augen und sagte langsam: „… und da lagst du.“

„Ich habe im Koma gelegen?“ Sie wirkte verwirrt. „Daran kann ich mich gar nicht erinnern.“

Dev verstärkte den Druck auf ihre Hand. „Aber du erinnerst dich doch an mich, oder?" Seine Muskeln verspannten sich, während er auf ihre Antwort wartete.

Ihr Blick glitt über die Bartstoppeln auf seinen Wangen, über seinen Mund, seine angsterfüllten dunklen Augen. Sie lächelte schwach. „Wie könnte ich dich jemals vergessen?"

Dev sprang auf und nahm sie entschlossen in die Arme. Er wollte sie für immer festhalten. Indem er die Wange auf ihre seidigen Locken legte, stieß er mit rauer Stimme hervor: „Nachdem du weg warst, erschien mir mein Leben leerer als je zuvor. Du hast alle Farben, alle Wärme mit dir genommen."

Er strich ihr durchs Haar. Dann bog er ihren Kopf zurück und sah ihr in die Augen. Sein Ton wurde noch intensiver, als er hinzufügte: „Ich möchte mein Leben mit dir verbringen, Gaby, dir ein Heim geben – und den Kindern, die wir zusammen haben könnten. Kannst du mir verzeihen, was ich dir alles an den Kopf geschleudert habe? Ich weiß, ich habe dich nicht verdient. Ich bin kein Engel und wahrhaftig habe ich viele Fehler, aber ich liebe dich. Und ich werde dich immer lieben."

„O Dev." Tränen glitzerten in ihren Augen. Sie nahm seine Hand und drückte sie fest. „Natürlich verdienst du mich. Ich habe auch meine Fehler. Jetzt bin ich kein Engel mehr, ich war sowieso kein besonders guter. Ich hätte dir von meinem Onkel erzählen sollen, ich hätte dir vertrauen sollen." Zärtlich strich sie über seine Kinnlinie. „Aber ich liebe dich auch, Dev. Mit Leib und Seele."

„O Liebling." Er küsste sie sanft, dann mit wachsender Leidenschaft, sodass sie sich hilflos an ihn klammerte. Er schwelgte in dieser Nähe, in dem unbeschreiblichen Glück, sie in den Armen zu halten.

Als er den Kopf hob, waren ihre Wangen gerötet und ihr Blick war schläfrig und zufrieden. Wieder zog er sie an sich.

Sie streichelte sein kantiges Gesicht. „Dev, wegen deinem Job …“

Er lächelte. „Ja, richtig, das wollte ich dir erzählen. Ich habe heute Morgen einen Anruf bekommen, dass für mich ein Richterposten vorgesehen ist. Ich würde gern wissen, ob du oder deine Freunde höheren Orts …“ Er blickte zur Decke, „… da ihre Finger im Spiel hatten.“

Sie schüttelte den Kopf, ein kleines Lächeln auf den Lippen. „Nein. Das ist deine eigene Leistung. O Dev, ich bin so stolz auf dich.“

„Und ich bin stolz auf dich, mein Engel.“

Gaby schmolz innerlich dahin. „Vielen Dank.“ Sie strich ihm durchs Haar, durch die weiche üppige Fülle. „Ist der Fall Onkel Herbert inzwischen bereinigt?“, forschte sie. „Er ist nicht auf Helens Geld aus, Dev, da bin ich sicher.“

„Ich weiß. Ich glaube, ich wusste es schon, bevor Helen mir mitteilte, dass sie ihr ganzes Vermögen einer wohltätigen Organisation vermacht hat.“

Gaby machte große Augen. „Das hat sie getan?“

Dev nickte, er konnte sein diebisches Vergnügen nicht verbergen. „Sie hat eine Stiftung für Obdachlose gegründet.“ Er griff nach Gabys Hand und küsste ihre Finger. „Ihre Töchter waren keineswegs angetan, muss ich sagen, aber Herbert ist hellauf begeistert. Er findet, das beweist Helens Liebe für ihn. Die beiden wollen auf Reisen gehen, sobald du wieder hergestellt bist.“

„Das freut mich. Ich weiß, sie werden glücklich miteinander.“

„Fast so glücklich wie wir.“ Er zog sie näher an sich und flüsterte ihr ins Ohr: „Ich wünschte, wir wären nicht in diesem Krankenzimmer und dir würde es besser gehen.“

„Mir geht es bestens“, sagte Gaby und wurde knallrot, als begehrliche Flammen in seinen Augen aufblitzten. Sie strich seinen Hemdkragen glatt und blickte auf das weiße Klinikhemd herunter, das sie trug. Angewidert zog sie die Nase kraus. „Und ich dachte, ich könnte dieses Weiß endlich ablegen."

„Nicht so schnell." Die Flammen in seinen Augen brannten heißer. „Ich hoffe, du trägst bei unserer Hochzeit Weiß."

Sie hielt den Atem an, und ihr Blick wurde dunkel. „Das hängt davon ab, wie du dich bis dahin aufführst, würde ich sagen."

Er küsste ihre Handfläche. „Ich habe mein ganzes Leben auf dich gewartet. Wir werden bald heiraten, jetzt, wo du auf dem Weg der Besserung bist." Mit seinen dunklen Augen sah er sie intensiv an. „Du wirst doch wieder gesund, nicht? Du entschlüpfst mir nicht mehr?"

Gaby berührte seine Wange. „Du wirst es lange, lange mit mir aushalten müssen."

Dev drückte sie an sich und küsste sie noch einmal. „Dem Himmel sei Dank dafür."

– ENDE –

Marie Ferrarella

Ein himmlisches Geschenk

Roman

Aus dem Amerikanischen von
Emma Luxx

MIRA®

PROLOG

Sie hatten keine Ahnung, dass sie an ihr vorbeiflogen. Erin lächelte in sich hinein und lehnte sich noch ein bisschen weiter vor, um besser sehen zu können, als das kleine Flugzeug an ihr vorbeiwischte.

Da war sie wieder, die Nette. Die, die Erin sich ausgesucht hatte. Jetzt sagte sie etwas zu einer älteren Frau, woraufhin diese lächelte. Wenn sie es gewollt hätte, hätte Erin hätte auch zuhören können, aber im Moment reichte es ihr, einfach nur zu schauen.

Sie hatte schon viel Zeit damit verbracht, die Dame zu beobachten. Aber sie war sich von Anfang an sicher gewesen.

Sie beglückwünschte sich. Es gab keinen Zweifel. Erin wollte die Dame als Mutter. Sie wollte sie, obwohl sie immer so beschäftigt war.

Weil die Dame nämlich trotzdem *immer* Zeit für ihre beiden Söhne Taylor und Stephen hatte. Erin hatte die drei zusammen beobachtet. Voller Sehnsucht. In ihrem kleinen Herzen wusste sie, dass die Dame genau die Art von Mutter war, die sie sich wünschte. Eine, auf die man sich immer verlassen konnte.

Das Flugzeug verwandelte sich schnell in einen Punkt am Himmel. Diesmal beschloss Erin zu bleiben, wo sie war, statt ihm nachzufliegen. Sie hatte Wichtiges zu planen. Bald kam ihre Zeit, und wenn sie wollte, dass alles nach Plan lief, musste sie sich beeilen.

Wenn sie sich ihre Eltern selbst aussuchen wollte, so wie Jonathan es getan hatte.

Normalerweise war es verboten, sich seine Eltern selbst auszusuchen. Das hatte der Aufseher gesagt. Und die anderen Engel auch.

Aber Regeln waren dazu da, gebrochen zu werden. Sie waren schon immer gebrochen worden, von Anfang an. Jonathan hatte sein Ziel schon vorher erreicht. Er hatte sich seine Eltern einzeln ausgesucht und es dann so eingerichtet, dass sie sich kennenlernten.

Erin lächelte in sich hinein. Jonathan hatte geglaubt, dass es niemand wüsste, aber sie hatte es gewusst. Sie hatte ihn die ganze Zeit beobachtet.

Und sie hatte dabei gelernt.

Erin teilte mit einer winzigen Hand eine Wolke und schaute nach unten auf Jonathan. Er hieß jetzt Jonathan Michaels und erinnerte sich nicht mehr, woher er kam. Das war der Preis, den jeder für ein irdisches Leben zahlen musste. Man musste die Zeit hier vergessen.

Aber es war ein niedriger Preis für Eltern. Vor allem, wenn es die richtigen Eltern waren.

Erin horchte genau hin und hörte, wie Jonathan in seinem Laufstall lachte. Nein, er erinnerte sich nicht mehr, dass er alle Regeln gebrochen hatte und dass er dadurch für sie zu einem Vorbild geworden war.

Aber das spielte keine Rolle. Wichtig war nur, dass er es getan hatte. Und dass sie es auch tun würde.

Erin beugte sich nach unten und beobachtete, wie Jonathans Onkel Jonathan aus seinem Laufstall hob und anfing, mit ihm zu spielen. Sie mochte seinen Onkel Frank.

Mit Onkel Frank konnte man wirklich eine Menge Spaß haben. Er kannte die richtigen Spiele und war nie ungeduldig oder verärgert.

Er war …

Perfekt.

Erins Augen leuchteten auf, als sie wieder lächelte.

Ja, er war perfekt.

1. KAPITEL

Es war ein unruhiger Flug. Was allerdings nicht verwunderlich war, denn immerhin war das Flugzeug viel kleiner als eine 747. Es war eine ATR 42, die einer Fluggesellschaft gehörte, die sich augenzwinkernd *Windsong* nannte, und er war froh, noch einen Platz ergattert zu haben. Andernfalls wäre er zu spät nach Seattle gekommen.

Nicht dass Frank Harrigan es besonders eilig gehabt hätte. Er machte zum ersten Mal seit Jahren wirklich Urlaub, und ein Urlaub war schließlich dazu da, dass man sich bequem zurücklehnte. Aber es gelang ihm einfach nicht, das Gefühl von Dringlichkeit abzuschütteln. Eine Dringlichkeit, die umso seltsamer war, da es keinerlei Grund dafür gab.

Eigentlich war nur Gregs Brief, der völlig aus heiterem Himmel gekommen war, daran schuld, dass er Urlaub genommen hatte. Dieser und vielleicht eine Vorahnung.

Merkwürdig, wie sich die Dinge fügen, sinnierte er. Wie Tänzer, die sich in einem geheimnisvollen Rhythmus bewegten, den nur sie allein hören konnten. Vor drei Tagen war der Brief von Greg Walters gekommen, einem Studienkollegen, zu dem er keinen Kontakt mehr gehabt hatte, nachdem er wieder nach Wilmington Falls zurückgegangen war. Greg hatte Frank in seinem Brief regelrecht bestürmt, ihn doch in Seattle zu besuchen und die alte Freundschaft zu erneuern. Man hatte dem Brief nicht angemerkt, dass zwischen ihnen fünf Jahre lang Funkstille geherrscht hatte.

Frank wusste nicht, warum, aber als er Gregs Brief in der Hand gehalten hatte, hatte er diesen plötzlichen Drang verspürt, nach Seattle zu fahren. Es war wie ein Blitz aus heiterem Himmel und so stark, so zwingend gewesen, dass er nicht hatte widerstehen können.

Und irgendwie war ihm klar – obwohl er beim besten Willen

nicht wusste, wieso – dass ihm dieser Drang keine Ruhe lassen würde, bis er ihm nachgab. Es ist fast so, als ob dir ein Engel auf der Schulter säße und dir etwas ins Ohr flüstert, überlegte er.

Nachdem seine Neugier erst geweckt war, machte Frank sich zügig an die Reisevorbereitungen. Er meldete sich bei Greg, der sich über seinen Anruf riesig freute. Die Pläne waren schnell geschmiedet. Frank würde mit dem Shuttle nach San Francisco fliegen und von dort aus weiter nach Seattle. Greg versprach, ihn am Flughafen abzuholen.

Es war alles ganz einfach, auch wenn es ein bisschen überstürzt kam.

Am Abend wartete Frank, bis der letzte Patient die Poliklinik verlassen hatte, dann erzählte er seiner Schwester die Neuigkeit. Er ließ es ganz beiläufig ins Gespräch einfließen, als ob er davon redete, dass er vorhätte, sich ein Paar neue Schuhe zu kaufen.

Jeannie schob überrascht ihre Hände in die Taschen ihres Arztkittels und musterte ihren Bruder eine Weile schweigend. Er war drei Jahre älter als sie. Obwohl er normalerweise standhaft war wie ein Felsen, war Frank doch hin und wieder für eine Überraschung gut. Dies war offenbar so eine Situation.

Aber er hatte weiß Gott lange genug gerackert und sich ein paar freie Tage mehr als verdient. Ihre Poliklinik war die einzige ärztliche Hilfe im Umkreis von zwanzig Meilen. Jeder in Wilmington Falls kam zu ihnen, egal, ob es sich um einen Niednagel oder ein beinahe abgerissenes Ohr handelte. Für letzteres war eine Dreschmaschine verantwortlich gewesen.

„Eigentlich hätte ich gedacht, dass du dir Las Vegas mit seinen vielen Lichtern und seinen dünnen, langbeinigen Frauen aussuchst, wenn du schon mal auf die Idee kommst zu verreisen."

Frank grinste. „Klingt verlockend, aber in Las Vegas kenne ich leider niemanden."

Ihr Bruder war ausgesprochen kontaktfreudig. „Das weißt du erst, nachdem du dort warst." Jeannie lehnte sich mit einer Hüfte gegen die Untersuchungsliege. „Sag mal, kenne ich diesen Greg eigentlich?"

„Glaube ich nicht. Wir haben uns in unserer Studienzeit ein Zimmer geteilt." Erinnerungen stiegen in ihm auf. „Und noch ein paar andere Sachen." Um seine Mundwinkel huschte ein Grinsen, das Jeannie lieber nicht hinterfragen wollte.

„Ich kann es immer noch nicht fassen, dass er mir so unerwartet geschrieben hat. Wir hatten seit fünf Jahren keinen Kontakt mehr." Er rollte die verspannten Schultern. Es war ein langer Tag gewesen. „Ich glaube, ich bin wirklich urlaubsreif."

Jeannie nickte. „Dein Urlaub ist längst überfällig."

Er wusste, dass er bei seiner Schwester immer mit Unterstützung rechnen konnte. „Schön, dass du nichts dagegen hast."

Sie sah ihm an, dass er in Gedanken schon bei seiner Reise war. „Wann fährst du denn?"

„Freitag."

Er überraschte sie schon wieder. „So bald schon? Warum hast du es denn so eilig?"

„Ich weiß nicht", bekannte er. „Ich fühle nur, dass es so ist."

Er benimmt sich wirklich seltsam, dachte Jeannie. Frank handelte nie irrational. Er hatte für das, was er tat – egal, wie abwegig es auf den ersten Blick auch erscheinen mochte – stets einen Grund. Gerade das machte zum Teil seinen Charme aus und war das, worauf sie sich seit Jahren verließ. Sie verschränkte die Arme über der Brust. Es *musste* einen Grund geben. Schon als Kind hatte es für seine Launen immer einen Grund gegeben.

„Das verstehe ich nicht."

Frank schlüpfte aus seinem weißen Kittel und hängte ihn an den Haken in dem winzigen Schrank in Jeannies Büro. Dann griff er nach dem Namensschild, das auf ihrem Schreibtisch stand. Er hatte es eigenhändig für sie geschnitzt, nachdem sie an der Medical School ihren Abschluss gemacht hatte. Jeanne Harrigan, M.D. Gedankenverloren ließ er es von einer Hand in die andere wandern, während er über das nachdachte, was sie miteinander verband.

Er suchte nach den richtigen Worten. „Du weißt, dass manche Menschen gelegentlich Vorahnungen haben?“

Das Wort *Vorahnung* rief eine Erinnerung in Jeannie wach, die so lebhaft war, dass sie fast zu spüren glaubte, wie sie in ihr vibrierte. Es war ein unwiderstehlicher Drang gewesen – eine Vorahnung –, die sie gezwungen hatte, an jenem Morgen hinunter an den See zu gehen, wo sie ihrem Ehemann Shane zum ersten Mal begegnet war.

Das lag mittlerweile zwei Jahre zurück, aber sie erinnerte sich so deutlich daran, als wäre es erst heute Morgen gewesen. Es hatte sich angefühlt, als ob sie keinen eigenen Willen mehr hätte.

Gott sei Dank hatte sie sich nicht dagegen gewehrt. Auf diese Weise hatte Mollie jetzt einen Vater, und sie hatte einen wundervollen Mann und einen kleinen Jungen, den sie alle vergötterten. Sie hatten ihn nach Shanes verstorbenem Onkel Johnny Jonathan genannt.

„Ja, ich weiß“, sagte sie weich.

Frank, der tief in Gedanken versunken war, hatte die Veränderung in der Stimme seiner Schwester nicht bemerkt. „Tja, genauso ist es. Es ist fast wie ‚geh hin und sie wird kommen‘.“

Jeannie hob überrascht den Kopf. „Sie?“

Frank schaute sie verdutzt an. „Sie? Habe ich das gesagt?“

„Ja, klar.“

Er schüttelte den Kopf. Offenbar war er in Gedanken ganz woanders gewesen. „*Ich* meinte er. Greg. Was hätte ich denn sonst meinen sollen?“

Jeannie lächelte ihn liebevoll an. „Du bist wirklich überarbeitet." Sie stellte sich auf die Zehenspitzen und gab ihm einen Kuss auf die Stirn. „Na, dann mal los. Fahr nach Seattle und amüsier dich. Ich wünsche dir viel Glück."

Und genau das habe ich vor, dachte Frank, während er sich in seinem Gangsitz zurücklehnte. Auch wenn der Start ein bisschen holprig gewesen war. Der Flug von Riverdale nach San Francisco war problemlos verlaufen, aber dann war plötzlich auf mysteriöse Weise das Ticket für seinen Anschlussflug aus seiner Tasche verschwunden gewesen, und die Angestellte am Flugschalter hatte im Computer seine Buchung nicht finden können. Und dann war die Maschine ausgebucht gewesen.

Frustriert und ratlos hatte er rein zufälligerweise auf die Anzeigetafeln mit den Flügen geschaut und entdeckt, dass gerade eine Maschine hereingekommen war, die in einer halben Stunde nach Seattle weiterfliegen sollte.

Schwein gehabt.

Frank schaute nach rechts. Dort saß niemand, und er hatte durch das winzige Fenster einen freien Blick in die Wolken. Der Himmel hatte sich während des Fluges immer weiter verdunkelt. Er blinzelte. Die Wolke, die ihm am nächsten war, hatte eine seltsame Form und erinnerte ihn an einen kleinen Engel.

Vielleicht fliegen wir ja zu hoch, dachte er in sich hineinlächelnd. Im nächsten Moment sah er, dass die Wolke verschwunden war.

Sie spürte die Turbulenzen schon Sekunden bevor sie tatsächlich einsetzten. Nach zehn Jahren in der Luft hatte sie für die Wetterverhältnisse einen untrüglichen sechsten Sinn entwickelt. Donna McCollough konnte es *spüren*, wenn sich eine Wetteränderung ankündigte.

Der Wetterdienst hatte einen wunderbaren Tag vorhergesagt. Was die nicht alles wissen, dachte sie. Sie waren eben nur ein reiner Männerhaufen mit Diplomen in Meteorologie und einem Dartsbrett.

Da konnte man nur beten, dass sie den Flug problemlos überstanden. Donna flog selbst auch, aber mittlerweile setzte sie sich nur noch selten ans Steuer einer der Maschinen der Fluggesellschaft, die ihr Vater ihr hinterlassen hatte, und eigentlich nur, wenn sie für einen ihrer Piloten einspringen musste. Aber heute flog sie nicht. Sie kam gerade von der Hochzeit einer alten Freundin, die nach San Francisco gezogen war, zurück. Hochzeiten machten sie immer sentimental.

Und die Turbulenzen machten sie nervös.

Ihre Flugzeuge wurden regelmäßig gewartet und befanden sich in erstklassigem Zustand, aber das Schicksal war ein komisches Ding, das sie nicht durch allzu große Zufriedenheit herausfordern wollte. Auch wenn es einmal eine Zeit gegeben hatte, in der sie sich unverwundbar gefühlt hatte. Und dann war ihre Welt wie ein Kartenhaus zusammengebrochen.

Donna konnte es kaum erwarten, dass die Maschine endlich in Seattle landete. Die Jungs fehlten ihr. Dabei war sie nur zwei Tage weggewesen. Es kam ihr viel länger vor.

Vielleicht kam es ja daher, weil Tonys Todestag näherrückte. Bei diesem Gedanken verspürte sie denselben heftigen Stich wie stets, wenn sie an ihren verstorbenen Ehemann dachte. Wenn sie an die Vergeudung von Leben dachte, die mit seinem jähen Tod einhergegangen war.

Ja, das war es wahrscheinlich. Seit Tony vor zwei Jahren gestorben war, hatte sie keine Sekunde ihres Lebens mehr als selbstverständlich genommen. Jede Stunde, in der sie von Stephen und Taylor getrennt war, war unwiederbringlich dahin.

Gedankenverloren befühlte sie das Medaillon, das sie an einer Kette um den Hals trug. Darin bewahrte sie ein Foto ihrer Söhne auf. Als ihre Gedanken zu ihnen zurückkehrten, seufzte sie. Taylor hatte am Tag ihrer Abreise eine Erkältung ausgebrütet. Gleich nachdem die Maschine in San Francisco gelandet war, hatte sie ihre Schwägerin angerufen, um zu erfahren, wie es ihm ging. Und dann war er auch noch selbst ans Telefon gekommen, aber richtig glücklich würde sie erst wieder sein, wenn sie bei ihm war – auch wenn er inzwischen schon elf und langsam zu alt war für „so einen Babykram, Mom."

Sie lächelte wehmütig in sich hinein. Wie schnell sie doch groß wurden.

Obwohl es inzwischen schon viel besser war, hielt ihre Arbeit sie immer noch öfter von ihren Kindern fern, als ihr lieb war. Es gab immer wieder Zeiten, in denen sie ernsthaft daran dachte, die Fluggesellschaft zu verkaufen und sich einen ganz normalen Ganztagsjob zu suchen wie andere Leute auch. Dann bräuchte sie sich wenigstens nicht mehr den Kopf über nicht rechtzeitig angekommene oder verlorene Gepäckstücke zu zerbrechen, und sie hätte keine Probleme mit dem Wetter oder ungehaltenen Passagieren, die von einer kleinen Albatross genauso viel Komfort erwarteten wie von einer L1011. Aber der Drang verflog rasch wieder. Das Fliegen lag ihr im Blut.

Davon abgesehen hätte sie bis vor Kurzem nicht sehr viel Geld für die Fluggesellschaft bekommen. Tony, der ein Träumer gewesen war, hatte das Letzte aus dem Unternehmen herausgepresst, indem er noch mehr kleine Maschinen dazugekauft hatte. Dafür hatte er Hypotheken aufnehmen müssen, bis ihnen die Schulden über den Kopf gewachsen waren, und dann war *Windsong* ins Trudeln gekommen. Plötzlich hatte der Gerichtsvollzieher vor ihrer Tür gestanden, und dann hatten sie auch noch eine ihrer ATRs verloren. Nach Tonys Tod blieb sie mit nichts außer einem Haufen unbezahlter Rechnungen und der völlig überschuldeten Chartergesellschaft zurück – und ihrer eigenen verzweifelten Entschlossenheit, für sich und die Jungen einen Ausweg aus dieser hoffnungslosen Lage zu finden.

So verbrachte sie dann lange Tage in ihrem Büro und überlegte sich Wege, wie sie Flüge möglichst billig anbieten könnte, um wieder ins Geschäft zu kommen. Alles, was ihr geblieben war, waren die vierzigsitzige Maschine, die täglich die Strecke von San Francisco nach Seattle und zurück flog sowie die kleinen Jets, die man für private Spritztouren mieten konnte. Sie war in ihrem Unternehmen Inhaberin, Geschäftsführerin und Flugbegleiterin in einer Person, weil sie sich neben der Pilotencrew und dem Mechaniker keine weiteren Angestellten leisten konnte. Die Instandhaltung der Flugzeuge verschlang fast alles Geld bis auf das Minimum, das sie zum Leben brauchten. Allein die Kosten für das Flugbenzin waren schwindelerregend hoch. Die Jungen waren beim Tod ihres Vaters erst vier und neun gewesen, und ihr war die Vorstellung, sie während ihrer Abwesenheit Fremden überlassen zu müssen, verhasst gewesen, aber sie hatte keine andere Wahl gehabt.

Doch dann war Tonys ältere Schwester Lisa, eine Rechtsanwältin mit einem großen Herzen, die sich mehr recht als schlecht durchwurstelte, auf der Bildfläche erschienen. Sie war ungeachtet von Donnas Protest bei ihnen eingezogen, um Donna mit den Jungen und den Rechnungen behilflich zu sein. Sie hatte kurz entschlossen auch gleich ihre Haushälterin Angelina mitgebracht, die sich jetzt, wenn Not am Mann war, auch noch um die Kinder kümmerte.

Irgendwie war das Leben weitergegangen und mittlerweile hatte es sogar den Anschein, als ob es besser würde.

Klopf auf Holz, ging es ihr durch den Kopf.

Wie um sie zu verspotten, machte das Flugzeug plötzlich einen halsbrecherischen Satz.

Obwohl Donna an derlei gewöhnt war, schaffte sie es nicht ganz, ihr Keuchen zu unterdrücken, und streckte die Hand nach der erstbesten Lehne aus. Ihre Finger rutschten ab, als sie die Bodenhaftung verlor. Sie wurde herumgewirbelt und fiel einem der Passiere direkt in den Schoß. Dem mit dem feingeschnittenen Gesicht, der ihr schon beim Einsteigen aufgefallen war.

„Oh, das tut mir aber leid", sprudelte sie heraus. Als sie gleich darauf in die grünsten Augen schaute, die sie je in ihrem Leben gesehen hatte, blieb ihr für eine Sekunde die Luft weg.

Frank, dem es gelang, sich seine Überraschung nicht anmerken zu lassen, legte automatisch einen Arm um die Frau, die ihm eine Turbulenz und den Himmel in den Schoß gelegt hatte. Er nahm sie mit einem einzigen Blick in sich auf. Sie war zierlich gebaut, mit dunkelbraunen Haaren und Augen, die die Farbe des Himmels hatten, den sie gerade durchquerten. Und sie war leicht wie eine Feder.

„Mir gar nicht."

Donna wusste, dass es das Sicherste war, sich im Augenblick nicht in ein Gespräch verwickeln zu lassen. Aus irgendeinem Grund machte sie sein Lächeln entschieden nervös. Sie erwiderte es dennoch professionell und sprang dann eilig auf. Wenn ihr Herz wirklich ein bisschen schneller schlug, konnte es nur an dem Schreck liegen, den sie eben bekommen hatte, weil sie gestolpert war.

Davon und von dem Eau de Cologne, das er benutzte.

Gott, war es sinnlich.

Donna schaute sich eilig um. Wie erwartet wechselten einige Passagiere verunsicherte Blicke.

„Nur eine kleine Turbulenz", versicherte sie. „Kein Grund zur Sorge." Mehreren Passagieren hatte sie sich bereits vorgestellt. Donna achtete bei ihrer Fluggesellschaft strikt auf Benutzerfreundlichkeit, und wenn es irgendwelche Beschwerden gab, ging sie ihnen umgehend nach. Ihre erste Sorge galt der Zufriedenheit ihrer Fluggäste.

Sie glaubte irgendwie zu wissen, was diesen Fluggast hier

zufrieden stellen würde. Vielleicht weil es da für diesen einen kurzen Moment zwischen ihnen geknistert hatte.

Sie machte Anstalten wegzugehen, aber der Mann, auf dessen Schoß sie eben noch gesessen hatte, schien andere Vorstellungen zu haben. Er packte sie am Handgelenk, was zur Folge hatte, dass sie erneut schwankte. Donna schaute ihn überrascht an und fragte sich, ob sie mit ihm womöglich irgendwelche Scherereien bekommen würde. Der letzte Vorfall mit einem männlichen Fluggast war lange her. Es hatte sich um einen Mann gehandelt, der vor dem Abflug ein bisschen zu ausgiebig gefeiert hatte. Er war ins Cockpit marschiert, um sich mit eigenen Augen davon zu überzeugen, ob am Steuer der Maschine wirklich eine Frau saß.

Er hatte ihre Pilotin gefragt, ob sie nach der Landung noch Lust auf eine kleine Spritztour hätte. Rafferty, der Kopilot, hatte ihn postwendend wieder hinausgeschickt.

Ein Blick auf den Mann überzeugte sie, dass Raffertys Hilfe diesmal nicht erforderlich sein würde. Obwohl seine Augen spöttisch glitzerten, lag auch etwas Sanftes in ihnen.

„Sie haben sich doch nicht verletzt?"

Die Frage überraschte sie und bewirkte, dass sie sich ein bisschen entspannte. „Ich glaube nicht, dass einer von uns irgendeinen Schaden davongetragen hat."

Es war wirklich mehr als seltsam, aber in dem kurzen Moment, in dem die Frau auf dem Schoß saß, hatte Frank das untrügliche Gefühl gehabt, dass *das* und nicht Gregs Einladung der wahre Grund für seine überstürzte Reise war.

Im nächsten Moment war der Gedanke, der ihm nur kurz durch den Kopf geschossen war, auch schon wieder weg.

Sein Lächeln war breit und entspannt. Es glitt so geschmeidig wie ein Tropfen teure Bodylotion über Donnas Haut. „Darauf möchte ich nicht wetten."

Es war eine versteckte Anmache, und sie wusste es. So etwas hatte sie schon oft genug erlebt. Aber diese hier war so dezent, dass Donna es ihm zugute halten musste. Er wirkte ausgesprochen interessiert, obwohl sie sich sicher war, dass ein Mann, der so aussah wie er, daran gewöhnt war, dass ihm mit schöner Regelmäßigkeit Frauen in den Schoß fielen. Sie fragte sich, ob er sie womöglich verdächtigte, es mit Absicht getan zu haben.

Donna straffte die Schultern.

„Wenn Sie sich verletzt haben, können Sie bei unserer Versicherungsgesellschaft Klage auf Schmerzensgeld einreichen. Ich bin Donna McCullough, und *Windsong* bemüht sich, Ihnen jederzeit zu Diensten zu sein." Mit dieser freundlichen Bemerkung entzog Donna ihm sanft ihr Handgelenk.

Ohne dem dunkelhaarigen Passagier noch einen Blick zu gönnen, ging sie den Gang hinunter, um sich um die anderen Passagiere zu kümmern. Da keine Stewardess an Bord war, würde Donna jetzt tun müssen, was in ihren Kräften stand, um einigen von ihnen ihre Angst zu nehmen.

Sie hoffte nur, dass dieses Luftloch, durch das sie eben geflogen waren, wirklich nur ein Luftloch gewesen war und nicht der Anfang von etwas Schlimmerem. Donna verzog den Mund zu einem noch breiteren Lächeln, in der Hoffnung, es würde der Beruhigung ihrer Fluggäste dienen und ihre Besorgnis zum Verschwinden bringen.

„Ist das normal?" Die Frage kam von einer jungen Mutter zu ihrer Rechten. Sie reiste mit einem etwa zehnjährigen Mädchen.

„Es gibt wirklich keinen Grund zur Sorge. Wir …" Donna kam nicht weiter. Sie spürte, dass jemand auf der anderen Seite ihr Handgelenk packte. Sie drehte sich in der sicheren Erwartung, den dunkelhaarigen Mann wiederzusehen, um.

Doch diesmal schaute sie in zwei entsetzte braune Augen. Sie standen in dem runden Gesicht einer Frau, die ganz bestimmt nicht älter als zwanzig war. Wenn sie überhaupt schon so alt war. Die Linke hatte sie schützend über ihren Bauch gelegt. Die junge Frau war unübersehbar schwanger.

„Miss?“ In dem Wort, das aus ihr heraussprudelte, schwang nackte Panik mit.

Donna legte ihre freie Hand auf die Hand der Frau, während sie sanft versuchte, ihr anderes Handgelenk aus dem Griff zu befreien. „Keine Aufregung“, sagte sie tröstend. „Es ist alles in Ordnung. Wir sind bald in Seattle.“ Für so ein zierliches Ding hat sie wirklich einen ganz schön festen Griff, dachte Donna.

Auf der Unterlippe der jungen Blondine sah man die Spuren, wo sich ihre Zähne eingegraben hatten. Sie schüttelte so vehement den Kopf, dass ihr Pony bis auf ein paar feuchte Strähnen, die ihr an der Stirn kleben blieben, flog.

„Nein, das ist es nicht, es ist …“ Jedes Wort kam nur mit äußerster Anstrengung heraus, als ob es durch ein Sieb gepresst würde, dessen Löcher zu klein waren. „Mein Fruchtwasser“, begann sie wieder. „Meine Fruchtblase …“ Die Blondine brachte ihren Satz nicht zu Ende, weil ihr vor Schmerz die Tränen in die Augen schossen. „Ich denke … ich denke, ich … Oh, bitte, helfen Sie mir. *Bitte* …“, schrie sie heraus.

Donna spürte ihren eigenen Puls hämmern, als sich unter dem Wortschwall der Griff der Frau noch weiter verstärkte. Das Flugzeug sackte wieder nach unten wie ein Bergsteiger, der in der Felswand den Halt verliert. Die Turbulenzen nahmen zu.

Donna musste sich darauf konzentrieren, ihr Lächeln beizubehalten, während sie die Frau anschaute. „Wir werden noch rechtzeitig landen, glauben Sie mir, alles wird gut.“

Die Frau war sichtlich bleich geworden. „Es fühlt sich aber gar nicht gut an.“ Ihr verzweifelter Blick klebte hilfesuchend an Donnas Augen. „Ich bin doch noch gar nicht soweit, ich bin …“

Was immer die Frau sonst noch sagen wollte, wurde von

dem leisen animalischen Schrei, den sie jetzt ausstieß, erstickt. Er klang wie das Wimmern eines jungen Hundes.

Donna schaute sich in dem kleinen Raum um. Die Maschine hatte alles in allem vierzig Sitzplätze und davon waren die meisten besetzt. Sie sah Neugier und Besorgnis, aber niemanden, der Anstalten machte, ihr zu helfen. „Ist ein Arzt an Bord?“

Es klang wie aus einem schlechten Film. Aber Ärzte flogen genauso wie andere Menschen auch. Donna hoffte inständig, dass sich heute einer an Bord befand.

Zu ihrer Überraschung sah sie, dass der Mann, dem sie in den Schoß gefallen war, den Gang heraufkam. Er hielt sich mit beiden Händen an den Sitzlehnen fest, als ob er erwartete, dass das Flugzeug jeden Moment wieder einen Satz machen könnte.

Ich sagte ein Arzt, nicht jemand, der Doktor spielen möchte, dachte Donna mit einem Anflug von Verärgerung.

„Sind Sie Arzt?“ Donna kannte die Antwort, bevor sie sie hatte.

„Nein.“

Und warum verschwendete er dann ihre Zeit? Machte es ihm womöglich Spaß zu sehen, wenn jemand Schmerzen litt? Ihr Lächeln gefror. „Dann gehen Sie bitte an Ihren Platz …“

„Ich bin Arzthelfer“, unterbrach Frank. „Gibt es hier ein Problem?“

Donna schaute den dunkelhaarigen Mann skeptisch an, aber die schwangere Frau umklammerte ihre Hand jetzt so fest, dass sie spüren konnte, wie sich die Fingernägel in ihr Fleisch bohrten.

„Sie ist …“ Donna brauchte sich nicht die Mühe zu machen weiterzusprechen.

„Oh.“ Er sah auf Anhieb den Schmerz und die Panik in den Augen der Frau sowie ihren Zustand. Er hatte es kurz vorher von seinem Platz aus nicht sehen können. Frank kniete sich neben dem Sitz der Frau nieder. Seine Stimme klang leise und beruhigend, als er jetzt fragte: „Haben Sie Wehen?“

Die Frau nickte, bevor sie eine Antwort herausbrachte. „Ich bin zu früh dran. Es sollte noch nicht kommen.“ Der Schmerz nahm ihr die Luft zum Atmen. „Aber meine Fruchtblase ist geplatzt.“

Frank hatte gehofft, dass vielleicht die unerwarteten Turbulenzen und der entschieden holprige Flug ein Gefühl vorzeitig einsetzender Wehen ausgelöst hätten. Aber wenn die Fruchtblase geplatzt war, war es wirklich so weit.

Frank legte ihr tröstend eine Hand auf die Schulter und schaute ihr in die Augen. „Wie heißen Sie?“

„Rosemary. Rosemary D’Angelo.“ Sie atmete tief durch und ließ Donnas Hand los.

Frank schaute nach unten und sah den Ehering, der ihr in das geschwollene Fleisch schnitt. Er fragte sich, wo ihr Ehemann jetzt war. Aber das war akademisch. Im Moment zählte nur ihr Zustand.

„Schön, Rosemary, dann machen wir es Ihnen jetzt so bequem wie möglich.“

Ihre Augen schossen panisch hin und her. „Hier?“

Franks Lächeln verrutschte keinen Millimeter. „Es ist ein sehr schönes Flugzeug.“ Er richtete sich wieder auf und schaute Donna an. Dann fragte er mit leicht gesenkter Stimme: „Haben Sie irgendeine medizinische Ausbildung?“

Donna zuckte etwas hilflos die Schultern. Geburtshilfe war kein Bestandteil der Prüfung für den Pilotenschein, den sie auf Geheiß ihres Vaters gemacht hatte. „Nein.“

Er nickte resigniert. „Also gut, Hauptsache, Sie werden nicht ohnmächtig.“

Ihre Blicke kreuzten sich für einen Moment. Donna verspürte eine Art schweigender Herausforderung. Sie verengte die Augen. „Ich werde nicht ohnmächtig.“

„Schön."

Wieder sackte das Flugzeug in ein kleines Luftloch. Donna griff automatisch nach der Schulter des Mannes, um sich festzuhalten. Einen Moment später ließ sie die Hand eilig wieder sinken. „Was soll ich machen?"

Ohne groß überlegen zu müssen, fielen Frank eine Menge Sachen ein, die ihm Spaß machen würden, aber sie hatten alle absolut nichts mit der Frau zu tun, die im Augenblick dringend ihre Hilfe brauchte. Sie hatte Vorrang.

„Setzen Sie die Passiere vorn woanders hin. Wir brauchen den Platz. Und wenn Sie ein paar Decken haben, legen Sie zwei davon auf den Boden und versuchen Sie mit dem Rest, eine Art Vorhang zu machen. Ich bin mir sicher, dass die Lady gern ein bisschen Privatsphäre möchte." Er unterbrach sich, um Rosemary tröstlich anzulächeln. „Wann landen wir in Seattle?"

Wie auf ein Stichwort hin ging die Lautsprecheranlage an, die mit ihrem Knacken und Kreischen Zeugnis von der zunehmend raueren Wetterlage ablegte. „Ladies und Gentlemen, hier spricht der Kapitän. Wir fliegen in ein Gewitter. Wir haben vom Tower Anweisung, über Lakeview, Oregon, zu fliegen und dort zwischenzulanden, da der Zielflughafen im Moment nicht angeflogen werden kann." Die Stimme des Mannes war tief und ruhig. „Es handelt sich hierbei um eine ganz normale Sicherheitsmaßnahme, die keinerlei Anlass zur Beunruhigung gibt."

Irgendetwas stimmt da nicht, dachte Donna. Lakeview Airport war nicht die normale Umleitung.

Keinerlei Anlass zu Beunruhigung? „Der hat gut reden", brummte Frank und schaute auf die kreidebleiche Frau, die seine Hand wie einen Rettungsring umklammerte.

Er blickte wieder auf Donna. So viel zu seiner Hoffnung, sein Problem in Kürze in die erfahrenen Hände eines Geburtshelferteams legen zu können. „Nun, das beantwortet meine Frage. Holen Sie jetzt die Decken."

Donna nickte und eilte davon. Ihr erster Weg führte sie ins Cockpit. Rafferty musste von der Situation draußen in Kenntnis gesetzt werden. Und sie musste Näheres über die Situation im Cockpit in Erfahrung bringen.

Frank wandte sich an Rosemary. Er wirkte so seelenruhig, als säße er gemütlich bei warmem Apfelkuchen mit ein paar Freunden in Sallys Restaurant. „Rosemary, mein Name ist Frank Harrigan. Ich habe bereits siebenundzwanzig Babys ans Licht der Welt verholfen. Das hier wird die Nummer achtundzwanzig werden.“ Er zwinkerte ihr zu. „Und es wird blitzschnell gehen. Vertrauen Sie mir.“

Inzwischen war ihr ganzer Pony schweißnass und klebte ihr an der Stirn. Rosemary nahm seine Erklärung mit leiser Skepsis auf, aber sie brauchte irgendetwas, woran sie sich klammern konnte. Sie befeuchtete sich mit der Zungenspitze die Lippen. „Ich habe keine Angst.“

„Das gefällt mir.“ Frank griff nach ihrer Hand und legte zur Beruhigung seine Rechte darauf.

Donna kam aus dem Cockpit und versuchte sich selbst zu beruhigen. Das, was sie eben gehört hatte, klang nicht gut. Abgesehen von der Tatsache, dass sie in ein schweres Gewitter flogen, zeigte die Tanknadel auch noch einen halbleeren Tank an, was schlicht unmöglich war. Die Maschine war vor dem Abflug wie immer voll getankt worden, und so weit waren sie noch nicht geflogen. Donna war bereit zu wetten, dass die Tanknadel kaputt war, aber sie durfte kein Risiko eingehen. Sie versuchte nicht daran zu denken, was war, wenn sie sich irrte. Da war ein neues Leben, das ans Licht der Welt drängte. Es war keine Zeit, an den Tod zu denken.

Sie erschauerte dennoch.

Eilig holte sie die fünf Decken und mehrere Kissen aus dem Stauraum über dem Sitz, die sie für Notfälle dort aufbewahrte. Drei Decken breitete sie auf dem Fußboden aus, während sie die beiden anderen mittels eines Stücks Schnur und mithilfe eines findigen Passagiers aufhängte. Die Passagiere auf den vorderen Sitzen begaben sich folgsam in den hinteren Teil des Flugzeuges. Einige schauten besorgt auf die sich immer drohender zusammenballenden dunklen Wolken vor ihren Fenstern.

Donna kehrte zu Frank zurück. „Wir können Rosemary jetzt nach vorn bringen."

Frank, der sich wieder neben die junge Frau hingekauert hatte, nickte und erhob sich. „Gut. Helfen Sie mir."

Rosemary, die vor Schmerzen ganz weiche Knie hatte und mit angehaltenem Atem auf die nächste Wehe wartete, war außerstande, sich zu bewegen.

„Ich glaube nicht, dass ich stehen kann."

Sie ist vor Panik halb erstarrt, dachte Frank. „Doch, Sie können es. Es sind nur ein paar Schritte", versprach er ihr mit einer Stimme, die so beruhigend klang, als spräche er mit seinem einjährigen Neffen.

Frank musste seine ganze Überredungskunst aufbieten, um Rosemary zum Aufstehen zu bewegen. Sie klammerte sich an ihn und schrie auf, als erneut ein scharfer Schmerz sie durchschoss. Er legte ganz fest den Arm um sie.

„Halten Sie durch", redete er ihr gut zu. Und dann hob er die Frau zu Donnas Überraschung hoch.

Der Gang zwischen den beiden Sitzreihen war eng. Keinesfalls war er für einen weit über eins achtzig großen, breitschultrigen Mann mit einer hochschwangeren Frau auf dem Arm gemacht. Aber irgendwie schaffte es Frank, die kurze Entfernung bis zu dem abgetrennten Raum zu überbrücken.

Donna zog den provisorischen Khakivorhang zurück, den sie zusammen mit dem Fluggast aufgehängt hatte.

Frank bettete Rosemary behutsam auf die Decke, dann zog er den Vorhang wieder vor. Das Letzte, was er jetzt gebrauchen konnte, waren neugierige Zuschauer und idiotische Ratschläge. Er lächelte auf Rosemary hinunter. „Das wird eine Privatparty. Nur für geladene Gäste."

Rosemary versuchte zurückzulächeln, aber für Donna war offensichtlich, dass das Mädchen Angst hatte. Was als ein Lächeln gedacht war, war nicht mehr als ein leichtes zittriges Verziehen ihrer Lippen.

Frank nahm die Hand der schwangeren Frau und hielt sie ganz fest, als versuche er so, etwas von seiner Stärke auf sie zu übertragen.

„Ist das Ihr erstes?", erkundigte er sich sanft.

Rosemarie konnte nur nicken, weil sie von der nächsten Wehe erfasst wurde.

Damit hatte Frank bereits gerechnet. „Es gibt nichts, wovor Sie Angst haben müssten." Mit ihrer Hand, die er weiterhin gegen seine Brust gepresst hielt, schaute er lächelnd auf die junge Frau hinunter. „Das ist die beste Zeit Ihres Lebens, wissen Sie", sagte er ernst. „Bis jetzt haben Sie alles noch im Griff. Wenn die Kinder erst einmal draußen sind, haben sie ihren eigenen Kopf und machen ganz schön oft, was sie wollen."

Rosemary krümmte sich vor Schmerz unter der nächsten Wehe. Ihr war die Erschöpfung bereits ins Gesicht geschrieben. „Haben Sie … auch Kinder?", brachte sie mühsam heraus.

Er schüttelte den Kopf. „Nein, aber meine Schwester. Zwei." Als er ihr behutsam seine Hand zu entziehen begann, sah er, wie in ihren Augen erneut die Angst aufflackerte. Er deutete mit dem Kopf auf den winzigen Waschraum hinter ihnen. „Ich will mir nur schnell die Hände waschen, Rosemary." Er richtete sich auf. „Ich bin gleich wieder da."

Rosemary biss sich auf die Lippe, als sie von einer neuen Wehe überschwemmt wurde.

„Bleiben Sie bei ihr", forderte Frank Donna auf.

„Selbstverständlich", erwiderte Donna ruhig, während sie

sich neben Rosemarie hinkniete. Als ob es dieser Aufforderung bedurft hätte! Aber sie wusste, dass sie nervös war. Daran war zum Teil das Gewitter schuld. Das und ihre Sorge wegen der Tankfüllung. Beim Gedanken an ihre beiden Jungen ging ihr das Herz über vor Liebe. Sie gelobte ihnen im Stillen, dass sie so bald wie möglich nach Hause kommen würde. Und dann wandte sie ihre Aufmerksamkeit der Frau auf dem Boden zu.

Das war ja ein schöner Urlaubsbeginn. Frank wusch sich die Hände und schaute zu, wie das Wasser mit einem Gurgeln im Abfluss verschwand. Vielleicht war das ja der Grund für die plötzliche Dringlichkeit, die ihn veranlasst hatte, Gregs Einladung anzunehmen und nach Seattle zu fliegen. Vielleicht war es ja irgendeine Art höherer Macht gewesen, die ihn ausgerechnet zu diesem Zeitpunkt hierhergeführt hatte, um Rosemary zu helfen, ihr Baby zur Welt zu bringen.

Obwohl er nie besonders religiös gewesen war, hielt er es nicht für ganz ausgeschlossen.

Nichts passiert ohne Grund, dachte er.

Rosemarys schriller Schrei veranlasste ihn, ohne sich die Hände abgetrocknet zu haben, zurückzukehren. Das Wasser tropfte von seinen Händen auf den Boden, während er Donna fragend anschaute.

Rosemary bäumte sich auf. „Ich glaube, es kommt."

Falscher Alarm. Frank ging neben ihr in die Knie und schob ihr das feuchte Haar aus dem Gesicht. „Rosemary, beim ersten Mal dauert es normalerweise …"

Noch ehe er seinen Satz beenden konnte, warf sie verneinend den Kopf von einer Seite auf die andere. „Mir ist egal, wie es normalerweise ist. Ich spüre genau, dass es kommt."

Nun, Erfahrung hin oder her, sie musste es besser wissen als er. Es war schließlich ihr Körper. Frank nickte, als er nach dem Saum ihres geblümten Kleides griff. Und einen höflichen Weg gab es hierfür nicht.

Er schaute Rosemary unausgesetzt in die Augen, während er ihr das Kleid hochschob. „Ich schaue jetzt nach, wie weit Sie schon offen sind, Rosemary."

Rosemary war jenseits der Schamgrenze. Wellen allergrößten Schmerzes hatten diese fortgespült.

„Alles", schrie sie. „Machen Sie alles, was Sie wollen. Nur helfen Sie mir, bitte."

Donnas eigene zwei Geburten waren fast verboten leicht gewesen, aber sie konnte die Schmerzen, die Rosemary hatte, nachempfinden. Indem sie die Hand der Frau hielt, versuchte sie ihr ein bisschen davon abzunehmen.

Sie schaute über Rosemarys Kopf auf Frank. „Haben Sie nichts, was sie ihr geben könnten?"

Er hatte mit keinem Gedanken daran gedacht, seinen Erste-Hilfe-Koffer mitzunehmen. Das sollte schließlich kein Arbeitsurlaub werden. Und im Übrigen war er kein Arzt.

Aber jetzt wünschte er sich doch, die Tasche zusammen mit den Kleidern eingepackt zu haben.

Er schüttelte den Kopf. „Ich hatte nicht vor, in dreißigtausend Fuß Höhe einem Baby auf die Welt zu verhelfen. Das Beste, was ich vorschlagen kann, ist ein doppelter Whiskey."

„Wir haben auf dieser Route keinen Alkohol dabei." Und zum ersten Mal bereute sie es.

„Nein", protestierte Rosemary schwach, die Donnas Antwort nicht gehört hatte. „Ich möchte einen klaren Kopf behalten. Ich …" Der Satz endete in einem unartikulierten Schmerzensschrei, und sie bäumte sich auf.

Frank machte sie frei. Der Muttermund war schon ziemlich weit offen. Wenn alles gut ging, würde es wirklich nicht mehr allzu lange dauern.

„Donna?", ertönte Raffertys Stimme aus dem Cockpit. „Kann ich irgendetwas tun?"

„Es ist okay", rief Frank zurück, ohne aufzuschauen. „Wir

haben alles im Griff." Er ließ Rosemary nicht aus den Augen. „Sie sind schon fast so weit, dass Sie pressen können, Rosemary."

Donna verspürte ein leichtes Flattern in der Magengrube. „Sorgen Sie nur dafür, dass die Maschine einigermaßen ruhig bleibt, Rafferty", rief sie über die Schulter.

Frank schaute auf Donna. „Sie haben ein sehr bestimmtes Auftreten. Glauben Sie, Sie können diesem Baby befehlen, schnell zu kommen?"

Wenn sie es gekonnt hätte, hätte sie es getan. Donna schaute hilflos zu, wie Rosemary sich unter einer neuen Wehe aufbäumte. Das Gesicht der Frau war schmerzverzerrt. „Leider erstreckt sich meine Autorität nur auf Erwachsene. Meine beiden Söhne machen, was sie wollen."

Sie war verheiratet.

Frank verstand nicht, warum ihn dieser Gedanke inmitten des kleinen Dramas, das sich vor seinen Augen entfaltete, so enttäuschte.

Aber er tat es.

2. KAPITEL

Frank hatte keine Zeit, länger über seine Enttäuschung nachzugrübeln oder sonst irgendeinem Gedanken nachzuhängen, der ihn bei dem, was er zu tun hatte, störte. Rosemary krümmte sich vor Schmerzen.

Jetzt bäumte sie sich mit schmerzverzerrtem Gesicht auf. Das gesamte Gewicht ihres Oberkörpers lastete auf ihren Ellbogen. Es sah fast aus, als versuche sie, sich das Baby aus dem Leib zu reißen. Die Decken waren inzwischen verkrumpelt und schoben sich bei jeder Bewegung unter ihr hoch.

Donna gab einschmeichelnde Laute von sich, während sie zu erreichen versuchte, dass Rosemary sich entspannte. Sie drückte die schwangere Frau sanft auf den Boden zurück und redete leise auf sie ein, wobei sie denselben Tonfall anschlug wie bei Stephen, wenn er bei einem nächtlichen Gewitter verängstigt in ihr Zimmer kam.

Im nächsten Moment presste Rosemary ihre Ellbogen so fest an den Körper, dass sie sich fast in ihren Brustkorb bohrten. Ihre Augen waren weit aufgerissen. Frank erkannte die Zeichen. Sie fing an zu pressen.

Er legte ihr beruhigend eine Hand auf die Schulter. „Nein, noch nicht, Rosemary. Das sind noch keine Presswehen. Es ist noch zu früh."

Aber Rosemary warf den Kopf von einer Seite auf die andere, der Schmerz raubte ihr fast die Sinne. „Das Baby will raus. *Jetzt.*"

Frank untersuchte sie schnell. Der Muttermund war noch nicht weit genug offen, und wenn sie jetzt bereits gebar, würde der Damm reißen. Und er hatte kein chirurgisches Besteck, um sie zu nähen.

Er fuhr sich wieder frustriert mit der Hand durchs Haar. Gott, wie sehr wünschte er sich jetzt, Jeannie wäre hier oder zumindest ihr stets präsenter Arztkoffer.

„Atmen, Rosemary, atmen Sie."

Über Rosemarys Wangen begannen Tränen zu strömen. Als sie aufschaute, flehten ihn ihre Augen um Hilfe an. „Ich atme doch."

Sie verstand nicht. Frank schüttelte den Kopf. „Nein, so." Er machte es ihr vor, indem er ganz langsam durch gespitzte Lippen ein- und ausatmete. Dabei entstand ein gleichmäßiges hypnotisierendes Geräusch.

Der Ausdruck in Rosemarys Augen verwandelte sich in Entsetzen, als der Drang zu pressen mit der Wucht eines Güterzugs durch ihren Körper schoss.

„Es hilft nicht", schrie sie voller Angst. „Ich muss einfach pressen."

Franks Gesichtsausdruck veränderte sich nicht. „Atmen Sie", befahl er fest.

Donna schaute ihn überrascht an. Sie hätte nicht gedacht, dass er so streng sein konnte.

Rosemary gehorchte wie das Kind, das sie vor so kurzer Zeit noch gewesen war. Während sie Donnas Hand umklammerte, atmete sie in dem gleichmäßigen Rhythmus ein und aus, den Frank ihr vorgab. Nach und nach gingen ihre Atemzüge gleitend ineinander über, bis der Drang zu pressen nachließ. Rosemary fiel wie eine Stoffpuppe in die Kissen zurück.

Unendlich behutsam strich Frank Rosemary das nasse Haar aus der Stirn. „Die Wehe ist vorüber." Es war keine Frage, sondern eine Versicherung.

Ihre Lippen bewegten sich schwach. „Ja." Im nächsten Augenblick spannte sie sich wieder an. Ihre dunklen Augen suchten Franks Gesicht. „Ich glaube …"

Er wusste es. „… die nächste kommt." Frank schickte ein Stoßgebet zum Himmel, während er sie erneut untersuchte. Die Erleichterung, von der er überschwemmt wurde, galt ihnen beiden. Innerhalb der letzten paar Minuten hatte sich der

Muttermund ganz geöffnet. Frank hatte zwar keine Erklärung dafür, dass es so schnell gegangen war, aber es war offensichtlich passiert. „Gut, Rosemary, diesmal will ich, dass Sie pressen."

Oh, Gott, bald würde es vorbei sein, endlich vorbei sein. „Bin ich so weit?" Sie schrie es fast heraus vor Erleichterung.

Er nickte. „Ja, Sie sind bereit." Blieb nur zu hoffen, dass er es ebenfalls war.

Das Flugzeug torkelte. Das Gewitter, kein Zweifel. Donna spürte, wie sich Rosemarys Panik vergrößerte. Sie legte ihr tröstlich eine Hand auf die Schulter und murmelte wieder beruhigende Worte. Donna schaute auf Frank. „Was soll ich tun?"

„Stellen Sie sich hinter sie. Ich will, dass Sie sie stützen, wenn ich ihr sage, dass sie pressen soll." Donna tat, was er gesagt hatte, wobei sie betete, dass die Landung zügig und glatt vonstatten gehen möge.

Rosemary hielt die Luft an, als die nächste Wehe mit der Wucht eines Bulldozers über sie hinwegrollte. Sie riss wieder die Augen auf und krallte sich in die Decken unter sich. Ein rosa lackierter Fingernagel splitterte ab.

„Ahhh …!"

Da war sie. „Jetzt, Rosemary. Pressen!", befahl Frank mit ausgestreckten Händen, bereit, den Säugling in Empfang zu nehmen und behutsam herauszuziehen.

Aus den Decken stieg spiralförmig Hitze auf. Donna spürte, wie sich der Rücken der Frau anspannte, sie fühlte die stählerne Konzentration, mit der Rosemary alles daran setzte, ihr Kind auf die Welt zu bringen.

Frank schaute Rosemary ins Gesicht. Der Schweiß rann ihr in Strömen in die nassen Augen, sie war ein Abbild der Erschöpfung. „Gut, ruhen Sie sich aus."

Augenblicklich ließ sich Rosemary heftig keuchend in

Donnas Hände zurücksinken. Sie schien gar nicht genug Luft schnappen zu können.

„Sie machen Ihre Sache wirklich gut." Donnas Stimme war sanft, sie versuchte ihre wachsende Sorge darüber, dass von dem Baby noch immer nichts zu sehen war, so gut es ging zu überspielen. „Sehr gut."

Donna forschte in Franks Gesicht nach Widerspruch. Die einzigen Geburten, die sie miterlebt hatte, waren die ihrer Söhne gewesen. Sie hatte keine Ahnung, ob sich die Dinge tatsächlich gut entwickelten oder ob es Anlass zur Sorge gab.

Frank nickte nur ganz kurz. Seine gesamte Aufmerksamkeit war auf Rosemary gerichtet. Er suchte das Gesicht der Schwangeren nach Anzeichen ab, die auf die nächste Wehe hindeuteten. Er brauchte nicht lange zu warten.

Obwohl Rosemary die Zähne zusammenbiss, entrang sich ihrer Kehle ein durchdringender Schrei.

Frank war bereit, er sandte ein Stoßgebet zum Himmel, dass es damit vorbei sein möge. „Es geht wieder los, Rosemary. Vielleicht haben wir ja diesmal Glück, was?" Er warf ihr ein breites Lächeln zu.

Rosemary befeuchtete sich die trockenen Lippen und nickte kaum merklich. „Vielleicht", stimmte sie heiser zu.

Im nächsten Moment beugte Rosemary sich nach vorn, ihre Schultern krümmten sich zusammen wie zwei Verschwörer, die die Köpfe zusammenstecken. Es sah so aus, als würde sie das Baby jeden Moment herauspressen.

Als Rosemary keuchend zurückfiel, zu erschöpft, um zu schluchzen, winkte Frank Donna zur Seite. Seiner Schätzung nach hatten sie ungefähr eine Minute, bis die nächste Wehe kam. Vielleicht weniger. Er schaute über seine Schulter auf Rosemary, aber sie war so ausgelaugt, dass sie seine Abwesenheit gar nicht registriert hatte.

„Wann landen wir?", fragte er leise.

Donna sah die Besorgnis in seinen Augen, die er vor Rosemary verbarg. Lief irgendetwas schief? „In fünfzehn Minuten."

Fünfzehn Minuten. Frank konnte sich nicht vorstellen, dass Rosemary noch weitere fünfzehn Minuten durchhielt. Sie wirkte zu zerbrechlich, um noch weiter pressen zu können. „Hat der Pilot …"

Donna nickte, noch bevor er seine Frage beendet hatte. „Er hat bereits über Funk einen Krankenwagen angefordert. Sie werden schon da sein, wenn wir landen."

Das half Rosemary im Moment nicht sehr viel. Was sollte er bloß machen?

Donna legte ihm eine Hand auf den Arm. Sie sah, dass er sich Sorgen machte. „Ist sie in Gefahr?" Sie spürte, wie sich ihre Kehle bei der geflüsterten Frage zusammenzog.

„Ich bin mir nicht sicher. Das Baby sollte eigentlich schon da sein. Sie ist nicht kräftig genug, um das noch lange durchzuhalten. Haben Sie nicht vielleicht ein Wunder im Ärmel?" Er drehte sich zu Rosemary um.

„Ich …", begann Donna.

Rosemarys Schultern waren zusammengekrümmt. Es ist wieder so weit, dachte Frank, während er sich eilig vor sie hinkniete.

Rosemarys panische Augen suchten Frank. „Frank …?"

„Hier bin ich, Honey. Ich gehe nicht weg, bevor ich nicht weiß, ob es ein Junge oder ein Mädchen ist", gab er im Plauderton zurück. „Ich liebe Geheimnisse, Sie nicht?"

Er klingt so beiläufig, so ruhig, dachte Donna. Aber sie sah den glänzenden Schweißfilm auf seiner Stirn.

Rosemary biss sich so hart auf die Unterlippe, dass es blutete. „Ich kann nicht …"

Er durfte unter keinen Umständen zulassen, dass sie aufgab. „Doch, Sie können und Sie wollen." Es klang sanft, aber nachdrücklich. Es war, als ob er der zarten Frau eine Kraft- und Muttransfusion geben wollte. „Sie werden alles tun, was in Ihren Kräften steht, weil Sie es sogar noch mehr wollen als ich, dass dieses Baby zur Welt kommt."

Frank redete weiterhin auf Rosemary ein, wobei er sich an sämtliche anfeuernden Worte zu erinnern suchte, die er je in seinem Leben gesagt hatte. Er hoffte nur, dass es ihm dadurch gelang, sie zu überzeugen, dass sie nicht aufgeben durfte.

Donna konnte spüren, wie sie selbst dem Zauber von Franks Stimme erlag, mit der Frank Rosemary durch die Wellen von Schmerz hindurch zu überreden versuchte, eisern an ihrem Ziel festzuhalten. Sie versuchten es noch zweimal. Jedes Mal wurde Rosemary schwächer und verzagter.

Donna, deren Kehle sich wie ausgedörrt anfühlte, stützte Rosemary immer, wenn eine neue Wehe begann. Ihre Finger waren schon ganz verkrampft. Frank sprach Rosemary unaufhörlich Mut zu.

Eine Ewigkeit schien vergangen zu sein, als, begleitet von Rosemarys durchdringendem Schrei, das Baby schließlich zur Welt kam. Donna hätte am liebsten gleichzeitig geweint und gelacht.

Das war die schwerste Geburt, die du je erlebt hast, dachte Frank, dem fast schwindlig war vor Erleichterung. Mavis Turner hatte es bei ihrem Dritten schwer gehabt, aber Jeannie hatte schon lange bevor Mavis so ausgelaugt war wie Rosemary für einen Kaiserschnitt plädiert. Auf den Decken war überall Blut. Frank konnte nur hoffen, dass sie bald landen würden. Rosemary brauchte mehr ärztliche Hilfe, als er ihr geben konnte.

Aber im Moment hätte er am liebsten einen Freudentanz aufgeführt. Er hielt ein neues Leben in Händen. Die tiefe Ehrfurcht, die ihn in diesem Augenblick jedes Mal beschlich, hatte ihn nie verlassen.

„Sie haben es geschafft", rief Frank leise aus. „Sie haben

es geschafft, Rosemary. Sie haben ein wunderschönes kleines Mädchen."

Nachdem er sein Taschenmesser über der Flamme eines Feuerzeugs sterilisiert hatte, schnitt Frank die Nabelschnur durch. Behutsam wischte er das winzige Gesichtchen mit seinem Taschentuch ab. Dann wickelte er das Baby sanft in eine Decke und legte es der Mutter in den Arm.

„Wunderschön", wiederholte er. „Genau wie seine Mutter."

Donna stieß einen langen Seufzer der Erleichterung aus. Sie glaubte noch nie so viel Zärtlichkeit gesehen zu haben wie die, die sich auf Franks Gesicht spiegelte, als er Rosemary ihr Kind in den Arm legte.

Ihre Blicke kreuzten sich für einen Moment und hielten sich fest. Um sie herum war kein Laut zu hören. In diesem einen Augenblick hatte Donna das merkwürdige Gefühl, dass Frank ihre Gedanken lesen konnte. Es war unheimlich und seltsam aufregend zugleich.

Frank fühlte sich plötzlich völlig ausgelaugt. Er fuhr sich mit der Hand durch das schweißfeuchte Haar, dann lächelte er Donna an. Komischerweise hatte er während der ganzen Tortur den schwachen Duft ihres Parfüms wahrgenommen. „Sie funktionieren unter Druck sehr gut."

So schonend wie möglich versuchte Donna die blutigste Decke unter Rosemary durch eine saubere zu ersetzen. „Dasselbe könnte ich von Ihnen auch sagen."

Er warf ihr ein Lächeln zu, das Donna außergewöhnlich entwaffnend fand. „Ich bin ein Junge vom Land", erklärte er, während er sich erhob. Seinen Hände und sein Hemd waren voller Blut, und auch über sein Hosenbein zog sich ein Blutstreifen. Du siehst ganz schön ramponiert aus, dachte er. Er würde sich gleich nach der Landung in Seattle umziehen müssen. „Wir können gut improvisieren."

Obwohl er todmüde war, merkte Frank, dass er gleichzeitig vor Energie fast barst. Und dass er mit sich und der Welt zufrieden war.

Es gab keinen Weg, die blutige Decke zu entfernen, ohne Rosemary zu stören. Donna gab auf. Sobald sie gelandet waren, würden die Sanitäter da sein. Dann würde Rosemary saubere Laken und auch eine frische Decke bekommen.

Donna schaute auf Frank. „Wissen Sie, dass Sie über beide Ohren grinsen?“ Sie fand dieses Grinsen verheerend anziehend.

„Das tue ich immer, wenn etwas zu meiner Zufriedenheit läuft.“ Er zwinkerte Rosemary zu. Dann schaute er auf das Chaos auf dem Boden hinunter. Zwei der Decken waren höchstwahrscheinlich hinüber, und der Teppichboden war ebenfalls blutdurchtränkt. „Hier muss vor dem nächsten Flug wohl erst mal ein Großreinemachen stattfinden.“

Donna wischte sich ihre Stirn mit dem Handrücken ab. Noch vor Kurzem hatte sie gefröstelt. Amüsant, wie ein bisschen Anspannung die Körpertemperatur in die Höhe treiben konnte.

Sie schaute aus dem Fenster. Es sah aus, als ob das Unwetter nachgelassen hätte, und sie waren bereits im Landeanflug. Bald würden sie wieder festen Boden unter den Füßen haben. Gott sei Dank.

„Darüber zerbreche ich mir erst nach der Landung den Kopf.“ Frank schaute sie verwundert an und fragte sich, was sie damit wohl meinte. Ihm war bereits klar geworden, dass sie bei *Windsong* eine besondere Stellung bekleidete. Aber fielen die Reinigungsarbeiten auch in ihren Zuständigkeitsbereich?

Donna beugte sich zu Rosemary hinunter. „Kann ich irgendetwas für Sie tun?“

Rosemary schüttelte den Kopf. Sie hatte Herz und Arme voll. Das konnten sie in ihren Augen sehen. Mit noch unbeholfenen Fingern fuhr sie über die duftige Wolke aus feinen Härchen auf dem Kopf ihrer Tochter. „Mehr als das brauche ich nicht."

Donna erinnerte sich, wie es sich angefühlt hatte, als sie ihren Erstgeborenen zum ersten Mal im Arm gehalten hatte. Wie im Himmel. Und das Gewicht der Verantwortung, das sie plötzlich verspürt hatte, hatte sie zugleich erschreckt zusammenzucken und aufjubeln lassen. Sie hätte alles dafür gegeben, diese Zeit noch einmal zurückholen zu können. Damals war Tony noch am Leben gewesen.

Donna zwang sich zu einem Lächeln. „Sie können es sich als Ehre anrechnen, die erste Frau zu sein, die in einer Maschine von *Windsong Airlines* ein Kind zur Welt gebracht hat." Ihr Lächeln war längst nicht mehr so verkrampft. „Und wie wollen Sie sie nennen?"

Rosemary überlegte einen Moment, bevor sie Frank anschaute. Der hörte auf, seinen Ärmel hochzukrempeln und hob fragend eine Augenbraue. Rosemary lächelte ihn an. „Frankie."

Donna nickte beifällig, während sie sich erhob. „Scheint so, als hätten Sie einen Namensvetter bekommen."

Frank lachte. Im nächsten Moment machte das Flugzeug einen Satz, und Donna fiel gegen ihn. Er fing sie geistesgegenwärtig auf und legte wieder die Arme um sie. Als er jetzt so auf ihr ihm zugewandtes Gesicht hinunterschaute, vibrierte etwas in ihm wie eine straff gespannte Saite. „Das wird ja langsam zu einer lieben Gewohnheit."

Donna errötete, während sie sich aus seinen Armen befreite. „Scheint so, als wären mir meine Luftbeine abhanden gekommen."

Um sie nicht in noch größere Verlegenheit zu stürzen, schaute Frank wieder auf die Frau auf dem Boden. Als er sich zu ihr herunterbeugte und seine Hand auf Rosemarys legte, war ihm bewusst, dass Donna hinter ihm vorbei zu dem winzigen Waschraum ging.

„Nachdem sie jetzt meinen Namen trägt, sollten wir in Verbindung bleiben." Sein Gesichtsausdruck wurde ernst. „Möchten Sie, dass ich nach der Landung irgendwen für Sie anrufe?"

Plötzlich füllten sich Rosemarys Augen mit Tränen, und sie schloss sie für einen Moment, aber es nützte nicht viel. Die Tränen, die sich weigerten, weiterhin in ihrer Seele gefangen zu bleiben, quollen ihr unter den Lidern hervor.

„Daniel. Wir haben uns gestritten, und ich bin zu meiner Mutter gefahren. Er weiß nicht, dass ich zurückkomme", fügte sie schnell hinzu. „Sagen Sie ihm, dass es mir leidtut." Sie lächelte auf das Baby hinunter, das in ihren Armen schlummerte. „Und sagen Sie ihm, dass er eine Tochter hat. Das wird ihn freuen."

Obwohl Franks Beine schmerzten, kniete er sich noch einmal neben Rosemary hin. „Ich brauche eine Nummer."

Rosemary nickte. „Er wohnt in Seattle. Daniel D'Angelo. Er ist mein Mann."

„Das habe ich mir fast gedacht." Er schaute überrascht auf, als Donna ihm einen Notizblock und einen Stift reichte. Schön, unter Hochdruck nicht klappernd und effizient. Und verheiratet, erinnerte er sich streng, wobei er sich wünschte, sich nicht so stark von ihr angezogen zu fühlen. „Danke."

Donna nickte. Sie hatte ein kühles feuchtes Tuch mitgebracht, um Rosemary den Schweiß vom Gesicht zu wischen. Rosemary seufzte hörbar, als das Tuch ihre Haut berührte. „Ich habe ihn verlassen. Es war ein idiotischer Streit, und ich hätte nicht weglaufen sollen. Sagen Sie ihm, dass ich das jetzt weiß."

Die Aussöhnung bereits vorwegnehmend, lächelte Rosemary, während sie Frank die Telefonnummer nannte, dann fügte sie sicherheitshalber auch noch die Adresse hinzu.

In dem Moment, in dem Frank den Zettel in seine Gesäßtasche schob, kam die Stimme des Flugkapitäns über den Bordlautsprecher: „Ladies und Gentlemen, wir landen in ein paar Minuten in Lakeview. Die Verspätung dürfte sich in Grenzen halten."

Donna hoffte es inständig. Der Flughafen von Lakeview war klein. Wenn ihnen aus irgendeinem Grund tatsächlich das Benzin knapp geworden sein sollte, konnten sie hoffentlich schnell auftanken. Falls sich jedoch herausstellen sollte, dass die Tankanzeige defekt war, war es kein Problem, das unmittelbar gelöst werden musste. Aber das Wichtigste war, dass sie jetzt erst einmal heil landeten.

Und die Anzahl ihrer Fluggäste hat sich um einen erhöht. Sie lächelte auf das schlafende Neugeborene hinunter.

„… bitten um Ihr Verständnis für die Unbequemlichkeiten", schloss der Kapitän. „Und bedanken uns schon jetzt für das uns entgegengebrachte Vertrauen."

Donna seufzte. *Und hoffen, dass Sie sich nach diesem kleinen Zwischenfall nicht das nächste Mal für eine andere Fluggesellschaft entscheiden.* Sie warf das nasse Handtuch beiseite. „Gott, ich hasse Verspätungen."

Frank verspürte einen kurzen, scharfen Stich, der ihn überraschte, während er sich ausmalte, wie sie in Seattle aus dem Flugzeug stieg und sich in die ausgebreiteten Arme eines großen, ungeheuer gut aussehenden Mannes warf. „Haben Sie es eilig, nach Hause zu kommen?", fragte er beiläufig.

Donna hatte gar nicht bemerkt, dass sie die Worte laut ausgesprochen hatte. Sie schaute Frank an und nickte. „Ja. Ich lasse meine Jungen nicht gern allzu lang allein."

Er fragte sich, ob sie womöglich eine dieser Glucken war. Seine eigene Mutter hatte ihm viel Freiheit gelassen. Allerdings hatte sie auch keine große Wahl gehabt. Er war als Kind recht eigensinnig gewesen und stets überzeugt recht zu haben.

Glücklicherweise war seine Mutter sehr verständnisvoll gewesen. Und überaus geduldig.

„Sind sie nicht bei Ihrem Mann?" Er wusste, dass es ihn absolut nichts anging, wo ihre Kinder waren. Aber er wusste auch, dass er fragen musste, um sich ein letztes Mal ihren Familienstatus bestätigen zu lassen.

Donnas Gesicht wurde ernst, obwohl sie versuchte, sich nichts anmerken zu lassen. „Ich bin verwitwet."

Selbst nach so langer Zeit schmerzten die Worte immer noch. Sie war Tonys Witwe. Der Gedanke brannte, als ob sie Brennnesseln berührt hätte. Sie fragte sich, ob der Schmerz je ganz vergehen würde. Oder das Schuldgefühl.

Er hatte kein Recht, sich angesichts ihrer Traurigkeit glücklich zu fühlen, und doch fiel da ein winziger Sonnenstrahl in sein Herz. Sie war eine Witwe.

Sie war nicht verheiratet.

Aber er konnte jetzt schließlich schlecht lächeln, deshalb hielt er sich zurück und sagte: „Entschuldigen Sie, dass ich in einer offenen Wunde gestochert habe."

Donna tat seine Worte mit einem Schulterzucken ab. Sie sollte besser nicht mit einem Fluggast über so persönliche Dinge reden. Aber in diesem Fall konnte man mildernde Umstände geltend machen, dachte sie mit einem Blick auf die am Boden liegende Frau mit dem Säugling im Arm.

„Entschuldigung akzeptiert."

Zu ihrer Linken leuchtete das Zeichen zum Anschnallen auf. Wir landen, dachte sie. Und nicht zu früh.

„Zumindest das funktioniert noch", brummte sie. Donna schaute auf Frank. „Sie sollten sich besser anschnallen."

Donna konnte Rosemary nicht allein lassen, und die junge Mutter konnte sich unmöglich in einen Sitz setzen.

Sie kniete sich neben Rosemary hin. Mit einem bisschen Glück würde es bei der Landung kein Problem geben, aber für alle Fälle wollte sie sicherstellen, dass es Rosemary so bequem wie möglich hatte.

„Keine Sorge, ich bleibe hier", versicherte sie Frank. „Wir bleiben beide."

Als Donna aufschaute, sah sie, dass Frank sich auf der anderen Seite neben Rosemary niederkniete. Er legte ihr leicht die Hand auf den Arm, um sie bei Bedarf festhalten zu können.

„Wenn wir unten sind, würde ich mich Ihnen gern anschließen, falls Sie nichts dagegen haben." Er richtete seine Worte an Donna, aber er schaute beim Sprechen Rosemary an. Die junge Frau war blasser, als ihm lieb war. „Man könnte denken, wir halten hier eine spiritistische Sitzung ab. Wie fühlen Sie sich, Rosemary?"

„Wundervoll." Obwohl Rosemary ihre Augen vor Erschöpfung halb geschlossen hatte, konnte man sehen, wie sie leuchteten. „Nochmals vielen vielen Dank. Wenn Sie nicht gewesen wären, hätte ich wirklich Panik bekommen."

Dem konnte Donna nur zustimmen. Die Frau war schon fast so weit gewesen, als Frank aufgetaucht war und die Führung übernommen hatte.

Aber Frank schüttelte den Kopf. „Sie hätten Ihre Sache ohne mich ganz genauso gut gemacht."

Rosemary schaute nicht überzeugt.

Sobald das Flugzeug aufgesetzt und seine Türen geöffnet hatte, eilten zwei Sanitäter, eine Trage vor sich herschiebend, an Bord. Mit flinken, fähigen Händen wurden Rosemary und ihr Baby vom Boden auf die fahrbare Liege gehoben. Frank erklärte ihnen mit kurzen Worten die Sachlage, dann nannte der größere der beiden Männer den Namen des Krankenhauses, in das man Rosemary bringen wollte.

Donna hörte schweigend zu. Frank wirkte bei allem, was er sagte und tat, so engagiert, als ob es ihm wirklich wichtig wäre.

Sie fragte sich, ob seine Anteilnahme echt war oder nur gut gespielt. In jedem Fall trug sein Verhalten dazu bei, dass Rosemary sich besser fühlte, und das allein zählte.

„Und Sie vergessen es auch wirklich nicht?“, rief Rosemary ihm zu, während sie weggebracht wurde. „David anzurufen, meine ich?“

Frank zog den Zettel aus seiner Gesäßtasche und winkte damit. „Ganz bestimmt nicht“, versprach er.

Die Leute rechts und links des Gangs machten Stielaugen, als die Sanitäter die Trage mit Rosemary und dem Baby aus dem Flugzeug karrten.

„Das dürfte Ihnen bis zum Ende des Jahres an guten Taten reichen“, bemerkte Donna.

Frank schob den Zettel in seine Tasche zurück. „Ist bei mir alles in einem Arbeitstag inbegriffen.“

„Apropos Arbeit ...“

Donna ließ ihren Satz in der Luft hängen, während sie auf den Ausgang zuging. Sie beabsichtigte, jeden Fluggast mit der Versicherung, dass es so schnell wie möglich weitergehen würde, nach draußen zu entlassen. Bis jetzt schien sich noch niemand über die Verspätung aufzuregen. Sie wollte dafür sorgen, dass das auch so blieb.

Frank blieb zurück und setzte sich. Vielleicht war es das kleine Drama mit gutem Ausgang, in das sie beide hineingezogen worden waren, vielleicht war es auch irgendetwas ganz anderes, aber er fühlte sich ihr nah. Nah und ungeheuer angezogen. Er wusste, dass er mehr über diese zierliche Brünette mit den blitzenden blauen Augen in Erfahrung bringen wollte.

Donna sah ihn dasitzen und wunderte sich, warum er noch nicht hinausgegangen war.

„Wenn Sie hier sitzen bleiben, fliegen wir auch nicht schneller weiter“, sagte sie beim Herankommen. Unerklärlicherweise verspürte sie eine plötzliche Anspannung zwischen den Schulterblättern.

„Ich weiß. Ich warte auf Sie." Er stand auf, und sie war sich auf einmal bewusst, wie groß er war. Sie hatte vorher keine Zeit gehabt, es zu registrieren. Er tippte an einen imaginären Hut. „Darf ich Sie in den Flughafen begleiten, Ma'am?"

Die Anspannung fiel so plötzlich wie sie gekommen war wieder von ihr ab. „Ich muss vorher erst noch mit dem Piloten sprechen."

Frank neigte den Kopf. „Ich kann warten." Er grinste und breitete die Hände aus. „Ich habe Zeit."

Donna ging ins Cockpit, wobei sie sich wünschte, sie würde sich nicht so aus dem Gleichgewicht gebracht fühlen. Wahrscheinlich kam einfach nur alles zusammen, und es waren gar nicht seine Augen, die ihr unter die Haut gingen.

„Rafferty." Sie steckte den Kopf in das kleine Cockpit. „Sehen Sie zu, dass Sie jemanden auftreiben, der nachschaut, was mit der Tankanzeige los ist, und lassen Sie die Maschine auftanken." Sie tippte auf die Tanknadel. „Sie spinnt."

„Wem sagen Sie das." Rafferty, ein silberhaariger Mann in seinen Fünfzigern, spitzte nachdenklich die Lippen. „Dabei sind wir vom Bermuda-Dreieck meilenweit weg."

Sie grinste. „Ihr Ortssinn ist gar nicht so schlecht. Sagen Sie mir Bescheid, wenn Sie einen Mechaniker aufgetrieben haben. Ich bin im Terminal, ich muss zu Hause anrufen."

„Alles klar, Boss."

„Oh, wie gern ich das doch höre." Sie lachte. Es waren die üblichen harmlosen, flirtenden Worte, die sie immer austauschten. Rafferty war glücklich verheiratet, und sie hatte sich mit ihrem Witwenstatus abgefunden. Für sie würde es nie wieder einen Mann geben. Sie wollte keinen. Der emotionale Preis, den man dafür zahlen musste, war viel zu hoch.

Frank wartete auf sie, als sie herauskam.

Er sah ihren überraschten Gesichtsausdruck. „Haben Sie mich vergessen?", fragte er.

Donna schüttelte den Kopf. „Keine Chance." Das Problem war, dass sie bezüglich dieser scherzhaft gemeinten, leicht dahingesagten Bemerkung eine seltsame Vorahnung beschlich. Zu seltsam, um sie in Gedanken zu fassen.

Der Flughafen war gerammelt voll. Er war nicht gebaut, um eine größere Menge an Passagieren aufzunehmen. Ihr Flugzeug war nicht groß, aber es war auch nicht klein, und die fünfzig Sitzplätze im Terminal waren alle bereits besetzt. Donna betrat die Halle und hoffte, dass es Rafferty gelang, möglichst schnell einen Mechaniker aufzutreiben.

Als Erstes musste sie jetzt Lisa Bescheid sagen, dass sie um einiges später nach Hause kommen würde.

Sie schaute sich nach einem Telefon um und sah drei Fernsprecher an der gegenüberliegenden Wand. Davor stand eine lange Schlange. Natürlich.

Sie seufzte.

Frank folgte ihrem Blick. „Wir könnten versuchen, Rauchsignale auszusenden."

Für einen Moment hatte sie vergessen, dass er hinter ihr war. Schön, vielleicht würde die Schlange ja irgendwann kleiner werden. Sie schaute ihn an. „Bringen Sie öfter völlig Fremde dazu, Ihnen so zu vertrauen?" Donna verschränkte die Arme über der Brust und beschloss, sich in ihr Schicksal zu ergeben. Ärgern nützte auch nichts.

Sie sah, dass Frank den Zettel mit der Telefonnummer von Rosemarys Mann herausgekramt hatte. Er würde den Mann gleich anrufen, genau wie er versprochen hatte. Donna war beeindruckt. Immerhin war er Rosemary nichts schuldig und Daniel erst recht nicht.

Die Leute hatten ihm schon immer vertraut. Offenbar bewirkte seine Art, dass sie sich ihm gegenüber öffneten. Das

Vertrauen von Menschen zu gewinnen hatte ihn nie irgendwelche Mühe gekostet, aber er wollte nicht prahlerisch klingen, deshalb beschränkte er sich darauf, als Antwort auf ihre Frage nur zu lächeln. Dann fügte er hinzu: „Nur die, deren Babys ich zur Welt bringe."

Der Lärmpegel um sie herum schwoll an und wieder ab. Auf einem Flughafen mitten im Nirgendwo gestrandet zu sein, war nicht unbedingt sehr angenehm.

Er sah einen Mechaniker in einem Blaumann heraneilen und mit einem älteren Mann sprechen, den Frank für den Piloten ihres Flugzeugs hielt. „Was meinen Sie, wie lange wird es denn dauern?"

Es gab vage Standardantworten auf diese Frage, aber Donna fand, dass Frank mehr verdient hatte. „Ganz ehrlich?"

Es gefiel ihm, wie sie die Augenbrauen hob, wenn sie etwas fragte. Er neigte in einer verschwörerischen Geste den Kopf. „Ich würde von jemandem, mit dem ich gerade das größte Wunder des Lebens geteilt habe, nichts anderes als Ehrlichkeit erwarten."

Sie hielten einander für einen Moment mit Blicken fest, und es war fast, als hätte sie eine Vision von dem, was kommen würde. Deshalb schwang in ihrem Lachen eine Nervosität mit, für die sie nicht verantwortlich gemacht werden konnte. „Ich bin mir nicht sicher. Mit unserer Tankanzeige stimmt irgendetwas nicht."

„Heißt das, dass wir Benzin verlieren?"

„Nein", wehrte sie entschieden ab, „es heißt, dass die Anzeige spinnt." *Hoffentlich*.

„Ist das alles?"

Wollte er sie jetzt ausquetschen? „Ja. Warum?"

„Sie waren ein bisschen blass um die Nase, als Sie aus dem Cockpit kamen, und sicher nicht deshalb, weil der Pilot einen Annäherungsversuch unternommen hat." Das hätte der Mann gar nicht gewagt, vermutete Frank. Trotz ihrer geringen Körpergröße wirkte sie wie eine Frau, die fest mit beiden Beinen im Leben stand und bestens allein zurechtkam. Das war eine Frau, deren Freundschaft Männer suchten, und ein Annäherungsversuch war nur vorstellbar, wenn von ihr das entsprechende Signal kam.

Sie hätte sich gern in dem Glauben gewiegt, weniger leicht durchschaubar zu sein. In die Schlange vor den Telefonen kam ein bisschen Bewegung, und sie schob sich einen Schritt vor. „Ich fliege seit zehn Jahren. Ich werde nicht blass. Das muss die Beleuchtung gewesen sein." Aus irgendeinem Grund – vielleicht weil er sie anschaute – kroch ihr die Röte in die Wangen. Sie konnte es fühlen.

Frank nickte. „So muss es gewesen sein", stimmte er zu. „Nebenbei gesagt steht Ihnen Rosa besser als Weiß."

„Rosa?"

Unfähig zu widerstehen, fuhr er ihr mit der Fingerspitze über ihre Wangen. Seidenweich wie die Blütenblätter einer Rose, dachte er. „Sie sind rot geworden."

„Das kommt von der Hitze."

Um seine Mundwinkel spielte ein Lächeln. „Spüren Sie es auch?"

Sie redeten nicht über die Temperatur hier im Flughafen, und sie wussten es beide, aber an irgendetwas musste sie sich klammern. „Zu viele Leute auf zu engem Raum", murmelte sie.

Er dachte plötzlich, dass er sehr gern mit ihr auf noch engerem Raum wäre, aber er hielt es nicht für ratsam, diesen Gedanken in Worte zu kleiden.

Stattdessen deutete er mit dem Kopf auf einen Automaten an der Wand. „Kann ich Ihnen die Wartezeit vielleicht mit einem Knabberriegel versüßen?"

„Nein." Sie hatte normalerweise etwas gegen Junkfood, andererseits hatte sie schon seit einer ganzen Weile nichts mehr gegessen, und ihr Magen fühlte sich seltsam leer an. Frank hob einladend eine Augenbraue. Es funktionierte. „Nun, warum nicht?“

„Das gefällt mir. Eine dekadente Frau.“ Er lachte, dann deutete er auf die Knabberriegel, die in dem Automaten ausgestellt waren. „Was mögen Sie?“

Sie zuckte die Schultern. „Keine Ahnung. Überraschen Sie mich.“

Wieder verzogen sich seine Lippen zu einem Lächeln, das ihr diesmal mitten ins Herz ging. „In Ordnung.“

Sie fühlte sich, als ob sie ein Versprechen bekommen hätte, allerdings eins ohne Schokoladenüberzug.

Donna schluckte schwer.

„Halten Sie mir den Platz frei“, sagte er, dann nickte er dem Mann und der Frau hinter sich zu. „Bin gleich wieder da.“ Die beiden musterten ihn flüchtig und nickten steif.

Als er zurückkehrte, hatte er zwei große Knabberriegel dabei. Oder besser gesagt einen großen und einen weiteren, von dem er bereits mehrmals abgebissen hatte. Einige Passagiere lächelten ihn freundlich an. Die Geburt hatte ein gewisses Band der Kameradschaft zwischen ihnen geknüpft.

Er hielt Donna den Knabberriegel hin. „Hier. Ihr Energiespender.“

Sie nickte zum Dank und riss sofort das Papier ab. Sie war hungriger, als sie gedacht hatte.

Frank schaute an sich hinunter. „Schätze, ich muss mich gleich nach der Landung in Seattle umziehen. Sonst laufe ich noch Gefahr, von der Polizei aufgegriffen und zum Verhör aufs Revier mitgenommen zu werden.“

Er sagte es leicht dahin. Sie ertappte sich bei der Frage, was für ein Mann er wohl sein mochte; er wirkte so selbstsicher und so sicher im Umgang mit anderen. „Das war vorhin wirklich sehr eindrucksvoll.“ Frank hob fragend eine Augenbraue. „Im Flugzeug, mit Rosemary“, ergänzte sie.

Er zuckte wegwerfend die Schultern. „Ich habe nichts gemacht. Ich war nur da, um es in Empfang zu nehmen. Sie hat alles gemacht."

Und bescheiden war er auch noch. Ein sympathischer Charakterzug. Sie fragte sich, ob es echte Bescheidenheit oder nur gespielt war. Howard Walker war genauso gewesen, bis sie seine Einladung, mit ihm auszugehen, abgelehnt hatte. Dann war er aggressiv geworden.

„Sie haben sie beruhigt", widersprach sie.

Er grinste, während er wieder von seinem Knabberriegel abbiss. Er und seine Nichte Mollie hatten eine Schwäche für Schokolade. Wahrscheinlich hatte sie es ja von ihm geerbt. „Ich habe nur versucht, mich zu beruhigen. Und dabei ist für Rosemary offenbar auch noch was abgefallen."

Donna musterte ihn. „Sie sind für Komplimente nicht sehr empfänglich, was?"

Frank grinste. Ein Gedanke schoss ihm durch den Kopf. Eine Szene. Er und Donna eng umschlungen auf einem weichen Bett. Er spürte, wie sein Körper reagierte, und in der nächsten Sekunde war der Gedanke schon wieder weg. „Kommt ganz auf die Situation an."

Donna verspürte ein heftiges Prickeln. Sie senkte den Blick, bis sie nur noch ihren Knabberriegel sah.

Die Anspannung wollte nicht von ihr abfallen. Da war irgendetwas Flirrendes zwischen ihnen, hier auf diesem winzigen, überfüllten Flughafen, etwas Warmes und Einladendes, und sie wusste nicht, wie sie damit umgehen sollte. Sie wusste nur, dass sie so etwas seit der Zeit mit Tony nicht mehr erlebt hatte. Er war der Einzige gewesen, der ihr je das Gefühl gegeben hatte, dass sie in erster Linie eine Frau war. Er hatte es mit einem Blick gekonnt.

Und jetzt sah sie denselben Blick in den Augen dieses wundervollen Mannes.

Aber Frank war ein Fremder für sie, auch wenn sie vorhin im Flugzeug ein paar intime Momente geteilt hatten. Sie erinnerte sich nicht einmal mehr an seinen Nachnamen.

Donna zuckte zusammen; ihr war, als könne sie das, was sie spürte, mit Händen greifen. Gefühle. Nach all dieser Zeit, *Gefühle*. Sie waren eingefroren gewesen, seit sie an jenem Morgen im Büro Tonys leblosen Körper gefunden hatte. Sie hatte erwartet, dass ihre Gefühle für immer so bleiben würden. Eingefroren.

Es wäre ihr lieber gewesen.

Tief in Gedanken versunken merkte Donna erst jetzt, dass sie zum Anfang der Schlange vorgerückt waren. Sie starrte das Telefon vor sich an und sehnte sich verzweifelt nach der tröstlichen Taubheit, die sie immer in sich gespürt hatte. „Ah, ich denke, das Telefon ist frei."

Er glaubte, Panik in ihren Augen aufflackern zu sehen. Was war los? Machte sie sich Sorgen um ihre Söhne? Frank deutete mit seinem Knabberriegel auf den Fernsprecher. „Ladies first." Er trat einen Schritt zurück.

Als Donna ihre Münzen einwarf, war sie sich seiner Anwesenheit überdeutlich bewusst, obwohl er sie nicht berührte.

Er brauchte es nicht.

3. KAPITEL

Der Lärm in dem überfüllten Flughafen war etwas abgeebbt, nur gelegentlich schwoll er erneut an, um kurz darauf wieder abzuflauen. Die Leute versuchten das Beste aus der Situation zu machen, aber ihre Geduld reichte nicht allzu weit. Und auch die Tatsache, dass der Flughafen keinen Coffeeshop hatte, trug nicht zur Hebung der allgemeinen Laune bei.

Donna versuchte sich bei ihrem Telefonat mit Lisa möglichst kurz zu fassen, aber dann wollten Taylor und Stephen unbedingt auch noch mit ihr sprechen, sodass die Frau hinter ihr sie wütend anfunkelte, nachdem sie aufgelegt hatte. Donna trat in dem Moment beiseite, in dem Frank auf das Telefon neben ihr zuging.

In der Hoffnung, ihm für eine Weile aus dem Weg gehen zu können, beschloss Donna, sich etwas im Hintergrund zu halten.

Das Flughafenpersonal hatte ein paar Klappstühle aufgestellt, aber das änderte an der Situation nur wenig, weil viele Reisende trotzdem stehen mussten. Andere saßen in Grüppchen auf dem Boden.

Donna setzte sich auf die Erde vor die Glaswand, durch die man nach draußen auf das Rollfeld schauen konnte. Sie hatte es sich gerade notdürftig bequem gemacht, da sah sie auch schon Rafferty im Laufschritt herankommen. Er schaute seltsam verwirrt drein.

Oh, Gott, mach, dass es nicht allzu schlimm ist.

„So ein verdammtes Ding“, begann er, noch bevor er sie ganz erreicht hatte.

Donna kreuzte in Gedanken die Finger. „Was ist los?“

Sie schickte sich an aufzustehen, aber er gab ihr mit einer Handbewegung zu verstehen, dass sie sitzen bleiben sollte. Sie konnte ohnehin nichts tun. „Plötzlich steht die Anzeige wieder genau dort, wo sie stehen sollte. Ich habe einen der Mechaniker gebeten nachzuschauen, was los ist."

Sie mochte es ganz und gar nicht, wenn die Instrumente verrückt spielten. „Und was ist mit den Tanks selbst?"

„Alles okay. Sie sind genau auf dem richtigen Stand. Keine Lecks, nichts, was anormal wäre." Er breitete ratlos die Hände aus. „Ich weiß nicht, was los war."

Sie würde sich erst wieder wohlfühlen, wenn Walter einen Blick auf die Anzeige geworfen hatte. Ihr Mechaniker hatte zwar gelegentlich seine Mucken, aber niemand kannte sich mit Flugzeugen besser aus als er. „Wie lange ...?"

Rafferty zuckte die Schultern. „Der Mechaniker sagt, er braucht noch etwa eine halbe Stunde. Vielleicht eine dreiviertel."

Dann würden sie also in frühestens einer Stunde weiterfliegen, schätzte sie, da sie wusste, dass sich die Dinge meistens hinzogen. „Fein. Sagen Sie mir Bescheid, wenn wir bereit sind."

Er salutierte scherzhaft und ging wieder zu dem Mechaniker zurück.

Donna schaute nach draußen auf ihr Flugzeug. *Ihr* Flugzeug. Es war ein gutes Gefühl. Gott sei Dank war es nur die Tankanzeige und nichts Ernsthafteres wie zum Beispiel ein Leck in einem der Tanks. Trotzdem war das Ganze mehr als seltsam. Donna seufzte und fuhr sich mit einer Hand durchs Haar. Nun gut, Walter würde der Sache schon auf den Grund gehen.

Als sie wieder den Kopf wandte, sah sie ein Paar gut eingelaufener Cowboystiefel neben sich. Donna brauchte nicht aufzuschauen, um zu wissen, dass sie Frank gehörten.

Er hielt in jeder Hand einen Pappbecher mit Kaffee.

„Hier, ich dachte mir, Sie mögen vielleicht auch einen." Er

reichte ihr einen Becher, dann ließ er sich neben ihr auf dem Boden nieder.

„Oh, ja." Sogar Automatenkaffee enthielt Koffein, das sie im Moment verzweifelter brauchte denn je. Ihr Energiepegel sank rapide. Donna nahm einen Schluck und schloss die Augen, während sie darauf wartete, dass die Wirkung einsetzte. „Sie sind ein Lebensretter."

„Ich tue mein Bestes." Er lehnte sich gegen die Scheibe. Nicht unbedingt bequem, aber die Gesellschaft ist angenehm, dachte er, während er sie über den Becherrand hinweg anschaute. „Irgendwelche Neuigkeiten?"

„Es wird Sie glücklich machen zu erfahren, dass es in einer Stunde weitergeht." Sie nahm noch einen großen Schluck von ihrem Kaffee. Diesmal konnte sie die Pappe schmecken, aber das machte nichts. Das Gebräu war schwarz und heiß, das allein zählte.

„Oh, ob mich das glücklich macht, weiß ich nicht." Donna schaute ihn fragend an. Niemand liebte es zu stranden. „Ich dachte mir, wir könnten die Zeit nützen, um uns ein bisschen besser kennenzulernen."

Obwohl die Worte ganz unschuldig klangen, spannte sie sich innerlich an. „Ich glaube nicht, dass …"

Er ließ sie nicht ausreden. „Schüchtern?", riet er. „Na schön." Er konnte ihr noch ein bisschen Zeit lassen. „Dann mache ich eben den Anfang. Mein Name ist Frank Harrigan, und ich bin Arzthelfer …" Er stellte sich exakt mit denselben Worten vor, mit denen er sich den Kindern mit den frischen Gesichtern an der Grundschule von Wilmington vorgestellt hatte.

Der Mann war hoch gewachsen, auf eine sehr kantige Art gut aussehend und sah irgendwie gar nicht wie ein Krankenpfleger aus. Er hatte ihr schon vorher gesagt, was er von Beruf war, aber sie hatte noch keine Gelegenheit gehabt, weiter nachzufragen. „Warum Arzthelfer?"

„Warum nicht?", konterte er leichthin. Der Kaffee schmeckte bitter, aber es war besser als nichts. „Meine Schwester wollte Ärztin werden, seit sie ihre erste Barbiepuppe untersucht und festgestellt hatte, dass sie ihr den Blinddarm rausnehmen musste. Als sie in der Poliklinik anfing, dachte ich mir, dass sie ein bisschen Unterstützung brauchen könnte."

Die Sonnenstrahlen tanzten über sein fein geschnittenes Profil. Donna ertappte sich bei dem Gedanken, dass der Mann als Model bestimmt eine Menge Geld verdienen könnte.

Sie zwinkerte und zwang sich, sich wieder auf die Unterhaltung zu konzentrieren.

Da war etwas zu Glattes an seiner Antwort gewesen, das sie hatte aufhorchen lassen. „Warum sind Sie nicht auch Arzt geworden?"

Frank zuckte die Schulter und zerdrückte seinen inzwischen geleerten Pappbecher. „Ich bin nicht besonders scharf darauf zu operieren." Seine Gedanken kehrten in die Vergangenheit zurück, wobei er ein leises Bedauern in sich aufsteigen spürte. Aber er hatte seine Entscheidung getroffen und war letzten Endes froh darüber. Sie hatte sich als die beste Lösung herausgestellt. Für sie alle. „Davon abgesehen dauerte die Ausbildung zum Arzthelfer nicht so lange, und wir brauchten dringend jemanden."

Trotz ihres Wunsches nach Distanz hörte Donna interessiert zu. Sie beugte sich vor und wartete darauf, dass er fortfuhr. „Das heißt?"

„Nun, vielleicht sollte ich besser am Anfang beginnen", sagte er, sich für sein Thema erwärmend. „Mein Vater war Arzt."

Donna musste unwillkürlich lächeln. „Ah, der Plot verdichtet sich."

Frank nickte. Vielleicht schaffte er es ja, sie aus ihrem Schneckenhaus herauszulocken, in das sie sich seit der Landung zurückgezogen hatte.

„Richtig."

Er hätte ihr jetzt unheimlich gern einen Arm um die Schulter gelegt, so wie er es bei einem vertrauten Menschen, dem er eine Geschichte erzählte, vielleicht gemacht hätte. Doch da das zweifellos ein übereilter Schritt gewesen wäre, hielt er sich zurück. Es war nur, weil er sich in ihrer Gesellschaft so wohlfühlte, als ob er sie schon lange kennen würde. Als ob sie von Anfang an zu seinem Leben dazugehört hätte.

Es war ein eigenartiges Gefühl, und er konnte es ebenso wenig abschütteln wie die starke Anziehungskraft, die er in ihrer Gegenwart empfand.

„Mein Dad arbeitete zuerst in einem der großen Krankenhäuser in San Francisco. Aber als ich zehn war, hatte er genug von der Großstadt." Frank schnippte mit den Fingern. „Plötzlich wurden meine Familie und ich nach Oz gezaubert, das auch unter dem Namen Wilmington Falls bekannt ist."

Er erinnerte sich daran, wie sehr er das Leben dort anfangs gehasst hatte, wie er rebelliert und gedroht hatte, von zu Hause wegzulaufen und bei seinen Freunden zu leben. Es war ein Wunder, dass seine Mutter damals keine grauen Haare bekommen hatte.

„Meine jüngere Schwester Jeannie und ich waren alles andere als begeistert. Ein verschlafenes Nest irgendwo hinterm Mond … so sahen wir es jedenfalls damals." Frank schaute Donna an und sah, dass sie aufmerksam zuhörte. Erfreut fuhr er fort: „Aber irgendwann sind wir da rausgewachsen. Mein Vater war der einzige Arzt im Umkreis von zwanzig Meilen, und Jeannie wollte werden wie er. Sie ging aufs College, um diesen Traum zu verwirklichen." Er legte eine kurze Pause ein und erzählte dann weiter: „Wir waren beide auf dem College, als er starb." Selbst nach all der Zeit spürte Frank, wie ihm bei der Erinnerung ein leiser Schauer über den Rücken rieselte. Er vermisste seinen Vater immer noch. „Ich musste schnell mein Studienfach wechseln."

Donna hatte gerade einen Schluck von ihrem Kaffee nehmen wollen. Jetzt hielt sie in der Bewegung inne und schaute ihn an. „Ihr Hauptfach wechseln?“

Verdammt. Es war ihm aus Versehen herausgerutscht. Er hatte es eigentlich nicht erzählen wollen. Bevor sein Vater gestorben war, hatte er auch Arzt werden wollen. Aber dann war Dr. Harrigan überraschend gestorben, und plötzlich war alles anders gewesen. Jetzt mussten Opfer gebracht werden. Zuerst einmal war da die Mutter, an die sie denken mussten. Anne Harrigan war eine starke Frau, aber sie brauchte dringend Hilfe, andernfalls hätte sie die Klinik schließen müssen.

Frank hatte beim Dekan seiner Schule vorgesprochen und ihm seinen Fall vorgetragen. Er stieß dabei auf ein überraschend hohes Maß an Verständnis und wenig Bürokratie, was bewirkte, dass ihm die bereits bestandenen Prüfungen auf seine Ausbildung als Arzthelfer angerechnet wurden. Während seiner praktischen Ausbildung in einem Krankenhaus hatte er Doppelschichten geschoben, weil er nebenbei immer wieder seiner Mutter in der Poliklinik in Wilmington Falls geholfen hatte, bis er endlich sein Arzthelferdiplom in der Hand hielt.

Während dieser Zeit schlief er nur wenig und nahm fast zwanzig Pfund ab, aber irgendwie gelang es ihm, die Poliklinik zusammen mit seiner Mutter am Laufen zu halten, bis Jeannie mit ihrem Examen in der Tasche nach Hause kam. Und mit Mollie.

Aber das waren alles Dinge, über die er nicht sprechen wollte. Seine Mutter war die Einzige gewesen, die Verdacht geschöpft hatte. Doch als sie ihn gefragt hatte, was denn aus seinem Plan, Arzt zu werden, geworden wäre, hatte er nur beiläufig die Schultern gezuckt und erwidert, dass er es sich anders überlegt hätte.

Frank verzog die Lippen zu einem Lächeln, als er Donna jetzt anschaute. Sie wartete immer noch auf eine Antwort.

„Ich wollte eben lieber gleich etwas Praktisches machen, als lange zu studieren“, erklärte er ausweichend. Der Rest der Geschichte war schnell erzählt. „Meine Mutter und ich hielten die Stellung, bis Jeannie zurückkam. Zum Glück ist sie ein kluges Kind und hat sämtliche Examen in Rekordzeit abgelegt.“

„Kind?“ Donna fand es etwas seltsam, so über eine erwachsene Frau mit einem Doktortitel zu sprechen.

Er lachte. „Sie ist meine kleine Schwester. Für mich wird sie immer ein Kind bleiben. Selbst wenn sie neunzig ist.“ Er beugte sich ein bisschen zu Donna vor und erhaschte einen Hauch von ihrem Parfüm. Süß, rein und verführerisch. Genau wie sie. „Jeannie mag das.“

Der Klang seines unbeschwerten Lachens entlockte ihr ebenfalls ein Lachen. Tatsächlich schien er ihr eine Menge mehr zu entlocken, als sie eigentlich zu geben bereit war, registrierte sie verwirrt. Frank Harrigan hatte eine Art an sich, die alle möglichen Gefühle an die Oberfläche zu bringen schien.

Die Spätnachmittagssonne spielte in ihrem Haar und ließ es an manchen Stellen rötlich aufscheinen. Er war in Versuchung, nach einer Strähne zu greifen und das Rot mit der Hand einzufangen wie ein Glühwürmchen.

Als sich ihre Blicke kreuzten, sah er, dass in ihren Augen immer noch eine Spur von Zurückhaltung lag. Er beschloss, ihr einen kleinen Schubs zu geben. „Und Sie sind also Mutter von wie vielen … zwei Kindern?“, fragte er, als ob er es nicht bereits wüsste.

Donna spürte, dass ihre Beine einschliefen und rutschte herum, wobei sie für eine Sekunde das Gleichgewicht verlor. Frank streckte ihr automatisch die Hände entgegen, um sie festzuhalten. Als er ihr eine Hand auf die Schulter legte, erstarrte sie. Da war etwas an seiner Berührung, das alle Schichten durchdrang und ihr mitten ins Herz ging.

Ein Mann, der eine Frau berührt.

Sie spürte Erregung in sich aufsteigen und atmete erleichtert auf, als er seine Hand wieder wegnahm.

„Ja, nur zwei“, gab sie zurück und hatte Mühe, sich auf das Thema zu konzentrieren.

Er schüttelte den Kopf. „Ich habe eine Nichte und einen Neffen, und von ‚nur‘ kann man da beim besten Willen nicht reden. Zwei sind wie kinetische Energie, die aufeinanderprallt.“

Als Frank sah, dass ihr Lachen sogar ihre Augen erreichte, wusste er, dass er den Schlüssel zu ihrem selbst errichteten Gefängnis gefunden hatte. Er setzte sich ein bisschen bequemer hin.

„Und wie kommt es, dass eine Mutter von zwei Kindern über den ganzen Erdball fliegt?“

Er hielt sie für eine Stewardess, obwohl sie keine Uniform trug. Die Art, wie sie im Flugzeug die Verantwortung übernommen hatte, legte diese Vermutung nahe. Trotzdem fand er es seltsam. Flugbegleiter stellte man sich allgemein als allein stehende Menschen vor, die ihre Freiheit liebten, und nicht als Eltern, die Schulformulare ausfüllen und sich um allen möglichen alltäglichen Kleinkram kümmern mussten.

Sie lehnte sich mit einem leisen Aufseufzen gegen die Glaswand. Es war ein langer, steiniger Weg gewesen, aber sie war dabei, ihn hinter sich zu lassen. Die letzte offene Krankenhausrechnung hatte sie Anfang des Jahres bezahlt. Und die Charterfluggesellschaft war wieder in den schwarzen Zahlen. Sie war inzwischen sogar schon so weit, dass sie für Notfälle ein bisschen Geld zurücklegen konnte. Wie zum Beispiel für lecke Tanks, dachte sie mit einem Lächeln.

„Um ihr Essen und das Dach über ihren Köpfen bezahlen zu können“, entfuhr es ihr spontan. „Davon abgesehen …“ Sie lächelte. „… ist Fliegen alles, was ich kann.“

Franks eindringlicher Blick schien bis zu ihren am sorgsamsten gehüteten Geheimnissen vorzudringen. Geheimnisse, die sie mit niemandem teilen wollte. „Das bezweifle ich."

Donna schaute in ihren leeren Pappbecher und gab sich alle Mühe, nicht auf den Mann zu reagieren. Sie verlor. „Ich habe meinen Pilotenschein gemacht, als ich noch keine zwanzig war. Mein Vater bestand darauf. Er behauptete, es würde mir helfen, das Geschäft besser zu verstehen."

„Sie fliegen selbst?", fragte Frank entgeistert. Er betrachtete sich als einen sehr modernen Menschen, aber sie sich im Cockpit eines Flugzeugs, das sie selbst flog, vorzustellen, überstieg seine Fantasie. „Warten Sie einen Moment. Ich glaube, mir ist da etwas entgangen. Sie sind keine Stewardess?"

Sie schüttelte lachend den Kopf. Das wäre möglicherweise ein leichteres Leben gewesen als das, für das sie sich entschieden hatte. Dann würde sich jetzt jemand anders über ihre Probleme den Kopf zerbrechen. „Nein, *Windsong* hat keine. Aber eines schönen Tages werden wir vielleicht welche haben."

„Wir? Ist das übertragen oder besitzanzeigend gemeint?"

Sie lächelte. „Besitzanzeigend. Sehr besitzanzeigend."

„*Windsong* gehört Ihnen?"

Sie lachte auf. „Nein, der Bank. Ich darf nur damit spielen und lange Stunden vor dem Computer verbringen, um herauszufinden, wie ich meine Rechnungen ausbalancieren und bezahlen kann. Aber auf der Besitzurkunde steht mein Name, falls Sie das meinen." Sie seufzte und dachte an das lange Telefonat, das sie gerade letzte Woche geführt hatte. „Falls Sie irgendwelche Beschwerden haben, sind Sie bei mir an der richtigen Adresse."

„Nicht dass ich wüsste. War ihr Mann auch Pilot?"

Sie schüttelte den Kopf. „Nein, er hat nach dem Tod meines Vaters das Management der Fluggesellschaft übernommen", erklärte sie mit unbewegtem Gesicht. *Damit hatten die Probleme angefangen.* „Es war nicht ganz das Richtige für ihn."

Im nächsten Moment schon machte sie sich heftige Vorwürfe. Wie kam sie bloß dazu, so etwas zu einem wildfremden Menschen zu sagen?

Es war eine glückliche Ehe, entschied er mit einem Anflug von Neid. Sie trauerte immer noch um ihren Mann. Er fragte sich unwillkürlich, wie es wohl sein mochte, jemanden so sehr zu lieben. Oder so geliebt zu werden. Er hatte dieses Glück nicht gehabt.

Noch nicht.

„Wie lange waren Sie verheiratet?" Sie hob ruckartig den Kopf. Er hatte offensichtlich einen Nerv berührt. „Falls Ihnen die Frage nichts ausmacht."

Sie war übertrieben nervös. Donna zwang sich, sich zu entspannen. Er wollte sich nur ein bisschen unterhalten, höfliche Konversation, mehr war es doch nicht.

„Sie macht mir nichts aus, und die Antwort ist: Nicht lange genug." Mit zusammengepressten Lippen drehte sie den schlichten Goldreif an ihrem Finger, als könnte sie so die Zeit zurückdrehen oder vielleicht sogar anhalten. Aber das waren Kinderwünsche, und sie war kein Kind. Sie schaute Frank an. „Wie auch immer, als Tony starb, machte ich weiter. Die andere Möglichkeit wäre gewesen, Bankrott anzumelden. Da ich das unter keinen Umständen wollte, stürzte ich mich in die Arbeit. Wir haben alle zu essen."

„Lästige Angewohnheit." Frank warf einen Blick auf den Automaten. „Da wir gerade davon sprechen, wie wär's mit noch einem Knabberriegel?"

„Nein." Der eine reichte schon aus für ein schlechtes Gewissen. Dabei erzählte sie ihren Söhnen ständig, wie schädlich Zucker sei.

Obwohl er eine Menge über gesunde Ernährung wusste, war er insgeheim regelrecht süchtig nach Junkfood. „Ein paar Chips vielleicht?"

Sie schüttelte lachend den Kopf. „Nein. Ich hoffe doch, dass wir hier wegkommen, bevor wir verhungern, Mr Harrigan. Ich warte lieber, bis ich eine richtige Mahlzeit bekomme."

Eine, zu der er sie liebend gern einladen würde. Aber vorher musste erst noch einiges glatt gebügelt werden. „Kein Mensch nennt mich Mr Harrigan. Ich denke, nach dem, was wir hinter uns haben, können Sie mich wirklich Frank nennen, Donna."

Der Klang ihres Namens aus seinem Mund bewirkte, dass ihr ganz warm wurde, wie nach einer heißen Tasse Kaffee an einem kalten Morgen auf dem Flugplatz.

Wie pubertär sie doch war! Donna rief sich streng zur Ordnung. Aber dann hielt sie sich zugute, dass es außer Tony keinen Mann in ihrem Leben gegeben hatte. An modernen Maßstäben gemessen lag sie damit, was Liebesabenteuer anbetraf, weit unter dem Durchschnitt der Frauen ihres Alters. Wenn überhaupt, so konnte sie sich höchstens mit einer Sechzehnjährigen messen.

Einer sehr jungen Sechzehnjährigen. Dann musste sie an die Beerdigung denken und den dunklen Mantel, der sich an diesem Tag über sie gelegt hatte.

Eine sehr junge Sechzehnjährige und doch sehr alt, ergänzte sie.

Sie unterhielten sich noch eine ganze Weile. Frank gelang es in zäher Kleinarbeit, ihr weitere Einzelheiten zu entlocken. Es gefiel ihm, wie ihre Augen aufleuchteten, wenn sie von ihren Söhnen sprach. Als er darüber nachdachte, wurde ihm klar, dass es *überhaupt* nichts gab, was ihm *nicht* an ihr gefiel. Eine Frau wie sie war ihm noch nie zuvor begegnet.

Wenn es nach ihm gegangen wäre, hätte er seinen ganzen Urlaub hier auf dem Boden dieses überfüllten Flughafens im Gespräch mit ihr verbringen können.

Aber dann sah er, dass der Kapitän auf sie zukam. „Wir können jetzt weiterfliegen, Boss."

„Prima. Lassen Sie es über Lautsprecher durchsagen." Donna atmete erleichtert auf, als Rafferty wegging. Sie stand auf und vertrat sich die Beine. Als Frank neben ihr hochkam, schien der Platz zwischen ihnen zu schrumpfen, bis kein Raum für Bewegung mehr war.

Ein Schwall Luft entwich ihrer Lunge.

Ihre Blicke kreuzten sich und hielten sich einen Moment lang fest.

Für einen Sekundenbruchteil glaubte sie, er werde sie küssen, ein Gedanke, der sie gleichermaßen erregte und erschreckte.

In diesem Moment kam die Ankündigung über den Lautsprecher, dass die Maschine abflugbereit sei. Die Worte ertranken in Hurrarufen.

Damit sie ihn verstehen konnte, brachte Frank sein Gesicht dicht vor das von Donna. „Gerade rechtzeitig", sagte er. „Dem Wechselgeldautomaten ist das Wechselgeld ausgegangen, und der Automat mit dem Knabberkram ist praktisch leer."

„So fügen sich die Dinge eben meistens", sagte sie, während sie mit schnellen Schritten auf den Ausgang zuging.

Geneigt, ihr zuzustimmen, schaute er ihr nach.

Einen Moment später beschloss er sie einzuholen. So leicht würde er sie nicht davonkommen lassen. Plötzlich fühlte er sich wie der Prinz aus Aschenputtel beim Läuten der Glocken um Mitternacht. Er wollte unbedingt noch einmal mit ihr tanzen, bevor sie den Ball verließ.

Nachdem er sie eingeholt hatte, legte er ihr eine Hand auf die Schulter. „Haben Sie heute Abend schon etwas vor? Ich besuche in Seattle einen Freund, aber ich bin mir sicher, dass er versteht ..."

„Nein."

Es klang knapp und entschieden. Vorhin im Terminal hatte sie sich für ein paar Minuten vergessen und war mehr als angemessen aus sich herausgegangen, einfach weil er ein angenehmer Gesprächspartner war. Aber es hatte irgendwie geknistert zwischen ihnen, und sie wollte nicht, dass sich das wiederholte. Donna hatte absolut keine Sehnsucht danach, in alten Wunden herumzustochern, indem sie die Gesellschaft eines Mannes genoss, in dessen Gegenwart sie sich wieder wie eine Frau fühlte.

Nicht die geringste Sehnsucht.

Sehnsucht.

Das Wort stieg auf und flimmerte vor ihren Augen wie Hitzewellen, die an einem glühendheißen Sommertag vom Asphalt aufsteigen.

Donna konnte seine Blicke auf sich spüren, und als sie ihn anschaute, sah sie, dass er verwundert die Brauen zusammenzog. Eine derartige Abfuhr hatte er nicht verdient, nachdem er ihr so geholfen hatte. Nachdem er Rosemary geholfen hatte, ihr Baby zur Welt zu bringen. Aber sie wollte nicht näher auf die Gründe eingehen, warum sie Beziehungen, die nur den winzigsten Anhaltspunkt lieferten, mehr als beiläufig zu sein, so argwöhnisch gegenüberstand.

Und bei ihm gab es weit mehr als einen winzigen Anhaltspunkt. Sie konnte es *fühlen*.

Donna befeuchtete sich die Lippen. „Ich meine, Taylor ist krank, und ich will ein bisschen Zeit mit ihm verbringen …"

Der Gedanke an einen gemütlichen Abend bei ihr zu Hause klang gut in seinen Ohren. Du wirst sentimental, entschied er. Und dennoch – die Vorstellung von Heim und Herd hatte etwas entschieden Verlockendes.

„Na fein", sagte Frank leichthin. „Ich könnte vorbeikommen und Ihnen meine vergeudeten ärztlichen Kenntnisse anbieten – kostenlos natürlich."

Sie war kein Mensch, der vor irgendetwas davonlief, sie war nie vor irgendetwas davongelaufen, und auch jetzt widerstrebte es ihr. Aber sie hatte keine andere Wahl. Sie musste diese Sache im Keim ersticken, bevor es zu spät war.

„Danke, nein“, sagte Donna entschieden und fügte förmlich hinzu: „Und wenn Sie mich jetzt bitte entschuldigen würden, ich habe zu tun.“ Mit einem unpersönlichen Lächeln wandte sie sich ab und ging im Laufschritt über das Rollfeld auf das Flugzeug zu.

Frank blieb zurück. Er schob seine Hände in seine Hosentaschen und fragte sich, was er falsch gemacht hatte. Vor einem Moment noch hatten sie sich prächtig verstanden. Er hatte gemerkt, dass er Fortschritte gemacht hatte. Und dann hatte sie plötzlich die Schotten dicht gemacht.

Hatte er irgendetwas Falsches gesagt?

Es gab keine weitere Gelegenheit, mit ihr zu sprechen. Dafür sorgte Donna, indem sie während des restlichen Fluges im Cockpit blieb. Da auf dieser Strecke kein Kopilot mitflog, setzte sie sich bis zum Ende der Reise auf den freien Sitz und übernahm die Kontrolle der Instrumente. Fliegen hatte immer eine beruhigende Wirkung auf sie.

Und dann landeten sie auch schon. Zu Hause, dachte sie aufatmend.

„Wieder einmal ein fast perfekter Flug“, murmelte sie, während sie den Sicherheitsgurt aufschnappen ließ.

„Wenn ich Sie wäre, würde ich O’Connell trotzdem bitten, dass er mal einen Blick auf diese Tankanzeige wirft“, riet Rafferty. „Die Mechaniker dort schienen mir nicht unbedingt sehr vertrauenerweckend.“ Er zeigte mit dem Daumen in die ungefähre Richtung, aus der sie eben gekommen waren.

„Das hatte ich auch vor.“

Er stand auf, während Donna noch sitzen blieb. „Kommen Sie nicht?“

„In einer Minute.“ Sie wollte sichergehen, dass Frank bereits ausgestiegen war, bevor sie das Cockpit verließ.

Rafferty griff nach seiner Tasche. „Hätte nichts dagegen, Sie ständig als Kopilotin dabeizuhaben."

Sie lachte. „Sie sind ja nur faul."

„Klar." Um seine Mundwinkel zuckte ein Lächeln. „Das auch." Rafferty zog sich seine Mütze schneidig über ein Auge und ging nach draußen.

Als Donna aus dem Cockpit kam, war Franks Sitz leer, und er war fort.

Gut.

In Donnas erleichterten Seufzer schwang nur ein Anflug von Enttäuschung mit, als sie nach ihrem Handgepäck griff. Im nächsten Moment schob sie das Gefühl beiseite. Sie war nicht enttäuscht. Sie war froh.

Also gut, vielleicht doch nicht ganz so froh, gab sie zu, als sie aus dem Flugzeug ausstieg und unbewusst die Umgebung mit Blicken absuchte. Er war nirgends zu sehen.

Aber trotzdem erleichtert, beharrte sie in Gedanken. Und wenn die Erleichterung in diesem Fall eine etwas seltsame Form annahm und wie ein harter Knoten in der Brust saß, so war das nur eine momentane Gefühlverirrung. Zugegeben, sie hatte sich von ihm angezogen gefühlt, aber das war ja gerade das Problem. Sie wollte sich von keinem Mann angezogen fühlen – nie wieder. Einmal war genug.

Donna schaute noch kurz im Büro rein, um Walter von der Tankanzeige zu berichten. Als er wegging, um sich selbst ein Bild zu machen, ließ Donna den Blick über den Berg mit Papierkram auf ihrem Schreibtisch wandern, aber sie hatte keine Lust, jetzt noch irgendetwas anzufassen. Das hatte bis Montag Zeit.

Sie ging eilig nach draußen. Es nieselte, aber der Regen war warm in dieser letzten Woche im Mai. Nur gut, dass sie es mochte, wenn sich ihr Haar kringelte, ging es ihr durch den

Kopf, während sie um ein Paar herumging, das mit seinem Gepäck kämpfte.

Donna überquerte den vollen Parkplatz. Sie parkte immer an derselben Stelle, damit sie keine Probleme hatte, ihr Auto zu finden.

Ihre Gedanken kamen ins Stolpern und landeten irgendwie wieder bei Frank.

Es hätte sowieso nicht funktioniert, versuchte sie sich hartnäckig einzureden. Schon allein wenn man an die Entfernung dachte. Er war schließlich nicht von hier. Was für eine Art Zukunft hätte sie mit ihm schon haben können, wenn er in Wilmington Falls war – wo immer das auch sein mochte – und sie hier?

Gott, wenn sie jemand hören könnte! Sie tat ja fast so, als hätten sie eine Beziehung, dabei hatten sie nur ein paar Stunden miteinander verbracht!

Auch wenn es zugegebenermaßen ein paar sehr lange, schwangere Stunden gewesen waren. Und was eine Beziehung anging … nun, das wäre eine Möglichkeit gewesen, die sie in aller Ruhe hätte ausloten können, wenn sie seine Einladung angenommen hätte …

Nein, da gibt es nichts auszuloten, rief sie sich energisch zur Ordnung und schloss ihre Wagentür auf. Sie warf ihre Tasche auf den Rücksitz, dann setzte sie sich hinters Steuer. Größere, ärgerlichere Regentropfen zerplatzten auf der Windschutzscheibe, während sie nach draußen starrte. Es gab nichts auszuloten. Absolut nichts.

Donna machte den Motor an. Sie war zufrieden, so wie es war, mit ihrem hektischen Leben und ihren noch hektischeren Kindern.

Es war gut so. Richtig gut.

Sie straffte die Schultern und fädelte sich in den gemächlich dahinfließenden vorabendlichen Verkehrsstrom ein.

Sehr hartnäckig war er ja nicht gerade, dachte sie, als sie in die Straße abbog, die zu ihrem bescheidenen Einfamilienhaus führte. Sei doch froh, konterte sie. Der Mann hatte ihren Puls in die Höhe getrieben, um Himmels willen, und in ihrem Leben war kein Platz mehr für solche Dinge. Bei diesem Gedanken verspürte sie einen feinen Stich in der Brust. Der einzige Grund, warum sie überhaupt noch an ihn dachte, war, weil es für sie schon so lange zurücklag. Es war ein bisschen so wie wenn man am Radio herumdrehte und zufällig noch die letzten Akkorde eines wunderschönen Songs erwischte und merkte, dass man diesen Song vielleicht, nur ganz vielleicht noch einmal hören wollte.

Du hast deinen Song gehabt, ermahnte sich Donna streng. Und er hatte mit einer Totenklage geendet. Ihre ganze Liebe und all ihre Träume hatten Anthony McCullogh gegolten. Und er war gestorben. Durch eigene Hand. Als die Firma immer weiter den Bach runtergegangen war, hatte er Selbstmord verübt, weil er mit seinen Schuldgefühlen nicht mehr hatte leben können. Als ob sie ihm einen Vorwurf gemacht hätte.

Das Einzige, was ich dir vorwerfe, ist, dass du mich allein gelassen hast, dachte sie, während sie spürte, wie eine Welle von Schmerz über ihr zusammenschlug. Dass du die Jungen allein gelassen hast.

Sie zwang sich, sich wieder auf die Gegenwart zu konzentrieren, während sie ihren '85er Mustang in der Garage abstellte, die überfüllt war mit vergessenen Spielsachen und Lisas Auto. Es hatte keinen Sinn, die Vergangenheit heraufzubeschwören. Was vorbei war, war vorbei, und sie musste an ihre Söhne denken.

Lisa hatte die Garagentür für sie offen gelassen. Sie konnte wirklich dankbar sein, dass sie Lisa hatte. Die Frau dachte an alles.

Beim Aussteigen fühlte Donna, wie erschöpft sie war. Aber sie war auch glücklich. Sie war zu Hause.

In dem Moment, in dem sie die Tür öffnete, die von der Garage ins Haus führte, schallten ihr Schreie entgegen. Taylor und Stephen kamen herangestürmt. Es war fast, als hätten ihre beiden Söhne hinter der Tür auf sie gewartet.

„Mom!“, schrie Taylor und fiel ihr um den Hals. „Du bist daheim!“

Seine unerwartete Begeisterung überraschte sie. Taylor wusste im Moment nicht genau, ob er noch ein kleiner Junge oder ein weltkluger Frühteenager war.

Sie legte jedem Jungen einen Arm um die Schulter. Nichts kann besser sein als das, dachte Donna glücklich. Nichts. „Natürlich bin ich daheim. Wo sollte ich denn sonst sein, wenn nicht bei meinen beiden hübschen Männern?“

Stephen sagte nichts. Er hatte seine Arme, so fest er konnte, um die Hüften seiner Mutter geschlungen und presste sein Gesicht gegen ihren Oberschenkel.

Donna glaubte zu spüren, dass seine schmalen Schultern bebten. „Stephen, was ist denn los, mein Schatz?“

Lisa kam direkt hinter den Jungen aus dem Wohnzimmer. Donna schaute sie fragend an, aber Lisa schüttelte nur den Kopf. Sie wusste nicht mehr als Donna.

Taylor hatte seine eigene Erklärung dafür. „Och, er ist eben eine alte Heulsuse. Stimmt's, Step-On?“ Er lachte und gab seinem Bruder einen Schubs.

Donna runzelte die Stirn. „Taylor, du weißt, dass ich es nicht mag, wenn du ihn so nennst.“ Donna machte sich behutsam von Stephen frei und beugte sich nach unten, um ihm ins Gesicht zu schauen. Seine Wangen waren nass. Sie legte ihm eine Hand unters Kinn. „Na, was ist denn los, mein Süßer?“

Stephen schniefte. „Ich hab gedacht, du kommst nicht wieder.“

Sie kniete sich vor ihn hin drückte ihn fest an ihre Brust. „Oh, Stevie, natürlich komme ich wieder.“ Sie schaute ihn an.

„Komme ich denn nicht immer wieder?“

Er nickte, dann bekam er Schluckauf. „Aber Tante Lisa hat gesagt, dass das Flugzeug ein Problem hat.“

Donna wusste, was es für ihn bedeutete, so klein zu sein und nur noch einen Elternteil zu haben. Es musste ihm Angst machen. Sie lächelte so tröstlich, wie sie nur konnte. „Es war nichts Schlimmes, mein Herz. Stell dir einfach ein Auto vor, das ein kleines Problem hat.“

Stephen verzog angestrengt das Gesicht, während er zu tun versuchte, was sie sagte. Es funktionierte nicht. „Aber das Auto fällt nicht runter, wenn es ein Problem hat.“

Sie richtete sich wieder auf. Manchmal war Stephen gewitzter, als gut für ihn war. „Da hast du recht. Aber ich habe euch doch erzählt, dass mit Flugzeugen viel seltener etwas passiert als mit Autos. Und davon abgesehen fliege ich ja auch nicht mehr so viel.“ Sie legte ihm die Hand unters Kinn und drückte ihn zärtlich. „Na? Ist es schon besser?“

Der kleine Junge fuhr sich mit den Händen übers Gesicht. „Besser.“

So, das wäre geklärt. Sie schaute ihren älteren Sohn an. Als sie ihn das letzte Mal gesehen hatte, hatte er in beiden Händen Taschentücher gehabt. „Und was macht deine Erkältung, Taylor?“

„Was denn für eine Erkältung?“, krächzte er. „Ich hab sie umgelegt.“

„Das gefällt mir.“ Donna wandte sich zu ihrer Schwägerin um. „Irgendwelche Neuigkeiten?“

Die blonde Frau salutierte. „Keine einfallenden Indianerhorden, keine Aufständischen an der Heimatfront, Captain. Das Fort ist in genau demselben Zustand, in dem Sie es verlassen haben.“

Donna lachte. „Das war das letzte Lederstrumpfvideo, das ich euch mitgebracht habe.“ Sie drückte das Kreuz durch und rollte die Schultern. Es war ein langer, langer Tag gewesen. Ein sehr langer Tag, dachte sie und erinnerte sich an Frank.

Doch als sie eben anfangen wollte, die Ruhe zu genießen, begannen beide Jungen auf einmal auf sie einzureden. Ihre Stimmen schwollen an, während sie versuchten, sich gegenseitig niederzuschreien.

Donna stieß einen lauten Pfiff aus und hielt die Hand hoch wie ein Schiedsrichter. Nachdem sie sich schließlich Aufmerksamkeit verschafft hatte, sagte sie: „Ich ziehe mich nur schnell um, und dann könnt ihr mir alles erzählen. Aber immer nur einer“, fügte sie warnend hinzu.

Sie schaute von einem begierigen Gesicht zum anderen. Es war, als ob sie die Kinder zwischen sich aufgeteilt hätten, sie und Tony. Stephen kam ganz nach ihrer Familie, und Taylor mit seinem weizenblonden Haaren und den sanften braunen Augen hätte man leicht für Lisas Sohn halten statt für ihren. „Klingt das fair?“

„Fair“, gab Stephen zurück.

Taylor schaute sie schlau an. „Hörst du mir zuerst zu?“

Definitiv Tonys Familienseite. Tony hatte es immer auf die Spitze getrieben, er hatte stets gewinnen wollen. Donna lachte, dann schaute sie über die Schulter auf Lisa. „Lass sie Streichhölzer ziehen, Lisa.“

Lächelnd ging sie in ihr Schlafzimmer.

Als Donna über die Schwelle trat, dachte sie an das Gewitter und was hätte passieren können. Sie fuhr mit der Hand über die Türklinke und kostete das Gefühl aus.

Gott, es fühlte sich gut an, wieder zu Hause zu sein.

4. KAPITEL

Der Klang von schrägen Akkorden, die mit mehr Entschlossenheit als Geschicklichkeit angeschlagen wurden, vibrierte in der Luft, als Donna wieder ins Wohnzimmer kam. Taylor saß nach vorn gebeugt mit vor Konzentration verzerrtem Gesicht auf der Couch und gab sich alle Mühe, der alten Gitarre seines Vaters eine Melodie zu entlocken.

Er versagte kläglich.

Stephen hockte mit süffisanter Miene auf der Armlehne und klopfte mit den Zehenspitzen auf den Boden. „Du lernst es ja doch nicht mehr rechtzeitig“, frohlockte er, noch immer gekränkt, weil Taylor ihn als Heulsuse bezeichnet hatte.

„Klar lern ich's noch rechtzeitig, Step-On.“ Taylor machte ein Gesicht, als wollte er die Gitarre gleich als Schlagstock zum Einsatz bringen.

Donna sah, dass Lisa sich nicht weiter um die beiden kümmerte. Offenbar ging das schon seit zwei Tagen so. Nur mit Mühe schaffte sie es, sich davon abzuhalten, Taylor ein weiteres Mal zu ermahnen, dass er den Namen seines Bruders nicht verballhornen sollte. Sie versuchte nicht zusammenzuzucken, als erneut ein abgebrochener misstönender Akkord die Luft erzittern ließ.

„Rechtzeitig wofür?“

Taylors Kopf kam ruckartig hoch. Über sein Gesicht huschte ein verlegenes Lächeln, das gleich darauf einem kämpferischen Ausdruck Platz machte. „Für den Talentwettbewerb.“

Donna zuckte innerlich zusammen. Man würde ihn auf der Bühne auslachen. Aber sie wusste, dass jeder Versuch, ihm sein Vorhaben auszureden, zum Scheitern verurteilt war. Taylor war genauso stur wie sein Vater. Jede Kritik, jeder Vorschlag wie zum Beispiel der, dass er ja noch ein Jahr warten könnte, würde ihn in seinem Entschluss, an dem Wettbewerb teilzunehmen, nur bestärken. Sie konnte nicht diejenige sein, die seinen Ehrgeiz abwürgte. Für einen Moment wünschte sie sich, dass Robert Prestons Methode in *The Music Man* funktionierte.

Aber hier war nicht Hollywood.

Tony hatte Taylor versprochen, ihm beizubringen, wie man auf seiner geliebten Gitarre spielte, aber dazu war es nie gekommen.

Donna seufzte und schob die Erinnerung beiseite. Sie zwang sich zu einem ermutigenden Lächeln. „Wann ist denn der Wettbewerb?"

Taylor schlug noch einen Akkord an. Er hob kämpferisch das Kinn. „In zwei Wochen."

Lisa räumte den Tisch ab. Post, Schulhefte, Bücher und Stifte lagen quer darüber verstreut. Sie hielt einen Moment inne, um Donna einen Blick zuzuwerfen. Wenn nicht ein Wunder geschah, würden zwei Wochen nicht einmal ausreichen, dass Taylor auch nur die einfachste Melodie lernte.

Lisa schüttelte den Kopf. „Schau mich nicht so an", sagte sie zu Donna. „Ich kann nicht spielen. Tony war der Musikalische in der Familie, nicht ich."

Donna befeuchtete sich die Lippen und überlegte, wie sie es am besten sagen konnte. Sie legte ihrem Sohn eine Hand auf die Schulter und spürte, dass er sich versteifte, fast so, als ob er ihre Bemerkung abwehren wolle, noch ehe sie ausgesprochen worden war. „Taylor, vielleicht solltest du etwas anderes bei dem Talentwettbewerb versuchen."

Taylor schüttelte den Kopf, seine Finger umklammerten den Gitarrenhals. Er schaute mit finsterem Gesicht darauf. Er *wollte* spielen. Warum war es nicht leichter? Er hob den Blick und schaute seine Mutter in der Erwartung, dass sie ihn verstand, an. „Ich kann nicht singen, ich kann nicht tanzen, und Zaubertricks kann ich auch keine …"

„Und Gitarre spielen kannst du auch nicht", fing Stephen wieder an. Er tänzelte geistesgegenwärtig außer Reichweite, bevor Taylor dazu kam, sich zu rächen.

Donna warf dem jüngeren Jungen einen warnenden Blick zu. „Stephen, das reicht jetzt. Er kann nichts erreichen, wenn er es nicht versucht." Obwohl sie in diesem Fall nicht glaubte, dass er etwas erreichen würde, selbst wenn er es versuchte, zumindest nicht innerhalb von zwei Wochen, aber das behielt sie für sich.

Sie musterte Taylor einen Moment lang. Ihn hatte Tonys Tod am härtesten getroffen. Konnte sein Wunsch, Gitarre zu spielen, etwas damit zu tun haben, dass er sich seinem Vater auf diese Art näher fühlte?

Donna hockte sich auf die Armlehne der Couch. „Warum ist es denn so wichtig für dich, bei dem Talentwettbewerb mitzumachen, Schatz?", fragte sie weich.

Taylors Gesichtsausdruck veränderte sich nicht. Auf seiner Stirn standen immer noch die steilen Falten, die seine Wut über die Gitarre und seine Entschlossenheit hervorgerufen hatten. „Weil Chris, Jason und Pete auch mitmachen."

Donna versuchte die Namen mit einem signifikanten Informationsschnipsel in ihrer Erinnerung zusammenzubringen. „Sind das nicht die Jungen, die dich immer ärgern?"

„Jaaa." Er spuckte das Wort förmlich aus. „Den Arschgeigen werde ich's zeigen."

Nun, das war ganz gewiss kein Ausdruck, den er von ihr gelernt hatte, aber Donna wusste, dass es Schlimmeres gab. Sie beschloss taktvollerweise, seinen Ausrutscher in diesem Fall ausnahmsweise nicht zu kommentieren. „Und dazu willst du die Gitarre benutzen."

Diesmal leuchteten seine Augen auf, als er sagte: „Ja." Er erinnerte sich nur noch allzu gut daran, wie er seinem Vater zu Füßen gesessen und verzückt den magischen Klängen gelauscht hatte, die dieser dem Instrument entlockt hatte. Klänge, die Taylor entschlossen war nachzuspielen.

Donna dachte, dass Taylor eine wesentlich bessere Chance hätte, wenn er die Gitarre wie einen Baseballschläger benützen würde, aber sie verkniff sich die Bemerkung. Sie konnte ihm zwar nicht selbst helfen, aber sie konnte zumindest versuchen, die Hilfe, die er brauchte, zu finden.

„Na gut." Sie lächelte ihn an und wurde mit einem Lächeln belohnt. Sie waren wieder auf derselben Seite. „Vielleicht finden wir ja jemand, der dir Gitarrenunterricht gibt. Schnell." Sie blinzelte ihm zu und Taylor lachte. Die Anspannung fiel von ihm ab, und seine Schultern wirkten nicht mehr steif wie ein Kleiderbügel. „Geh, hol mir die Gelben Seiten." Es war zu spät, um noch jemanden anzurufen, aber sie konnte zumindest eine Nummer heraussuchen und es dann gleich morgen früh versuchen.

Taylor sprang, den Gitarrenhals immer noch umklammernd, auf. Er stellte sich auf die Zehenspitzen und gab Donna einen flüchtigen Kuss auf die Wange. „Du bist super, Mom."

Sie seufzte und dachte, dass es wahrscheinlich ein hoffnungsloses Unterfangen war, Taylor in der kurzen Zeit so viel beibringen zu wollen, dass er es seinen Widersachern bei dem Talentwettbewerb „zeigen" könnte, aber sie würde seine Seifenblase nicht zum Platzen bringen. Und wer konnte es wissen? Vielleicht geschah ja ein Wunder.

„Ich tue mein Bestes."

„Ich hole das Telefonbuch", rief Stephen aus und hopste von der Couchlehne. Er ahmte jetzt Taylor nach, den er in friedlicheren Momenten in Wahrheit vergötterte.

Die Gitarre geriet vorübergehend auf der Couch in Vergessenheit, als Taylor hinter seinem kleinen Bruder herrannte. „*Ich* soll es holen, du Matschbirne."

Keine ruhige Minute. Donna schaute Lisa an. „Glaubst du,

es ändert was, wenn wir sie zu einem Marathon von *Ozzie and Harriet* vor den Fernseher setzen? David und Ricky benehmen sich nie so schrecklich."

Lisa lachte. Stephen und Taylors Verhalten unterschied sich gar nicht so sehr von der Art, wie sie und Tony vor ewig langer Zeit miteinander umgegangen waren. Sie sammelte die letzten Zeitschriften auf dem Tisch ein, schob sie sich unter den Arm und sagte: „Keine Chance. Davon abgesehen weißt du nicht, wie sich David und Ricky *hinter* der Kamera benehmen."

„Vermutlich hast du recht." Donna nickte schicksalsergeben. Ihr würde wohl nichts anderes übrig bleiben, als den Krieg noch ein paar Jahre zu ertragen.

In dem Moment, in dem die Jungen ins Zimmer zurückgestolpert kamen, klingelte es an der Tür. Taylor balancierte das dicke Branchenbuch auf dem Kopf, wobei er beide Hände erhoben hatte, um es für den Fall, dass es rutschte, abzufangen. Stephen hopste neben ihm auf und nieder und versuchte das Buch hinunterzustoßen.

„Hör auf, Step-On!", knurrte Taylor wütend.

„Ich mache auf", bot sich Lisa freiwillig an, froh, der Kampfzone für einen Moment zu entkommen.

„Wenn es ein Vertreter ist, frag ihn, ob ich mit ihm durchbrennen kann", rief Donna hinter Lisa her.

Sie drehte sich zu ihren Söhnen um. An manchen Tagen waren ihre Streitereien schwerer zu ertragen als an anderen, aber nach dem torkelnden Flugzeug erschien es ihr wie ein Stück Sahnetorte. Ein Stück Sahnetorte, in das sie gern hineinbiss.

„Taylor", begann sie so streng wie sie konnte, was unter diesen Umständen nicht sehr streng war, „du magst diese Jungen in der Schule nicht, weil sie dich immer ärgern, richtig?"

„Stimmt." Er reichte ihr die Gelben Seiten, dann griff er

sich wieder die Gitarre, als wäre sie ein Zauberschwert, mit dem er seine Feinde besiegen konnte. „Wenn ich größer wäre, würden sie sich so was nicht tr…"

Er hatte nicht verstanden. „Taylor." Sie presste sich mit einer Hand das schwere Telefonbuch an die Brust, während sie ihm die andere auf die Schulter legte und ihm in die Augen schaute. „Das habe ich nicht gemeint. Wenn du es nicht magst, wie sie dich behandeln, warum behandelst du dann Stephen genauso?"

Taylors fiel die Kinnlade herunter, er riss empört die Augen auf. „Mach ich doch gar nicht!"

„Doch machst du's", widersprach Stephen energisch, wobei er jedoch sorgfältig darauf achtete, dass ihre Mutter zwischen ihnen war.

„Halt die Klappe, Step-On …" Sobald die Worte aus seinem Mund waren, schaute er seine Mutter schuldbewusst an. „Na ja, also …", murmelte er kleinlaut und verstummte dann ganz.

Donna musste sich ein Lächeln verkneifen. Sie erinnerte sich noch zu gut an die Ungeduld der Kindheit, als dass sie sich mehr als für ein paar Minuten hätte ärgern können. „Was also?"

Magere Schultern hoben und senkten sich beiläufig. „Na ja, also … vielleicht sollte ich ihn ja nicht wie eine Matschbirne behandeln, obwohl er eine ist."

Donna schüttelte den Kopf und unterdrückte ein Auflachen. „Das ist immerhin ein Anfang." Sie schlug das schwere Buch auf. „So, und jetzt lass mich nachschauen, ob ich nicht einen freundlichen Gitarrenlehrer für dich finde, der ins Haus kommt und nicht zu viel Geld verlangt – und der vielleicht nebenbei auch noch ein oder zwei Wunder vollbringt."

Eine tiefe männliche Stimme hinter Donna sagte: „Ich glaube, da müssen Sie nicht lange suchen."

Donna ließ das Telefonbuch fallen. Es klatschte aufgeschlagen auf den Boden.

Nein, das kann nicht sein.

Konnte es?

Donna drehte sich wie betäubt um. Auf der Schwelle neben Lisa stand Frank, den Koffer in der Hand.

Frank sah, wie Donna auf seinen Koffer schaute. „Keine Sorge." Das Lächeln war noch genauso gewinnend, genauso lässig. „Ich habe nicht vor, bei Ihnen einzuziehen. Ich bin nur hier, weil ich dachte, Sie könnten mir vielleicht einen Tipp geben." Er stellte den Koffer neben der Couch ab.

Ihre Söhne stierten den fremden Mann an, und Donna meinte regelrecht die Fragen zu sehen, die sich in Lisas Kopf multiplizierten. Aber im Moment war alles still. Alles lauschte gespannt.

„Einen Tipp?", fragte sie benommen. „Machen Sie sich immer mit einem Koffer in der Hand auf die Suche nach irgendwelchen Tipps?"

Er war hier. Er war wirklich und wahrhaftig hier. Sie konnte es nicht glauben. Sie war ganz sicher gewesen, dass sie ihn nie wiedersehen würde.

Donna versuchte das wilde, ganz und gar unerwünschte Flattern in ihrem Magen zu unterbinden.

Frank hatte keine andere Wahl gehabt, als den Koffer mitzubringen. „Ich wusste nicht, wo ich ihn lassen sollte. Ich habe noch keine Bleibe."

Donna schüttelte ungläubig den Kopf. „Habe ich Sie richtig verstanden? Sie sind *ohne* Hotelreservierung nach Seattle gekommen?"

Er registrierte, dass sie einen Schritt zurückgewichen war. Vielleicht hielt sie ihn ja für übergeschnappt. Und vielleicht hat sie ja recht damit, dachte er und schaute sie an. Stände er sonst jetzt in ihrem Wohnzimmer?

„Es gab keinen Grund dafür. Ich wollte eigentlich bei einem Freund wohnen."

„Und?", fragte sie misstrauisch.

Frank zuckte die Schultern, immer noch verwundert über sich selbst. „Er musste ganz plötzlich geschäftlich verreisen."

Donna hob eine Augenbraue. Aus ihrem Gesichtsausdruck ließ sich schließen, dass sie dachte, er hätte sich das alles nur aus den Fingern gesogen. Frank musste zugeben, dass es in der Tat nicht besonders glaubwürdig klang. Ihm kam es selbst verrückt vor. Greg war nicht wie verabredet am Flughafen gewesen. Frank, der angenommen hatte, dass irgendetwas dazwischengekommen war, war mit einem Taxi zu Gregs Wohnung gefahren, aber dort hatte niemand aufgemacht. Doch dann war die Vermieterin herausgekommen und hatte ihn informiert, dass Greg bei ihr eine Nachricht für ihn hinterlassen hätte. An diesem Morgen hatte sich ein Notfall ergeben, und Greg hatte geschäftlich nach Japan fliegen müssen. Greg wusste nicht, wie lange er wegsein würde. Da er nicht erwähnt hatte, dass Frank während seiner Abwesenheit in seiner Wohnung wohnen könne, war Frank gegangen.

Donna streifte mit einem kurzen Blick seinen Koffer. Wollte er fragen, ob er vorübergehend bei ihr unterkommen konnte? Unbewusst straffte sie abwehrend die Schultern.

Frank tat, als ob er es nicht bemerkte. „Ich weiß, dass es komisch klingt, aber so ist es nun mal. Und da ich mich hier nicht auskenne ..." Er brach ab. Er bewegte sich auf höchst unsicherem Terrain. Sie schaute ihn an, als ob er ein Axtmörder wäre, der versuchte, sich in ihr Vertrauen einzuschleichen. „Ich dachte, Sie könnten mir vielleicht ein gutes Hotel empfehlen."

Donna schaute auf das aufgeschlagene Telefonbuch zu ihren Füßen. Vermutlich war es ein legitimes Ansinnen. „Ich denke, da kann ich Ihnen helfen."

Sie bückte sich nach dem Buch, aber Frank war schneller. Er hob es auf und reichte es ihr mit einem Lächeln.

Donna spürte, wie ihr wieder der Atem stockte.

„Wer ist das, Mom?“ Taylor zog unwirsch die weizenblonden Augenbrauen zusammen. Stephen hatte sich in den großen Sessel verkrochen und wartete ab.

Taylors unfreundlicher Ton gefiel ihr nicht. In letzter Zeit ließ er es immer häufiger an Respekt fehlen, obwohl sie ihn bestimmt nicht so erzogen hatte. Vermutlich fehlte ihm eine starke Hand. Die Hand seines Vaters. Schlimm, dass er nur sie hatte.

„Er ist ...“

Frank trat einen Schritt vor und streckte dem Jungen die Hand hin. „Ich bin Frank Harrigan. Deine Mutter und ich haben uns heute auf dem Flug nach Seattle kennengelernt.“

Taylor schaute kaum auf Franks ausgestreckte Hand. Sein Gesicht wurde noch misstrauischer, als er sich in Beschützerpose neben seine Mutter stellte – der junge Prinz, der die Prinzessin vor dem schwarzen Ritter beschützt. Frank erinnerte sich, als Junge gegenüber seiner Mutter ähnliche Anwandlungen gehabt zu haben.

Donna konnte nicht auf solche Erinnerungen zurückgreifen. „Taylor, wo bleiben deine Manieren?“

Weil sein Bruder den Mann nicht zu mögen schien, kam Stephen aus der Deckung und schob seine kleine Hand in die Hand von Frank. Er strahlte übers ganze Gesicht. „Hi. Ich bin Stephen.“

Der Junge sah aus wie eine Miniaturausgabe von Donna. „Freut mich, dich kennenzulernen, Stephen. Eure Mom hat mir schon eine Menge von euch erzählt.“

Taylors Miene verfinsterte sich noch mehr. „Warum?“, fragte er in inquisitorischem Tonfall.

Jetzt reichte es aber. „Taylor“, ermahnte Donna ihren Ältesten scharf.

Frank hob begütigend eine Hand.

„Es ist okay“, versicherte er ihr leichthin, wobei er Taylor anschaute. „Der Mann der Familie hat geradezu die Pflicht, sich jeden Fremden, der ins Haus kommt, genau anzuschauen. Man kann heutzutage gar nicht vorsichtig genug sein.“

Ganz meiner Meinung, dachte Donna. Besonders Fremden gegenüber, die mit entwaffnendem Charme und Koffern ins Haus kamen.

„Ja, ich weiß. Man kann nie wissen, wer einem nach Hause folgt.“ Sie schaute ihn vielsagend an.

Frank lachte. „Oh, aber ich bin Ihnen nicht nach Hause gefolgt. Ich bin erst zur Wohnung meines Freundes gefahren, erinnern Sie sich?“

Donna wurde rot, weil sie wusste, dass es so geklungen hatte, als ob sie sich für unwiderstehlich hielte. Doch im nächsten Moment schon kam ihr ein neuer Verdacht. „Und woher wissen Sie dann, wo ich wohne?“

Er wirkte völlig unschuldig. „Ich habe dem Piloten ein paar Fragen über Sie gestellt oder genauer gesagt über *Windsong Airlines*. Ich nahm an, dass Sie nicht weit weg vom Flughafen wohnen und warf einen Blick ins Telefonbuch.“

Wenn er nach ihrer Adresse suchen konnte, warum konnte er sich dann nicht ein Hotel suchen?

„Mom, was ist denn jetzt mit diesem Gitarrenlehrer?“, fragte Taylor ungehalten. Er schaute auf das Branchenbuch, das sie wieder gegen ihre Brust presste.

Das war der Augenblick gewesen, in dem Frank hereingekommen war. „Du willst Gitarrenunterricht nehmen?“, fragte er und streckte die Hand nach dem Instrument auf der Couch aus.

Taylor machte einen Satz. „He, die gehört meinem Dad.“ Er hätte genauso gut schreien können: „Pfoten weg!“

„Keine Angst, ich mache sie nicht kaputt.“ Frank schaute

dem Jungen ins Gesicht, und wundersamerweise verstummte Taylors leidenschaftlicher Protest für eine Weile. Er schaute zu, wie Frank sich hinsetzte und zu spielen begann.

Donna beobachtete, wie seine Finger die Saiten streichelten. Er liebkoste sie, als wären sie eine Frau. Sie musste sich Mühe geben, den Schauer im Zaum zu halten, der ihr über den Rücken rieselte. Frank hob kurz den Blick und lächelte sie an, als ob er ihre Gedanken erraten hätte. Als ob er auf ihr spielte statt auf dem Instrument.

Die süßen Klänge einer Ballade erfüllten den Raum. „Ich habe auf einer ganz ähnlichen Gitarre spielen gelernt“, erzählte er Taylor.

Stephen war bereits bekehrt. Er setzte sich neben Frank auf die Couch. „Spielen Sie oft?“

Die Musik wurde lauter, als Frank ein Riff spielte, das ihm in die Fingerspitzen zu fließen schien. „Wann immer ich Gelegenheit habe.“ Weil ihm die sinnliche Ballade unter die Haut zu gehen begann, schlug er eine andere Tonlage an und begann einen alten Rocksong in der Mitte.

Lisa hatte sich die ganze Zeit über im Hintergrund gehalten und geschwiegen. Jetzt klopfte sie mit dem Fuß den Takt mit. Er spielte gut, ausgesprochen gut. Donna registrierte mit wachsender Verzweiflung, dass ihre Schwägerin unübersehbar beeindruckt war.

„In der Highschool hatte ich meine eigene Band. Wir spielen immer noch zusammen, wenn wir können, einfach nur so zum Spaß.“

Damit zog er Taylor ebenfalls auf seine Seite. Der ältere Junge setzte sich neben Frank, die Ehrfurcht stand ihm wie mit einem Textmarker ins Gesicht geschrieben. Er vergaß sein Misstrauen und seine Streitlust. Jetzt war Frank in Gefahr, zumindest vorübergehend zum Helden ernannt zu werden. „Echt? Eine richtige Band?“

Frank lächelte innerlich, überrascht von der Wärme, die sich in ihm auszubreiten begann. Er hatte nicht damit gerechnet, dass er sich über Taylors Reaktion so freuen könnte. „Ja, eine richtige Band."

„Haben Sie viele Gigs?" Taylor hatte das Wort erst kürzlich gelernt und ließ es sich jetzt gewichtig auf der Zunge zergehen.

„Gelegentlich", gab Frank, der immer noch spielte, zurück. „Aber nur an den Wochenenden, weil wir unter der Woche alle arbeiten müssen."

Stephen schaute fasziniert auf Franks Finger, die sich schnell über die Saiten bewegten. „Was sind Sie denn?"

„Mr Harrigan ist Arzthelfer", schaltete sich Donna ein. Sie sah, dass ihre Antwort alle einschließlich Lisa überraschte. Ihre Söhne schauten zuerst sie und dann Frank mit offenem Mund an. Es war offensichtlich, dass sie ihrer Mutter nicht glaubten.

„Arzthelfer?", echote Stephen und kratzte sich übertrieben den Kopf, wie es kleine verdutzte Jungen tun.

„Blödsinn, das sind doch nur Mädchen", schnaubte Taylor.

Frank begann wieder eine andere Melodie zu spielen, diesmal eine einhändige Version von *Dueling Banjos*.

„Heutzutage nicht mehr. Männer und Frauen können jeden Beruf ergreifen, den sie wollen, so lange sie die Fähigkeit dazu haben. Schaut euch eure Mom an – sie ist Pilotin." Sein lockerer Plauderton stand in starkem Kontrast zu der wilden Musik, die er der Gitarre entlockte. Er beendete das Stück und gab Taylor die Gitarre zurück. „Es ist nur eine Frage der Entschlossenheit." Er schaute dem Jungen in die Augen und sah ein kleines Stück von sich selbst, wie er einmal gewesen war. „Willst du Gitarrespielen lernen?"

„Ja." Taylors Gesicht glühte vor Begeisterung. Er wollte spielen wie sein Dad, wie Frank. „Können Sie es mir beibringen?"

Frank schaute auf Donna. „Darf ich?", fragte er behutsam.

„Ja, darf er, Mom?“, fragte Taylor begierig. „*Bitte.*“ Er zog das Wort unendlich in die Länge.

„Er kann so schön spielen, Mom“, mischte sich Stephen ein. „Und Taylor braucht wirklich Hilfe.“

Diesmal widersprach Taylor seinem Bruder nicht.

Donna seufzte und schüttelte den Kopf. Sie war überstimmt. Sie rang einen Moment mit sich und entschied dann, dass es nicht schaden konnte. Und wenn er Taylor wirklich helfen konnte, umso besser. Immerhin war es ja nur vorübergehend.

„Nun“, begann sie vorsichtig. Ihre Söhne hopsten schon auf dem Sofa auf und nieder. „Wenn Sie nichts anderes vorhaben ...“

Frank breitete die Hände aus. „Im Moment nicht.“

„Was ist mit einem Hotelzimmer?“, fragte sie ruhig, während ihre Wachsamkeit zurückkehrte. „Wann wollen Sie nach Wilbur Falls zurückfahren?“

„Wilmington“, korrigierte er beiläufig. „Ich weiß noch nicht, aber ich werde wohl für eine Weile hierbleiben.“ Taylor schob ihm begierig die Gitarre wieder in die Hand. „Sie können mir den Namen des Hotels später geben.“

Hauptsache, es ist dann nicht für mich zu spät, dachte Donna. Sie streckte die Waffen und deutete auf Taylor. „Gut, dann gehört er jetzt Ihnen.“

Als Donna sich in die Küche zurückzog, war ihr bewusst, dass Lisa nur einen halben Schritt hinter ihr war. Ihre Schwägerin platzte vor Neugier. Donna öffnete den Kühlschrank, als ob nichts wäre, und holte einen Beutel mit Karotten heraus, dann nahm sie das dekorative Schneidebrett von der Wand.

Lisa beobachtete, wie Donna schnell fünf Karotten schrubbte. „Was machst du denn?“

Nachdem die Karotten geputzt waren, legte Donna sie fein säuberlich nebeneinander und begann sie zu zerkleinern. „Karotten schneiden.“

Das war es nicht, was sie gemeint hatte. Lisa deutete ungeduldig mit der Hand in Richtung Wohnzimmer. „Da taucht ein toller Mann auf deiner Türschwelle auf, und du verziehst dich in die Küche und schneidest Karotten?“

Donna warf Lisa einen Blick zu, bevor sie mit ihrer Arbeit fortfuhr. „Was bleibt mir anderes übrig? Angelina hat heute frei, und die Karotten haben noch nicht gelernt, sich selbst zu schneiden.“

Verzweifelt legte Lisa die Hand über den schwarzen Messergriff. „Wer *ist* er?“

Donna hielt in der Bewegung inne und schaute auf. „Ich dachte eigentlich, dass du ihm diese Frage schon gestellt hättest, bevor du ihn reingelassen hast.“

Donna weicht aus, dachte Lisa. Sie hatte in den Augen der Schwägerin einen ganz bestimmten Blick gesehen, als sie mit Frank ins Zimmer gekommen war. Denselben Blick, den sie auf Donnas Gesicht gesehen hatte, als Donna mit Tony zusammengewesen war, und deshalb war Lisa auch nicht bereit, das Thema fallen zu lassen. „Er sagte, er wolle zu dir. Ich dachte, er wäre ein Freund von dir.“

Donna runzelte die Stirn. *Freund* war kein Wort, das sie leichtfertig gebrauchte. Es deutete auf ein Band hin, das Zeit brauchte, um geschmiedet zu werden. „Ich kenne ihn seit …“, sie schaute auf die Uhr, „etwas mehr als einen halben Tag.“

Lisas Mundwinkel hoben sich, als sie den Hals reckte und einen Blick ins Wohnzimmer warf, wo sie Frank und Taylor sah. „Ich würde ihn wirklich gern ein bisschen besser kennenlernen.“

Nachdem sie fertig war, tat Donna die geschnittenen Karotten in einen Topf und fügte noch etwas Wasser hinzu, bevor sie den Topf auf den Herd stellte. „Tu dir keinen Zwang an. Meinen Segen hast du.“

„Aber seinen nicht, und das ist das Entscheidende“, sagte

Lisa aufrichtig. Als Donna sie scharf anschaute, fuhr Lisa fort: „Beim Reinkommen schaute er dich an, als ob du ein Berg Vanilleeis wärst und er die heiße Schokoladensoße."

Donna weigerte sich, das Bild an sich herankommen zu lassen. Stattdessen öffnete sie den Kühlschrank und hielt Ausschau nach dem offenen Glas Spaghettisoße, das sie vor zwei Tagen hineingestellt hatte. „Du machst doch gerade eine Diät, oder?"

Das zu erraten war nicht schwer. Lisa schien drei Wochen im Monat eine neue Diät auszuprobieren, obwohl sie wirklich nicht aussah, als ob sie es nötig hätte abzunehmen. „Ja, aber das hat nichts damit zu tun. Du lenkst ab."

Donna versuchte es erneut. „Es gibt nichts abzulenken, Lisa." Nachdem sie das Glas entdeckt hatte, nahm sie es heraus und knallte die Kühlschranktür ein bisschen fester zu als vorgesehen. „Er war in der Maschine. Ich lernte ihn kennen, als eine Passagierin Wehen bekam und …"

„Wow!" Lisa hob überwältigt die Hände. „Moment mal. Jemand hat Wehen bekommen?"

Aber Donna schüttelte bereits den Kopf. Sie hatte keine Lust, sich in Einzelheiten zu ergehen. „Es ist eine lange Geschichte. Vielleicht erzähle ich sie dir morgen."

Die Soße fand ihren Weg in einen zweiten Topf. Donna nahm von Lisa einen dritten entgegen. Einen, der groß genug war, um Spaghetti darin zu kochen. Donna aß immer gern Spaghetti, wenn sie von einer Reise zurückkam.

„Im Moment muss ich …" Sie unterbrach sich, als Stephen in die Küche gestürmt kam. „Ja, Stephen?"

„Kann Frank zum Essen bleiben, Mom?" Er zerrte überredend an ihrem Arm.

Gute Manieren zählten heutzutage nicht mehr sehr viel. Und doch musste sie es versuchen. „Redest du von Mr Harrigan?", fragte sie.

Stephen schüttelte den Kopf. „Das ist doch Frank, Mommy", erinnerte er sie. „Darf er? Komm, sag schon, kann er bleiben? Im Esszimmer ist es auch ganz aufgeräumt und alles."

Die Sache begann ihr zu entgleiten. Für ihren Geschmack wurde der Mann in ihrer Familie viel zu schnell heimisch. „Ich denke wirklich nicht …"

„Ja", sagte Lisa entschieden. „Natürlich kann er zum Essen bleiben." Stephen schob entzückt ab, während Donna ihre Schwägerin scharf anschaute. „Der Mann hat kein Dach über dem Kopf, und wahrscheinlich hat er auch noch nichts gegessen", versuchte Lisa ihre Entscheidung zu verteidigen. „Wo bleibt deine Nächstenliebe, Donna?"

Donna hatte alle Stacheln ausgefahren, als sie eine Packung Spaghetti herausnahm und aufmachte. Ein Fingernagel brach ab. „Wenn man dich hört, könnte man fast denken, ich wäre ein Geizhals."

Lisa nahm ihr die Packung ab und ließ die Spaghetti auf ein Stück Küchenkrepp gleiten. „Eher schon eine eiserne Jungfrau."

Donna zog die Augenbrauen zusammen. „Eiserne Jungfrauen haben keine Söhne", stellte sie klar.

Lisa wartete darauf, dass das Wasser kochte. „Dann hör auf, dich wie eine zu benehmen", riet sie leichthin. „Er ist unübersehbar interessiert. Andernfalls hätte er einen Taxifahrer gebeten, ihn beim nächsten Hotel abzusetzen."

Donna hatte bereits dasselbe gedacht. „Ja, ich weiß. Das ist es ja, wovor ich Angst habe."

Das Wasser im Topf kochte. Lisa warf die Spaghetti hinein, und dann nahm sie Donnas Hand. „Hör jetzt mal für eine Minute auf, wie eine bewegliche Zielscheibe durch die Küche zu schießen, und hör mir zu."

„Zuerst bin ich eine eiserne Jungfrau und dann eine bewegliche Zielscheibe. Entscheide dich, Lisa." Aber Donna blieb stehen wo sie stand.

Lisa spürte, wie ihrer Schwägerin zumute war. In den zwei Jahren ihres Zusammenlebens hatte sie Donna sehr lieben gelernt, und sie wollte, dass sie glücklich wurde.

„Tony war ein prima Kerl. Ich habe ihn sehr geliebt. Und ich vermisse ihn auch sehr. Aber er ist tot und du nicht. Es wird Zeit, dass du dein Leben weiterlebst."

Lisa sagte nichts, was sie nicht vorher auch schon gesagt hatte. Aber diesmal saß jemand im Nebenzimmer, der das alles vielleicht in einem anderen Licht erscheinen lassen könnte. Lisa wollte nicht, dass Donna diese Möglichkeit wegwarf.

„Ich lebe doch." Donna hob anklagend die Hände, dann fuhr sie sich durchs Haar. „Ich lebe so sehr, dass ich ganz erschöpft bin."

Lisa schüttelte den Kopf. „Ich meine nicht die Arbeit und die Jungen. Ich meine dein Leben als Frau."

Donna griff sich einen Fleischwender und hob ihn, als ob sie Lisas Worte parieren wollte. „Eine Frau definiert sich nicht über die Beziehung, die sie mit einem Mann hat."

„Nein", stimmte Lisa bereitwillig zu und lächelte. „Aber eine Beziehung macht das Leben tausendmal spannender." Dann spielte sie ihr As aus, während sie Donna wissend anschaute. „Du bist rot geworden wie eine Tomate, als er zur Tür reinkam."

Donna zuckte die Schultern und begann in der Soße zu rühren. „Das war nur der Schock."

Es war viel mehr, und sie wussten es beide. Und eine von ihnen hatte, wie Lisa dachte, Angst davor.

Sie öffnete den Mund, um Donna zu widersprechen, dann hielt sie inne und neigte lauschend den Kopf.

„Da, hör mal." Als Donna sie erstaunt anschaute, deutete Lisa mit dem Kopf aufs Wohnzimmer.

Donna trocknete ihre Hände an einem Handtuch ab und ging näher zur Tür. Sehr tastend drangen Melodiefetzen aus dem anderen Raum. Es klang abgehackt, aber es war unüberhörbar eine Melodie. Musik statt Dissonanzen.

Lisa und Donna schauten sich an und lächelten.

„Taylor", sagte Donna unnötigerweise mit einem Anflug von Stolz.

Lisa nickte. „Ich würde sagen, dass Frank ein bisschen was von einem Wundertäter hat. Für mich hat er damit die Einladung zum Abendessen schon verdient."

Donna wusste, dass ihre Schwägerin recht hatte. Für diesen Erfolg konnte sie ihn zumindest ein bisschen füttern. „Es ist nicht das Essen, das mich beunruhigt."

Lisa wusste es. Sie tätschelte Donna die Wange. „Immer einen Schritt nach dem anderen, Donna."

„Genau das macht mir Sorgen", gab Donna zurück. Der erste Schritt war der entscheidende.

5. KAPITEL

Er passte gut hinein. Fast zu gut.

Beim Essen hatte Frank alle unterhalten. Das Essen, mit Stephen und Taylor nie eine ruhige Angelegenheit, hatte sich in einen Wettbewerb verwandelt, bei dem die beiden Jungen miteinander wetteiferten, dem anderen immer eine Nasenlänge voraus zu sein. Jeder hatte versucht, Franks ausschließliche Aufmerksamkeit und seinen Beifall zu erheischen. Taylors überhebliche Art war wie weggeblasen gewesen. Stephen benahm sich wie ein Hündchen, das begierig ist, gestreichelt zu werden.

Frank hatte es geschafft, sie beide zufrieden zu stellen. Donna zollte ihm widerwillige Bewunderung.

Lisa hätte nicht erfreuter sein können. „Ich denke, er ist das beste seit der Einführung der Eiskrem", vertraute sie Donna flüsternd an, als sie nach dem Tellerstapel griff, um ihn nach nebenan zu tragen.

„Denkst du, ja?", murmelte Donna.

Sie folgte Lisa mit einer Handvoll Besteck, das sie Frank, der unbedingt helfen wollte, praktisch aus den Händen reißen musste, in die Küche. Sie legte alles mit einem Klappern in die Spüle und nahm dann aus dem Unterschrank das nach Zitrone duftende Spülmittel heraus.

Als Donna das Wasser aufdrehte, schaute Lisa sie mit weit aufgerissenen Augen an. „He, was machst du denn?"

Donna dachte, dass es sehr offensichtlich war. Sie tat unter dem Wasserstrahl einen Schuss Spülmittel ins Wasser. Schaumberge begannen zu sich zu türmen. „Abwaschen."

Lisa drehte das Wasser ab. „Dafür haben wir einen Geschirrspüler." Sie hob sarkastisch eine Augenbraue. „Oder ist dir das noch nicht aufgefallen?"

Mit einem Lächeln zog Donna Lisas Hand von dem Wasserhahn und drehte das Wasser wieder an. „Es geht nichts über von Hand gespültes Geschirr."

Als Rechtsanwältin war Lisa daran gewöhnt, stur an einer Sache festzuhalten und keinen Zentimeter zurückzuweichen. Dass sie darin Erfahrung hatte, kam ihr in Momenten wie diesem entgegen. „Jetzt reicht's aber." Resolut ließ sie die Hand ins Wasser gleiten und zog den Stöpsel heraus. Gurgelnd floss das Wasser ab. „Du gehst jetzt sofort wieder nach nebenan. Ich übernehme die Plackerei."

Donna wollte aber nicht gehen. Sie wollte hierbleiben, mit dem Geschirr und mit Lisa, hier wo sie in Sicherheit war. Wo sich Sehnsüchten keine breite Straße öffnete. „Ich ..."

Lisa verengte die Augen, deutete mit der nassen Hand gebieterisch auf die Tür und sagte nur: „Geh!"

Donna ging.

Frank saß bei Taylor und spielte Gitarre. Als sie die beiden sah, hatte sie ein ganz komisches Gefühl. Als ob sie dieselbe Szene zu einer anderen Zeit schon einmal gesehen hätte.

Aber natürlich war das nicht so. Sie hatte Frank bis zu diesem Tag noch nie gesehen. Und doch konnte Frank auf der Gitarre genauso spielen Tony, und sie brauchte nicht viel Fantasie aufzubringen, um sich Tony vorzustellen, der dort mit Taylor saß.

Weil sie wusste, dass es unhöflich wirken würde, wenn sie jetzt wieder hinausging, setzte Donna sich hin und hörte zu. Und dann wurde sie gegen ihren Willen von den Klängen mitgerissen. Frank stellte Dinge an mit der Gitarre, die sie nicht für möglich gehalten hätte. Er brachte sie fast zum Schluchzen. Und ganz gewiss zum Singen. Auf die Bitten der Jungen hin spielte er ein Lied nach dem anderen, und dann fragte er Donna, was sie hören wollte, und sie nannte ihm – zögernd – ebenfalls eins.

„Das ist der Song, den ich beim Talentwettbewerb spielen will", erklärte Taylor, nachdem Frank das Lied, um das Donna ihn gebeten hatte, gespielt hatte. „*Greensleeves.*"

Frank schaute Donna in die Augen. Er entdeckte darin eine Mischung aus Schmerz und Freude. Das Lied bedeutet ihr etwas, dachte er. Vielleicht mehr als nur ein bisschen. Er hob die Augenbrauen. „Sind Sie einverstanden, dass ich es ihm beibringe?"

Es war ihr Song gewesen – Tonys und ihrer. Er hatte im Radio gespielt, als Tony sie zum ersten Mal in dem alten Auto ihres Vaters geküsst hatte. Sie hatten einfach nur dagesessen und waren dabei gewesen, sich zu unterhalten, als er sich plötzlich vorgebeugt und sie geküsst hatte. Genau in diesem Moment hatten sie eine alte Version von *Greensleeves* gebracht.

Lass los, flüsterte eine Stimme.

Na toll, jetzt hörst du schon Lisa in deinem Kopf, dachte Donna. Aber der Satz machte immer noch Sinn. Sie musste ein paar Sachen loslassen, vor allem, wenn es für Taylor wichtig war. „Mir ist es recht."

Frank nickte und begann, Taylor die Griffe zu zeigen.

Am Ende des Abends konnte Taylor Teile der Melodie auf der Gitarre spielen. Sein Anschlag war nicht mehr so hart und seine Begeisterung ungebrochen. Taylor hatte in relativ kurzer Zeit immense Fortschritte gemacht.

Was selbst ihn überraschte.

Als Frank bat, sich ein Taxi bestellen zu dürfen, scheuchte Lisa ihre Neffen aus dem Wohnzimmer. „Okay, Leute, auf ins Bett."

Stephen versuchte sich loszureißen, als sie nach seiner Hand griff. „Aber morgen ist doch keine Schule, Tante Lisa."

„Egal." Lisa ließ sich nicht erweichen. „Eure Mommy will noch einen Moment mit Mr Harrigan sprechen." Sie schaute Donna vielsagend an. „Allein."

Donna wand sich innerlich. Lisa hatte so gar nichts Subtiles an sich.

Ein Anflug von Taylors früherem Misstrauen kehrte zurück. Er schaute von Frank zu seiner Mutter, unsicher, ob er sie sich zusammen vorstellen wollte.

„Über was denn?"

„Wenn sie wollte, das du es weißt, würde sie es dir wohl sagen, oder nicht?", gab Lisa zurück, während sie Taylor zur Tür schob.

Er fand das einleuchtend, aber seine Neugier stillte es nicht. „Aber …"

Lisa griff sofort ein. Zwei Jahre hartes Training hatten eine Expertin aus ihr gemacht, die wusste, auf welche Weise sie ihre Neffen am geschicktesten aus dem Verkehr ziehen konnte. „Auf jetzt, bewegt eure Allerwertesten in Richtung Bett, meine Herren – aber ein bisschen dalli, wenn ich bitten darf."

Stephen schaute auf und kicherte, dann verließ er das Zimmer.

Lisa gab Taylor, der immer noch herumlungerte, einen liebevollen Klaps aufs Hinterteil. „Das gilt auch für dich, Verehrtester. Sieh zu, dass du in deinen Schlafanzug kommst." Lisa drehte sich zu Frank um und sagte: „Das wird noch eine Weile dauern, deshalb möchte ich mich schon mal verabschieden."

Donna schloss gepeinigt die Augen. Fehlte nur noch, dass Lisa eine rote Flagge hisste und den Startschuss abgab. Sobald die anderen auf dem Flur waren, kehrte ihre Nervosität zurück.

„Gute Nacht", rief Frank Lisa und den Jungen nach. Taylor erwiderte den Gruß, und Stephen winkte.

Frank stellte die Gitarre behutsam neben seinen Koffer und wandte sich dann Donna zu. „Lisa sagte, dass Sie mit mir reden wollen?" Als Donna nicht reagierte, fragte er: „Worüber denn?"

Donna zuckte hilflos die Schultern. „Da werden Sie schon Lisa fragen müssen. Schließlich ist es auf ihrem Mist gewachsen."

Das war einfach lachhaft. Sie war eine erwachsene fähige Frau, eine allein stehende Mutter, die Inhaberin einer Charterfluggesellschaft. Sie hatte sogar Angestellte, um Himmels willen. Warum hatte sie nur diesen verrückten Drang aufzustehen und wegzurennen?

Er saß auf der Couch und sie auf dem Zweiersofa. Als Frank aufstand und zu ihr herüberkam, spürte Donna ihren Puls an ihrem Hals und in ihren Handgelenken pochen. Sein Schenkel streifte ihren, als er sich neben sie setzte. Donna suchte nach etwas, das sie sagen konnte. „Lisa scheint zu denken, dass ich ein bisschen mehr ausgehen könnte."

„Mehr", wiederholte er, während seine Blicke über ihr Gesicht wanderten. „Heißt das öfter ausgehen oder überhaupt ausgehen?"

Donna schaute gerade vor sich hin und überlegte, wie sie sich an Lisa rächen könnte, weil sie sie in diese Situation gebracht hatte.

„Ich verstehe." Frank nickte, wobei er sich fragte, wie lange sie es wohl noch schaffen würde, mit dem Fernseher zu reden. „Nun, da bin ich mir mit Ihrer Schwägerin einig. Sie sollten ausgehen." Donna wandte sich ihm zu. „Mit mir."

Sie spürte, wie ihr Mund trocken wurde. Er war so nah, dass sie seinen Atem spüren konnte. Sie versuchte sich an ihre Vorsätze zu erinnern. „Ich möchte nicht, dass Sie auf falsche Ideen kommen, Frank ..."

Er fuhr ihr leicht mit den Fingern durchs Haar und strich es von ihrer Wange zurück. „Bis jetzt habe ich noch gar keine Ideen, aber ich arbeite daran ..."

Plötzlich wurde er von einer Erregung erfasst, wie er sie noch nie gefühlt hatte. Das ist etwas ganz Besonderes, dachte er. *Sie* war etwas Besonderes.

Donna rutschte entschlossen so weit von ihm ab, wie es auf dem schmalen Zweiersofa nur ging. Bestenfalls ein Zoll, mehr nicht. Nicht annähernd genug, um sie vor ihren aufgewühlten Gefühlen zu schützen.

Ihr Blick wanderte über die Gitarre. „Ich weiß es zu schätzen, was Sie für Taylor getan haben", sagte sie ein bisschen zu schnell.

„Er ist ein netter Junge. Nette Jungs verdienen eine Chance." Frank schaute auf Donna. Er wollte sie halten, sie küssen, sie an sich spüren. „Egal wie alt sie sind."

Donna faltete die Hände, als ob ihr das die Kraft geben könnte, die sie so dringend brauchte. „Sie haben mir am Flughafen eine Menge von sich erzählt", begann sie zögernd.

Er hatte ein bisschen zu viel geredet, aber nur, um sie aus ihrem Schneckenhaus herauszulocken. „Einer von uns musste schließlich etwas sagen."

„Also gut, dann lassen Sie mich jetzt etwas über mich erzählen. Tony war mein Highschool-Schwarm." Um ihren Mund huschte ein abwehrendes Lächeln. Einen Mund, den er küssen wollte. „Ganz schön kitschig, was?"

Es klang seiner Meinung nach überhaupt nicht kitschig, es klang süß. Wie sie. „He, das können Sie mir nicht erzählen. Ich bin aus Oz, erinnern Sie sich? Dort, wo ich herkomme, tauschen die Leute immer noch gelegentlich Geflügel für ärztliche Hilfe ein."

Donna lächelte. Er erleichterte ihr ihr Vorhaben, egal, ob er das wollte oder nicht. „Wie auch immer, auf jeden Fall heiratete ich ihn, und ich dachte, es würde bis in alle Ewigkeit so weitergehen." Ihre Augen verdunkelten sich. „Bis in alle Ewigkeit waren genau sieben Jahre." *Und dann beendete er es. Er legte Hand an ein wunderbares, pulsierendes Leben und beendete es.*

Donna schaute Frank an. Es war wichtig für sie, dass er sie verstand. Dass sie ihn so sanft wegschob wie möglich.

„Meine Eltern starben bei einem Autounfall, als ich zweiundzwanzig war. Und als Tony starb, erschien es mir, als könnte ich die Menschen, die ich liebte, nicht halten. Es machte Bindungen schwierig, deshalb ... tat ... ich ... es nicht." Sie machte lange Pausen zwischen den einzelnen Wörtern, dann zuckte sie die Schultern und beeilte sich fortzufahren: „Es scheint leichter so. Taylor und Stephen sind jetzt die einzigen Männer in meinem Leben. Für etwas anderes ist kein Raum. Für jemand anders." Sie biss sich auf die Unterlippe. Das war nicht einfach für sie. Sie wollte nicht ihr Innerstes vor ihm entblößen, und kurz bevor sie auf den Selbstmord zu sprechen gekommen war, hatte sie sich unterbrechen müssen, einfach deshalb, weil sich ihre Zunge immer noch gegen das Wort sträubte. Davon abgesehen gab es keinen Grund, warum sie Frank davon erzählen sollte. „Habe ich mich deutlich genug ausgedrückt?"

„Überdeutlich." Aber er blieb sitzen, wo er saß, nur Zentimeter von ihr entfernt. Ihm war aufgefallen, dass sie nicht erwähnt hatte, woran ihr Mann gestorben war. Doch jetzt war nicht der richtige Zeitpunkt, sie danach zu fragen. „Da Ihr Entschluss bereits feststeht, macht es Ihnen sicher nichts aus, wenn ich noch ein bisschen hierbleibe und mein Bestes versuche, oder?"

Sie verstand nicht. „Ihr Bestes versuchen?", wiederholte sie.

Er grinste sie an. „Bitten Sie darum, dass ich es Ihnen demonstriere?"

„Ich …" Ihre Stimme schien ihr nicht zu gehorchen.

„… täte nämlich nichts lieber als das." Frank fuhr ihr mit den Fingerspitzen über die Wange und liebkoste sie sanft.

Donna spürte, wie sich die Hitze an der Stelle, die er berührte, sammelte. Ihr blieb die Luft im Hals stecken und hielt ihren Protest zurück wie ein Staudamm einen Fluss.

Begehren und Angst mischten sich in ihren Augen, ihr Blick flehte ihn an aufzuhören und bettelte zugleich, doch weiterzumachen.

Frank folgte seinem Instinkt. Er legte seinen Mund so leicht auf ihren, dass sie glaubte, sich den Kontakt zu einzubilden.

Einzubilden und zu wünschen.

Sein Mund streifte ihre Lippen, eine Bewegung, die so sanft

war wie das Schwanken eines Blütenblatts im Wind. Langsam, Stück für winziges Stück, vertiefte er den Kuss und zog sie unter die Oberfläche hinein in eine wunderbare Welt überschäumender Gefühle und gleißender Lichter. Sie bekam keine Luft mehr und konnte keinen einzigen Gedanken fassen.

Alles, was sie konnte, war fühlen.

Frank legte die Hand um ihren Hinterkopf und zog sie noch ein bisschen näher zu sich heran, wobei er sich in den Geschmacksnuancen und Empfindungen, die ohne Vorwarnung auf ihn einstürmten, verlor. Sie hatten ihn fest im Griff und ließen ihn ehrfürchtig staunend zurück. Er schmeckte ihr Verlangen, ihre aufgestauten Gefühle und spürte, dass er ganz demütig wurde. Demütig und erregter denn je, und das alles nur von einem Kuss.

Donna schob ihre Finger in sein Haar, fast wie um sich selbst zu beweisen, dass dieses unglaubliche Gefühl real war. Als der Kuss noch intensiver wurde, wurde sie von ihren Empfindungen überschwemmt wie ein Strand bei Sturm von tosenden Wellen.

Sie wusste nicht, wie lange sie sich noch zurückhalten konnte. Sie hatte nicht gewusst, wie ausgehungert sie war, bis sie die Krümel, die von der Festtafel heruntergefallen waren, eingesammelt hatte.

Sie spürte, wie ihr die Tränen in die Augen schossen. Tränen der Freude und des Glücks. Sie spürte, wie sich ihre festen Bestandteile auflösten und wie sie dahinschmolz, ineinander floss wie Spektralfarben in einer Öllache auf dem Boden.

Genau wie er es am Flughafen geschafft hatte, sich ihr mehr zu nähern, als ihr lieb war, entlockte ihr jetzt sein Mund Reaktionen, die zu zeigen sie bis zu diesem Moment nie die Absicht gehabt hatte.

Jetzt wusste er es.

Jetzt wusste Frank, warum ihm irgendetwas unablässig ins

Ohr geflüstert und ihn gedrängt hatte, Gregs Einladung anzunehmen. Es war, damit er Donna kennenlernen konnte. Damit er jetzt hier sein konnte, hier, mitten im Zentrum dieses herrlichen Wirbelsturms, in diesem rasenden Karussell der Empfindungen, über das er keine Kontrolle hatte.

Das Schicksal hatte es so eingerichtet. Und er war ihm ewig dankbar dafür.

Sie fühlte wieder. Sie fühlte, obwohl sie sich geschworen hatte, nie wieder zu fühlen.

Sie durfte es nicht. All das gehörte der Vergangenheit an, einem anderen Leben ... einem Leben, das nicht mehr ihres war.

Angst durchlöcherte den seidenweichen Kokon, in den sie sich eingehüllt fühlte; ein kalter Luftzug fegte herein.

Donna zog sich zurück, aus Angst vor dem, was sie fühlte. Aus Angst vor sich selbst. Aus Angst vor diesem Mann, der machte, dass alles wieder von vorn anfing.

Frank sah die Angst in Donnas Augen und drängte sie nicht. Und doch konnte er sich nicht dazu bringen, sie loszulassen, noch nicht.

Sie hörte ihr Herz in ihren Ohren hämmern, ihr Blut rauschte sehnsuchtsvoll. „Frank, ich ..."

„Sschch. Nur noch ein kleines bisschen. Lass mich dich noch eine ganz kleine Weile festhalten." Sein Atem flog nicht mehr ganz so, aber immer noch mehr, als ihm lieb war. Auf das, was ihm gerade widerfahren war, war er wirklich nicht vorbereitet gewesen. „Nur bis ich meine Beine wieder unter Kontrolle habe." Er schaute ihr tief in die Augen. „Du kannst einem ganz schön zusetzen, weißt du das eigentlich?"

Donna presste noch immer zitternd die Lippen aufeinander. „Ich wollte nicht ..."

Wusste sie eigentlich, wie sehr sie ihn betörte? Er war versucht, sie wieder zu küssen, aber er wusste, dass er es nicht durfte. Aus irgendeinem Grund hatte sie Angst. Sie noch einmal zu küssen, war etwa so, als würde man direkt vor einem Wild mit einem Gewehr herumhantieren.

„Egal, ob du es wolltest oder nicht, du hast es getan." Er begehrte sie so sehr, dass es ihm nur mit Mühe gelang, einen klaren Gedanken zu fassen. „Hast du etwas dagegen, wenn ich mein Lager außerhalb deines Lebens aufschlage und hoffe, da im Moment darin kein Platz zu sein scheint?"

„Was?"

Er schüttelte den Kopf und wischte seine Worte mit einer Handbewegung beiseite. „Vergiss es."

Er wusste nicht, ob das, was er sagte, irgendeinen Sinn machte. Er wusste, dass er im Moment nicht klar denken konnte. Er fühlte sich, als wäre er gerade mit einem winzigen Boot in einen Wirbelsturm geraten und nur ganz knapp mit dem Leben davongekommen.

Frank holte tief Atem, dann lächelte er sie an. Er musste sich ein Taxi rufen. Er stand auf, dann ging er zur Couch hinüber und griff nach seinem Koffer. „Du wolltest mir noch ein gutes Hotel in der Nähe empfehlen. Und mir ein Taxi rufen."

Sie nickte, dankbar für die einfache Aufgabe. Zu einer komplexeren Handlung war sie im Moment nicht in der Lage. Ihr Kopf war leer gefegt.

Nachdem sie ein Taxi gerufen hatte, versuchte sie sich an den Namen des Hotels zu erinnern, an dem sie jeden Tag vorbeifuhr. „Das Alhambra auf der Fifth Ecke Sandtree", sagte sie, während sie ihm voran zur Tür ging.

Er folgte ihr. Es war, als ob er einer schwachen Parfümspur folgte. „Ist es hier in der Nähe?"

Donna blieb stehen und drehte sich zu ihm um. In dem Moment, in dem sie es tat, wusste sie, dass es ein Fehler war. „Ja."

Er gab der Versuchung nach und berührte noch einmal ihr

Gesicht, dann ließ er die Hand sinken. Noch eine Sekunde, und er würde sie in den Arm nehmen. „Dann kann ich dich vielleicht noch einmal sehen, solange ich in Seattle bin?“

Donna schaute ihm in die Augen und spürte, dass sie sich augenblicklich darin verlor. Sie konzentrierte sich auf jedes Wort ihrer Erwiderung. „Taylor wird darauf zählen. Ich denke, er braucht mehr als eine Stunde.“

Sein Grinsen war breit und schrecklich beunruhigend. „Dann sind wir schon zwei.“

Sie wusste, worauf er anspielte, und es wurde Zeit, dass sie sich klar ausdrückte. „Frank, ich will nicht wieder in das Karussell.“ Sie wollte sich nicht verlieben. Liebe hatte ihren Preis, und sie konnte es nicht ertragen, ihn noch einmal zu bezahlen. „Ich kann nicht.“

Er hörte draußen ein Auto hupen und wusste, dass es das Taxi war. Trotzdem blieb er noch einen kleinen Moment. „Warum nicht? Man soll nie nie sagen, weißt du.“

Sie öffnete die Tür. „Dein Taxi ist da, Frank. Du solltest jetzt besser gehen. Gute Nacht.“

„Gute Nacht“, gab er zurück. Bevor sie die Tür zumachte, drückte er einen Kuss auf seine Fingerspitze und fuhr ihr damit über die Lippen. Er beobachtete, wie trotz ihrer Abwehr doch wieder Verlangen in ihren Augen aufleuchtete. Er lächelte. „Ich sehe dich morgen Vormittag.“

„Ja, gut.“

Donna schloss die Tür. Sie hätte Nein sagen sollen. Sie hätte sagen sollen, dass sie keine Zeit hatte. Wenn sie auch nur einen Funken Verstand im Kopf hätte, würde sie morgen früh weg sein, wenn er kam.

Donna lehnte sich aufseufzend gegen die Tür und fuhr sich mit den Fingerspitzen über die Lippen. Sie kribbelten immer noch.

Wenn sie nur einen Funken Verstand hätte …

Die mit Mahagoni getäfelte Eingangshalle des Alhambra mit ihren schweren Holzmöbeln erinnerte Frank an die Zeit, die er in Baja, Kalifornien, verbracht hatte. Er mochte die mexikanische Atmosphäre. Das Alhambra war sauber, bezahlbar und – das Wichtigste – ganz in der Nähe von Donna. Er gab dem Empfangschef seine Personalien, zückte seine Kreditkarte und wurde innerhalb von fünf Minuten mit einem Schlüssel belohnt.

Sein Zimmer lag im siebten Stock. Sieben war schon immer seine Glückszahl gewesen.

Er fuhr zusammen mit einem frisch vermählten Paar nach oben, das es offensichtlich kaum erwarten konnte, in die Honeymoonsuite zu kommen. Der Anblick der beiden führte nur dazu, dass er wieder an Donna denken musste. Und sich nach ihr sehnte.

Er schloss sein Zimmer auf, deponierte seinen Koffer auf der Ablage und warf sich dann aufs Bett. Jetzt hatte ihn die Erschöpfung doch noch eingeholt. Er starrte an die Decke und hätte schwören mögen, dass er in den Schatten, die von den Lichtern eines benachbarten Gebäudes geworfen wurden, Donnas Gesicht erkennen konnte.

Alles in allem war es ein interessanter Tag gewesen, überlegte er. Ein *sehr* interessanter Tag.

Mit Verspätung erinnerte er sich, dass er Jeannie versprochen hatte, sie nach seiner Ankunft in Seattle anzurufen.

Er setzte sich müde auf und streckte die Hand nach dem Telefon aus. Er zog es zu sich herüber, stellte es auf seinen Schoß und wählte die Nummer seiner Schwester. Es klingelte sechsmal, bevor schließlich abgenommen wurde.

Eine sehr verschlafene Stimme murmelte: „Hallo?"

Er lehnte sich gegen die Kopfstütze und machte es sich bequem. „He, du bist mir ja vielleicht eine Ärztin. Wenn ich ein Notfall wäre, wäre ich jetzt schon hinüber."

„In Ordnung." Jetzt klang Jeannie hellwach. Es war eine

Fähigkeit, die sie im Lauf der Jahre perfektioniert hatte. „Ich hätte dich schon wieder zurückgeholt. Ohne Aufpreis." Im Hintergrund hörte er eine männliche Stimme. Zweifellos wollte Shane wissen, wer am Telefon war. „Ich weiß nicht", antwortete sie der Stimme. „Shane will wissen, wo du bist, Frank. Wir hatten dich schon fast aufgegeben."

„Im Alhambra Hotel."

Wieso denn das? „Warum bist du nicht bei Greg? Hat er dich rausgeschmissen?" Sie erzählte Frank nicht, dass sie sich mehr als nur ein bisschen Sorgen gemacht und sich gefragt hatte, was passiert war, weil er nicht anrief. Sie hatte die Nummer angerufen, die er ihr dagelassen hatte, doch dort hatte sich niemand gemeldet. Auch wenn Frank ihr älterer Bruder war, hielt sie das doch nicht davon ab, sich Sorgen zu machen, wenn er weg war.

Er erzählte ihr von Gregs merkwürdigem Verschwinden und der plötzlichen Geschäftsreise.

„Und warum bist du dann jetzt nicht schon wieder auf dem Heimweg?", fragte sie verwundert.

Wo sollte er mit seiner Geschichte anfangen? So viel war in so kurzer Zeit passiert. „Ich habe diese Frau auf dem Flug nach …"

Nun, das erklärte alles. „Junge, du hast wirklich keine Zeit verschwendet, was?"

Er wusste, wie es sich anhörte, aber diesmal war er unschuldig. Zumindest am Anfang. „Ich habe nichts dazugetan. Sie ist mir in den Schoß gefallen."

Jeannie dachte daran, wie ihrem Bruder die Herzen der Frauen zuflogen. Das war schon in der Schule so gewesen, und sogar jetzt beklagten sich immer wieder Patientinnen, dass Frank ihren Blutdruck in die Höhe trieb. „Das ist doch nichts Neues."

„Nein, ich meine buchstäblich." Er versuchte es wieder. „Es gab Turbulenzen."

Sie lachte. „Darauf wette ich."

Er stöhnte verzweifelt auf. „Könntest du vielleicht ein Mal ernst sein?"

„Kommt ganz darauf an." Da war etwas in Franks Stimme, etwas, das sie aufhorchen ließ. Jeannie war sich sicher. „Bist du es denn?"

„Ich weiß nicht", sagte er ehrlich. Die Ereignisse hatten sich so überstürzt. Natürlich war es ihm schon passiert, dass er sich von einer Frau angezogen gefühlt hatte, aber noch nie magnetisiert. Es war fast so, als ob ihm in dieser Sache sein freier Wille abhanden gekommen wäre. „Aber da ich jetzt schon mal hier bin, kann ich auch noch eine Weile bleiben, nur für den Fall, dass Greg genauso plötzlich zurückkommt wie er weggerufen wurde."

„Hm." Es war nicht Greg, an dem er interessiert war, aber das war in Ordnung so. Jeannie hatte gleich, als er ihr von seiner geplanten Reise erzählt hatte, gewusst, dass es keine einfache Angelegenheit sein würde. „Nur gut, dass ich mich heute an eine Zeitarbeitsfirma gewandt habe. Sie schicken mir morgen früh eine Aushilfe vorbei."

Frank lachte. Jeannie ließ wirklich nie etwas anbrennen. „Meine Güte, sag bloß noch mal was von wegen keine Zeit verschwenden!"

„Ich hatte so eine Vorahnung."

„So? Was denn für eine?" Vielleicht konnte sie ja ein bisschen Licht ins Dunkel bringen. Er konnte es mit Sicherheit nicht. Er fühlte sich, als wäre er gerade aus einem Traum aufgewacht.

„Nur so ein Gefühl, mehr nicht." Frank konnte ihr Schulterzucken fast hören." Ich dachte mir, dass es für deine Reise einen zwingenderen Grund geben müsste, als nur den Brief von einem alten Freund. Und dass du in diesem Fall bestimmt länger bleibst als vorgesehen. Manchmal scheinen Dinge einfach zu passieren, sie fügen sich, ganz ohne unser Zutun."

Sie dachte an ihr eigenes Leben, an die Ereignisse, die sich so gefügt hatten, dass sie und Shane zusammenkommen konnten. Wenn nur ein Teil gefehlt hätte, würde sie heute Nacht allein in ihrem Bett liegen. Und im Zimmer nebenan würde kein allerliebster kleiner Junge schlafen.

Frank dachte an den fast unwiderstehlichen Drang, der ihn hierhergeführt hatte, an das verschwundene Ticket und die schwangere Frau, die seine Hilfe gebraucht hatte. Seine und Donnas Hilfe. „Ja, wem sagst du das."

„Und, ist sie hübsch?"

„Mehr als hübsch, sie ist einfach atemberaubend." Er lachte wieder, und Jeannie wurde es ganz warm ums Herz. Diesmal wird es anders sein, dachte sie. Diesmal war es ihm ernst. Sie hatte so ein Gefühl …

„Ich verstehe. Aber wenn sich wirklich etwas Ernsthaftes daraus entwickeln sollte, möchte ich sie mir anschauen. Ich gebe meinen großen Bruder nämlich nicht einfach irgendjemandem, weißt du."

Seit sie sprechen konnte, hatte sie versucht, auf sein Leben Einfluss zu nehmen. Manchmal hatte er sich darüber geärgert. Aber meistens hatte er sich geliebt gefühlt. Und dennoch … „Sag Shane, dass er es nicht schafft, dich an der Kandare zu halten. Du bist langsam zu alt, um ständig deine Nase in fremde Angelegenheiten zu stecken."

„Bei dir bleibt einem ja nichts anderes übrig. Es war immer nötig, dass ich auf dich aufpasse, das weißt du genau." Shane hatte angefangen, ihr mit der Hand über den Schenkel zu fahren, und Jeannie verlor den Faden. „Schön, jedenfalls hoffe ich, du amüsierst dich gut, während ich mich hier abrackere."

Das stimmte, wie er wusste. Jeannie arbeitete viel zu viel. „Ich bin wild entschlossen. Gib Mollie und Johnny einen Kuss von mir."

„Mach ich." Sie legte ihre Hand über die ihres Mannes, um

ihn von weiteren Nachforschungen abzuhalten. Nur bis sie aufgelegt hatte. „Oh, Mollie sagt, du sollst ihr ein Buch über die Geschichte von Seattle mitbringen."

Das war typisch. „Manchmal glaube ich, Mollie ist intelligenter, als gut für sie ist."

Jeannie grinste erfreut. Ihre Tochter hatte sich bereits mit vier selbst das Lesen beigebracht, weil es ihr immer zu lange dauerte, bis ihr jemand vorlas. „Sie ist eben erblich belastet."

„Wie ich sehe, ist diese Ehe deiner Bescheidenheit nicht gerade förderlich."

Jeannie lachte, als sie sich neben Shane in die Kissen zurücksinken ließ. „Nein, aber sie macht mich sehr glücklich. Du solltest es eines Tages auch versuchen."

Seit allerneuestem klang das längst nicht mehr so erschreckend wie früher. „Ich werde daran denken. Gute Nacht, Jeannie."

„Gute Nacht. Oh, und Frank?"

Er hatte schon fast aufgelegt. „Ja?"

Jeannies Stimme wurde weich. „Meld dich mal wieder."

Er fand es seltsam, dass sie das sagte, da er ja sehr bald wieder nach Wilmington Falls zurückkehren würde, aber er versprach es trotzdem. Jeannie versuchte zwar immer, es sich nicht anmerken zu lassen, aber sie machte sich stets Sorgen.

Nachdem er aufgelegt hatte, waren die Schatten immer noch an der Decke.

Und immer noch sahen sie aus wie Donna.

6. KAPITEL

Donna konnte nicht einschlafen. Die hinter ihr liegenden achtzehn Stunden hatten ihre Welt aus den Angeln gehoben. Alle ihre Gefühle waren in einen Behälter gekippt und kräftig durchgemixt worden. Und jetzt war sie so überdreht, dass sie daran zweifelte, überhaupt jemals wieder schlafen zu können.

Hier, in der Dunkelheit ihres Zimmers, während sie sich in dem Doppelbett herumgewälzt hatte, hatte sie sich wieder und wieder diesen Kuss ausgemalt, bis er Spielfilmlänge hatte, obwohl er in Wirklichkeit nur einen kurzen Moment gedauert hatte.

Schuldgefühle machten sich neben ihr im Bett breit.

Seit Tonys Tod hatte sie nie auch nur entfernt mit dem Gedanken gespielt, dass sie sich mit einem anderen Mann einlassen könnte. Sie hatte nicht einmal einen *angeschaut*. Und jetzt schaute sie nicht nur, sondern begehrte auch noch. Und gestattete es sich, sich zu öffnen, was sie noch teuer zu stehen kommen würde.

Die ganze Nacht über hüpften ihre Gedanken wie Bälle über das Tennisnetz, prallten daran ab und sprangen wieder zurück, mal auf die eine, mal auf die andere Seite. Nichts stellte sie zufrieden.

Um zwei fielen Donna schließlich vor Erschöpfung die Augen zu, und sie versank in einem unruhigen Schlaf. Sie schrak immer wieder aus Träumen hoch, deren Bruchstücke schon verblasst waren, noch ehe sie sich in der Erinnerung zu einem Ganzen formen konnten.

Ein schrilles Läuten sickerte in die Ränder ihres Bewusstseins ein und hämmerte ungeduldig, bis sie sich schließlich aus den Tiefen des Schlafs emporgekämpft hatte und aufwachte. Donna schlug, sich mehr tot als lebendig fühlend, mühsam die Augen auf. Das Schrillen hörte nicht auf. Penetrant.

Es war *ihre* Türklingel.

Donna kämpfte sich aus dem Bett und dem Laken, das sich während der unruhigen Nacht fest um ihre Beine gewickelt hatte und stolperte aus ihrem Schlafzimmer. Mordgelüste wucherten wie Unkraut in ihrem Kopf.

Außer ihr waren alle schon auf. Die Kinder, die man von Montag bis Freitag praktisch mit einer Stange Dynamit aus den Betten jagen musste, damit sie rechtzeitig zur Schule kamen, waren bereits aufgestanden. In Taylors Zimmer war der kleine Fernseher an, aber Stephen und Taylor waren nirgends zu sehen. Donna hörte die Jungen sprechen, sie versuchten einander ständig zu überschreien. Dann setzte sich Lisas Stimme durch.

Donna hatte erst den Eindruck, dass sie sich wieder einmal stritten, aber dann merkte sie, dass sie mit jemandem sprachen, und es war nicht die Haushälterin.

Angelina war in der Küche. Die Frau hob eine Augenbraue, während sie kritisch das Footballtrikot musterte, in dem Donna geschlafen hatte. „Wenn ich Sie wäre, würde ich mir ein bisschen mehr anziehen."

Donna stöhnte auf und fuhr sich mit einer Hand durchs Haar. „Haben wir Besuch?"

Eine Seite von Angelinas schmalem Mund hob sich zu einem halben Lächeln. „Oh, ja, und wenn es nach mir ginge, könnte er mich jederzeit besuchen."

„Er?" Donna war zu erschrocken, um denken zu können, aber sie wusste es dennoch sofort. Nein, das konnte nicht sein. Nicht schon wieder. Nicht so bald.

Jetzt hob sich Angelinas zweiter Mundwinkel auch noch. Die Mutter von zwei Kindern und Großmutter von vier Enkelkindern verwandelte sich in eine aufgeregte Zwanzigjährige, als sie nickte. „Und was für einer."

Donna seufzte und folgte den Stimmen ins Wohnzimmer.

Déjà vu.

Donna zwinkerte, dann starrte sie Frank an, der inmitten ihrer Familie im Raum stand. Es war eine Wiederholung von gestern Abend, mit der Ausnahme, dass jetzt kein Koffer in Sicht war. Und sie kam geradewegs aus dem Bett. Donna versuchte, sich ihre Verlegenheit nicht anmerken zu lassen. „Was ist denn hier los? Sind Sie gestern nicht ins Hotel gefahren?"

Sie sah niedlich aus, ganz zerknittert. Eine Seite ihres Footballtrikots zog sich an ihrem Oberschenkel verführerisch hoch. Aus der Art, wie eine Frau am Morgen beim Aufwachen aussah, konnte ein Mann eine Menge ablesen. Frank hatte keine Beschwerden. Ihre Augen waren immer noch verhangen vom Schlaf, ihr Haar leicht zerzaust, und alles in allem wirkte sie sehr verführerisch.

„Doch", gab er zurück. „Und es ist ein sehr nettes Hotel."

„Für Seattle nur das Beste", murmelte sie.

Die Art, wie er sie anschaute, erweckte in ihr die Sehnsucht nach einem Bademantel oder noch besser etwas, das nicht von Röntgenstrahlen durchdrungen werden konnte. Unter seinem Blick fühlte sie sich nackt. Donna hob kämpferisch das Kinn. „Und was wollen Sie dann schon wieder hier?"

Der Blick in seinen Augen beantwortete die Frage. Donna zerrte unbewusst an ihrem Saum.

Ein unschuldiges Lächeln hob seine Mundwinkel. „Ich dachte, ich könnte alle zum Dank für geleistete Dienste zum Frühstück einladen."

„Geleistete Dienste?", fragte sie verständnislos, während Taylor und Stephen schrien: „Juhu!" und sich gegenseitig auf die Schultern hauten.

In ihrem Kopf herrschte immer noch Nebel. Sie war ohnehin keine morgendliche Frohnatur. Normalerweise brauchte sie zwei Tassen Kaffee, um überhaupt erst einmal wach zu werden.

Er konnte ihr Misstrauen und ihre Verwirrung an der steilen Falte zwischen ihren Augenbrauen ablesen. „Ja, geleistete Dienste", wiederholte er. „Als Fremdenführer etwa." Frank hakte seine Daumen in die Gürtelschlaufen seiner Jeans. „Ich weiß, dass die *Space Needle* irgendwo hier in der Nähe sein muss, aber ich habe keinen Schimmer, wo."

So sehr konnte sich kein Mensch verlaufen. „In der Innenstadt", erwiderte sie. „Man kann sie gar nicht verfehlen."

Jetzt gesellte sich Angelina zu ihnen, angezogen von der Unterhaltung oder von ihrer Wertschätzung für einen gut aussehenden Mann.

Der Blick, den Frank Donna zuwarf, bewirkte, dass sich ihre nackten Zehen krümmten und in den Teppich bohrten. „Ich unternehme nicht gern etwas allein", sagte er zu ihr.

Bevor Donna ihm einen Korb geben konnte, griff Lisa rettend ein. „Nun, dann sind Sie hier genau an der richtigen Adresse." Sie hängte sich bei Frank ein, um ihn von Donnas Gesicht, das sich zunehmend verfinsterte, abzulenken. „Donna hat mir gerade gestern Abend gesagt, dass sie sich an all den Sehenswürdigkeiten, die Seattle zu bieten hat, gar nicht satt sehen kann."

Donna blieb der Mund offen stehen, während sie ihre Schwägerin ungläubig anschaute.

„Eigentlich", sagte Frank mit Blick auf die Jungen, die an seinen Lippen hingen, „habe ich daran gedacht, alle mitzunehmen."

Stephen, der in Erwartung einer positiven Antwort bereits wie ein Gummiball auf und nieder hopste, fragte: „Uns auch?" Sein herzförmiges Gesicht leuchtete vor Begeisterung auf.

„Euch auch", sagte Frank nickend. Dann schaute er auf die Frau an seiner Seite. „Und Lisa auch."

Das Letzte, was Lisa wollte, war es zu stören. Oder Donna als Puffer zu dienen. Sie kannte ihre Schwägerin zu gut. Lisa ließ ihre Hände von seinem Arm sinken und schüttelte den Kopf. „Nein, ich ..."

„Doch, Lisa“, sagte Donna plötzlich.

Zu mehreren war man sicherer. Wenn sie schon aufgesaugt werden sollte wie eine Staubflocke im Staubsauger, wollte sie wenigstens Lisa dabeihaben. Auch wenn es vielleicht lächerlich war, fühlte sie sich doch unglaublich nervös. Donna wollte nicht mit Frank allein sein, sie hatte *Angst*, mit ihm allein zu sein. Je mehr Leute zwischen ihnen waren, desto besser.

Lisa versuchte alle möglichen Ausflüchte, aber schließlich willigte sie doch ein. Wenn sie mitkam, konnte sie die Jungen beschäftigen und so Donna die Gelegenheit geben, ungestört mit Frank zusammenzusein. Vielleicht funktionierte es ja.

„Okay dann“, sagte Lisa. „Sie haben sich gerade ein paar Fremdenführer gekauft.“

„Großartig.“ Er wandte sich an Donna. „Wollen Sie sich noch umziehen, oder kommen Sie so mit?“

Blödmann. „Ich ziehe mich um.“ Sie drehte sich auf dem nackten Absatz um und marschierte in ihr Zimmer zurück.

„Wunderbar“, kam Franks Stimme hinter ihr her.

„Das glaube ich wirklich nicht“, brummte Donna in sich hinein, aber sie war überstimmt.

Und vielleicht hatte sie sich nicht so nachdrücklich gewehrt, wie sie es hätte tun sollen.

Stephen und Taylor wollten natürlich wie die meisten Kinder in ihrem Alter in ein Fast-Food-Restaurant gehen. Frank war es egal, aber er hatte den Verdacht, dass Lisa und Donna ein Frühstück vorziehen würden, das nicht unter einer Hundert-Watt-Birne verbrutzelt war. Es war Donnas Aufstöhnen, das diesen Schluss nahe legte.

Taktvoll schlug er vor, dass man vielleicht einen Kompromiss zwischen einem Lokal ihrer Wahl und einem normalen, etwas mehr auf Atmosphäre bedachten Restaurant finden könnte. Am Ende landeten sie in einem Lokal, das für seine

Pfannkuchen weltberühmt war. Es gab sie tonnenweise, wie sich herausstellte.

Frank beobachtete amüsiert, wie Stephen seinen Stapel verputzte. Es war bereits sein zweiter, und der Junge ließ kein Anzeichen erkennen, schon satt zu sein.

Frank lehnte sich zu Donna herüber und fragte in einem hörbaren, übertriebenen Flüstern: „Sind Sie sicher, dass er keinen Bandwurm hat?"

Stephen hielt mit dem Kauen inne und schob die Unterlippe vor: „Ich hab keine Würmer. Ich will eine Schlange, aber Mom erlaubt es nicht, weil sie sagt, dass ich sie mit lebendigen Würmern füttern muss."

Donna erschauerte bei der Vorstellung. Bei Stephens Hang, alles herumliegen zu lassen, würde die Schlange bald das ganze Haus unsicher machen.

„Stephen war schon immer ein guter Esser. Und er scheint die Kalorien schon verbrannt zu haben, noch ehe er vom Tisch aufsteht." Tony war genauso, erinnerte sie sich. Gesegnet mit einem Stoffwechsel, der ununterbrochen auf Hochtouren zu arbeiten schien. „Es liegt in der Familie."

„Das ist mir bereits aufgefallen." Frank lächelte, als sie ihn fragend anschaute. „Ihrer scheint auch nicht schlecht zu funktionieren."

Es war nur ein Kompliment. Nichts, was sie nicht früher auch schon gehört hätte. Und ein sehr dezentes obendrein. Kein Grund, gerührt zu sein. Aber da war etwas Aufrichtiges in seinen Worten, in seinem Verhalten. Es hatte auch vorher schon Männer gegeben, die mit ihr geflirtet hatten. Sie hatten jedoch mit Donna McCullough, der klugen Geschäftsfrau, geflirtet. Keiner von ihnen hatte je mit Taylors und Stephens Mom geflirtet. Bis jetzt.

Vielleicht spürte sie ja deshalb jetzt die Röte in ihre Wangen steigen.

„So“, begann sie jetzt ein bisschen zu forsch, während sie ihre Hände vor ihrer leeren Kaffeetasse faltete, „gibt es irgendetwas, wo Sie besonders gern hinmöchten?“

In ein kleines, dunkles, intimes Kino, wo wir in der letzten Reihe schmusen können. Die Vorstellung brachte ihn zum Lächeln. Im Kino geschmust hatte er nicht mehr, seit er siebzehn war. Aber Donna erweckte irgendwie in ihm den Wunsch, seine Jugend noch einmal durchleben zu können. Mit ihr.

Donna spürte, wie ihr warm wurde, weil sie wusste, dass Frank nicht das sagte, was er wirklich dachte. Sie konnte es in seinen Augen lesen.

Er beobachtete lächelnd, wie eine leise Röte in ihre Wangen kroch. „Warum fangen wir nicht mit dem *Fun Forest Amusement Park* an?“

Donna presste die Lippen aufeinander, als ihre Söhne in Jubelgeschrei ausbrachen. Frank war nicht der ahnungslose Tourist, für den er sich ausgab. Wenn sonst schon nichts, hatte der Mann mit Sicherheit einen Reiseverführer zur Verfügung.

Sie versuchte sich zu ärgern, aber sie schaffte es nicht. Dennoch nagelte sie ihn mit einem Blick fest. „Das haben Sie jetzt nicht einfach aus dem Handgelenk geschüttelt.“

Er zuckte beiläufig die Schultern. „Vielleicht habe ich ja gut geraten?“, fragte er.

Ihre Augen verengten sich. „Ich dachte, Sie wollten die *Space Needle* sehen?“

Er hatte während des Frühstücks darüber nachgedacht. „Ich bin dafür, dass wir uns das für den Schluss aufheben. Ich habe gehört, dass man dort vom Restaurant aus bei Dunkelheit einen herrlichen Blick auf die Stadt hat.“

Donna fühlte sich, als rase sie kopfüber auf einem Schlitten, der außer Kontrolle geraten war, den Berg hinunter. „Puh.“ Sie hielt abwehrend eine Hand hoch. „Sie reden davon, dass wir einen ganzen Tag miteinander verbringen?“

Wenn sie damit andeuten wollte, dass er seine Grenzen überschritt, ließ er sich nicht anmerken, dass er verstanden hatte. Er trank seinen Kaffee aus und schaute Donna ins Gesicht. „Ja. Irgendwelche Einwände?“

„Nein“, sagte Taylor, bevor seine Mutter zum Zug kam.

„Keine“, sagte Lisa, wobei sie es tunlichst vermied, Donna anzuschauen.

Stephen war schon aufgesprungen. „Gehen wir jetzt endlich?“

Donna sträubte sich immer noch, obwohl sie wusste, dass es zwecklos war. Aber sie musste wenigstens der Form halber protestieren. Dieser Mann konnte nicht einfach aus dem Nichts in ihr Leben spazieren und ihren ganzen Tag beanspruchen. „He, Moment mal. Habe ich hier auch noch irgendetwas zu sagen?“

„Aber ja“, sagte er. „So lange Sie einverstanden sind.“

Die Diskussion, die sich in ihrem Kopf abspielte, hätten sie unter vier Augen führen müssen, doch diesen Luxus hatte sie nicht. Sie entschied sich für eine Kurzform. „Frank, Sie sind zu schnell.“

Sein Grinsen war sinnlich und bewirkte, dass ihr schon wieder ganz heiß wurde. Die Tatsache, dass sie von ihrer Familie umgeben war, schien seiner Wirkung keinen Abbruch zu tun. Es rettete sie lediglich davor, ihm komplett zu erliegen.

„Sie wissen gar nicht, wie schnell ich sein kann“, gab er zurück, während sie der Kellnerin ein Zeichen gab, dass sie die Rechnung wollte.

Sie wusste, dass er recht hatte.

Donna fühlte sich wie auf der obersten Stufe einer Plattform, nachdem das Flugzeug davongerollt war. Sie wankte und konnte jede Sekunde herunterfallen.

Donna willigte ein. Genau wie es alle vorausgesehen hatten. „Na schön, gehen wir erst in den Vergnügungspark und schauen wir uns die *Space Needle* später an."

Er grinste, während er seine Kreditkarte auf den Teller mit der Rechnung legte. „Gute Entscheidung."

„Setzen Sie immer Ihren Kopf durch?", fragte Donna, als die Kellnerin mit dem Teller davonging.

„Oft genug, um mich hoffnungsfroh zu stimmen", antwortete er ausweichend.

Aber sie war sich nicht sicher, worauf sich seine Hoffnungen richteten.

Nachdem das geklärt war, ließ sich Frank von ihren Söhnen in eine Debatte über die Streiche von Bugs Bunny, verglichen mit Garfields Streichen, verwickeln. Was sein Ansehen bei den Jungen noch beträchtlich erhöhte.

Donna konnte nur noch den Kopf schütteln. Der Mann war nicht wirklich.

Taylor und Stephen zerrten Frank zum zwanzigsten Karussell des Vergnügungsparks. Donna hatte versucht, sich etwas abseits zu halten, aber das ließ niemand zu. Gegen sie war eine Verschwörung im Gange. Lisa, Taylor, Stephen und Frank – vor allem Frank – waren auf einer Seite und sie auf der anderen. Es gab immer irgendwen, der ihre Hand packte, sie mitzog und neben Frank auf den Sitz irgendeines Karussells drückte. Jetzt, im *Windstorm*, umklammerte sie seinen Arm, während sie kopfüber so schnell in die Tiefe rasten, dass sie vor Schreck laut aufschrie.

Es war ihr peinlich, aber er lachte nur. Was sie wiederum ärgerte. Aber sie hatte nicht die Zeit, sich lange zu ärgern, weil sie mit dem nächsten Karussell fahren, den nächsten Ausblick genießen musste.

Eine ganze Weile später nahm Frank ihre Hand und zog sie an sich.

Nachdem sie den sechs Hektar großen Vergnügungspark zweimal durchquert hatten, war es im Nu unter Lachen und beiläufigen Berührungen, die alles andere als beiläufige Resultate zeitigten, Nachmittag geworden.

Sie genoss das Zusammensein mit ihm. Es machte ihr Spaß, obwohl sie es nicht wollte. Sie wollte überhaupt nichts von diesem verrückten berauschenden Gefühl, wieder glücklich zu sein.

Sie hatte Angst.

Als sich der Tag schließlich seinem Ende zuneigte und Donna und Lisa sich müde ins Gras sinken ließen, balgte sich Frank mit Taylor und Stephen nur ein paar Meter entfernt auf dem Rasen.

Lisa beobachtete die drei und lachte. „Ich habe noch nie so viel Energie auf einem Haufen gesehen."

Stephen kreischte, während Frank ihn lachend zu Boden zog und kitzelte. Taylor sprang Frank an, so wie er es bei den Ringern im Fernsehen gesehen hatte. Frank tat so, als wäre er überwältigt.

Gott, es war wundervoll, sie so glücklich zu sehen. „Ich schätze, das hat sich in den Jungen aufgestaut."

„Ich habe von Frank gesprochen." Lisa schaute Donna an. „Er ist wirklich erstaunlich."

Donna nickte. Seine Energie schien unerschöpflich. Sie hätte sich nach einem langen Tag mit ihren Söhnen ganz gewiss nicht mehr so herumbalgen können, wie er es jetzt tat.

„Ja, das ist genau das richtige Wort dafür." Sie lächelte, zog ihre Knie an ihre Brust und legte ihr Kinn darauf. „Vermutlich fehlt ihnen ein Mann." Der alte vertraute Schmerz schlich auf Zehenspitzen durch sie hindurch. „Das hat Tony früher mit ihnen gemacht." Sie deutete mit dem Kopf auf die drei. „Er hat sie mit in den Park genommen und durch die Gegend gejagt, bis sie vor Erschöpfung japsten."

„Ich erinnere mich." Lisas Gesicht war ernst geworden. „Weißt du, Donna …"

Donna spannte sich an. Den Ton kannte sie. Die Worte, die jetzt zweifellos kommen würden, wollte sie nicht hören. „Sag es nicht."

Lisa ging leicht in Abwehrhaltung. „Du weißt ja noch gar nicht, was ich sagen will."

Donna hob eine Augenbraue und schaute sie an. „Dein Ton sagt alles."

Lisa debattierte mit sich, ob sie das Thema fallen lassen sollte, aber dann entschied sie, dass sie keine Freundin wäre, wenn sie es täte. Obwohl es nicht leicht werden würde.

„Nun, da du die Melodie bereits vernommen hast, möchte ich dir die Worte auch nicht vorenthalten." Sie sah, dass in Donnas Augen ein warnender Ausdruck trat, aber sie fuhr trotzdem tapfer fort: „Du solltest wirklich daran denken, dich wieder zu verheiraten und den Jungen einen Vater zu geben."

Donnas Gesicht wurde verschlossen. Wie konnte Lisa so etwas sagen? Sie war Tonys Schwester. „Sie *haben* einen Vater."

Lisa hatte nicht die Absicht zurückzuweichen. „Gut", räumte sie ein, „wenn schon keinen Vater, dann eben einen Spielgefährten, der sie ab und zu mal knuddelt." Sie rutschte näher und senkte ihre Stimme. „Sie brauchen in ihrem Leben ebenso einen Mann wie du."

Donna atmete schnaufend aus und wandte ihre Aufmerksamkeit den Aktivitäten, die sich ein paar Meter vor ihr abspielten, zu. Frank hatte Stephen auf seinen Schultern, während Taylor die beiden mit Schreien anfeuerte. Es war schwer, sich gegen den Spaß, den die Jungen hatten, zu verschließen.

Sie versuchte es trotzdem. „Nein, sie brauchen Liebe in ihrem Leben, und ich würde gern denken, dass wir beide, du und ich, ihnen die im Überfluss geben können."

Lisa schwieg einen Moment, und Donna glaubte die Sache damit schon fast erledigt. Aber dann fragte ihre Schwägerin: „Na gut, und was ist mir dir?"

Donna schaute sie an. „Was soll mit mir denn sein?“

Sie tut absichtlich so begriffsstutzig, dachte Lisa, die entschlossen war, Donna dazu zu bringen zuzugeben, dass in ihrem Leben etwas fehlte. Dass sie geliebt werden und lieben musste. „Brauchst du keine Liebe in deinem Leben?“

Donna schaute auf ihre Söhne. Sie waren ihr mehr als genug. „Ich bekomme welche.“

„Ich meine von jemandem, der alt genug ist zu wählen, Donna. Du bist noch eine sehr junge Frau ...“

„Ich habe gesagt, du sollst damit aufhören, Lisa.“ Donna knirschte hörbar mit den Zähnen.

Lisa hielt sich etwas darauf zugute, zu wissen, wann man die Scherben aufräumen musste, um an einem anderen Tag eine neue Schlacht beginnen zu können. Sie hob kapitulierend die Hand. „Ich hasse es nur zu sehen, dass jemandem, den ich mag, etwas fehlt.“

Der Humor kehrte in Donnas Augen zurück, als sie Lisa anschaute. „Und ich hasse es, jemandem, den ich mag, ein blaues Auge zu verpassen, also führ mich nicht in Versuchung, okay?“

Lisa fuhr sich amüsiert mit der Zungenspitze über die Lippen. „Oje, oje, werden wir jetzt auch noch gewalttätig, wo wir doch eigentlich sinnlich werden müssten?“

„Dräng mich nicht“, sagte Donna.

Im nächsten Moment wurde sie von zwei Fronten angegriffen, als Taylor und Stephen heranstürmten und sich lachend und zu atemlos, um einen zusammenhängenden Satz herauszubringen, neben ihr auf die Wiese plumpsen ließen.

Frank setzte sich neben Donna, als Stephen den Platz räumte. „Ich denke, die Regierung sollte erfahren, womit Sie diese Kinder füttern. Wir wären eine erstklassige Kampftruppe.“

Er war zu nah. Obwohl noch Platz zwischen ihnen war, saß

er viel zu nah. Der Wind hatte sich gedreht, und sein dunkler, männlicher Duft stieg ihr in die Nase. Er war unangenehm erregend.

Donna schaute auf ihre aufgelösten Kinder, die mit ausgestreckten Armen japsend auf dem Rücken im Gras lagen und aussahen, als wären sie nicht mehr zu bewegen, auch nur den kleinen Finger zu rühren.

„Vielleicht sollten wir für den heutigen Tag Schluss machen", schlug sie hoffnungsvoll vor.

Frank schaute in die untergehende Sonne, Gold sickerte in das Blauviolett des Himmels. Die Farben schimmerten wie die Spinnweben eines Altweibersommers. Er nickte gedankenschwer. „In Ordnung."

Stephen sprang augenblicklich auf. „Och, jetzt schon?" Er schaute Frank bittend an. Nicht sie, registrierte Donna, sondern Frank. Die Situation entglitt ihr zusehends.

Frank fuhr fort, als ob er nicht unterbrochen worden wäre: „Und den Abend einläuten." Er schaute Stephen und Taylor an. „Hungrig?"

Taylor setzte sich auf und nickte.

„Und wie!", schrie Stephen.

Frank lachte und umarmte den kleinen Jungen neben sich. Es wirkte völlig ungezwungen, so als wäre es das Normalste der Welt. „Warum überrascht mich das nicht?"

Lisa, die hocherfreut war über die Entwicklung, stand auf. „Ich gehe mit den Jungs nur noch schnell rüber zu den Toiletten, damit sie sich die Hände waschen können, und dann gehen wir, wohin Frank will." Sie sagte es wie einen Befehl, dann schaute sie über die Schulter auf Donna.

Nach diesen Worten nahm sie ihre Neffen an der Hand und ging mit ihnen davon.

Donna schlang ihre Arme um ihre Knie, während sie ihnen nachschaute. „Das Problem, Teil einer Familie zu sein", sagte sie halb zu sich und halb zu Frank, „besteht für mich darin, dass ich ständig überstimmt werde." Sie fuhr herum, als er ihr Haar berührte.

„Da war ein Blatt." Er hielt es zum Beweis hoch.

Sie ist nervös, dachte er und wusste nicht, ob das gut war oder schlecht. Er wusste nur, dass er selbst nervös war. Nervös und glücklich. Er konnte es sich nicht ganz erklären, aber es fühlte sich wie dieses letzte Teilchen an, dieses kleine Stück, das in seinem Leben bisher noch gefehlt hatte. Als ob es schließlich auf seinen Platz gefallen wäre.

Er warf das Blatt weg, ohne sie aus den Augen zu lassen. Ihre Augen waren groß geworden, als er sie berührt hatte. Sie erregten ihn. Aber es gab nichts, was er dagegen tun konnte. Nicht hier. „Vielleicht sollten Sie hin und wieder aufhören, gegen den Strom zu schwimmen, und sich anpassen."

Sie hob das Kinn. „Ich passe mich sehr gut an." Donna errötete, dann seufzte sie auf und fuhr sich mit der Hand durchs Haar. „Entschuldigung, ich wollte nicht aufbrausen."

Er tat ihre Entschuldigung mit einem Schulterzucken ab. „Sie sind auch nur ein Mensch."

Warum musste er so reden? Er machte es ihr schwer, sich von ihm abzugrenzen. „Nicht."

Frank zog die Augenbrauen zusammen. „Was nicht?"

„Seien Sie nicht so verständnisvoll." Donna seufzte wieder. Das hatte wirklich idiotisch geklungen.

Aus dem Nichts kam eine Frisbeescheibe herangezischt. Geistesgegenwärtig zog Frank Donna an sich. Das Frisbee verfehlte sie haarscharf, aber etwas anderes traf sie. Sie tauschten Blicke aus, beide spürten den Funken, der sich entzündet hatte.

Im nächsten Moment kam ein übermütiger Irischer Setter mit großen Bocksprüngen herübergetollt. Frank ließ Donna los und griff nach dem Frisbee. Er holte aus und schleuderte es so weit er konnte. Der Hund jagte hinterher.

Frank spürte, wie sein Mund trocken wurde. Ein erstes Mal, dachte er. Ein allererstes Mal. So hatte er noch nicht einmal auf Frauen reagiert, mit denen er geschlafen hatte, und noch viel weniger, wenn er sie nur im Arm gehalten hatte.

„Würde es helfen, wenn ich kreische und mit den Füßen aufstampfe?"

Er lacht dich aus, dachte sie. Donna schloss die Augen und schüttelte den Kopf, wobei sie sich wünschte, dass ihr Puls nicht hochklettern möge wie ein Hamster in seinem Rad. „Ich meinte, dass Sie einfach zu perfekt sind."

Er musste unwillkürlich lachen. „Das höre ich zum ersten Mal."

Irgendwie lief das alles nicht so, wie sie es sich vorstellte. „Die Jungen mögen Sie …"

Er lächelte. Das war nichts Neues. „Ich mag sie auch." Und das stimmte wirklich. Er hatte sie schneller ins Herz geschlossen, als er das für möglich gehalten hätte.

„Sie mögen Sie zu sehr", fuhr sie fort, entschlossen, ihn dazu zu bringen, dass er verstand, entschlossen, alles in richtige Bahnen zu lenken. „Ich möchte nicht, dass sie sich an Sie gewöhnen."

„Warum nicht?"

Wie konnte er das fragen? Es lag auf der Hand. „Darum." Als er nichts sagte und wartete, fügte sie hinzu: „Weil Sie bald wieder wegfahren und sie Sie dann vermissen würden."

„Warum machen wir nicht einen Schritt nach dem anderen und sehen dann, wenn ich fahren muss, weiter?"

Da gab es nichts weiterzusehen. Er würde seinen Weg gehen und sie ihren. „Was weitersehen?"

Er hörte aus der Ferne die Schreie der Jungen, die ihn riefen. Er wickelte sich eine Haarsträhne von ihr um den Finger. „Was es zu sehen gibt." Klarer konnte er sich nicht ausdrücken.

Sie zog ihr Haar weg. Aber sie schaffte es nicht, den Blick abzuwenden. „Klingt ziemlich kryptisch."

Er grinste. „So ist das Leben."

„Ich ..."

Aber in diesem Augenblick kamen die Jungen zurück, deshalb schluckte er das, was er hatte sagen wollen, hinunter. Vorübergehend.

Frank sprang geschmeidig wie eine Raubkatze auf. Er streckte ihr die Hand hin. Als Donna sie nahm, hatte sie das deutliche Gefühl, als handele es sich um ein Versprechen.

Sie versuchte nicht daran zu denken.

Der Blick aus dem Restaurant in der *Space Needle* war nicht zu teuer bezahlt.

„Es ist wie auf dem Dach der Welt zu stehen", sagte Frank zu Taylor und Stephen, als sie alle um den Tisch saßen. Weit unter ihnen glitzerten in der Dunkelheit die Lichter der Stadt wie Diamanten. Frank war entzückt. „Und doch ist es längst nicht so schön wie dort, wo ich herkomme."

„Wo kommst du denn her?", fragte Stephen. Er kniete sich auf den Stuhl, um besser sehen zu können.

Donna gab ihm einen sanften Schubs gegen die Ellbogen, damit er sie vom Tisch nahm. Mit einem Aufseufzen setzte Stephen sich wieder richtig hin.

„Die Stadt heißt Wilmington Falls." Er begegnete von jeder Seite verständnislosen Blicken. „Sie ist in Kalifornien."

Taylor dachte an den Nachmittag, den sie eben zusammen verbracht hatten. „Gibt es dort auch Parks?"

Frank lachte. Als seine Familie nach Wilmington Falls gezogen war, war es dort so ländlich gewesen, dass es kaum auszuhalten war. „Es sieht dort fast überall aus wie in einem Park."

„Oh! Toll!" Stephen zappelte so begeistert, dass er fast vom Stuhl fiel.

Frank fing ihn auf, bevor er vornüber kippte. „Finde ich auch." Er schaute Donna vielsagend an. „Aber ungefähr zwanzig Meilen davon entfernt gibt dort auch eine Einkaufspassage und einen Flughafen, damit man keinen Kulturschock bekommt." Seine nächsten Worte richtete er an Lisa: „Ich würde sagen, dass wir das Beste beider Welten direkt in Reichweite haben."

„Versuchen Sie uns ein Stück Land anzudrehen, Mr Harrigan?", fragte Donna mit hochgezogenen Augenbrauen.

„Nur Gedankenfutter", konterte er.

Für einen Moment herrschte Stille.

„Nun." Als sich alle zu ihr umdrehten, hob Lisa ihr Glas mit Mineralwasser. „Auf einen wunderschönen Tag."

Frank neigte den Kopf. „Und einen noch schöneren Abend."

Donna schaute in ihr Wasserglas, während die Jungen lautstark ihre Zustimmung bekundeten. Der Shrimpsalat, den sie sich bestellt hatte, fand kein ruhiges Plätzchen. Ihr Magen brannte zu sehr.

7. KAPITEL

Frank ging durch die Haustür ins Haus, die Donna ihm weit aufhielt. Stephen, dessen kleines Kinn auf Franks Schulter lag, war fest in seinen Armen eingeschlafen. Schließlich hatte ihn die Erschöpfung, die lange auf sich hatte warten lassen, auf der Heimfahrt doch noch übermannt.

Taylor tobte wie ein ausgelassener Hund an seiner Tante, seiner Mutter und Frank vorbei ins Wohnzimmer. Er hatte seinen toten Punkt offenbar überwunden, aber mit einem bisschen Glück würde es nicht lange anhalten.

Lisa schloss die Tür, als Donna sich zu Frank umdrehte. „Hier, ich nehme ihn." Donna legte ihre Hände auf Stephen, aber Frank schüttelte den Kopf.

„Nachdem ich ihn schon so weit getragen habe, kann ich ihn auch noch in sein Zimmer tragen. Zeigen Sie mir nur, wo es ist."

Donna ließ die Hände sinken, drehte sich um und ging voran. Sie war selbst schon ein bisschen müde. Und nervös. Sehr, sehr nervös. Aber das hatte nichts mit dem aufreibenden Tag zu tun, den sie hinter sich hatte, und alles mit dem Mann, mit dem sie ihn verbracht hatte. Obwohl sie ihn genossen hatte, wollte es ihr nicht gelingen, das alles beherrschende Gefühl einer bösen Vorahnung abzuschütteln.

Irgendetwas würde passieren.

Und doch wusste sie nicht, was, und das Warten darauf zerrte unerträglich an ihren Nerven.

Sie betrat das Zimmer, das sich Taylor und Stephen teilten. Der Raum, in dem normalerweise das Chaos herrschte, war ausnahmsweise ordentlich aufgeräumt.

Angelina war da, dachte Donna. Die Bücher in den Regalen standen ordentlich nebeneinander, und das Spielzeug war sicher in einer Spielzeugkiste von der Größe eines Ponys verwahrt. An einer Wand standen ihre Stockbetten.

„Stephen schläft unten", sagte sie zu Frank. „Er hat Höhenangst."

„Sie versuchen mich auf den Arm nehmen." Immer war Stephen es gewesen, der darauf bestanden hatte, mit der wahrhaft Schwindel erregenden Achterbahn zu fahren, weil ihm die anderen Karussells nicht schnell und hoch genug gewesen waren.

„Manchmal jedenfalls", räumte Donna ein.

Sie schlug die Bettdecke zurück, und Frank legte Stephen aufs Bett. Donna zog ihm das Hemd aus der Hose, das ihm sowieso schon halb heraushing. Dann streifte sie ihm die Schuhe ab. Alles andere konnte so bleiben, wie es war. Er brauchte seinen Schlaf dringender als einen Pyjama. Sie beugte sich über den Jungen und gab ihm einen sanften Kuss auf die Stirn.

„Er wird schrecklich enttäuscht sein, dass er eingeschlafen ist", sagte sie leise zu Frank, während sie ihren Sohn zudeckte.

Sie standen beide einen Moment lang da und schauten auf Stephen. Donna versuchte nicht daran zu denken, wie richtig es sich anfühlte, da neben Frank zu stehen und auf ihren Jüngsten hinunterzuschauen.

Frank schüttelte den Kopf, dann lachte er. „Für so einen Knirps ist er ganz schön schwer. Das müssen die vielen Pfannkuchen sein, die er heute früh verdrückt hat."

Donna hob eine Augenbraue. „Richtig, die Pfannkuchen", stimmte sie flüsternd zu. „Und die Zuckerwatte, und die Hot Dogs und die Hamburger und …"

Frank hob eine Hand, um sie zu unterbrechen. „Alles klar, der Punkt gehört Ihnen."

Donna knipste die kleine Nachttischlampe in Form eines Baseballs an, dann machte sie das große Licht aus. Leise schloss sie die Tür. „Es ist wirklich ein Wunder, dass Stephen sich nicht übergeben hat."

Der Flur war nur schwach beleuchtet. Das Licht warf weiche Schatten an die Wand und ließ ihre Silhouetten verschmelzen. Frank lächelte, während er sich fragte, ob dieses Schattenbild womöglich ein Symbol für das Kommende war. „Man ist nur einmal Kind."

Donna seufzte. Für einen kurzen Moment huschte ein bittersüßer Ausdruck von Melancholie über ihr Gesicht. „Und die Kindheit ist immer zu kurz." Weil man sich nur in der Kindheit behütet und sicher fühlen konnte.

Frank legte seinen Arm um ihre Schultern, als sie ins Wohnzimmer gingen. Die Geste hatte etwas so Natürliches an sich, dass Donna sie anfangs gar nicht bemerkte und wieder einmal nicht so reagierte, wie sie es sich für einen solchen Fall fest vorgenommen hatte. Es war fast so, als ob er sich unbemerkt in ihre Seele geschlichen hätte. Er machte es ihr zu leicht, zu angenehm.

Als sie seine Wärme spürte, schaute sie ihn an.

Wie groß ihre Augen sind, dachte er. Und wie schön. „Würden Sie gern noch einmal Kind sein, Donna?"

Sie schüttelte den Kopf. „Nein, eigentlich nicht. Wahrscheinlich weil es mir Spaß macht, mich um andere zu kümmern. Obwohl es manchmal bestimmt ganz nett wäre, wenn …"

Sie hielt abrupt inne, als ihr klar wurde, was sie hatte sagen wollen. Ihre Augen verengten sich. „Wie *machen* Sie das?"

Er verstand ihre Frage nicht. „Was?"

Er muss wissen, was du gemeint hast, dachte Donna. „Mich dazu zu bringen, Sachen zu sagen, die ich eigentlich nicht sagen will."

Er lachte, und der tiefe, sinnliche Klang sickerte in ihre Seele ein. „Ganz einfach." Er schaute ihr tief in die Augen. „Ich höre zu. Sie würden es nicht sagen, wenn Sie es nicht irgendwo ganz tief da drin", er fuhr ihr mit dem Finger über die Schläfe, „mit jemandem teilen wollten."

Er hatte recht. Aber das wollte sie nicht zugeben, nicht ihm gegenüber und auch nicht sich selbst gegenüber. Wenn sie es täte, würde ihre Festungsmauer Risse bekommen – die Festungsmauer, die sie unter großen Schwierigkeiten errichtet hatte. Um stark zu bleiben, zum Wohl ihrer Jungen.

Taylor rettete sie. Er stand mit der Gitarre, die er umklammerte wie einen Talisman, auf der Schwelle zum Wohnzimmer. Er schaute ganz arglos zu Frank und merkte gar nicht, dass er zwischen seiner Mutter und dem Mann, zu dem er in so kurzer Zeit eine Zuneigung entwickelt hatte, etwas unterbrochen hatte.

„Können Sie es mir vielleicht noch mal zeigen?" Taylor schaute auf die Griffleiste hinunter, als ob sie irgendwie dafür verantwortlich wäre, dass er es nicht schaffte, der Gitarre eine Melodie zu entlocken. „Ich glaube, ich habe es wieder vergessen."

„Du hast es nicht vergessen", versicherte ihm Frank leichthin, während er dem Jungen die Gitarre aus der Hand nahm und mit einer Kopfbewegung auf das Wohnzimmer deutete. „Es ist irgendwo in deinem Gehirn gespeichert. Du musst es nur aufrufen." Taylor schaute ihn verwundert an. Frank war versucht, dem Jungen durchs Haar zu fahren, aber er tat es nicht. Taylor tat sein Bestes, um älter zu wirken, als er war. „Was man einmal gelernt hat, vergisst man nie wieder."

Frank setzte sich auf die Couch. Vielleicht war es für Taylor ja einfacher, wenn er etwas hatte, woran er sich halten konnte. „Hast du Papier? Ich kann dir die Noten aufschreiben."

Taylor war bereits am Schreibtisch und durchsuchte die Schubladen. Donna gesellte sich zu ihm und holte einen Block und einen Stift heraus. Sie reichte Taylor beides, der damit eilig zu Frank ging.

„Sie können tatsächlich Noten schreiben?", fragte er voller Bewunderung.

Frank nahm den Block quer und zog mehrere Linien über die Seite, dann malte er einen Notenschlüssel, und schließlich begann er die Notenzeile mit Noten zu füllen. „Ein bisschen."

Taylor legte den Kopf schräg, während er die Noten anschaute, die Frank auf das Blatt schrieb. „Sagen Sie, gibt es eigentlich irgendwas, das Sie nicht können?" In jedem Wort schwang Bewunderung mit.

Donna räusperte sich. Als Frank sie anschaute, verdrehte sie ihre Augen und lachte.

Auch wenn sie ein bisschen übertrieben war, freute sich Frank doch über die Bewunderung des Jungen. Sein Blick kehrte zu Donna zurück. „Ich versuche darüber nachzudenken."

„Ich glaube nicht, dass es allzu schwer sein dürfte, etwas zu entdecken", sagte Donna über die Schulter, als sie das Zimmer verließ.

Sie hörte Frank leise in sich hineinlachen.

Dann fanden die ersten Akkorde von *Greensleeves* ihren Weg auf den Flur. Donna schloss die Augen. Es wurde schwerer und schwerer, seine Anwesenheit zu ignorieren.

Um absolut fair zu sein, wollte Donna ihnen ausreichend Zeit zusammen geben. Aber eine halbe Stunde war genug. Sie kehrte ins Wohnzimmer zurück, doch weder Taylor noch Frank nahmen Notiz von ihr. Sie waren beide zu sehr in den Unterricht vertieft. Frank hatte seine Hand über Taylors Hand gelegt, um ihm die Griffe zu zeigen. Er hatte die Melodie mit Absicht einfach gehalten.

Donna wollte nicht, dass ihr das, was sie sah, zu Herzen ging. Es passierte trotzdem.

So sollten eigentlich Vater und Sohn beisammensitzen. Das war etwas, das jeder Junge verdiente – einen Mann in seinem

Leben, der ihm den Weg zeigen konnte.

Und das war es, was Taylor und Stephen nie haben würden. Weil sie zu viel Angst hatte.

Sie schluckte den Kloß hinunter, der sich plötzlich in ihrem Hals gebildet hatte. „Es ist höchste Zeit fürs Bett, Taylor", verkündete sie schließlich.

Taylor schaute überrascht auf. „Och, Mom, morgen ist doch Sonntag. Ich kann ausschlafen."

Sie blieb fest. Sie konnte ihm nicht alles durchgehen lassen. Disziplin ging schnell den Bach runter. „Du bist jetzt schon eine Stunde länger aufgeblieben als am Wochenende normalerweise." Sie beugte sich zu ihm hinunter und schaute ihm ins Gesicht. Taylor wandte den Kopf ab, aber sie hatte schon gesehen, wonach sie Ausschau gehalten hatte. „Und es sieht stark danach aus, als ob du Mühe hättest, die Augen offen zu halten." Sie waren geschwollen und leicht gerötet.

Taylor presste stur seine Lippen zusammen und unterdrückte ein Gähnen. „Stimmt gar nicht." Er konnte nicht widerstehen, sich die Augen zu reiben, aber er blieb mit der Gitarre auf dem Schoß sitzen.

Frank wusste, dass er zwischen allen Stühlen saß, und er fühlte sich alles andere als wohl dabei, besonders, weil er nicht Donnas Unmut auf sich ziehen wollte. Er legte die Hand um den Gitarrenhals. Taylor schaute ihn fragend an. „Hör auf deine Mutter, Junge."

Wie eine Festung, die ohne einen einzigen Schuss eingenommen war, ließ Taylor die Gitarre los. „Okay. Gute Nacht." Einen Moment später hatte er das Zimmer verlassen.

Donna ließ zwischen den Zähnen einen Atemzug heraus, der verdächtig nach einem Zischen klang. Sie wirkte alles andere als zufrieden gestellt.

Frank stellte die Gitarre auf dem Boden ab und stand auf. Er wollte sie berühren. Unbedingt. Aber er riss sich am Riemen und schob seine Hände in seine Gesäßtaschen. „Stimmt irgendwas nicht?"

Ja, etwas stimmte nicht. Sie fuhr zu ihm herum. „Als ich ihm sagte, dass er ins Bett gehen soll, sträubte er sich. Als Sie es ihm sagten, konnte er gar nicht schnell genug rauskommen." Sie deutete verzweifelt zur Tür.

Er zuckte die Schultern. „Neue Besen kehren gut. Der Neuigkeitseffekt nutzt sich mit der Zeit ab." Woher kam es nur, dass er nach einem lagen Tag immer noch einen Hauch ihres Parfüms riechen konnte? Verflog es nie?

Donna verschränkte die Arme über der Brust. „Was ist, wenn nicht?"

Er war sich nicht ganz sicher, ob er wirklich wusste, wovon sie sprach. „Wie bitte?"

Kinder waren so leicht verletzbar. Und Stephen und Taylor hatten es ohne Vater ohnehin schon schwer genug. „Was ist, wenn sich der Neuigkeitseffekt nicht abnützt, bevor Sie gehen?"

Was ist, wenn ich nicht gehe?

Frank zuckte zusammen, völlig überrascht von dem Gedanken, der ihm mit Pfeilgeschwindigkeit durch den Kopf schoss. Natürlich musste er gehen. Er hatte ein Leben, weit weg von hier, Verpflichtungen.

Aber Donna war hier.

Ihre Augen hielten ihn fest, als ob sie starke Magneten wären und er ein achtlos in ihre Richtung geworfener Korkenzieher.

Oder absichtsvoll?

Er wurde das Gefühl nicht los, dass vielleicht doch eine Absicht dahinter stecken könnte.

Jetzt erlag Frank der Versuchung, sie zu berühren. Ganz sacht fuhr er ihr mit den Fingerspitzen übers Haar. Selbst das hatte Auswirkungen auf sie beide. Er sah den verhangenen

Blick, der in ihre Augen trat. En Ausdruck, der seinen Seelenzustand widerspiegelte. Wie hatte das alles bloß so schnell passieren können? In der einen Minute hatte er noch festen Boden unter den Füßen gespürt, doch in der nächsten war da schon ein Zittern und ein Beben, die Erde bewegte sich und warf ihn nieder, dass er sich wieder wie ein Junge fühlte.

„Donna, versteifen Sie sich nicht darauf, was vielleicht sein könnte. Es könnte Sie von dem abhalten, was Sie wirklich möchten. Was wir beide möchten", schloss er.

In ihren Augen leuchtete Sehnsucht auf. Sehnsucht, an deren Stelle sofort Wachsamkeit trat. Sie kann beides nicht trennen, dachte er. „Sie sollten nicht eine mögliche Freundschaft ausschlagen ..." Er hatte sich für den Euphemismus entschieden, weil er glaubte, dass es sicherer für sie war und auch sicherer für sich selbst. Ein Teil von Frank suchte noch immer nach einer Abzweigung auf diesem Weg ins Unvermeidliche, den er entlangging, weil alles so schnell gegangen war und es ihn erschreckte. Aber dieser Teil schrumpfte zusehends. „... nur weil Sie Angst haben, es könnte nicht für immer sein", schloss er. Sein Blick hielt sie fest. „Obwohl es das könnte."

Sie fragte sich, ob er ihr Herz schlagen hören konnte. Sie fragte sich, ob ganz Seattle ihr Herz hören konnte. „Meint das uns?"

Er füllte seine Hand mit ihrem Haar. „Suchen Sie es sich aus."

Auch wenn sie wusste, dass sie sich ihm entziehen sollte, wandte sie ihm das Gesicht zu. Sie spürte, wie sein Atem über ihre Haut strich, sie gleichermaßen erregte und bannte.

Im nächsten Moment hätte er sie wohl geküsst, wenn nicht Taylor ins Zimmer gekommen wäre. Sie sprang zurück, als ob sich seine Hände in glühendes Eisen verwandelt hätten. Taylor hatte nur Augen für Frank.

„Geben Sie mir morgen auch wieder Unterricht?", fragte

er, als ob ihr Gespräch nicht schon längst beendet gewesen wäre.

Frank atmete aus. Er zitterte innerlich. Was stellte sie bloß mit ihm an? „Ich würde es gern." Er richtete den Blick auf Donna. „Darf ich?"

Sie stand da, während ihr Sohn sie bittend anschaute. Sie seufzte. Wie hätte sie es ihm abschlagen können?

Donna nickte schicksalsergeben. „Schon wieder überstimmt."

„Danke, Mom!"

„Ich werde um neun da sein", versprach Frank. Er hätte genauso gut bei Tagesanbruch sagen können, und der Junge hätte eifrig zugestimmt.

„Zehn", korrigierte Donna entschieden.

„Zehn", gestand Frank zu. Als er Taylor anschaute, schoss ihm plötzlich ein Gedanke durch den Kopf. „He, sind nicht die Mariners in der Stadt?" Er hatte es auf dem Weg vom Restaurant nach Hause im Radio gehört.

Taylors hoffnungsvolles Grinsen hätte nicht breiter gewesen sein können. „Stimmt."

„Magst du Baseball?" Es war eine überflüssige Frage. Frank warf einen Blick auf Donna, um zu sehen, wie sie es nahm. Resigniert, stellte er fest. In seinen Augen war es ein Fortschritt. Er war dabei, ihren Widerstand zu brechen.

„Mann, und wie!" Taylor trat aufgeregt von einem Fuß auf den anderen, wobei man ihm ansah, dass er förmlich darauf brannte, Frank zu fragen, ob er ihn nicht zu dem Spiel mitnehmen könnte.

„Vielleicht können wir nach dem Unterricht ja hingehen. Ich werde versuchen, Karten zu bekommen", versprach Frank. „So, und jetzt schlage ich vor, du gehst jetzt ins Bett, Taylor. Es sieht ganz danach aus, als würde es morgen ein guter Tag werden."

„Das wette ich!" Von Vorfreude erfüllt hüpfte der Junge fast aus dem Zimmer.

Frank hatte sich schon wieder Donnas Rolle angemaßt, indem er die Initiative ergriffen hatte. „Sie haben es schon wieder gemacht."

Er drehte sich um und schaute sie an. Selbst wenn er ihr Unbehagen nicht gespürt hätte, hätte er es jetzt in ihren Augen entdeckt. „Was? Ihn glücklich gemacht?"

Er drehte ihr das Wort im Mund herum und stempelte sie zu einer Art Ungeheuer. Verunsicherung stieg in ihr auf. Es war nicht leicht, für zwei Jungen Mutter und Vater zugleich zu sein, und obendrein auch noch ein Unternehmen zu leiten.

„Nein, ich ... ach, vergessen Sie es." Frustriert wedelte sie mit der Hand und hätte wohl das Zimmer verlassen, wenn er sie nicht am Handgelenk festgehalten hätte.

Als sie ihn überrascht anschaute, zog er sie in seine Arme. Ihre Verärgerung löste sich in Luft auf. „Es schien mir richtig so. Wenn man etwas für richtig hält, muss man es auch machen."

Es gab einfach zu viele Ähnlichkeiten. Ähnlichkeiten, die sie hellhörig machten, die in ihr den Wunsch weckten, schnell den Rückzug anzutreten, bevor es zu spät war. „Sie sind fast so spontan wie mein Mann."

Er wollte nicht mit jemandem verglichen werden, um den sie noch trauerte. Er wollte, dass sie einen Neuanfang wagten. „Jeder Mensch ist anders, Donna. Such nach den Unterschieden."

Ein bisschen weniger sanft als beim letzten Mal legte Frank seinen Mund auf ihren.

Sie hatte nicht vor, sich von ihm küssen zu lassen. Sie hatte nicht vor, seinen Kuss zu erwidern.

Aber die Sehnsucht war den ganzen Tag in ihrem Kopf gewesen, ganz dicht unter der Oberfläche, wo sie nur darauf gewartet hatte hochzukommen.

Es war, als ob er ein Streichholz an die Lunte eines Feuerwerkskörpers gehalten hätte. Sie war der Feuerwerkskörper.

Donna spürte, wie es in ihr hell wurde, wie sie innerlich explodierte. Gleißend helles Licht flammte auf und erleuchtete jeden Winkel.

Sie hatte absolut keine Kraft, dagegen anzukämpfen. Ihr Körper schmiegte sich Wärme suchend an seinen, während sich ihre Arme um seinen Hals legten.

Sie spürte, wie sie von ihrer Sehnsucht nach Hingabe überwältigt wurde, der Wunsch, sich endlich wieder einmal wie eine Frau zu fühlen, wurde schier übermächtig.

Und sie entdeckte eine Bedürftigkeit in sich, die sie erschreckte.

Er musste Acht geben, sonst würde er das, was ihm da so zögernd angeboten wurde, zu gierig annehmen. Sie brauchte Zärtlichkeit, Geduld. Sie musste liebevoll umsorgt werden.

Aber sie war so verführerisch, so außergewöhnlich, und er spürte, wie sein Blut zu sieden begann. Er war schließlich auch nur ein Mensch, und vielleicht mehr, als er gedacht hatte.

Seine Lippen bewegten sich über ihre, kosteten aus, nahmen und gaben das, von dem er hoffte, dass sie es suchte.

Sie raubte ihm den Verstand.

Noch eine Minute länger, und er war für das, was passierte, nicht mehr verantwortlich. Mit fast übermenschlicher Anstrengung trat Frank zurück, bevor er über den Rand stürzen konnte.

Donna schaute ihn benommen an, während er sich sanft von ihr löste. Er sah an ihrem Hals die Schlagader pochen. Frank musste sich bezwingen, nicht den Mund darauf zu legen, weil er wusste, dass er sonst verloren wäre.

„Ich kann es nur wiederholen: Wenn man etwas für richtig hält, muss man es tun."

Eilig trat Frank einen Schritt zurück, aus Angst, er könnte

sich am Ende doch noch vergessen. Und das durfte nicht passieren, nicht hier, in ihrem Zuhause, wo ihre Kinder und ihre Schwägerin nur einen Steinwurf entfernt schliefen. Gesunder Menschenverstand hatte herzlich wenig zu tun mit dem, was er fühlte, aber er klammerte sich an den letzten kläglichen Rest, der ihm noch geblieben war.

„Ich sehe dich morgen früh."

Donna wollte Nein sagen, aber die einzigen Worte, die sie herausbrachte, waren: „Ja, gut."

Auch als Frank gegangen war, hallten die Worte immer noch in ihrem Kopf nach. Donna holte tief Atem. Was war bloß in sie gefahren? Sie kannte den Mann erst seit zwei Tagen, und in dieser Zeit war sie ihm gefühlsmäßig nähergekommen als jedem anderen Menschen vor oder nach Tony. Männer, die sie seit Jahren kannte, berührten sie nicht auf die gleiche Weise.

Sie schaute anklagend auf die Tür und malte sich aus, dass er dahinter stand. Bis vor zwei Tagen noch hatte sie den Weg, den sie für sich gewählt hatte, klar und deutlich vor sich gesehen. Frank stand für die Kurven, auf die sie nicht vorbereitet war.

Kurven, auf denen sie ins Schleudern kommen würde, wenn sie nicht sehr gut aufpasste.

„Ist er weg?"

Donna fuhr herum und sah Lisa auf der Schwelle zum Wohnzimmer stehen. *Jetzt* kam sie an. „Wo warst du, als ich dich gebraucht habe?"

Treue ist ja gut und schön, aber einer Erinnerung treu zu sein, macht keinen Sinn, dachte Lisa. Nicht in Donnas Alter. Nicht, wenn man Kinder großziehen musste.

„Genau da, wo du mich am nötigsten gebraucht hast. Hinter der Bühne." Lisa deutete lächelnd mit dem Kopf auf die Tür. „Wenn ich hier gewesen wäre, hätte er dich nicht geküsst."

Donna schaute ihre Schwägerin überrascht an. „Woher weißt du, dass er mich geküsst hat?"

Lisa kam auf Donna zu, legte ihr die Hand unters Kinn und drehte ganz leicht ihren Kopf herum. „Das sehe ich in deinen Augen, und diese Lippen sind ganz zweifellos geküsst worden."

Donna konnte nur den Kopf schütteln. Ihr gefiel nicht, was passiert war. Sie mochte es nicht, wenn sie etwas nicht unter Kontrolle hatte. Sie ging ruhelos im Wohnzimmer auf und ab und rückte Dinge gerade, die Angelina längst gerade gerückt hatte.

„Das Einzige, was du in meinen Augen sehen kannst, ist Verwirrung. Wer ist er, Lisa? Ich meine wirklich?" Sie wirbelte herum und schaute Lisa hilflos an. „Wer *ist* er? Was macht er hier?" Donna fuhr sich mit einer Hand durchs Haar. „Warum ist er plötzlich vom Himmel in mein Leben gefallen?" Die Fragen quälten sie, besonders, weil es keine Antwort darauf gab.

Lisa wischte sie alle mit einer einzigen Handbewegung beiseite. „Warum ist nicht wichtig. Das Einzige, was wichtig ist, ist, dass er es getan hat." Sie zuckte sorglos mit den Schultern. „Vielleicht hat dein Schutzengel ja gemerkt, dass du in deinem Leben einen Mann brauchst und hat ihn dir geschickt." Auf diese Idee kann nur ein Engel gekommen sein, dachte sie.

Lisa sah, wie Donna die Röte ins Gesicht stieg. „Aber das solltest du eigentlich am besten wissen." Sie tätschelte liebevoll Donnas Wange. Sie waren nur drei Jahre auseinander, aber Lisa hegte für Donna ausgesprochen mütterliche Gefühle. „Koste es aus. Lass dich einfach fallen und hör endlich auf, so hartnäckig dagegen anzukämpfen." Sie sah, dass ein wachsamer Ausdruck in Donnas Augen trat. Sie konnte sich gut vorstellen, wie Donna zumute war. Der Gedanke, dass alles wieder von vorn anfangen könnte, musste ihr Angst machen. Aber wenn sie nichts riskierte, konnte sie auch nichts gewinnen. „Schau wenigstens ein bisschen genauer hin. Wenn sich dann herausstellt, dass es nicht funktioniert, sind wir alle für dich da."

Donna schüttelte den Kopf. „Verstehst du es denn nicht? Ich will nicht, dass es funktioniert. Mit Tony hat es funktioniert, und was hat mir das gebracht?“

„Erinnerungen“, erwiderte Lisa schlicht. „Zwei wunderbare Kinder“, fügte sie hinzu, dann legte sie ihre Hand über Donnas, so als ob sie ihrer Schwägerin auf diese Weise etwas von ihrer Angst nehmen könnte. „Nichts ist für immer. Das Beste, was wir tun können, ist zu hoffen, dass uns die Liebe für eine kleine Weile findet.“ Sie deutete wieder mit dem Kopf auf die Eingangstür. „Du hast Glück gehabt.“

Sie fühlte sich nicht sehr glücklich. Sie fühlte sich, als ginge sie ohne Netz über ein hohes Seil. „Warum hast du nie geheiratet, Lisa?“

Lisa lächelte wehmütig. „Weil ich noch niemanden gefunden habe.“ Sie schaute Donna nachdrücklich an. „Aber du. Wirf es nicht weg.“

„Bereit?“

Donna schaute auf, als Frank ins Arbeitszimmer kam. Er war schon seit fast einer Stunde im Wohnzimmer, wo ihn Stephen mit Fragen gelöchert hatte, während er Taylor die Griffe beibrachte. *Greensleeves* machte bereits beträchtliche Fortschritte. Donna hatte die Gelegenheit genützt, um ihre Buchhaltung auf den jüngsten Stand zu bringen.

„Wozu?“

Frank lehnte sich über den Schreibtisch. „Für das Baseballspiel.“

Sie hatte gehofft, dass er es vergessen hatte. Dass er nur Karten für sich und die Jungen gekauft hatte. „Hast du die Karten?“

„Ja.“ Er zog sie aus seiner Brusttasche und legte sie aufgefächert auf den Tisch.

Donna hob den Blick und schaute ihn an. „Fünf?“ Der

Mann war wirklich ein Musterbeispiel an Aufmerksamkeit.

Er nickte und sammelte die Karten wieder ein. „Für jeden von uns eine, einschließlich Lisa."

„Was ist einschließlich Lisa?", fragte Lisa, die gerade ins Zimmer kam. „Habe ich da eben meinen Namen gehört?"

„Das Baseballspiel", berichtete Donna. Resigniert schob sie die noch verbliebenen Rechnungen zusammen. Sie würden fürs Erste liegen bleiben. Irgendetwas blieb immer liegen. „Frank hat dir auch eine Karte gekauft."

Lisa schaute ein wenig zweifelnd. „Ich werde mich wie das fünfte Rad am Wagen fühlen."

Er hatte nicht vor zuzulassen, dass sie sich absonderte. Das war ein Familienausflug. Der Schlüssel zu Donnas Herzen war ihre Familie. Davon abgesehen mochte er die humorvolle Frau, und er wusste, dass Donna sich besser fühlen würde, wenn Lisa dabei war. Ihr wäre es wahrscheinlich am liebsten, wenn gleich auch noch der ganze Kirchenchor mitkäme, aber irgendwo musste er schließlich eine Linie ziehen.

„Fünf Räder sind sehr wichtig", sagte Frank. „Ich habe schon erlebt, dass sie Leben retten können."

„Sie haben wirklich auf alles eine Antwort." Lisa lachte, dann schaute sie Donna an. „Dieser Mann ist zu gut, um ihn laufen zu lassen. Wenn du nicht zugreifst, schnappe ich ihn mir. Ich bin gleich fertig", versprach sie und verließ eilig das Zimmer.

Donna spitzte peinlich berührt die Lippen. „Typisch Lisa. Besonders viel Fingerspitzengefühl hatte sie noch nie."

Er lehnte sich gegen den Schreibtisch. „Ich finde sie ausgesprochen erfrischend."

Kein Wunder, wo Lisa doch so offensichtlich auf seiner Seite war. „Es gibt noch ein anderes Wort dafür, aber das brauchen wir jetzt nicht zu vertiefen."

Sie seufzte, dann stand sie auf. Wer war sie, um gegen das

Unvermeidliche anzukämpfen? Davon abgesehen liebte sie Baseball wirklich. Sie hatte den dumpfen Verdacht, dass Frank das wusste. Vielleicht hatte er es ja einem der Jungen aus der Nase gezogen. Nein, falsch, wahrscheinlich waren sie ganz scharf darauf gewesen, es ihm freiwillig zu erzählen. Verräter.

Egal, wenn sie mitgehen wollte, musste sie sich jetzt anziehen, sonst würden sie zu spät kommen.

„Nun, wenn wir wirklich alle gehen, sollte ich mich jetzt wohl ebenfalls fertig machen." Auf halbem Weg zur Tür blieb sie stehen und schaute Frank an. Er war braun gebrannt, aber es war besser, kein Risiko einzugehen. „Hast du dich eingecremt?"

„Eingecremt?", wiederholte er, ohne sich anmerken zu lassen, wie schön er es fand, dass sie sich Gedanken um ihn machte. Wir sind definitiv auf dem richtigen Weg, dachte er.

„Mit Sonnencreme", erklärte sie ungeduldig, als ob sie es mit jemandem mit begrenzter Auffassungsgabe zu tun hätte. „Du wirst weiß der Himmel wie lange in der Sonne rösten. Wenn du dir keinen Sonnenbrand holen willst, solltest du dich besser eincremen."

Er legte ihr liebevoll einen Arm um die Schultern, während sie zusammen aus dem Zimmer gingen. „Dein Wunsch ist mir Befehl."

„Ja, richtig. Solange es dir in den Kram passt."

„So etwa", stimmte er schmunzelnd zu, dann wurde er ernst. Er überzeugte sich, dass sie allein waren, und sagte dann eilig: „Ich möchte nur, dass du weißt, dass ich das nicht mit jeder Frau mache." Verdammt, es ist nicht richtig rausgekommen, dachte er.

Der Mann sah wirklich umwerfend aus. Wo sie gestern auch waren, Donna hatte immer gesehen, dass sich die Frauen nach ihm umdrehten. Und nach ihr, neiderfüllt. „Das fällt mir schwer zu glauben."

Er grinste. „Natürlich gehe ich aus, aber ich küsse nicht jede Frau, die mir über den Weg läuft."

„Ach, ja? Was sind denn deine Kriterien?"

Sie scherzte, aber ihm war es ernst. „Ich muss etwas fühlen." Er schaute ihr in die Augen. „Wenn ich dich anschaue, fühle ich etwas, Donna. Ich bin mir nicht sicher, was es ist …"

Sie wollte ihn nicht ernst. „Hormone", sagte sie flapsig.

Er wusste, was sie tat, aber er war nicht bereit, sie so einfach davonkommen zu lassen. „Das natürlich auch, aber so simpel ist es nicht." Sie wirkte wie ein Vogel, der drauf und dran war wegzufliegen, aber er musste sich ihr verständlich machen. „Ich kann es nicht erklären, aber ich weiß, dass ich es für den Rest meines Lebens bereuen würde, wenn ich nicht herauszufinden versuche, was hier passiert." Er sah die Skepsis auf ihrem Gesicht. „Klingt das verrückt in deinen Ohren?"

Sie wollte bejahen und ihn wegschieben, aber sie konnte es nicht. Sie konnte es nicht, weil es da einen Teil in ihr gab, der genau dasselbe fühlte wie er, einen Teil, der ihm zustimmte.

„Vielleicht ein bisschen." Sie wich seinem Blick aus. „Vielleicht auch nicht."

Sie hatte die Worte ganz leise gesagt, aber er hatte sie gehört. „Fühlst du es auch?"

Donna zuckte die Schultern, dann trat sie einen Schritt weg von ihm. Wenn er so nah war, konnte sie keinen klaren Gedanken fassen.

„Ich weiß nicht, was ich fühle. Verwirrung, hauptsächlich. Ich dachte, mein Leben läge klar vor mir. Ich habe mir vorgestellt, dass ich Taylor und Stephen großziehen und dann für meine Enkel da sein würde. Ich hatte nicht vor, mich wieder zu verlieben."

Ihr Eingeständnis überraschte ihn. „Hast du das denn?"

Es war ihr aus Versehen herausgerutscht. „Nein!", fuhr sie ein bisschen zu scharf auf. „Das war nur übertragen gemeint.

Was ich damit sagen wollte, war …"

Sie schloss die Augen und gab auf. Wenn sie protestierte, würde es so aussehen, als ob sie genau das gemeint hatte, was sie gesagt hatte. Und wenn sie schwieg, war es so gut wie ein Eingeständnis. Sie verlor so oder so.

„Du findest die Sonnencreme im Medizinschränkchen im großen Badezimmer. Ich schaue inzwischen nach, wie weit die Jungen sind."

„Ich glaube, darum hat Lisa sich schon gekümmert." Er hatte sie gerade mit einer Flasche Sonnencreme in der Hand hinter Donna vorbeigehen sehen.

Sie presste die Lippen fest aufeinander, entschlossen, irgendeine Ausrede zu finden, um endlich wegzukommen. „Dann mache ich uns jetzt noch ein paar Sandwichs."

Frank hob die Hand. „Zu spät. Angelina war schneller."

„Angelina?", wiederholte sie dumpf. „Du hast Angelina gebeten, uns Sandwichs zu machen?" Er nickte. „Wann hast du denn mit ihr gesprochen?"

„Gerade eben."

Es stimmte. Donna spürte, wie ihre Nervosität wuchs. Sie stand auf einer Plattform, die ihr buchstäblich unter den Beinen weggezogen wurde. „Dann ziehe ich mir jetzt etwas anderes an …", sie warnte ihn mit einem Blick, jetzt ja nichts zu sagen, „… es sei denn, das hätte auch bereits jemand anders gemacht."

„Nein", räumte er ein, und dann hoben sich seine Mundwinkel zu einem sinnlichen Lächeln. „Aber ich könnte dir helfen."

Donna legte ihm eine Hand auf die Brust und hielt ihn von sich ab. „Versuch es, und es wird die letzte Tat deines Lebens sein."

Er grinste. „Es könnte sich lohnen. Aber um den Jungen etwas Gutes zu tun bleibe ich hier. Ich will nicht, dass sie miterleben müssen, wie ihre Mutter wegen Mordes vor Gericht gestellt wird."

„Halt diesen Gedanken fest", riet sie ihm, während sie ihn allein ließ und in ihr Schlafzimmer ging.

Dort angelangt, schloss Donna die Tür und lehnte sich dagegen, wobei sie vergeblich versuchte, ihre Fassung wieder zu finden. Sie schwankte zwischen Erregung und Angst. Zwischen Verlangen und Selbstverleugnung. Es fühlte sich an, als würde sie um ihr Leben laufen. Aber welche Richtung sollte sie einschlagen? Von ihm weg oder auf ihn zu?

Donna war ratlos. Sie wusste es nicht.

8. KAPITEL

Die nächsten sechs Tage vergingen wie im Flug. Und im Zentrum von allem stand ruhig, wenngleich auch alles andere als beruhigend, Frank. Irgendwie – Donna wusste gar nicht recht, wie – war er zu einem Teil ihres Alltags geworden. Er tauchte jeden Vormittag zu Taylors Musikstunde auf. Manchmal war er sogar noch da, wenn sie von der Arbeit kam. Sein Leben verschmolz mit ihrem, wenn er Vorschläge fürs Abendessen machte, während er Angelina in der Küche über die Schulter schaute, wenn er den Jungen zuhörte, die die Ereignisse des Tages in Rekordgeschwindigkeit herunterratterten, wenn er mit Lisa Dinge besprach, die ihr wichtig waren, oder wenn er Stephen beim Lesenlernen half.

Und zu Donnas Überraschung schienen alle diese Situation problemlos zu akzeptieren. Mehr noch, sie begrüßten sie, sie begrüßten ihn in ihrem Leben, als ob sie schon die ganze Zeit auf ihn gewartet hätten. *Sie* war die Einzige, die Schwierigkeiten damit hatte.

Frank unternahm etwas mit ihnen. Einfache Sachen wie zum Beispiel ins Kino gehen, und wunderbarerweise auch noch in einen Film, der *allen* gefiel. Oder zum Abendessen in ein exklusives Restaurant, wo sogar Taylor und Steven während des Essens eine Feuerpause einlegten. Er schlenderte mit ihnen gemütlich durch die Fußgängerzone.

Er nistete sich in jede winzige Ritze von Donnas Leben ein. Wenn sie nicht gut aufpasste, würde sie bald anfangen, sich zu wohl, zu sicher zu fühlen.

Das war beim ersten Mal ihr Fehler gewesen. So konnte es nicht weitergehen.

Das wusste sie, und doch erfand sie jeden Tag eine neue Ausrede, die Situation noch ein bisschen länger zuzulassen. Immerhin hatte sie ja die Sicherheit, dass er am Ende seines

Urlaubs wieder abreisen würde. Deshalb konnte kein wirklicher Schaden angerichtet werden, wenn sie sich noch ein bisschen länger an seiner Anwesenheit erfreute. Davon abgesehen konnte er besser kochen als sie oder Lisa, und als Angelina wegen einer dringenden Familienangelegenheit verreisen musste, stellte sich seine Anwesenheit von unschätzbarem Wert heraus.

Und doch hättest du es nicht so weit kommen lassen dürfen, dachte sie, während sie den Wäschekorb fertig machte, um ihn hinaus zum Auto zu tragen. Irgendwie waren ihr die Dinge aus der Hand geglitten. Sie waren in dem Moment ins Rutschen gekommen, in dem ihr Blick zum ersten Mal auf ihn gefallen war.

Donna schaute reuevoll auf den Wäschekorb. Wenn sie alles im Griff gehabt hätte, hätte sie nicht vergessen, wegen der Waschmaschine den Kundendienst anzurufen. Jetzt hatten die Jungen keine saubere Unterwäsche mehr, und so musste sie die Wäsche in die nächste Wäscherei bringen, statt ihren Koffer für das dreitägige Seminar in San Diego zu packen, an dem sie teilnehmen wollte.

Als aus dem Wohnzimmer ein lautes Kreischen ertönte, fuhr sie zusammen. Mit dem Wäschekorb in der Hand rannte sie hin.

Beim Betreten des Zimmers sah sie Stephen mit trotzig vorgeschobener Unterlippe neben der Couch stehen. Auf dem Boden vor seinem roten Turnschuh lag aufgeschlagen sein Lesebuch.

Stephen hatte nicht bemerkt, dass seine Mutter hereingekommen war. Seine ganze Aufmerksamkeit galt dem ärgerniserregenden Buch. „Ich kann es einfach nicht. Ich lern es nie. *Nie*.“ Er holte aus, um dem Buch einen wütenden Tritt zu versetzen, dann aber besann er sich. Er wusste, dass er, Wut hin oder her, nicht ungestraft davonkommen würde, wenn er das Buch ruinierte. In solchen Dingen hatte seine Mutter ihre Prinzipien.

Er hatte bis jetzt immer noch nicht in ihre Richtung geschaut, aber Donna wusste, dass Frank sie gesehen hatte. Ohne etwas zu sagen stellte sie den Wäschekorb ab.

„Natürlich lernst du es. Und weißt du auch, warum?“, fragte Frank ruhig, während er das Buch aufhob und so tat, als würde er den Staub abklopfen.

Stephen schüttelte so heftig den Kopf, dass ihm sein glattes Haar ums Gesicht flog. „Nein, warum?“

Frank richtete sich auf. Er schaute in das wütend verzerrte Gesicht. „Weil du ein kluger Junge bist.“

Die Unterlippe zog sich zurück, aber Stephen schaute immer noch beleidigt und nicht überzeugt. „Wenn ich klug wäre, könnte ich jetzt schon längst lesen, so wie du und Mommy.“ Er deutete mit dem Daumen angewidert auf seinen Bruder. „Sogar Taylor kann lesen.“

Frank legte dem Jungen eine große, tröstliche Hand auf die schmale Schulter. „Ja, aber wir mussten es alle irgendwann mal lernen.“

Stephen schaute Frank verunsichert an. Vor Überraschung hoben sich die seine dunklen Augenbrauen, bis sie unter dem ungebändigten Haarschopf verschwanden. „Ehrlich? Du auch?“

„Ja, klar.“ Unfähig zu widerstehen, fuhr Frank dem Jungen durchs Haar. „Glaubst du vielleicht, wir konnten alle bei unserer Geburt schon lesen?“

Stephen zog die Schultern hoch und ließ sie dann in dramatischer Gebärde wieder fallen. „Bei meiner Geburt konntet ihr jedenfalls alle schon lesen.“

Taylor stieß einen spöttischen Pfiff aus. „Was du nicht alles weißt, Step-On. Ich hab auf jeden Fall erst in der ersten Klasse Lesen gelernt.“ Taylor, der ein kränkliches Kind gewesen war, war mit Donna zu Hause geblieben, bis er in die Schule gekommen war.

Stephens Augen leuchteten triumphierend auf. „Ha, ich bin aber erst in der Vorschule!“

„Ja, siehst du?“ Frank hielt Stephen das Lesebuch hin, als ob es ein Ziel wäre, das es zu erreichen gelte. „Du bist sogar früher dran als Taylor.“

Auf Stephens Gesicht brach sich ein breites Grinsen Bahn. Taylor entschied, dass es Zeit war, den Raum zu verlassen.

„Stimmt!“ Stephen riss Frank das Lesebuch förmlich aus der Hand und presste es an seine schmale, mit einem gelben T-Shirt bedeckte Brust.

Frank verkniff sich ein Lachen. „Warum machst du nicht eine kleine Pause, und danach lesen wir noch ein bisschen zusammen?“

Stephen hob den Kopf wie ein kleiner Prinz, der sich anschickt, einen Raum zu verlassen, in dem sich seine loyalen Untertanen versammelt haben. „Ich glaub, ich geh jetzt in mein Zimmer und les dort noch ein bisschen.“

Donna war machtlos gegen die Bewunderung, die während des Wortwechsels in ihr aufgestiegen war. „Ein hübsches Stück Kinderpsychologie.“

Frank schob seine Hände in seine Gesäßtaschen, während er auf sie zuging. „Allgemeine Psychologie“, korrigierte er. „Es funktioniert immer.“

Er tat es ab, als ob es nichts wäre. Obwohl sie von der ständigen Kriegsführung zwischen ihren beiden Söhnen schon abgehärtet war, hatte es sie doch verblüfft, mit welcher Einfühlsamkeit er das Problem gelöst hatte. Noch dazu, wo der Mann Junggeselle war. „Woher nimmst du deine Geduld mit Kindern?“

Er zuckte die Schultern. „Das ist doch ganz einfach. Schließlich war ich ja selbst auch mal ein Kind. Du etwa nicht?“ Sein Blick wanderte über sie hinweg, was zur Folge hatte, dass ihr plötzlich ganz warm wurde und sie sich ganz und gar nicht kindlich fühlte.

Sie nickte und bückte sich schnell nach dem Wäschekorb. „Sicher. Vor einer Million Jahren."

Er schaute auf die Wäsche. „Hast du vor durchzubrennen?"

Donna lachte. „Das ist nur für die Wäscherei."

„Habt ihr denn keine Waschmaschine?" Er war sich sicher, in der Garage eine gesehen zu haben.

„Doch. Frag mich lieber, ob wir eine funktionierende Waschmaschine haben."

Er lachte, nahm ihr den Wäschekorb aus der Hand und folgte ihr auf den Flur. „Offensichtlich nicht. Was fehlt ihr denn?"

„Sie pumpt nicht mehr ab." Sie schaute ihn an. „Ich hätte den Kundendienst schon Anfang der Woche anrufen müssen, aber du hast mich so abgelenkt, dass ich alles vergessen habe."

Er verlagerte den Wäschekorb auf die Hüfte und grinste. „Das war wirklich und wahrhaftig ich?"

Es hatte keinen Sinn, die Wahrheit zu verstecken. Davon abgesehen sollte man selbst dem Teufel Gerechtigkeit widerfahren lassen. „Ja."

Ein Fortschritt. Wenn die Jungen nicht zu Hause gewesen wären, hätte er sein Glück noch ein bisschen mehr herausgefordert. Er hatte so ein Gefühl. Ein gutes Gefühl. Aber er konnte warten. „Tja, dann bin ich wohl schuld."

„Gewissermaßen", räumte sie ein, um gleich darauf hinzuzufügen: „Sehr gewissermaßen." Sie wollte ihm den Wäschekorb wieder abnehmen, aber Frank hielt ihn mit beiden Händen fest.

„Ich werfe mal einen Blick auf die Waschmaschine."

Sie legte den Kopf schräg und schaute ihn zweifelnd an. „Reparierst du nebenbei auch noch Waschmaschinen?"

Eine Maschine war eine Maschine, und Maschinen hatten ihn immer fasziniert. Schon als Kind hatte es ihm Spaß gemacht, Dinge auseinanderzunehmen und wieder zusammenzubauen.

„Ich pfusche ein bisschen herum", gab er vorsichtig zurück. „Aber wer weiß, vielleicht habe ich ja Glück, und es ist nur irgendeine Kleinigkeit."

Sie kannte ihn bereits gut genug, um zu wissen, dass er nicht so leicht aufgeben würde. Sie bedeutete ihm mit einer Handbewegung, ihr zu folgen. „Gut, dann komm."

Sie ging ihm voran in die Garage, in der Platz für zwei Autos war. Ihr eigenes hatte sie allerdings in der Einfahrt geparkt, damit sie bequem um das Gerümpel herumgehen konnten, die sie in der Garage abgestellt hatten. Sie deutete mit einer verächtlichen Handbewegung auf die Waschmaschine, die neben dem Trockner stand. Sie hing ein bisschen schräg in den Seilen. „Da ist das blöde Mistding. Ich habe am Dienstag fast den ganzen Tag gebraucht, um das Wasser rauszuschöpfen. Anschließend musste ich die Wäsche mit der Hand fertig waschen."

Er stellte den Wäschekorb ab. „Ich dachte mir gleich, dass in dir eine Pionierin steckt."

Sie runzelte die Stirn. „Nur dass ich ganz aufgesprungene Hände hatte, nachdem ich endlich fertig war."

Er nahm eine Hand und streichelte sie. „Ist mir gar nicht aufgefallen."

„Egal." Sie zog ihre Hand weg. „Glaubst du wirklich, du kannst sie reparieren?"

Sie zweifelte schon nicht mehr so sehr. Das gefiel ihm. Frank legte seine Hände auf den Deckel und schaute die Waschmaschine nachdenklich an.

Donna hob eine Augenbraue. „Hast du vor, sie durch Handauflegen zu heilen?"

Er überhörte ihre Ironie und lächelte unbestimmt. „Wahrscheinlich genügt das nicht ganz." Er hob den Deckel und warf einen Blick ins Innere der Maschine. Es roch abgestanden und muffig, als ob immer noch schmutziges Wasser drin wäre. „Hast du bei der Wäsche etwas vermisst?"

„Was?"

Frank klappte den Deckel wieder zu. „Ist dir beim Zusammenlegen der Wäsche aufgefallen, dass irgendein Teil fehlte?"

Sie schüttelte den Kopf und erklärte: „Ich habe sie nicht zusammengelegt. Das war Angelina. Sie hat nichts gesagt, aber wahrscheinlich hätte sie es auch gar nicht bemerkt, außer wenn ihr eine Socke gefehlt hätte."

Er nickte in Gedanken. „Einen Blick ist es immerhin wert." Er kniete sich hin und kippte die Maschine nach hinten, bis er freien Zugang zu den Schrauben hatte. Dann schaute er Donna über die Schulter an. „Hast du einen Schraubenzieher?"

Für wen hielt er sie eigentlich? „Natürlich habe ich einen Schraubenzieher. Wir sind hier nicht völlig hilflos, weißt du."

„Das habe ich auch nicht behauptet", gab er ruhig zurück. „Was ist denn nun mit dem Schraubenzieher?"

Sie wurde rot. Er versuchte ihr zu helfen, und sie hatte offenbar nichts Besseres zu tun, als ihm an die Kehle zu springen. Sie war nervös, und das nur seinetwegen.

Auf einem der Regale, die die linke Wand der Garage säumten, stand eine Werkzeugkiste. Sie öffnete den staubigen Deckel und kramte in dem Durcheinander herum. Da waren Werkzeuge darin, von denen sie keinen Schimmer hatte, wofür man sie benutzte und die eher aussahen, als könnte man sich damit duellieren. Sie hatten Tony gehört. Das war seine Domäne gewesen, nicht ihre. Aber sie fand, wonach sie suchte.

Sie drehte sich mit zwei Schraubenziehern in der Hand um. „Welchen?"

„Den großen." Er schaute wieder auf den Boden der Waschmaschine und sah noch ein Schraubenpaar. „Nein, gib mir beide."

Sie reichte ihm die Werkzeuge. Frank legte den kleineren Schraubenzieher vorläufig beiseite. Donna hockte sich neben ihn hin und schaute ihm über die Schulter zu, wobei sie versuchte, ihm nicht im Weg zu sein. Er kippte die Maschine wieder zurück.

„Was hast du vor?"

Er hatte bereits die zweite Schraube gelöst. In präziser Reihenfolge legte er eine Schraube neben die andere. „Schau her. In den meisten Fällen sind diese Dinger kinderleicht zu reparieren."

Sie hatte ein schlechtes Gewissen. Wenn sie ihm nicht die Schuld dafür gegeben hätte, dass sie vergessen hatte, den Kundendienst anzurufen, würde er das jetzt bestimmt nicht machen.

„Mach dir nicht so viel Mühe." Donna richtete sich wieder auf und schaute auf den Wäschekorb in der Ecke. Jetzt noch die Wäsche wegzubringen kostete sie mehr Zeit, als sie sich eigentlich leisten konnte, aber da konnte man eben nichts machen. „Ich kann genauso gut schnell in die Wäscherei fahren ..."

Er griff nach ihrer Hand und hielt sie fest. „Erlaub mir doch, meinen männlichen Stolz befriedigen."

Sie seufzte und gab auf. Wenn er es schaffte, die Maschine zu reparieren, würde es auf jeden Fall eine Ersparnis bedeuten, sowohl zeitlich wie finanziell. Wenn er es nicht schaffte, würde sie noch mehr in Verzug geraten, aber sie ließ ihm seinen Willen.

„So lange du ihn an der Maschine befriedigst und nicht an mir."

Er grinste und arbeitete weiter. Seine Hände waren an der Maschine, aber seine Gedanken waren bei der Frau neben ihm, deren Duft ihn betörte. Wie üblich. „Warum? Habe ich deine Bolzen gelöst, Donna?"

„Die Bolzen, die Schrauben und die Flügelmuttern." Sie zählte es an drei Fingern ab.

Er fragte sich, ob sie das ironisch meinte und schaute sie über die Schulter hinweg an. Ihr Gesichtsausdruck sagte ihm, dass es nicht ironisch gemeint war. „Das wusste ich noch gar nicht."

„Ich auch nicht." Donna schob ihre Hände in ihre Taschen. Sie hätte nie geglaubt, dass sich die Dinge für sie noch einmal so entwickeln könnten. Bis sie es taten. Und dann auch noch in so atemberaubender Geschwindigkeit. Ihr stand kein Fluchtweg offen, und das erhöhte ihre Nervosität noch.

Donna versuchte sich wieder auf die kaputte Maschine zu konzentrieren. Sie schaute zu, wie Frank die Vorderabdeckung abnahm. Dann zog er zwei breite Schubladen heraus.

„Kannst du sie auch wieder zusammenbauen?", fragte sie misstrauisch.

„Mit geschlossenen Augen. Aber mit offenen geht es besser." Er warf ihr einen Blick zu. „Ich sehe gern, was meine Hände tun."

Sie wurde von Hitze überschwemmt. „Darauf möchte ich wetten."

„Ah, hier haben wir das Problem." Wie ein Jäger seine Beute hielt Frank einen hauchdünnen Spitzen-BH hoch, der jetzt zerrissen und verfärbt war. „Vermutlich hat die Maschine versucht, ihn anzuprobieren."

Peinlich berührt nahm Donna ihm das Kleidungsstück weg und stopfte es in ihre Gesäßtasche.

„Gehört er dir?", fragte er unschuldig.

Als ob ihm das nicht längst klar gewesen wäre. „Ja. Ich frage mich nur, wie er da reingekommen ist." Ihr fiel ein, dass sie heute Morgen danach gesucht hatte. Donna spürte seinen Blick auf sich.

„Hat er einen Zwilling?", fragte er. Sie schaute ihn verdattert an. „Einen, der genauso aussieht?“, präzisierte er. Sein Grinsen war breit und unschuldig, und es bewirkte, dass ihr Magen einen Salto machte. „Ich wüsste gern, wie er vorher ausgesehen hat.“ Frank montierte die Abdeckung wieder an, dann kauerte er sich auf den Boden, um die Schrauben anzubringen. Er grinste jungenhaft. „Am liebsten natürlich ausgefüllt.“

Allein die Vorstellung bewirkte, dass seine Handflächen feucht wurden. Noch eine pubertäre Reaktion. Nein, widersprach er sich in Gedanken. Diese Art von gespannter Erwartung hatte er als Jugendlicher nie gefühlt. Sie hatte seine Nummer und kehrte ohne den kleinen Finger zu rühren sein Innerstes nach außen.

Als Donna lachte, schaute er auf. „Ich könnte ihn ja der Katze anziehen“, schlug sie vor.

„Daran hatte ich eigentlich nicht gedacht.“ Er kippte die Maschine nach hinten, um die Schrauben festzuziehen.

Donna beobachtete fasziniert, wie sich die Muskeln seines Unterarms anspannten, während er die Maschine im Gleichgewicht hielt, und versuchte sich einzureden, dass es sie nicht berührte. Aber ihr Mund war trocken. „Ich weiß sehr gut, was dir vorschwebt, aber dazu wird es nicht kommen.“

Er stand auf, legte die Schraubenzieher auf die Waschmaschine und wischte sich die Hände an seiner Sitzfläche ab. „Ich habe gelernt, *nie* nie zu sagen. Wenn mir vor ein paar Wochen jemand gesagt hätte, dass ich demnächst einer schönen Frau in Seattle die Waschmaschine repariere, hätte ich nur gelacht. Und jetzt?“ Er breitete die Hände aus. „Ich habe es gerade getan.“

Sie schaute skeptisch auf die Maschine. „Das muss sich erst noch herausstellen.“

Er lehnte sich mit der Hüfte gegen den Trockner und streichelte sie mit Blicken. „Ich bin bereit, meinen guten Ruf darauf zu verwetten.“

Donna war nicht bewusst, dass sie sich mit der Zungenspitze über ihre trockenen Lippen fuhr, dafür war es Frank umso bewusster. „Meinst du damit deinen guten Ruf als Monteur?“

Er grinste wieder und wünschte sich, sie zu berühren. Er schaffte es nur mit äußerster Kraft, sich zurückzuhalten. „Das und noch anderes.“ Seine Augen versuchten sie zu überreden. „Komm schon, Donna, nutz die Chance. Was hast du schon groß zu verlieren?“

Sie presste die Lippen aufeinander und schaute ihn mit Herzklopfen an. Es ging nicht mehr um Waschmaschinen. „Mehr als Wäsche.“

„Vielleicht nicht einmal das.“ Frank beugte sich über den Wäschekorb und stopfte die Wäsche in die Maschine. Dann tat er Waschmittel und Weichspüler in die dafür vorgesehenen Fächer. Nachdem er das Programm gewählt hatte und eben anstellen wollte, legte sie ihre Hand über seine. „Warte, du hast sie ja gar nicht vorsortiert.“

Frank hatte sich nie die Mühe gemacht, seine Wäsche zu trennen. „Ich werfe immer alles zusammen. Es ist meinen Sachen bis jetzt bestens bekommen.“

„Pures Glück.“ Sie drückte die Skalenscheibe wieder hinein, die Wasserzufuhr wurde unterbrochen. „Man sollte sie nicht durcheinander bringen.“

„Ich finde, dass es viel Spaß macht, Sachen durcheinander zu bringen.“ Frank legte seine Hände um ihre Taille, dann zog er sie an sich. Eng. Sie wehrte sich nicht, sie konnte es nicht.

Er registrierte es erfreut.

Frank streifte ihre Lippen mit seinen und hörte sie leise aufseufzen.

„Du machst es schon wieder.“

„Was?“, fragte er, während er sie einmal, zweimal, dreimal

küsste, wobei er sich jedes Mal ein bisschen mehr verlor. „Was mache ich wieder?“

Donna kämpfte dagegen an, die Augen zu schließen, sie wehrte sich mit aller Kraft gegen den Trieb, der an ihr zerrte, und sie wehrte sich genauso vehement gegen die Gefühle, die sie Frank entgegenbrachte. „Du richtest in meinem Kopf ein Chaos an.“

Frank fuhr ihr mit den Fingerspitzen ganz leicht über die Schläfen. „Du brauchst ihn jetzt nicht.“

Sie versank in den Fluten, rasend schnell. Donna krallte ihre Fingernägel in seine Unterarme, als ob sie das vor dem Untergang retten könnte. „Ach ja? Willst du für uns beide denken?“

Ganz sanft wanderten seine Lippen über ihr Gesicht und bedeckten es mit so zärtlichen Küssen, dass ihr fast die Tränen kamen. Er spürte, wie sie zitterte.

„Ich hatte es eigentlich nicht vor. Ich hatte überhaupt nicht vor zu denken.“ Er tauchte seine Finger in die seidige Flut ihrer Haare. Er liebte das Gefühl. Er liebte sie. Er war immer davon ausgegangen, dass Liebe, *wenn* sie kam, schnell kam. Aber er hatte nie erwartet, vom Blitz getroffen zu werden.

Doch das war passiert.

Frank ergriff wieder von ihrem Mund Besitz, und als sie ihm diesmal die Lippen bereitwillig öffnete, war er verloren.

Noch nie hatte ihm Verlangen solche Schmerzen bereitet.

Er wusste nicht, wie lange er sich noch zurückhalten konnte.

Weil sie hier in der Garage, wo jeden Moment jemand hereinkommen konnte, sicher war, gestattete es sich Donna, ihre Lust auszukosten, die Welle des Verlangen zu genießen, die über sie hinwegschwappte, und sich gleich darauf atemlos der nächsten entgegenzuwerfen.

Sie stöhnte, als er den Kuss beendete, dann liebkoste er ihr

Kinn und drückte ihr ganz sanft einen Kuss auf den Hals. Vielleicht hatte sie sogar seinen Namen geflüstert – sie war sich nicht sicher, aber er hämmerte unaufhörlich in ihrem Kopf, ein Hämmern, das mit zunehmendem Verlangen immer lauter wurde.

Sie wusste nichts mehr, außer, dass sie das, was er tat, herrlich fand.

„Willst du Weiß und Bunt immer noch fein säuberlich trennen?“, fragte er.

Sie lehnte sich an ihn, beugte sich vor und zog die Wählscheibe heraus. Wasser begann in die Maschine zu strömen. Ihre Mundwinkel, nur ein paar Zoll von seinem Gesicht entfernt, bogen sich hoch. „Lassen wir's drauf ankommen.“

Frank küsste sie wieder, und jeder ihr noch verbliebene Knochen schmolz in Sekundenschnelle dahin.

In diesem Moment flog die Verbindungstür zwischen Haus und Garage mit einem Knall auf. „Mom, vergiss nicht, dass ich morgen mein blaues Hemd …“

Taylor blieb so ruckartig stehen, dass er ins Schleudern kam. Auf seinem Gesicht spiegelte sich erst Überraschung und dann Wut, als er anklagend von Frank zu Donna schaute. In der nächsten Sekunde wirbelte er auf dem Absatz herum und rannte wieder ins Haus.

„Taylor!“, schrie Donna. Oh, Gott, was hatte sie getan? Sie hatte ihre Söhne nicht auf die Möglichkeit vorbereitet, dass es in ihrem Leben jemals einen anderen Mann geben könnte. Wie auch? Sie war ja selbst nicht darauf vorbereitet gewesen. „Taylor, du darfst nicht …“

Völlig außer sich machte Donna Anstalten, ihm nachzulaufen. Frank hielt sie auf.

„Nein, lass mich.“

Sie schaute Frank wütend an, aber noch wütender war sie auf sich selbst. Wie hatte sie sich bloß so gehen lassen können? „Er ist deinetwegen weggerannt.“

Sie wussten beide, dass er das nicht verdiente, aber er sagte nichts. „Dann sollte ich es auch sein, der mit ihm redet."

Er ließ sie hilflos und frustriert stehen. Und so verwirrt, dass sie am liebsten laut aufgeschrien hätte.

Im Hintergrund drehte sich unablässig die Trommel der Waschmaschine.

Frank fand Taylor in seinem Zimmer. Bei seinem Eintritt feuerte der Junge gerade wutentbrannt die Gitarre in den Schrank. Dann knallte er laut fluchend die Schranktür zu.

Es wäre sicherer gewesen, ihn allein zu lassen. Sicherer und feiger. Frank ging zu dem Jungen hinüber, der sich mit dem Gesicht nach unten auf Stephens Bett warf. „Gibst du's auf?"

„Geh weg." Taylors Stimme wurde von der Tagesdecke gedämpft.

Frank setzte sich auf die Bettkante. Er legte dem Jungen die Hand auf die Schulter. Taylor entzog sich ihm, ohne den Kopf zu heben.

„Nein, Taylor", sagte Frank ruhig. „Ich gehe nicht weg. Warum erzählst du mir nicht, warum du die Gitarre weggepackt hast? Du hast gute Fortschritte gemacht."

Jetzt hob Taylor den Kopf und legte das Kinn auf die Unterarme. „Es war eine beknackte Idee", sagte er zur Wand.

„Dich zu beweisen? Das glaube ich nicht. Ich finde, es ist ein wirklich guter Weg, diesen Kerlen zu zeigen, dass du kein bisschen schlechter bist als sie." Er machte eine Pause. „In mancher Hinsicht vielleicht sogar besser."

Taylor setzte sich auf und drehte sich zu Frank um. Er hob das Kinn auf genau dieselbe Art und Weise wie Donna, wenn sie sich herausgefordert fühlte. „Das kann dir doch egal sein. Du bist nicht mein Vater."

„Stimmt, das bin ich nicht", pflichtete Frank ihm bei. „Aber um dich zu mögen, muss ich nicht dein Vater sein." Wieder legte er dem Jungen eine Hand auf die schmale Schulter, und diesmal ließ Taylor ihn gewähren. „Und ich mag dich, Taylor." Er sprach sehr ruhig und betonte jedes Wort. „Ich mag euch alle sehr. Dich, deinen Bruder, eure Tante Lisa."

Taylor legte den Kopf auf die Seite und musterte Frank eingehend. „Und meine Mom?", fragte er.

„Oh, ja." Frank nickte und lächelte. „Ich mag deine Mom sehr." Und es tat gut, es laut zu auszusprechen. Es tat gut und machte zugleich auch ein bisschen Angst. „Macht dir das zu schaffen?"

Taylor zuckte hilflos die Schultern. „Irgendwie schon."

„Ich will dir ein Geheimnis verraten." Frank beugte sich näher zu dem Jungen. „In gewisser Hinsicht macht es mir auch zu schaffen."

Taylor schaute ihn erstaunt an. „Warum?"

„Weil ich so etwas bis jetzt noch nie gefühlt habe. Aber dir sollte es wirklich nicht zu schaffen machen. Was zwischen deiner Mutter und mir passiert, hat nichts mit ihren Gefühlen für dich und deinen Bruder zu tun. Oder mit dem, was sie für deinen Vater fühlt." Er konnte dem Jungen ansehen, dass er einen inneren Kampf mit sich ausfocht. Frank legte seinen Arm um Taylor und zog ihn näher zu sich heran. „Ich will es dir erklären. Was ist dein Lieblingseis, Taylor?"

Frank konnte spüren, wie das Misstrauen des Jungen langsam dahinschwand. „*Walnusskrokant*, ganz klar."

„Guter Geschmack. Okay, sagen wir jetzt, dass es plötzlich kein *Walnusskrokant* mehr gibt. Sie haben die Produktion eingestellt. *Walnusskrokanteis* wird es nie wieder geben." Er schaute Taylor aufmerksam an. „Heißt das, dass du ab jetzt nie wieder Eis essen wirst, nicht einmal, um zu probieren, ob dir eine andere Sorte vielleicht auch schmeckt?"

Taylor lachte, der Vorschlag war einfach zu bescheuert. „Ich bin doch nicht blöd." Er unterbrach sich und schaute auf

Frank, während er über das eben Gehörte nachdachte. „Willst du damit sagen, dass du eine andere Eissorte bist?“

Frank lächelte. „So ungefähr.“

Taylor schwieg eine Weile, dann seufzte er tief auf und nickte so mannhaft wie nur möglich. „Na ja, ich schätze, damit kann ich leben.“

„Um mehr bitte ich dich nicht.“ Frank stand auf und ging durchs Zimmer zum Schrank. Als er die Tür öffnete, fiel ihm die Gitarre vor die Füße. Er hob sie auf und ging damit hinüber zu Taylor. „Außer, dass du wieder Gitarre übst.“ Er hielt Taylor das Instrument hin.

Taylor nahm die Gitarre, zog sie an die Brust und legte seine Finger auf das Griffbrett, so wie Frank es ihm gezeigt hatte. „Also schön. Hörst du zu?“

Frank lehnte sich gegen den kleinen Schreibtisch. „Na klar.“

Taylor begann zu spielen. Er war schon viel sicherer, und die Melodie klang süß.

Donna lehnte sich vor Taylors Zimmer gegen die Wand und blinzelte ihre Tränen weg. Natürlich hatte sie es nicht aushalten können und war ebenfalls zu Taylors Zimmer gerannt. Und war gerade rechtzeitig angelangt, um die Unterhaltung zwischen ihrem Sohn und Frank mithören zu können.

Er bringt einen nach dem anderen auf seine Seite, dachte Donna. Ein kleines Wunder. Sogar sie hatte er bereits zu sich herübergezogen, zum Teil zumindest.

Die andere Hälfte hinkte noch hinterher. Und würde Gott sei Dank weiterhin hinterherhinken. Es war eine Überlebensfrage.

Das, was sie bei Tonys Tod durchgemacht hatte, konnte sie kein zweites Mal durchmachen. Sie hatte Tony von ganzem Herzen geliebt, und er hatte sie mit nichts außer einem Scherbenhaufen zurückgelassen. Scherben eines Herzens, Scherben eines Lebens, die sie unter größten Mühen wieder zusammensetzen musste.

Und mit Schuldgefühlen.

Seit seinem Tod quälten sie furchtbare Schuldgefühle. Schuldgefühle, die sie im ersten Jahr die ganze Nacht bis in die frühen Morgenstunden hinein fest im Griff gehalten hatten. Schuldgefühle, die sie selbst jetzt, nach zwei Jahren, nicht verlassen hatten. Tony hatte ihr in seinem Abschiedsbrief geschrieben, dass er sich das Leben nahm, weil er ihr nicht mehr in die Augen schauen konnte.

Das bedeutete, dass es ihre Schuld war.

Dass er sich das Leben genommen hatte, war ihre Schuld. Deshalb musste sie ihm über seinen Tod hinaus treu bleiben, sie musste ihren Gefühlen Fesseln anlegen. Auf Dauer. Das war sie ihm schuldig. Sie war nicht frei, um wieder zu lieben, selbst wenn sie es könnte.

Donna wischte sich die Tränen ab, während sie davonging. Sie hatte zu tun, sie musste für ihre Reise packen. Sie hatte keine Zeit, um über die Vergangenheit nachzugrübeln. Oder über eine Zukunft, die sie nicht zulassen konnte.

9. KAPITEL

Sie war volle drei Tage weg. Während dieser Zeit fühlte sich Donna, als ob ihre Seele irgendwo eingesperrt wäre, rastlos und nicht in der Lage, Ruhe zu finden. Und das alles hatte mit Frank zu tun.

Es war jetzt fast zwei Wochen her, seit sie sich kennengelernt hatten. Zwei Wochen. Viel zu wenig Zeit, um das zu fühlen, was sie fühlte.

Und doch fühlte sie es.

Und wenn sie auch noch so sehr aufpasste, glitt sie doch immer wieder aus und rutschte unaufhaltsam auf etwas zu, vor dem sie schreckliche Angst hatte.

Kaum zwei Wochen. Nicht genug Zeit, um zu wissen.

Mehr als genug Zeit, um zu fühlen.

Auf der Fahrt vom Flughafen nach Hause versuchte Donna, ihre Gefühle unter Kontrolle zu bekommen. Wahrscheinlich war Frank ja nicht einmal da, wenn sie heimkam. Bestimmt sogar war er nicht da, denn sie hatte ihm keinen Grund gegeben anzunehmen, dass sie wollte, dass er da war.

Sie dachte daran, wie sie sich verabschiedet hatten. Ihr Wagen kam mit quietschenden Reifen zum Stehen, weil sie die rote Ampel erst im letzten Moment gesehen hatte.

Verdammt, sie musste sich auf die Straße konzentrieren.

Doch sobald ihr Fuß wieder auf dem Gaspedal lag, wanderten ihre Gedanken zu Frank zurück. Sie war einen Moment zu lange in seinen Armen geblieben, ihre Lippen hatten einen Augenblick zu lange auf seinem Mund verweilt. Und vielleicht hatte sie sogar leise aufgeseufzt, als sie sich von ihm gelöst hatte. Es war heillos, einfach heillos.

Sie hatte sich vor ihrem Abflug von ihm verabschiedet und hatte es endgültig klingen lassen. Aber in ihrem Kuss war nichts Endgültiges gewesen.

Oder in seinem.

Alles akademisch, sagte sie sich. Es hatte keinen Sinn, jetzt noch über ihre Abreise nachzugrübeln. Aller Wahrscheinlichkeit nach war der Mann weg. Irgendwann musste er schließlich wieder zurückfahren. Und das war gut so. Es machte ihr nichts aus, wenn er weg war, ganz im Gegenteil. Es war ihr lieber so.

Als sie in ihre Einfahrt einbog, hatte sie es fast geschafft, sich das, woran sie sich so klammerte, wirklich einzureden.

Donna straffte die Schultern und setzte ein strahlendes Lächeln auf, während sie die Haustür aufschloss. Die Diele lag verlassen da. „He, wo seid ihr denn alle? Ich bin wieder da!"

Einen Moment später wurde sie von zwei Seiten stürmisch umarmt.

„He, nett, dass ihr mich vermisst habt", rief sie lachend aus, dann schaute sie Stephen und Taylor in die Gesichter.

Irgendetwas stimmt nicht, dachte sie plötzlich. Sie spürte, dass Stephen sie ein bisschen zu fest umklammerte und entdeckte in Taylors Augen eine Besorgnis, eine Wachsamkeit, die sie sich nicht erklären konnte. Sie wusste nur, dass sie ungewöhnlich war.

Vielleicht war es ja nur eine Überreaktion ihrerseits. „Was ist los, Leute?"

Sie spürte seine Anwesenheit, noch ehe sie aufschaute. Frank stand auf der Schwelle zum Wohnzimmer und wartete, bis sie ihre Kinder begrüßt hatte.

Donnas Herz machte einen Satz. Es flatterte wie ein Vogel, der plötzlich aus einem Käfig befreit wird. *Er ist nicht abgereist.* Sie versuchte, das unbändige Glücksgefühl einzudämmen, das über die Ufer schwappte. Im letzten Moment gelang es ihr, es zurückzudrängen.

Auf der Suche nach einem festen Halt legte sie Taylor eine Hand auf die Schulter. „Ich dachte, du bist schon weg."

Eine dunkle samtige Braue hob sich, als Frank sie musterte.

Er schaute ihr forschend in die Augen, auf der Suche nach der Wahrheit. Wollte sie wirklich, dass er ging? Durch ihre Abreise waren die Dinge in der Schwebe geblieben, aber er war davon ausgegangen, dass keiner von ihnen die Sache so abrupt beenden wollte. Dass er es nicht wollte, wusste er mit Sicherheit. Er befand sich in einem Dschungel, in einem Gefühlsdschungel. Er tastete immer noch blind herum und versuchte, für alles eine Erklärung zu finden. Versuchte, diese für ihn gänzlich neuen Gefühle einzuordnen, ebenso wie den intensiven Wunsch, sie in seinem Leben zu haben.

Er durchquerte das Zimmer und ging auf sie zu. Die Kinder standen zwischen ihnen. „Nein. Es gab da ein paar außergewöhnliche Umstände."

Was sollte das denn heißen? Sie schaute von Frank zu ihren Söhnen.

„Er wohnt jetzt hier", erklärte Stephen eifrig.

Donna merkte, dass ihr der Mund offen stehen blieb. „Was?"

„Ja!" Es war offensichtlich, dass zumindest Stephen über das Arrangement sehr glücklich war. „Er schläft in Tante Lisas Zimmer."

Donna ging wie betäubt zur Couch und setzte sich langsam. Das war zu viel. Ihre Augen verengten sich, während in ihrem Kopf alles durcheinanderwirbelte. Lisa und Frank? Lisa? Bei der Vorstellung, dass Frank mit einer anderen Frau als ihr zusammen sein könnte, verspürte sie einen schmerzhaften Stich. Donna fühlte sich, als hätte ihr jemand einen Dolch in den Bauch gestoßen.

Oder ins Herz.

Beides kannst du nicht bekommen, machte sie sich über sich selbst lustig. Und jetzt hatte sie sowieso gar nichts.

Aber mit Lisa?

Donna hob den Blick und schaute Frank an. Ihr Ton war bitter. „Du bist schnell, was?"

Stephen war damit herausgeplatzt, noch ehe Frank die Gelegenheit gehabt hatte, Donna auf die Neuigkeiten vorzubereiten. Offenbar liefen mit Kindern die Dinge nie nach Plan. „Es ist nicht so, wie du denkst."

Sie sprang erregt auf. Für wie naiv hielt er sie eigentlich? „Ich bin drei Tage weg, und du ziehst postwendend bei meiner Schwägerin ein. Und das mit den Kindern." Wie konnte er bloß? Wie konnte er das tun, wo ihre Söhne im Haus waren? Wie konnte es Lisa tun? „Was soll ich davon halten?"

Ist sie eifersüchtig? dachte er. Ihre Empörung, die auf ihre Wangen kreisrunde leuchtend rote Flecken malte, galt nicht nur Lisas verlorener Ehre. Obwohl es ihm nicht gefiel, dass sie ihn anschrie, freute er sich doch über den Grund, der dahinter steckte.

Franks Stimme war zum Verrücktwerden ruhig, als er antwortete: „Du solltest eigentlich denken, dass ich mich um deine Söhne gekümmert habe."

„Was?" Das machte keinen Sinn. Sie schaute sich um. „Wo *ist* Lisa?"

Wahrscheinlich traut sie sich nicht raus, weil sie sich zu sehr schämt, dachte Donna. Obwohl sie Lisa keinen Vorwurf machen konnte. Aber Frank konnte sie einen Vorwurf machen, und das tat sie auch. Das war alles seine Schuld. *Alles* war seine Schuld. Wenn er nicht auf der Bildfläche erschienen wäre, so dreingeschaut hätte, wie er dreinschaute, und das getan hätte, was er getan hatte, wäre all das nicht geschehen. Sie hätte nicht drei elende Tage in San Diego verbracht und während eines sich wie Kaugummi dahinziehenden Seminars, für das sie gutes Geld bezahlt hatte, in ihrer Seele nach einer Antwort gesucht, die sie am Ende doch nicht gefunden hatte.

„Tante Lisa ist im Krankenhaus", berichtete Taylor.

„Was?“, flüsterte Donna fassungslos. Dann war es also das, was sie beim Hereinkommen sofort gespürt hatte. Dass irgendetwas nicht stimmte. Wie betäubt wandte sie sich zu Frank um. „Was hast du mit ihr gemacht?“

Das Lächeln auf seinen Lippen erreichte seine Augen nicht. „Vielen Dank für dein Vertrauen“, sagte er ruhig, und Donna hätte schwören mögen, dass in seiner Stimme Verletztheit mitschwang.

Donna wünschte sich, die Worte wieder zurückholen zu können. So hatte sie es doch gar nicht gemeint. Das war alles so verwirrend.

„Ich habe es nicht so gemeint. Aber warum ist Lisa im Krankenhaus, und warum wohnst du hier?“ Sie hob eine Hand, als Stephen den Mund aufmachte, offensichtlich nur allzu bereit, ihr die ganze Geschichte zu erzählen. „Aber langsam“, verlangte sie. „Von Anfang an.“

„Ich kam gestern, um Taylor Gitarrenunterricht zu geben …“, begann Frank.

Die Tatsache, dass er trotz ihrer Abwesenheit immer noch mit Taylor übte, löste aufrichtiges Erstaunen in ihr auf. War er wirklich so selbstlos? Sie wusste einfach nicht, was sie mit dem Mann machen sollte.

„Und ich bin schon echt gut, Mom“, warf Taylor stolz ein. „Ich kann den Song jetzt schon ganz spielen. Und Frank hat mir noch eine Menge mehr beigebracht. Willst du es hören?“ Er war schon unterwegs, um seine Gitarre zu holen.

„Später“, hielt Donna ihn auf. „Bald, ich verspreche es. Zuerst möchte ich wissen, was mit Tante Lisa passiert ist.“ Sie wandte sich Frank wieder zu. „Erzähl weiter.“

„Mir war schon beim Abendessen gestern aufgefallen, dass sie ein bisschen blass war und kaum etwas gegessen hatte. Ich fragte sie, was los wäre. Da erzählte sie mir von diesen Schmerzen im rechten Unterbauch.“ Frank legte zur Illustration seine

Hand auf die Stelle. „Sie versuchte, sich darüber lustig zu machen, aber ich sah, dass sie wirklich Schmerzen hatte. Ich hatte sie kaum berührt, als sie schon zusammenzuckte."

Donna sagte das erste, was ihr durch den Kopf schoss. „Blinddarm?"

„Sonnenklarer Fall." Frank nickte. „Ich sagte ihr, dass wir kein Risiko eingehen dürften. Deshalb lud ich sie und die Jungs ins Auto, und dann fuhren wir ins nächste Krankenhaus."

Donna registrierte, dass Frank *wir* gesagt hatte und dass den Jungen bei seinen Worten die Brust schwoll. Er hatte wirklich ein Talent, im Sturm Herzen zu erobern und jedermann auf seine Seite zu ziehen.

„Wir kamen gerade noch rechtzeitig", fuhr er fort. „Ihr Blinddarm brach in dem Augenblick durch, in dem man sie auf den Operationstisch legte."

Donnas Hand zuckte zu ihrem Mund, um ihr erschrecktes Keuchen zu ersticken. Sie versuchte Ordnung in ihre wild durcheinanderwirbelnden Gedanken zu bringen. „Ich habe doch erst gestern Vormittag mit ihr telefoniert. Sie sagte, es sei alles in Ordnung."

Frank hob eine Schulter und ließ sie wieder fallen. „Du kennst doch Lisa. Sie beklagt sich nicht gern."

Donna starrte Frank an. Er sprach von ihr, als kenne er sie seit Jahren und nicht erst seit knapp zwei Wochen. Konnte ein Mann innerhalb von so kurzer Zeit in einer fremden Familie so heimisch werden? Konnte *sie* sich in einer derart kurzen Zeit so zugehörig zu einem Mann fühlen? Bei Tony hatte dieses Zusammengehörigkeitsgefühl erst ganz langsam wachsen müssen, wie ein Wandteppich, der geduldig gewoben wurde.

Was war es, was da zwischen ihr und Frank so schnell und unglaublich hoch aufgelodert war? Ein Strohfeuer?

Und wie kam sie dazu, Hormonschübe zu analysieren,

während ihre Schwägerin, nur um Haaresbreite dem Tod entronnen, in einem Krankenhausbett lag?

Donnas Hirn fühlte sich an wie eine Bratpfanne, in der jemand wild herumrührte.

„Angelina kommt erst in ein paar Tagen zurück“, fuhr Frank fort. „Ich war der Einzige, der bis zu deiner Rückkehr bei den Jungen bleiben konnte.“ Die Angelegenheit bedurfte keiner weiteren Erklärung, aber er erklärte es trotzdem. „Deshalb habe ich in Lisas Bett geschlafen.“ Weil Stephen ihm ein breites, zahnlückiges Grinsen schenkte, konnte Frank nicht widerstehen, ihm das Haar zu verwuscheln. Er schaute den Jungen über Donnas Kopf hinweg an. „So war das. Wir haben alles im Griff.“

Peinlich berührt von der falschen Schlussfolgerung, die sie gezogen hatte, errötete Donna jetzt. Sie bereute ihre vorschnelle Reaktion, vor allem, weil er seine Sache so gut gemacht hatte.

„Ich hatte einen schweren Tag, Frank. Es tut mir leid, dass ich dich so angefahren habe, aber ich dachte einfach, dass du …“ Sie unterbrach sich und schwieg.

„Ich weiß, was du dachtest.“

Und er schaut überaus selbstzufrieden drein, registrierte sie. Diesmal war sie ihm wirklich in die Falle gegangen.

„Er hat uns Frühstück gemacht und uns gesagt, wann wir in die Schule gehen sollen und alles“, erzählte Stephen. Sein Gesichtsausdruck verriet, dass er zwar nicht damit gerechnet hatte, es Frank jedoch inzwischen verziehen hatte, dass er sie in die Schule geschickt hatte. „Ich hab gedacht, wir müssen nicht in die Schule, weil doch Tante Lisa krank ist, aber er hat gesagt, dass es wichtig ist, weil wir sonst vielleicht was verpassen.“

Donna legte den Arm um den Jungen und drückte ihn an sich. „Frank hatte recht.“

„In vielerlei Hinsicht“, mischte sich Frank ein und schaute sie vielsagend an.

Donna hob das Kinn, entschlossen, an dem letzten ihr noch verbliebenen Rest Stolz eisern festzuhalten. „In *mancher* Hinsicht." Sie atmete laut aus. Was für ein Heimkommen! „In welchem Krankenhaus liegt sie denn?"

„St. Cecilias." Frank machte einen Schritt auf sie zu, und Stephen ließ ihn vorbei. „Ich fahre dich hin", bot er an. „Inzwischen kenne ich mich hier schon ganz gut aus, aber ich muss zugeben, dass mir Wilmington Falls wesentlich mehr zusagt. Dort ist es schon ein Stau, wenn zwei Autos simultan vor einem Stoppschild anhalten, weil keiner weiß, wer von beiden Vorfahrt hat."

„Was heißt das denn ... simul... das Wort da?", fragte Stephen.

Frank lachte. Der Junge hatte ein Gehirn wie ein Schwamm, er sog alles begierig in sich auf. „Simultan. Es heißt gleichzeitig."

„Wie dich und Mom jetzt hier haben?"

Frank nickte. „So ungefähr."

Donna war erschöpft. Sie hatte am Vormittag die letzten zähen Seminarstunden ausgesessen und dann vier Stunden in der Luft im Cockpit einer ihrer viersitzigen Maschinen verbracht. Und dann war sie noch schnell eine halbe Stunde in ihrem Büro gewesen, um die Post durchzusehen, bevor sie sich ins Auto gesetzt hatte. Auf dem Expressway war vor ihr ein Truck gewesen, sodass sie die Fahrt, für die sie normalerweise zwanzig Minuten brauchte, eine Stunde gekostet hatte. „Im Augenblick erscheint mir die Vorstellung, irgendwo ohne Verkehrsstaus zu leben, absolut himmlisch."

Frank hob eine Augenbraue. „Meinst du, das könnte anhalten?"

Donna blinzelte. Hatte sie etwas verpasst? „Was?"

„Glaubst du, du denkst in einer Woche noch genauso? Oder in einem Monat?"

Donna, der erst mit Verspätung aufgegangen war, was sie

da aus Versehen gesagt hatte, schaute ihn wachsam an. „Was sagst du da?"

Er versuchte mit dem Daumen die steile Falte auf ihrer Stirn zum Verschwinden zu bringen. „Was glaubst du denn, was ich sage?"

Sie wollte nicht darüber reden, nicht vor Taylor und Stephen. Sie war völlig verwirrt. Wie sie die Sache auch drehte und wendete, immer erschien es ihr falsch. „Lass uns jetzt zu Lisa fahren."

Frank machte eine tiefe Verbeugung. „Dein Wunsch ist mir Befehl."

Donna lachte skeptisch. „Wenn das stimmt …"

„Was?" Seine faszinierenden grünen Augen hielten sie fest. „Was ist, wenn das stimmt?"

Sie schüttelte den Kopf. Sie hatte sagen wollen „dann würdest du mich in Ruhe lassen", aber jetzt kam es ihr kalt und undankbar vor. Außerdem war es nicht das, was sie meinte. Nicht wirklich. Oh, Gott, wenn sie sich doch bloß innerlich nicht so zerrissen fühlte!

„Vergiss es."

Frank wandte sich Taylor und Stephen zu. Taylor zwinkerte ihm wissend zu. Der Junge ist älter, als er aussieht, dachte Frank. „Ab ins Auto, Leute. Wir sind auch gleich da."

Donna beobachtete zu ihrer Verblüffung, dass ihre Söhne ohne Widerworte gehorchten. Ohne den geringsten Versuch zu unternehmen, Zeit zu schinden. Der Neuigkeitseffekt, von dem er gesprochen hatte, hätte sich inzwischen eigentlich längst abnützen müssen. Doch im Grund war genau das Gegenteil passiert, und die Jungen hatten sich mehr und mehr an seine sanft lenkende Hand gewöhnt.

Aber er verlässt uns wieder, erinnerte sie sich. Es war nur eine Frage der Zeit, bis er wegfahren würde. Es hatte keinen Sinn, sich noch weiter auf ihn einzulassen.

Gar keinen Sinn.

Zuneigung hat nichts mit Verstand zu tun, entschied sie, während sie beobachtete, wie ihre Söhne in die Garage stürmten.

Als Frank sie in seine Arme zog, stockte ihr der Atem. „Ich habe dich noch gar nicht begrüßt."

Sie wollte ihm widersprechen, aber sie verstummte schnell, unerwartet, in dem Moment, in dem seine Lippen ihre berührten.

Der Kuss blühte auf, vertiefte sich. Er löschte alle Gedanken in ihrem Kopf aus. Alle Gedanken, alle Argumente, alle Unentschlossenheit. Er löschte alles aus außer der Sehnsucht, ihn hier zu behalten, hier bei ihr.

Für immer.

Jedes Mal, wenn er sie küsste, war die Lunte ein bisschen kürzer, war die Detonation größer. Sie konnte fast spüren, wie ihre Haut zischte, als er sie an sich presste. Oder presste sie sich gar an ihn? Sie wusste es nicht. Wie es auch sein mochte, sie schmolz dahin und wurde von ihrem Verlangen nach ihm fast überwältigt.

Gott, sie hatte ihn vermisst. Sie hatte ihn vermisst, ohne es zu wollen. Sie hatte ihn vermisst, obwohl sie wusste, dass es schlecht war für sie, so zu fühlen. Es führte sie nur auf einen Weg, den sie unter keinen Umständen gehen konnte.

Sie war ihn schon einmal gegangen. Und schmerzlich allein zurückgekehrt.

Aber der Weg war ihr nie so leuchtend hell erschienen und ihre Sehnsucht nie so groß.

Frank hatte seine Arme um sie geschlungen und streichelte ihr Haar, ihre Schultern, gab sich mit kleinen Häppchen zufrieden, knabberte nur, statt zu verschlingen und ließ sich das, was er eigentlich auf einen Satz schlucken wollte, ganz langsam auf der Zunge zergehen. Sie hielt die Zügel in der Hand. Ihre Fahrt würde sich nur beschleunigen, wenn sie es wollte.

Aber die Zurückhaltung fiel ihm nicht leicht.

Nachdem sie den Kuss beendet hatte, merkte Donna, dass sie keine Luft mehr bekam, dass sie nach Atem rang wie ein Läufer, der völlig ausgepumpt war. Sie lehnte sich gegen ihn und wartete darauf, dass ihr Puls zur Ruhe kam. Ihr ganzer Körper bebte vor Verlangen. Sie war nur froh, dass ihre Söhne ganz in der Nähe waren. Andernfalls hätte sie womöglich einen schwerwiegenden Fehler gemacht und ihm den Rest ihres Herzens auch noch gegeben. Den Rest ihres Körpers und ihrer Seele.

„Schön, dich wiederzusehen", murmelte er.

„Gleichfalls", sagte sie atemlos, und ihre Mundwinkel bogen sich langsam nach oben, während sie ihm in die Augen schaute.

Frank verflocht seine Finger mit ihren. „Lass uns gehen. Die Jungen warten."

Donnas Herz zog sich mitfühlend zusammen, als sie langsam die Tür des Krankenzimmers öffnete. Lisa war ungewöhnlich blass, ihr langes Haar lag auf dem Kissen ausgebreitet wie mattes Gold. Neben ihrem Bett standen zwei Infusionsgeräte, die durch lange, cremefarbene Schläuche mit ihren Armen verbunden waren. Lisa lag mit geschlossenen Augen da, als sie das Zimmer betraten. Donna war versucht, leise wieder hinauszugehen und sie schlafen zu lassen.

„Hallo, Tante Lisa, wir sind da", krähte Stephen fröhlich und schnitt Taylor den Weg ab, indem er sich vor ihn stellte.

„Psst." Donna legte warnend einen Finger auf ihre Lippen. „Sie schläft."

„Nein, tut sie nicht", widersprach Lisa, während sie langsam die Augen aufschlug. Sie waren verklebt, und die Lider fühlten sich bleischwer an. „Ich habe gerade von euch allen geträumt." Sie öffnete ihre Arme für ihre Neffen, dann merkte sie, dass sie in ihrer Bewegungsfreiheit eingeschränkt war. Sie schaute von einem Tropf zum anderen und ließ resigniert die Arme sinken. „Und wie kommen meine Jungs ohne mich zurecht?“

„Ganz toll“, verkündete Stephen. Er wäre zu ihr ins Bett und vielleicht sogar auf sie gekrabbelt, wenn Frank ihm nicht eine Hand auf die Schulter gelegt und ihn sanft zurückgehalten hätte.

„Step-On will damit sagen ...“ Taylor bedachte seinen Bruder mit einem bösen Blick, „... dass du uns fehlst.“

„Ja, stimmt“, pflichtete Stephen ihm ohne mit der Wimper zu zucken bei, „du fehlst uns. Frank hat uns zum Frühstück Käsetoast gemacht.“

„Müsli war keins mehr da“, erklärte Frank Donna, dann wandte er seine Aufmerksamkeit Lisa wieder zu. Er berührte mit den Fingerspitzen ihren Arm. „Wie geht's?“

Lisa versuchte die Schulter zu zucken, dann überlegte sie es sich anders. „Es ging schon mal besser“, bekannte sie. Dann brachte sie ein aufmüpfiges, wenn auch etwas mattes Grinsen zustande. „Das Pflegepersonal lässt leider ein bisschen zu wünschen übrig.“

St. Cecilia hatte einen hervorragenden Ruf. Donna war überrascht über Lisas Klage. „Sie behandeln dich nicht richtig?“ Sie erwog bereits in Gedanken, mit der Oberschwester zu sprechen, gedrängt zumindest zu einem Teil von ihrem schlechten Gewissen, weil sie Lisa verdächtigt hatte, mit Frank etwas angefangen zu haben.

„Oh, sie sind sehr freundlich und alles, aber ich warte immer noch darauf, dass endlich ein strammer Kerl ins Zimmer marschiert kommt und mir den Rücken massiert. Alles, was ich hier zu sehen bekomme, sind freundlich dreinschauende Großmütter mit quietschenden Kreppsohlen. Das ist nicht fair.“

Lisa wandte den Kopf, um Donna anzuschauen. Ihre Schwägerin hatte die Stirn in besorgte Falten gelegt. Warum musste sie auch ausgerechnet Blinddarmentzündung bekommen? Als ob Donna nicht so schon genug Sorgen hätte. „Tut mir wirklich leid, Donna."

„Du kannst doch nichts dafür, Lisa." Donna drückte Lisas Hand und dachte daran, was hätte sein können. „Geht's dir gut?"

„Ja, sicher." Lisa schaute zu Frank. „Gott sei Dank hat dein Typ so schnell reagiert."

Donna lag es auf der Zunge, Lisa zu sagen, dass Frank nicht „ihr Typ" war. Er bedeutete ihr nichts. Aber das, räumte sie in Gedanken ein, wäre eine Lüge.

„Er ist ... na ja, es ist ganz praktisch, ihn um sich zu haben", räumte sie schließlich ein. Sie fühlte Franks Hand auf ihrer Schulter und konnte seine Freude fast spüren.

Er lachte. „Da es aus deinem Mund kommt, fasse ich es als ein riesiges Kompliment auf."

Lisas Augen weiteten sich, als ihr plötzlich etwas einfiel. „Hast du ...?"

Er wusste bereits, worauf sie hinauswollte. „Ich habe heute Morgen als Erstes in deiner Kanzlei angerufen." Er trat einen Schritt vor, damit sie ihn sehen konnte, ohne dass sie sich den Hals verrenken musste. „Mr Rice klang sehr besorgt. Er will dir die entsprechenden Versicherungsunterlagen zum Ausfüllen zuschicken. Außerdem soll ich dir ausrichten, dass er bis zu deiner Rückkehr Simon und Walker mit deinen Fällen betraut."

Lisa atmete erleichtert auf. „Du bist wirklich ein Heiliger, Frank."

Er schüttelte in gespielter Bescheidenheit den Kopf. „Ach was, nur ein ganz normaler, durchschnittlicher Superheld." Er blinzelte ihr zu. Dann glaubte er zu spüren, dass Lisa und Donna ein bisschen allein sein wollten.

„Jetzt lasse ich euch beide für eine Weile allein. Kommt, Jungs." Er klimperte mit dem Kleingeld in seiner Hosentasche, dann legte er jedem der Jungen eine Hand auf die Schulter.

„Lasst uns nachschauen, ob wir nicht irgendwo einen Automaten finden."

„Ich möchte nicht, dass ihr euch mit Süßigkeiten voll stopft", rief Donna hinter ihnen her, obwohl sie wusste, dass ihre Anweisung auf taube Ohren stieß. Drei taube Ohrenpaare, um genau zu sein. Als die Tür leise ins Schloss fiel, drehte sie sich wieder zu Lisa um. „Und wie geht es dir wirklich?"

„Es tut höllisch weh, aber es könnte viel schlimmer sein." Lisa lächelte reuevoll. „Wenn er mich nicht ins Krankenhaus geschleppt hätte, hätte ich jetzt überhaupt keine Schmerzen mehr. Ich habe mir eingebildet, ich könnte es aussitzen." Sie erschauerte, als sie sich die Konsequenzen vor Augen führte. „Du weißt ja, wie ich es hasse, zum Arzt zu gehen."

Donna legte Lisas Hand auf ihre. „Ja, ich weiß."

Auch wenn Donna vielleicht anderer Meinung war, hatte Lisa doch das Gefühl, dass ihnen ein Schutzengel über die Schultern schaute.

„Donna, ich weiß wirklich nicht, was ich ohne Frank gemacht hätte. Als ich im Krankenhaus ankam, konnte ich mich nicht mehr rühren vor Schmerzen. Er hat sich um alles gekümmert. Um mich, um die Jungen. Er ist ein Gottesgeschenk, Donna. Er hat mich sogar aus dem Auto in die Notaufnahme getragen." Die Erinnerung entlockte ihr ein Lächeln. „Schade nur, dass ich nicht in dem richtigen Zustand war, um es zu genießen. Das Einzige, woran ich mich erinnere, ist, dass ich furchtbare Schmerzen hatte und dass die Jungen wirklich Angst hatten. Er hat sie beruhigt, und ich musste ihn nicht einmal bitten, sich um sie zu kümmern. Er scheint einen sehr ausgeprägten Pflegeinstinkt zu haben."

Donna erinnerte sich daran, wie er sich im Flugzeug um Rosemary gekümmert hatte. Wie sanft er mit der Schwangeren umgegangen war, wie er ihr ihre Angst genommen hatte, indem er während der Niederkunft pausenlos beruhigend auf sie eingeredet hatte. Und wie er, nachdem alles vorbei war und er aller Verpflichtungen ledig gewesen wäre, trotzdem noch Rosemarys Mann angerufen hatte. Das hätte Frank nicht für Rosemary tun müssen.

Oder für unsere Familie, dachte Donna mit einem Blick auf Lisa.

Er war wirklich ein Traummann, daran gab es nichts zu rütteln.

Und was hielt sie dann davon ab, zuzugreifen und ihn mit aller Kraft festzuhalten? Angst, nichts außer einer schrecklichen Angst.

„Ich habe heute Morgen mit dem Arzt gesprochen", sagte Lisa gerade zu ihr, und Donna merkte, dass sie in Gedanken abgedriftet war. „Er geht davon aus, dass ich in drei oder vier Tagen entlassen werden kann. Frank hat versprochen, dass er mich abholt."

Das bedeutete, dass er noch länger blieb. Donna schüttelte den Kopf. „Das verstehe ich nicht. Dabei wollte er doch nur eine Woche bleiben. Das ist jetzt schon fast zwei Wochen her."

Lisa lächelte. Wogegen wehrte sich Donna bloß so? „Vielleicht hat er ja etwas gefunden, weshalb er länger bleiben will."

„Vorübergehend. Es ist alles nur vorübergehend", erinnerte Donna sie ein bisschen zu nachdrücklich.

„Ach ja? Dann finde einen Weg, um es andauern zu lassen." Als sie Lisas Worte hörte, wurde Donnas Gesicht ernst; sie trat einen Schritt zurück. Lisa ergriff trotz der Schläuche ihre Hand und hielt sie fest. „Ich habe gesehen, wie er dich ansieht." Donna wollte widersprechen, aber Lisa ließ es nicht zu. „Und wie du ihn ansiehst."

„Chemie, Lisa. Ich habe es dir bereits gesagt." An diese Ausrede versuchte sie sich zu klammern, obwohl ihre Hand abrutschte.

Geschwächt oder nicht, Lisa kaufte es ihr nicht ab. Sie hatte

Augen. „Chemie ist es, wenn man sich in irgendeinen hohlköpfigen, gutaussehenden Hengst verknallt, der keinen Schuss Pulver wert ist. Aber dieser Junge hier ist pures Gold – vierzehn Karat."

Ihr Blick warnte Donna, es ja nicht abzustreiten. Sie hatten beide genug gesehen, um zu wissen, dass sie recht hatte.

„Ich …", wollte Donna protestieren, aber wogegen hätte sie protestieren sollen? Sie stimmte mit Lisas Einschätzung überein. Der Mann war pures Gold. Und wenn er sie küsste, gaben ihre Knie nach. „Ja, ich weiß."

„Und?"

Donna begann wieder auf und abzugehen, als ob sie ihre Gefühle hinter sich lassen könnte, wenn sie nur lange genug liefe. Oder zumindest bei irgendeiner Art Logik ankommen könnte, die ihr helfen könnte, alles zu durchschauen. „So alte Gefühle gehen nicht so schnell weg."

„Alte Gefühle?" Lisa konnte einfach nicht begreifen, wie eine kluge Frau wie Donna ein Geschenk wie Frank einfach wegwerfen konnte. „Für Tony?"

Donna legte ihre Hände auf das weiße Fensterbrett und schaute hinaus. Gegenüber war eine Siedlung, die von einer Schnellstraße zerschnitten wurde. Autos rasten in beide Richtungen. Das Leben rauschte in beiden Richtungen vorbei. Und sie war hier oben und blickte nach unten. Sicher. Abgeschirmt.

Sie wollte, dass es so blieb.

Sie drehte sich wieder zu Lisa um. „*Wegen* Tony."

„Ich verstehe nicht."

Wie sollte sie es aushalten, Lisa zu erzählen, wie es gewesen war? Wie es sich angefühlt hatte, an diesem Morgen Tonys leblosen Körper zu finden? Wie es sich angefühlt hatte zu wissen, dass sie Schuld trug an dem, was passiert war?

Es war einfach so. Sie konnte es nicht.

Die Tagschwester hatte Lisas Karteikarte für ihre Kollegin

von der Spätschicht auf dem Brett liegen lassen. Donna schaute darauf, ohne die Eintragungen zu sehen. Sie zuckte hilflos die Schultern. „Ich kann es nicht aushalten, wieder allein zurückzubleiben."

Lisa versuchte es mit einem Scherz. „Du könntest ihn ja bitten, für dich unsterblich zu werden, aber ich habe keine große Hoffnung, dass diese Bemühungen von Erfolg gekrönt sein werden." Sie drückte auf einen Knopf und stellte den Kopfteil des Bettes hoch. „Liebes, jeder stirbt irgendwann. Alles, worauf wir hoffen können, ist, dass wir für die kurze Zeitspanne, während der wir hier auf der Welt herumtappen, einigermaßen glücklich sind."

Das brachte sie nirgendwohin, und Donna sah, dass Lisa inzwischen müde war. „Hör auf zu philosophieren und mach lieber, dass du ganz schnell wieder gesund wirst." Sie beugte sich zu ihrer Schwägerin herunter und gab ihr einen Kuss auf die Wange. „Wir sehen uns morgen."

„Feigling", tadelte Lisa sanft.

„Ja", räumte Donna ein. „Ich bin ein Feigling."

Lisa seufzte und ließ das Thema für heute fallen. „Bring mir ein bisschen Schokolade mit, wenn du wiederkommst. Sie geben mir hier nur Flüssignahrung."

Donna schaute auf die Infusionsflaschen. Frank hatte ihr erzählt, dass Lisa auch eine leichte Bauchfellentzündung hatte. In dem einen Tropf waren Antibiotika, im anderen war Flüssignahrung. „Wenn du so weit bist."

Lisa machte ein bekümmertes Gesicht. „Ich bin so weit, ich bin so weit."

Donna lachte, als sie zur Tür ging. Sie hoffte, dass Frank und die Jungen nicht zu weit weg waren. „Bis morgen." Sie blieb an der offenen Tür stehen. „Ich bin froh, dass es dir gut geht, Lisa."

Lisa nickte. „Ich auch."

10. KAPITEL

Zu Franks Überraschung kehrte Greg schließlich zurück. Frank hatte sich angewöhnt, jeden zweiten Tag bei dem Mann anzurufen. Als es ihm schließlich gelang, statt des nervigen Anrufbeantworters eine menschliche Stimme ans Telefon zu bekommen, war Frank schnell mit Plänen für ein Treffen bei der Hand.

Greg, der den unvermeidlichen Aufschub wettmachen wollte, nahm sich den Tag frei, den die beiden Männer dann mit Erinnerungen an alte Zeiten verbrachten. Davon gab es eine ganze Menge. Und doch ertappte sich Frank immer wieder dabei, dass er Donna vermisste.

Zu fortgeschrittener Stunde war für Frank klar, dass er und Greg sich in den vergangenen fünf Jahren ziemlich fremd geworden waren. Obwohl sie freundschaftlich miteinander umgingen, waren sie doch keine wirklichen Freunde mehr. Dieser Abschnitt ihres Lebens war vorbei. Am Ende waren sie sich einig, dass alles, was sie noch verband, die Vergangenheit war.

Aber Frank war mehr an der Gegenwart interessiert. Und der Zukunft. Einer Zukunft mit Donna.

„Ich wünsch dir Glück mit ihr“, hatte Greg zum Abschied gesagt. „Mehr Glück, als ich selbst hatte. Aber das hält mich nicht davon ab, mich weiter umzuschauen.“

Frank wusste, dass er sich nicht mehr umzuschauen brauchte. Er musste nur Donna noch überzeugen.

„Halt mich auf dem Laufenden“, waren Gregs letzte Worte gewesen. Und das hatte Frank auch vor. Immerhin hätte sich nichts von dem entwickelt, was sich entwickelt hatte, wenn ihm nicht eines Tages Gregs Einladung ins Haus geflattert wäre.

Die Situation schien ihr kontinuierlich zu entgleiten, ein Ding griff ins andere, wodurch eine endlose Kette entstand. Es ist wie bei einem Videospiel, wo es gilt, immer noch eine Zugbrücke zu überqueren oder noch einem Feuerball zu entkommen, dachte Donna, während sie den Papierstapel durchblätterte, den sie sich gestern aus dem Büro mit nach Hause genommen hatte.

Aber ihre Gedanken waren nicht bei ihrer Arbeit. Sie waren bei ihren Gefühlen für Frank.

Sie schaffte es einfach nicht, den Schlussstrich zu ziehen, egal wie sehr sie es wollte. Ihre Widerstandskraft schien dahinzuschwinden, sobald Frank in ihrer Nähe war.

Aber irgendwann würde er aus eigenem Antrieb fortgehen. Es war nur eine Frage der Zeit. Und sie wappnete sich schon jetzt dagegen, auch wenn sie sich einredete, dass sie froh sein würde, wenn er ging, dass sie die Ruhe, die dann endlich wieder einkehrte, begrüßen würde. Durch seinen Weggang würde sich der Aufruhr in ihrem Innern irgendwann legen. Es war nur ein Zwischenspiel, und sie war fest entschlossen, es auch dabei zu belassen.

Sie schaute auf Frank, der auf der Couch saß und mit ihrem Jüngsten einen Zeichentrickfilm anschaute. Es sah wirklich so aus, als ob er Spaß daran hätte. „Wie lange willst du eigentlich noch in Seattle bleiben?“ Frank schaute sie an. Sie zögerte nur ganz kurz. „Musst du nicht wieder zurück?“

Es erschien ihr höchst unwahrscheinlich, dass Frank seine Rückkehr noch viel länger hinausschieben konnte, ohne dass es irgendwelche Auswirkungen für ihn hätte, selbst wenn er mit seiner Schwester zusammenarbeitete. Wie groß war Wilmington Falls eigentlich?

Sie wollte, dass er blieb. Er konnte es in ihren Augen sehen, er schmeckte es auf ihren Lippen, und doch versuchte sie gleichzeitig ständig, ihn loszuwerden, indem sie ihn an seine Verpflichtungen erinnerte. Die Lady raubte ihm langsam die Geduld.

Nachdem der Zeichentrickfilm zu Ende war, stand er auf

und ging zu ihrem Schreibtisch hinüber. „Ich habe seit Jahren außer hier und da mal einen Tag keinen Urlaub gemacht. Jeannie hat sich für einen Monat eine Vertretung genommen." Sein Lächeln war fast ein bisschen süffisant. „Mir bleibt also noch etwas Zeit, um Taylor Gitarrenunterricht zu geben."

Und um mich um den Verstand zu bringen, dachte sie verzweifelt. Wenn nur ihre anderen Gefühle nicht so stark wären. Wenn sie nur frei wäre zu lieben wie jede andere Frau auch.

Aber das war sie nicht.

Und doch entflammte sie wie ein Streichholz, als er sie nur anschaute. Er brauchte sie nicht einmal zu berühren. Das erledigten seine Blicke für ihn.

Frank lächelte, als er ihre Augen aufleuchten sah. „Du weißt, dass wir beide noch einen Abend allein verbringen müssen." Er wollte mit ihr in ein kleines, dunkles, intimes Lokal gehen, wo die Kellner einen vergaßen und die Nacht kein Ende hatte.

„Heute?" Warum nur bekam sie jedes Mal, wenn er ihr nah war, kaum Luft, sodass sie sich regelrecht darauf konzentrieren musste, Atem zu holen? „Heute ist doch der Talentwettbewerb."

Das wusste er besser als sie. Den ganzen Vormittag hatte Taylor zwischen Prahlerei und Angst geschwankt, während er seine Songs noch einmal geübt hatte. „Nein, natürlich nicht heute."

Sie wollte nicht allein sein mit Frank. Sie war einfach zu verletzlich. „Lass uns darüber reden, wenn es so weit ist."

Er fuhr ihr mit dem Handrücken über die Wange. „Es ist fast so weit." Er sagte es so sanft, dass ihr die Worte sofort unter die Haut gingen.

„Frank, du musst mir noch mal bei dem letzten Song helfen. Irgendwie klappt es einfach noch nicht richtig", ertönte Taylors beunruhigte Stimme.

Frank war versucht, sich noch einen kleinen Moment mit Donna zu stehlen, aber er wusste, dass sich dieser Moment hinziehen würde. Diesen Luxus konnte er sich im Augenblick nicht leisten. Noch nicht.

Er schaute sie an und deutete mit dem Kopf aufs Nebenzimmer. „Die Pflicht ruft."

Sie nickte und wünschte sich, dass das Rauschen in ihren Ohren aufhören möge. Es war das Echo ihres hämmernden Pulses. Entweder brütete sie eine Erkältung aus oder es war etwas viel Gefährlicheres.

„Du solltest besser gehen."

„Mom, wo ist denn bloß meine Jeansjacke?", jammerte Taylor aus seinem Zimmer. Die Zahlen des Digitalweckers auf seinem Schreibtisch liefen mit atemberaubender Geschwindigkeit durch. Seine Handflächen waren klatschnass, und beim Abendessen wäre ihm um ein Haar nach den ersten paar Bissen alles gleich wieder hochgekommen.

Donna tastete an ihrem Ohrläppchen nach dem winzigen Loch, um sich eilig den zweiten Ohrring zu befestigen. Stephen hatte so lange herumgetrödelt, dass sie jetzt schon zu spät dran waren. Frank war natürlich frühzeitig gekommen. Sie hatte ihn bei Lisa im Wohnzimmer gelassen, in der Hoffnung, ihn sich ihm vom Leib halten zu können, bis sie fertig war. Sie war nervös wie eine Katze auf einem Zaun, die eine umherschleichende Bulldogge beobachtet.

Als ihr der Ohrring aus der Hand rutschte, ging sie ungehalten in die Knie, um auf dem hellgrauen Teppich danach zu fahnden.

„Wo du sie liegen gelassen hast", rief sie ungeduldig.

„Mom!"

Der klägliche Aufschrei verriet ihr, dass Taylor absolut keine Ahnung hatte, wo er die Jacke gelassen hatte. Typisch

Mann, dachte sie liebevoll.

Sie sammelte den Ohrring vom Teppich auf und rannte aus dem Zimmer. „Ich komm ja schon."

Als sie in Taylors Zimmer anlangte, war der Ohrring schließlich an seinem Platz. Taylor hing noch das Hemd aus der Hose, und seine kunstvoll frisierten Haare standen in alle Himmelsrichtungen ab. Auf dem Waschbeckenrand im Bad stand eine offene Dose mit Haargel, die von mehreren Tupfern Haarschaum eingerahmt war.

Donna ging auf geradem Weg zu seinem Schrank, schob drei Kleiderbügel beiseite und zog die vermisste Jacke heraus. Sie hielt sie Taylor unter die Nase, und er murmelte etwas Unverständliches, das „danke" heißen konnte oder auch nicht.

Sie fühlte mit ihm. „Du wirst großartig sein."

Er brummte nur irgendetwas in sich hinein.

Seufzend überließ Donna ihren Sohn seinem Lampenfieber.

Als sie ins Wohnzimmer kam, sah sie, dass Stephen sich wand, als ob ein Wurm über seinen Rücken kröche. Er versuchte es sich in seiner Anzugjacke bequem zu machen und versagte kläglich. Lisa, gerade erst aus dem Krankenhaus entlassen, saß mit der Fernbedienung in der Hand auf der Couch. Sie wirkte darauf vorbereitet, den Abend allein vor dem Fernseher zu verbringen, während der Rest der Familie in der Schulaula schwitzte.

Lisa schaute Donna an. „Ich wünschte, ich könnte mitkommen."

Aber das was unmöglich. Der Arzt hatte ihr noch eine Woche strikte Schonung verordnet, und sie wusste, dass es niemand zulassen würde, dass sie sich dieser Anordnung widersetzte.

Donna presste die Lippen aufeinander. „Ich wünschte, es wäre schon vorüber." Sie legte eine Hand auf ihren Magen, der jedes Mal zu brennen anfing, sobald sie sich ihren Erstgeborenen so ganz allein da oben auf der Bühne der Schulaula vorstellte.

„Nervös, Mama?“, erkundigte sich Frank mit einem liebevollen Auflachen.

Sie nickte. „Ja, ich habe furchtbare Angst.“ Dann errötete sie, weil sie wusste, wie dumm das für ihn geklungen haben musste. „Es ist nur ein kleiner Saal, und bestimmt werden nicht viele Leute kommen.“ Sie war sich nicht sicher, wen sie davon zu überzeugen versuchte – Frank oder sich selbst.

„Ja, aber es ist dein Sohn, der da oben steht.“ Frank drückte Donna die Hand, und seine Augen leuchteten warm auf. „Er wird seine Sache gut machen.“

Die Tatsache, dass er die Qualen, die sie durchlitt, verstand, tröstete sie ungeheuer.

„Glaubst du wirklich?“ Sie wünschte es Taylor so sehr. Es war so wichtig für ihn, und er hatte in den vergangenen Wochen so hart geübt.

Sie muss es doch wissen, dachte er. „Du hast ihn spielen gehört.“

„Ja, aber das war für dich“, erinnerte sie ihn. Einen Moment lang war sie vollkommen offen, es gab keine Mauern – nichts Trennendes – zwischen ihnen. „Ich glaube, für dich würde er durchs Feuer gehen.“

Frank tat ihre Bemerkung mit einem Schulterzucken ab, aber sie sah, wie sehr sie ihn freute. „Auf jeden Fall hat er genug geübt, um seine Sache gut zu machen, und Talent besitzt er auch.“

Stephen lief immer noch umher, als ob jemand zwischen seinen Schulterblättern einen Ameisenhügel aufgeschüttet hätte. Jetzt baute er sich vor seiner Mutter auf.

„Warum muss ich denn dieses blöde Ding da anziehen?“ Die Frage klang fast feindselig, und „das blöde Ding“ war eine Krawatte, an der er heftig zerrte.

Donna nahm sanft seine Hand weg und rückte die Krawatte gerade. „Wir haben uns zur Feier des Tages alle ein bisschen fein gemacht, mein Schatz."

Donna schaute Frank an. Das haben wir wirklich, dachte sie. Sie hatte ihn noch nie zuvor in einem Jackett und mit einer Krawatte gesehen, und sie musste einräumen, dass ihr beim ersten Blick auf ihn die Luft weggeblieben war. So sah er sogar noch besser aus als in seiner gewohnten legeren Kleidung.

War sie verrückt, dass sie diesen Gefühlen zu widerstehen versuchte, die mit der Unaufhaltsamkeit einer Lawine über sie hinwegrollten? Jede andere Frau würde alles dafür geben, um diesen Mann in ihrem Leben zu haben, und wenn es auch nur vorübergehend war.

Aber sie war nicht jede andere Frau. Sie war sie, Donna McCullough, und sie kannte ihre Grenzen.

Und ihre Albträume.

„Taylor hat sich ja auch nicht feingemacht", protestierte Stephen. Er entzog sich ihren fürsorglichen Händen, ließ den Schlips aber an seinem Platz, auch wenn er glaubte, jeden Moment daran zu ersticken.

Sie dachte an das Jeansjackett, das sie ausgegraben hatte. „Wir machen es für Taylor." Sie hob die Stimme. „Taylor, wenn wir es noch rechtzeitig schaffen wollen, müssen wir jetzt los."

Keine Antwort. Eine Minute später kam Taylor mit der Gitarre in der Hand aus seinem Zimmer. Er hatte seine Jacke noch nicht an, und sein Hemd hing immer noch aus der Hose.

„Seht ihr es? Er hat sich kein bisschen fein gemacht!", kreischte Stephen und zeigte triumphierend auf seinen Bruder.

Taylors Gesicht war weiß wie Vanilleeis. „Ich gehe nicht."

„Was?", entfuhr es Donna verblüfft.

Taylor schluckte schwer an seinen Tränen. Er konnte sie schmecken. „Es war eine beknackte Idee. Ich gehe nicht." Die

Gitarre rutschte ihm aus der schweißigen Hand. Er starrte sie anklagend an, dann drehte er sich um und rannte davon.

Donna und Lisa wechselten einen Blick. „Und nun?“, flüsterte Donna.

„Das kommt nur vom Lampenfieber.“ Frank ging zur Gitarre hinüber und hob sie auf.

Wenn Taylor solche Angst hat, sollten wir die Sache einfach auf sich beruhen lassen, dachte Donna. Sie wollte ihren Sohn so einer Situation nicht aussetzen. „Vielleicht ist es ja besser, wenn wir ihn nicht drängen.“ Sie merkte gar nicht, dass sie durch das „Wir“ Frank unbewusst mit eingeschlossen hatte.

Aber er schüttelte langsam den Kopf. „Es gibt Momente im Leben, wo man weglaufen und andere, wo man durchmuss. Wenn Taylor jetzt wegläuft, wird er, wenn er älter ist, das eine vom anderen nicht unterscheiden können.“

Frank ging aus dem Zimmer und ließ sie atemlos zurück. Donna hätte schwören mögen, dass er einen kurzen Moment lang über sie und nicht über Taylor gesprochen hatte.

Da die Tür offen stand, klopfte Frank leicht an den Türstock, dann betrat er das kleine Schlafzimmer. Taylor saß in sich zusammengesunken an seinem Schreibtisch, den Kopf zwischen den zu Fäusten geballten Händen eingezogen, die Ellbogen auf den Knien. Er war ein Abbild des Jammers.

„He, Taylor.“

„He“, murmelte Taylor. Er hob nur den Blick, der Kopf blieb eingezogen. „Bist du jetzt enttäuscht von mir?“ Er rechnete voll damit, dass der Mann Ja sagte.

„Nein.“ In Franks Stimme war kein Zögern. „Nur enttäuscht, dass du dich die ganze Zeit über umsonst angestrengt hast.“ Er lehnte die Gitarre an die Wand, griff nach einem orangenen Schaumgummiball und warf ihn beiläufig durch den Korb, der innen an der Schranktür befestigt war. „Und vielleicht ein bisschen enttäuscht, dass jetzt niemand hört, wie gut du schon bist.“ Er bückte sich, um den Ball aufzuheben, dann warf er ihn wieder, diesmal von der hinteren Wand aus.

„Ich bin nicht so gut.“

Frank hob den Ball auf und hielt ihn Taylor hin. „Ich denke schon.“

Taylor runzelte die Stirn. Er zielte, dann warf er. Der Ball hüpfte auf dem roten Plastikrand, dann fiel er ins Netz. „Das musst du ja sagen.“

„Nein, muss ich nicht.“

Die tiefe ruhige Stimme hatte Taylor veranlasst, Frank anzuschauen. Jetzt sprudelten seine Ängste aus ihm heraus. „Und was ist, wenn ich’s vermassle?“

„Das wirst du nicht.“ Franks Stimme klang fest und zuversichtlich. „Wenn du einen Fehler machst, spiel einfach weiter. Es merkt keiner.“ Er warf den Ball weg und drehte sich wieder zu Taylor um. „Das Einzige, was auffällt, ist, wenn du aufhörst zu spielen. Oder wenn du gar nicht erst kommst.“

Frank legte Taylor die Hände auf die Schultern und schaute ihn eindringlich an. „Taylor, jeder hat Angst, wenn er zum ersten Mal vor einem Publikum steht.“

Das glaubte Taylor nicht. „Du nicht.“

Frank lachte und schüttelte den Kopf, wobei er sich an sein erstes Mal erinnerte. Und sein zweites. „Hast du eine Ahnung. Ich auch. Und wie.“

Taylors Augen wurden groß, ihm blieb vor Verblüffung der Mund offen stehen. „Scherzkeks.“

„Taylor, hör mir zu.“ Frank beugte sich zu dem Jungen hinunter und schaute ihm tief in die Augen. „Nerven sind eine gute Sache. Sie halten dich wach, auf Zehenspitzen. Die größten Künstler der Welt haben Lampenfieber. Manche immer, manche nur eine Weile, aber *niemand* ist immun dagegen.“

„Ich kann Lampenfieber nicht leiden. Ein echt bescheuertes

Gefühl." Taylor krümmte sich und hielt sich den Bauch. Ihm war ganz schlecht. „Warum machen manche Leute das?"

Eins der Geheimnisse des Lebens, dachte Frank belustigt. „Weil sie es mehr lieben, auf der Bühne zu stehen, als nicht auf der Bühne zu stehen", sagte er schlicht. Das war in seinem Fall der Grund. „Sie lieben es mehr als ihre Bequemlichkeit."

Er legte dem Jungen einen Arm um die Schultern und drehte ihn sanft zu sich herum. „Es liegt ihnen einfach im Blut, es ist etwas, das sie tun müssen." Er schaute in das junge Gesicht und sah einen flüchtigen Schatten des Jungen, der er vor vielen Jahren gewesen war. „Nicht jeder hat eine Berufung, Taylor. Manche Menschen treiben ohne Richtung durchs Leben. Der Wunsch, Musik machen zu wollen, gibt dem Leben eine Richtung. *Irgendetwas* machen zu wollen gibt dem Leben eine Richtung. Lass es nicht einfach sausen, nur weil es schwierig ist oder weil es dir Angst macht. Du wirst es bereuen, wenn du es nicht wenigstens versuchst, und du wirst nicht sehr stolz auf dich sein, wenn du es einfach sausen lässt."

Taylor fuhr sich mit der Zungenspitze über die Lippen und beäugte die Gitarre. „Denkst du, ich sollte hingehen heute Abend?"

Er wollte Ja schreien. Aber er wollte die Entscheidung Taylor überlassen. „Was denkst du?"

Taylor hob den Blick, seine Brauen verschwanden unter seinen Haaren, und plötzlich sah er sehr jung und unsicher aus. „Ich denke, ich sollte es versuchen."

Frank lachte erleichtert. Taylor ging zu seinem Schrank und holte sein gutes Jackett heraus. Frank half ihm beim Anziehen. „Damit wären wir schon zwei. Los, gehen wir und zeigen wir es ihnen."

Taylor wusste, dass Frank vorhatte mitzukommen, aber er musste es noch einmal hören. „Du kommst auch mit?"

„Na klar. Ich werde der Typ sein, der mit dem Klatschen

nicht mehr aufhört."

Taylor begann sich besser zu fühlen. Sein Schneid kehrte nach und nach zurück. „Auch wenn ich einen Fehler mache?"

Das war keine Frage. „Auch wenn du einen Fehler machst."

Taylor ging vor Frank ins Wohnzimmer und schaute seine Mutter verlegen an. Donna wusste nicht, was sie sagen sollte. Sie wusste nur, dass es so wie es war gut war. Deshalb ließ sie einfach ihren Gefühlen freien Lauf und umarmte ihren Sohn spontan.

Weil er jung war und es brauchte, ließ Taylor es einen Moment zu. Aber dann fiel ihm ein, dass er elf und schon groß war, und er trat einen Schritt zurück. „Mom, du zerknitterst mein Jackett."

Sie warf ihm ein liebevolles Lächeln zu. „Tut mir leid. Ich habe mich vergessen."

Frank, der mit der Gitarre nachgekommen war, reichte Taylor die Gitarre. „Los, bringen wir es hinter uns."

Am Hintereingang zur Aula ließen sie Taylor allein, wo er sofort von der Menge aus herumstehenden Kindern, zwei Lehrern und einer pädagogischen Hilfskraft verschluckt wurde.

Frank, Donna und Stephen fanden im Zuschauerraum in der Mitte der dritten Reihe Platz. Nachdem sie sich gesetzt hatten, kam ein Mädchen mit weißen Söckchen und in einem festlichen blassrosa Kleid und reichte jedem von ihnen ein dunkelblaues Programm.

Donna überflog es. Taylors Name stand an achter Stelle. Bis dahin konnte sich ihr Magen mindestens dreimal verknoten.

Jedes Mal, wenn eine Darbietung zu Ende war und die Bühne dunkel wurde, hörte sie ihr Blut in den Ohren rauschen. Taylors Auftritt rückte unaufhaltsam näher.

Endlich war er an der Reihe.

Taylor betrat die Bühne, die nur mit einem einzigen Stuhl

bestückt war. Davor stand ein Mikrofon, und dahinter war nichts als ein langer grüner Vorhang. Donnas Herz zog sich zusammen.

Sie lehnte sich zu Frank hinüber. „Er sieht so verloren aus da oben."

Er mochte es, wenn sie so nah war und ihm kleine Vertraulichkeiten ins Ohr flüsterte. „Das ist relativ."

Sie war so nah, dass ihre Lippen fast seine Wange streiften. Sie setzte sich zurück. „Weil die Bühne so groß ist?"

Er lächelte. „Nein, weil die Tatsache, dass er dein Sohn ist, auf deine Wahrnehmung abfärbt."

„Psst, er fängt an", sagte sie nervös. Sie drückte beide Daumen und lehnte sich vor.

Taylor tippte ans Mikro, und das dumpfe Geräusch schallte durch den Zuschauerraum. Donna sah, dass er tief Atem holte, als mache er sich zum Sprung bereit.

„Mein erstes Stück heißt ‚Greensleeves'", sagte Taylor mit einer Stimme, die dünner und schriller klang als normalerweise. „Ich spiele es für meine Mom." Er schaute in den Zuschauerraum und stellte sie sich dort vor. Das grelle Licht der Scheinwerfer löschte selbst die Gesichter in der ersten Reihe aus.

Taylors Ansage wurde mit ein paar „Ahs" und einem Kichern aus einer Ecke quittiert. Donna blinzelte eine Träne weg und schniefte.

„Er hat noch nicht angefangen", flüsterte Frank.

„Doch", gab sie leise mit übervollem Herzen zurück. Ohne es zu merken, griff sie nach Franks Hand und verflocht ihre Finger mit seinen.

Donna spürte in diesem Moment jedes nervöse Ziehen im Magen ihres Sohnes. Als die ersten Akkorde der Ballade angeschlagen wurden, drückte sie Franks Hand ganz fest und ließ sie bis zum Ende von Taylors Auftritt nicht mehr los. Taylor spielte drei Lieder, und bei jedem steigerte er sich. Er hatte verhalten begonnen, aber dann ließ er sich von der Musik zunehmend mitreißen und schlug die Akkorde selbstbewusster an. Den letzten Song spielte er vollkommen fehlerfrei.

Nachdem er fertig war, brandete aus dem Zuschauerraum Beifall auf, der nicht wie bei einigen der vorangehenden Darbietungen höflich, sondern begeistert war.

Donna klatschte, bis ihre Hände taub waren. Stephen neben ihr war aufgesprungen und in Hurrarufe ausgebrochen.

„Schau doch nur, wie stolz er ist", sagte sie, ohne die Augen von Taylor zu nehmen, zu Frank.

Franks von Herzen kommender Beifall stand ihrem nicht nach. „Er hat ein Recht darauf, stolz zu sein." Er ließ die Hände sinken und dehnte und streckte die Linke.

Donna, die überrascht war, dass er aufgehört hatte zu applaudieren, schaute auf seine Hand. „Was ist los?"

Er lachte, während der Beifall langsam verebbte. Sie beobachteten, wie Taylor die Bühne verließ. Jetzt kamen zwei identisch gekleidete Mädchen heraus, während eine Lehrerin vor der Bühne ein Tapedeck aufstellte.

„Du hast fester zugepackt als Rosemary auf dem Höhepunkt ihrer Wehen." Er drehte sich zu ihr um, während das Licht wieder dunkler wurde. „Irgendwann bekam ich richtig Angst, du würdest mir sämtliche Finger brechen."

Sie lächelte zerknirscht und sagte so leise, dass nur er es hören konnte: „Ich war wirklich schrecklich nervös."

„Das ist mir nicht entgangen."

Donna hörte das Lachen, das in seiner Stimme mitschwang.

Sie konnte das Ende der Veranstaltung kaum erwarten. Als es schließlich so weit war, bahnten sie, Frank und Stephen sich ihren Weg durch das Gewühl aus Eltern, Geschwistern, allen möglichen Verwandten und Freunden, um hinter die Bühne zu

Frank zu gehen. Als sie bei ihm anlangten, stand er umringt von einer Gruppe älterer Jungen, unter denen sich allem Anschein nach auch diejenigen befanden, die ihn gepiesackt hatten und denen er es vor zwei Wochen noch hatte zeigen wollen. Jetzt wirkten sie alle wie dicke Freunde.

Mission erfolgreich beendet, dachte sie.

Taylor sah sie und verabschiedete sich schnell von seinen neuen Freunden. Er schwebte drei Zoll über dem Boden, als er auf seine Familie zukam.

„Und? Habt ihr's gehört?“, fragte Taylor, sichtlich erpicht auf ihr Lob.

Donna umarmte ihn, dann ließ sie ihn schnell wieder los, weil ihr einfiel, dass es ihm vor seinen Freunden womöglich peinlich sein könnte. „Na und ob.“

Er warf sich stolz in die Brust. „Alle haben gesagt, dass ich Spitze war.“

Frank lachte und schlug ihm auf die Schulter. „Das warst du wirklich.“

Stephen hopste aufgeregt von einem Bein aufs andere und versuchte verzweifelt, auch ein bisschen vom Ruhm des großen Bruders abzubekommen. „Darf ich deine Gitarre tragen, Tay? Lässt du mich?“

Taylor wandte sich ihm zu und hielt ihm das Instrument großzügig hin. „Klar doch, Stephen. Aber lass sie nicht runterfallen.“

Donna konnte sich nicht erinnern, wann Taylor seinen Bruder je bei seinem richtigen Namen genannt hatte.

Ohne etwas zu erwidern, streckte Stephen feierlich die Hand nach dem Gitarrenkoffer aus, den Taylor vor ihn hingestellt hatte, aber es stellte sich heraus, dass er ihn kaum hochheben konnte. Frank legte seine Hand neben die des kleinen Jungen an den Griff und hob die Gitarre mit ihm zusammen langsam hoch.

„Hat's dir gefallen, Mom?", fragte Taylor beim Rausgehen.

„Ja, sehr." Süße, dunkle Nachtluft hüllte sie ein. Eine leichte Brise wehte die abgestandene Luft des Tages davon.

„Welcher Song hat dir denn am besten gefallen?", fragte Taylor gespannt und schaute Donna an, während sie zum Auto gingen.

Sie legte ihm eine Hand auf die Schulter, um verhindern, dass er jemanden anrempelte. „Alle."

Er strahlte wie ein Honigkuchenpferd. „Das erste Stück hab ich nur für dich gespielt."

Sie blinzelte ihre Tränen zurück. Eine entschlüpfte ihr und rollte über ihre Wange. „Ja, ich weiß." Sie wischte die Träne mit einer Hand weg.

Taylor konnte nicht verstehen, warum seine Mutter weinte, wenn sie glücklich war. Man weinte doch nur, wenn man traurig war, und dann auch nur, wenn niemand zuschaute. „Ach, Mom, wein doch nicht."

Sie atmete tief durch, dann lächelte sie ihn an. Er ist schon so groß, dachte sie. Er war nicht mehr ihr kleiner Junge. „Entschuldige, Berufsrisiko. Es war wirklich wunderschön." Sie streifte mit den Lippen seine Wange. „Danke." Von jetzt an würde *Greensleeves* ihnen beiden gehören – ihr und Taylor. Das Leben ging weiter.

Als sie beim Auto angelangt waren, beendete Taylor abrupt seinen ausufernden Bericht über das, was sich vor und nach seinem Auftritt hinter der Bühne abgespielt hatte, und wandte sich Frank zu. Unerschrocken warf er sich in Franks Arme. „Danke."

Überrascht gestattete sich Frank einen Moment, die Wärme auszukosten. Er tätschelte Taylor den Rücken. „Nichts zu danken. Davon abgesehen habe ich ja nichts gemacht. Du hast gespielt."

Der Abend und der Applaus waren Taylor nicht so zu

Kopf gestiegen, dass er sich nicht mehr erinnert hätte, wie alles gekommen war. „Du hast mir das Gitarrespielen beigebracht. Und du hast mich überredet hinzugehen."

„Nein." Frank schüttelte den Kopf. „Du hast dich selbst überredet. Wenn du es nicht gewollt hättest, hätte ich nichts machen können." Er fuhr dem Jungen mit einem Finger über den Nasenrücken. „Vergiss das nicht."

Als Taylor ihn erneut umarmte, schaute Frank über Taylors Kopf auf Donna und fragte sich, ob sie verstanden hatte, dass seine Worte nicht nur an Taylor gerichtet waren.

11. KAPITEL

Völlig ausgelaugt von einer mörderischen Tennisrunde betrat Frank sein Hotelzimmer. Greg hatte ihn gestern überraschend angerufen und ihm für die Dauer seines Aufenthalts in Seattle seine Clubkarte angeboten. Zu seiner Freude war es Frank gelungen, Donna zu einem Match zu überreden. Sie hatte sich am späten Nachmittag eine Stunde Zeit genommen und war in den Tennisclub gefahren, der in der Nähe des Flughafens lag. Eine Stunde, die ihn ziemlich mitgenommen hatte.

Es war herrlich, dachte er, als er sich aufs Bett fallen ließ. Es war herrlich gewesen, eine Weile mit ihr allein zu sein, auch wenn er fast die ganze Zeit hinter einem Ball hatte herrennen müssen. Er war fix und fertig. Es war lange her, seit er zum letzten Mal Tennis gespielt hatte. Sie war wesentlich besser in Form gewesen als er.

In Topform, dachte er mit einem langsamen, trägen Lächeln.

Frank faltete die Hände hinter seinem Kopf. Er war dabei, ihre Mauern niederzureißen. Es war nicht leicht, aber sie war jetzt schon viel entspannter, wenn sie mit ihm zusammen war. Und sie lachte oft. Solange er es vermied, von einer dauerhaften Beziehung zu sprechen.

Das musste sich ändern.

Frank wusste, dass er seine Karten ausgereizt hatte. Sein Urlaub, der eigentlich nur ein Kurzurlaub hatte sein sollen, ging bereits in die vierte Woche. Er konnte von Jeannie nicht erwarten, dass sie bis in alle Ewigkeit auf seine Rückkehr wartete.

Getrieben von seinem schlechten Gewissen, streckte Frank die Hand nach dem Telefon auf dem Nachttisch aus und wählte Jeannies Nummer.

Schon nach dem ersten Läuten wurde abgehoben.

„'lo?"

Frank lächelte, als er Mollies sehr bestimmte Kleinmädchenstimme hörte. „Hallo, Mollie. Hier ist Onkel Frank. Ist Mommy in der Nähe?"

„Hi, Onkel Frank." Sie verschluckte sich fast vor Freude.

Er sah sie vor sich, wie sie mit dem Hörer zwischen Ohr und Schulter eingeklemmt dastand, wobei sie die Hand genauso um die Sprechmuschel legte wie ihre Mutter.

„Nein, Mommy ist noch in der Klinik." Jetzt löste sich die frühreife junge Dame in Luft auf, und das kleine Mädchen gewann die Oberhand. „Wann kommst du denn wieder, Onkel Frank? Ich hab so Sehnsucht nach dir, und Mommy hat so viel Arbeit, dass sie immer erst ganz spät nach Hause kommt." Sie unterbrach sich für einen Moment, als ob sie überlegte, ob sie ihm ein Geheimnis anvertrauen sollte. „Daddy gibt sich wirklich unheimlich viel Mühe, aber sein Essen schmeckt trotzdem total scheußlich."

Es kam Frank fast wie ein Wunder vor, wie leicht Kinder sich anpassen konnten. Wie leicht es Mollie von Anfang an gefallen war, Shane Daddy zu nennen. Er fragte sich, wie es wohl sein mochte, wenn Taylor und Stephen ihn Dad nannten.

Falls es je dazu kommen würde.

Als ihm die Bedeutung von Mollies Worten aufging, meldete sich erneut sein schlechtes Gewissen. „Mommy hat im Moment ganz schön viel zu tun, was?"

Mollie stieß einen dramatischen Seufzer aus.

„Schon die ganze Zeit. Die erste Aushilfe war gleich wieder weg, und mit der zweiten hat es auch nicht …" Mollie stockte einen Moment, um sicherzustellen, dass sie das schwierige Wort trotz ihrer Aufregung korrekt herausbrachte, „… funxoniert. Dann kam wieder eine andere. Aber die war auch gleich wieder weg. Und jetzt kann Mommy nicht mal mehr mit mir Mittag essen. Grandma sagt, dass sie viel zu dünn ist."

Jedes Mal, wenn er Jeannie in der Poliklinik angerufen hatte, hatte sie ihm versichert, dass alles wie am Schnürchen liefe. Sie hatte ihn sogar ermuntert, noch länger in Seattle zu bleiben und gesagt, dass sie wunderbar klarkäme. Warum hatte sie geschwindelt? Warum hatte sie ihm nichts von ihren Problemen erzählt?

Sein schlechtes Gewissen ging auf wie ein Brotteig, in den man zu viel Hefe getan hat. Es wurde höchste Zeit, dass er sich seiner Verantwortung stellte.

Er musste eine Entscheidung treffen.

„Sag Mommy, dass ich nach Hause komme." Er stand auf. Unsicherheit nagte an den Plänen, die sich in seinem Kopf formten. „Ich bin spätestens morgen Nachmittag da. Bis dann, Süße." Er wollte gerade auflegen, als er am anderen Ende im Hintergrund eine Stimme hörte.

„Warte, Onkel Frank, leg noch nicht auf. Daddy will dir noch was sagen." Frank hörte, wie der Hörer übergeben wurde.

Frank klemmte sich seinen eigenen Hörer zwischen Kinn und Schulter ein, während er seinen Koffer aus dem Schrank nahm und aufs Bett warf. Sein Schwager meldete sich, als er den Reißverschluss des Kleidersacks aufzog.

„Hallo, Fremder. Wie geht's? Wart mal eine Sekunde", unterbrach Shane Frank, noch ehe dieser überhaupt etwas gesagt hatte. „Mollie, geh und wasch dir die Hände, das Abendessen ist fast fertig. So, da bin ich wieder", sagte er zu Frank.

Frank fragte sich, ob das leise Aufstöhnen im Hintergrund nur Einbildung war, oder ob es Mollies Reaktion auf das Essen war.

„Mich würde viel mehr interessieren, wie es Jeannie geht. Mollie hat mir gerade die jüngsten Neuigkeiten erzählt. Sie sagt, dass die Aushilfen in der Klinik umfallen wie die Fliegen."

Aus der Pause am anderen Ende der Leitung ließ sich schließen, dass Shane sich so zwischen zwei Stühlen alles andere als wohlfühlte. Die Loyalität seiner Frau gegenüber rang mit seiner Wahrheitsliebe. Am Ende trug die Wahrheitsliebe den Sieg davon.

„Tja, im Moment steht es drei null. Im Moment hat sie keine, aber du kennst ja Jeannie. Stur bis der Arzt kommt."

Ja, und wenn sie arbeitete bis zum Umfallen. „Aber warum ...", begann Frank.

Shane lachte. Wie hatte Jeannie es ausgedrückt? „Sie wollte, dass du die Chance bekommst, deinem Engel zu folgen. Seit wir uns begegnet sind, glaubt sie felsenfest an Intuition und Vorbestimmung. Sie hat da diese Ahnung, dass Donna dir vielleicht vorbestimmt sein könnte."

Zu schade nur, dass Donna das nicht auch so sieht, dachte Frank. Aber egal, ob sie es tat oder nicht, er hatte eine Verpflichtung, der er nachkommen musste. „Nun, wenn sie mir wirklich vorbestimmt ist, wird sich alles von selbst finden. Sag Jeannie, dass ich morgen zurückkomme."

„Prima!" Die Erleichterung, die in Shanes Stimme mitschwang, machte Besorgnis Platz. „Sehr begeistert klingst du aber nicht. Ist alles in Ordnung bei dir?"

„Das wird sich erst noch rausstellen." Plötzlich fühlte sich Frank wie ein Sheriff, der seinen Colt umschnallt und der entscheidenden Auseinandersetzung entgegengeht. „Wir sehen uns morgen Abend."

„Ruf an, wenn du gelandet bist. Ich hole dich dann am Flughafen ab", versprach Shane.

Der Flughafen war in Riverdale. „Das sind zwanzig Meilen, du solltest nicht ..."

„He, ich komme aus L. A., erinnerst du dich?", fiel Shane ihm ins Wort. „Zwanzig Meilen fahre ich im Schlaf. Bis morgen dann, Schwager."

„Alles klar."

Frank legte auf und schaute dann aufseufzend in seinen Koffer.

Er konnte es nicht verantworten, dass seine Schwester sich totarbeitete, nur weil er einer Fata Morgana hinterherjagte. Er war ein erwachsener Mann mit Verpflichtungen. Verpflichtungen, die er schon viel zu lange hatte schleifen lassen.

Er würde Donna sagen müssen, dass er wegfuhr. Und dann konnte er nur hoffen, dass sie schließlich doch bereit sein würde, eine gemeinsame Zukunft mit ihm ins Auge zu fassen.

Als er bei Donna ankam, wurde gerade das Abendessen aufgetragen. Stephen führte ihn in die Küche, wobei er das, was er zu erzählen hatte, noch schneller heraussprudelte als normalerweise. Frank setzte sich auf den Platz, auf dem er gewöhnlich saß, und fuhr mit der Hand über die Stuhllehne, während er spürte, wie sich sein Magen verknotete.

Er wollte nicht fragen und hören, wie Donna ihm einen Korb gab.

Donna hatte sich in dem Moment umgedreht, in dem Frank in die Küche gekommen war. Sie hielt eine Auflaufform in Händen, die randvoll war mit Nudelauflauf mit Hühnchen.

„He, warum machst du denn so ein langes Gesicht? Es ist nicht mein Thunfischauflauf", scherzte sie, während sie die Schüssel auf dem Tisch abstellte. Sie freute sich offensichtlich, ihn zu sehen. „Ich fand, dass du dir nach diesem mörderischen Spiel heute Nachmittag eine kleine Belohnung verdient hast. Ich habe ihn sechsmal hintereinander geschlagen", rief sie den anderen zu.

Ihre Augen funkelten. Er hat dein Leben verändert, dachte sie. Er brachte sie zum Lachen und schaffte es, dass sie zumindest für eine kleine Weile all die Dinge vergaß, die ihr immer wieder so zusetzten.

Vielleicht ist es besser, es ihnen erst nach dem Essen zu erzählen, beschloss Frank. Warum sollte er ihnen die Mahlzeit verderben? Davon abgesehen, wollte er erst mit Donna allein sprechen, und dafür war jetzt, wo sich bereits alle um den Küchentisch geschart hatten, nicht der richtige Zeitpunkt.

In dem Moment, in dem Donna sich gesetzt hatte, schlug Lisa mit einem Löffel gegen ihr Glas, um die allgemeine Aufmerksamkeit auf sich zu ziehen. „Ich habe eine Ankündigung zu machen. Ich habe acht Pfund abgenommen." Sie grinste, als sie sich einen großen Berg Nudelauflauf auf ihren Teller tat. „Und ihr wisst, was das bedeutet."

Alle riefen im Chor: „Mehr Schokolade!"

„Du würdest dich prächtig mit meiner Nichte verstehen", sagte Frank, nachdem sich das Gelächter gelegt hatte. Er nahm sich eine winzige Portion. Das Essen duftete wundervoll, aber er hatte absolut keinen Appetit. „Mollie liebt Schokolade."

Stephen versuchte sich die Spaghetti um die Gabel zu wickeln und verlor. „Echt?" Er beugte sich über seinen Teller und schlürfte die Spaghetti auf die harte Tour ein. „Wie alt ist sie denn?"

„Mollie ist sechs." Und geht stark auf achtundzwanzig zu, fügte Frank in Gedanken hinzu.

Donna reichte Stephen seine Serviette. An seinem Kinn war ein Klecks Soße. Heftiges Wischen führte nur dazu, dass er ihn über das halbe Gesicht verschmierte. Seine Aufmerksamkeit schwankte zwischen dem Essen und Franks Nichte. Was seiner Reinlichkeit nicht unbedingt zuträglich war. „Wann ist sie denn sechs geworden?"

Frank musste einen Moment überlegen. „Am 2. Mai", erinnerte er sich.

Sein Gesicht leuchtete triumphierend auf. „Ha, ich bin älter. Ich hab im April Geburtstag." Er wickelte sich wieder eine Spaghettisträhne um die Gabel, und auch diesmal erging es ihm nicht besser. Stephen schaute Frank hoffnungsvoll an. „Kann ich Mollie irgendwann kennenlernen?"

„Ich weiß nicht." Frank schaute zu Donna und sah, dass sie ihn nachdenklich musterte. „Das kommt ganz darauf an."

„Wo drauf denn?" Taylors Interesse war erwacht. Er zog die Brauen hoch.

„Auf eure Mutter." Frank sah, dass Donna den Blick gesenkt hatte und sich plötzlich intensiv mit ihrem Essen beschäftigte. Er wandte seine Aufmerksamkeit wieder den Kindern zu. „Ihr könntet mal nach Wilmington Falls kommen."

Stephen ließ es sich durch den Kopf gehen. „Kann Mollie denn nicht zu uns kommen?"

Jeannie würde nur nach Seattle kommen, wenn er ganz hierbliebe, und er hatte bereits entschieden, nicht zu bleiben. Er konnte es nicht. Er hatte in Wilmington Falls Verpflichtungen. Ganz zu schweigen davon, dass ihm das beschauliche Örtchen, wo jeder jeden kannte, einfach mehr lag. Und wenn man Lust hatte, sich den Verlockungen der „Großstadt" hinzugeben, brauchte man sich nur ins Auto zu setzen und in die nächste Stadt zu fahren.

„Vermutlich schon", gab Frank zurück, während er die letzte Gabel voll häufte. „Aber ihre Mutter ist Ärztin in der Poliklinik von Wilmington Falls. Dort, wo ich als Arzthelfer arbeite", fügte er hinzu und sah, dass Stephen hinter vorgehaltener Hand kicherte. Stephen fand einen Mann in einem typischen Frauenberuf immer noch sehr lustig. „Sie kann nicht lange wegbleiben." Wieder meldete sich sein schlechtes Gewissen. Er hätte genauso gut von sich selbst sprechen können.

„Och, schade." Stephen verdaute die Information umgehend. „Aber dann fahren wir eben zu ihr." Er wandte sich zu seiner Mutter um. „Machen wir es, Mom? *Bitte*."

Frank hatte es schon wieder gemacht. Er hatte ihr den schwarzen Peter zugeschoben. Sie warf ihm einen finsteren

Blick zu, dann zuckte sie beiläufig die Schultern. „Vielleicht. Eines Tages."

Der ausweichende Ton sagte Frank eine ganze Menge. Mehr als er wissen wollte.

„He, Frank, Mom hat uns ein neues Video geholt. Es ist mit diesem langen Kerl mit den dicken Muskeln", berichtete Taylor Frank nach dem Essen aufgeregt.

„Du weißt schon, mit dem Burschen, dessen Nachname fast so lang ist wie seine Schultern breit", soufflierte Lisa belustigt.

„Klingt gut." Frank versuchte begeistert zu klingen. „Aber vielleicht später, okay? Ich will nur noch rasch eurer Mutter beim Aufräumen helfen.

Stephen glitt bereits mit einer fließenden Bewegung vom Stuhl, die verriet, dass Knochen in seinem Alter nur eine Option waren. „Ja, gut. Komm mal mit, Tay, ich muss dir unbedingt was zeigen."

„Was kann das denn schon sein, Step-On." Seinen wenig begeisterten Worten zum Trotz stürmte Taylor hinter Stephen her.

Lisa schaute über die Schulter, während sie den Jungen aus der Küche folgte. „Spielt schön, ihr beiden." Ihre Worte waren an Donna und Frank, nicht an Taylor und Stephen gerichtet.

Für einen Moment knisterte die Stille in der Küche, ein starker Kontrast zu der Betriebsamkeit im Raum nebenan. Donna stellte die Teller zusammen und ins Spülbecken, um sie unter fließendem Wasser abzuspülen. Sie spürte, wie sie sich anspannte. Die Leichtigkeit der letzten paar Tage war plötzlich wie weggeblasen. Sie hatte sich daran gewöhnt, ebenso wie an das Lachen, das Frank in ihr Leben gebracht hatte. Weil sie wusste, dass es nur vorübergehend war und sie zu nichts verpflichtete, hatte sie sich dabei sicher und wundervoll gefühlt.

Aber jetzt war es vorbei.

Sie wusste, dass es das Ende war, und sie hatte es kommen sehen. Sie hatte damit gerechnet. Aber nun, wo es so weit war, verspürte sie plötzlich eine Leere in sich, die unaufhaltsam wuchs und sie zu verschlingen drohte.

Donna stand mit dem Rücken zu Frank an der Spüle. „Du fährst zurück, stimmt's?" Ihre Stimme klang leise und ausdruckslos.

„Ja."

Der letzte Teller war abgespült. Sie schaute zu, wie der Wasserstrahl über ihre Finger rann, als ob der Anblick faszinierend wäre. Als ob nicht in ihrem Innern das Chaos tobte.

„Wann?"

„Morgen früh. Ich habe vorhin versucht, Jeannie zu erreichen." Er langte um sie herum und drehte den Wasserhahn zu.

Donna hob den Blick und schaute ihn an. Ihr klopfte das Herz bis zum Hals. „Und?"

„Sie war nicht zu Hause."

Donna drehte sich zu ihm um. Er forschte in ihrem Gesicht nach einem Anzeichen, dass es für sie einen Unterschied machte, ob er wegfuhr oder blieb. Hatte er seine Zeit in ein Hirngespinst investiert? Nein, sie machte sich etwas aus ihm. Das spürte er ganz deutlich. Aber da war immer noch diese Barriere zwischen ihnen, diese Wand, die er nicht durchbrechen konnte. Er versuchte es trotzdem. Er musste es. Die Zeit lief ihm davon.

„Sie war noch in der Klinik. Sie ist jeden Abend in der Klinik. Ich habe mit Mollie gesprochen und dabei rein zufällig erfahren, dass Jeannie jeden Tag bis spät abends arbeitet und dass es mit den Aushilfen von der Agentur für Zeitarbeit nicht geklappt hat. Shane hat erzählt, dass sie im Moment überhaupt keine Hilfe hat."

Donna ging dicht hinter ihm vorbei und griff nach dem Geschirrtuch. Sie trocknete sich sorgfältig die Hände ab, als ob es im Augenblick nichts Wichtigeres für sie gäbe. Als ob in ihrem Innern kein Krieg tobte. Sie atmete langsam aus. „Dann solltest du wohl besser nach Hause fahren."

Er konnte es nicht glauben, dass sie das wirklich sagte. Ihre Stimme war vollkommen ausdruckslos. Kein Bedauern. Nichts. „Einfach so?"

Sie schluckte und wünschte sich, ihr Mund möge sich nicht so trocken anfühlen. Sie zwang sich zu einem Lächeln, als sie ihn anschaute und nur mit den Schultern zuckte.

Verdammt, warum war sie so?

Sie warf das Geschirrtuch beiseite, wütend über sich selbst, wütend darüber, dass sie in zwei Welten gefangen war, dass sie ihn wollte und Angst davor hatte, ihn zu wollen. Dass sie Angst hatte vor einer neuen Bindung, Angst vor dem elementaren Schmerz, den diese unweigerlich mit sich bringen würde, und diese Angst hatte sie so fest im Griff, dass sie es nicht schaffte, sich davon zu befreien.

Nicht einmal für ihn.

„Was willst du, dass ich sage, Frank? Bleib bitte, bitte bleib hier bei mir und den Jungen?" Sie schüttelte den Kopf. „Das kann ich nicht. Das ist nicht deine Welt." Ihn zu bitten, dass er blieb, wäre einfach nicht fair. Niemandem wäre damit gedient. Sie wusste ja nicht einmal, ob sie ihm das, was er sich von ihr erhoffte, geben konnte. Sie wusste nicht, ob sie je in der Lage sein würde, ihre Ketten zu sprengen.

Er nahm sie in die Arme in der Hoffnung, so die Mauer, die sie um ihr Herz errichtet hatte, zu sprengen. Sie liebte ihn, er *wusste*, dass sie ihn liebte. Sie hatte es nie gesagt, aber er brauchte nicht viel Fantasie, um aus ihren Reaktionen auf ihn in den vergangenen Wochen seine Schlüsse ziehen zu können.

„Du könntest mit mir kommen. Nur für eine kleine Weile, du und die Jungen", versuchte er sie zu überreden, während er ihr mit der Hand übers Haar fuhr. „Du könntest sehen, wie es dort ist. Vielleicht würdest du dich dann ja entscheiden zu bleiben."

Er machte es ihr zu schwer. Sie schüttelte den Kopf. „Das geht nicht."

Er kämpfte um sein Leben, und er wusste es. Sein Stolz verlangte von ihm, den Rückzug anzutreten, aber etwas anderes in ihm trieb ihn weiter über seine Grenzen hinaus, als er es je für möglich gehalten hätte. „Wir leben nicht so hinterm Mond, wie du denkst."

Sie machte sich von ihm frei. „Ich weiß. Das hast du mir bereits alles erzählt." Sie schloss für einen Moment die Augen und drängte die Tränen zurück. Als sie sie wieder öffnete, glitzerten sie nass. „Es hat nichts mit dem Ort zu tun, sondern mit mir, Frank."

Er versuchte seine Wut im Zaum zu halten. Warum leugnete sie etwas ab, von dem sie beide wussten, dass es richtig war? Um seine Mundwinkel spielte ein bitteres Lächeln.

„Ich wünsche mir nichts mehr, als dass du mitkommst, aber du bist nicht einmal bereit, uns eine Chance zu geben." Weil er sie schütteln wollte, schütteln, bis sie endlich zu Verstand kam, schob er die Hände in seine Hosentaschen. „Die Jungen würden sich schnell eingewöhnen. Wilmington Falls ist toll für Kinder, und es entwickelt sich." Er sah, dass seine Worte nicht zu ihr durchdrangen. „Nicht gerade in atemberaubender Geschwindigkeit, aber immerhin halten wir unser Vieh inzwischen schon im Stall. Es kommt nur noch sonntags zu uns an den Tisch."

Sie sah den Schmerz, die Wut in seinen Augen aufleuchten und wusste, dass es ihre Schuld war. Schuldgefühle lieferten sich einen heftigen Kampf mit dem Bedürfnis, sich selbst zu schützen. Sie suchte verzweifelt nach einer plausiblen Ausrede. *Irgendeiner* Ausrede.

„Ich wollte damit nicht sagen, dass ihr ungebildete Bauerntölpel seid. Aber ich kann doch hier nicht einfach meine Zelte abbrechen. Die Jungen müssen in die Schule und …“ Ihr Satz blieb in der Luft hängen.

Nichts von dem, was sie sagte, war stichhaltig. „Das Schuljahr ist fast vorbei.“

„Und was ist mit meiner Fluggesellschaft?“, fragte sie plötzlich. Sie hatte so hart dafür gearbeitet, um sie aus den roten Zahlen zu bringen. Und das hatte sie gerettet. Wenn sie nach Tonys Tod die Arbeit dort nicht gehabt hätte, hätte sie den Verstand verloren.

„Du könntest den Standort wechseln. Ich weiß nicht.“ Er machte eine hilflose Handbewegung. „Verdammt, solche Sachen lassen sich alle regeln. Man muss es nur wollen. Wir würden es schaffen.“

Sie schüttelte den Kopf und holte tief Atem. Es half nicht. Der Schmerz in ihrem Herzen hörte nicht auf. „Es kann kein ‚Wir‘ geben.“

„Warum nicht? Warum kann es kein ‚Wir‘ geben?“ Wenn sie eine einleuchtende Antwort hätte, eine Antwort, mit der er leben könnte, würde er sie in Ruhe lassen. Er würde sich umdrehen und weggehen, egal, wie schwer es ihm auch fiele.

Aber er wusste, dass sie ihm einen solchen Grund nicht nennen konnte. Hinter der Angst in ihren Augen lugte dieselbe Sehnsucht hervor, die auch er fühlte. Wie konnte er sie nur dazu bringen, dass sie es *sah*? Mit welchen Worten konnte er ihre Mauern durchdringen?

Geduldig nahm er einen neuen Anlauf: „Ich bin 32 Jahre alt, Donna, und ich habe noch nie eine Frau gefragt, ob sie mich heiraten will. Wir leben nicht mehr in einer Gesellschaft, in der man nur dann ein ganzer Mensch ist, wenn man eine Frau oder einen Mann und zwei oder drei Kinder hat. Ich habe genug in meinem Leben, was mich ausfüllt. Oder hatte.“ Er kämmte mit den Fingern ihre seidenweichen Haare durch und schaute ihr tief in die Augen. „Ich frage dich, ob du …"

In ihren Augen leuchtete Panik auf. Donna presste ihm die Finger an die Lippen, um ihn zum Schweigen zu bringen. „Nein, tu es nicht."

Er stieß ihre Hand weg. Seine Augen blitzten zornig auf. „Was soll ich nicht tun? Dich fragen, ob du mich heiraten willst? Dich lieben? Was?"

Donna presste ihre Lippen zusammen, um ein Aufschluchzen zurückzuhalten. „Ich will dich nicht lieben, Frank."

„Ich wusste noch gar nicht, dass man Liebe wie einen Wasserhahn auf- und zudrehen kann. Ich dachte, entweder liebt man jemanden oder man liebt ihn nicht." Er sah die Qual in ihren Augen und fühlte sich schuldig daran, aber er konnte sich nicht aufhalten. Er war wütend auf sie, wütend darüber, dass sie etwas zurückwies, das für sie beide wunderschön sein könnte. „Ich hatte wirklich nicht vor, mich zu verlieben, und trotzdem ist es passiert, und es ist mir mit dir passiert." Und jetzt musst du dafür bezahlen, dachte er. „Nenn es Schicksal oder Vorsehung, die Berührung eines Engels oder Voodoo, aber ich habe mich auf den ersten Blick in dich verliebt. Ich wusste nur noch nicht, wie tief und für wie lange. Das war es, was ich herausfinden musste." Er schaute sie feierlich an. Er würde nie wieder eine Frau so lieben wie sie. „Und jetzt habe ich es herausgefunden."

Sie wollte ihm nicht wehtun. Sie wollte überhaupt niemandem wehtun. „Es ist nur Verliebtheit."

Er wusste, was sie tat, und er hatte nicht die Absicht, sie so leicht davonkommen zu lassen. „Verliebtheit ist eine wundervolle Sache, aber darüber bin ich seit drei Wochen hinaus. Ich *liebe* dich, Donna, mit all deinen Mängeln."

„Mängeln?"

Das Lächeln, das um seine Mundwinkel spielte, erreichte

seine Augen nicht. „Du bist nicht unbedingt der unbeschwerteste Mensch, den ich kenne. Und du läufst vor dem gesunden Menschenverstand davon."

Sie brauchte irgendetwas, womit sie ihre Hände beschäftigen konnte. Darum begann sie jetzt, methodisch die Teller in den Geschirrspüler einzuräumen, aber sie merkte kaum, was sie tat. „Nein, was ich tue, ist durchaus vernünftig. Wer sich einmal verbrannt hat, spielt nicht mehr mit Streichhölzern."

Wie konnte sie das sagen? War ihr nicht klar, was sie in diesen letzten Wochen getan hatte? „Aber du hast gespielt, Donna." Keine noch so hartnäckige Ableugnung konnte das für einen von ihnen ändern.

„Ja", gab sie ruhig zurück. „Ein Mal. Und ich dachte, ich hätte mir ein perfektes Leben aufgebaut. Ich hatte zwei wundervolle Kinder, ein gesundes Unternehmen und einen Mann an meiner Seite, den ich anbetete." Sie wappnete sich innerlich gegen das, was gleich kommen würde. Es war höchste Zeit, ihm die Wahrheit zu erzählen. Ihm die Augen darüber zu öffnen, in wen er sich verliebt hatte.

Als sie sich zu ihm umwandte, glitzerten in ihren Augen frische Tränen. „Weißt du, wie mein Mann ums Leben kam, Frank?"

Ihre Stimme war seltsam leer. Ihn beschlich eine düstere Vorahnung. „Nein."

„Ich habe ihn getötet."

Frank konnte sie nur anstarren. „Du?" Das konnte nicht wahr sein. Es musste eine Erklärung geben.

„Ja." Sie wich seinem Blick aus und zögerte weiterzusprechen. Aber jetzt hatte sie sich schon zu weit vorgewagt, um einen Rückzieher zu machen. „Tony hat die Firma übernommen, nachdem mein Vater starb. Er hatte diese großen Träume, ein Flugzeuggeschwader, alle mit unserem Logo." Ein trauriges Lächeln spielte um ihre Lippen und erlosch. „Dafür verbrauchte er unsere gesamten finanziellen Reserven." Während sie sprach, wurde sie von Erinnerungen überschwemmt. Sie setzte alles daran, nicht zu weinen.

„Jedes Mal, wenn ich ihn fragte, ob alles in Ordnung wäre, wurde er defensiv und erzählte mir, dass ich mir keine Sorgen machen sollte, dass alles gut werden würde." Sie presste ihre Lippen aufeinander, um ihre Tränen zurückzuhalten. „Wir verschuldeten uns bis über beide Ohren, und als wir die Raten nicht mehr zahlen konnten, drohte die Bank mit Zwangsvollstreckung. Wir hatten einen schrecklichen Streit, als dieser Brief kam. Tony stürmte aus dem Haus. Ich versuchte nicht, ihn aufzuhalten. Er kam die ganze Nacht nicht zurück." Sie schaute Frank wieder an. „Ich habe lange gebraucht, um mich einigermaßen zu beruhigen, deshalb versuchte ich nicht, ihn zu finden. Aber ich hätte es tun sollen. Oh, ich hätte es tun sollen."

Sie schloss die Augen, aber das machte alles nur noch schlimmer. Sie sah Tony vor sich. Überdeutlich. Donna erschauerte und öffnete die Augen.

„Am nächsten Morgen ging ich früh ins Büro und … er … war … dort. Er war nur … er hing da." Donna legte die Hand über den Mund, um ihr Aufschluchzen zu ersticken. Als Frank einen Schritt auf sie zu machte, schüttelte sie vehement den Kopf. Sie musste das jetzt sagen, sie musste es endlich loswerden. Wenn er sie jetzt in den Arm nahm, würde sie zusammenbrechen.

„Er hat einen Abschiedsbrief hinterlassen, in dem stand, dass ich recht hätte, dass er ein Chaos angerichtet hätte. Und dass er mir nicht mehr in die Augen schauen könnte." Sie schluckte die Tränen. „Und auf diese Weise hat er dafür gesorgt, dass er es nicht mehr musste, nie mehr." Ihre Stimme wurde schrill. „Ich habe ihn dazu getrieben. Siehst du das nicht? Ich kann nicht noch mal von vorn anfangen. Ich habe ihn getötet."

Frank blieb, wo er war, er fühlte sich unendlich hilflos und sehnte sich danach, ihr begreiflich zu machen, wie sehr sie sich irrte. „Donna, du kannst nichts für seine Schwäche. *Er* hat es getan, nicht du. Ein anderer Mann hätte versucht, einen Ausweg zu finden."

Sie wollte nicht, dass ein Schatten auf die Erinnerung an ihren Ehemann fiel. „Tony war ein guter Mann."

Er war der Verzweiflung nah. „Ich sage ja gar nicht, dass er es nicht war. Ich sage nur, dass ich auch ein guter Mann bin. Und dass ich eine Chance verdiene, Donna. Wir verdienen beide eine Chance."

„Ich kann es nicht riskieren." Sie schüttelte den Kopf. „Ich kann es einfach nicht riskieren, noch einmal zu lieben. Und ich verdiene es auch nicht, geliebt zu werden. Geh jetzt." Sie wandte sich ab und fuhr fort, die Spülmaschine einzuräumen.

Frank riss sie so heftig herum, dass ihrer Lunge ein Schwall Luft entwich. Und dann küsste er sie. Lang und hart und voller Zorn. Während er sie an sich gepresst hielt, plünderte und nahm, ließ er seinem Hunger und seiner Verzweiflung freien Lauf und versuchte, sie zu hassen.

Aber er konnte sie nicht hassen.

Er küsste sie und betrauerte all die gemeinsamen Momente, die sie nicht haben würden, die Kinder, die sie nicht zeugen, das Leben, das sie nicht teilen würden.

Dann stieß er sie mit einem Fluch von sich und versuchte sich von dem kleinen erstickten Schrei, den sie ausstieß, nicht berühren zulassen.

„Ich muss mich noch von den Jungen verabschieden."

Ohne einen Blick zurück ging er aus der Küche.

Frank versuchte nicht an ihre Gesichter zu denken, aber sie verfolgten ihn während der ganzen Heimreise. Und selbst danach schlichen sie sich zu den seltsamsten Momenten in seine Erinnerung. Zwei Wochen waren vergangen, und ihm war es immer noch nicht gelungen, zur Normalität zurückzukehren, er schaffte es einfach nicht, die bleierne Schwere abzuschütteln, die sich über ihn gelegt hatte. Genauso wenig wie er der Erinnerung an Taylors und Stephens traurige Gesichter nicht entfliehen konnte.

„Ich hab gedacht, du bleibst hier und wirst unser Dad", hatte Stephen gesagt, als Frank ihm und Taylor gesagt hatte, dass er fortgehen würde.

„Ja", schloss sich Taylor an. Frank wusste, dass der Junge nicht mehr sagen konnte, weil seine Stimme schon bei dem einen Wort brach.

Frank fuhr Stephen übers Haar. Haar, das Donnas Haar so ähnlich war. Sie zu verlassen, fiel ihm schwerer, als er gedacht hatte. „Ich muss wieder an meine Arbeit zurück, Jungs." Er versuchte, es leicht dahinzusagen. „Ich bin sowieso schon länger geblieben, als ich es eigentlich sollte." *Viel länger*.

Stephen, der auf seinem Schoß saß, schlang seine Arme um Franks Hals und hielt ihn fest. „Bitte, geh nicht weg, Frank. Du musst nicht zu deiner Arbeit zurück. Wir können dir Geld geben, wenn du hierbleibst."

Frank hatte Mühe, dem Ansturm seiner Gefühle nicht nachzugeben. Sein Herz tat so weh. „Es ist nicht das Geld, Stephen – ich habe eine Verantwortung."

Aber Stephen verstand nicht. Er wusste nur, dass Frank sie verlassen wollte. „Kannst du die nicht loswerden?"

Frank seufzte schwer. Selbst wenn er es könnte, so einfach war es nicht. Donna hatte sich von ihm abgewandt. „Nein. Manche Verantwortungen kann man nicht loswerden."

Er schob Stephen sanft von seinem Schoß und stand auf. Er wusste, dass Donna in ihrem Zimmer war. Er hatte gehört, wie die Tür ins Schloss gefallen war. „Ich möchte, dass ihr Jungs ganz lieb zu eurer Mutter seid und gut auf sie und eure Tante Lisa aufpasst. Okay?"

Sie nickten und sagten nichts mehr. Frank kniete sich hin und breitete die Arme aus. Sie warfen sich hinein und drückten ihn für einen Moment ganz fest. Dann machte Frank sich behutsam frei und stand auf. „Und vergesst nicht zu üben. Beide. Ich erwarte, dass du bald Bücher lesen kannst, Stephen. Richtig dicke."

„Kommst du wieder?", fragte Taylor plötzlich. Hoffnungsvoll.

„Ja, klar", log Frank.

Lisa, von der er sich bereits verabschiedet hatte, fing ihn an der Tür noch einmal ab. Sie legte ihm eine Hand auf den Arm. „Ich gebe nicht auf. Ich werde ihr weiter zureden."

Frank schüttelte den Kopf und lächelte die Frau, die ihm in den paar Wochen zu einer Freundin geworden war, traurig an. „Nein. Danke für das Angebot, aber das ist etwas, worauf sie selbst kommen muss. Überreden nützt nichts. Ich bin kein weißer Elefant von einer Tombola, den man ihr aufschwatzen müsste."

Lisa streifte seine Wange mit den Lippen. Donna warf einen guten Mann einfach weg. „Oh, nein, das bist du ganz bestimmt nicht, Hübscher." Sie biss sich auf die Unterlippe und schaute den Flur hinunter. „Donna ist eben einfach immer noch nicht über die Sache mit Tony weg."

Das wusste er, aber irgendwann musste man den alten Schmerz begraben und weitermachen. Das wussten sie beide. „Der Schmerz wird nicht leichter, wenn man ihn nicht irgendwann begräbt."

Lisa nickte. „Ich werde ihr erzählen, dass du das gesagt hast. Soll ich ihr sonst noch etwas sagen?"

Er öffnete die Tür. „Ja. Sag ihr, dass sie meine Nummer hat."

Und die hat sie wirklich, dachte er jetzt, während er frisches Papier über die Untersuchungsliege breitete. Er zerknüllte das alte, das den Abdruck von Mrs Abernathys Körper trug. Donna war seine Nummer im Herzen eingebrannt, sie wusste es nur nicht. Und wenn sie es wusste, wollte sie sie nicht benutzen.

„Ist noch Kaffee da, Frank?"

Frank drehte sich um und sah Jeannie hereinkommen. „Nur noch ein kleines bisschen, aber ich wollte damit eigentlich am Wochenende die Einfahrt teeren."

Sie hatte ihn eine Weile von der Schwelle aus beobachtet, bevor sie ins Zimmer gekommen war. Jeannie hatte schreckliches Mitleid mit ihm. Sie konnte sich nicht erinnern, dass sie Frank je so elend gesehen hatte. Es war, als ob ein anderer Mensch aus Seattle zurückkehrt wäre. Einer, der nur noch sehr wenig Ähnlichkeit mit dem unbekümmerten Bruder hatte, mit dem sie aufgewachsen war.

„Klingt himmlisch." Sie deutete mit dem Kopf in Richtung des kleinen Alkovens, wo die Kaffeemaschine stand. „Leistest du mir Gesellschaft?"

Er seufzte, als er das zusammengeknüllte Papier in den Abfall warf. „Warum nicht?" Er folgte ihr auf den winzigen Flur. Der Alkoven war gleich rechts. Alle Räume der Poliklinik lagen eng beieinander wie Kinder, die die Köpfe zusammenstecken, weil sie sich ein Geheimnis erzählen. „Ich trinke für mein Leben gern flüssigen Teer."

Sie schenkte ihm eine Tasse ein und dann sich selbst. Es sah aus, als wäre auf dem Boden der Glaskanne Schlamm, aber sie tranken ihren Kaffee beide gern stark. Jeannie legte ihre Hände um den weißen Becher und schaute Frank an, während sie trank.

„Das war die letzte Patientin für heute. Ich habe noch ein bisschen Zeit. Willst du reden?"

Nein, er wollte nicht reden. Er wusste nicht, was er wollte. Selbst nach zwei Wochen gelang es ihm immer noch nicht, sich in seinem eigenen Zuhause heimisch zu fühlen.

Er stürzte seinen Kaffee hinunter, ohne etwas zu schmecken. „Nein. Warum gehst du nicht nach Hause? Ich räume hier noch ein bisschen auf."

„Es ist aufgeräumt, Frank."

Jeannie setzte die Tasse ab. „Dich hat's wirklich schwer erwischt, stimmt's?" Er hatte seit seiner Rückkehr kein Wort über die Frau gesprochen, die er zurückgelassen hatte. Von daher wusste Jeannie umso mehr, wie ernst es ihm war. Sie und Frank hatten immer geredet. Über *alles*.

Er seufzte und ging hinüber zum Fenster. Zwei Krähen stolzierten gemessenen Schritts wie Wachposten über den großen Rasen. „Ja."

Jeannie schob ihre Hände in die großen Taschen ihres weißen Kittels. „Und was tust du dann hier?"

Er zuckte, immer noch die Vögel beobachtend, die Schultern. „Du brauchst mich."

Sie trat hinter ihn und legte ihm eine Hand auf die Schulter. „Schieb es jetzt nicht auf mich, Frank. Du bist unersetzlich, aber irgendwann werde ich schon jemand finden, der deinen Platz einnehmen kann." Sie verzog leicht den Mund. „Obwohl es nicht leicht werden würde."

„Danke." Er grinste, und Jeannie entspannte sich ein bisschen. Außer für Mollie hatte er seit seiner Rückkehr noch kein einziges Mal wirklich gelächelt.

„Ein Umzug ist keine Lösung", erklärte er. „Donna will keine Beziehung. Das hat sie ganz klar gesagt."

Jeannie überlegte einen Moment. „Es ist wissenschaftlich erwiesen, dass die Chancen fifty-fifty stehen, dumme Kinder zu bekommen, wenn ein intelligenter Mensch einen dummen Menschen heiratet." Sie lächelte ihn liebevoll an. Sie wünschte, sie könnte es für ihn richten. Aber das konnte sie nicht. Sie konnte nur für ihn da sein. „Und sie muss dumm sein, wenn sie dich nicht will."

Er zerzauste ihr das Haar, so wie er es früher immer gemacht hatte. „Danke." Er seufzte. Das Leben ging weiter, egal, wie er sich fühlte. „Mach dir keine Sorgen um mich. Am Ende wird doch alles gut."

„Das war einer von Dads Leitsprüchen", erinnerte sie sich lächelnd.

„Dad hatte recht." Er schaute auf seine Uhr. „Ich bin mit den Jungs im Dakota verabredet." Er sprach über seine Band und den Club, in dem sie gelegentlich spielten. „Hast du nicht Lust, später mit Shane und Mollie vorbeizuschauen? Vielleicht lassen wir Mollie ja was singen."

Jeannie lachte. Ihre Tochter träumte davon, ein großer Gesangstar zu werden. „Verlass dich drauf." Sie umarmte ihn spontan. „Es *wird* alles gut werden, Frank. Ich habe es im Gefühl."

Er nickte, aber nur, um Jeannie einen Gefallen zu tun. Er war nicht annähernd so sicher wie sie.

12. KAPITEL

Die Atmosphäre im Dakota war genau das, was Frank jetzt brauchte. Das Licht war gedämpft, und die Luft hing dick und melancholisch um die Schultern der Stammgäste. Er saß auf einem Stuhl in dem kleinen Teil des Schankraums, den Jimmy, der Besitzer, an den Freitagabenden, an denen er Live-Unterhaltung anbot, als Bühne benutzte. Die Bandmitglieder hatten überrascht und erfreut dreingeschaut, als Frank früher als erwartet durch die Tür des auf Pub getrimmten Lokals spaziert war. Zuerst hatte er überhaupt nicht kommen wollen, bis Joe Frazer ihn mit seinen Argumenten regelrecht beschämt hatte.

Er konnte nicht noch länger so deprimiert herumhängen.

War es nicht das, was er zu Donna gesagt hatte? Dass man die Vergangenheit irgendwann begraben und mit seinem Leben weitermachen musste?

Und doch war es tröstlich, hier im Halbdunkeln zu sitzen und sich auszumalen, dass er noch immer bei ihr war.

Der Song kam ihm ohne nachzudenken in den Kopf.

Als ob er keine andere Wahl hätte, strömten die Noten von *Greensleeves* aus seinen Fingerspitzen in die Saiten seiner Gitarre. Joe, der schlaksige Leadgitarrist, wechselte mit den anderen drei Bandmitgliedern erstaunte Blicke. Das war nicht der Eröffnungssong, auf den sich geeinigt hatten. Mit einem Schulterzucken fiel er ein. Einen Moment später zogen die anderen nach.

Frank begann zu singen, sein Bariton schwoll an vor Schmerz und Trauer über die verflossene Liebe.

Im Lokal war es mucksmäuschenstill.

Jetzt öffnete sich die Eingangstür des Lokals einen Spalt, und von einer Laterne auf der Straße fiel Licht herein. Frank schaute auf und sah Jeannie mit Mollie und Shane im Schlepptau hereinkommen.

Frank spielte einen falschen Akkord.

Er glaubte, seinen Augen nicht trauen zu können.

Er hätte hinterher nicht mehr sagen können, wie er durch den Song kam, ebenso wenig wie durch die beiden anderen, die noch folgten. Er spielte sie alle wie im Traum. Und vielleicht träumte er ja wirklich. Vielleicht schlief er nur und hatte sie im Traum herbeizitiert.

Es wäre nicht das erste Mal.

„Ladies und Gentlemen, wir machen jetzt eine kleine Pause", sagte Frank ins Mikrofon. Mit unendlicher Behutsamkeit legte er seine Gitarre auf dem Stuhl ab. „Ich bin in ein paar Minuten wieder da." Das Versprechen galt den drei Männern hinter ihm, aber er schaute stur geradeaus.

Wie jemand, der nicht weiß, ob er wach ist oder träumt, durchquerte Frank das Lokal und ging zu einem der größeren Tische. Dem Tisch, an dem sie saßen.

Mollie wartete nicht, bis ihr Onkel herangekommen war, sondern begann schon vorher, auf ihrem Stuhl herumzuhopsen. Die Aufregung leuchtete ihr aus den großen Augen. „Mommy hat gesagt, dass du mich heute Abend singen lässt, Onkel Frank. Darf ich wirklich?"

„Vielleicht später, Kekschen." Noch bevor er seinen Satz zu Ende gesprochen hatte, wurde Frank von Armen umfangen, die seine Taille und den unteren Teil seines Brustkorbs einschnürten. Stephen hatte fast seinen Stuhl umgeworfen, so eilig war er aufgesprungen. Obwohl er es immer noch nicht fassen konnte, wurde Frank von einer Welle der Zuneigung überschwemmt. Er legte jedem Jungen eine Hand auf den Kopf. „Na, wie ist es euch denn so ergangen?"

„Schrecklich. Du hast uns so gefehlt, Frank", erklärte Stephen.

„Stimmt", pflichtete Taylor ihm bei. „Ohne dich war es einfach nicht mehr dasselbe."

„Nun, ihr habt mir auch sehr gefehlt." Er legte ihnen die Arme um die Schultern und schaute zu dem Tisch hinüber, an dem Donna saß. Sie sah wundervoll aus in ihrem cremefarbenen Hosenanzug. Mehr als wundervoll. Sie sah aus wie ein zum Leben erwachter Traum. Aber Träume, erinnerte er sich selbst, waren nicht real. Frank ließ langsam die Arme sinken. „Hallo, Donna", sagte er fast förmlich.

Der donnernde Widerhall einer Conair schien nicht nur in ihrem Magen zu vibrieren, sondern in ihrem ganzen Körper. „Hallo, Frank."

Der Klang ihrer Stimme, die sich anhörte wie Whiskey mit Honig an einem kalten Tag, strömte durch seine Venen. „Was bringt dich denn in dieses gottverlassene Nest?"

Er war dabei, sie langsam einzukreisen. Gut, sie konnte damit umgehen. „Dasselbe wie die Jungen."

Um seine Lippen spielte ein wissendes Lächeln. „Dein Flugzeug."

Weiß er denn nicht, warum ich hier bin? wunderte sie sich. Konnte er es nicht sehen? „Unter anderem."

Voller Ungeduld beobachtete Jeannie das Geplänkel. Sie benahmen sich wie zwei Kontrahenten in einer drittklassigen Show, die versuchten, sich einzuschätzen. Sie brauchten dringend ein bisschen Ungestörtheit. Und davon abgesehen brauchten sie es, einander in den Armen zu halten.

Jeannie drehte sich zu ihrem Mann um. „Shane, warum fütterst du nicht die Musikbox? Vielleicht möchten Frank und Donna ja tanzen."

„Mom tanzt nicht mehr", erklärte Stephen ungefragt. „Schon lange nicht mehr. Schon fast seit einer Ewigkeit nicht mehr."

Vielleicht seit dem Tod ihres Mannes, vermutete Jeannie. Sie warf Donna ein mitfühlendes Lächeln zu. Sie war zwar nie verwitwet gewesen, aber sie wusste, wie es war, wenn man plötzlich mit einem Kind allein dastand.

„Dann wird es ja höchste Zeit." Jeannie drückte der Frau die Hand, während Shane zur Musikbox hinüberging. Donnas Finger waren eiskalt. Jeannie kannte das Gefühl. „Es ist wie Fahrradfahren und Küssen", vertraute sie Donna an. „Man verlernt es nie."

Taylor schaute sie beeindruckt an. „Können Sie das beides gleichzeitig?"

Jeannie zwinkerte dem Jungen zu. „Man braucht ein bisschen Übung, aber man kann es schaffen." Jetzt klang Musik auf. Romantisch und sehnsuchtsvoll. Perfekt.

Jeannie lächelte erfreut. „Ah, er ist fündig geworden." Sie schaute ihren Bruder erwartungsvoll an. „Frank, ich glaube, das ist dein Stichwort."

Frank deutete mit dem Kopf auf seine Schwester, während er immer noch Donna anschaute. „So hat sie mich schon immer herumkommandiert." Er streckte Donna die Hand hin. „Ich bin gewillt, wenn du es auch bist."

Ihr Herz hämmerte so wild in ihrer Brust, dass sie Angst hatte, es könnte zerspringen. Als wider Erwarten doch nichts passierte, nahm Donna seine Hand und stand auf. „Ja, ich will."

Er lächelte, während er sie zu der kleinen abgetrennten Fläche führte, die als Tanzfläche diente. Sie war wirklich winzig, aber er hatte auch nicht vor, sich viel zu bewegen. Als Donna in seine Arme glitt, spannte sich sein ganzer Körper an, und seine Gedanken verflüchtigten sich. Der schwache, betörende Duft, den sie aufgelegt hatte, sickerte in seine Sinne, und er dachte an Frühling und Neuanfänge.

Jetzt sag schon endlich irgendwas, Dummchen, tadelte sie sich im Stillen. Sie hatte Himmel und Hölle in Bewegung gesetzt, um hierherzukommen, und jetzt, wo sie endlich da war und mit ihm tanzte, imitierte sie eine Sphinx.

„Ich wusste gar nicht, dass du auch singen kannst." Es war zwar nicht gerade brillant, aber immerhin ein Anfang.

„Es gibt eine Menge, was du noch nicht über mich weißt." Er hielt inne und wartete, dass sie etwas sagte. Als sie schwieg, fragte er: „Was *machst* du hier?"

Ihre Nerven rissen an ihr wie scharfe Krallen. Sie fühlte sich, als würde sie die Hand nach dem Haltering am Rand des Schwimmbeckens ausstrecken und wusste plötzlich, dass ihr Arm nicht lang genug war. Was war, wenn er sie zurückwies? Er hatte ein Recht dazu, so wie sie ihn behandelt hatte.

Sie versuchte Zeit zu schinden. „Tanzen."

„Davon abgesehen." Er spürte ihr Herz an seiner Brust hämmern, er fühlte, dass sie leicht zitterte. Es war warm hier drin. „Also gut. Fangen wir mit etwas Leichterem an. Wie hast du mich gefunden?"

Das konnte sie beantworten. „Du hattest recht. Die Stadt ist wirklich nicht sehr groß. Ich musste nur ein bisschen herumfragen, und dann erfuhr ich, wo du wohnst. Jeannie hat gesehen, wie ich an deine Tür klopfte, und sagte mir, dass du nicht zu Hause bist." Ein Lächeln stahl sich auf ihre Lippen. „Sie hat erraten, wer ich bin. Vermutlich wegen Stephen und Taylor."

„Vermutlich."

Warum verzog er keine Miene? Machte sie sich zum Narren? „Sie hat mir angeboten, mich hierher zu bringen", fuhr Donna fort. Mutlos geworden, befeuchtete sie sich die Unterlippe. „*Uns* hierher zu bringen."

Er hob eine Augenbraue. „Okay, und jetzt den Clou." Das Stück endete, und eine neue Ballade begann. Shane schien eine Menge Münzen eingeworfen zu haben. Frank schätzte, dass er noch Zeit für einen Tanz hatte, dann musste er wieder zur Band zurück, deshalb drängte er: „Warum bist du gekommen?"

Sie hatte gehofft, dass er ihr das ersparen würde. „Musst du das fragen?"

„Ja."

Donna akzeptierte es. „Nun, das habe ich wohl verdient." Sie holte tief Atem, aber die Worte kamen nicht heraus. Sie begegnete seinem Blick. Sie konnte nicht in seinen Augen lesen, deshalb wusste sie nicht, ob sie ihm immer noch willkommen war. „Du willst es mir nicht leicht machen, stimmt's?"

Das Dakota war selbst für einen Freitagabend gerammelt voll, aber alles, was er sah, war sie. Da war nur Donna. Und doch war er entschlossen, sich diesmal nicht davontragen zu lassen. Er wollte sich seiner Sache sehr sehr sicher sein, bevor er seiner Fantasie erlaubte, die Schwingen auszubreiten.

„Sollte ich das? Wenn ich mich recht erinnerte, sind wir nicht gerade in bestem Einvernehmen auseinander gegangen."

Nein, das waren sie nicht. Sie hatte auf ihrem Bett gelegen und gegen ihre Tränen angekämpft, während sie gehört hatte, wie die Haustür ins Schloss gefallen war. Und dann hatte sie endlose Tage mit dem Versuch verbracht, ihn zu vergessen und ihr Leben wieder ins Gleichgewicht zu bringen. Aber es hatte nicht geklappt. Sie hatte am Telefon gelebt, in der Hoffnung, dass er anrufen würde.

„Du hast nicht angerufen."

„Nein." Er bewegte sich langsam im Rhythmus der Musik, wobei er sich zu übersehen bemühte, dass ihr Körper seinen immer wieder streifte, und versuchte, sie nicht wieder so zu begehren, wie er sie vorher begehrt hatte. Er versuchte sich einzureden, dass er ihr diesmal widerstehen konnte, und wusste doch die ganze Zeit, dass es eine Lüge war. „Ich wollte es, aber der nächste Schritt musste von dir kommen."

Sie nickte und schaute ihn an, wobei sie sich wünschte, ihm begreiflich machen zu können, was es sie gekostet hatte, hierherzukommen und ihr Herz noch einmal aufs Spiel zu setzen. „Ich habe mich bewegt."

Seine Finger umklammerten ihre Hand noch ein bisschen fester. „Und?"

Sie holte tief Atem. Er wollte alles. Jeden t-Strich, jedes i-Tüpfelchen. „Ich bin gekommen, um mich in Wilmington Falls umzusehen." Sie wusste nicht, wie sie fortfahren sollte, so verletzlich, wie sie sich fühlte. „Du hattest recht. Es hat Charme."

„Versuchst du nur ein neues Reiseziel für deine Charterfluggesellschaft zu finden, oder geht es um etwas Dauerhafteres?"

Das Eingeständnis machte ihr Angst, aber sie musste es aussprechen. Es gab keinen anderen Weg. Sie hatte bereits zum Sprung angesetzt, und jetzt musste sie auch springen.

„Etwas Dauerhafteres. Ich habe über das, was du gesagt hast, nachgedacht, und du hattest recht." *Los, Donna, jetzt bist du schon so weit gekommen*. Sie wappnete sich, und dann sprang sie. „Nachdem du weg warst, war nichts mehr so wie vorher, Frank. Die Jungen gingen immer noch in die Schule, ich arbeitete. Angelina war wieder da. Lisa ging es besser denn je. Und doch war nichts, *nichts* so wie vorher."

Ein Lichtstrahl huschte über ihre Lippen. Sie glänzten verführerisch, wenn sie sprach, was bewirkte, dass er sich plötzlich ganz schrecklich nach ihr sehnte. Er zwang sich, ihr zuzuhören.

„Es war, als wenn der Tod Einzug gehalten hätte. Wieder einmal", sagte sie leise. „Es gab kein Lachen mehr und auch keine guten Gefühle. Und die Jungen sprachen dauernd nur über dich. Unaufhörlich."

Frank lachte, als er zum Tisch hinüberschaute. Jeannie und Shane schienen sich mit den drei Kindern bestens zu unterhalten. Es war ein schönes Bild. „Ich weiß eben, wie ich die Leute auf meine Seite ziehen kann."

„Ja, das weißt du wirklich. Bei mir ist es dir mit Sicherheit gelungen."

Noch während er ihren Worten nachlauschte, presste er

ihre Hand an seine Brust und kostete die Wärme aus. „Wie denn?“, fragte er weich. „Wodurch ist es mir gelungen?“

Er will wirklich alles, dachte sie. „Du willst, dass ich es sage?“

Nur ein Mal, er musste es nur ein Mal hören. Er wollte nur ein Mal hören, dass sie ihn zumindest einen Bruchteil so liebte wie er sie.

Donna schaute sich um. Überall waren Leute, sie drängten sich an der langen Holztheke und an den Tischen. Die Männer, mit denen er auf der Bühne gespielt hatte, hatten sich unters Publikum gemischt, tranken Bier und unterhielten sich. Es war ein volles Haus. „Hier, vor all diesen Leuten?“

„Ja. Du kannst das Mikrofon benutzen.“

Es hatte nur ein Scherz sein sollen. Darum war er überrascht, als sie sich abrupt aus seinen Armen befreite und davonging.

Volltreffer, Harrigan. Jetzt hast du den Salat. Er hatte es geschafft, sie in die Flucht zu schlagen.

Frank bahnte sich seinen Weg durch das Gewühl hinter Donna her, doch als er sah, dass sie nicht an den Tisch zurückkehrte, blieb er stehen. Er sah zu seinem Erstaunen, dass sie auf geradewegs auf die behelfsmäßige Bühne zuging.

Ungläubig beobachtete er, wie sie die Hand nach dem Mikrofon ausstreckte. Joe unternahm den Versuch, sie aufzuhalten, aber Donna wehrte ihn mit der Autorität einer Frau, die eine wichtige Mission zu erfüllen hat, ab.

Sie konnte ihre Gefühle nicht gut ausdrücken. Aber sie konnte ihn auch nicht verlieren. Nicht noch einmal. Unter Aufbietung ihres ganzen Mutes schaute Donna in ein Meer von Gesichtern, Menschen, die ihre Nachbarn werden würden. „Ich liebe dich, Frank Harrigan. Und ich habe mich geirrt. Du hattest recht.“

Es herrschte ungefähr eine Sekunde Mucksmäuschenstille,

bevor ihre Ankündigung mit schrillen Pfiffen, Gelächter und Jubelschreien aufgenommen wurde.

Mehrere Leute, die Frank umringten, klopften ihm auf den Rücken. Irgendwer schüttelte ihm die Hand und sagte: „Herzlichen Glückwunsch. Tolle Frau, wirklich." Er hatte keine Ahnung, wer es war. Alles, was er sah, war Donna, die jetzt wieder auf ihn zukam.

Sie warf ihr Haar zurück und schaute ihn an. Ihre Augen glitzerten triumphierend. „So, ich habe es gesagt." Ihre Stimme wurde weicher. „Und ich meine es auch so."

Er merkte nicht, dass die Menschenmenge, von der sie umringt wurden, stetig anwuchs. „Wie kommt es, dass du deine Meinung doch noch geändert hast?"

„Ich dachte mir, wenn ich mich schon mit meinen Gefühlen für dich herumplagen muss, dann könnte ich es genauso gut genießen."

„Was ist mir deiner Fluggesellschaft?", fragte er.

Sie schüttelte den Kopf, noch immer wie betäubt von der Wendung, die ihr Leben so völlig unvermutet genommen hatte. „Das war überhaupt das Seltsamste von allem. Mein Mechaniker wie auch mein Hauptpilot kamen im Abstand von ein paar Stunden auf mich zu und sagten mir, dass sie nicht mehr in der Großstadt leben wollten. Sie erklärten mir beide, dass sie vorhätten wegzuziehen, irgendwohin, wo es geruhsamer zuginge. Vielleicht in eine kleine Stadt in Nordkalifornien." Sie dachte daran, dass die beiden fast dieselben Worte gewählt hatten. Es war beinahe unheimlich gewesen. Sie lächelte. „Es war fast so, als ob uns irgendwer da oben zusammenbringen wollte."

Er berührte ihr Gesicht, und sie spürte, wie aus seinen Fingerspitzen die Liebe herausströmte. „Irgendwer hier unten auch."

Und sie war dankbar dafür, unendlich dankbar. „Ich verlege meinen Hauptsitz nach Riverdale." Donna holte tief Atem und nahm den letzten Anlauf. „Und wenn diese Stelle, die du mir vor zwei Wochen angeboten hast, noch frei ist, würde ich sie gern annehmen."

Er schaute sie verständnislos an. „Was denn für eine Stelle?"

Hatte er es sich anders überlegt? Ihr Mut drohte sie im Stich zu lassen, während sie sich fragte, ob sie sich womöglich selbst ihre Zukunft und ihr Glück verbaut hatte, indem sie sich geweigert hatte zu fliegen. Das war ein schrecklich öffentlicher Ort, um gedemütigt zu werden. „Als deine Frau."

Jetzt schaffte er es nicht mehr länger, ernst zu bleiben, und grinste breit. „Sie ist noch frei. Und wenn du sie jetzt nicht angenommen hättest, wäre sie immer frei geblieben."

Als er sie in die Arme nahm und küsste, war Frank von einem Großteil der Einwohner von Wilmington Falls umringt, ebenso wie von Donnas Söhnen und seiner Nichte. Doch er sah keinen Einzigen von ihnen.

Er hatte nur Augen für Donna und den herrlich schillernden Regenbogen, der sich über ihren Köpfen spannte.

EPILOG

Es war an der Zeit.

Es war jetzt ein Jahr her, seit sich ihre Eltern in spe gefunden und geheiratet hatten. Und jetzt war es an der Zeit.

Erin hopste aufgeregt auf ihrer Wolke auf und nieder.

Bald würde schwer was los sein – das wusste sie genau. Und sie würde Brüder haben, mit denen sie spielen und singen konnte.

Um ihre Mundwinkel nistete sich ein Lächeln ein. Würde Jonathan überrascht sein, wenn er herausfand, dass sie seine Cousine war? Aber Jonathan würde es nicht wissen, er würde nicht erkennen können, dass sie sich ihn zum Vorbild genommen und ihre Eltern zusammengebracht hatte. Der plötzliche „Drang", nach Seattle zu fliegen, das „verschwundene" Flugticket, die schwangere Frau, Gregs überstürzte Abreise, Raffertys und Walters Sehnsucht aufs Land zu ziehen, all das waren Ränke gewesen, die sie geschmiedet hatte.

Nur die Liebe nicht. Die Liebe niemals. Liebe mussten ihre Eltern schon selbst mitbringen.

Und bald würde sie sich, genau wie Jonathan, an nichts mehr erinnern. Bewusst nicht, jedenfalls.

Aber Erin hatte das Gefühl, dass sie es tief drin in ihrer Seele wissen würden. Sie und Jonathan würden einander irgendwie erkennen.

Sie klatschte in die Hände und lachte über sich selbst.

Sie würde wie ihr Daddy aussehen und lange Wimpern und dickes dunkles Haar haben wie ihre Muter. Der Rest war bis jetzt noch nicht entschieden, aber das machte nichts.

Um alles, was wirklich wichtig war, hatte sie sich gekümmert. Sie würde die Eltern bekommen, die sie sich wünschte. Die Eltern, die ihr die besten Eltern der Welt sein würden.

„Bist du bereit?“, fragte der Aufseher mit einer Stimme, die über die Oberfläche der Wolken hinwegrumpelte.

Sie schaute nach oben, aber sie konnte ihn nicht sehen. Sie sah nichts außer dem langen, weißen Tunnel, der auf die Erde führte. Und zur Liebe. „Bereit!“

Der Aufseher war sich nicht ganz sicher, aber er glaubte ein leises Huch! gehört zu haben, bevor der Engel im Tunnel verschwand. Kopfschüttelnd driftete er davon.

Sie wird ihre Eltern noch ganz schön auf Trab halten, dachte er.

– ENDE –

Karen Toller Whittenburg

Engel küssen besser!

Roman

Aus dem Amerikanischen von
Dagmar Mallett

MIRA®

1. KAPITEL

Allison Jill Oliver drückte den weichen Körper ihres Lieblingskuscheldrachens fest an sich, während sie auf Zehenspitzen aus ihrem Zimmer zur obersten Treppenstufe schlich. Wie eine Ballerina hob sie den Saum ihres Nachthemds und wartete einen Augenblick, bevor sie lautlos zum nächsten Treppenabsatz hinunterhuschte. Dort wartete sie erst still wie ein Mäuschen im Schatten und schob sich dann zum Geländer hinüber, um durch die Holzstäbe hindurch nach unten in die Eingangshalle sehen zu können. „Schschsch, Hunny", flüsterte sie dem Stofftier ins Ohr. „Du musst ganz still sein, sonst schickt er uns wieder ins Bett zurück."

Der schon ziemlich abgenutzte Drache schwieg gehorsam, und Allie drückte seinen ausgeleierten dürren Hals noch fester an sich, während sie auf die halb offen stehende Tür von Sams Arbeitszimmer starrte. Da war er drin – da war er immer drin, wenn er zu Hause war –, und am liebsten wäre sie auch hineingegangen, hätte sich auf seinen Schoß gesetzt und ihn gebeten, ihr eine Geschichte vorzulesen. Aber Sam mochte nicht, wenn man ihn störte. Und er mochte ihr auch nichts vorlesen. Er würde nur wieder sagen, dass sie jetzt fünf Jahre alt und damit alt genug sei, um zu verstehen, dass er *arbeiten* müsse, und dass sie wie ein großes Mädchen *im Bett bleiben* und *schlafen* solle. Das hatte er ihr schließlich noch vor *fünf Minuten* gesagt.

Allison seufzte und ließ sich auf den Boden plumpsen. Sie steckte die nackten Füße durch die Zwischenräume im Geländer und ließ die Beine in den Treppenschacht baumeln. Sie hatte keine Lust auf dieses blöde Schlafen. Sie wollte lieber *Das beste Nest* vorgelesen bekommen. Das war nämlich ihr Lieblingsbuch, und seit Sam sie bei Grandma abgeholt und nach Hause gebracht hatte, hatte es ihr keiner mehr vorgelesen. Sam sagte nur, dass sie es ja schon auswendig kenne und es sich selbst vorlesen könne. Aber sie konnte sich eben nicht an alle Wörter erinnern, nur auf welcher Seite sie standen, und manchmal brachte sie sie durcheinander.

Grandma sagte, dass jeder mal etwas durcheinander bringt. Sogar Sam. Grandma gefiel *Das beste Nest* fast genauso sehr wie ihr, Sam allerdings mochte *gar keine* Geschichten. Allie glaubte sogar, dass er nicht einmal sie mochte, obwohl Grandma das immer behauptete.

„Wenn ich Sie während Ihrer Geschäftszeiten hätte erreichen können, müsste ich nicht so spät am Abend noch anrufen." Selbst draußen auf dem Treppenabsatz war die Ungeduld in Sams Stimme noch deutlich zu hören.

Allison umklammerte einen Geländerpfosten und presste das Gesicht an das Holz.

„Und ob das ein Notfall ist!" Sams Stimme klang nun sehr verärgert. „Ich habe morgen früh um acht einen wichtigen Termin, und Sie müssen mir ein anderes Kindermädchen schicken. Und zwar sofort." Er machte eine Pause, dann wurde seine Stimme wieder lauter. „Aber ich habe Miss Maggard *nicht* entlassen. Sie ist einfach gegangen … übrigens ohne zu kündigen … Bitte? Wieso um alles in der Welt ist das *meine* Schuld …? Natürlich weiß ich, dass Allie manchmal schwierig ist … Sie ist letztes Jahr bei ihrer Großmutter vielleicht etwas zu sehr verwöhnt worden, aber die Kleine ist gerade mal fünf Jahre alt. Wie soll sie da bitte eine erfahrene Nanny wie Miss Maggard in weniger als einer Woche vertreiben können? Das ist ja lächerlich!"

Allison verzog den Mund. Sie hatte niemanden verleiben wollen, aber sie war froh, dass Miss Maggard weg war. Die war gar nicht nett gewesen. Außerdem hatte sie eine große Nase, ihre Zähne klickten genauso wie die kleine Uhr auf Sams Schreibtisch, und zum Mittagessen gab es bei ihr immer nur

Käsebrote. Jeden Tag Käsebrote. Und für Hunny machte sie nie Apfelmus.

„Ich will mich nicht mit Ihnen streiten“, fuhr Sam fort, und seine Stimme klang nun etwas versöhnlicher. „Ich verstehe Sie, Mrs Klepperson, aber Sie müssen doch jemanden haben, über den Sie kurzfristig verfügen können. In Ihrer Annonce betonen Sie doch – und jetzt zitiere ich –, ‚Die Kindermädchen-Agentur ‚Schutzengel‘ wird mit jedem Notfall fertig. Unsere Engel helfen Ihnen jederzeit aus.‘ Finden Sie jetzt auch einen für mich, oder muss ich mich an eine andere Agentur wenden?“

Allison kaute auf der Unterlippe und ließ die Beine vor und zurück baumeln, vor und zurück.

„Ich verstehe. Das ist sicher Ihr gutes Recht, Mrs Klepperson, aber im Interesse des Rufs Ihrer Agentur schlage ich doch vor, dass Sie das noch einmal überdenken, verdammt noch mal!“ Der Telefonhörer wurde aufgeknallt, und dann hörte man nur noch wütend geknurrte, undeutliche Worte.

Allie hielt ihrem Drachen die Ohren zu. „Hör nicht hin, Hunny. Sam ist nicht auf dich böse. Er weiß, dass es nicht deine Schuld ist, dass Miss Maggard abgehauen ist und er nun einen anderen *Schubsengel* finden muss.“ Sie strich über Hunnys weichen klumpigen Kopf. „Wenn Mummy statt im Himmel bei uns wohnen würde, wäre Sam nicht immer so wütend, und er müsste nicht so viele Arbeiten machen, und er würde uns jeden Abend *Das beste Nest* vorlesen.“

Musik kam aus dem Büro, und Allison seufzte aus tiefstem Herzen. „Er hört wieder *dieses Lied*“, flüsterte sie. „Jetzt wird er böse *und* traurig.“ Grandma hatte ihr erzählt, dass Sam sich bei dieser Musik an ihre Mutter ’innerte, aber Allie mochte *dieses Lied* nicht. Sie erinnerte sich auch nicht an ihre Mutter. Und manchmal hatte sie Angst, dass Sam weggehen und nie zurückkommen würde, und dass sie sich dann auch an ihn nicht mehr erinnern würde.

Sie hörte Glas auf Glas klimpern und wusste, dass er sich etwas zum Trinken eingoss. Sie drückte die Augen ganz fest zu und wünschte, jetzt in Sams Büro zu sein. Ein Mal vor langer Zeit hatte sie auf dem Sofa schlafen dürfen, während er am Schreibtisch arbeitete, und als sie aufgewacht war, hatte er ihr ein Glas Orangensaft gegeben und ihr eine Geschichte vom allerkleinsten Engel erzählt. Er hatte sogar gesagt, dass dieser Engel als Kuscheltier einen kleinen Drachen hatte, damit Hunny sich nicht ausgeschlossen fühlte. Nachdem Mummy tot war, hatte Allie ihn gebeten, ihr die Geschichte noch einmal zu erzählen, aber er sagte, dass er keine Geschichten von Engeln kennen würde. Hunny hatte geweint und geweint und wollte gar nicht schlafen gehen. Allison musste ihm sein „Puff"-Lied vorsingen, obwohl sie gar nicht alle Wörter kannte, und Hunny weinte trotzdem immer weiter, die ganze Nacht.

Allie nahm die Vorderfüße des Drachens und setzte sich ihn auf den Schoß. Sie zog ihn heftig an den spärlichen Barthaaren, die aus seinem Kinn wuchsen, und zwang ihn, sie mit seinen schwarzen Knopfaugen anzusehen. „Und fang nicht an zu weinen, Hunny", warnte sie ihn in strengem Flüsterton. „Denn ich werde dir nicht wieder ‚Puff' vorsingen. Du bist jetzt nämlich groß und musst aufhören, dich wie ein Baby zu benehmen. Und wenn du weiter Probleme machst, dann gibt dir niemand Apfelmus. Du muss also jetzt brav sein, wie der Drache von dem allerkleinsten Engel." Sie schüttelte das Stofftier, um ihren Worten Nachdruck zu verleihen. „Hast du mich verstanden?"

Sie wusste, dass Hunny schmollen würde. Darum drückte sie ihn fest an ihr Nachthemd und erzählte ihm, er sei der beste Drache auf der ganzen Welt, und dass sie ihn sehr lieb hatte und sich etwas ausdenken würde, damit Sam nicht mehr so oft böse war, weil Miss Maggard gegangen war und er einen anderen Schubsengel besorgen musste, der auf sie beide aufpasste.

Und plötzlich hatte sie eine Idee. Sie fand sie so wunderschön, dass sie einen Augenblick nachdenken und sie bewundern musste, bevor sie sie Hunny anvertrauen konnte. „Wir könnten einen Engel für Sam besorgen", flüsterte sie. „Dann ist er wieder glücklich und ... und ... er liest uns eine Geschichte vor." Schon bei dem Gedanken daran fühlte sie sich richtig gut.

Aber wie sollte sie einen Engel besorgen? An den Teil der Geschichte konnte sie sich nicht erinnern. Allie dachte einige Minuten angestrengt nach, dann seufzte sie tief und zog sich am Geländer hoch. „Wir müssen Sam fragen", sagte sie dann.

Das wollte Hunny zwar nicht, aber Allison zog ihn einfach am Schwanz hinter sich her, als sie die restlichen Treppen hinunterstapfte und leise zur Tür des Arbeitszimmers schlich. Dort zögerte sie einen Augenblick und gab der Tür dann einen kleinen Schubs, sodass sie mit einem verräterischen Quietschen nach innen aufging. Sam schien es nicht gehört zu haben, denn er blieb zurückgelehnt in seinem großen schwarzen Stuhl sitzen und hörte nur *das Lied*.

„Sam?", sagte sie ganz leise, als würde sie einer Maus ins Ohr flüstern, und wartete auf seine Antwort. Als er sie immer noch nicht bemerkte, schluckte sie und sagte etwas lauter noch einmal: „Sam?"

Er hob den Kopf. „Allison! Was machst du schon wieder hier unten? Habe ich dir nicht gesagt, was passiert, wenn du noch einmal aufstehst?"

Seine Stimme klang so streng, dass sie eine Gänsehaut bekam, und sie starrte ihn einfach nur an, während sie Hunny umklammerte und ihn sich beschützend an die Brust drückte.

„Was ist es denn dieses Mal?", fragte er. „Noch etwas zu trinken?"

Sie schüttelte heftig, aber schweigend den Kopf und blieb wie angewurzelt stehen.

Der Stuhl knarrte, als Sam sich nach vorne beugte. „Allie", sagte er mit einer sanften Stimme, die sie jedoch genauso wenig mochte wie die laute, „warum bist du nicht im Bett?"

Sie holte tief Luft und platzte dann mit ihrer Frage heraus: „Wo wohnen die Engel?"

„Nein, Allie, nicht heute Abend." Er nahm seine Lesebrille von der Nase, legte sie auf die Schreibtischplatte und rieb sich die Augen. „Warum konntest du nicht einfach einschlafen, wie ich dich gebeten hatte?"

Sie wollte ihm am liebsten sagen, dass sie ohne Gutenachtgeschichte nicht einschlafen konnte und Angst hatte, er würde wieder weggehen, wenn sie die Augen zu fest zumachte. Aber Sam mochte es nicht, wenn sie solche Sachen sagte, und sie wollte ihn nicht noch ärgerlicher machen. „Hunny wollte Apfelmus", sagte sie zu ihrer schnell ausgedachten Selbstverteidigung.

„Allison." Plötzlich klang seine Stimme genauso müde wie die von Ethel, dem Hund von nebenan. Ab und zu hörte man sie hinter ihrem Zaun ein tiefes langsames „Wwwuuufff" machen, als wenn sie nicht mehr die Kraft hatte, ein richtiges Bellen herauszubekommen. Sam stand kopfschüttelnd vom Schreibtisch auf und lief um ihn herum.

Allison blieb zwar tapfer stehen, aber sie hielt Hunny zwischen sich und ihrem Vater hoch. „Er sagt, er hat Bauchschmerzen. Und er wollte mich nicht schlafen lassen."

Sam erreichte die Tür und hob in einer schnellen Bewegung seine Tochter mit dem Drachen auf den Arm. „Wenn Hunny noch mehr Apfelmus isst, wird er so dick, dass ich ihn nicht mehr nach oben ins Bett tragen kann."

Seine Stimme klang plötzlich gar nicht mehr böse, und Allie schlang die Arme um seinen Hals. „Lass uns doch hier bei dir, Sam", bat sie. „Ich verspreche dir, dass Hunny auch ganz, ganz, gaaanzz still ist."

Sam blieb unten an der Treppe stehen und nahm sie auf den

anderen Arm. „Drachen sind nie wirklich still, es sei denn sie schlafen."

„Dann bringe ich Hunny ins Bett und bleibe allein bei dir. Biiiiitte, Sam!"

Er seufzte tief und lange. „Allison, wie oft soll ich dir das noch erklären? Ich muss arbeiten. Und du kannst nicht alle fünf Minuten mit einer neuen Ausrede aus dem Bett kommen, um meine Aufmerksamkeit zu bekommen."

„Aber Hunny ..."

„Hunny bleibt im Bett, wenn du es auch tust. Dies ist heute Abend das dritte Mal, dass ich dich ins Bett bringe, und es ist das letzte Mal. Hast du mich verstanden?"

Allie schmollte, während Sam sie nach oben in ihr Zimmer trug, aber das schien ihm nichts auszumachen. Als er die Bettdecke um sie herum feststeckte, wusste sie, dass sie ihn nicht zu fragen brauchte, ob er ihr *Das beste Nest* vorlesen würde. „Sam?", fragte sie, damit er nicht sofort wieder ging. „Ich muss das mit den Engeln wissen. 'sis wichtig."

„Ich habe dir doch schon erzählt, dass deine Mummy jetzt bei den Engeln wohnt und ..."

„Nein", unterbrach Allie ihn. „Ich muss wissen, wo sie wohnen, und wie ich mit ihnen sprechen kann."

Er strich ihr über die Stirn, und sein Blick wurde noch trauriger. „Engel sind wie die Sterne am Himmel. Sie können dich immer hören, wenn du mit ihnen sprichst, egal wo du bist. Du musst dabei noch nicht einmal die Augen schließen oder laut reden. Deine Schutzengel sind immer bei dir, Allie. Und sie passen auf dich auf, wenn ich nicht da bin."

„So jemanden brauchst du auch, nicht wahr, Sam? Einen Schubsengel."

Er richtete sich mit einem Seufzer auf. „Ja, Allie, das ist genau das, was ich brauche. Und jetzt schlaf bitte. Wir werden darüber ein anderes Mal reden."

„Sam?"

Sein Stirnrunzeln entmutigte sie. „Allison, erinnerst du dich noch an unser Gespräch darüber, dass ich es nicht gut finde, wenn du mich Sam und nicht Dad nennst?"

„Aber Grandma nennt dich auch Sam. Und Grandmummy Lu nennt dich Sam. Und Grandpa Gene nennt dich Sam. Und Damon nennt dich Sam. Und deine Sekretärin nennt dich Sam. Und am Telefon meldest du dich immer mit", Allie ließ ihre Stimme sinken, „Sam Oliver."

„Das stimmt, Allison, aber ich bin dein Daddy, und du solltest mich nicht so nennen."

„Hunny nennt seinen Vater Big Bert, und der findet das gut."

„Aber das ist …" Er schloss die Augen, und Allison fragte sich, ob er plötzlich einschlafen würde. Aber dann machte er sie wieder auf, und sie konnte sehen, dass sie immer noch voller Traurigkeit waren. „Ist schon gut, Allison. *Bitte* schlaf jetzt."

„Okay, Sam." Sie schob eine Ecke der Bettdecke unter ihr Kinn. „Ich schlafe jetzt sofort ein. Und Hunny tut das auch. Ich verspreche, wir schlafen."

Er nickte und ging zur Tür.

„Sam?"

Es dauerte fast eine Minute, aber dann drehte er sich schließlich doch um. „Was ist, Allie?"

„Es tut mir leid, dass ich noch einmal aufgestanden bin."

Er ging zu ihr, legte die Hand auf ihre Stirn, beugte sich zu ihr hinunter und küsste sie auf die Wange. „Mir auch."

Sie wusste zwar nicht, was ihm leidtat, aber sie wünschte sich, dass er nicht mehr *das Lied* hören würde. Sie schaute hinter ihm her, wie er aus dem Zimmer ging. „Sam?"

Er seufzte und drehte sich noch einmal um, die Hand schon auf der Türklinke.

„Hunny möchte, dass du das Licht im Flur anlässt, ’kay?“

„Okay, aber ich möchte, dass Hunny bis morgen unter der Bettdecke bleibt … egal wie hungrig er ist. Sag ihm, dass ich das so bestimmt habe.“ Sam ließ die Tür so weit offen, dass das Licht aus dem Flur einen hellen Streifen über den Fußboden warf. „Jetzt aber zum letzten Mal: Gute Nacht.“

„Ich lasse Hunny nicht noch einmal aus dem Bett, Sam. Versprochen. Ich sorge dafür, dass er still ist und schläft und …“

„*Gute Nacht*, Allison.“

„Gute Nacht, Sam.“ Aber kaum hörte sie seine Schritte auf der Treppe, da krabbelte sie wieder aus dem Bett, passte jedoch auf, dass Hunny unter der Decke blieb. Sie beugte sich zu ihm hinunter und gab ihm einen Kuss auf die flauschige Nase. „Du schläfst jetzt, Hunny, und vielleicht bringt dir der Engel etwas Apfelmus, wenn er kommt, ’kay?“

Der Drache schien einverstanden zu sein, und Allison schlich auf Zehenspitzen zum Fenster hinüber. Sie stützte sich mit den Ellenbogen auf die Fensterbank und legte das Kinn in die Hände. Dann schaute sie zu den blinkenden Sterne hoch. „Ist da oben irgendjemand?“, flüsterte sie.

Sie hörte als Antwort ein leises Rascheln. Es war ein sanftes Geräusch, wie das Rauschen von Engelflügeln, und Allie trug schnell ihre Bitte vor: „Sam braucht einen Schubsengel“, sagte sie hastig. „Heute Abend noch, ’sis sehr wichtig. Bitte schickt ihm sofort einen.“

Nichts passierte, aber Allie beobachtete die Sterne erwartungsvoll, und sie fragte sich, wie lange man wohl vom Himmel bis nach Oklahoma brauchte. Sie wollte auf den Engel warten, aber dann bekam sie kalte Füße, und außerdem wollte sie nicht, dass Sam sie erwischte. Sie warf einen letzten sehnsüchtigen Blick zum Himmel, ging vom Fenster weg und huschte zurück. Doch als sie an ihrem Bett ankam, wirbelte sie wieder herum und rannte zum Fenster zurück. Sie presste Nase und Hände an die kalte Scheibe.

„Hab ich fast vergessen", sagte sie. „Danke, vielen Dank." Flink wie ein Wiesel rannte sie zum Bett, sprang hinein und kuschelte sich mit dem verschlafenen Hunny im Arm unter die Decke. Lächelnd schlief sie ein.

2. *KAPITEL*

Sam öffnete die Terrassentür in seinem Arbeitszimmer und ging hinaus in Jennys Rosengarten, obwohl man das kaum noch Garten nennen konnte. Kein Rosenstock hatte überlebt. Wie konnten sie auch – ohne Jenny? Die Zweige waren abgestorben und trugen nur noch Dornen. Wenn er sich ein bisschen zusammenreißen könnte, würde er sie wenigstens ausgraben und sie von ihrem Elend befreien. Aber er brachte es nicht übers Herz, die letzte Erinnerung an Jennys Garten zu entfernen.

Er steckte beide Hände in die Hosentaschen und klimperte mit den Münzen und Schlüsseln, die dort drin waren. Eine nervöse Angewohnheit, die ihm immer häufiger auffiel – genauso wie die Tatsache, dass er seine Tochter jedes Mal anfuhr, wenn sie näher als drei Meter an ihn herankam. Die Münzen und Schlüssel klimperten wieder. Er zwang sich, die Hände aus den Taschen zu nehmen, verschränkte die Arme vor der Brust und versuchte, nicht darüber nachzudenken, was für ein schlechter Vollzeitvater er in dieser ersten Woche gewesen war.

Die Luft, die er einatmete, war kristallklar. Sie duftete schon nach Frühling, obwohl es noch winterlich frisch war. Über ihm funkelten die Sterne und leuchteten wie ferne Lagerfeuer. Der Mond sah aus wie ein glänzender Schlitz. Dieser Abend ist irgendwie ungewöhnlich, dachte er. Eine Art Unruhe oder seltsame Energie schien durch die Luft zu wehen.

Er steckte die Hände in die Hosentaschen. Morgen würde es wahrscheinlich in Strömen gießen. Er drehte sich um und ging wieder hinein. Während er die Tür zuzog, dachte er grimmig, dass es wahrscheinlich genau das war, was er noch vom Leben erwarten konnte – eine lange Reihe regnerischer Tage.

Als er das Sicherheitsschloss einschnappen ließ, spiegelte sich ein Silberstreif in der Türscheibe. Sam konnte gerade noch rechtzeitig aufschauen, um eine Sternschnuppe auf dem letzten Stück ihrer glänzenden Laufbahn durch die Galaxis zu beobachten. Was hatte Jenny immer gesagt? *Sternschnuppe, Sternschnuppe, zähl bis drei, wünsch dir etwas für uns zwei.*

Er wandte sich schroff ab und ließ die Rollläden herunter. Was war nur in ihn gefahren? Sternschnuppen waren etwas für Verliebte. Nichts für ihn. Nicht mehr jedenfalls. Er setzte sich schnell wieder an den Schreibtisch und vertiefte sich in seine Arbeit.

Klapper! Krach! Klirr!

Der Lärm kam von draußen, und zwar von der hinteren Terrasse. Sam knallte seinen Bleistift auf den Schreibtisch. „Ethel", zischte er und warf seine Brille auf den Entwurf vor ihm. Er stieß seinen Stuhl zurück und machte sich kampfbereit auf den Weg zur Rückseite des Hauses. Diese verdammte Basset-Hündin war bestimmt wieder irgendwie durch den Zaun entwischt und durchsuchte die Mülltonnen der Nachbarn. Allein in der letzten Woche hatte sie zwei Mal den Abfall über die ganze Straße verteilt.

Sam verstand nicht, wie Leute sich Haustiere zulegen konnten, ohne sie anzuketten oder sonst irgendwie dafür zu sorgen, dass sie von den Grundstücken der Nachbarn fernbleiben. Er war wild entschlossen, dafür zu sorgen, dass Ethel für diesen Ärger ein bis zwei Tage im städtischen Hundezwinger verbrachte. Sollten ihre Besitzer doch dafür bezahlen, um sie wieder freizukaufen. Vielleicht würden sie ihren Hund dann wenigstens in Zukunft von den Mülltonnen anderer Leute fern halten.

Wütend ging er durch die Küche, schaltete die Außenlampe unter dem Vordach an und schaute durch die Hintertür hinaus. Der ganze Müll war über die Veranda verteilt. Eine leere Thunfischdose kullerte noch über den Boden und blieb schließlich am Rasenrand liegen. Nur eine der Mülltonnen war noch nicht umgekippt, aber auch sie schwankte bereits bedrohlich hin und her und stand nur noch zur Hälfte im Schatten des Vordachs.

Sam riss die Tür auf. „Komm da raus, du blöder Köter, sonst breche ich dir alle vier Stumpen, die du Beine nennst!"

Die Mülltonne hörte auf zu schwanken. „Könnten Sie mir bitte hier raus helfen?" Die Stimme aus der Dunkelheit klang hell und melodiös, weiblich und freundlich.

„Ethel?", sagte Sam, kam sich aber sofort sehr dumm vor. Die Basset-Hündin des Nachbarn konnte noch nicht einmal richtig bellen, geschweige denn sprechen. „Wer ist denn da?", fragte er barsch. „Und was zum Teufel machen Sie in meiner Mülltonne?"

„Ich sitze hier drin fest." Ein glockenhelles Lachen zog sich durch ihre Worte. „Wissen Sie, Sam, das ist mir etwas peinlich. Könnten Sie mir nicht helfen?"

Sie hatte ihn bei seinem Namen genannt, aber so angenehm ihre Stimme auch war, sie kam ihm nicht bekannt vor. Vielleicht war das ja ein besonders gut ausgedachter Trick, um bei ihm einzubrechen? In der Mülltonne waren jede Menge Papiere, auf denen sein Name stand. Und er wollte da draußen nicht in das abgesägte Ende einer Schrotflinte laufen.

Ihr Lachen überraschte ihn, und er musste unwillkürlich lächeln, obwohl ihm überhaupt kein Grund einfiel, weswegen er das eigentlich tat.

„Sie sind ein sehr misstrauisches menschliches Wesen, nicht wahr?", fragte die Stimme. „Nun gut, dann versuche ich es eben selbst ..." Fünf schlanke Finger schoben sich über den Rand der letzten, noch stehenden Mülltonne.

Sam überlegte, ob er nicht lieber die Tür verriegeln und die Polizei rufen sollte, statt hier auf die Flinte zu warten, aber er schien seine Beine irgendwie nicht bewegen zu können.

„Füße können ganz schön lästig sein, merke ich gerade. Ich bin mir nicht sicher, ob ich mich je daran gewöhnen werde."

Aus den fünf Fingern wurden zehn, und Sam sah, dass sie zu zwei glatten Hände gehörten, die wiederum an zwei wohlgeformten Armen saßen.

Ihm fiel die Kinnlade herunter, als der Eindringling sich schließlich aus dem Schatten löste und in den Lichtschein der Außenlampe trat. Eine Frau. Sie war blond, eine glänzende, wilde, lockige Haarpracht bedeckte ihren Kopf – und sie war nackt. Ihre helle Haut leuchtete in frischem Rosa, und als Sam versuchte, Luft zu holen, pfiff sie ihm so durch die Kehle, dass er keuchte wie ein ausgeleierter Blasebalg.

„Haben Sie Schmerzen?“, fragte sie.

Er hatte ein beengendes Gefühl in der Brust, und etwas schnürte ihm den Hals zu. Er fühlte sich durch und durch unwohl, doch diese Empfindungen waren keineswegs schmerzhaft. Er hatte schon lange keine nackte Frau mehr gesehen. Geschweige denn eine, die so aussah wie diese hier. „Wer? Was … machen Sie hier?“

Sie schaute an sich herunter. Mit den Händen hielt sie noch immer den Rand der Mülltonne umklammert. „Ich glaube, ich versuche mich an die Schwerkraft zu gewöhnen.“

„Schwerkraft“, wiederholte er mechanisch und versuchte, einen klaren Gedanken zu fassen. „Aha. Und … was machen Sie *hier*?“

Sie hob überrascht den Kopf, und ihre blauen Augen trafen die seinen. „Allison hat mich eingeladen.“ Sie hörte sich an, als hätte sie allen Grund, sich über seine Frage zu wundern.

Er rieb sich mit dem Daumen das Kinn und versuchte angestrengt, seinen Blick nicht tiefer als bis zu ihrem Hals wandern zu lassen. „Und … woher kennen Sie meine Tochter?“

Die Frau lachte vor Vergnügen auf. „Jeder kennt sie.“

Diese Antwort half ihm auch nicht weiter, doch plötzlich fiel ihm etwas ein: „Sie kommen nicht zufällig von der Agentur ‚Schutzengel‘, oder?“

Ihre verführerischen Lippen formten einen Schmollmund. „*Eigentlich* gehe ich ja als Engel noch in die Lehre."

Dann hat Mrs Klepperson also doch noch jemanden geschickt, dachte Sam. Eine Nanny in Ausbildung sozusagen, eine Praktikantin, und dann auch noch eine nackte! „Sagen Sie, Miss ‚Lehrling', wenn Sie ein richtig flügger Engel sind, werden Sie dann auch Kleider tragen?"

„Kleider!" Sie gab ein lustiges Geräusch von sich und schaute an sich hinunter. „Ach du lieber Himmel! Ich wusste, ich würde etwas vergessen." Sie zog bedauernd die nackte Schulter hoch. „Die anderen Engel nennen mich schon ‚Geh-Holen', weil ich immer wieder zurückgehen muss, um etwas zu holen, was ich vergessen habe."

Sam seufzte. Nach seiner Erfahrung wurde keine Frau, die so vergnügt und dazu noch nackt war wie diese, nur von Mondlicht betrunken. „Nun, warum tun Sie es dann nicht gleich sofort?", schlug er vor.

„Was tun?"

„Zurückgehen, wo immer Sie auch hergekommen sind, und die Kleider holen, die Sie vergessen haben."

„Oh, eigentlich hatte ich noch nie Kleider." Sie lachte, wieder mit diesem kehligen angenehmen Klang. „Sie sind meine erste Arbeitsstelle."

„Nicht möglich."

„Doch wirklich, das sind Sie. Und ich war so aufgeregt, dass ich wohl nicht richtig aufgepasst habe, als Leonard mir erzählt hat, was ich alles machen muss."

„Leonard", wiederholte Sam und dachte, dass er seine Einbruchstheorie vielleicht doch zu schnell aufgegeben hatte. Vielleicht war ihr Komplize schon dabei, das Schloss der Eingangstür zu knacken. „Es interessiert Sie vielleicht, dass ich eine Alarmanlage habe, die auf dem neuesten Stand der Technik ist. Ein Knipser mit dem Schalter, und das ganze Polizeirevier ist hier, bevor Sie auch nur ‚Her mit den Wertsachen' sagen können."

„Warum sollte ich das sagen?" Sie nahm einen Finger vom Mülltonnenrand und dann vorsichtig noch einen. „Und was würde ich dann mit Ihren … wie haben Sie die genannt?"

„Wertsachen", fuhr er sie an. „Sie würden sie wohl verkaufen."

„An wen?

„An irgendeinen Hehler vermutlich."

Sie schaute hoch und kicherte. „Einen Hehler?", fragte sie. „Wirklich?"

Er würde jetzt ins Haus gehen. Sofort. Aber aus irgendeinem Grund blieb er wie angewurzelt in der Tür stehen und starrte sie an, wie sie einen kleinen Schritt zur Seite ging, etwas schwankte und sich schnell wieder am Mülltonnenrand festhielt.

„Gehen ist doch nicht so leicht, wie ich dachte", sagte sie und versuchte es noch einmal, nur kam sie dieses Mal mit dem ganzen Körper in den Lichtkegel der Außenlampe.

Sam konnte nicht länger widerstehen, und sein Blick wanderte über ihre biegsame schlanke Taille, die sanften Kurven ihrer Hüften bis zu ihren unglaublich langen Beinen. Dieser Anblick schnürte ihm wieder die Kehle zu, und sein Magen verkrampfte sich vor ängstlicher Erregung. Dies musste ein Traum sein. Bestimmt war er am Schreibtisch eingeschlafen, und jetzt träumte er … Himmel, und was für einen Traum!

Sie wankte und streckte die Arme aus, um das Gleichgewicht zu behalten, als wenn sie einen Drahtseilakt in zwanzig Meter Höhe ausführte. „Wissen Sie, Sam, Sie könnten mir eigentlich ins Haus helfen", sagte sie dann.

Halt, stopp! Er träumte nicht. Er spürte den kalten Märzwind. Er hörte, wie die Basset-Hündin am Zaun zum Nachbarn entlangschnüffelte. Er konnte diese schöne, wenngleich ziemlich schamlose Frau sehen, die unsicher über seine Veranda stakste. Und es war egal, ob sie eine Einbrecherin oder die angeforderte Nanny war. Er würde sie nicht ins Haus lassen.

„Sie können nicht hereinkommen", sagte er und hoffte dabei inständig, dass Allie ausgerechnet jetzt nicht wieder herunterkommen würde. Sie würde dabei mehr über die weibliche Anatomie lernen, als es für ein fünfjähriges Mädchen gut war. „Sie müssen wieder gehen."

„Machen Sie sich keine Sorgen." Das Lächeln auf ihren Lippen strahlte fast ermutigend. „Allie schläft fest. Sie wird heute Abend nicht wieder wegen Apfelmus herunterkommen."

Sam kam aus dem Staunen nicht heraus. Von wem wusste sie das? Natürlich, von Miss Maggard. „Nein, schauen Sie, ich weiß nicht, wer Sie sind, und …"

„Ich bin Gloria", sagte sie. „Ich bin Ihr Schutzengel."

„Nein, nein! Das sind Sie nicht." Er schüttelte heftig den Kopf. „Es tut mir leid für Sie, aber ich brauche jemanden mit mehr Erfahrung und … Kleidern." Damit machte er die Tür zu und schloss sie mit Nachdruck ab. Ich werde sofort Mrs Klepperson anrufen, entschied er. Was dachte sich diese Frau überhaupt dabei, ihm ein solches Nymphchen zu schicken, um auf ein fünfjähriges Kind aufzupassen? Sam ließ das Sicherheitsschloss einschnappen und schaltete die Außenbeleuchtung aus, wobei er sich große Mühe gab, der Versuchung zu widerstehen, aus dem hinteren Fenster zu schauen, um zu sehen, ob die Blondine noch da war.

Und wenn sie tatsächlich noch da war?

Er sollte vielleicht doch vorsichtshalber die Polizei rufen. Wenn eine solche Frau durch die Straßen wanderte … Die Türglocke erklang und spielte die ersten beiden Takte vom „Halleluja-Choral". Sam sprang verdutzt auf. Wer um alles in der Welt konnte das sein?

Bevor er noch alle Möglichkeiten durchgegangen war, ertönte die Glocke erneut, laut und klar, und Sam eilte zur Tür. In Wahrheit war es ihm egal, wer vor der Tür stand – ein nacktes Kindermädchen oder ein Einbrecher – solange nur Allison nicht noch einmal aufwachte.

Er ging an der Treppe vorbei durch die Eingangshalle und griff schnell nach der Türklinke, hielt aber lange genug inne, um durch eins der kleinen Fenster in der Haustür schauen zu können. Die Frau vor der Tür hatte ihr Gesicht abgewandt, und er konnte nur die Umrisse eines ordentlichen dunkelblauen Kostüms und die strenge silberne Haarspange sehen, mit der die lockige blonde Haarpracht im Nacken zusammengehalten wurde.

Wieder hallte der „Halleluja-Choral" durchs Haus, und er riss die Tür auf.

„Da bin ich wieder." Ihr Lächeln war umwerfend. „Ich habe jetzt Kleider."

Die Kehle wurde ihm immer trockener, je fester er die Türklinke umklammerte.

Sie drehte eine wacklige Pirouette, wobei sie immer noch mit dem Gleichgewicht kämpfte, und lächelte ihn entwaffnend an. Sie schien mit sich zufrieden zu sein. „Sie glauben nicht, wo ich die gefunden habe."

Sam schloss die Augen und öffnete sie wieder, um sich des Anblicks zu vergewissern. Sie konnte unmöglich völlig angezogen hier vor seiner Haustür stehen, wo sie doch noch vor einem Moment …

„Ich habe die ganze Kleidung aus dem *Architekten-Magazin*, das Sie weggeworfen haben. Sogar die Frisur war da drin." Sie strich sich mit den Fingern ein paar widerspenstige Locken aus dem Gesicht. „Eigentlich hatte ich mir ja den Lederanzug von der Harley-Davidson-Annonce ausgesucht, aber Leonard meinte, dies hier wäre passender. Was meinen Sie?"

Drehte er jetzt langsam durch? „Wie …? Wie haben Sie … das gemacht?“

Sie zog die Augenbrauen zusammen und dachte kurz nach. „Nun ja, ich brauchte etwas Hilfe dabei. Leonard hat mit Anziehen mehr Erfahrung als ich.“

Sam schüttelte den Kopf. „Aber das war … Sie hatten … gar keine Zeit.“

Sie lachte nur und beugte sich vor, um noch einmal auf die Klingel zu drücken. Als die kräftigen Töne wieder durch das Haus schallten, legte sie ihren Kopf zur Seite. „Ich liebe dieses Lied“, gab sie zu und ging an ihm vorbei in die Eingangshalle. „Oh, was für schöne Bilder …“

Bevor Sam auch nur Luft holen konnte, stand sie schon unten an der Treppe und bewunderte die Fotos, die an der Wand hingen. „Sie haben ja Bilder von Allison“, sagte sie und tat so, als ob die Kamera mit jedem Foto ein Wunder eingefangen hätte. „Da ist sie an ihrem ersten Geburtstag. Oh, und da sind Sie beide mit Jenny, und da sind ja auch Janice … und Jim, Jennys Eltern, und Ihre Eltern, Lu und Gene. Hier sind Sie mit Jenny auf der Abschlussfeier vom College, und da ist ja noch ein Bild von Allie als Baby, und hier war sie drei Jahre alt. Was für ein kostbares Kind.“ Sie schüttelte die blonden Locken und schenkte ihm erneut ein strahlendes Lächeln. „Ich bin so froh, dass Sie diese Bilder haben.“

Sam hätte nie gedacht, dass all diese Informationen und Familieneinzelheiten, die er bei der Kindermädchen-Agentur angegeben hatte, ihm eines Tages auf diese Weise aufgetischt werden würden. Er hatte eigentlich angenommen, dass die endlosen Formulare, die er ausfüllen musste, zu seiner und Allisons Sicherheit waren. „Hören Sie, Sie können hier nicht einfach so hereinplatzen und …“

„Oh, wie schön!“ Damit verschwand sie in seinem Arbeitszimmer.

„Fühlen Sie sich ganz wie zu Hause“, beendete er seinen Satz mit matter Stimme. Stirnrunzelnd schloss er erst die Haustür und trat dann durch die Tür seines Arbeitszimmers. Die Frau stand hinter seinem Schreibtisch und hielt seine Brille gegen die Deckenbeleuchtung. Er fragte sich, ob er sie über den Schreibtisch hinweg angreifen oder lieber warten sollte, bis sie versuchte, an ihm vorbeizukommen, um sie dann zu packen.

Wie ein Kind ein neues Spielzeug, so betrachtete sie die Brille von allen Seiten und setzte sie sich schließlich schief auf die Nasenspitze. „Was machen sie denn damit?“ Sie blinzelte durch die geschliffenen Gläser. „Da wird ja alles ganz unscharf“, stellte sie fest.

Er versuchte mit dem Körper möglichst den Türrahmen auszufüllen und stützte sich mit den Händen zu beiden Seiten ab. Jetzt soll sie mal versuchen, an mir vorbeizukommen, dachte er. „Das ist meine Lesebrille.“

Sie runzelte die Stirn über dem Gestell aus Schildpatt. „Sie lesen doch gar nicht.“

„Natürlich lese ich.“

„Allison sagt, dass Sie genau das nicht tun.“ Sie nahm die Brille ab und ließ sie auf den Schreibtisch fallen. „Und was ist das?“, fragte sie, während sie ihre Aufmerksamkeit den kleinen Notizzetteln zuwandte, die er sorgfältig und genau auf die Pläne verteilt hatte.

„Nicht anfassen!“ Aber Sam war nicht schnell genug, um zu verhindern, dass die Zettel ihr bereits durch die Finger glitten und wie verträumte Schneeflocken auf den Boden flatterten.

Sie lachte nur und versuchte, das letzte Blatt aufzufangen, das noch einmal hochflog, um dann wie eine Feder neben Sams Füßen auf den Boden zu schweben.

Er löste seinen entsetzten Blick von den Papieren und

schaute sie an. „Ich glaube, Sie geben mir besser Ihre Kennnummer, bevor Sie noch mehr Schaden anrichten."

„Ich habe keine Kennnummer", sagte sie. „Aber ich könnte Ihnen die Eintragung meines Heiligenscheins zeigen."

Für diesen kleinen Scherz hatte er nur ein humorloses Lächeln übrig. „Dann wird Ihr Name wohl genügen."

Sie nickte zustimmend und drehte sich zum Bücherregal hinter dem Schreibtisch um. „Wenn Sie nicht lesen, was machen Sie dann mit all diesen Büchern?"

Sam versuchte sich zu beherrschen. „Ich dachte, Sie wollten mir Ihren Namen nennen."

„Ich dachte, das hätte ich schon." Sie begegnete seinem wütenden Blick mit einem Lächeln. „Ich bin Gloria."

„Gloria, und wie weiter?"

„Gloria *und wie weiter*?"

Sam holte tief Luft und sprach langsam und deutlich. „*Was* kommt nach Gloria?"

„Halleluja?"

„So, das reicht. Ich weiß nicht, wer Sie sind oder wer Sie geschickt hat, aber dieser Scherz hat jetzt definitiv ein Ende. Sie haben Ihren Spaß gehabt, und ich verlange, dass Sie auf der Stelle mein Arbeitszimmer und mein Haus verlassen."

„Nein!", ertönte plötzlich Allisons hohes Stimmchen voller Entsetzen von der Tür. „Sie ist doch der Schubsengel, Sam! Du darfst sie nicht wegschicken!"

Er drehte sich zu seiner Tochter um. „Allison", sagte er streng. „Ich dachte, wir waren uns einig, dass du heute Abend nicht noch einmal aufstehen würdest."

„Hunny wollte nur den Engel sehen." Allie schob das Kinn vor. „Und es hat an der Haustür geklingelt."

„Das ist keine Entschuldigung. Marsch nach oben, und nimm deinen schäbigen Drachen mit."

„Hunny ist nicht schäbig!" Sie stampfte mit dem Fuß auf

und drückte ihr Kuscheltier fest an die Brust. „Er ist der beste Drachen in der ganzen Welt, und du solltest dich bei ihm 'tschuldigen, dass du ihn beleidigt hast."

„Mach dich nicht lächerlich, Allison. Ich entschuldige mich nicht bei einem ausgestopftem Spielzeug."

Allies braune Augen füllten sich mit Tränen. „Sieh nur, was du getan hast, Sam. Jetzt muss er weinen!"

Die Enttäuschung, die in ihm hochstieg, war ihm sehr vertraut. Er wusste nicht, wie man sich als Vater verhielt. Zum Teufel, er wusste noch nicht einmal, wie er mit einem von Motten zerfressenen Spielzeugdrachen reden sollte. „Du gehst jetzt nach oben ins Bett, Allison. Sofort."

Mit erhobenem Kopf und herausgestreckter Brust blieb sie wild entschlossen stehen und sah aus wie David, der gegen Goliath antrat. „Allison …", warnte Sam, „treib es nicht so weit, dass ich zu dir rüberkomme und …"

Die weichen besänftigenden Töne eines alten Volksliedes erklangen hinter seinem Rücken, und Sam sah sich zu Gloria um. Sie sang Hunnys Lieblingslied und kam dabei hinter dem Schreibtisch hervor, machte sich so klein wie Allison, ohne ihr zu nahe zu kommen, und war doch für sie erreichbar.

Allies Trotz verwandelte sich in Staunen. Und während Gloria weitersang, fing auch sie an zu singen. Erst nur einen Ton und dann ab und zu zwei oder drei Wörter. Ihr piepsiges Stimmchen passte sich harmonisch Glorias Gesang an.

Sam schaute seine Tochter hilflos und bestürzt an. Ihr Gesicht leuchtete auf wie ein Silvesterfeuerwerk, und sie ging einfach an ihm vorbei und stellte sich mit großen erwartungsvollen Augen vor die Fremde. Sie hielt ihr den Drachen hin, und Gloria durfte den grünen Kopf streicheln. Sams Herz zog sich vor Neid zusammen. Warum hatte er den Drachen und damit seine Tochter nicht trösten können? Warum hatte er nicht daran gedacht, sich auf Allies Höhe hinunterzubegeben, statt von oben Befehle zu erteilen? Selbst eine so verlorene Seele wie Gloria weiß mit meiner Tochter besser umzugehen, dachte er. Das schien überhaupt jeder zu wissen, nur er nicht.

„Wir haben auf dich gewartet", sagte Allison, als die letzte Strophe verklungen war. „Dies ist Hunny. Er mag Apfelmus, und ‚Puff' ist sein Lieblingslied."

Gloria lächelte. „Das dachte ich mir. ‚Puff' ist nämlich ein schönes Lied", sagte sie. „Mein Name ist Gloria, und ich mag auch gerne Apfelmus."

Allison warf den Kopf zurück. „Magst du auch Käsebrote?"

„Ich finde Pizza, schmeckt besser."

„Finde ich auch."

Und so einfach wird ein Pakt geschlossen, dachte Sam. Seine Tochter war verzaubert von diesem letzten und unerwarteten Angebot der Kindermädchen-Agentur „Schutzengel".

„Allison, geh nach oben." Seine Stimme war eine schroffe Störung, seine unerbittliche Autorität setzte dem Zauber ein abruptes Ende.

Allie zitterte die Unterlippe, als sie ihn ansah. „Ich möchte aber nicht."

Er versuchte, sie zu warnen, indem er ärgerlich die Augenbrauen hochzog.

Sie warf jedoch die Schultern zurück und hielt die Stellung. „Du willst Gloria nur wegschicken."

Er war nicht so dumm, diese unbestreitbare Tatsache jetzt und hier mit seiner Tochter zu diskutieren. „Keine Widerrede, Allie! Wenn es sein muss, bringe ich dich nach oben und leg dich ins Bett, aber ich bitte dich, ein großes Mädchen zu sein und zu gehorchen."

Sie schob die Unterlippe zum Schmollmund nach vorn. „Ich bin kein großes Mädchen. Ich bin klein. Und ich gehe nicht ins Bett."

Vater und Tochter standen sich Auge in Auge gegenüber, und Sam nahm ihre Herausforderung in väterlicher Allmacht an – bis sie den Drachen hochriss und fest in den Armen hielt, als wäre dieses Stofftier ihr Schutz gegen alles Übel dieser Welt und vor allem gegen den eigensinnigen Vater. In dem Moment war Sam klar, dass ihm kein Ausweg mehr einfiel, Allison ohne eine Flut von Tränen und einem Haufen hässlicher Drohungen nach oben ins Bett zu bringen.

„Hast du das gesehen?“ Glorias Flüstern trennte die verhärteten Fronten. „Hast du gesehen, wie Hunny gegähnt hat?“

Allisons ganze Aufmerksamkeit galt jetzt dem Kuscheltier in ihren Armen. „Er gähnt nicht“, sagte sie zu Gloria. „Siehst du?“

Gloria presste ihre Lippen nachdenklich aufeinander. „Dann muss ich mir das eingebildet haben … nein, sieh mal, er tut es schon wieder. Er gähnt, nicht wahr, Sam?“

Sam konnte nur ein Grinsen in dem Drachengesicht sehen, aber er nickte zustimmend.

„Ja, ich kann sogar seine Mandeln sehen. Er muss sehr, sehr müde sein.“

Allison packte den Drachen an den Barthaaren, drehte ihn zu sich herum und untersuchte ihn genau, bevor sie Gloria ihre Zweifel mitteilte.

„Ich glaube nicht, dass er Mandeln hat.“

„Vielleicht habe ich mich da getäuscht, aber ich weiß genau, dass Drachen gerne viel schlafen.“

Ihre großen braunen Augen waren voller Misstrauen. „Hunny nicht.“

„Das ist aber sehr ungewöhnlich für einen Drachen“, sagte Gloria mit einem wissenden Lächeln. „Denn wenn Drachen schlafen, dann träumen sie von wunderschönen Dingen wie von Apfelmus und Engeln und kleinen Mädchen, die Allison heißen.“

Sam betrachtete diese sehr hübsche und sehr scharfsinnige junge Frau, die heute Abend buchstäblich vom Himmel gefallen war. In ihrem Nadelstreifen-Kostüm sah sie zum Anbeißen aus, wobei die Rüschen ihrer blütenweißen Bluse zugleich etwas sehr Unschuldiges hatten. Wenn Sam sie nicht vor weniger als zehn Minuten noch nackt gesehen hätte, dann hätte er wahrscheinlich geglaubt, all seine Gebete wären erhört worden. Und vor allem wäre er dann nicht so seltsam irritiert und aufgeregt.

„Träumt Hunny von mir?" Allisons Frage holte ihn in die Wirklichkeit zurück.

„Wann immer er nur kann", sagte Gloria in einem Ton, als ob sie es ganz genau wisse. „Glaubst du, Hunny könnte lange genug aufhören zu gähnen, um noch eine Gutenachtgeschichte zu hören, bevor er einschläft?"

„*Das beste Nest?*" Allie zeigte großes Interesse. „Das ist seine Lieblin'sgeschichte."

„Das ist ja auch eine wunderschöne Geschichte. Warum gehst du nicht schon mal nach oben ins Bett? Dein Daddy kommt gleich rauf und liest dir und Hunny *Das beste Nest* vor. Würde dir das gefallen?"

Allie ließ ihre Schultern enttäuscht sinken. „Sam liest nicht."

„Aber ich habe seine Lesebrille gesehen." Gloria zeigte auf die vollgestopften Bücherregale. „Und er hat all diese Bücher."

„Er liest aber nie *Das beste Nest*."

„Das stimmt nicht, Allison." Sam hatte das Gefühl, sich verteidigen zu müssen. „Ich habe dir das Buch schon ein Dutzend Mal vorgelesen."

„Wann denn?"

Sie erinnert sich nicht mehr, musste er feststellen. Sie erinnerte sich wirklich nicht mehr. „Okay. Ich komme gleich rauf und lese dir *Das beste Nest* vor, sobald ich hier alles geregelt habe mit Miss ... äh, mit Gloria."

Der Drache rutschte wieder auf die neutrale Position an Allies Seite zurück, und sie wägte ihre Möglichkeiten ab. „Du darfst sie aber nicht wegschicken! Hunny und ich mögen sie lieber als Miss Maggard."

„Ich weiß." Sam strich über Allies dünnes aschblondes Haar, legte ihr dann die Hände auf die Schultern und schob sie zu Tür.

„Gute Nacht, Allison", sagte Gloria. „Gute Nacht, Hunny."

„Bis morgen, nich', Gloria? Du bist doch da, wenn ich aufwache, nich'? Und dann ... dann spielen wir ... und singen ‚Puff' und ... so, nich'?"

„Nach oben, Allison." Sam unterstützte seine Aufforderung mit einem festen Druck auf ihren Rücken.

Allie zog Hunny am Schwanz die vier kleinen Stufen zur Tür des Arbeitszimmers hinauf. Dann drehte sie sich plötzlich noch einmal um, und ihr Gesicht strahlte, als sie ihren Einfall vortrug: „Komm mit rauf, Gloria. Dann kann Sam dir auch *Das beste Nest* vorlesen."

Sam nahm seine Tochter hoch und klemmte sie sich unter den Arm. „Ich bin gleich wieder da", sagte er zu Gloria mit einem leicht verlegenen Stirnrunzeln. „Gehen Sie nicht weg."

„Bestimmt nicht." Ihre Antwort war klar und deutlich, und Sam fragte sich, welches Risiko er da einging, indem er sie allein in seinem Arbeitszimmer zurückließ. „Machen Sie sich keine Sorgen", fuhr sie lächelnd fort. „Ich hebe nur diese Papiere auf und schau mich ein bisschen um."

„Ich möchte, dass Gloria bei mir im Zimmer schläft", sagte Allison. Sam schaute hinunter auf das Kind, das über seinem Arm hing, und zurück zu Gloria, die schon das Zimmer mit ihren neugierigen blauen Augen absuchte. „Ich bin in einer Minute zurück", sagte er in einem etwas verzweifelt klingenden Ton. „Rühren Sie nichts an."

„Du kannst *Das beste Nest* nicht in einer Minute lesen", beschwerte sich Allie, als er mit ihr auf die Treppe zuging. „Du brauchst einen ganzen Haufen Minuten, wenn du es richtig vorliest."

Wild entschlossen nahm er immer zwei Stufen auf einmal. Allisons Körper schlug ihm dabei gegen die Hüfte, und Hunny baumelte ihm um die Füße herum. Als er auf der obersten Stufe angekommen war, kam ein Unheil verkündendes Geschepper aus seinem Arbeitszimmer, gefolgt von einem erschrockenen „Ups."

Sam blieb bestürzt stehen, aber Allison machte Anstalten, sich aus seinem Arm herauszuwinden. „Ich krieg keine Luft mehr", keuchte sie.

Er lockerte seinen Griff und beeilte sich, sie in ihr Zimmer zu bringen. Dort ließ er sie einfach auf das Bett fallen. „Ich komme gleich zurück und lese dir *Das beste Nest* vor", sagte er schnell. „Und du stehst nicht wieder auf. Wenn du auch nur die Zehenspitzen vor morgen früh auf den Fußboden setzt, wirst du es bereuen, das verspreche ich dir."

„Und wenn ich aufs Klo muss?"

„Ich warne dich, Allison." Mit dieser nicht weiter ausgeführten Drohung eilte er aus dem Zimmer, raste die Treppe hinunter und kam erst in seinem Arbeitszimmer wieder zum Stehen … Gloria war nirgendwo zu sehen. Die Papiere, die sie auf den Boden verteilt hatte, lagen säuberlich aufeinander gestapelt auf dem Schreibtisch und sahen so aus, als wären sie nie woanders gewesen. Das Glas, das er vorhin benutzt hatte, war sauber und zu den anderen Stilgläsern aus Waterford-Kristall auf die Bar hinter seinem Schreibtisch zurückgestellt. Er schaute sich um, um den Schaden zu festzustellen, der zu diesem fürchterlichen Geschepper, das er gehört hatte, passte.

Die Terrassentür zum Rosengarten stand offen, und er schaute hinaus. „Gloria?", rief er, aber er sie war nicht im Garten. Eine nächtliche Brise wehte ihm erfrischend um die Nase.

Sie ist fort, dachte er erleichtert, wenn auch mit einem Anflug von Enttäuschung. Fort. Und er musste froh sein, wenn sie nichts Wertvolles mitgenommen hatte.

„Verdammt!" Er machte auf dem Absatz kehrt und lief – rums! – direkt in sie hinein. Sie taumelte zurück, und in seinem vergeblichen Versuch, sie festzuhalten, bevor sie zu Boden ging, verlor auch er das Gleichgewicht, und sie fielen gemeinsam auf den Holzfußboden. Einen Moment lang, vielleicht auch zwei, spürte Sam nur ihren Körper unter sich – die Weichheit und die herrlichen Formen dieses ausgesprochen weiblichen Körpers. Als sie sich bewegte, spürte er, wie sein Körper sofort reagierte. Schnell richtete er sich auf und blickte zu ihr hinunter.

Er rollte zur Seite und setzte sich neben sie. Dabei sagte er sich, dass ihre zauberhaften Seiten ihn nichts anzugehen hatten. „Alles in Ordnung?"

Sie setzte sich auf und zog ihre Rockfalten zurecht. „Klar. Ich tue mich nur noch schwer mit dem Laufen, aber ich kann schon ganz gut landen. Wenn Sie möchten, zeige ich Ihnen, wie es geht."

„Danke, aber ich fürchte, dafür reicht die Zeit nicht mehr. Sie müssen jetzt gehen."

„Ich kann nicht gehen, bevor ich meine Aufgabe erfüllt habe."

„Das geht schon in Ordnung. Ich werde Mrs Klepperson alles erklären."

Sie lächelte verschämt. „Ich glaube, Sie wissen nicht, mit wem Sie es zu tun haben, Sam."

Er kam wieder auf die Füße und reichte ihr die Hand. „Sie haben ganz bestimmt recht, aber das ändert nichts an der Tatsache, dass Sie jetzt gehen müssen."

Gloria ergriff mit beiden Händen die seine und klammerte sich an Sam, um nicht wieder das Gleichgewicht zu verlieren.

„Ich glaube bald, dass dies die schwierigste Aufgabe ist, die ich je gehabt habe."

„Sie sagten doch, dass dies Ihre erste ist."

„Und wie es bis jetzt aussieht, auch meine letzte. Ich muss bestimmt sofort zurück ins Cherub-Corps."

„Cherub-Corps? Was ist das denn? Windel-Dienst?"

„Eher so etwas wie ein Fahrdienst." Sie seufzte und schaute ihn fast neugierig an. Dann plötzlich und ganz unerwartet hob sie die Hand und strich ihm über die Wange. Ein Lächeln der Überraschung und des offensichtlichen Vergnügens umspielte ihre Lippen. „Ich wusste nicht, dass sich ein Mann so gut anfühlt."

Er machte erschrocken einen Schritt zurück, und sie hielt sich schnell an seiner Hand fest, um nicht wieder umzufallen. „Hoppla", sagte sie. „Meinen Sie, ich könnte mich hinsetzen?"

Bevor er Nein sagen konnte, klappte sie zusammen wie ein Taschenmesser und saß im Schneidersitz auf dem Boden. Sie strahlte ihn von unten herauf an. „Jetzt glaube ich auch, dass Leonard mit diesem Outfit recht gehabt hat. Wenn ich den Lederanzug genommen hätte, dann wäre jetzt die Hose aufgeplatzt."

Sam wusste nicht, was er darauf erwidern sollte, ihm war nur klar, dass er aufhören musste, sich durch ihre entwaffnende Art ablenken zu lassen. Seine Hauptverantwortung war Allison, und egal wie unschuldig diese Frau auch aussah, sie war kein Engel. „Wer zum Teufel ist Leonard?"

„Er ist der offizielle Berater für Engel in der Ausbildung und damit zuständig für Erfahrungen in einem menschlichen Körper. Und er hilft als Aufseher den Engeln, die eine Anstellung haben."

Sam nickte, als ob er sie verstünde. Entweder gab es in dieser Agentur für Kindermädchen für alles einen auf den Himmel anspielenden Begriff, oder er hatte es hier mit einer echt verrückten Pflanze zu tun. „Könnte ich vielleicht mal mit diesem … Berater reden?"

„Natürlich nicht", sagte sie lachend. „Er spricht nur mit mir, und er kommt auch nur, wenn ich Schwierigkeiten habe."

„Dann wundert es mich umso mehr, dass ich ihm noch nicht begegnet bin. Was haben Sie übrigens vorhin zerbrochen?"

„Oh, keine Sorge, ich habe es wieder repariert."

„Was?", wollte er wissen, und schaute sich suchend nach einem Anzeichen irgendeiner Zerstörung um. „Was haben Sie repariert?"

„Haben Sie eigentlich in letzter Zeit mal Ihren Blutdruck kontrollieren lassen? Ich glaube, er ist ein bisschen hoch."

Und er stieg von Minute zu Minute höher. „Verdammt noch mal! Ich will, dass Sie aus meinem Haus verschwinden, und ich will wissen, was zum Teufel Sie kaputt gemacht haben, während ich oben bei Allison war!"

Traurig schüttelte sie den Kopf, wobei ihr die Locken auf eine faszinierende Weise ins Gesicht fielen. „Wir werden an Ihrem Wortschatz arbeiten müssen, Sam. Sie wissen ja, Ihre Tochter ist sehr leicht zu beeinflussen."

Er fuhr sich verzweifelt mit der Hand durchs Haar und fragte sich, wie er mit dieser Frau fertig werden sollte. „Dazu werden Sie keine Gelegenheit mehr haben, Miss *Geh-Holen*."

Sie hatte wenigstens den Anstand, bei diesen Worten zu erröten. „Der erste Eindruck ist wirklich sehr wichtig", seufzte sie. „Am besten vergessen Sie, dass Sie mich ohne Kleidung gesehen haben."

Er glaubte nicht, dass das möglich war, aber selbst wenn – er wollte doch lieber dieses Bild in seiner Erinnerung speichern. „Wenn ich verspreche, es zu vergessen, würden Sie mir dann versprechen, jetzt zu gehen, ohne eine Szene zu machen?"

Sie lächelte, und es war ihm rätselhaft, warum er zurücklächelte. „Allison wartet auf Sie", sagte sie.

Als wenn das ihr Stichwort gewesen wäre, tönte die Stimme der Kleinen aus ihrem Zimmer herunter. „Sam? Wann bist du fertig mit Reden? Hunny verliert die Geduld.“

„Oh, oh! Sie gehen lieber zu ihr. Sonst verlieren noch alle die Geduld in diesem Haus.“

Plötzlich fühlte sich Sam ganz eigenartig und sehr ruhig. „Ich gehe jetzt besser nach oben“, sagte er, obwohl er eigentlich lieber unten geblieben wäre, bis diese Frau endgültig aus dem Haus war. Doch plötzlich schien ihn das nicht mehr wichtig zu sein.

„Man soll einen Drachen nie warten lassen.“

Eine herrliche Teilnahmslosigkeit hatte ihn ergriffen und ihm all seine Entschlossenheit genommen. „Was machen Sie in der Zwischenzeit?“

„Oh, ich bleibe einfach hier.“ Sie zeigte mit einer Handbewegung auf ihre Beine. „Wenn ich hier schon mal so sitze, kann ich ein wenig darüber meditieren, wie man einen Fuß vor den anderen setzt. Vergessen Sie mich einfach, Sam. Wenigstens bis morgen.“

Er nickte zustimmend, obwohl er das gar nicht wollte, doch er konnte nicht anders. Dann ging er aus dem Zimmer, als wenn sie gar nicht da wäre.

3. KAPITEL

Die Sonne strahlte durch die Glastür in der Küche und warf ein hübsches Mosaikmuster auf die Fliesen. Sam reckte und streckte sich noch etwas verschlafen und ging barfuß über den sonnengefleckten Linoleumboden zum Spülbecken. Mit beiden Händen auf die Arbeitsfläche gestützt, machte er ein paar Lockerungsübungen und gähnte lang und genüsslich. Er konnte sich nicht erinnern, wann er das letzte Mal so tief geschlafen hatte und so ausgeruht – und so spät aufgewacht war. Die Uhr neben der Spüle zeigte die Sekunden an – sieben Uhr acht und fünfzehn Sekunden … sechzehn … siebzehn … Sam stellte das Radio an.

Das laute Geplapper von Jennys Lieblingsradiosprecher erinnerte ihn daran, wie diese Küche morgens immer voller Leben gewesen war, mit den Frühnachrichten, Wetterberichten und dem anderen täglichen Quatsch. Selten wurde Musik gehört, denn Jenny sagte immer, dass sie wissen wolle, was sie in der Nacht verpasst hatte, und nicht irgendeine Platte zum zigsten Mal hören, wenn sie die schon beim ersten Mal nicht gemocht hatte.

Sam drehte am Sendersuchknopf, um einen Sender zu finden, der ihn nicht an die Vergangenheit erinnerte – und stieß auf eine beschwichtigende Stimme. „Dies ist eine gute Übung. Dennoch kann man sich oft auch ohne solche Denkanstöße, wie wir sie heute in dieser Sendung besprochen haben, noch nach Stunden an seine Träume erinnern."

„Jetzt, liebe Hörer, legen Sie Ihre Stichwörter zur Seite und fangen mit den Beinübungen an … Und eins, und zwei, und … so weiter! Bleiben Sie auf Kanal 92,3 eingeschaltet, denn morgen wird Ihnen Dr. Grace Tracy in unserer Sendereihe über Träume einige Deutungshilfen für Ihre Tr…"

Sam drehte weiter an dem Knopf und fand eine nervenzerreißende Mischung aus Bass und elektrischer Gitarre. Bei so einem Krach ist mir die Stille doch lieber, dachte er, und stellte das Radio wieder aus. Die Ruhe würde sowieso nur noch so lange anhalten, bis Allie aufstand. Das erinnerte ihn daran, dass Miss Maggard sie ja plötzlich verlassen hatte und er, wenn kein Wunder geschah, seine fünfjährige Tochter mit einem Riesenberg Spielzeug heute mit ins Büro nehmen musste. Vielleicht sollte er eine andere Agentur anrufen. Mrs Kleppersons „Schutzengel" waren schließlich nicht die einzigen Kindermädchen in Tulsa.

Oh, eigentlich hatte ich noch nie Kleider. Worte voller Lachen zogen wie Spruchbänder durch seinen Kopf und vor seinem inneren Augen entstand das Bild einer Frau – einer sehr schönen und sehr nackten Frau. Plötzlich erinnerte er sich sehr lebhaft an seinen Traum der letzten Nacht und all die verlockenden Bilder. Sam massierte sich den Nacken. Noch nie zuvor hatte er einen solchen Traum gehabt, einen so realen Traum, dass er den seltsamen Wunsch verspürte …

Er drehte sich um, um aus der Hintertür zu blicken. Es war absurd, unter dem Vordach etwas finden zu wollen. Er musste verrückt sein, auch nur den leisesten Gedanken daran zu verschwenden, dass er dort gestern Abend jemanden gesehen hatte. Er hatte wahrscheinlich gehört, wie die Basset-Hündin des Nachbarn in den Mülltonnen wühlte, und dieses Geräusch musste sich irgendwie in seine Träume geschlichen haben und zu einer nackten Nanny geworden sein. *Nackte Nanny.* Es konnten sich keine anderen zwei Wörter so sehr widersprechen wie diese beiden! Er schämte sich beinahe dieses Gedankens, ging aber doch hinüber zum Fenster und schaute in den Garten hinterm Haus.

Nicht die Spur von Müll auf dem taufrischen Gras. Die vier Mülltonnen standen ordentlich an ihrem gewohnten Platz, die Deckel waren fest verschlossen. Ethel hatte keine Spuren hinterlassen. Sam lachte erleichtert auf, aber das Lachen erstarb ihm auf den Lippen, als die Türglocke ihren Choral erklingen ließ.

Ich liebe dieses Lied. Ihr Gesicht und ihr Lächeln waren in seinem Kopf genauso lebendig wie ihre Worte. Sam schüttelte den Kopf und ging durch die Küche in die Eingangshalle. Die letzte Woche war sehr anstrengend gewesen, nachdem er Allie nach Hause geholt und versucht hatte, sie wieder in sein Leben zu integrieren. Gut, integrieren war vielleicht nicht das richtige Wort – er hatte seiner Tochter eine hochbezahlte Nanny besorgt, die jedoch nach wenigen Tagen die Flucht ergriffen hatte.

„Puff" ist ein wunderschönes Lied. Sie hieß Gloria, und sie hatte die Stimme eines Engels.

Wie ein Ertrinkender griff Sam nach der Türklinke und riss die Tür auf.

„Das Unterhemd steht dir gut, Sam, aber hier im Mittleren Westen tragen wir Hemden und Krawatten zur Arbeit. Übrigens auch Socken und Schuhe." Sein Freund und Geschäftspartner Damon Field rauschte an ihm vorbei in die Küche. „Du bist spät dran, mein Freund. Und ich bin extra zwanzig Minuten früher aufgestanden, um dir Frühstück zu bringen." Er hielt zwei weiße Tüten hoch und schüttelte sie einladend. „Bagel mit Schinken und Käse für uns und ein paar klebrige Donuts für unsere Prinzessin vom Schmollberg."

Sam schloss die Haustür und folgte Damon die Halle hinunter in die Küche. „So wie du sie immer foppst, ist es kein Wunder, dass Allison automatisch schmollt, wenn du da bist."

„Sie lässt sich gern von mir aufziehen." Damon legte die Tüten auf den Tisch. „Aber solltest du nicht lieber in die Gänge kommen? Das Treffen mit Morrison ist um acht, und du weißt, wie pingelig er sein kann, wenn es um Pünktlichkeit geht."

„Mir ist klar, wie spät es ist und auch wie wichtig dieser

Termin ist, aber ich habe heute Morgen ... äh, ein kleines Problem."

Damon schlug Sam auf die Schulter. „Du weißt, ich hasse es, immer derjenige zu sein, der sagen muss ‚Hab ich es dir nicht gesagt?', aber ich habe dich gewarnt. Du kannst dich bei deiner 52-Stunden-Woche nicht auch noch um ein Kind und ein Haus kümmern. Du hättest Allie bei ihrer Großmutter lassen und sie nur an den Wochenenden und in den Ferien herholen sollen. Diese Regelung hat doch ein ganzes Jahr lang gut geklappt, oder etwa nicht?"

„Ich bin ihr Vater. Nicht nur ein gelegentlicher Besucher." Sam kämpfte gegen die Schuldgefühle an, die ihn einfach nicht in Ruhe lassen wollten. Allie allein zu lassen, war egoistisch und falsch gewesen, die schlimmste aller falschen Entscheidungen, die er nach Jennys Tod getroffen hatte. Sein Kummer und die Arbeit waren für ihn eine willkommene Entschuldigungen gewesen, das Kind zu den Großeltern zu geben und sich um die Bauprojekte in Europa zu kümmern. Doch es war nicht die Arbeit gewesen, die ihn damals zu dieser Entscheidung geführt hatte, sondern einfach nur die blanke Angst. Angst vor einem Leben ohne die Frau, die er liebte, seit er dreizehn Jahre alt war, Angst vor einem Haus, das seinen Mittelpunkt verloren hatte, Angst vor einer Rolle, die er nicht spielen konnte. Also war er davongelaufen, und zwar so schnell er konnte. „Ich hätte sie nicht verlassen dürfen."

„Du hast es richtig gemacht, Sam. Janice und Jim haben sie gerne um sich gehabt. Außerdem ist auf einer Baustelle in Italien – oder sonst wo auf der Welt – kein Platz für ein Kind." Damon rieb sich die Hände und schaute sich suchend in der Küche um. „Und jetzt hör auf, dir Vorwürfe zu machen, und zeig mir lieber, wo ich alles finde, um uns eine anständige Tasse Kaffee zu zaubern."

„Im Stehkaffee der Tankstelle bekommst einen Kaffee

für 59 Cent“, schlug Sam vor, „und es liegt auf dem Weg ins Büro.“

„Nun komm schon, Sammy, ich schmeiß doch mein Geld nicht in einen Automaten.“ Er öffnete einen Schrank und nickte zufrieden. „Weißt du noch, wie wir die Videokamera deines Vaters auseinander genommen haben? Da werde ich doch wohl auch noch eine Kaffeemaschine bedienen können.“

Mit einem Getöse, das laut genug war, die Nachbarn aus dem Bett zu holen, zog Damon die Filtermaschine aus dem Schrank und wuchtete sie auf die Arbeitsplatte.

Sam musterte das Gerät und beobachtete Damon, wie er sich damit abmühte. Eine Tasse Kaffee wäre jetzt wirklich ein Geschenk des Himmels, aber nachdem er fünf Tage lang jeden Morgen vergeblich versuchte hatte, dieser Maschine Kaffee zu entlocken, wusste er, dass es zwecklos war. Nur Jenny hätte es geschafft, aber sie war ja nicht mehr da. „Das ist vergebliche Liebesmüh, Damon. Im Kühlschrank ist noch Milch. Trink die. Vielleicht löst das Calcium ja etwas von dem Fett auf, das du dir gleich einverleiben wirst.“

„Ich will aber Kaffee trinken“, sagte Damon in seiner zielstrebigen Art, für die er bekannt war. „Sieh du nur zu, dass du dich endlich anziehst, und ich werde ...“, sein Blick fiel auf die Tür, „wenn das nicht unsere Prinzessin ist. Guten Morgen, Hoheit.“

Allison rümpfte geringschätzig die Nase. „Hunny und ich möchten frühstücken“, sagte sie zu Sam.

„Ich habe euch Donuts mitgebracht.“ Damon zeigte auf eine der Tüten. „Ich wette, du isst mehr als nur einen.“

Sam zog einen Stuhl heran, und Allie kletterte hinauf. „Hunny möchte Apfelmus“, sagte sie. „Und ich möchte einen Hamburger.“

Sam schob sie mit ihrem Stuhl an den Tisch. „Möchtest du lieber einen Bagel?“

Allie seufzte und legte den Kopf auf den Tisch. „Nein“, brummelte sie. „Ich möchte einen Hamburger und Pom Fritz und ganz viel Soße.“

„Also Toast mit Kirschmarmelade.“ Sam ging zum Schrank und holte den Toaster heraus, das einzige Küchengerät, dem er noch traute. „Du auch, Damon?“

„Nein, ich halte mich an die Bagels.“ Damon schaltete die Kaffeemaschine an. Dann rieb er sich in einer großartigen Bewegung siegesbewusst die Hände, zog sich einen Stuhl heran und nahm Allison gegenüber am Tisch Platz. „Nun, Prinzessin, bist du bereit, diese wertlose Drachenhaut gegen meinen Teddybären einzutauschen?“

Allie hob den Kopf. „Wir haben einen Schubsengel. Und wenn ich ihr das sage, dann lässt sie dich verschwinden.“

„Oh.“ Damon zog die Augenbrauen hoch, als wenn er Angst hätte. „Einen Schubsengel. Hat er denn kräftige Arme und große Hände?“

Sam schob den Griff am Toaster hoch. Ihm war es egal, ob das Brot schon heiß genug war. Hauptsache er hatte etwas, womit er Damons Fopperei stoppen konnte. „Zwei Toasts sind im Anflug.“

„Komm schon, Allie“, zog Damon sie auf. „Ich sag nie wieder was gegen deinen Drachen, wenn du mir von dem Schubsengel erzählst.“

Sam stellte einen Teller vor Allison und schob dem Quälgeist, der seine Tochter ärgerte, auch einen zu. „Lass sie in Ruhe, Damon. Sie redet von dem Kindermädchen. Miss Maggard war von der Agentur ‚Schutzengel‘.“

Damon hatte ein Talent, das ihn nie im Stich ließ: Er hörte immer die richtigen Worte heraus. „Was meinst du mit *war*?“

„Miss Maggard hat uns verlassen, um ihr Glück – oder was auch immer – woanders zu suchen.“

„Ich und Hunny haben sie verleibt.“

Sam sah seine Tochter in stiller Verzweiflung an. Wie kam sie immer nur auf solche Ideen? „Ich glaube, das hast du falsch verstanden, Allison, Miss Maggard ist nicht gegangen, weil du sie vertrieben hättest."

Das Kind legte den weichen Drachenkopf neben sich auf den Tisch, bevor sie in ihren Toast biss. „Ist schon gut, Sam", sagte sie mit vollem Mund. „Ich und Hunny mögen Gloria sowieso lieber."

Ich bin Gloria, und ich bin Ihr Schutzengel. Nein. Halt. Stopp. Das war doch in seinem Traum vorgekommen. Wie konnte Allison …?

„Ha… hallo." Damons Stottern löste bei Sam Alarm aus. Er wirbelte herum, während Damon aufsprang und sein Stuhl hinter ihm auf den Linoleumboden krachte. „Sam, alter Knabe", flüsterte Damon leise, „du hast mir etwas vorenthalten. *Wer* ist das?"

Das war die Frau. Die aus seinem Traum. Sie stand in der Tür, ein leuchtend blaues Sommerkleid umspielte ihren herrlichen Körper, und in einer Hand hielt sie einen mit Bändern geschmückten Hut, während sie sich mit der anderen am Türpfosten festhielt. Sie sah aus, als wäre sie aus einer Reklame für Champagner oder einen anderen Luxusartikel gestiegen. Sie lächelte, und er hätte schwören können, dass die Sonne plötzlich noch heller schien. „Ist dieser herrliche Morgen nicht wie ein Wunder?", sagte sie.

„Ein Wunder", echote Damon. „Sie müssen der Schubsengel sein."

„Ich bin Gloria."

Sam machte einen Schritt auf sie zu und war plötzlich vollkommen unsicher. Wenn sie ein Traum war, wie konnte sie dann in seiner Küche stehen? „Wo kommen Sie denn her?", fragte er mit heiserer Stimme.

„Direkt aus meinen Träumen." Damon bewegte sich wie

ein geschmeidiges Raubtier und war blitzschnell an der Tür. „Ich bin Damon Field. Sam hat Ihnen bestimmt von mir erzählt, wenn er auch aus irgendeinem Grund vergessen haben muss, mir von Ihnen zu erzählen."

„Damon", sagte sie, und aus ihrem Mund hörte es sich wie der Klang eines Tautropfens an. „Ich weiß über Sie Bescheid."

„Was immer er Ihnen erzählt hat, es war bestimmt maßlos übertrieben, oder es stimmte überhaupt nicht."

„Einiges davon ist wahr. Ihr Anzug ist sehr schön."

Damon fühlte sich zutiefst geschmeichelt – und versuchte auch nicht, es zu verbergen. „Sie haben ein Auge dafür."

„Finden Sie? Ich gebe mir große Mühe, das mit dem Stil herauszufinden."

Damon war ganz in ihren Anblick versunken. „Stil ist etwas, mit dem man geboren wird. Und glauben Sie mir, Engel, Sie haben mit der Geburt sehr viel mitbekommen."

„Eigentlich bin ich erschaffen worden." Sie ließ den Türpfosten los und machte lächelnd einen vorsichtigen Schritt in den Raum hinein. „Guten Morgen, Sam. Ist es schon Zeit fürs Frühstück?"

Sam konnte seine Augen nicht von ihr losreißen, konnte keine Ordnung in seine Gedanken bringen. Er wusste nicht, warum sie in seinem Haus war oder warum sie so tat, als ob sie hierhergehöre. Er musste sie das unbedingt fragen, jetzt sofort, aber als er den Mund öffnete, konnte er keine einzige Silbe herausbringen.

„Möchtest du einen Bagel, Gloria?", fragte Allie mit vollem Mund. „Du könntest auch etwas von Hunnys Apfelmus bekommen, es hat ihm nur keiner welches gegeben."

„Gegeben", korrigierte Sam sie ganz automatisch.

„Dann muss er ja Hunger haben." Gloria setzte sich den Hut auf und befestigte das breite Band unter ihrem Kinn mit einer Schleife. „Ich hole ihm welches." Sie hatte noch keine zwei Schritte auf den Kühlschrank zu gemacht, als die nackten Füße unter ihr wegrutschten und sie mit einem kleinen erschrockenen Juchzer direkt in Sams Arme fiel.

Es war reiner Reflex, dass er sie auffing – und unter ihrem Gewicht in die Knie ging. Dabei kamen seine Lippen ihrem Ausschnitt gefährlich nah und waren nur noch einen Atemzug entfernt von dieser sanft schimmernden Haut. Langsam hob er den Kopf, und seine Augen blieben an dem glänzenden Band hängen, das die verführerischen Konturen ihres Halses umrahmte. Er ließ seinen Blick an den Hutbändern entlang zu ihrem kleinen zarten Ohr wandern, weiter über ihre leicht gerötete Wange, dann zu diesen geheimnisvollen blauen Augen, halb verdeckt von langen dunklen Wimpern, und dann konnte er seinen Blick nicht von diesem Paar verlockender leicht geöffneter Lippen lassen. Für einen kurzen atemlosen Augenblick spürte Sam ein Verlangen, das er nicht zulassen wollte. Plötzlich wusste er nicht mehr, was er Gloria überhaupt fragen wollte, und noch nicht einmal mehr, wie er überhaupt jemals wieder ein Wort herausbekommen sollte.

„Ich habe immer noch Probleme mit den Füßen“, sagte sie. „Danke, dass Sie mich aufgefangen haben.“

„Ich scheine darin Übung zu bekommen.“ Plötzlich war er sich der neugierigen Blicke bewusst, die jede seiner Bewegungen beobachteten, und er stellte Gloria wieder auf die Füße, wobei er ihre Taille umfasste, damit sie das Gleichgewicht wiederfinden konnte. Sie fühlte sich unter seinen Händen so unglaublich weiblich an, und es wurde ihm bewusst, wie lange es her war, dass er eine Frau so angefasst hatte. Er stellte sich vor, wie seidig sich ihre Haut auf der seinen anfühlen würde und ließ die Hände schnell wieder fallen. „Ich hole lieber selbst das Apfelmus.“

„Wie finden Sie mein Outfit?“, fragte sie plötzlich. „Ich habe es aus einem Malbuch.“

„Da sind Sie aber gut innerhalb der Linien geblieben", konnte Sam sich nicht verkneifen und öffnete den Kühlschrank. Er bemühte sich, sie nicht mehr anzusehen. Er würde dies alles hier schon noch kapieren. Es konnte sich nur noch um Minuten handeln, und alles würde einen Sinn ergeben.

„Heißt das, dass es Ihnen gefällt?" Bei ihrem Sturz war der Hut verrutscht und hing nun halb über ihren Schultern, nur gehalten von den Bändern unter ihrem Kinn. Er umrahmte ihre Haarpracht und sah aus wie ein Heiligenschein aus Stroh.

„Ich weiß nicht, ob ich den Hut dazu tragen würde", war alles, was Sam gerade einfiel.

„Aber er sieht doch bezaubernd aus." Damon kam zu ihnen herüber. „Sie sind von Kopf bis Fuß entzückend."

Nackte Füße, dachte Sam. Nackt von Kopf bis Fuß. Moment mal. Er schielte durch die Hintertür und versuchte sich an die Einzelheiten der traumartigen Begegnung zu erinnern, die in seiner Erinnerung herumspukte. Gestern Abend auf der Veranda hatte sie überhaupt keine Kleidung an. Er knallte die Kühlschranktür zu. „Da gibt es noch ein paar Dinge, Gloria, die ich mit Ihnen besprechen muss", sagte er streng. „Ich möchte Sie gern unter vier Augen in meinem Arbeitszimmer sprechen."

„Du hast keine Zeit mehr für ein Tête-à-Tête, Sam", protestierte Damon. „Zieh dir ein Hemd an und mach dich fertig." Mit einer Geste lässiger Ritterlichkeit schob er Gloria einen Stuhl hin. „Allie und ich werden eurem Schubsengel inzwischen die Hausregeln erklären, nicht wahr, Prinzessin?"

Allie wackelte in ihrem Stuhl herum und schielte durch die Gitter der Lehne zu Sam hinüber. „Biiiiitte das Apfelmus, denn Hunny wird un'duldig."

Gloria setze sich und schaute Sam in die Augen. „Es gibt keinen Grund zur Sorge", sagte sie mit sanfter Stimme. „Ich bin hier, um Ihnen zu helfen, und habe nicht vor, irgendwelche Regeln zu brechen."

Sam runzelte die Stirn. Noch vor einer Sekunde hatte er Mühe, seine Worte zurückzuhalten, und jetzt spürte er nur noch, wie sich seine Lippen zu einem Lächeln verformten. „Frühstücken Sie erst einmal“, schlug er vor, und genau das wollte er eigentlich nicht sagen. „Wir reden dann später.“

„Ich denke, du solltest allmählich in die Gänge kommen, Sammy. Wenn du einen Zahn zulegst, schaffen wir es vielleicht noch, vor Morrison im Büro zu sein.“ Damon setzte sich wieder rittlings auf seinen Stuhl und himmelte Gloria über den Tisch hinweg an.

Mit einem Seufzer, der größer war als sie selbst, rutschte Allison von ihrem Stuhl runter und ging zum Kühlschrank. „Apfelmus“, sagte sie in einem Tonfall, der wohl ihre Ungeduld unterstreichen sollte. „Wann bekommt Hunny endlich sein *verdammtes* Apfelmus?“

Das riss Sam aus seiner Träumerei heraus. „Allison Jill Oliver! Woher hast du dieses Wort?“

Ihr Kinn bebte. „Du sagst es jeden Morgen, Sam. Jedes Mal, wenn *das* passiert.“ Sie zeigte auf die Arbeitsplatte, wo die Kaffeemaschine unheilvoll zischte.

„Verda... Mist!“ Sam stürzte zur Steckdose. „Damon, ich habe dir doch gesagt, dass dieser Apparat nicht funktioniert. Ich muss den Stecker ziehen, bevor ...“

Unter fauchendem Gurgeln verwandelte sich das Gerät in einen Vulkan, der Kaffee und Kaffeesatz über die Arbeitsplatte spuckte, einen braunen Nieselregen auf Schränke und Wand niedergehen ließ und den Fußboden, einschließlich Sams beigefarbener Hose, mit Kaffee besprühte. Sam starrte auf den Stecker, den er nun in der Hand hielt, und beschwor sich selbst, das Wort jetzt nicht zu sagen. Nicht vor Allison. Nicht schon wieder. Egal, wie wütend er auch war, und wie sehr ihm auch nach Fluchen zumute war.

„Verdammt!“, kam es staunend von Damon. „Diese Kaffeemaschine funktioniert wirklich nicht."

Sam versuchte, den Schmerz wegzumassieren, der sich in seinen Schläfen zusammenzog.

„Vielleicht sollten Sie lieber Fruchtsaft trinken."

Er drehte sich langsam um, die Schnur des Kaffeeautomaten immer noch in der Hand, und der ganze Frust dieses Morgens braute sich in ihm zusammen, um sich Glorias unbefangener Bemerkung entgegenzustellen. „Kaffeemaschinen sind dazu da, aus kochendem Wasser und Kaffeebohnen Kaffee zu machen. Und ich mag Kaffee. Ich mag keinen Saft."

Sie zuckte mit den Achseln. „Das ist schade, denn so ein Saft hat viele Vitamine, und eigentlich hatte ich mich darauf gefreut, einen gesunden Körper zu haben, während ich hier bin."

Damon sprang sofort darauf an. „Ein so schöner Körper wie der Ihre verdient es, gesund zu sein, nicht wahr, Sam? Hast du keinen elektrischen Entsafter?"

„Denk nicht einmal daran." Sam warf das Kabel auf die Arbeitsplatte neben die Kaffeemaschine, die nun ein Geräusch von sich gab, das wie ein Röcheln klang. „Ich gehe nach oben und ziehe mich um. Und du, Damon, wenn du pünktlich bei Morrison sein willst, dann beseitige lieber dieses Chaos, bevor ich wieder unten bin."

Er wollte hinausgehen, aber Allie stellte sich ihm in den Weg. „Was ist mit Hunnys Frühstück?"

Sam drehte sich ruckartig wieder um, holte ein Glas Apfelmus aus dem Kühlschrank, stellte es auf den Tisch und steckte einen Löffel hinein. „Füttere deinen Drachen, Allie, und komm so schnell du kannst nach oben und zieh dich an. Du kommst heute Morgen mit mir ins Büro."

Halb oben auf dem Stuhl oder halb wieder herunter, schaute sie ihn freudestrahlend und zugleich verwundert an. „Wirklich?"

„Wirklich?", echote Damon erschrocken.

„Wirklich." Sam ging hinaus und war stolz auf sich, dass er im Vorbeigehen Gloria noch nicht einmal angeschaut hatte. Es war ihm unangenehm, sich eingestehen zu müssen, dass er sonst vielleicht wieder die Kontrolle über seine Zunge verloren hätte und völlig unvorhergesehenes und unglaublich dummes Zeug erzählt hätte – wie zum Beispiel, dass sie auch mitkommen könne.

Er verstand nicht, was in den letzten Stunden mit ihm passiert war. Irgendwann zwischen Dämmerung und Morgengrauen war er in einen Traum verwickelt worden, hatte den Bezug zur Wirklichkeit verloren und war wahrscheinlich von irgendeiner Zauberei verhext worden. Sam war sich nicht mehr sicher, was er wirklich gesehen und was er geträumt hatte. Vielleicht halluzinierte er immer noch? Er wusste nur, dass er Glorias Gegenwart in seinem Haus heute Morgen nicht erklären konnte. Sie war einfach da, verzauberte seine Tochter und seinen Freund, hellte seine trübselige Küche mit ihrem Lächeln auf und sorgte für einen Riesenkonflikt zwischen seinem Herzen und seinem Kopf.

Sie musste einer dieser „Schutzengel" von Mrs Klepperson sein. Warum hatte die ihn aber dann nicht angerufen, um ihm zu sagen, dass sie jetzt doch eine Nanny vorbeischicke. Egal – das würde an der Situation auch nichts ändern. Gloria war einfach untragbar. Sam wusste so wenig von ihr, dass er ihr keine weitere Minute in seinem Haus gestatten konnte.

Als er im Schlafzimmer ankam, stand sein Entschluss fest. Er würde sie auf unmissverständliche Art bitten zu gehen. Standhaft und unnachgiebig wollte er sein – egal wie einschmeichelnd sie ihn auch anlächelte.

„Natürlich kommen Sie mit." Die Worte hallten in der Stille seines Arbeitszimmers nach. Sam wusste, dass es seine Stimme war, er konnte die Wärme dieser Worte auf den Lippen spüren, obwohl er um alles in der Welt diese Einladung nicht hatte aussprechen wollen. Im Gegenteil. Er schüttelte den Kopf. „Ich kann nicht glauben, dass ich das gesagt habe."

Gloria lächelte ihn an. „Oh, daran werden Sie sich gewöhnen. Eigentlich darf ich Ihnen keine Worte in den Mund legen, aber für den Anfang habe ich etwas mehr Handlungsfreiheit bekommen, als es eigentlich üblich ist." Sie bewegte sich in ihrem Sessel, und der Rock ihres vorne geknöpften blauen Sommerkleids gab den Blick auf zwei wohlgeformte Beine frei.

Sam war sich auf unangenehme Weise bewusst, dass er seinen Platz auf der Schreibtischkante verlassen sollte, bevor seine Wade ihr Fußgelenk berührte. Er bewegte sich jedoch keinen Millimeter und war sich nicht sicher, ob das nun an ihm oder an ihr lag. „Schauen Sie", fing er an, „ich weiß nicht, wie Sie das mit Ihrer ‚…Hexerei' machen, aber bei mir funktioniert das nicht mehr. Ich brauche eine neue Nanny für Allie, das ist richtig, aber das werden nicht Sie sein, denn ehrlich gesagt eignen Sie sich nicht für diese Stelle."

„Ich kann mich ändern." Sie schwenkte ihren Hut hin und her, wobei sich die blauen Bänder um ihre Finger wickelten. „Ich sollte wahrscheinlich etwas Passenderes anziehen, wenn wir in Ihr Büro gehen."

„Nein, nein, nein." Sam lehnte sich zu ihr hinüber. „Ich habe nicht Ihre Kleidung gemeint."

„Das hatte ich aber befürchtet", seufzte sie. „Der Hut ist zu viel, oder? Ich hätte etwas Konservativeres anziehen sollen."

Sam hatte eigentlich vorgehabt, ihre erste Begegnung auf der Veranda nicht mehr zu erwähnen, aber dieses Feingefühl konnte er sich jetzt nicht leisten, wenn er seinen Standpunkt klarmachen wollte. „Sie könnten die Ordenstracht einer Nonne tragen, und ich würde Sie nicht einstellen. Denn …" Er suchte nach Worten, um nicht zu direkt zu werden. „Denn der erste Eindruck bleibt haften, und gestern Abend haben Sie weiß Gott keinen guten Eindruck gemacht."

Der Hut hörte auf zu schaukeln. „Denken Sie immer noch daran?"

„Nun … ich kann die Tatsache nicht übergehen, dass Sie völlig unbekleidet vor meiner Hintertür aufgetaucht sind."

„Ich dachte, Sie haben nicht meine Kleidung gemeint."

„Jetzt rede ich davon, dass Sie gestern Abend gar keine anhatten."

„Aber ich habe Ihnen doch gesagt, dass ich sie vergessen hatte."

„Man kann nicht *vergessen* sich anzuziehen."

„Engel können das durchaus", sagte sie gereizt. „Ich verstehe nicht, wie Sie sich immer noch daran erinnern können, wo ich Sie doch extra gebeten hatte, es nicht mehr zu tun."

„Gloria, Ich habe Sie *nackt* gesehen. So etwas kann ein zukünftiger Arbeitgeber nicht vergessen."

Sie legte die Stirn in Falten. „Wollen Sie damit sagen, dass mit meinem Körper etwas nicht stimmt?"

„Nein! *Zum Kuckuck, nein.* „Ich sage nur, dass ich Sie so nicht hätte sehen dürfen."

Sie verdrehte die Augen. „Entweder wollen Sie mich durcheinanderbringen, oder ich habe im Biologieunterricht nicht gut genug aufgepasst. Ich dachte immer, der menschliche Körper wird als etwas Schönes angesehen."

„Das wird er auch. Ich meine … in der Kunst und … äh in anderen … Situationen."

„Beim Sex, meinen Sie."

Sam fuhr mit dem Finger zwischen Hemdkragen und Hals entlang. „Das wäre eine dieser Situationen, ja. Wir reden aber jetzt nicht darüber, wann Kleidung angebracht ist und wann nicht. Wie reden vielmehr über Ihr völlig unpassendes Verhalten als Nanny."

„Dann, nehme ich an, werde ich also nicht Allies neues Kindermädchen sein."

Endlich. Sam atmete vor Erleichterung tief durch, stand auf und reichte Gloria die Hand, um diese seltsame Begegnung mit einem Handschlag ein für alle Mal zu beenden.

Sie schaute auf seine Hand und hängte die Bänder ihres Hutes darüber. „Den brauche ich da nicht, wo ich hingehe."

Die Bänder waren noch warm von ihrer Haut, und er umfasste sie, als wenn er ihre Hand halten würde. „Ich weiß, es geht mich nichts an, aber wohin gehen Sie denn jetzt?"

Sie schaute langsam auf und sah ihm direkt in die Augen. „Ich gehe mit Ihnen ins Büro, Sam. Sie haben mich doch eingeladen, wissen Sie das nicht mehr?"

„Hey, Sam", rief Damon von draußen hinter dem Haus. „Wir müssen los. Wie es aussieht, werden wir es kaum noch schaffen können, vor Morrison im Büro zu sein."

„Ich kann meine Socken nicht finden", schrie Allie von oben.

Sam hielt Glorias Blick stand. „Das funktioniert jetzt nicht mehr. Sie legen mir keine Worte mehr in den Mund, Sie kommen nicht mit mir ins Büro, und sie bleiben auch nicht hier im Haus. Ich werde nicht …"

Mit einer Handbewegung bat Gloria um eine Auszeit, und alles hielt an, sogar das monotone Ticken von Sams Schreibtischuhr. Sie ließ sich in den Sessel fallen und trommelte mit den Fingern auf die hölzerne Armlehne, während sie über die ihr verbleibenden Möglichkeiten nachdachte.

Sam stand wie erstarrt über sie gebeugt und bemerkte nicht einmal, dass sie ihn mitten in seiner Rede unterbrochen hatte. Selbst in dieser leblosen Stille war er unglaublich schön. Gut aussehend, berichtigte sie sich. Männer waren gut aussehend. Stark und muskulös. Frauen waren schön. Und der nackte menschliche Körper war schön … aber nur in der Kunst und beim Sex und wenn Kleidung nicht angebracht war. Gloria seufzte tief. Sie würde das alles nie auf die Reihe bekommen.

„Jetzt brauche ich deine Hilfe, Leonard."

Sofort war alles vorüber. Die Uhr fing wieder an zu ticken, und Sam beendete seinen Satz: „Ich werde Ihnen Ihre Aufgaben und Verantwortungen später erklären. Und jetzt gehen Sie nach oben und helfen Allie, ihre Socken zu finden. Ich hole meine Aktentasche, und schon sind wir weg."

„Sehr gut, Mr Oliver." Gloria ging ganz vorsichtig zur Tür und gab sich bei jedem Schritt große Mühe, nicht wieder zu stolpern und damit vielleicht wieder sein Gedächtnis zu aktivieren. Sie hielt sich mit einer Hand am Türpfosten fest, um das Gleichgewicht zu behalten, und drehte sie sich noch einmal zu ihm um. „Eine Frage habe ich noch."

Er zog die Mundwinkel hoch, obwohl sich seine Stirn in Falten legte. „Ja?"

„Ist dieses Outfit das richtige für Ihr Büro?"

Seine Augen wanderten vom Stehkragen ihrer altjüngferlichen weißen Bluse über den guten Sitz ihres konservativen grauen Rocks zu den mit dicken Sohlen ausgestatteten festen Schuhen an ihren Füßen und wieder zurück zu der Omabrille auf ihrer Nase und dem ordentlichen, für eine Nanny typischen Haarknoten auf dem Kopf. Er nickte wenig begeistert. „Sehr stilvoll."

Gloria setze ein pflichtbewusstes Lächeln auf, setzte einen klobigen Fuß vor den anderen und fing an – sehr vorsichtig – die Treppe hinaufzugehen. „Leonard", murmelte sie vor sich hin, „für einen Engel ist dein Sinn für Humor ganz schön niederträchtig."

4. KAPITEL

Der metallische Klang der Autohupe drang ins Arbeitszimmer. Sam rückte seine Krawatte zurecht, zog an den Ärmeln seiner Anzugjacke und schaute sich noch einmal in seinem vertrauten Arbeitszimmer um. Er wurde das Gefühl nicht los, dass er etwas vergessen hatte, etwas Wichtiges. Aber auch ein weiterer Blick auf seinen Schreibtisch half ihm nicht weiter, und so nahm er nachdenklich seine Aktentasche und ging zur Haustür.

„Sam! Guck mal, Sam“, rief Allie ganz aufgeregt von der obersten Treppenstufe herab. Er drehte sich um und sah sie um den Treppenabsatz herum und dann die restlichen Stufen herunterlaufen. „Gloria hat mir eine Schleife ins Haar gebunden. Eine rote Schleife.“

Er achtete nicht auf die drängende Zeit und lächelte seine Tochter an.

„Bist du sicher, dass du da keinen Schmetterling auf dem Kopf sitzen hast?“

Sie stemmte eine Hand auf die Hüfte. „Das ist eine Schleife. Siehst du das nicht?“

„Hmm, lass mal sehen.“ Er beugte sich zu ihr hinunter, nahm ihr Kinn in die Hand und drehte ihren Kopf zur Seite, damit er ihre Haarschleife begutachten konnte.“ Sie lächelte überglücklich, und Sam genoss ihre Freude, als ob er selbst dafür verantwortlich wäre. „Du hast recht. Es ist eine rote Schleife, und du siehst überwältigend damit aus.“

„Oh …“ Sie tastete vorsichtig ihre Schleife ab. „Was ist überwältigend?“

„Das heißt wunderschön.“

„Dann ist Gloria auch wunderschön.“ Allie lächelte über ihre Schulter, und Sam folgte ihrem Blick. Ein warmer Schwall der Erregung durchströmte ihn, als sein Blick auf diese bildschöne Frau fiel, die auf der vorletzten Treppenstufe stand. Sie hatte eine Hand anmutig auf das dunkle Holz des Geländers gestützt, die dort wie Elfenbein aussah. Er konnte kaum glauben, dass das dieselbe Frau war, mit der er vor weniger als zehn Minuten in seinem Arbeitszimmer gesprochen hatte. Die plumpen Schuhe waren verschwunden und durch ein Paar elegante Sommersandalen ersetzt. Statt des formlosen grauen Rocks trug sie eine helle weite Hose, ihre Bluse war am Hals geöffnet und schmiegte sich elegant ihren Schultern an. Sie trug das Haar offen, und ihr reizendes Gesicht war von einer Lockenpracht eingerahmt.

Unsicher und erwartungsvoll zugleich sah sie Sam an. „Allie und ich sind fertig", sagte sie. „Wir haben uns beeilt, damit Sie nicht zu spät zu Ihrem Termin kommen."

„Ich dachte, Sie tragen eine Brille", war alles, was er sagen konnte.

Sie zuckte lächelnd mit den Schultern. „Ich habe mich verändert."

Wieder ertönte die Hupe, und Sam öffnete die Haustür. „So, meine Damen. Wir sollten lieber gehen, bevor Damon zum öffentlichen Ärgernis wird."

Allie schwenkte ihr Täschchen und hüpfte wie ein kleiner roter Ball an Sam vorbei die Stufen vor der Haustür hinunter. „Wir fahren ins Büro", sang sie vor sich hin. „Wir fahren ins Büro."

Gloria näherte sich der Tür mit bedächtigen Schritten und wartete auf der Veranda auf Sam, der noch den Alarm einschaltete und die Tür abschloss.

„Sie ist fast genauso aufgeregt wie ich. Ich bin nämlich noch nie in einem Büro gewesen, müssen Sie wissen."

Sam runzelte die Stirn, wollte aber lieber nicht nachfragen. Je weniger sie sich über persönliche Dinge unterhielten, desto besser würde ihr Arbeitgeber-Angestellten-Verhältnis funktionieren. Und sie konnte noch so attraktiv sein. Er war nun mal ihr Arbeitgeber. Er hatte sie als Nanny für Allison eingestellt, und zwar nur wegen ihrer Qualifikationen ... auch wenn er im Moment nur sehr verschwommene Erinnerungen daran hatte, was diese Qualifikationen genau waren. „Dann haben Sie ja mit Allison etwas gemeinsam", sagte er. „Sie ist auch noch nie dort gewesen."

„Sie ist noch nie in Ihrem Büro gewesen?"

„Nein." Diese Tatsache war ihm bis jetzt noch nie seltsam vorgekommen.

„Warum nicht? Ist es ... gefährlich dort?"

„Nicht, wenn Sie keine Regierungspapiere in den Reißwolf stecken." Er lächelte. Sie nicht. „Das war ein Scherz. Allie ist noch nie in meinem Büro gewesen, weil es ... nun, sie ..." Er hatte Allie noch nie mit ins Büro genommen, weil sie noch zu klein war, aber das war sie genau genommen ja immer noch. „Ich erwarte von Ihnen, dass Sie sie heute Morgen beschäftigen, damit sie nicht stören kann. Die Besprechung ist äußerst wichtig."

„Ich verstehe, was Sie meinen. Machen Sie sich keine Sorgen. Sie werden nicht einmal merken, dass wir in demselben Gebäude sind."

Sam lächelte Gloria ermutigt, wenn auch zweifelnd an und hoffte einfach, dass sie diese Aufgabe wenigstens halb so gut bewältigen würde, wie sie ihr Aussehen verändern konnte. Als sie dann die Eingangstreppen hinuntergingen, nahm er genauso selbstverständlich ihren Arm, wie er das bei Jenny getan hatte. Er verstand nicht, welchem Impuls er da folgte, oder warum er sie überhaupt anfassen wollte. Trotzdem stützte er sie mit der Hand unter ihrem Ellbogen und blieb dienstbeflissen an ihrer Seite. Er spürte die rhythmischen Bewegungen ihres Körpers neben ihm und auch die pulsierende Energie, die von ihr ausging. Nicht unbedingt die ideale Vorgehensweise, dachte Sam, um die Grundlage zu einem rein geschäftlichen Verhältnis zu legen, und musste sich förmlich zwingen, seine Finger von ihrem Arm zu nehmen.

Damon hupte mehrmals kurz und winkte ihnen vom Fahrersitz aus zu. „Würdet Ihr bitte einen Zahn zulegen?“, rief er. „Allie ist aus ihrem Kindersitz herausgewachsen, bis ihr ins Auto eingestiegen seid.“

„Auto?“ Glorias Stimme klang aufgeregt. „Ist das ein Sportwagen?“

Sam hörte einen Hauch von Ärger in ihrer Stimme mitschwingen. „Das hängt davon ab, ob Sie Damon oder mich fragen. Er nennt es ein Mittelklassecoupé, aber ich finde, es hat alle Merkmale einer Midlife-Crisis.“

„Ich bin für eine Midlife-Crisis noch nicht alt genug“, sagte Damon selbstgefällig und stieg aus. „Du bist nur neidisch, weil du einen alten Kombi fährst, der in letzter Zeit öfter in der Werkstatt als in der Garage steht. Ich habe versucht, ihn dazu zu überreden, sich ein neues Auto zu kaufen, Gloria, aber er hängt an dem alten Wagen.“

„Ich hänge nicht dran. Er ist einfach praktisch. Ich fahre lieber ein Auto, auf das man sich verlassen kann.“

„Redest du von demselben alten Wagen, den du letzte Woche in Dannys Autowerkstatt gebracht hast?“

„Alle Autos müssen regelmäßig überholt werden, und du weißt genauso gut wie ich, wenn ich es aus der Werkstatt hole, dann ist es wieder topfit für weitere achtzigtausend Kilometer.“

„Oh ja, mindestens.“ Damon wischte einen winzigen Fleck von der polierten Motorhaube seines glänzenden neuen Autos. „Aber was ist das schon im Vergleich zu der Aufregung und dem Kitzel, den man hinter dem Steuer eines Superautos wie diesem erleben kann.“

„Schon beim Gedanken daran bekomme ich Sodbrennen.“

Sam öffnete die Beifahrertür und ließ die Lehne nach vorne fallen, damit Gloria und Allison hinten einsteigen konnten. Ihm war sein zuverlässiger und geräumiger Wagen lieber als diese turbo-geladene Sardinenbüchse. Jenny hatte den Kombi immer geliebt, und Sam zweifelte keine Sekunde daran, dass sie dieses neue teure Spielzeug von Damon gehasst hätte.

„Es ist so … verführerisch." Gloria strich bewundernd über das Dach. „Wie ein leuchtend roter Apfel."

Damon lachte. „Nun, dieser Apfel hat eine Turbomaschine mit Einspritzer, ein Fünfganggetriebe, ein abnehmbares Sonnendach und jede elektronische Spielerei, die Sie sich vorstellen können."

„Ich wette, Sie haben viel Freude damit."

„Das, meine Süße, ist eine herrliche Untertreibung." Damon warf die Autoschlüssel in die Luft und fing sie lässig wieder auf. „Möchten Sie vielleicht fahren?"

Sam stieß sich vor Schreck den Kopf am Autodach.

„Ob ich möchte?", fragte Gloria begeistert.

„Sie haben doch Ihren Flugschein dabei, oder?", erwiderte Damon lachend.

„Ich verlasse den Himmel nie ohne ihn."

„Prima. Dir macht es doch nichts aus, Sam, wenn du mit Allison hinten sitzt, oder?" Damon ging um das Auto herum an Gloria vorbei, die bereits auf dem Weg zur Fahrerseite war.

Sam rieb sich den Hinterkopf und warf seinem Freund einen bösen Blick zu. „Ich dachte, wir haben es eilig", sagte er beißend.

„Wer sagt denn, dass sie uns nicht genauso schnell fahren kann wie ich?"

Damon zwinkerte Gloria zu und zeigte ihr über das Autodach hinweg den nach oben zeigenden Daumen. „Vielleicht sogar noch schneller."

Sam beobachtete Gloria, wie sie ins Auto stieg. „Mal ehrlich, Damon. Glaubst du, dass das eine gute Idee ist? Du kennst sie kaum und lässt sie dein Auto fahren?“

„Du kennst sie kaum und vertraust ihr dein Kind an.“

Dieses unwiderlegbare Argument zuckte wie ein Blitz durch Sams Gedächtnis, aber er konnte sich nicht richtig an die Unterhaltung erinnern. Er hatte nur ein verschwommenes Bild vor Augen, das er gern klar gesehen hätte, aber es gelang ihm nicht. „Die Agentur hätte sie nicht geschickt, wenn sie nicht deren hohe Anforderungen an Qualifizierung und Charakter erfüllt hätte.“

Damon schlug Sam auf die Schulter. „Und wenn sie nicht so eine attraktive Blondine wäre, würde ich sie sicher nicht mein Auto fahren lassen. Ich habe auch meine Prinzipien, weißt du.“ Er wandte sich dem Auto zu.

„Alles startklar, mein Engel?“

„Es geht los!“ Allie schaukelte in ihrem Kindersitz nach vorn. „Es geht los.“

„Wir warten nur noch auf Sie.“ Gloria strich mit ihren Fingern über das Steuerrad, als wenn es aus Gold wäre.

Damon zog die Augenbrauen hoch. „Wann hat eine so attraktive Blondine Sie das letzte Mal gefragt, ob sie Ihren Kombi fahren darf, Mr Praktisches Auto?“

Verärgert und wortlos kroch Sam auf den Rücksitz.

„Sitzt du gut?“, kicherte Damon und klappte die Rücklehne zurück, wobei er Sams Knie einklemmte. Dann machte er es sich auf dem Beifahrersitz neben Gloria bequem. „Es ist doch sehr geräumig dort hinten, oder?“

Sam versuchte eine erträgliche Position für seine langen Beine zu finden, denen nur wenige Zentimeter zwischen der Rückbank und der Rücklehne des Vordersitzes blieben, auf dem Damon sich breit machte. Allisons Kichern lenkte ihn ab. Er blickte zu ihr hinüber und sah, wie sie ihr Lachen hinter der Hand zu verstecken versuchte. „In Ordnung“, sagte er und empfand das Lachen seiner Tochter wie einen Sonnenstrahl, der durch die dunkle Wolke seines Frusts hindurchdrang. „Worüber lachst du, Allie?"

Sie nahm die Hand vom Mund, und ihr Gekicher erweckte in ihm ein fast vergessenes Glücksgefühl.

„Du sitzt auf Hunnys Schwanz." Sie zeigte auf den Stoffdrachen, der zwischen ihnen auf der Rückbank lag. „Und du hast es nicht gemerkt."

„Nun, er hätte sich bemerkbar machen müssen." Sam zog das Schwanzende des Drachens unter sich hervor und versuchte, seinen Körper irgendwie auf der Rückbank zu verstauen. „Kein Wunder, dass ich nicht genug Platz hatte."

„Legen Sie die Gurte an." Gloria stellte den Rückspiegel ein und lächelte den beiden Insassen auf dem Rücksitz zu. „Sind alle dort hinten angeschnallt?"

Allie nickte heftig. „Wir sind startklar."

Damon blickte auf seine Uhr. „Wir haben noch fünfzehn Minuten. Glauben Sie, Sie können es schaffen?"

„Ich bin schon in weniger Zeit um die ganze Welt geflogen", versicherte Gloria ihm und warf den Kopf zurück. „Sagen Sie mir nur, wie man diese Kutsche in Gang kriegt."

Sam konnte sich eine gewisse Schadenfreude nicht verkneifen, als er die Beunruhigung sah, die in Damons Gesicht geschrieben stand. „Legen Sie einfach den Gang ein und drehen den Zündschlüssel um", sagte Damon. „Sie haben doch schon mal ein Auto mit fünf Gängen gefahren, nicht wahr, Gloria?"

Der Motor sprang an, und sie lachte zufrieden auf. „Vertrauen Sie mir, Damon. Sie sind noch nie in besseren Händen gewesen."

„Achtung! Die Ampel ist rot."

„Was macht sie dann, wenn sie rot ist?"

„Wenn die Ampel rot ist, dann müssen Sie … *Stopp!*" Damon stemmte mit voller Wucht seinen Bremsfuß gegen den Boden. Sam drückte die Augen zu und wartete auf den Aufprall.

„Kein Grund zur Panik", sagte Gloria und flog bei Grün über die Kreuzung. „Ich habe alles unter Kontrolle."

„Heiliger Bimbam!", sagte Damon. „Sie müssen ein Naturtalent sein."

„Eher eine Naturkatastrophe", stöhnte Sam erleichtert von hinten. Er war sich nicht sicher, ob er um himmlische Hilfe beten oder seinem Partner eine wohlverdiente Lektion wünschen sollte. Er beugte sich vor und zog Damon am Ärmel. „Du brauchst ein paar neue Maßstäbe."

Gloria schaute zurück und fing Sams Blick auf. „Ich mache Sie doch nicht nervös, oder?"

Statt zu antworten, überprüfte Sam Allisons Sicherheitsgurte und zog seinen eigenen etwas fester. „Nervös? Nein, warum? Es macht mich nur sprachlos, wie Sie mit der Gefahr spielen können."

„Danke, Sam." Sie schenkte ihm ein kurzes Lächeln und schaltete mit Damons Hilfe in den fünften Gang. „Ich finde selbst, dass ich mit diesem kleinen Apfel ganz gut fertig werde."

„Selbst ein Rennfahrer könnte es nicht besser." Damon tätschelte ihre Hand.

Sam unterdrückte ein Stöhnen und zählte sich selbst alle Gründe auf, weswegen er nervös sein konnte. Er saß eingeklemmt auf dem Rücksitz eines kleinen roten Autos, das in den letzten fünf Minuten bereits mehreren Zusammenstößen auf wundersame Weise entkommen war. Er kam zu einem wichtigen Geschäftstermin zu spät. Er nahm seine Tochter *und* deren neues Kindermädchen mit ins Büro. Aber eigentlich nahm diese Nanny ihn mit – auf eine Reise, die sehr gut seine letzte sein konnte.

Er hatte also wirklich allen Grund, nervös zu sein, aber

seltsamerweise war das Einzige, was ihn wirklich beunruhigte, die Tatsache, dass Damon die ganze Zeit Glorias Hand auf dem Schaltknüppel hielt. Das gefiel ihm nicht. Das gefiel ihm überhaupt nicht.

„Ich mag, wie du fährst, Gloria", sagte Allie. „Und Hunny mag es auch."

„Und ich mag es auch." Damon, der noch nicht einmal den Anstand hatte, bei dieser Fahrweise wenigstens blass zu werden, tätschelte und drückte weiter ihre Hand. „Kümmern Sie sich nicht um Sam. Er ist kein Mann für Geschwindigkeit und Abenteuer."

Also doch lieber eine Lektion, dachte Sam. Bei nächster Gelegenheit.

„Guten Morgen! Ist dies nicht ein wunderschöner Tag?" Gloria lehnte sich aus dem heruntergelassenen Fenster und begrüßte den streng blickenden Polizisten, der nun an den Wagen herantrat.

Auf dem Rücksitz rieb Sam sich die Schläfen, um die Anspannung hinter den Augen loszuwerden. Er fragte sich, was sonst noch bis zu seinem Termin um acht Uhr schiefgehen konnte.

„Stimmt etwas nicht, Herr Wachtmeister?", fragte Damon mit leicht erstickter Stimme. „Wir sind auf dem Weg ins, äh, Büro."

„Ihre Papiere bitte!" Die Stimme des Polizisten klang sehr amtlich, als sein Blick über die angeschnallten Wageninsassen und Allison in ihrem Kindersitz wanderte. Damon durchsuchte das Handschuhfach und förderte die Wagenpapiere zu Tage.

„Das ist aber eine schöne Uniform", sagte Gloria anerkennend, als sie die Papiere durch das Fenster reichte. „Ich mag Ihre Stiefel. Und die Sonnenbrille … dürfte ich die vielleicht mal aufprobieren?"

Der Gesichtsausdruck des Beamten verfinsterte sich. „Ihren Führerschein, bitte."

Sie lachte, als ob er mit dieser Aufforderung Humor bewiesen hätte. „Was soll das? Ich lerne doch gerade erst fahren. Da kann ich noch keinen Führerschein haben."

Damon stöhnte leise auf, und obwohl er wusste, dass es irgendwie kindisch war, überlegte sich Sam, in welche Worte er sein „Hab ich es dir nicht gesagt?" kleiden wollte.

„Fahrschüler." Der Polizeibeamte fing an, einen Strafzettel auszufüllen. „Fahren mit Lichtgeschwindigkeit ohne Führerschein."

„Lehrling."

Der Beamte hörte auf zu schreiben und sah sie an. „Wie bitte?"

Sie streckte die Hand durchs Fenster und zeigte mit einem Finger auf seine Notizen. „Sie hätten Engellehrling schreiben müssen, nicht Fahrschüler."

„Engellehrling", der Beamte wiederholte das Wort langsam und nickte mit dem Kopf. „Und ich vermute, Sie haben diesen roten Sportwagen fälschlicherweise für ein feuriges Himmelsfahrzeug gehalten."

Gloria schenkte ihr Lächeln jetzt Damon. „Sam hatte recht", sagte sie. „Es *ist* ein Sportwagen."

Sam beugte sich nach vorn und versuchte, mit dem Polizisten Augenkontakt zu bekommen. „Sie arbeitet für eine hiesige Agentur für Kindermädchen", erklärte er, „die ‚Schutzengel'."

Der Polizeibeamte beugte sich hinunter, schaute Sam stirnrunzelnd an und fragte: „Und wer sind Sie?"

„Das ist Sam." Allie hielt ihren Drachen hoch. „Und dies ist Hunny. Er beißt."

„Allison!", zischte Sam sie von der Seite an.

„Tut er doch."

„Wie alt bist du denn, kleine Dame?", fragte sie der Beamte.

„Fünf und alt genug, um zu vastehn."

„Um was zu verstehen?"

„Vastehn, dass man arbeiten muss, und dass du ein Bulle bist, der uns alle ins Gefängnis bringt."

Bulle? Sam rieb sich erneut die Schläfen. Wo hatte sie nur dieses Wort her?

„Keiner geht ins Gefängnis, Allison." Gloria langte nach hinten und drückte Allies Fuß, um sie zum Schweigen zu bringen. Dann schenkte sie dem Polizeibeamten ihr strahlendes unschuldiges Lächeln. „Das stimmt doch, Wachtmeister Hickman?"

„Keiner geht ins Gefängnis, Allison", wiederholte Wachtmeister Hickman gehorsam und zerriss den Strafzettel in kleine Stücke. „Ich bin heute Morgen nur hier draußen, um die Leute daran zu erinnern, dass sie diesen schönen Tag genießen sollen." Er kicherte, während er die Papierschnipsel Gloria in die Hand drückte. „Lassen Sie sich also Zeit, und erfreuen Sie sich an den Wildblumen, die am Straßenrand wachsen." Er machte einen Schritt zurück und berührte die Kante seines Motorradhelms, als wenn er einen Hut auf dem Kopf hätte. „Sie werden jetzt alle diesen herrlichen Morgen genießen, oder ich muss Ihnen wirklich einen Strafzettel ausfüllen. In Ordnung?"

Gloria hielt ihre Hand auf, und die Papierschnipsel flogen und flatterten wie Schmetterlinge über die Wildblumen am Rande der Schnellstraße davon.

Moment mal. Sam riss die Augen auf. Das *waren* Schmetterlinge!

„Vielen Dank, Wachtmeister Hickman", sagte Gloria. „Die Uniform steht Ihnen wirklich gut."

Er nahm die Sonnenbrille ab, und es kamen ein Paar sehr freundliche – wenn auch leicht verwirrt blickende – Augen zum Vorschein. „Hier." Er reichte Gloria die Sonnenbrille. „Die ist für Sie. Ich kann mir eine neue besorgen."

„Oh, das ist wirklich sehr nett von Ihnen, aber ich brauche keine dunklen Gläser. Ich bin an helles Licht gewöhnt. Trotzdem vielen Dank! Ich wünsche Ihnen einen wunderschönen Tag.“ Gloria ließ den Wagen wieder an und schaute in den Seitenspiegel, während Wachtmeister Hickman beseligt zu seinem Motorrad ging. „War das nicht eine nette Abwechslung?“, fragte sie. „Aber jetzt sollten wir uns lieber beeilen, wenn wir vor acht Uhr im Büro sein wollen, oder?“

Sie drehte den Kopf herum und sah erst Damon und dann Sam an, die beide sprachlos waren. In ihren Gesichtern stand Erstaunen, Achtung – und Misstrauen.

„Was ist?“, fragte sie. „Erzählen Sie mir nicht, Sie haben wirklich geglaubt, dass er mir einen Strafzettel verpasst.“

„Ich glaube nur, dass wir jetzt *in die Stadt* fahren sollten.“ Damon betonte jede Silbe seiner Worte und atmete die lang angehaltene Luft erleichtert aus. „Wahnsinn! Ich weiß nicht, wie Sie das gemacht haben, Gloria, aber alle Achtung!“

Er warf Sam über die Schulter einen aufmunternden Blick dazu, damit er in die Bewunderung einstimmte. „Gib es schon zu, Sam. Hast du schon jemals ein solches Multitalent wie unsere Gloria gesehen?“

Sam konnte noch nicht glauben, was er gerade erlebt hatte, und noch weniger, dass das mit irgendeiner Art von Talent zu tun hatte. Aber statt auch nur eine seiner Fragen zu stellen, gab er lieber eine unverbindliche Antwort. „Das war ein schönes Stück Beinarbeit, Gloria.“

Sie lachte unbeschwert. „Oh, wenn ich meine Beine benutzt hätte, dann wären wir jetzt alle auf dem Weg ins Gefängnis.“

Mit aufheulendem Motor flog das Motorrad von Wachtmeister Hickman an ihnen vorbei. Der Beamte hockte wie ein Jockey auf seiner Maschine.

„Hunny hat ihm Angst gemacht“, stellte Allie zufrieden fest.

„Ganz bestimmt." Damon lehnte sich zur Seite und tätschelte Glorias Wange. „Mit etwas Hilfe von seinem Schubsengel."

Sam hätte am liebsten zwischen die beiden Vordersitze gegriffen und Damons Hand dorthin gebracht, wohin sie gehörte – und das war bestimmt nicht in Glorias Nähe. Aber stattdessen schürzte er die Lippen und schaute aus dem Rückfenster auf die Wildblumen und den anmutigen Schwarm von Schmetterlingen.

„Ich hätte ihn fragen sollen, ob ich mal mit seinem Motorrad fahren darf." Gloria seufzte und legte den ersten Gang ein. Dann gab sie Gas und fuhr, ohne noch einmal nach hinten zu blicken, auf die Schnellstraße, schaltete hoch und beschleunigte von Null auf Hundert in weniger als sechs Sekunden.

„Ich kann es kaum glauben. Wir sind pünktlich hier, und Morrison ist noch nicht da." Damon schaltete die Beleuchtung im Konferenzzimmer ein. „Du musst einen Engel in der Tasche haben, Sam. Normalerweise hast du nicht so viel Glück."

„Normalerweise fahre ich mit meinem eigenen Auto und nicht mit Romeos Fahrschule für Blondinen."

„Was ist bloß los mit dir? Du bist doch nicht sauer, dass ich Gloria mein Auto habe fahren lasse, oder?"

Sam ließ die Schlösser seiner Aktentasche aufschnappen. „Von mir aus kannst du Lassie hinter das Steuer deines Autos setzen."

„Ach, so ist das. Jetzt wird mir einiges klar."

„Wovon redest du?"

„Nicht wovon. Von wem." Damon ließ sich in einen der Sessel fallen und legte die Füße auf den Konferenztisch. „Wir reden von Gloria, deinem Schutzengel. Schon vergessen?"

Sam legte einen Stapel Papiere auf den Tisch. „Ich habe jetzt keine Zeit für diese Diskussion, Damon. Wir haben es einem glücklichen Zufall zu verdanken, dass Morrison zu spät ist. Lass uns die Zeit nutzen und noch einmal die Pläne besprechen, statt uns über Allisons Nanny zu streiten."

„Wer streitet denn? Ich stelle einfach nur fest, dass sie attraktiv ist und ich an ihr interessiert bin." Damon machte eine taktische Pause. „Und ich glaube, dass du auch an ihr interessiert bist."

Der Konferenzraum schien Sam plötzlich unerträglich warm zu sein. Er ging zur Klimaanlage und stellte sie stärker. „Du glaubst doch nicht, dass Morrison uns versetzt, oder?"

„Sei doch mir gegenüber wenigstens ehrlich, Sam. Wenn du ein Auge auf Gloria geworfen hast, dann sag es, und ich verspreche dir, nicht schadenfroh zu sein, wenn sie mich dir vorzieht."

Sam warf Damon einen bitterbösen Blick zu, der überhaupt nicht zu dieser scherzhaften Unterhaltung passte. „Vergiss es. Bei ihr ist Zutritt verboten, und ich will, dass du sie in Ruhe lässt. Gloria ist Allisons Nanny, und ich will nicht, dass sie wegen deines Blondinenticks von ihrer Arbeit abgelenkt wird. Ist das klar genug ausgedrückt?"

„Sag nichts mehr. Ich werde sie nur in ihrer Freizeit ablenken. Sie wird doch ab und zu mal einen freien Tag haben, oder etwa nicht?"

Sam nahm seine Aktentasche vom Tisch und stellte sie neben sich. Er war sehr verstimmt, besonders weil er noch nicht einmal eine annehmbare Erklärung für seine Verärgerung hatte. Die Tatsache, dass Damon Interesse für Gloria bekundete, störte ihn. Aber am meisten störte ihn, dass er sich wie ein eifersüchtiger Liebhaber benahm. „Natürlich wird sie Freizeit haben", sagte er kurz angebunden. „Glaubst du, dass du dich jetzt auf etwas Wichtigeres als deine nächste Eroberung konzentrieren könntest?"

Mit einem Seufzer nahm Damon die Füße vom Tisch und

breitete die Pläne des alten Krankenhausgebäudes aus. „Weißt du, Sam. Manchmal glaube ich, dass du mit Jenny auch den besten Teil von dir selbst begraben hast."

Sam wünschte sich, er könnte das abstreiten.

„Gloria, schau mal! Ich habe ein Bild von Hunnys Schwanz gemacht." Allison hielt das Blatt Papier in die Höhe. „Siehst du? Er hat Flecken und alles."

Gloria bewunderte die Fotokopie von allen Seiten. „Das ist wirklich erstaunlich. Was können wir sonst noch fotokopieren?"

„Ich weiß es. Wir nehmen seine Nase!" Allie drückte das Gesicht ihres Drachens auf die Glasscheibe des Kopierers und presste den Deckel drauf. „Drück auf den Knopf! Drück auf den Knopf!"

Gloria drückte auf Start. Ein helles weißes Licht schien unter dem Deckel hervor und wanderte mit einem surrenden Geräusch von einer Seite der Glasscheibe zur anderen. Allison ergriff das Blatt Papier, das in den Auffangkorb gefallen war, und fuchtelte damit vor dem zerdrückten Gesicht des Stofftiers herum. „Wir haben ein Bild von dir gemacht, Hunny. Sieh mal, du bist wunderschön!"

„Ich finde, er sieht nicht sehr glücklich darauf aus", sagte Gloria. „Vielleicht sollten wir ihm das nächste Mal den Deckel nicht so fest auf den Kopf drücken und ihm lieber etwas Luft zum Atmen lassen."

„Okay." Allie legte den Drachen wieder auf die Glasscheibe und schob ihn vorsichtig genau in die Mitte, bevor sie auf den Knopf drückte. Das Licht bewegte sich wie von Zauberhand, und der Raum wurde für einen Augenblick gleißend hell. „Hast du das gesehen? Ich glaube, da ist ein *Stern* drin." Sie hatte die Augen vor lauter Staunen weit aufgerissen, und aus ihrer Stimme klang Verwunderung. „Noch mal!" Allie drückte wieder auf den Knopf, doch dieses Mal zog sie den Drachen weg, als das Licht aufleuchtete, und lehnte sich über die Scheibe, um das wandernde Licht zu beobachten.

„Tut dir das nicht in den Augen weh?", wunderte sich Gloria.

„Zum Teufel, nein." Allison beugte sich noch tiefer über den Kopierapparat und drückte noch einmal auf den Knopf.

Als sie das Licht nur noch als schwarze Flecken sehen konnte, legte Gloria ihre Hand auf die Glasplatte und klappte den Deckel herunter. „Weißt du Allie, der Teufel ist für manche Menschen jemand, mit dem sie nichts zu tun haben wollen." Sie nickte in Richtung Schalttafel. „Drück auf den Knopf."

Allie folgte begeistert der Aufforderung.

„Und die meisten Menschen glauben", fuhr Gloria fort, „dass ‚Teufel' ein Wort ist, das überhaupt nicht erst gesagt werden sollte, besonders nicht von einem Kind. Und möchtest du wissen, was ich glaube, Allie?"

Das Kind zuckte unverbindlich mit den Achseln.

„Du sagst ‚Teufel' nur, um Sams Aufmerksamkeit zu bekommen."

„Sam ist gar nicht hier", bemerkte Allie. „Er ist in der Besp'echung."

Gloria hatte das Gefühl, dass Sams Verhandlung mit seinem Kunden nicht besser verlief als die ihre mit Allie. Und bei ihren Ausritten mit den Cherubim war sie auch nicht gerade auf eine solche Aufgabe vorbereitet worden.

Sie beugte sich zu Allison hinunter und legte ihr die Hände auf die Schultern. „Lass uns doch ein anderes Wort ausdenken, mit dem du Aufmerksamkeit bekommst, einverstanden?"

„Wenn du seine Aufmerksamkeit haben willst", empfahl Allison, „dann musst du ‚Verdammt' sagen. Das ist Sams Lieb'ingswort."

„Ja, du hast recht. Sam muss sich auch ein paar neue Wörter

einfallen lassen." Sie schaute in Allies große braune Augen und hoffte, in ihnen ein Zeichen von Verständnis zu sehen. Aber das erwartungsvolle unschuldige Lächeln, das sie stattdessen bekam, zeigte ihr nur allzu deutlich, dass Allie genau wusste, wie sie mit den Erwachsenen in ihrem Leben umgehen musste.

„Vielleicht kennt Hunny ja ein gutes Wort", schlug Gloria vor.

„Nee. Er kennt nur böse Wörter, und ich sag ihm immer, er darf sie nicht sagen, aber er sagt sie trotzdem und dann bekommt er immer Ärger." Allie seufzte laut und zuckte mit den Schultern in der Da-ist-eine-Mutter-machtlos-Weise und küsste ihr Stofftier auf die Nase. „Aber ich liebe ihn trotzdem."

„Natürlich tust du das. Und er ist ja auch ein ganz toller Drache." Gloria merkte, dass sie es anders versuchen musste. „Ich kenne ein Wort, mit dem du Sams Aufmerksamkeit bekommen würdest, ohne dass ihr beide Ärger bekommt." Sie zögerte und ließ den Gedanken im Raum stehen. „Soll ich dir das Wort verraten?"

Allie drückte auf den Startknopf und beobachtete das Licht, das unter der Scheibe entlangwanderte. „Ich glaube wirklich, dass da ein Stern drin ist. Er ist heller als die Sonne!"

„Hm, das ist hell. Möchtest du das Wort nicht hören, mit dem du Sams Aufmerksamkeit bekommen würdest?"

Allie hob die Kopie von Glorias Hand hoch. „Ich möchte auch ein Bild von meiner Hand. Aber lass den Deckel oben, 'kay? Ich möchte den Stern sehen."

Gloria half dem Kind, seine Hand richtig auf die Glasplatte zu legen. „Aber wenn du das Wort nicht kennst, an das ich denke, dann ist es auch in Ordnung. Du hättest es wahrscheinlich sowieso nicht sagen können."

Allison schaute Gloria nachdenklich an, doch sie sagte nur: „Ich bin fertig. Drück auf den Knopf."

Offensichtlich verstand eine von ihnen die Grundsätze der Psychologie nicht. Gloria drückte auf den Knopf und hielt Allisons Hand fest, während der Stern seine Wanderung unter der Glasplatte machte. Vielleicht sollte sie ihre Strategie etwas ändern. „Weißt du, Allie, je mehr ich darüber nachdenke, desto mehr glaube ich, dass du es gar nicht sagen könntest."

„Könnte ich wohl, wenn ich wollte", versicherte das Mädchen ihr.

„Glaube ich nicht. Du bist ja erst fünf."

„Und nächstes Jahr gehe ich in die Schule."

„Das weiß ich, aber dieses Wort ist trotzdem zu schwer für dich."

Mit einem Seufzer schluckte Allison schließlich den Köder. „Das ist nicht schwer für mich. Nenn mir das Wort, und ich sage es dir."

„Sagen ist nicht das Schwere daran. Es immer wieder statt der anderen Wörter zu benutzen, das ist das Schwere daran."

„Ich kann auch Schweres, Gloria. Und ich kann schwere Wörter sagen."

Gloria nutzte die Gelegenheit aus. „Und du wirst nicht böse, wenn du es nicht sagen kannst?"

Allison stemmte eine Hand auf die Hüfte. „Ich werde nicht böse, weil ich jedes Wort sagen kann, das ich will."

Stirnrunzelnd setzte sich Gloria auf den Boden und streckte die Beine aus. Sie lehnte sich an den Kopierapparat und tat so, als ob sie gründlich nachdenken musste. „Sam wird sicher sehr erstaunt sein, wenn er dich dieses Wort sagen hört, Allie. Du bekommst sofort seine Aufmerksamkeit." Sie versuchte mit den Fingern zu schnipsen, aber sie rutschten ab und machten kein Geräusch. „Schon bei dem Gedanken daran, was er sagen wird, muss ich lachen."

„Er wird sagen ...", Allie senkte ihre Stimme, um in seiner Tonlage zu sprechen, „‚junge Dame', wird er sagen, ‚wo haben

Sie dieses Wort gehört?'" Sie landete kichernd neben Gloria auf dem Boden. „Und dann sage ich ihm, dass du es mir beigebracht hast."

„Willst du, dass ich Ärger mit Sam bekomme?" Gloria hielt Allie fest und kitzelte sie unterm Kinn. „Das würdest du mir doch nicht antun, oder?"

„Doch." Allie kicherte weiter, während sie das Kinn fest auf die Brust drückte. „Aber du wirst nicht wirklich Ärger bekommen, Gloria. Ich bringe Sam nur zum Lachen, weil er so überrascht sein wird, wenn ich ..." Sie schaute Gloria von der Seite an. „Was ist das Wort, das ich sagen soll?"

„Daddy."

„Daddy?"

Gloria nickte. „Findest du nicht, dass es das ideale Wort ist, um seine Aufmerksamkeit zu bekommen?"

Man konnte sehen, wie die Idee in Allies Kopf arbeitete und ihr Gesicht immer mehr zum Strahlen brachte. Sie packte Hunny an seinem dünnen Hals und erhob sich. „Das muss ich sofort ausprobieren."

„Warte, Allie!" Gloria verlor kostbare Sekunden, bis auch sie auf ihren unbeholfenen Füßen stand. Allie war schon aus dem Raum und den Gang hinuntergelaufen, und Gloria musste von weitem zusehen, wie sie in den Konferenzraum platzte und mit der ganzen Kraft ihrer kleinen Lunge schrie: „Daddy!"

5. KAPITEL

„Hier ist mein Büro. Lassen Sie uns dort reden.“ Sam hielt Gloria die Tür auf. Er schaute über die Schulter zu Allison, die jetzt auf dem Schreibtisch seiner Sekretärin saß und unter Mrs Doerners – und natürlich Hunnys – freundlicher Aufsicht eifrig Briefe schrieb. Er schloss die Tür und lehnte sich von innen dagegen.

Gloria schaute ihn an und hielt sich an der Kante des Mahagonischreibtisches hinter sich fest, als ob sie das jüngste Gericht erwartete. Kein schlechter Vergleich, dachte er, wenn man die Umstände in Betracht zog, wirklich kein schlechter Vergleich. Er verschränkte die Arme vor der Brust und entschied, dass es ihr nicht schaden würde, wenn er sie noch etwas schwitzen ließ.

Dabei sah sie eigentlich nicht sonderlich besorgt aus. Sie machte eher einen kühlen und gefassten, ja sogar leicht amüsierten Eindruck. Eine weitere Minute des Schweigens wird das schon ändern, dachte er – und dann beging er den Fehler, seinen Blick an ihren beeindruckend langen Beinen hinunterwandern zu lassen. Seine stark vernachlässigten, erotischen Bedürfnisse wurden wie ein Feuer entfacht. Der Kragen wurde ihm eng, und während er ganz automatisch seinen Krawattenknoten lockerte, zwang er sich, seinen Blick auf weniger gefährliches Territorium zu lenken.

Mit ihren großen Augen beobachtete sie ihn ganz unbefangen und schien einfach nur sehr interessiert abzuwarten, sodass er sich fragte, was ihr wohl durch den Kopf ging. Was auch immer das war, er glaubte jedenfalls nicht, dass es auch nur im Entferntesten mit der Arbeit zu tun hatte, für die er sie angestellt hatte. Sam hatte sogar das beunruhigende Gefühl, dass es etwas mit *ihm* zu tun hatte, und zwar auf eine sehr persönliche Weise. Sie musterte seinen Körper genauso, wie er gerade den ihren betrachtet hatte.

„Wenn es Ihnen nichts ausmacht ...“, räusperte er sich, „dann hätte ich gern für einen Augenblick Ihre Aufmerksamkeit.“

Sie hob die Augen und blickte in die seinen, und dann tat sie etwas, was er unter diesen Umständen am allerwenigsten erwartet hätte – sie lachte! „Sie wollen meine Aufmerksamkeit?“, fragte sie und lachte noch mehr. „Das ist gut, Sam. Sehr gut, und gerade noch rechtzeitig. Ich dachte schon, Sie hätten jeglichen Humor verloren.“

Er hatte eher den Eindruck, er habe den Verstand verloren. „Ich fürchte, in dieser Situation ist Humor nicht angebracht, Gloria.“

„Nein?“ Sie legte die Stirn in Falten. „Hmm. Ich dachte, es war lustig, denn Allie und ich hatten uns gerade darüber unterhalten, wie sie Ihre Aufmerksamkeit bekommen könnte, und ...“

„Und das haben Sie ja auch geschafft!“ Der in ihm aufsteigende Zorn ließ seine Stimme noch barscher klingen, und ihr Lächeln erstarb.

„Allie wollte Ihnen keine Probleme bereiten.“

„Natürlich nicht. Aber wenn Sie Ihre Arbeit richtig gemacht hätten – und dazu gehört nun mal, sie zu beaufsichtigen – dann hätte sie auch keine Gelegenheit dazu gehabt, oder?“

Gloria schlug die Augen nieder und betrachtete das Muster auf dem Teppichfußboden. „Es war doch nur eine kleine Unterbrechung, Sam.“

„Sie haben nicht die leiseste Ahnung, was diese kleine Unterbrechung mich kosten wird! Als Morrison heute Morgen hier ankam, wollte er seine bisherigen Zusagen zurückziehen. Fast war es Damon und mir gelungen, ihn davon zu überzeugen, dass es für ihn besser ist, weiter mit uns zusammenzuarbeiten und den Auftrag zu unterschreiben. Da war Allies *kleine* Unterbrechung für ihn ein willkommener Anlass, seine endgültige Zustimmung noch einmal zu überdenken.“ Sam strich sich mit den Fingern durch das Haar und zerzauste es vor lauter Wut. „Was zum Teufel haben Sie sich dabei gedacht, sie wie einen wild gewordenen Handfeger in die Besprechung platzen zu lassen?“

Plötzlich war dieser amüsierte Ausdruck aus Glorias hübschen blauen Augen verschwunden. „Ich weiß es nicht, Sam. Ich dachte nur, dass Kinder keine Kraftausdrücke hören sollten, und dass sie diese erst recht nicht gebrauchen sollten, um die Zuwendung ihres Vaters zu bekommen. Vielleicht habe ich aber auch nur gedacht, Sie würden sich freuen, wenn Ihre Tochter Sie Daddy nennt, oder ganz einfach nur, dass Allison Ihnen wichtiger ist als irgendeine Besprechung.“

„Machen Sie aus unserem Gespräch kein Psychogelaber über das Bedürfnis eines Kindes nach Zuwendung und Aufmerksamkeit. Mir ist durchaus bewusst, dass Allison nach dem Tod ihrer Mutter unter Ängsten leidet, aber sie braucht auch ein geregeltes Leben und Disziplin. Sie ist im letzten Jahr von ihren Großeltern genug verhätschelt worden, und ich werde nicht zulassen, dass Sie meine Autorität untergraben. Haben Sie mich verstanden?“

„Kein Wort“, sagte Gloria mit einem Achselzucken. „Das erklärt nämlich keineswegs, warum Sie so aufgebracht sind, dass Allie Sie Daddy genannt hat.“

„Darum geht es doch gar nicht. Ich bin aufgebracht, weil sie die Besprechung gestört hat.“

„Sie war doch nur ganz aufgeregt.“

„Ja, das habe ich gemerkt. Das Problem ist nur, Gloria, dass es zu Ihren Aufgaben gehört, dafür zu sorgen, dass sie gar nicht erst so aufgeregt wird.“

Sie schaute ihn einen Sekunde lang unverwandt an. „Aufregung? *Das* ist Ihr Problem?“

Er nickte. „Das ist das Problem."

„Nein! Sie sind das Problem!" Sie richtete sich auf und ließ den Schreibtisch los. Bevor Sam wusste, wie ihm geschah, stand sie direkt vor ihm, beide Hände in die Seiten gestemmt, und schaute ihm tief in die Augen. Sie war so nah, dass er ihre Körperwärme spüren konnte, so nah, dass er ihren frischen himmlischen Duft riechen konnte, so nah, dass er sie hätte küssen können, wenn er sich nur ein wenig vorbeugte ...

Ganz unerwartet stieß sie mit dem Finger auf seine Brust und riss ihn aus seinen Gedanken. „Jetzt hören Sie mir mal zu, Sam Oliver", fing sie an. „Ich bin zwar nur ein Engellehrling, aber ich kann ein Problem erkennen, wenn es sich stellt. Und wenn Sie glauben, dass Aufregung ein Problem ist, dann brauchen Sie dringend einen Auffrischungskurs darüber, was Leben ist." Und wieder stieß sie mit dem Finger zu. „Und ich bin hier, um Ihnen zu sagen, wenn Sie weiterhin jede Freude aus Ihrem Leben verbannen, werden Sie all die guten Jahre ihres Lebens, die noch vor Ihnen liegen, versäumen. Und wenn Sie es nicht schaffen, Ihre Einstellung zu ändern, dann werde ich für den Rest meines Lebens Sterne putzen. Haben Sie mich verstanden?" Sie stieß ihn wieder, schaute dann aber ihren Finger an und erschrak darüber, dass sie damit auf ihn gezeigt hatte. Mit einem verlegenen Lächeln versuchte sie, ihn unter ihrem Daumen zu verstecken. „Entschuldigung", sagte sie. „Normalerweise suche ich nicht so ... den Körperkontakt."

Ohne an die Folgen zu denken, ließ er es zu, dass seine Hand ganz impulsiv ihre Finger umfasste. Er wollte Glorias Anschuldigung zurückweisen. Er wollte ihr kündigen und sie in Schimpf und Schande zu dieser „Schutzengel"-Agentur zurückschicken. Doch mehr als alles andere auf der Welt wollte er die Erregung spüren, die ein Kuss von ihr auslösen würde. Sie blickte zu ihm hoch, ihr Gesichtsausdruck wurde langsam weich und voller Erwartung, ihre Lippen waren feucht, verlockend, leicht geöffnet und sehr einladend.

Ich sollte nicht so nahe bei ihr stehen, dachte er. Ein Kuss würde alles nur noch komplizierter machen. *Alles*. Und sein Leben war bereits kompliziert genug. Auf noch einen Menschen Acht geben zu müssen, war wirklich das Allerletzte, was ihm gerade noch fehlte.

„Sie sind ja in einer noch schlechteren Verfassung, als ich glaubte", sagte sie, während sie sich auf die Zehenspitzen stellte und mit einer Hand seinen Kopf zu sich herunterzog. Ihre Lippen trafen sich auf halbem Weg, und bereits die erste Berührung löste eine Welle von Gefühlen in ihm aus. Automatisch schlang Sam die Arme um sie und zog sie dicht ... immer dichter ... an sich heran.

Unter der Berührung seiner Zunge und seinen drängenden Lippen verschmolz ihr Mund mit dem seinen ... und eine süße Wonne durchströmte warm und ungehindert seinen Körper. Sie küsste ihn unbefangen, ohne Hemmungen oder gar Vorsicht, und sie schlang die Arme impulsiv und ungestüm um seinen Hals.

Sie fühlt sich in meinen Armen an wie Daunenkissen, stellte Sam überrascht fest. Sie war weich und doch fest, nachgiebig und elastisch, herrlich weiblich und ungeheuer geheimnisvoll. Wie Seide passte sie sich den Bewegungen seines Körpers an, füllte seine kantigen Formen mit ihren Kurven aus, und zwar auf eine sehr verführerische, verlockende und dennoch irgendwie schüchterne Weise.

Gloria war ein Widerspruch in sich. Einerseits hatte sie mit der Raffinesse einer erfahrenen Frau diesen Kuss eingeleitet, aber andererseits antworteten ihre Lippen mit einer entwaffnenden Unschuld, einer Unschuld, die ihn überraschte und aus dem Gleichgewicht brachte. Er wusste nicht, was er von ihr halten sollte, aber ihm war die Intensität ihrer Gefühle nicht entgangen. Sie hatte diesen Kuss offensichtlich genossen und ihn damit angesteckt, und diese Sinnlichkeit war Balsam für sein gequältes Herz.

Da wurde ihm plötzlich klar, dass er zum ersten Mal eine andere Frau als Jenny küsste. Jenny war schon sein bester Spielkamerad im Kindergarten gewesen, dann sein bester Kumpel, seine erste Liebe und später seine Braut. Er hatte sie schon so lange geliebt und auf so viele verschiedene Weisen, dass ihre Sexualität irgendwann zu einer bequemen, zufrieden stellenden Partnerschaft geworden war. Wenn ihrer Beziehung ein gewisser Reiz gefehlt hatte, dann war es ihm nie aufgefallen, und er hatte auch nie etwas vermisst.

Jedenfalls nicht bis jetzt.

Jetzt waren die erregenden quicklebendigen Gefühle, die wie ein heißer Sommersturm durch seinen Körper brausten, nicht zu ignorieren, sein Herz hämmerte, und sein Blut raste wie ein wildes rhythmisches Feuer durch seine Adern, während seine Zunge die ihre in einem Spiel umwarb, das er schon fast vergessen hatte. Dennoch setzte bei diesem Vergnügen auch sein Denkapparat wieder kalt und unerbittlich ein.

Dies war nicht Jenny, die er da umarmte. Gloria war eine Fremde. Die brennende Hitze in ihm rührte wahrscheinlich eher daher, dass er so viele Monate lang enthaltsam gelebt hatte, und hatte nichts mit der Frau zu tun, die er da in seinen Armen hielt. Seine überwältigende Reaktion auf Gloria war nur ein Beweis für seinen sexuellen Notstand. Unter diesen Umständen hätte jede Frau dieselbe Reaktion in ihm auslösen können. Es gab nun mal Zeiten im Leben, in denen es egal war, wem die Lippen gehörten, und jede körperliche Nähe besser war, als alleine zu sein, und …

Würdest du bitte still sein und dies hier genießen? Glorias Botschaft durchdrang seine Gedanken mit mehr Wucht, als sie beabsichtigt hatte. Aber es störte sie wirklich sehr, dass Sam den Kuss nicht einfach geschehen lassen konnte. Wenn alle Menschen sich dermaßen gegen solche Vergnügen wehrten, musste man sich bestimmt keine Sorgen über eine eventuelle Überbevölkerung machen.

Entspann dich Sam! Es ist nur ein Kuss, keine Komplikation. Diesen Gedanken gab sie ihm etwas sanfter und beruhigender ein und war erleichtert, als sie seinen zustimmenden Seufzer hörte und spürte, wie er sie fester an sich heranzog. Auch sie entspannte sich und überließ sich dem Auskundschaften dieser ihr völlig neuen Kunst des Küssens.

Gloria hatte bisher über das Küssen nur theoretisches Wissen. Der Brauch, zwei Paar Lippen aufeinander zu drücken, war ihr bis zu diesem Augenblick immer sehr merkwürdig vorgekommen. Jedenfalls hatte in der Engelschule keiner je davon gesprochen, was für ein Vergnügen es bereiten konnte. In Sams Kuss entdeckte sie einen Bereich der menschlichen Erfahrungswelt, der sie bisher nie gereizt hatte, und den sie gerade anfing zu verstehen.

Und ob sie verstand!

Seine Lippen fühlten sich weich, warm und feucht an, sein harter Körper presste sich an den ihren. Seine Zunge … Halleluja! Sie hatte nicht gewusst, dass es so viele Möglichkeiten gab. Und seine sexuelle Begierde – von der sie sich in ihren wildesten Träumen nicht hatte vorstellen können, dass sie so etwas so bald erleben würde – gab ihr die unerwartete, aber verführerische Befriedigung, dass auch er sie begehrte. Egal wie oft er sich auch einzureden versuchte, dass er das nicht tat.

Gloria hätte ihn gerne endlos weiter so geküsst, um auszuprobieren, welche köstlichen Gefühle sie dabei noch empfinden würde. Aber sie war von erfahrenen Engeln davor gewarnt worden, sich Gefühlen zu sehr hinzugeben, und deswegen zog sie sich widerstrebend zurück. Sie fuhr sich mit der

Zunge über die Lippen, um herauszufinden, ob sie dieses nachklingende Entzücken schmecken konnte. „Toll!“, sagte sie lächelnd. „Kein Wunder, dass Küssen hier unten ein so beliebter Zeitvertreib ist. Macht das jeder so gut wie Sie?“

Sam musste schlucken und rückte seinen Krawattenknoten zurecht. „Das kann ich Ihnen leider nicht sagen“, antwortete er verlegen. „Ich küsse normalerweise keine Fremden.“

„Wen küssen Sie denn dann?“

Seinem Gesicht war für einen Moment großes Bedauern abzulesen. Ihr entgingen aber auch nicht die Selbstvorwürfe, die ihm durch den Kopf schossen, und sie wusste, dass er sich darauf vorbereitete, das Vergnügen wieder kaputtzumachen, das sie gerade noch miteinander geteilt hatten. „Schauen Sie, Gloria, ich hätte das nicht geschehen lassen dürfen.“

Sie konnte ihren Seufzer nicht unterdrücken. „Habe ich etwas falsch gemacht? Hat es Ihnen nicht gefallen?“

„Nun ... ja ... natürlich, aber ... schauen Sie, um Gefallen kann es hier nicht gehen. Ich hätte Sie nicht küssen dürfen. Und damit Schluss! Sie sind hier, um auf meine Tochter aufzupassen und sonst wird nichts – ich wiederhole *nichts* – zwischen Ihnen und mir passieren. Persönliche Verwicklungen mit einer Angestellten ist der sichere Weg in die Katastrophe, und – ehrlich gesagt – der einzige Ausweg, den ich sehe, ist, Sie zurückzuschicken.“

„Bitte?“ Sie hielt sich die Hand vor den Mund. „Bevor Sie weitermachen mit Ihrem Weg-in-die-Katastrophe-Zeug, darf ich Ihnen etwas dazu sagen?“

Er zögerte mit seiner Antwort, aber gab ihr dann doch mit einem Nicken die Erlaubnis dazu, wofür sie sich mit einem Lächeln bedankte. „Sie zu küssen, Sam, war die für mich bisher schönste Erfahrung, aber wenn es Ihnen nichts ausmacht, möchte ich es dabei belassen. Ich verspreche Ihnen, wenn ich eine Erfahrung finde, die mir noch besser gefällt, lasse ich es

Sie wissen, und dann können wir darüber reden, was für eine Katastrophe dieser erste Kuss war. Bis dahin sollten wir jedoch beide nicht mehr ans Küssen denken."

Sam öffnete den Mund, brachte aber keinen Ton heraus, und Gloria beschloss, lieber zu verschwinden, bevor er die Worte fand, nach denen er suchte. „Ich glaube, Allison ruft mich", sagte sie, und mit einer recht passablen Schrittkombination kam sie an Sam vorbei und ging zur Tür.

„Warten Sie noch eine Minute!"

Seine Stimme hielt sie zurück, noch bevor sie ganz draußen war. Sie hielt sich an der Türklinke fest, während sie sich zu ihm umdrehte. „Ja, Sam?"

„Nur damit wir uns richtig verstehen, von jetzt an gilt ihre volle Aufmerksamkeit nur noch Allie, einverstanden?"

„Machen Sie sich nicht lächerlich. Allie hat immer meine volle Aufmerksamkeit."

„Soll das heißen, dass Sie bei Ihrer bisher schönsten Erfahrung an meine Tochter gedacht haben?"

Sie schüttelte staunend den Kopf. „Ihr Leben wäre wirklich viel weniger kompliziert, wenn Sie aufhören würden, ans Küssen zu denken."

„Daran denke ich doch überhaupt nicht!"

„Und warum erwähnen Sie es dann wieder?"

„Lenken Sie nicht vom Thema ab, Gloria. Wir reden über die Arbeit, für die Sie eingestellt wurden." Er ging auf sie zu, wobei er jedoch einen gewissen Sicherheitsabstand einhielt. „Ehrlich gesagt, weiß ich überhaupt nicht, warum ich mit Ihnen darüber spreche. Ich sollte sie einfach feuern, und das Problem ist erledigt."

„*Feuern?* Mich? Wie wollen Sie denn das machen?"

„Sehr einfach." Er zeigte auf den Schreibtisch hinter sich. „Indem ich zum Telefon gehe, Mrs Klepperson anrufe und darum bitte, mir jemanden zu schicken, der geeigneter ist."

„Jemanden, den Sie nicht küssen wollen, meinen Sie." Sie tippte ihm mit einem Finger spielerisch aufs Kinn. „Vergessen Sie es, Sam. Sie haben mich nicht eingestellt, und Sie können mich auch nicht feuern. Auch wenn es Ihnen schwerfällt, das zu begreifen, Ihnen wird nichts anderes übrig bleiben als zu lernen, mich zu lieben."

Er starrte sie an, machte auf dem Absatz kehrt und griff zum Telefon. Dort stand er nun mit dem Hörer in der Hand und hatte tausend Falten auf der Stirn. Er tat Gloria leid. „Fünf-fünf-fünf. Zwei-sechs-vier-fünf."

Wütend gab er die Nummer der Kindermädchen-Agentur ein, die sie ihm genannt hatte, und hielt den Hörer ans Ohr. Dann legte er wieder auf. „Es ist besetzt."

„Tatsächlich? Hmmm. Dann versuchen Sie es weiter." Sie öffnete die Tür. „Wissen Sie was, Sam. Dies ist eigentlich ein so schöner Tag, dass man ihn in einem Park verbringen sollte. Ich werde mit Allie einen suchen gehen."

„Sie gehen mit Allie nirgendwo mehr hin", beeilte er sich.

„Gut. Dann werde ich Allie sagen, dass Sie mitkommen."

„Warten Sie! Ich kann doch nicht …"

Gloria flüchtete und ließ Sam allein mit seiner Wiederholungstaste.

Wieder.

Und wieder.

Und wieder …

Die Tür zum Konferenzraum ging gerade weit genug auf, dass Allie ihren Kopf hindurch stecken konnte. „Bist du 'leich fertig, Dad?"

Sam schaute dieses Mal nicht einmal hoch. „Noch nicht."

„Wann *bist* du denn fertig, Dad?"

„Bald, Allison."

„In zwei Minuten, Dad?"

Er schaute sie über den Schildpattrand seiner Lesebrille hinweg an. „Wo ist Gloria? Sie sollte dich beschäftigen."

„Sie versteckt sich." Allie schaute hinter sich und dann wieder auf ihren Vater. „Wir spielen Verstecken."

„Das hört sich lustig an."

„Ist aber nicht lustig, Dad. Hunny soll suchen, aber er will nicht mehr suchen, weil er jetzt in den Park gehen will."

„Dann wird Hunny warten müssen."

„Dann fängt er an zu weinen", warnte Allie.

Sam setzte seine Lesebrille wieder richtig auf und konzentrierte sich erneut auf seine Unterlagen. „Mach bitte die Tür zu, Allie. Wir gehen in den Park, wenn ich mit meiner Arbeit fertig bin."

„Arbeit, Arbeit, Arbeit! Immer nur Arbeit!" Enttäuscht gab sie einen Riesenseufzer von sich. Vor Wut knallte sie die Tür so fest zu, dass sie wieder aufsprang und in den Angeln bebte. Sie schaute erschrocken erst die Tür und dann Sam an. „Ich suche lieber Gloria. Aber ich komme in zwei Minuten wieder, 'kay, Dad?"

Wie ein Blitz rannte sie den Flur entlang, wobei ihre Gummisohlen auf dem gefliesten Fußboden quietschten. Zurück ließ sie eine offene Tür und einen lautlosen Raum, in dem nur Damons anerkennendes Pfeifen zu hören war.

„Wie hast du es geschafft, dass sie dich nicht mehr Sam nennt, Dad?" Damon schob einen Stapel Papiere zusammen und legte ihn zur Seite. „Hast du sie mit Lakritze bestochen?"

„Das tut sie nur, um meine Aufmerksamkeit zu bekommen."

„Darauf wäre ich nie gekommen."

Sam grübelte über den letzten Zahlen der Pläne für das Krankenhaus. „Ich glaube, das war Glorias Idee."

„Ach, Gloria!" Damon schüttelte verwundert den Kopf. „Sie versteht es wirklich, Menschen zu faszinieren. Hinreißend, nett und fährt wie eine Wahnsinnige. Ich muss dir sagen, Sam, sie wird mit jeder Minute interessanter."

„Dann schau sie dir noch einmal richtig an, bevor wir heute das Büro verlassen. Denn sobald ich mit diesem Kostenvoranschlag fertig bin, bringe ich sie zur Agentur zurück."

„Ich dachte, du wolltest mit Allie in den Park gehen."

„Vielleicht tue ich das auch noch … nachdem ich diesen ‚Schutzengel' los geworden bin."

„Du bist ganz schön hart mit ihr, meinst du nicht? Schließlich wirst du mit Allie auch nicht besser fertig."

Sam schaute Damon an. „Ich denke, ich werde sehr gut mit meiner Tochter fertig. Ich kann sie jedenfalls besser im Zaum halten als Gloria."

Damon zuckte mit den Schultern und beugte sich wieder über seine Unterlagen. „Ich glaube, es ärgert dich nur, dass Allie, wenn sie die Wahl hätte, lieber dich bei der Agentur abliefern würde als Gloria."

„Glücklicherweise hat sie diese Wahl nicht. Klar wird sie eine Weile traurig darüber sein, aber bis heute Abend hat sie Gloria vergessen."

„Ich wette zehn Dollar, dass du sie dann nicht vergessen hast."

„Das Thema ist erledigt, du Großmaul."

„Klar, aber du kannst auch noch durch deine zusammengebissenen Zähne lügen." Damon streckte sich, ging zur Anrichte hinüber und machte sich eine Dose Cola auf. „Du bist der einzige Mann, den ich kenne, der noch nicht einmal nur so tut, als wolle er eine solche Frau loswerden. Sie ist perfekt."

„Sie ist seltsam." Sam versuchte nicht länger, sich zu konzentrieren und legte den Bleistift aus der Hand. „Du hast selbst erlebt, was heute mit diesem Polizisten passiert ist."

Damon setzte die Dose an die Lippen und nahm einen großen Schluck. „Sie hat sich charmant herausgeredet, um keinen Strafzettel zu bekommen. Was ist daran seltsam? Die Frau sieht wie ein Engel aus. Ihr Lächeln könnte die ganze Antarktis auftauen. Ich hätte ihr als Polizist auch keinen Strafzettel gegeben."

„Nein, du hättest ihr Hausarrest gegeben."

Damon zog amüsiert eine Augenbraue hoch. „Sehr gut, Sam, das hätte von mir sein können. Aber das Traurige daran ist, dass du ihr das Bußgeld verpasst hättest."

Sam rieb sich den Nacken. „Es geht ja nicht nur um diesen einen Vorfall, Damon. Sie sagt eigenartige Sachen. Und Dinge scheinen zu ... passieren, wenn sie da ist."

„Ach ja, und Gott bewahre dich davor, dass dir irgendetwas Unerwartetes oder Aufregendes passiert."

„Darum geht es nicht", beeilte sich Sam, ihn zu unterbrechen – bevor die Erinnerung an diesen unerwarteten und aufregenden Kuss wieder seinen Standpunkt ins Wanken bringen konnte. „Ich muss zuallererst an das Wohl meiner Tochter denken."

„Ach nein. Gerade Allie ist verrückt nach dieser Frau. Und ich bin verrückt nach ihr. Sie hat das gesamte Büropersonal im Handumdrehen bezaubert. Du bist der Einzige, der Zweifel hat."

„Aber meine Meinung ist entscheidend."

Damon sah Sam lange an, bevor er den Rest der Cola trank und die Dose in den Abfalleimer warf. „Gut", sagte er. „Allie ist deine Tochter, und du musst tun, was du für richtig hältst, aber du hast Gloria nicht einmal eine Chance gegeben. Neue Angestellte in unserem Büro bekommen alle eine mindestens dreimonatige Probezeit, um zu zeigen, dass sie ihre Arbeit gut machen können. Selbst wenn ich die zwanzig Minuten Autofahrt mit dazu rechne, hast du Gloria noch nicht einmal drei Stunden gegeben."

Sam schaute auf die Uhr. Drei Stunden? Es kam ihm länger

vor. Viel länger. Erinnerungsfetzen flogen ihm durch den Kopf, die er genauso wenig festhalten konnte wie Papierschnipsel im Wind, die wie Schmetterlinge über Wildblumen flatterten. Er stieß sich vom Tisch ab und sprang auf. „Ach komm schon, Damon. Kommt dir denn an ihr überhaupt nichts seltsam vor? Ihr Name zum Beispiel. Wir kennen noch nicht einmal ihren Namen."

„Sie heißt Gloria, Sam", sagte Damon ganz ruhig. „Ihr Name ist Gloria."

„Ich sprach von ihrem Nachnamen", blaffte Sam gereizt. „Oder weißt du, was nach Gloria kommt?"

„*In excelsis Deo?*", antwortete sein Freund belustigt mit einem entschuldigenden Schulterzucken. „Ich muss gestehen, das sind die einzigen lateinischen Worte, die ich je gelernt habe, und auch die würde ich nicht kennen, wenn mich Tanja Freeson nicht im letzten Schuljahr kurz vor Weihnachten mit in den Chor genommen hätte. Mann, die werde ich nie vergessen. Rotes Haar bis zu den Hüften, Sommersprossen und Zahnspangen. Und sie trug immer diese hauchdünnen durchsichtigen Kleider, die ..."

„Es tut mir leid, dass ich überhaupt davon angefangen habe", sagte Sam leicht beleidigt. „Ich dachte nur, dass dir an Gloria etwas anderes aufgefallen ist als nur ihr Aussehen."

Damon kratzte sich am Kinn. „Hilf mir, dich zu verstehen. Du willst Gloria doch nicht loswerden, weil du ihren Nachnamen nicht kennst, oder? Ich meine, wenn das das einzige Problem ist, dann frage ich sie danach. Dann weißt du, was nach Gloria kommt, und wir können alle wieder zur Tagesordnung übergehen."

Sam schüttelte den Kopf. „Damon, was ich versuche dir klarzumachen, ist die Tatsache, dass sie irgendwie anders ist. Sie ist ungewöhnlich und seltsam. Und das hat nichts damit zu tun, dass ich mich nicht an ihren Nachnamen erinnern kann."

„Du fängst an, mir Sorgen zu machen, Sam. Offensichtlich hast du ihren Namen gelesen oder gehört und ihn dann vergessen. Vielleicht gebraucht sie aber auch nur den einen Namen. Wie Cher, zum Beispiel."

„Ich hätte nie ein Kindermädchen eingestellt, das keinen Nachnamen hat."

„Wenn Madonna sich beworben hätte, dann hättest du sie hoffentlich nicht wegen einer solchen Kleinigkeit abgewiesen."

Sam wusste nicht, wie er annehmen konnte, dass Damon ihn verstehen würde, oder gar, dass er seine Bedenken teilen könnte. Auch wenn er zugeben musste, dass sie sich ziemlich dumm anhörten, wenn er sie formulierte und laut aussprach. Aber da war noch etwas, woran er sich nicht mehr genau erinnern konnte. Er hatte nur so ein Gefühl – aber was für eins! Und solange er nicht wusste, was genau das war, wurde er den Eindruck nicht los, dass Gloria irgendwie anders war – beunruhigend anders. „Ist dir bei ihrer Kleidung nichts aufgefallen?", fragte er in der Hoffnung, dass ihn diese Spur weiterbringen würde. „Erst ist sie wie meine eigene Großmutter angezogen, und im nächsten Augenblick sieht sie völlig ... nun, hat sie ganz andere Kleider an ... eigentlich ihr ganzes Aussehen verändert."

„Mir kommt allmählich auch etwas sehr seltsam vor, Sam, und das bist du." Dabei zeigte Damon nachdrücklich mit dem Zeigefinger auf ihn. „Du solltest dir vielleicht wirklich den Rest des Tages freinehmen und ein wenig Zeit ohne deine Arbeit verbringen. Vergiss einfach mal Morrison und sein Krankenhausprojekt. Ehrlich gesagt, das Einzige, was an Gloria seltsam ist, das ist, dass sie dich anscheinend attraktiver findet als mich."

„Das kann es ja nun nicht sein."

Damon sah beleidigt aus. „Und ob es das ist. Dieses ganze Gespräch dreht sich doch nur um ihre Attraktivität, Sam. Du fühlst dich zu Gloria hingezogen und sie sich zu dir. Und das, mein Freund, jagt dir die Angst bis in die Zehenspitzen deiner großen Plattfüße."

„Ich brauche jemanden, der sich um Allison kümmert. Ich bin nicht an einer Romanze interessiert."

„Warum willst du Gloria dann loswerden? Es gehören immer zwei dazu, und wenn du nicht interessiert bist, brauchst du dir ja auch keine Sorgen zu machen."

„Hui!"

Sam sah, wie etwas Rotes an der offenen Tür vorbeiflitzte, und fragte sich, was Allison jetzt schon wieder anstellte. Einen Augenblick später segelte Gloria vorbei. Sie fuchtelte mit den Armen wie ein ungeschickter Akrobat. „Hallo, Sam!"

Auf Allisons schrilles Kichern folgte ein schriller Schrei: „Gloria! Pass auf!"

Der Krach hörte sich an, als ob ein Dutzend Bowlingkugeln gleichzeitig auf den Boden knallten. Man hörte Wasser schwappen und klatschen und dann gab es eine Geräuschwelle, als wenn tausend Murmeln über den gefliesten Fußboden hüpften. Auf dem Weg zur Tür warf Sam Damon seinen Hab-ich-dir-doch-gesagt-Blick zu.

Der Strom verabschiedete sich mit Zischen, Knistern und einem lauten Knall. Der Konferenzraum war plötzlich stockdunkel, nur erhellt durch das sonnige unbeschwerte Gelächter von Allison und Gloria.

6. KAPITEL

Das war das Lustigste, was ich bisher gemacht habe, Daddy." Allison drückte Sam einen schiefen Kuss neben den Mund und sprang sofort wieder von seinem Schoß, um zur Rutschbahn zu laufen.

„Sie genießt den Tag in vollen Zügen." Gloria blickte zur Seite, um zu verstehen, warum ihr Begleiter sich stirnrunzelnd in Schweigen hüllte. *Lächle, Sam!* Sie schickte ihm diesen Vorschlag in seine Gedanken und bekam ihn postwendend als schiefes Grinsen zurück. *Lächeln!* Mit einem leisen Seufzer veränderte sie ihre Stellung auf der Picknickbank und schob sich die Hände unter die Oberschenkel.

Wenige Meter entfernt auf dem Spielplatz stand Allison auf der obersten Sprosse der Leiter und hielt Hunny einen Vortrag über Sicherheitsmaßnahmen, bevor sie ihn die glänzende Rutsche aus Aluminium hinunter stieß. Als er unten mit dem Gesicht im Dreck landete, schlug sie begeistert in die Hände und kletterte die Leiter hinunter, um ihn aufzuheben und das Ganze wieder von vorne zu beginnen. Wenigstens lässt sich Allison von Sams schlechter Laune nicht die Freude verderben, dachte Gloria, doch diese Befriedigung half ihr selbst nicht viel weiter. Sams Laune war noch schlechter, als sie es vor ihrer Landung in seiner Mülltonne gewesen war. Und Leonard war auch nicht gerade zufrieden mit ihr.

„Ich habe doch gesagt, ich bringe schon alles wieder in Ordnung", sagte sie und war sich nicht sicher, ob ihr überhaupt jemand zuhörte.

Sam drehte ihr das Gesicht zu, und die dunklen Augen, die vor Ärger blitzten, zeigten ihr sehr deutlich, was er von ihrem Angebot hielt.

Sie zerdrückte mit der Schuhspitze einen Erdklumpen. „Miss Doerner sagte, dass sie das alte große Aquarium sowieso noch nie hat leiden können."

„Aber ich mochte das alte große Aquarium", sagte Sam. „Es ist – *war* – ein Sammlerstück."

„Wir haben doch alle Stücke wieder aufgesammelt." Sie versuchte es mit einem Lächeln, aber auch dieses Angebot lehnte er ab. „Sehen sie es doch mal von der guten Seite, Sam, kein einziger Fisch ist gestorben."

„Aber jetzt haben sie alle eine Therapie nötig." Er entspannte sich ein wenig, lehnte sich zurück an die Tischkante, stütze sich rückwärts mit den Ellbogen auf und beobachtete Allison, wie sie die Leiter hoch und runter kletterte. „Darf ich fragen, ob es Ihre Idee war, die Teppiche von der Wand zu nehmen und sie als Skateboards zu benutzen?"

„Fliegende Teppiche", verbesserte Gloria ihn.

„Was?"

„Skateboards haben Rollen. Fliegende Teppiche schweben durch die Luft."

„Und? Haben meine handgewebten Einzelstücke Ihren Ansprüchen genügt?"

Gloria zuckte mit den Schultern. „Ich kann nicht für Allie sprechen, aber meiner rutschte über den Boden wie über eine spiegelglatte Eisbahn."

Er zog die Augenbrauen hoch, runzelte die Stirn aber deswegen nicht weniger. „Wirklich?", fragte er. „So glatt?"

„Sogar noch glatter." Sie nickte und fühlte sich durch seinen trockenen Humor ermutigt, mehr zu erzählen. „Es hat mir fast so viel Spaß gemacht wie Fliegen zu lernen."

„Warten Sie. Das muss dann ja heute Morgen gewesen sein, gleich nachdem Sie sich hinter das Steuerrad von Damons Midlife-Crisis gesetzt haben, oder?"

Mit einer innerlichen – und verständlicherweise selbstgefälligen – Schadenfreude schickte sie Leonard die Botschaft, dass es mit Sam wieder lief und dass sie sich melden würde, wenn sie

Hilfe brauchte. Obwohl sie das jetzt nicht mehr für nötig hielt. „Ich bin dieses Sportauto gerne gefahren“, sagte sie glücklich. „Und ich bin gerne durch den Flur geschlittert ... nur der Unfall mit dem Aquarium tut mir leid. Besonders gerne aber bin ich mit Ihnen und Allison hier im Park.“ Sie nickte glücklich. „Ja wirklich, dies ist mein schönstes – nein *zweitschönstes* – Erlebnis bis jetzt.“

Gloria spürte, dass Sam wie ein Kater reagierte, der zur Abwehr seine Haare hochstellte. Sie merkte jetzt, warum es nicht immer gut war, die Wahrheit auszusprechen. Es sah so aus, als musste sie schnell etwas tun, um ihn davon abzuhalten, wieder an den Kuss zu denken. Sie sprang begeistert auf, ergriff seine Hand und zog ihn sanft fort. „Bitte zeigen Sie mir, wie man schaukelt, Sam.“

Er ließ sich zwar nicht fortziehen, aber gab sich auch keine Mühe, ihren Griff loszuwerden. „Ich bin zu alt für einen Kinderspielplatz. Das muss Allie Ihnen zeigen.“

„Allie bringt gerade Hunny bei, wie man die Rutsche benutzt. Also müssen Sie es tun.“

„Ich bin hier nur als Beobachter.“

„Und ich bin hier, um Sie wieder auf die Schaukel des Lebens zu setzen.“ Und wieder zog sie ihn an der Hand. „Kommen Sie schon, Sam. Genießen Sie das Leben mal ein bisschen!“

Er sah sie mit seinen dunklen Augen an, und in diesem kurzen Augenblick entdeckte Gloria, dass einem die Luft nicht nur aus Sauerstoffmangel, sondern auch vor Aufregung wegbleiben konnte. „Oh“, sagte sie.

„Oh?“, fragte Sam.

„Oje!“ Sie riss sich zusammen und blickte hinüber zu den Schaukeln. „Ich kann es kaum erwarten, bis in die Bäume hoch zu schaukeln. Ich liebe Höhen, müssen Sie wissen.“ Jetzt zog sie ihn mit beiden Händen. „Stehen Sie doch auf, Sam. Es dauert bestimmt nicht lange. Ich lerne schnell.“

Er entzog Gloria seine Hand und betrachtete sie einen Augenblick, ohne ein Wort zu sagen. Dabei sah er zwar skeptisch aus, aber der Gedanke schien ihn auch zu amüsieren. „Sie können mich nicht für dumm verkaufen, Gloria wie auch immer Sie heißen mögen. Sie glauben, mich umstimmen zu können, aber sobald Allie hier im Park genug gespielt hat, werde ich Sie bei der Agentur absetzen. Dass ich die vorhin nicht gefunden habe, lag nur daran, dass ich mir die Adresse nicht aufgeschrieben hatte. Ich hatte gedacht, ich wüsste noch, wo sie ist. Das heißt nicht, dass Sie als Kindermädchen für Allison bleiben können. Das verstehen Sie doch, oder?"

„Natürlich. Aber jetzt zeigen Sie mir bitte, wie man schaukelt."

Gloria wusste, dass der Widerwille, mit dem er aufstand, nur gespielt war, und sie folgte ihm neugierig, auch wenn die Füße ihr immer noch nicht so recht gehorchen wollten. Laufen war doch nicht so einfach, wie es aussah. „Wenn man einen Teppich braucht, ist nie einer da", murmelte sie vor sich hin. Als Gloria schließlich bei den Schaukeln ankam, hatte Sam sich schon auf eine von ihnen gesetzt und seine Hände um die schweren Eisenketten gelegt.

„Sie stoßen sich so ab", zeigte er ihr, „und wenn Sie in der Luft sind, müssen Sie nur noch die Füße hochstrecken."

„Füße hochstrecken", wiederholte sie. „Das müsste ich doch gut können." Gloria bekam die Schaukel neben Sam zu fassen und beäugte den Abstand zwischen ihren Hüften und dem Sitzbrett.

Nach einigen vergeblichen Versuchen hatte sie jedoch nicht nur die Schaukel, sondern auch die Füße so weit unter Kontrolle, dass sie mit einem Plumps siegesbewusst auf dem Brett landete. Sie lächelte triumphierend zu Sam hinüber, der bereits gemütlich vor und zurück schaukelte und sie lässig beobachtete. Gloria hielt sich an den Ketten fest und versuchte ihr Gewicht zu verlagern, aber sie wackelte nur irgendwie herum. Die Schaukel hüpfte ein wenig hin und her, und dann hing sie wieder träge und regungslos in ihrem Gestell.

„Setzen Sie die Füße auf den Boden."

„Ich sollte sie doch hochstrecken."

„Aber erst, wenn Sie in Schwung sind."

Sie zappelte mit den Beinen, aber ohne Erfolg. „Kann ich nicht in Schwung kommen, ohne meine Beine zu gebrauchen?"

„Nur wenn Sie jemand anschubst."

„Würden Sie das für mich tun?" Gloria sah ihn hoffnungsvoll an … und fand sein selbstgefälliges Grinsen gemein.

„Das ist doch nicht schwer, Gloria."

„Einfach ist es aber auch nicht."

Ungeduldig presste er die Lippen aufeinander. „Wissen Sie, ich nehme Ihnen dieses ‚Zeigen Sie mir, wie' nicht ab. Jeder kann schaukeln. Das ist doch eine dieser weiblichen Maschen, dass Sie so tun, als ob Sie nicht wüssten, wie es geht, nur um Aufmerksamkeit zu bekommen und meinem männlichen Ego zu schmeicheln."

Gloria krauste die Nase, und Sams Schaukelsitz kippte plötzlich um und warf ihn ohne viel Federlesens in den Sand. „Sie haben recht", sagte sie gelassen. „Und dies ist eine Engelmasche, damit Sie demütig werden."

Ohne Warnung spielte auch ihre Schaukel verrückt, und sie landete mit einem *Rums* neben ihm. Verdutzt über diese Schicksalswende sah sie gerade noch rechtzeitig, wie Sam sich duckte, als seine Schaukel über seinen Kopf hinwegsegelte. Sie erkannte jedoch zu spät, wie vorausschauend er gehandelt hatte, denn ihre Schaukel traf sie direkt am Hinterkopf.

„Aua!" Gloria rieb sich mit der Hand die schmerzende Stelle – und so wurden beim nächsten Schwung der Schaukel ihre Handknöchel getroffen. „Ist ja gut", murrte sie und hielt das Sitzbrett fest. Sie wünschte sich, dass Leonard ihr zugehört und einen anderen Engellehrling hier heruntergeschickt hätte. „Das war wirklich nicht nötig."

„Ich habe Ihre Schaukel noch nicht einmal angefasst, Miss Anmut."

„Ich habe nicht mit Ihnen gesprochen."

„Das ist auch gut so, denn wenn Sie schaukeln wollen, dann müssen Sie auch die Verantwortung für Ihre … Höhen und Tiefen übernehmen."

Gloria sah sich zu Sam um. „Soll das jetzt ein Wortspiel sein?"

Er zuckte mit den Schultern. „Ich bin etwas aus der Übung."

„Aus der Übung", wiederholte sie. Der kleine Sturz schien ihn weder verletzt noch ihm sonst irgendetwas ausgemacht zu haben. Und besonders demütig sah er auch nicht aus. Wie er so dasaß mit angewinkelten Knien, auf die er die Unterarme gelegt hatte, sah er entspannt und herrlich arrogant aus. Oder sollte das gut aussehend und arrogant heißen? Egal. Diese leichte Amüsiertheit, die ihm in den Augenwinkeln saß, raubte ihr schon wieder die Luft.

„Sie hätten mir sagen sollen, dass es am schwersten ist, in der Schaukel sitzen zu *bleiben*." Gloria wagte es, die Mundwinkel zu einem Lächeln zu verziehen, in der Hoffnung, dass er ebenfalls mal lächeln würde. „Sollen wir es noch einmal versuchen?"

Die Bewegung seiner Lippen war kaum wahrnehmbar, und nur – ja, da war sie – eine leichte Aufwärtsbewegung der Mundwinkel. „Vielleicht …", begann er langsam, „ist es für uns beide tatsächlich sicherer, wenn ich Ihnen Schwung gebe und Sie schaukeln."

„Das wäre herrlich, Sam."

Ihr Lächeln ließ ihn fast vergessen, dass sie eine Katastrophe nach der anderen auslöste. Ihre einfache Freude über sein

Angebot sorgte dafür, dass Sam sich großmütig vorkam und ernsthaft in Erwägung zog, ihr zu vergeben, dass sie ihn aus dem Büro und in diesen Park und auf diese Schaukel gelockt hatte. Er wünschte sich zwar, dass sie das geschafft hätte, ohne sein Aquarium zu zerstören, seine Teppiche aufzuweichen und mehr elektrische Sicherungen explodieren zu lassen, als der Elektriker an einem Tag ersetzen konnte; aber andererseits hatte er Allison lachen gehört und dafür hatte Gloria zumindest den Gefallen verdient, dass er ihr Schwung gab. „Nur um für die Zukunft gewappnet zu sein", sagte er, als er aufstand. „Haben Sie wenigstens eine gute Versicherung?"

„Die allerbeste", antwortete sie freudestrahlend.

„Dann ist es ja gut. Setzen Sie Ihren staubigen Hintern wieder auf die Schaukel, und ich schubse Sie an."

Mit einem weiteren Lächeln, das mindestens so strahlend war wie die Sonne über ihnen, klopfte Gloria sich den Dreck von der Hose und hielt hilfesuchend die Hand hoch. „Würden Sie mir bitte auf die Beine helfen?", fragte sie. „Dies ist nämlich keine gute Ausgangsposition für mich."

Sam starrte die Hand an, registrierte ihre zarte Weichheit, ihre verwirrende Schönheit und die ruhige Kraft, die von ihr ausging, und wusste, dass er ein Risiko eingehen würde, wenn er sie berührte. Er sollte seinen Kopf untersuchen lassen, bevor er sich weiterhin auf diese Frau einließ. Sie war so ganz anders als Jenny – und er war keineswegs zu dem bereit, was sie seiner Meinung nach vorhatte.

Sam spürte, wie Gloria ihn beobachtete, löste seinen Blick von ihrer Hand und richtete ihn auf ihr Gesicht. Er war von ihrer Schönheit genauso überwältigt, wie er es von einem tiefroten Abendhimmel oder einem aufsteigenden Silbermond sein würde. Von ihren zerzausten goldenen Locken bis zu ihren staubigen Schuhen war sie makellos, und die schlichte Reinheit, die ihr Gesicht und ihr Körper ausstrahlten, faszinierte ihn. Sam fühlte sich zu ihr hingezogen, und zwar nicht wegen ihrer vollkommenen äußeren Erscheinung, sondern wegen der völligen Unschuld und der Heiterkeit, die er in ihren Augen sah.

Es ist in Ordnung, wenn du glücklich sein möchtest, Sam.

Die Worte waren so sanft, dass er fast glaubte, ihre Gedanken zu hören. Aber die Wirkung hielt nicht an, und er errichtete wieder eine Mauer der Vorsicht um sein Herz herum. Sam ergriff ohne weitere Umstände Glorias Hand und zog sie hoch, ließ sie aber sofort wieder los, bevor er Zeit hatte, über die elektrisierende Wirkung ihrer Haut auf der seinen nachzudenken. „Setzen Sie sich auf die Schaukel." Mit dem barschen Ton in seiner Stimme versuchte er, sich gegen den Ansturm zärtlicher Gefühle zu wehren. „Wir können nicht den ganzen Nachmittag im Park verbringen."

„Könnten wir wohl, wenn wir wollten." Gloria unterzog die Schaukel erst einer skeptischen Prüfung, bevor sie die Ketten ergriff und sich auf das Sitzbrett zog. „Es klappt. Ich glaube, ich fange an, mich daran zu gewöhnen."

Klar doch, dachte Sam. Als wenn sie noch nie auf einer Schaukel gesessen hätte. Als wenn sie nicht genau wüsste, was sie ihm mit ihrer Engelmasche antat. „Ich habe heute Nachmittag noch zu arbeiten", sagte er kurz angebunden, wobei er in die Ketten griff, um nicht der Versuchung zu erliegen, sie an der Taille zu fassen. Auch ohne sie zu berühren, war sie ihm zu nahe, als dass er sich hätte entspannen können. Er musste die Augen schließen, um nicht von dem von ihr ausgehenden Licht und ihrem Duft verführt zu werden. Verdammt sei Damon dafür, dass er das Thema Attraktivität überhaupt aufgebracht hatte. Jetzt wurde er den Gedanken daran nicht mehr los.

„Wir können nicht mehr lange bleiben." Er zog sie mit einem kräftigen Ruck zurück … zurück … und noch weiter zurück. „Also genießen Sie es, solange Sie können“, empfahl er in gereiztem Ton, ließ die Schaukel los und Gloria flog in die Luft, wobei sie vor Freude aufjuchzte.

Als sie zu ihm zurückschwang, gab er ihr noch einen Schubs, und sie segelte hinauf zu den unteren Zweigen einer großen alten Eiche, deren Blätter dicht über der Schaukel hingen.

„Höher“, rief sie, als sie wieder hinunterschaukelte. „Höher!“

Er erfüllte ihre Bitte und schubste sie erneut an und noch einmal, wobei er ihr zusah, wie sie tapfer versuchte, ihre langen Beine so weit auszustrecken, dass sie mit den Schuhspitzen die untersten Blätter berühren konnte. Er fühlte, wie mit ihrem Erfolg sich auch seine Laune besserte, und er konnte nicht umhin, über ihre kindliche Freude zu schmunzeln.

„Höher, Sam! Ich möchte den Himmel berühren!“

Der Himmel blieb zwar ein unerreichbares Ziel, aber sie kam den herabhängenden Zweigen immer näher … war fast da, erreichte sie beinahe. Er gab ihr einen letzten kräftigen Schubs, und ihre Füße durchkämmten endlich die raschelnden Blätter. Ihr Lachen bezauberte ihn, entflammte und durchdrang ihn und klang wie Musik in seinen Ohren. Vielleicht war er aber einfach nur ein einsamer, leicht zu beeindruckender Mann.

„Oh, Sam“, rief sie mit ihrer bezaubernden Stimme. „Danke! Dies ist mein allerschönstes – zweitschönstes Erlebnis bis jetzt.“

„Daddy, Daddy! Schau mal!“

Sam drehte sich um und sah Allie, wie sie sich über die Rutsche beugte, um mit dem Kopf zuerst hinunterzurutschen. Er hob die Hand, um ihr zuzuwinken und …

Rums!

Gloria knallte ihm mit dem Hinterteil völlig unvorbereitet vor die Brust, raubte ihm den Atem und brachte ihn aus dem

Gleichgewicht. Um nicht umzufallen, umschlang er ihre Taille, aber sie ließ vor Schreck die Ketten los, sodass Sam rückwärts zu Boden ging und sie mit sich riss.

Sam landete hart auf dem Rasen und Gloria weich auf ihm, wobei sie ihm das Zwerchfell zusammendrückte und ihm auch noch das letzte bisschen Luft nahm.

So lagen sie einige schnelle Herzschläge lang aufeinander, beide flach auf dem Rücken, er auf dem Rasen und sie auf seinem Bauch. Statt sich von ihm herunterzurollen, blieb sie entspannt liegen und legte den Kopf auf seine Schulter. „Warum haben Sie das denn jetzt gemacht?“, fragte sie.

„Warum … haben Sie … die Ketten … losgelassen?“

„Warum ich …“ Sie drehte den Kopf herum, und ihr süßer warmer Atem streifte sein Kinn, womit er sich ihres Körper auf dem seinen – schmerzhaft und unerträglich – bewusst wurde. „Sie haben mich von der Schaukel gezogen, Sam.“

„*Hasta la vista, ihr Räuber!*“, rief Allison und, ehe man es sich versah, hatte sie sich auf die beiden geworfen. Ihr Kichern besänftigte die tausend Schmerzen, die sich wie rote Linien auf einer Landkarte durch seinen Körper zogen. Er legte die Arme um die beiden zappelnden Weibsbilder und versuchte, sie in eine Lage zu schieben, in der sie weniger Druck auf ihn ausüben konnten. Aber in dem Moment, in dem er mit den Fingern Allison in die Seite fasste, lachte sie noch lauter und fing an zu strampeln und wie ein Fisch an Land zu zappeln. „Nicht kitzeln, Daddy!“, kreischte sie, obwohl Sam kaum atmen, geschweige denn auch noch seine Tochter kitzeln konnte.

Gloria lachte ebenfalls. Trotz der Last, mit der sie auf ihm lag, stimulierte sie mit ihrem Körper den seinen, und mit ihrer Wange auf der seinen erwachte sinnliches Vergnügen in ihm. Aus einer längst vergessenen und vernachlässigten Ecke seiner Seele löste sich ein Lachen, fand seinen Weg zu den Lippen und verband sich mit seiner Stimme zu einem polternden Geläch‑

ter, das allerdings noch etwas eingerostet klang, weil es so lange nicht mehr benutzt worden war. „Meine Damen … bitte … gehen Sie … von mir runter“, brachte er unter all dem Gekicher und Gestrampel hervor. Aber keine der beiden reagierte auf seine Bitte, sondern sie fingen an, ihn nun ihrerseits zu kitzeln.

Als das Gerangel auf ihm zu wild wurde, ergriff Sam die Quälgeister mit einer Hand und warf sie auf den Boden. Dort hielt er sie nebeneinander fest und beugte sich über sie. „Jetzt mal im Ernst“, sagte er streng. „Wessen Idee war das?“

„Glorias.“ Allies Grinsen wurde noch breiter, indem sie die Schuld von sich wies, aber ihr ausgelassenes Kichern war alles andere als unschuldig. „Sie hat angefangen. Ich habe es gesehen.“

„Sie haben angefangen, Sam“, verteidigte Gloria sich. „Ich wollte nur schaukeln.“

Sam sah von einer zur anderen und achtete darauf, dass sein Blick nicht auf Glorias geröteten Wangen hängen blieb. „Ich finde, Ihr solltet euch schämen, einen alten Mann wie mich zu kitzeln.“

„Wir schämen uns“, sagte Allison ohne einen Anflug des Bedauerns. „Komm, Gloria, krieg ihn!“

Allison bohrte ihre Finger in Sams Achselhöhle, aber Gloria konnte besser zielen. Zielstrebig fand sie die einzige Stelle auf Sams Körper, an der er kitzlig war – ein kleiner Punkt unter seinem Kinn. Er drückte das Kinn auf die Brust, musste aber trotzdem lachen und rollte sich auf den Rücken, um es frei herauszulassen. Ein Gefühl von Erleichterung und Erneuerung durchströmte ihn, und als Allison wieder auf ihn sprang, hielt er sie fest an sich gepresst. Es sollte so aussehen, dass er damit ihren Angriff abwehren wollte, aber in Wahrheit genoss er jeden wunderbar kichernden und zappelnden Zentimeter von ihr.

Gloria setzte sich lachend auf und erfreute sich an der

Liebe, die sich vor ihren Augen entfaltete; einer Liebe, von der sie auf wundersame Art ein Teil war. Sie schlang sich die Arme um den Oberkörper, lehnte sich zurück und nahm den Anblick von Vater und Tochter in sich auf, die beide gemeinsam die Freude dieses Augenblicks genossen – ein Anblick, der auch ihr eigenes Engelherz erwärmte.

Gute Arbeit, Gloria.

Leonards Lob kam für sie völlig unerwartet – und ungebeten. Sie hatte seine Gegenwart gar nicht bemerkt. Ihre ganze Aufmerksamkeit galt Sam und Allie, die völlig vertieft waren in ihr Gelächter und in das Glück ihrer Zweisamkeit. Für einen Moment war sie so … menschlich.

So fühlte sich das also an, Mensch zu sein, Teil einer Familie zu sein. Alles, was sie seit ihrer Erschaffung gelernt hatte, hatte sich plötzlich in ihren Gefühlen offenbart.

Jetzt verstehe ich, sagte sie zu Leonard. *Darum wurde ich hergeschickt, nicht wahr? Um das zu erleben.* Aber Leonard war schon nicht mehr da, und sie war wieder allein gelassen, um ihr erweitertes Bewusstsein zu erforschen, diesen endlosen Ansturm von Gefühlen, der in ihrem Körper tobte.

„Hilfe! Hilfe! Er … kitzelt mich … tot!“ Allisons Ruf nach Unterstützung war durchsetzt von schrillen Schreien des Entzückens und Sams flehenden Bitten um Gnade.

Gloria beugte sich lächelnd vor, um noch fünf Finger mehr ins Spiel zu bringen, zog sich in letzter Sekunde aber wieder zurück, weil sie sich daran erinnerte, dass sie nur als Vermittler in das Leben der beiden getreten war, nicht als Teil davon. Ihre Aufgabe war, eine Brücke zu bauen von dem „was war“ und dem „was ist“, und wenn nötig auch noch Sam zu helfen, diese Brücke zu überqueren. Und so wichtig die Erfahrungen in einem Körper für sie als Engellehrling in ihrer Ausbildung zum Engel erster Klasse auch waren, so unwichtig waren sie andererseits für ihre Rolle als Beschützerin und Lenkerin dieser beiden Menschen. Sie war hier, um dieser Familie zu helfen, und nicht, um ein Mitglied zu werden.

Das Brennen der aufsteigenden Tränen war für Gloria ein völlig neues Gefühl, und sie versuchte, diese Tränen durch Blinzeln loszuwerden. Schließlich war Weinen nun wirklich nicht angebracht, jetzt, wo sich zwischen Sam und Allison endlich Glück und Liebe ausbreitete. In ihrem Spiel war keine Spur von Traurigkeit oder gar Bedauern. Erschreckt stellte sie fest, dass diese Gefühle nur in ihr selbst existierten.

Sie hatte überhaupt keine Gefühle zu entwickeln, sondern sie nur kennenzulernen und deren Kraft zu verstehen. Die Warnungen waren klar und deutlich gewesen. Engeln war es noch nie erlaubt gewesen, sich gefühlsmäßig an die Menschen zu binden, für die sie Verantwortung übernommen hatten. Es gab allerdings Dutzende von Geschichten über Engellehrlinge, die ihre himmlische Bestimmung vergaßen und nie von ihrem Auftrag zurückkehrten. Gloria hatte sich dabei nie vorstellen können, was auf Erden sie dazu verleiten konnte, den Himmel aufzugeben.

Aber das war natürlich noch, bevor sie Sam und Allison kannte.

„Puh …" Mit einem übertriebenem Stöhnen warf Sam eine immer noch kichernde Fünfjährige in Glorias Schoß und ließ sich zurück ins Gras fallen. „Kämpfen Sie mal mit ihr weiter. Ich muss erst wieder zu Atem kommen."

Allie sprang auf die Füße und stellte sich breitbeinig über ihren Vater, die Hände in die Seiten gestemmt. „Ich komme zurück", warnte sie. „Und nächstes Mal bringe ich Hunny mit." Unversehens war sie schon wieder zur Schaukel geflitzt.

Dieses Mal war Sams Stöhnen echt, und mit vor Erschöpfung geschlossenen Augen sagte er „Ich bin zu alt für so etwas."

Gloria ließ ihren Blick von seinen Schuhspitzen und über

seine krausen Hosenbeine wandern, weiter über die frischen Grasflecken auf seinem weißen Hemd, die bis zu den Ellbogen aufgekrempelten Ärmel und dann bis zu den über der Brust geöffneten Knöpfen. Fast hätte sie die Hand nach den Haarbüscheln ausgestreckt, die dort zum Vorschein kamen, aber sie wusste, dass sie es nicht wagen würde. Die Sorgenfalten um seinen Mund und seine Augen hatten sich in den letzten fünf Minuten etwas geglättet, und sie freute sich über diese Veränderung, wenn es auch nur eine kleine war. Wenn Gloria die Augen etwas zusammenkniff, sah sie ihn fast so, wie er in einem Jahr aussehen würde – glücklich, ausgeglichen und verliebt in das Leben und …

Sie schaute schnell weg, denn diese Vision war ihr irgendwie unangenehm.

„Menschen werden nun mal alt, wenn sie aufhören zu leben."

„Ist das Ihre Art von Sprichwort?"

„Nein, nur das Ergebnis von Beobachtungen."

Sam sah plötzlich sehr müde aus, und er schloss die Augen. „Urteilen Sie nicht so hart, Gloria. Manchmal kann man es sich nicht aussuchen. Manchmal bleibt einem nichts, außer noch weiterzuatmen."

Sein Schmerz benebelte sie wie schwerer Rosenduft, und sie begegnete ihm mit einer Welle von Mitgefühl und Verständnis. Gloria schloss die Finger um die seinen und legte ganz viel Trost und Stärke in ihre Worte: „Sie sollten jetzt ganz tief durchatmen", schlug sie vor und lenkte damit seine Aufmerksamkeit fort von dem, was er verloren hatte, hin zu dem, was geblieben war. „Denn Allie kommt zu uns herüber … und sie kommt nicht allein."

Sam hob den Kopf und sah die Armee auf sich zukommen: Seine Tochter und ihr bunter Drache. „Noch einen Angriff überlebe ich nicht … es sei denn, Sie geben mir Verstärkung."

„Ich bin hier nur als Beobachter."

„Wir kommen!" Allie startete ihren Angriff, indem sie Hunny durch die Luft warf, der mit dem Gewicht eines zwei Pfund schweren Stofftiers auf Glorias Schoß landete.

„Sieht so aus, als ob sie gerade rekrutiert worden sind, Engel", sagte Sam und hielt schützend die Arme vor sich. „Achtung!"

Allison stürzte sich in die Schlacht und breitete Arme und Beine gleichzeitig aus, umso viel wie möglich zu erbeuten, und in ihrem strategisch gekonnten Angriff riss sie Gloria und Sam gemeinsam zu Boden.

„Weißt du was, Daddy?"

„Was denn, Allie?"

„Das war der beste Tag im ganzen Leben."

„Ich freue mich, dass er dir gefallen hat."

„Du hast mir auch 'fallen. Und weißt du was, Dad?"

„Was denn Allie?"

„Du hast Hunny auch 'fallen."

„Das ist gut." Sam stopfte die Bettdecke fest um Allies Schultern und achtete dabei darauf, dass die Nase des Drachens frei blieb. „Warum hören wir jetzt nicht einfach auf zu reden und lassen Hunny schlafen? Er sieht sehr müde aus."

„Drachen sind nie müde." Sie verdrehte die Augen, um zu zeigen, dass das doch jeder weiß.

„Daddys aber, und dein Daddy geht jetzt ins Bett." Sam stand auf und lächelte zu seiner Tochter hinunter. Er staunte, wie grundlegend sich ihre Beziehung seit dem Morgen verändert hatte. „Gute Nacht, Allison."

„Gute Nacht. Weißt du was, Daddy?"

„Du bist auch müde?", schlug er vor.

Sie kicherte leise, als ob er einen Witz erzählt hätte. „Ich mag Gloria."

„Ich weiß."

„Du schickst sie nicht weg, nicht?"

Er seufzte. „Nein, Allie. Ich schicke sie nicht weg."

„Auch nicht, wenn du die Ag'tur findest?"

„Auch dann nicht", versicherte er ihr.

Sie gähnte und lächelte ihn schläfrig an. „Weißt du was, Daddy?"

„Was denn, Allie?"

„Gloria ist ein richtiger Schubsengel." Die Augen fielen ihr zu, und aus ihrem kleinen Kindermund kam ein sanfter verträumter Seufzer.

Sam ging auf Zehenspitzen zur Tür und warf noch einen zärtlichen Blick auf seine Tochter, bevor er die Tür halb zuzog. An einem einzigen Tag war aus Sam ein Daddy geworden, und aus dem Gefühl, als Vater völlig ungeeignet zu sein, war die Hoffnung geworden, dass er es vielleicht doch schaffen konnte. Er war für diese Veränderung dankbar, sie machte ihn fast schon ein wenig demütig. Und da ihm keine vernünftige Erklärung dafür einfiel, war er sogar bereit zuzugeben, wer dafür verantwortlich war.

Schutzengel. Er schüttelte den Kopf. Was für eine Vorstellung.

Auf halbem Weg nach unten hörte er Glorias Stimme und fragte sich, mit wem sie wohl zu dieser Zeit noch sprach. Nicht dass ihn das etwas anginge. Sie telefonierte wahrscheinlich mit ihrer Familie oder Freunden – und sie hatte natürlich auch das Recht dazu. Dennoch war es ihm irgendwie ... unvorstellbar, dass es noch andere Menschen in ihrem Leben gab.

Voll freudiger Erwartung, Gloria sagen zu können, dass sie als Allies Kindermädchen bleiben konnte, eilte Sam die letzten Stufen hinunter. Er folgte dem Klang ihrer Stimme durch das Arbeitszimmer hinaus in den trostlosen Rosengarten. Sie hockte auf dem Boden, als wenn sie Unkraut rupfen wollte.

Ihre goldfarbenen Locken glänzten wie Sternenstaub im Schein des Vollmondes, der am schwarz-silbrigen Nachthimmel stand.

Schutzengel. Bei diesem Anblick konnte er es fast glauben.

Das Geräusch seiner Schuhsolen verriet ihn, als er den gepflasterten Gartenweg betrat, und Gloria schaute ihm lächelnd entgegen. Eine Welle der Zufriedenheit durchströmte ihn, die jedoch gestört wurde durch eine komische Ahnung, als er neben ihr diesen kurzbeinigen langohrigen Hund mit seinen hängenden Augensäcken sah.

„Schauen Sie, Sam", sagte sie voller Entzücken. „Ist sie nicht der liebste Hund, den Sie jemals gesehen haben?"

Er hätte nie geglaubt, dass Hunde lächeln konnten ... bis er sah, wie Ethel triumphierend die Lefzen zu einem tierischen Grinsen verzog. „Was", sagte er kurz angebunden, „macht dieses vierbeinige Müllmonster in meinem Garten?"

„Sie macht sich mit ihrer neuen Umgebung vertraut, sonst nichts."

„Neue ... oh nein. Bloß nicht. Das ist Ethel, und die gehört nach nebenan."

„Da ist niemand." Gloria streichelte die langen Schlappohren des Hundes. „Sie sind vor zehn Minuten weggefahren und kommen den ganzen Sommer nicht wieder."

Sam hatte das Gefühl, dass ihm die nächste Katastrophe ins Haus stand, und er war entschlossen, sich ihr zu stellen. „Bitte sagen Sie mir nicht, dass Sie den Nachbarn angeboten haben, dieses dumme ... dieses räudige Vieh zu übernehmen."

„Ich wusste, dass es Ihnen nichts ausmachen würde, Sam. Schauen Sie sie doch an." Gloria nahm die Schnauze der Hündin in die Hände und schaute liebevoll in die jammervoll blickenden, blutunterlaufenen Hundeaugen. „Sie ist etwas ganz Besonderes. Wie könnte sie Probleme machen?"

„Nein", verkündete Sam mit unmissverständlicher Heftigkeit. „Unter gar keinen Umständen kommt mir dieses Tier ins Haus. Es gibt überall in der Stadt Hundeheime, und wenn diese Idioten von nebenan zu geizig sind, für eines zu bezahlen, dann haben sie es verdient, bei ihrer Rückkehr ein saftiges Bußgeld ans städtische Tierheim zahlen zu müssen."

„Wirklich, Sam." Gloria nahm Ethel auf den Arm und trug sie leise singend an Sam vorbei ins Haus. „Es gibt keinen Grund, sich aufzuregen. Sie ist ein wunderschöner, gut erzogener Hund. Sie werden nicht einmal merken, dass sie im Haus ist."

„Weil sie nicht im Haus sein wird! Und wenn ich selbst das Tierheim bezahlen muss, ich werde keinen Basset hüten – und schon gar nicht diesen!"

Gloria setzte den Hund ab, und Ethel fing sofort an, mit der Nase auf dem Boden im Kreis zu watscheln. „Zu Ihrer Information: ihre Besitzer haben sehr wohl versucht, ein Heim für sie zu finden", erzählte ihm Gloria.

Sam war sich sicher, dass da noch etwas hinterherkam. „Sie haben es versucht, aber …?"

„Aber das Heim wollte sie erst nehmen, wenn die Jungen geboren sind."

Der Schreck verschlug ihm für einen Moment die Sprache – und die Basset-Hündin beschnüffelte verdächtig den einzigen Orientteppich, den er im ganzen Haus hatte.

„Junge Hunde?" Er musste sich große Mühe geben, um diese Worte überhaupt über die Lippen zu bringen. „Sie bekommt … junge Hunde?"

„Nun, nicht gleich sofort, aber sicherlich bald. Ist das nicht aufregend?" Gloria gab Ethel einen liebevollen Klaps und schaute dann freudestrahlend hoch, um Sams fassungslosem Blick standzuhalten. „Wissen Sie, Ihr Leben besteht aus vielen kleinen Wundern."

7. KAPITEL

Die Türglocke gab ein paar blecherne missglückte Klänge von sich, die kaum noch als „Halleluja-Choral“ zu erkennen waren. Sam setzte seine Brille ab, massierte sich den Nasenrücken und fragte sich, was er wohl vorfinden würde, wenn er das Glockengehäuse öffnete, um den Mechanismus zu reparieren. Vielleicht ein Nest für ein einst heimatloser Kolibri oder eine Auffangstation für Honigbienen. Seit einer Woche zog sein Haus die benachteiligten Kreaturen dieser Welt magnetisch an. Die Tierart spielte dabei keine Rolle, die Größe war auch egal. Es wurde keiner abgewiesen, nach dem Motto „Kommt alle herein, und fühlt euch wie zu Hause. Esst, trinkt und vermehret euch“. Es schien sich im Königreich der Tiere herumgesprochen zu haben, dass „Sam nichts dagegen hat“.

Eine dürre pferdegesichtige Katze namens Dobbin schlitterte an der offenen Tür vorbei und kratzte mit ihren Krallen Halt suchend über den gebohnerten Holzfußboden.

„Hierher Dobbin! Hierher Miezekatze!“ Jetzt hechtete Allison an der Tür vorbei und rutschte auf dem Bauch quer durch die Eingangshalle, als wäre sie ein Torwart, der auf nassem Rasen ein Tor abzuwehren versuchte. „Komm zurück, Miezekatze!“

Die Katze flüchtete sich ins Arbeitszimmer, raste hinter Sams Stuhl entlang und landete mit einem verzweifelten Sprung im Vorhang, den sie bis zur Gardinenstange hinaufkletterte, damit Allie nicht an sie herankommen konnte.

„Ich sehe dich, Miezekatze.“ Allie war ihr nachgekommen. „Keine Angst, Dad. Ich passe auf, dass Dobbin dich nicht stört.“ Mit viel Getöse schob sie einen Sessel unter das Fenster. „Komm hierher, Kätzchen.“

„Lass die Katze in Ruhe, Allison.“

Allie war so in ihre Verfolgungsjagd vertieft, dass sie ihn nicht hörte, auf den Sessel kletterte, auf Zehenspitzen auf dem Polster balancierte und mit ausgestreckten Armen versuchte, den Schwanz der Katze zu erreichen. „Sie möchte mit mir spielen, Dad."

Die Türglocke jaulte wieder, und Sam stieß seinen Stuhl zurück. Er ging um den Schreibtisch herum und zog im Vorbeigehen Allie mit einer Armbewegung vom Sessel herunter. Er stellte sie auf den Boden und schob den Sessel an seinen Platz vor dem Schreibtisch zurück. „Wenn die Katze mit dir spielen will, dann zeigt sie es dir schon. Jetzt solltest du sie in Ruhe lassen."

„Aber Daddy, wir spielen doch schon!"

„Dann braucht sie jetzt offensichtlich eine Pause. Geh zu Gloria. Die spielt bestimmt mit dir."

Allie machte einen Schmollmund. „Die ist für die Puppenkleider zu groß. Und außerdem macht sie gerade was in der Küche."

„Hmm." Sam schnupperte und erinnerte sich daran, dass er die Batterien des Rauchmelders erneuern wollte, bevor Gloria wieder einen Fuß in die Küche setzte. Wieder gab die Türglocke ein paar klägliche Takte von sich, und er machte sich auf den Weg zur Haustür.

„Da ist jemand an der Tür!" Allie schoss an ihm vorbei, und Sam fragte sich, warum jeder im Haus erst dann das Klingeln hörte, wenn er bereits auf dem Weg war, die Tür zu öffnen.

Über seinem Kopf bat Dobbin mit einem jammervollen Miau um politisches Asyl.

„Mach dir keine Hoffnungen!" Er schaute die Katze grimmig an, die immer noch auf der Gardinenstange kauerte. „Nur damit du Bescheid weißt, Pferdegesicht! Bei der erstbesten Gelegenheit wanderst du in einen Sack und damit hier raus."

Die Katze zuckte beleidigt mit ihrem dünnen Schwanz,

aber Sam ging auf diese Herausforderung nicht ein und betrat in dem Moment die Eingangshalle, als Allie die Haustür zuschmiss und sich wie die Heldin in einem schlechten Film von innen dagegen warf.

„Allie", sagte Sam mit betont gleichmütiger Stimme. „Wer war an der Tür?"

„Sch!" Sie legte einen Finger auf den Mund. „Es ist der *Bulle*! Aber ich habe ihm schon gesagt, dass er dich nicht 'bendig kriegt, Dad." Und mit dieser Feststellung rannte sie wie eine Sirene heulend davon.

Schnell dachte Sam sich eine Entschuldigung aus und schwor sich, dass er seine Tochter von jetzt ab noch nicht einmal mehr in die Nähe eines Fernsehers kommen lassen würde. Dann öffnete er einem jungen uniformierten Polizeibeamten die Tür. Der stellte sich höflich vor und vergewisserte sich, dass er es wirklich mit Sam Oliver zu tun hatte. „Niedliches Kind", fügte er noch hinzu, allerdings ohne seine amtliche Miene auch nur im Geringsten zu verziehen. „Damit komme ich auch schon zum Grund meines Besuches, Herr Oliver. Bei uns sind Beschwerden eingegangen über Ihre ... Ziege."

„Was soll das heißen, sie ist Ihnen nach Hause gefolgt?", fragte Sam. „Sind Sie die Rattenfängerin mit der Flöte?"

Gloria schielte noch einmal ins Kochbuch, bevor sie ihre Brille auf die Nasenspitze hinunterschob und sich Sams finsterer Miene stellte. „Ich weiß gar nicht, warum Sie sich so aufregen, Sam. Sie macht überhaupt keine Probleme."

Er schwenkte die Vorladung wie eine rote Fahne durch die Luft. „Und wie nennen Sie das?"

„Strafzettel für schnelles Fahren?"

„Sehr lustig. Es ist nun mal illegal, Gloria, innerhalb der Stadtgrenzen Tiere zu halten, die auf eine Farm gehören. Es mag Sie vielleicht schockieren, aber Ziegen gehören dazu."

„Das ist eine Zwergziege, Sam. Manche Menschen halten sie als Haustier."

„*Manche* Menschen halten auch eine Boa-Konstriktor als Haustier. Aber *ich* will weder eine Boa-Konstriktor, noch eine Zwergziege, noch sonst eine meckernde Ziege, noch eine schwangere Basset-Hündin oder irgendeines der anderen streunenden Tiere, die Sie in der letzten Woche ins Haus gelockt haben. Ich will, dass sie verschwinden, und zwar alle. Raus mit ihnen, Farmtier oder nicht, ich will sie nicht hier haben. Haben Sie das verstanden?"

„Also gut. Aber ich muss Ihnen eines dazu sagen, Sam."

„Und was ist das, Miss Grünschnabel?"

Gloria schob sich die Brille wieder hoch auf den Nasenrücken. „I-Ei, I-Ei, Ooo. Sie wissen doch: Old Mac Donald und seine Farm. Das ist ein netter Mann voller Lebensfreude."

Eigentlich war Sam danach, ihr das soßenverschmierte Lächeln vom Mund zu küssen, aber seine vernünftige Hälfte widerstand dieser Versuchung, und so schaute er sie nur von oben herab an, während sie zu ihm aufschaute. Was glaubte sie eigentlich, wer sie war, dass sie den Haushalt einfach übernahm und Jennys tadellos sauberes Haus mit Katzenhaaren, Tatzenspuren und dem, was eine Ziege so hinter sich ließ, zu beschmutzen? Tagsüber störte sie ihn bei der Arbeit mit unnötigen Unterbrechungen und nachts geisterte sie durch seine wilden Träume …

„Moment mal", sagte er. Ihm war ihre veränderte Erscheinung aufgefallen. „Wo haben Sie diese Brille her?"

„Aus dem Versand-Katalog. Gefällt sie Ihnen? Sie gehörte zu dieser Kombination dazu." Gloria trat einen Schritt zurück, damit er ihre türkisfarbene kurze Hose und die dazu passende Bluse bewundern konnte. „Die Sandalen auch."

„Sehr hübsch", sagte Sam. „Aber brauchen Sie wirklich in der Küche eine Sonnenbrille?"

„Ich hoffe nicht. Aber ich habe dieses neue Rezept gefunden und ... nun, nachdem mir der Rauch beim letzten Mal in den Augen gebrannt hat, dachte ich, die Brille wäre vielleicht eine gute Idee."

„Schutzbrille für den Kochlehrling. Sehr schlau, Gloria." Mit einem Finger berührte Sam einen der vielen Spritzer, die auf ihrer Bluse ein buntes Muster bildeten. „Wer käme schon auf die Idee, zum Kochen so etwas Banales wie eine Schürze anzuziehen."

„Habe ich mich bekleckert?" Gloria hielt die Bluse etwas von sich ab, um die Flecken zu begutachten. „Ich sehe nichts."

Lächelnd nahm er ihr die Sonnenbrille ab, wobei er mit den Daumen unwillkürlich ihre Wangen streifte. Es war nur eine leichte Berührung, aber das sinnliche Verlangen, das sie beim ihm auslöste, traf ihn völlig unvorbereitet. Er hielt die Brille ganz fest, weil es ihm sicherer erschien, einen Gegenstand festzuhalten, als mit leeren Händen dazustehen, mit denen er am liebsten nach Gloria gegriffen hätte. Er hätte sie gern geküsst. Dieses Verlangen bekämpfte er nun schon seit Tagen, genau genommen seit sie ihm gesagt hatte, dass Küssen ihr schönstes Erlebnis gewesen sei.

„Ich weiß nicht, wie das passieren konnte." Gloria leckte sich die Finger ab und wischte die Flecken weg. „Ich dachte, ich wäre vorsichtig gewesen."

Das hatte Sam von sich auch gedacht, aber er wurde das Verlangen, sie zu küssen, einfach nicht los. Mit einer abrupten Bewegung löste er sich von ihrem verführerischen Anblick und legte die Brille auf die Fensterbank. Auf der Arbeitsplatte herrschte ein großes Durcheinander, und es war nicht zu übersehen, dass sie mit einer klebrigen Schicht überzogen war. Aus einer undurchsichtigen Küchenschüssel quoll eine dicke klebrig aussehende Masse. Spontan steckte er seinen Finger hinein, um ihn anschließend in den Mund zu stecken.

Es war eine eigenartige Geschmacksmischung, süß und

überraschend lecker. Er nickte zufrieden und probierte ein zweites Mal. „Hm. Nicht schlecht, Gloria. Was ist das? Warten Sie, lassen Sie mich raten. Sie kochen Engelskost, richtig?"

Gloria hörte auf, ihre Flecken zu bearbeiten und schaute Sam stirnrunzelnd an. „Trauen Sie mir ruhig zu, dass ich auch etwas Fantasie habe, Sam. Das ist ein neues Rezept, von dem ich dachte, Sie mögen es vielleicht. Es ist …", sie beugte sich über das Buch, das aufgeschlagen auf der Arbeitsfläche lag, „… ein Aphrodisiakum."

Er schluckte. „Ein was, bitte?"

„Eine Aphrodisiakum. Sie wissen doch, das Zeug mit Orangen und Kokosnuss. Die Speise der Götter!"

„Ambrosia", sagte er voller nicht zu übersehender Erleichterung. „Sie meinen Ambrosia."

Ihr Lachen empfand er wie einen sanften, angenehmen, warmen Sommerregen. „Ambrosia, genau! Ich weiß auch nicht, warum ich die beiden immer verwechsele. Das eine ist eine Nachspeise und das andere stimuliert die sexuellen …"

„Ich schau lieber mal nach Allison." Feige wie er war, zog Sam es vor, die Küche zu verlassen.

„Dieses Mal hat sie ihn geschafft, Dad", sagte Allison zu ihrem Vater an der Haustür und brachte ihn nach oben, wo Gloria umgeben von Staub und Dreck im Schneidersitz in einer Ecke des Flurs auf dem Boden saß. Dort wurde sie von einem Staubsauger in Schach gehalten, der jedes Mal, wenn ihn jemand berührte, fürchterlich brummte.

„Ich weiß nicht, was passiert ist. Er hat wunderbar funktioniert, bis er plötzlich knallte und den Staub wieder ausspuckte." Gloria zog die Schultern hoch und blickte Sam hoffnungsvoll an. „Glauben Sie, Sie können ihn reparieren?"

„Nicht anfassen, Dad", riet Allison ihrem Vater. „Ich glaube, er ist 'fährlich."

Sam begutachtete die Situation einen Augenblick und ging dann hinüber zur Steckdose und zog den Stecker heraus. Der Staubsauger stieß eine letzte muffige Wolke aus und hörte auf, bedrohlich zu brummen. Die Gefahr war abgewendet.

Allie klatschte begeistert in die Hände. „Du hast es geschafft, Dad. Du hast ihn 'pariert."

Gloria stand auf und klopfte sich den Staub ab. „Danke, Sam. Ich wusste nicht, was ich tun sollte."

„Ist schon in Ordnung", sagte er, aber in seinem Inneren wusste er, dass es genau das nicht war. Jenny hätte ihn nie aus einer Besprechung mit einem Kunden geholt und schon gar nicht von ihm erwartet, dass er nach Hause kam, um sie zu retten. Sie hatte einfach alles gekonnt, sie war eine perfekte Hausfrau gewesen. Als sie noch lebte, war das Haus in einem tadellosen Zustand, wenn er abends nach Hause kam, und Allison schlief dann immer schon. Es war für ihn eine ganz neue Erkenntnis, dass es schön war, sich als Held fühlen zu können – auch wenn er nur den Stecker des Staubsaugers aus der Steckdose gezogen hatte. „Es hat sich so angehört, als ob Sie etwas aufgesaugt haben, das sich um den Klopfer gewickelt hat. Ich ziehe mich nur schnell um und schaue nach."

„Sie gehen nicht wieder zurück ins Büro?", fragte Gloria, und Sam entging nicht der hoffnungsvolle Unterton in ihrer Stimme, obwohl sie sich große Mühe gab, gleichgültig zu klingen.

„Ich glaube, ich bleibe lieber hier … für den Fall, dass noch ein anderes Haushaltsgerät Amok läuft."

„Prima! Da habe ich eine Idee!" Allie umklammerte seine Hand, während sie aufgeregt auf- und absprang. „Wir gehen in den Zoo!"

Sam lächelte verlegen. Ihm war nie ganz geheuer, wie dieses Kind ihn überrumpeln konnte. „Ich glaube nicht, dass wir alle Haushaltsgeräte mit in den Zoo nehmen können."

„Ach Dad. Ohne G'räte. Nur du und ich und Gloria und Hunny. Ist das nicht toll?"

„Ich glaube nicht, dass man Hunny in den Zoo lässt. Er könnte die anderen Tiere erschrecken."

„Tut er nicht, Dad. Er ist ganz, ganz, ganz lieb. Versprochen." Und wieder fing Allie an zu hüpfen. „Bitte, Dad. Bitte! Ich möchte so gerne mit dem Zug fahren, und Hunny möchte un'dingt die Eidechsen sehen. Bitte, bitte, Dad! Bitte, bitte, bitte – bitte?"

„Allison." Gloria legte die Hand auf Allies Kopf, und das Hüpfen wurde ein unterdrücktes Hopsen. „Dein Vater hat bestimmt noch viel zu tun heute Nachmittag."

„Hat er nicht", bestimmte Allie. „Du gehst doch gern mit uns in den Zoo, nicht wahr, Dad?"

Nach so einer Frage war sich Sam nicht mehr sicher, ob er diese Bitte noch abschlagen konnte. Und als er in Glorias Gesicht sah, wie sie ihre eigene Hoffnung zu verbergen suchte, war er sich sogar ganz sicher, dass er das auch gar nicht wollte. „Wie steht es mit Ihnen, Gloria? Würden Sie gerne in den Zoo gehen?"

Sie strahlte wie eine aufgehende Sonnenblume. „Ich bin noch nie im Zoo gewesen", sagte sie aufgeregt. „Was zieht man denn da an?"

„Irgendetwas Passendes", schlug Sam vor. „Aber bitte nichts mit Zebrastreifen oder Leopardenfellmuster. Wir wollen doch nicht, dass die Tiere glauben, dass Sie zu ihnen in die Käfige gehören."

Allie schob ihre kleine Hand in die von Gloria. „Komm mit. Ich zeige es dir." Dabei warf sie ihrem Vater noch einen letzten warnenden Blick über die Schulter zu. „Geh nicht ohne uns, Dad."

„Daran würde ich nicht einmal im Traum denken", antwortete er und trat einen Schritt zur Seite, um die beiden auf dem Weg in Allies Zimmer vorbeizulassen. „Und, Gloria …?"

Sie blieb stehen, drehte sich um und zog fragend die Augenbrauen hoch.

„Vergessen Sie nicht die Sonnenbrille."

Sie verzog die Mundwinkel zu einem Lächeln. „Ich werde versuchen, eine passende zu finden."

Sam erwiderte ihr Lächeln und war dankbar für die Wärme, die sich in seinem Herzen ausbreitete.

„Komm schon, Gloria." Allie unterbrach diesen Moment, indem sie ungeduldig an der Hand ihres Schubsengels zog. „Wir müssen fertig sein, bevor er seine Meinung ändert."

„Das wird er nicht tun." Mit diesen Worten ließ Gloria sich in Allies Zimmer ziehen, und Sam bückte sich, um die Schnur des Staubsaugers aufzuwickeln. „Sam?"

Er schaute hoch. Gloria stand im Türrahmen und hielt sich daran fest, um nicht von Allie ins Zimmer gezogen zu werden. „Lassen Sie mich fahren?"

Sam schüttelte den Kopf. „Nicht, bevor Sie gelernt haben, richtig mit dem Staubsauger umzugehen."

Ihr Lächeln verschwand, sie warf ihren Lockenkopf zurück, ließ den Türrahmen los und verschwand im Zimmer. „Es gibt Dinge, die ein Engel nicht können muss."

Verrückt, dachte Sam. Sie macht mich noch verrückt.

„Ich bin noch nie Schlittschuh gelaufen, Dad." Allison sah zu, wie Sam ihr die Schuhe zuschnürte. „Bist du schon mal Schlittschuh gelaufen, Gloria?"

„Nein. Für mich ist es auch das erste Mal." Gloria streckte die Beine aus und bewunderte ihr neues Schuhwerk. „Ich kann es kaum erwarten, aufs Eis zu kommen."

„Bist du schon mal Schlittschuh gelaufen, Dad?"

„Ja, aber das ist schon lange her." Sam band die Schnürsenkel am Schuh seiner Tochter zu einer doppelten Schleife. „Fertig. Jetzt sind wir alle fertig." Er betrachtete erst Allies besorgtes Gesicht und dann das erwartungsvolle Strahlen auf dem von Gloria. Er musste verrückt gewesen sein, sich zu diesem Abenteuer überreden zu lassen. „Vielleicht sollte ich immer nur mit einer von euch hinausgehen und …“

„Machen Sie sich um mich keine Sorgen.“ Gloria stand auf, wackelte und setzte sich wieder hin. „Ich brauche nur etwas Hilfe, um auf die Eisbahn zu kommen. Danach kann ich alleine fliegen.“

„Eislaufen ist nicht so einfach, wie es aussieht“, versuchte Sam sie zu warnen. „Man braucht einige Unterrichtsstunden und viel Übung, um wirklich gut zu werden.“

Sie lächelte ihn beruhigend an. „Zeigen Sie Allie, wie man Schlittschuh läuft, Sam. Ich komme schon allein zurecht.“

Allein zurecht. Sein Herz widersprach heftig. Er hatte sich so daran gewöhnt, Gloria alles zu zeigen und ihr immer wieder zur Hilfe zu eilen, dass ihm der Gedanke, dass sie ihn nicht brauchte, überhaupt nicht gefiel. Er musste sich zwingen, nicht darauf zu bestehen, dass sie seine Hilfe anzunehmen hatte. „In Ordnung. Wenn Sie sich sicher sind, dass Sie allein zurecht kommen …“

Gloria reagierte auf Sams Bemerkung nur mit einem weiteren Blick voller Vorfreude auf die Eisbahn, und es blieb ihm nichts anderes übrig, als ihr die erbetene Hilfe zu geben. Er umfasste mit einem Arm ihre Taille und bewegte sich mit ihr auf das Tor zur Eisbahn zu. Sie war auf ihren Beinen so wackelig wie ein neugeborenes Fohlen, und so ganz sicher war er auf den seinen auch nicht. Nur lagen seine Gleichgewichtsstörungen nicht an den Schlittschuhen, sondern an der Reaktion seines Körpers auf Glorias Nähe. Es fehlte nicht viel, und er würde sie in die Arme nehmen und hier am Rand der Eisbahn, vor den Augen seiner Tochter und allen anderen, küssen, bis das Eis unter ihren Füßen zu einer heißen brodelnden Wasserpfütze schmolz.

Aber Gloria schaute ihn noch nicht einmal an. Sie schien gar nicht zu merken, dass er da war. Sie war starrte völlig fasziniert und erwartungsvoll die wenigen Eisläufer an, die an ihnen vorbeiglitten. „Oh“, hauchte sie sehnsüchtig, „ich hoffe von ganzem Herzen, dass es klappt.“

Er brauchte sie nur loszulassen, da glitt sie auf ihren Schlittschuhen über das Eis, als wäre sie mit Flügeln an den Füßen geboren. Er schaute ihr fasziniert hinterher und fragte sich, ob sie vielleicht bezüglich ihres Könnens auf dem Eis gelogen hatte, um Allie nicht den Mut zu nehmen. Aber das würde nicht zu Gloria passen. Sie war grenzenlos ehrlich. Aber keiner konnte einfach ein Paar Schlittschuhe anschnallen und gleich beim ersten Mal …

Warum sah es nur so aus, als ob sie das Eis gar nicht berührte, als wenn sie … fliegen würde?

Allison tauchte unter seinem Ellbogen auf und hielt sich mit beiden Händen an der Bande fest. „Hast du ihr das beigebracht, Dad?“

„Nein, Allie.“ Er konnte seine Augen nicht von Glorias anmutigen Bewegungen wenden, obwohl kein anderer auf sie zu achten schien. Sie war in ihre eigene Welt versunken, und Sam fühlte sich ohne sie irgendwie verloren.

In derselben Sekunde setzten ihre Füße auf und rutschten unter ihr weg, sodass sie mit einem alles andere als anmutigen Plumps mitten auf der Eisbahn landete und von einem nicht sehr angenehmen stechenden Schmerz daran erinnert wurde, dass sie in einem menschlichen Körper steckte und den Gesetzen der Schwerkraft zu gehorchen hatte.

Du bist nicht zum Fliegen hier.

Leonards unsanfte Erinnerung lenkte ihre Aufmerksamkeit auf die Bande, hinter der Sam und Allison standen und sehr besorgt und neugierig aussahen. Sie hatte einen Moment lang vergessen, dass die beiden ihr Verhalten nicht verstehen konnten. Sie hatte einfach nur die Eisläufer gesehen und sich daran erinnert, wie es war, Flügel zu haben. Und in ihrem Wunsch zu fliegen, hatte sie vergessen, warum sie auf dieser Erde war. *Entschuldige bitte, Leonard. Ich glaube, ich hatte ein wenig Heimweh.*

Macht nichts. Das kann jedem von uns mal passieren. Sie fühlte sich geborgen in seinem Verständnis und seiner Liebe. Doch schon war er wieder fort, und sie war wieder auf sich selbst gestellt.

Sam kam zu ihr, gerade als sie auf Knien versuchte, auf dem glatten Eis Halt zu finden. „Alles in Ordnung?", fragte er.

„Sie meinen, abgesehen von meinem angeknacksten Selbstbewusstsein?" Sie schaute lachend zu ihm hoch. „Es sieht ganz so aus, als ob ich doch etwas Unterricht brauche. Können Sie zwei Schülern gleichzeitig helfen?"

Er lächelte und streckte die Hand aus, um ihr auf die Füße zu helfen. „Je mehr es sind, desto lustiger wird es."

Sie erwiderte sein Lächeln und nahm seine Hand, wobei sie seine Wärme spürte und die Reaktion ihres Körpers als aufregendes Prickeln wahrnahm. Freudig überrascht stellte sie fest, dass es auf Erden noch andere Möglichkeiten gab zu fliegen.

„Hey, sei nicht gleich sauer auf mich!" Damon ging am Telefon zur Verteidigung über. „Ich erzähle dir nur, was Morrison gesagt hat. Ich selbst bin froh darüber, dass du endlich meinem Rat folgst und dir etwas Zeit nimmst, dich zu erholen. Die Firma kann es verkraften, ein paar Kunden zu verlieren."

Sam rieb sich den schmerzenden Nacken. Das war typisch für Damon, ihn zu loben und ihm gleichzeitig einen kräftigen Hieb zu versetzen. „Ich verstehe nur nicht, was die Tatsache, dass ich mir ein paar Nachmittage freigenommen habe, damit zu tun hat, dass die Kundenquote sinkt. Du arbeitest doch weiter, oder nicht?"

„Natürlich, Sam. Aber ich bin noch nie so ein genialer, scharf kalkulierender Architekt gewesen, wie du einer bist." Damon hörte sich an, als ob er selbstgefällig mit den Schultern zuckte. „Du weißt genauso gut wie ich, dass meine Stärke in der Werbung liegt, und deine darin, den Kunden dann genau das zu geben, was sie wollen."

Sam drehte seinen Stuhl so, dass er in den trostlosen Rosengarten hinausschauen und die beiden hellen Farbflecken mittendrin sehen konnte – Gloria und Allison. „Wenn man bedenkt, dass ich fast das ganze letzte Jahr mit einem anderen Kunden verbracht habe, dann verstehe ich nicht, was du meinst. Denn während meiner Abwesenheit ist es dir ja auch gelungen, die Kunden zufrieden zu stellen."

„Das war etwas anderes. Da hatte ich es nicht mit so schwierigen Zeitgenossen wie Mitch Morrison zu tun." Damon räusperte sich. „Sieh mal, Sam. Du warst doch derjenige, der ihn an Land gezogen hatte, und du warst auch derjenige, der die Idee hatte, zum Andenken an Jenny das alte Greenwood Krankenhaus zu einer Krebsklinik umzubauen. Und du warst auch derjenige, der Morrison davon überzeugen konnte, dieses Projekt zu finanzieren. Du kannst ihm jetzt keinen Vorwurf machen, dass er es nur mit dir zu tun haben will und nicht mit mir oder irgendeinem sonst in der Firma."

Damon hatte natürlich recht. Sam hatte diesen Mann umgarnt. Er hatte mit ihm gegessen und getrunken und ihm das nötige Geld aus dem Morrison Fonds abgeschmeichelt. Und dann hatte er es nicht ernst genug genommen, dass bei aller Großzügigkeit strenge Auflagen mit diesem Geld von Morrison verbunden waren. „Ich rufe ihn an", sagte Sam schließlich widerwillig. „Heute Abend noch."

„Prima." In diesem Wort lag eine große Erleichterung. „Vielleicht rufst du auch noch Tim Bennett an. Er ist nicht sehr glücklich mit den zusätzlichen Zimmern und den Dachgauben, die wir auf Drängen seiner Frau in die Pläne eingearbeitet haben. Ach ja, und Sheila Hutchings wollte mit dir sprechen. Ich habe sie noch nicht einmal gefragt, worüber. Und vielleicht rufst du auch noch Johnson kurz an, und lässt dir erklären, wie er es geschafft hat, die Kostenberechnung für den Ledbetter Bürokomplex zu vermasseln. Ach ja, bevor ich es vergesse. Miss Doerner geht Montag in Urlaub, und vielleicht möchtest du dir ja eine Ersatzkraft besorgen …"

Draußen sprang Allie auf und ab und versuchte, eine traurig aussehende Ethel dazu zu bewegen, Glorias Schoß zu verlassen. Sam wünschte sich, Damon hätte nicht angerufen und ihn an all diese Leute und Projekte erinnert, die seine Zeit und Aufmerksamkeit brauchten. Jetzt blieb ihm wohl nichts anderes übrig, als den Abend mit geschäftlichen Angelegenheiten zu verbringen, obwohl er den Mädchen versprochen hatte, sie zu einer Pizza einzuladen. Dabei hatte er noch bis vor wenigen Tagen jeden Abend gearbeitet, und er stellte überrascht fest, dass er enttäuscht war, heute Abend wieder arbeiten zu müssen.

„Hast du dir das alles notiert?", fragte Damon. „Soll ich dir auch die Telefonnummern geben?"

Allie fiel hin, und Sam sprang auf, aber er kam nur so weit, wie die Telefonschnur lang war, und das war noch nicht einmal bis zur Terrassentür. „Nein danke, Damon. Ich habe eine Telefonliste hier."

„Stimmt etwas nicht, Sam? Du hörst dich so an, als ob du mit deinen Gedanken ganz woanders bist."

Gloria half Allie wieder auf die Füße, und Sam sah erleichtert, wie sie beide konspirativ lächelnd in seine Richtung blickten. „Ich habe dich verstanden", sagte er ins Telefon. „Ich werde die Leute anrufen."

„Dann kann ich meine Verabredung ja einhalten. Dabei fällt mir ein, Sam. Ich habe dich für die Junggesellen-Versteigerung am nächsten Samstagabend angemeldet. Es ist eine Wohltätigkeitsveranstaltung für den Kleinen Leuchtturm. Sei also kein Spielverderber, wenn sie dich anrufen, um deine Anmeldung zu bestätigen. Und streite dich nicht mit ihnen über das von mir vereinbarte Mindestgebot von fünfzig Dollar. Glaub mir, du bist mindestens so viel wert, und vielleicht bringst du ja sogar fünfundsiebzig Dollar ein."

„Tu mir nie wieder solch einen Gefallen, Damon. Ich bitte dich inständig." Damit legte Sam den Hörer auf und ging in den Garten zu seinen beiden Schutzengeln.

„Ich habe es dir schon erklärt, Allison. Ich muss heute Abend arbeiten."

„Aber, Dad! Du hast *versprochen*, wir gehen zu Marios Pizzeria. Du hast es *versprochen!*" Sie stampfte mit dem Fuß auf und verschränkte trotzig die Arme vor der Brust. Hunny schaute daraus hervor, und seine Knopfaugen hatten dasselbe wütende Glitzern wie die von Allie.

„Wir gehen ein anderes Mal, Allie. Es ist etwas dazwischengekommen, und …"

„Dies ist der *schlimmste* Tag in *meinem* Leben! Und *du* hast ihn verdorben!" Tränen standen ihr in den Augen, und sie wischte sie wütend weg. „Das erzähle ich Gloria!"

Allison rannte aus dem Zimmer und schrie nach Gloria. Sam blieb mit einem großen Schuldgefühl zurück. Wie sollte ein Vater mit der Enttäuschung seines Kindes fertig werden? Nachzugeben kam nicht infrage. Außerdem hatte er keine Lust, Zugeständnisse zu machen. Eigentlich wäre er am liebsten als Erster zu Gloria gelaufen, um sich Trost und Zuspruch zu holen, aber Allison war ihm zuvorgekommen.

Gloria hatte eine Gabe, ihm zu helfen, zu seinen Entscheidungen zu stehen, und zu glauben, dass er das Leben mit seinen Höhen und Tiefen meisterte. Er wandte sich wieder seinem Schreibtisch und der Liste von Anrufen zu, die er noch zu tätigen hatte. Und er konnte damit leben, dass Allie in diesem Moment Glorias Trost mehr benötigte als er. Sie brauchte jetzt jemanden, der ihr zuhörte und sie verstand. Er konnte warten.

Ethel kam durch die offene Terrassentür in sein Arbeitszimmer gewatschelt. Der Bauch der trächtigen Hündin war nur noch wenige Zentimeter vom Boden entfernt. Sie blieb vor ihm stehen und schaute ihn traurig mit ihren braunen Augen an.

„Fang du nicht auch noch mit mir an", warnte er sie. „Ich werde schon beschuldigt, meiner Tochter den Tag verdorben zu haben. Dir deinen Abend zu verderben, ist für mich eine meiner leichtesten Übungen." Er schnippte mit den Fingern, um diese Leichtigkeit zu demonstrieren.

Ethel leckte sich die hängenden Lippen und ging an ihm vorbei, die Eingangshalle hinunter in die Küche. Sam war sich nicht sicher, ob sie Glorias Streicheleinheiten suchte oder nur ein Abendessen, aber das war ihm eigentlich auch egal. Schließlich war er derjenige, der mit knurrendem Magen in seinem Arbeitszimmer festsaß.

Einen Moment mal. Er hatte schließlich Hunger, und in der Küche gab es etwas zu essen. Was konnte er dafür, dass Gloria, Allie und Ethel auch dort waren? Wenn sie nett zu ihm waren, würde er vielleicht sogar eine Pizza bestellen. Vielleicht konnte er ja sogar Allies gute Laune mit solch einer Lieferung zurückgewinnen.

„Dad! Dad!" Er hörte das stampfende Geräusch von Allies Füßen durch die Halle näher kommen, und eine Sekunde später kam sie schon um die Ecke seiner Tür. „Weißt du was, Dad?" Sie hatte ihren verdorbenen Tag vergessen, ihre gute Laune war wieder hergestellt, und ihr Lächeln zurückgekehrt. Selbst ihr schäbig aussehender Drache sah zufrieden aus.

Sam ging auf Allies Höhe hinunter. „Lass mich raten“, sagte er betont nachdenklich. „Du und Gloria meinen, ich sollte euch eine Pizza kommen lassen?“

Allie schien aus dem Konzept gebracht. „Nein, wir möchten keine Pizza bestellen, Dad, denn Damon kommt gleich und nimmt uns mit in Marios Pizzeria!“

Dass ihm plötzlich fröstelte, hatte bestimmt nichts mit der abendlichen Frühlingsbrise zu tun, die von draußen hereinwehte. „*Damon* lädt uns zur Pizza ein ... heute Abend?“

„Dich nicht, Dad. Nur mich und Hunny und Gloria.“ Sie schlug Sam beruhigend auf die Schulter. „Und du kannst hierbleiben und arbeiten und wirst nicht ’stört.“

Als ob es ihn nicht stören würde, hinter seinem Schreibtisch zu sitzen und sich vorstellen zu müssen, wie seine Familie sich köstlich ohne ihn amüsierte. „Ich verstehe.“ Sam stand auf. „Möchtest du wirklich, dass Damon euch in Marios Pizzeria einlädt, Allison? Möchtest du das wirklich?“

Allie warf den Kopf zurück und schaute ihn unbekümmert an. „Ja.“ Dann hielt sie sich die Hand vor den Mund und riss die Augen auf. Ihr schien etwas eingefallen zu sein. „Ich muss mich beeilen und meine Schuhe anziehen, bevor er hier ist.“

Dieses verräterische kleine Wesen zeigt noch nicht einmal einen Anflug von Gewissensbissen, dachte Sam, während er ihr hinterherschaute, wie sie aus dem Zimmer rannte – natürlich hatte sie keine Zeit zu gehen – und immer zwei Stufen auf einmal nach oben nahm. Ethel folgte ihr. Sam machte auf dem Absatz kehrt und griff zum Telefon.

Dann kann ich meine Verabredung einhalten.

Damons beiläufige Bemerkung war die reine Doppelzüngigkeit gewesen. Sie hatte alle Merkmale eines abgekarteten Spiels. Nach dem Motto: Ruf Sam an, mach ihm ein schlechtes Gewissen, dass er sich freigenommen hat, wirf ihm ein paar

Kunden vor, die seine Aufmerksamkeit brauchen, und dann kannst du dich einschleichen und ihm die Frau direkt vor der Nase wegschnappen. So hatten sie sich das also ausgedacht. Damon und Gloria. Gloria und Damon. Damon. Gloria. Warum hatte sie ihm nicht einfach gesagt, dass sie keine weitere Minute ohne Pizza aus Marios Pizzeria leben konnte? Er schäumt vor Wut, als er das Arbeitszimmer fluchtartig verließ, um sich in den Kampf zu stürzen.

Gloria schaute auf, als Sam in die Küche kam. „Oh, Sam. Gut, dass Sie kommen. Ich wollte Sie nicht bei Ihrer Arbeit stören, aber ich … nun, ich scheine festzuhängen."

Sie stand in einer Ecke an der Arbeitsplatte, hatte einen dreiteiligen Nadelstreifenanzug an, der auch männliche Models ausgesprochen gut gekleidet hätte, und hielt mit beiden Händen die Küchenmaschine hoch – das ganze schwere Gerät. Gloria hatte den Kopf dicht über die Maschine gebeugt und sah auf die Verwicklung hinunter, in der sie steckte. Dann sah sie hoch, zu Sam hinüber. „Meine, äh, Krawatte hat sich im Schneebesen verfangen."

„Wie um alles …" Sam eilte ihr zur Hilfe, musste aber das Unglück erst genau in Augenschein nehmen, bevor er einschreiten konnte. Die Enden von Glorias Krawatte waren um die Metallarme des Mixers gewickelt, und der Motor heulte vor Anstrengung auf, um die Schneebesen zu drehen, während der Windsorknoten an Glorias Hals sich immer fester zuzog.

„Ich weiß nicht, wie das passieren konnte", sagte sie. „Ich habe die Maschine nur kurz angestellt, um zu sehen, wie sie funktioniert, aber als ich mich hinübergebeugt habe, um den Stecker wieder herauszuziehen, hat sich meine Krawatte da drin verfangen, und ich bin nicht mehr an den Stecker herangekommen. Ich dachte, sie schaltet sich vielleicht ab, wenn ich sie hochhebe, aber jetzt dreht sich das Ding da drin nur noch schneller, wenn ich versuche, die Maschine wieder abzusetzen, und ...“

„Das hätte jedem passieren können“, sagte er, obwohl er wusste, dass sie ihm das nicht glaubte. Sam fasste Gloria an den Schultern und zog sie so weit aus ihrer Ecke, dass das Kabel sich spannte und der Stecker mit einem Plopp aus der Steckdose herausgezogen wurde. Mit einem knirschenden Seufzer verstummte die Küchenmaschine. Sam drückte auf den Freigabeknopf und nahm Gloria die Maschine aus der Hand, um sie abzustellen, während sie die Schneebesen wie Gewichte an ihrer Krawatte hängen hatte.

Sie drehte an den Schneebesen und zog an dem Stoff – und schaffte es, dass beide sich noch mehr miteinander verknoteten. Kopfschüttelnd kam er näher heran, schob ihre Hände weg und lockerte den Windsorknoten so weit, dass er ihr die ganze Krawatte über den Kopf ziehen konnte.

„Danke.“ Gloria öffnete den Kragenknopf ihres Hemdes, das ihr passte, als wenn es maßgeschneidert wäre, und strich die Ärmel ihrer Jacke glatt. „Sie sind genau im richtigen Augenblick gekommen, Sam. Ich hätte noch tagelang gefangen sein können.“

„Ich bin sicher, Ihnen wäre noch eine Lösung eingefallen, bevor der Motor völlig heiß gelaufen wäre. Es ist nur schade, dass ich nicht früh genug gekommen bin, um Ihre Krawatte vor der völligen Vernichtung zu retten.“

„Es ist *Ihre* Krawatte, Sam.“ Sie verzog entschuldigend das Gesicht. „Die, die zu diesem Outfit gehörte, mochte ich nicht.“

Er schaute von den festgezurrten Schneebesen und dem kaum wieder zu erkennenden Stoff in ihre Augen, die immer vergnügter dreinschauten, und gab sich große Mühe zurückzulächeln. Sie sah in ihrem typisch männlichen Anzug sehr klein und sehr weiblich aus. Der nüchterne, stark männliche

Zuschnitt ihrer Kleidung schaffte einen faszinierenden Gegensatz. Er hätte ihr am liebsten den Anzug abgestreift und die Frau darunter entdeckt – aber das würde natürlich nicht passieren. Sie war für ihre Verabredung mit Damon angezogen, und bei diesem Gedanken erinnerte Sam sich wieder an seinen Ärger. „Zu dumm, dass Damon nicht rechtzeitig hier war, um Sie zu retten, Gloria. Ich bin sicher, er wäre Ihnen als Retter lieber gewesen."

„Damon?"

„Ich weiß, was sich hinter meinem Rücken abspielt. Beleidigen Sie nicht meine Intelligenz, indem Sie so tun, als ob Sie keine Ahnung davon haben."

Sie biss sich auf die Unterlippe und blickte auf die Küchenmaschine auf der Arbeitsfläche. „Nachdem ich meine Erfahrung damit gemacht habe, weiß ich in etwa, wie dieses Gerät funktioniert. Aber auch noch nach mehreren Erfahrungen mit Ihnen, Sam, habe ich nicht die leiseste Ahnung, wie Ihr Kopf funktioniert. Würden Sie mir das bitte erklären?"

„Mit Vergnügen", sagte er kurz angebunden. „Ich mag nicht, wenn man mich manipuliert. Ich mag nicht, wenn man mich täuscht. Und ich mag keine Pizza von Marios Pizzeria. Verstehen Sie jetzt?"

Gloria beugte den Kopf zur Seite und sah Sam mit leuchtenden Augen abschätzend und unverfroren an. „Ich glaube ja. Ja. Sie sind nervös und frustriert, regen sich wegen jeder Lappalie auf und sind ständig missgelaunt. Und der Grund dafür, dass Sie sich aufregen, nervös, frustriert und übel drauf sind, bin irgendwie immer ich. Stimmt das?"

Sam wusste nicht, worauf sie hinauswollte, aber ihr leichtes Lächeln machte ihn misstrauisch. „Sie sind ja nicht *immer* der Grund."

Glorias Lächeln wurde breiter, und sie nickte sehr heftig voller Zufriedenheit. „Ein Musterbeispiel."

„Ein Musterbeispiel wofür?“

„Sexuelle Anspannung natürlich.“ Sie hob die Hand und tippte ihm mit einem Finger spielerisch aufs Kinn. „Glücklicherweise habe ich in dem Fach eine Eins bekommen. Ich weiß also genau, was als Nächstes passieren muss. Sam, es wird Zeit, dass Sie und ich … Sex kennenlernen.“

8. KAPITEL

Se… Sex?"

Irgendwo auf dem Weg vom Gehirn zum Mund hatte dieses Wort eine zweite Silbe bekommen, und Sam musste kräftig schlucken, um das peinliche jungenhafte Quietschen in seiner Stimme loszuwerden. „Haben Sie das tatsächlich gesagt: …"

„Sex." Sie legte je einen Finger auf beide Seiten seines Mundes. „Sprechen Sie mir nach, Sam. Sss-ee-xxx. Das ist der physische Ausdruck von …"

„Ich *weiß*, was das ist, Gloria." Er ergriff ihre schulmeisterlichen Finger und schob sie sich mit mehr Widerwillen, als er sich eingestehen wollte, vom Gesicht.

„Und Sie und ich werden *keinen* … haben."

„Aber wir haben alle Symptome dafür."

Er lockerte sich mit einem Finger den Hemdkragen – obwohl der oberste Knopf bereits offen war. „Um Himmels willen, Gloria, Sex ist doch keine Krankheit, die man behandeln kann."

„Natürlich kann man sie behandeln. Wir fangen einfach an, uns zu küssen, und dann …"

„Nein!" Er atmete tief durch, um sich zu beruhigen, aber es wurde ihm nur schwindlig davon. Aber vielleicht war es auch diese Frau, die ihn schwindlig machte. „Nein, Gloria." Es gelang ihm, in einem sanfteren vernünftigen Ton weiterzusprechen. „Ich weiß nicht, woher Sie Ihre Informationen haben, aber Sie haben da einiges falsch verstanden."

Sie runzelte verwirrt die Stirn. „Aber ich habe einen sehr gründlichen Lehrer gehabt, und ich habe mich für diesen Aspekt des menschlichen Lebens ganz besonders interessiert und deswegen auch besonders gut aufgepasst. Und, ehrlich gesagt, Sam, ich habe mich schon lange auf diese Erfahrung gefreut."

Sam starrte Gloria an. „Sie müssen vom Mars sein."

„Machen Sie sich nicht lächerlich. Der Himmel ist viel näher als der Mars."

Jedenfalls war der Himmel im Moment für ihn viel näher, als er ihn ertragen konnte. „Aber dann müssen Sie ein anderes außerirdisches Wesen sein, oder? Das muss es sein ... oder Sie sind völlig verrückt."

„Sie glauben, ich sei verrückt, weil ich Sex mit Ihnen haben will?"

Er wich bis zur Spüle zurück und lehnte sich dagegen, weil ihm die Knie weich wurden. „Schauen Sie, Gloria, es gibt sicherlich eine taktvollere Art, es Ihnen zu sagen; aber heute, jetzt und hier, möchte ich eher annehmen, dass Sie eine Außerirdische sind und keine Jungfrau, die eine Eins im Sexualkundeunterricht hatte."

Sie legte das Gesicht nachdenklich in Falten. „Ich dachte, Männer lieben Jungfrauen."

Sam schloss für einige Sekunden die Augen und verlagerte sein Gewicht von einem Fuß auf den anderen. „Ich hoffe sehr, dass das bei Ihrem Lehrer nicht ein Teil des Lehrplans gewesen ist."

„Ich glaube, das habe ich irgendwo gelesen. Im Unterricht haben wir mal über das Jungfrauenopfer gesprochen ... aber das ist etwas anderes, nicht wahr?"

Wieder musste Sam schlucken. „Nein. Ich glaube nicht, dass das eine viel mit dem anderen zu tun hat."

Gloria ging zu ihm hinüber und lehnte sich neben ihn an die Arbeitsplatte. Sie schlug die Füße und dann die Arme übereinander. „Sie können mir gegenüber ganz ehrlich sein, Sam. Stört es Sie, dass ich noch nie Sex hatte?"

„Es stört mich, dass wir uns darüber unterhalten." Er stieß sich von der Spüle ab und ging auf die Tür zu. „Erstens ist das für uns kein geeignetes Thema, und zweitens ... verdammt, es gibt kein zweitens. Es kommt überhaupt nicht infrage. Wir reden nicht darüber. Und wir machen es nicht."

„Sam?"

Er war schon auf halbem Weg zur Tür und hatte sich damit fast in Sicherheit gebracht, als es ihr allein mit dem sanften überzeugenden Ton in ihrer Stimme gelang, ihn zum Umdrehen zu bewegen. Sie brauchte wirklich nur seinen Namen zu nennen. Er war ein Feigling – ein echter eingefleischter Hampelmann.

Sensibel. Das Wort tauchte aus dem Nichts in seinem Kopf auf. Er wusste nicht, wie es ihm in den Sinn kam, denn er war nicht …

Fürsorglich. Mutig.

Sam hatte das verrückte Gefühl, dass Gloria genau wusste, was sich in seinem Kopf abspielte, dass sie irgendwie an dem Kampf teilhatte, der da zwischen seinem Kopf und seinem Herzen ausgetragen wurde … und zwischen noch ein paar anderen seiner empfindlichen Körperteile. „Es darf nicht passieren, Gloria!" Seine Stimme klang fast schon verzweifelt. „Es ist nicht gut. Sie sollten sich Ihr erstes Mal für … nun, für die Hochzeit aufheben. Oder zumindest für jemand ganz Besonderen. Jemanden, den Sie wirklich lieben."

Die Zartheit der Bewegung, mit der sie die Mundwinkel anhob, ließ sein Herz schneller schlagen. Und während sie mit beiden Beinen fest auf dem Boden stand, verlor er mit jedem Herzschlag mehr an Bodenhaftung. Aus reinem Selbstschutz fuhr er jetzt schwereres Geschütz auf: „Sie sollten warten, bis Sie jemanden so lieben, wie ich Jenny geliebt habe."

Gloria zuckte nicht einmal mit der Wimper. „Lassen Sie es mich Ihnen erklären. Wenn wir diese sexuelle Erfahrung miteinander haben, dann wird das in …", sie gestikulierte mit den Händen, als ob sie nach den richtigen Worten suchte, „in einem anderen Zusammenhang passieren."

„Im Zusammenhang mit Ihrer Fantasie?"

Sie zog die Augenbrauen hoch. „Oder Ihrer. Hören Sie doch einfach einmal zu, vielleicht finden Sie es einleuchtend."

„Einleuchtend? Geben Sie es auf, Gloria. Glauben Sie ernsthaft, dass Sie mir irgendetwas über die Vögel und die Bienen erklären können, was ich nicht schon weiß?"

„Sam, ich kann Ihnen Dinge zeigen, von denen Sie bisher nicht einmal geträumt haben."

Jetzt war er in ernsthaften Schwierigkeiten – das war ihm bewusst. Ihre Augen, ihre Körperhaltung, einfach alles an ihr machte ihm das klar. Sie war unschuldig und verführerisch zugleich, aber wo hörte das eine auf, und wo fing das andere an? Sie war der lebende Beweis dafür, dass einem die Versuchung in den gegensätzlichsten Spielarten begegnen konnte. Nie hätte er sich ausmalen können, wie jemand in einem Herrenanzug ihn derart bezaubern konnte. „Wo haben Sie diesen Dreiteiler her?", fragte er betont beiläufig. „Aus dem Versandhaus-Katalog für Männer?"

„Was spielt denn das für eine Rolle? Sie haben sich doch schon längst Ihre Meinung gebildet und hören mir sowieso nicht mehr zu."

„Ich möchte einfach nur über etwas anderes reden", sagte er nachdrücklich.

„Das ist nicht nötig." Sie vergrub die Hände in den Hosentaschen. „Ich habe verstanden, Sam. Sie haben es mich sehr deutlich wissen lassen, dass Sie nicht daran interessiert sind, mit mir Sex zu haben. Sie müssen jetzt nicht mehr hier herumstehen und mit mir plaudern, nur damit ich mich besser fühle."

Wider besseren Wissens ging er auf sie zu und blieb vor ihr stehen. „Ich habe nicht gesagt, dass ich nicht interessiert bin, Gloria. Ich habe nur gesagt, dass es nicht geschehen darf."

Sie senkte den Blick. „Vergessen Sie einfach, dass ich es überhaupt erwähnt habe, Sam. Wirklich. Es war nur ein Gedanke. Ich hätte wahrscheinlich eher warten müssen, bis Sie die Sprache darauf bringen."

Die Sprache darauf zu bringen war nicht das Problem. Sie war sich offensichtlich nicht ihrer faszinierenden Wirkung bewusst, und er hatte bestimmt nicht vor, sie ihr zu erklären. Also stand er wortlos da und beobachtete, wie sie nervös mit den Fingern an ihrer Weste spielte und den mittleren Knopf auf- und zumachte.

„Ehrlich, Sam. Vergessen Sie es bitte. Ich werde es auch tun. Ich muss diese Erfahrung nicht mit Ihnen machen. Und es gibt auch überhaupt keinen Grund, warum ich ausgerechnet mit Ihnen ..."

Sie verstummte und hüllte sich in unterwürfiges Schweigen. Mit einem Finger hob er ihr Kinn an. Das Licht, das auf sie fiel, beleuchtete die Wimpern ihrer geschlossenen Augen. „Was ...", fragte er sanft, „wollen Sie? Mich?"

Mit einem kaum wahrnehmbaren Nicken schlug sie die Augen auf, sah ihm in die seinen – und er gab seinen Widerstand auf. Ihre Lippen waren feucht und leicht geöffnet, ihr Atem war eine warme Einladung, und in ihrem Gesicht lag ein Ausdruck von Verlangen und freudiger Erwartung. Himmel, er war schließlich auch nur ein Mann. Sam neigte den Kopf, näherte sich ihren Lippen, und schon bei der ersten Berührung, dem ersten elektrisierenden Kontakt, fragte er sich, warum er sich dagegen gewehrt hatte.

Gloria war keine Bedrohung für ihn. Sie war warm, willig ... und sie war hier. Es wäre sicherlich falsch, ihre Unschuld auszunutzen, ihr Angebot ernsthaft in Betracht zu ziehen, aber ein Kuss würde ihn bestimmt nicht auf immer verdammen. Nur einen Moment, ein paar wenige harmlose Minuten, um ihn daran zu erinnern, dass er noch lebendig war. Und das Vergnügen war ja auch nicht nur auf seiner Seite. Ihre vollen Lippen erwiderten seine Leidenschaft, und sie schien diese Berührung mit jeder Faser ihres Körpers zu genießen. Sie ließ die Hände über seine Brust wandern, die überall ein Gefühl der Wärme und der Begierde hinterließen. Sie strich mit den Daumen durch die Aushöhlungen am Schlüsselbein und löste damit auf seiner Haut die herrlichsten Empfindungen aus. Er konnte nur noch einen zusammenhängenden Gedanken fassen: Wenn sie so weitermachte, würde er für immer davonschweben. Er antwortete ihr, indem er sie in die Arme nahm und ganz fest hielt, damit sie ihn auf seinem Flug begleiten konnte.

Das Gefühl, sie in den Armen zu halten, war auf seltsame Art unwirklich, aber die Lebendigkeit ihrer Lippen war atemberaubend real. Wie in einem Traum hatte er widersprüchliche Wahrnehmungen – seine Fantasie knüpfte an sehr wache fassbare Eindrücke an. Aber Gloria war kein Traum. Und das Verlangen, das durch ihren Körper strömte und von seinem Körper befriedigt werden wollte, war keine Einbildung. Er hätte nie gedacht, dass er zu solchen Empfindungen fähig war, hatte es schon gar nicht für möglich gehalten, dass in seinem Herzen neben Jenny noch Platz für jemand anderen war. Und doch erfüllte ihn die Sehnsucht nach genau dieser Möglichkeit. Die Sehnsucht ging von der Frau aus, die er in den Armen hielt, durchkreuzte seine Gedanken, nahm an Wahrscheinlichkeit zu, wurde eine ernst zu nehmende Vorstellung und dann zum Verlangen.

Von irgendwoher aus einer fernen Galaxis hörte er Musik. Zu einem himmlischen Glockengeläut sang ein Engelchor.

Gloria löste sich von seinem Kuss – mit weit aufgerissenen Augen und ganz außer Atem. „Ich habe Engel singen gehört", sagte sie.

„Wie ist das möglich! Ich auch." Und wieder beugte Sam sich zu ihren Lippen hinunter, gab ihr einen fordernden Kuss und freute sich, dass sie ihn genauso gierig erwiderte. Er schob ihr eine Hand unter die Jacke, um die weichen prallen Formen ihrer Brust zu streicheln. Aber die Weste war im Weg und die Bluse auch. Also machte er sich an den Knöpfen zu schaffen.

„Daddy! Daddy! Daddy! Daddy!“ Allies schrille Schreie wurden von ihren donnernden Schritten auf der Treppe begleitet und wirkten auf ihren Vater wie Eiswasser. Wie von der Tarantel gestochen, riss Sam sich von Glorias Lippen los. Für einen kurzen Augenblick erstarrte er bei der Vorstellung, was alles hätte passieren können. Dann drehte er sich auf dem Absatz um und durchquerte schnell die Küche, um seine Tochter an der Tür abzufangen und auf den Arm zu nehmen. „Was ist los, mein Schatz?“

„Daddy! Daddy! Daddy!“ Allison schlang Arme und Beine um ihn und lehnte sich dann zurück, um Sam anzusehen. Sie machte große Augen vor … Aufregung? Moment mal. Er hätte fast einen Herzinfarkt bekommen, und sie war bloß aufgeregt? „Weißt du was, Daddy?“

„Du hast mich fast zu Tode erschreckt, Allison.“ Sam holte tief Luft, um seinen rasenden Herzschlag zu beruhigen. „Warum schreist du so?“

„Ethel! Sie hat ein Hundebaby! Ich glaube jedenfalls, dass das eins ist. Sie ist über das ganze Bett gewackelt, und dann war plötzlich alles ganz schmutzig und igitt.“

„Wo?“, fragte Sam in scharfem Ton. „Wo ist sie?“

„Sie ist in deinem Schlafzimmer, Daddy. Auf deinem Bett.“

Na prima. Mit Allie unter dem Arm umrundete er den Treppenabsatz und nahm immer zwei Stufen gleichzeitig. Gloria folgte ihnen auf den Fersen. Es klingelte an der Haustür, aber keiner unterbrach die Jagd nach oben, um sie zu öffnen.

Damon ließ sich also selbst herein und steckte gerade noch rechtzeitig den Kopf durch die Tür, um die drei nach oben rennen zu sehen. „Hey“, rief er. „Wo brennt es denn?“

Völlig außer Atem kam Sam im Flur des oberen Stockwerks an und stellte Allie auf ihre Füße. Sie lief vor ihm her und betrat als Erste das Schlafzimmer. In der Tür blieb sie jedoch abrupt stehen, stemmte die Arme rechts und links gegen den Türrahmen und blockierte den Eingang. Hinter ihr stauten sich Sam, Gloria und dann Damon.

„Sch!“, warnte sie. „Nicht stören!“

„Was ist los?“, fragte Damon und versuchte, über Sams Schulter zu blicken.

„Eine Riesenschweinerei“, antwortete Sam.

„Ein Wunder“, verbesserte ihn Gloria.

„Sieht bis jetzt noch nach beidem aus.“ Sam schüttelte entrüstet den Kopf. „Allison, weißt du, wie dieser Hund mit seinen kurzen dicken Beinen auf mein Bett gekommen ist?“

Allie strahlte ihren Vater unbekümmert an. „Es ist ein Wunna, Dad. Sie ist draufgesprungen.“

„Drei, vier, fünf.“ Allie zählte zum elften Mal die Köpfe in der Kiste und begutachtete die neuen Hausbewohner.“ „Fünf Baby-Wunna“, sagte sie zufrieden. „Eins, zwei, drei, vier, fünf.“

Sam legte einen Arm um ihre Taille und hob sie von der Kiste weg. „Allison, lass die Welpen jetzt mal in Ruhe. Ethel muss sich ausruhen und du im Übrigen auch. Schlafenszeit ist schon längst gekommen.“

„Ist sie nicht.“

„Nun, meine ist es jedenfalls, und wenn ich ins Bett gehe, dann tust du das auch.“

„Aber dies ist ein besonderer Abend, Dad. Wir haben Hundebabys bekommen!“

Als könnte er das vergessen. „Wir haben sie noch eine Weile, Allie. Wir können ihnen erst ein neues Zuhause suchen, wenn sie acht Wochen alt sind.“

„Wir müssen ihnen kein neues Zuhause suchen“, sagte sie in einem solchen Ton, dass Sam nicht zu widersprechen wagte. „Sie haben das beste Zuhause hier bei uns.“

„Und du hast das beste Nest." Sie musste lachen, und Sam legte seine Tochter über die Schulter, schloss die Tür zum Hundekinderzimmer – früher war es mal die Wäschekammer – und trug Allie nach oben.

Gloria schlug gerade die Bettdecke zurück, als die beiden hereinkamen. Bei ihrem Anblick hielt Sam den Atem an. Es überraschte ihn, sie hier in Allies Zimmer zu sehen, und die Tatsache, dass sie die übliche Zubettgehzeremonie einleitete, beschleunigte seinen Herzschlag. Wenigstens ist das der einzige Grund für meine Nervosität, stellte er zufrieden fest.

Gloria streckte lächelnd die Arme aus, und Allie zögerte keine Sekunde, sich ihr nun voller Vertrauen in die Arme zu werfen. „Wir haben fünf Hundebabys", erzählte sie Gloria. „Ich habe sie 'zählt. Es sind fünf. Fünf Wunnas."

„Sechs." Gloria klopfte Allie mit einem Finger leicht auf die Nase. „Du bist auch ein Wunder."

„Und Hunny ist ein Wunna." Sie kuschelte sich glücklich in Glorias Arme. „Und Daddy ist ein Wunna, und …" Ihre Augen leuchteten auf. „Ich weiß was. Wir können die Hunde Wunnas nennen, Wunna Eins, Wunna Zwei, Wunna Drei, Wunna Vier …"

„Und Wunna Fünf." Sam machte ihren Tonfall nach, als er ihren nackten Fuß in die Hand nahm und ihre Zehen abzählte. „Dieses kleine Wunna ging zum Markt … und dieses kleine Wunna blieb zu Haus …"

Allie lachte und strampelte sich frei. „Hör auf, Daddy. Das sind Zehen, keine Wunnas!"

„Oh ich finde, sie sehen wie kleine Wunder aus." Er griff erneut nach dem Kinderfuß und drückte einen Kuss darauf. „Entschuldigt bitte, verehrte Zehen!"

„Du bist doof, Dad", kicherte sie. Sie verzog ihren kleinen Kindermund voller Entrüstung, während Gloria sie ins Bett legte und zudeckte.

„Es macht ihm Spaß, dich zu necken.“ Gloria steckte die Bettdecke unter Allies und Hunnys Kinn fest und strich sie so zärtlich glatt, dass Sam spürte, wie sein Herz sich schmerzhaft zusammenzog. „Könnte es daran liegen, dass er dich liebt?“

Allie nickte glücklich und kuschelte sich unter ihrer Decke an Hunny. „Weißt du was, Gloria?“

„Was denn, Allie?“

„Hunny möchte, dass du immer bei uns bleibst.“

Gloria hielt in ihrer Bewegung inne und zog die Hand von der Bettdecke. „Das ist ein schöner Gedanke“, sagte sie beiläufig und steckte geschäftig die losen Seiten der Decke unter die Matratze, aber Sam entging das leichte Zittern in ihren Mundwinkeln nicht.

„Und weißt du was?“ Jetzt wandte Allie ihre Taktik auf Sam an, wartete aber nicht auf seine Antwort. „Ich finde, du und Gloria sollten heiraten und dann können wir fünf Mädchen wie mich bekommen.“

Sams Blick wanderte schnell zu Gloria, um ihre Reaktion zu beobachten, aber sie schaute noch nicht einmal auf, sondern hielt mit einem betont unbeteiligten Gesichtsausdruck den Kopf gesenkt. Er wunderte sich ein wenig, dass sein Herz nicht laut protestierte. Es schlug einfach ruhig weiter, als wenn es gar keinen Anlass für einen Protest gab. „Fünf Mädchen?“ Damit wandte Sam sich wieder seiner Tochter zu. „Warum nicht fünf Jungen?“

„Jungs essen Würmer.“

Gloria ging schweigend zum Fenster und schaute hinaus. Der Mond stand schon so hoch über dem Haus, dass er von hier aus nicht zu sehen war. Sie stand in seinem silbrigen Licht und sah aus, als ob sie einen Hochzeitsschleier aus feiner Gaze trüge. Sie war atemberaubend schön, und es fiel Sam schwer, den Blick von ihr loszureißen. Er betrachtete sie weiter aus den Augenwinkeln, während er abwesend Allies Hand streichelte. „Ich bin auch ein Junge.“

„Du bist kein Junge. Du bist ein Daddy."

„Und warum glaubst du, essen Daddys keine Würmer?"

„Weil sie das nicht tun." Sie drehte den Kopf zum Fenster. „Oder doch, Gloria?"

„Vögel essen Würmer." Gloria hielt das Gesicht dem mondhellen Himmel zugewandt. „Und Bienen machen Honig."

„Und Hunny wird ganz, ganz müde." Sam legte den Finger auf den Mund und entfernte sich auf Zehenspitzen vom Bett.

„Dad?", rief Allie leise. „Wie schmecken Würmer?"

„Wie Leberwurst."

Sie krauste die Nase, und Sam ergriff die Gelegenheit, um auf Hunny zu zeigen und leise zu flüstern, „ich glaube, er ist eingeschlafen."

Allie betrachtete den Drachen und hielt nun auch einen Finger auf den Mund. „Sch."

Sam nickte bedächtig, ging zum Fenster hinüber und berührte leicht Glorias Arm.

Sie drehte sich erschrocken um, und er fragte sich, wie weit fort sie mit ihren Gedanken gewesen war. „Sch." Er legte wieder einen Finger auf den Mund, nahm ihre Hand und wollte sie aus dem Zimmer führen, da erstarrte er plötzlich.

Glorias Haut fühlte sich glühend heiß an. Und dieses Brennen, das sie an ihn weitergab, empfand er als reine strahlende Energie. Sie betäubte und lähmte ihn. Er konnte sich nicht bewegen, konnte ihre Hand nicht loslassen, so sehr er sich auch bemühte. Da stand er gefangen in diesem Energiefeld – es erschien ihm wie eine Ewigkeit –, und er verstand nicht, wie ihm geschah. Er sah nur die Sehnsucht in ihren Augen.

Ehe. Kinder.

Diese beiden Vorstellungen waren einerseits sehr unterschiedlicher Natur und bildeten doch gemeinsam ein vollständiges Bild der Möglichkeiten. Allie hatte die Frage gestellt, und Gloria konnte die Antwort sein. Sam merkte, dass er irgendwo dazwischen stand. Aber er wusste nicht, ob er den Mut hatte, sich noch einmal zu verlieben.

Mit einem schläfrigen Seufzer drehte Allison sich auf die Seite und war schon halb eingeschlafen.

„Gute Nacht, Allie“, flüsterte Gloria so leise, dass sie die Stille im Zimmer zwar nicht störte, aber doch sehr abrupt zur Normalität zurückkehrte. Sam musste blinzeln und sah aus dem Fenster. Es ist immer noch derselbe Mond, dachte er, es sind dieselben Sterne am Himmel. Aber irgendetwas Ungewöhnliches war gerade passiert. Er konnte sich vielleicht noch diesen starken Energiestrom erklären, nicht aber den gehetzten wehmütigen Blick in Glorias Augen. Er sah hinunter auf ihre Hand, die er immer noch in der seinen hielt. In ihrer Haut war immer noch diese Glut, eine allmählich verblassende Aura von Wärme und Licht. Er begann, unsichtbare Dinge zu erahnen und eine warme Regung in sich zu spüren. Aber als sie sich mit einem fragenden Lächeln zu ihm umdrehte, kehrte wieder dieser Zweifel in ihn zurück, und er verspottete sich selbst wegen seiner Fantasie.

Sam ließ Glorias Hand los und räusperte sich, um mit einer ironischen Bemerkung für einen Wechsel der Stimmung zu sorgen, aber alles, was er herausbringen konnte, war ein raues „Gloria?“

„Sch.“ Jetzt war sie es, die einen Finger auf die Lippen legte. Dann drehte sie sich um und verließ schweigend das Zimmer.

Sam wollte ihr folgen, blieb aber in der Tür stehen, unfähig, auch nur einen Schritt weiterzugehen. Er dachte an Gloria und an die Gelegenheit, sich ein bisschen in sie zu verlieben, kniete dann aber neben Allisons Bett nieder, beobachtete, wie seine Tochter im Schlaf die Schultern hob und senkte, und wollte nur noch an Jenny denken.

„Ich verstehe, Leonard.“ Gloria ging im Rosenarten auf und ab, zog hier ein Unkraut heraus und dort eine Distel. „Aber ich habe das wirklich nicht geplant, musst du wissen.“

Noch ein Unkraut wurde mit den Wurzeln ausgerupft und weggeworfen. „Es überrascht mich ja selbst.“

Sie seufzte und hörte auf herumzuwandern. „Mir ist völlig klar, dass ich in Gefahr bin, Leonard. Ich weiß genau, was bei solch einer Verwicklung von Gefühlen passieren kann …“

Gloria kniete sich auf den gepflasterten Weg und fing an, nun etwas systematischer das Unkraut zu rupfen, um sich an diesem vernachlässigten Garten abzureagieren. „Und ich habe im Unterricht *so* aufgepasst. Du brauchst mir jetzt keinen Vortrag zu halten. Ich kannte das Risiko, bevor ich diese Aufgabe übernommen habe.“

Aber sie hatte es eben nicht gekannt. Nicht wirklich. Wie konnte ein Engellehrling eine Ahnung davon haben, wie verführerisch es war, Ehefrau und Mutter zu sein, oder auch nur, wie viel anders sich die Liebe in der Haut des Menschen anfühlte?

Und was soll ich jetzt machen, Leonard?

Dies war ein Hilferuf, eine inständige Bitte um Hilfe, aber sie blieb unbeantwortet, als wenn ihr Schrei in einer endlosen Stille verhallte. Sie setzte sich auf die Fersen und sah sich den Garten an. Es war keine Knospe zu sehen, noch nicht einmal die Andeutung eines Blattes. Es würde sie nicht viel kosten – nur einen Gedanken, eine Berührung vielleicht –, und der Garten würde wieder zu blühendem Leben erwachen. Sie war ein Engel. Was wäre für sie leichter als das?

Aber sich in Sam zu verlieben? Konnte irgendetwas einfacher und zugleich komplizierter sein als das?

Gloria seufzte und schlug sich die Erde von den Händen ab. „Du bist mir vielleicht eine Hilfe“, sagte sie zu Leonard, obwohl sie wusste, dass er bereits gegangen war. „Tauchst gerade lange genug auf, um mir meine Fehler aufzuzeigen, und dann eilst du wieder zur Chorprobe davon, als ob …“

Sie sah über die Schulter zur Terrassentür, hinter der sie Sams Anwesenheit im Arbeitszimmer spürte. In der Luft lag Musik – wie der Duft von Rosen – schwach, aber langsam stärker werdend. Sie klang so lieblich, dass Gloria die Augen schloss, um ihr zu lauschen. Trotzdem bemerkte sie sofort, dass Sam den Garten betrat, und seine Traurigkeit ging ihr zutiefst zu Herzen. Dabei war doch dieses Herz nur eine Leihgabe.

„Was machen Sie hier draußen?“, fragte er.

„Unkraut rupfen.“

„Das ist reine Zeitverschwendung.“

Sie schaute die ausgetrockneten Pflanzen an. „Ich glaube, sie haben eine gute Chance, sich wieder zu erholen.“

„Die Rosenstöcke sind tot, Gloria. Was macht es noch aus, wenn das Unkraut sie überwuchert?“

Sie streckte die Hand aus und hätte ihm gerne gezeigt, was es ausmacht. Sie strich mit den Fingern über die Pflanze, die ihr am nächsten war. Es könnte so einfach sein. Mit einer Berührung könnte sie eine Kettenreaktion auslösen, und das Leben würde in diesen Garten zurückkehren, um den Himmel zu preisen. Die Rosenstöcke würden sich strecken, blühen und ihren göttlichen Plan erfüllen, indem sie einen bunten duftenden Farbteppich ausbreiteten. Auf nur einen Wink von ihr hin würde das Unkraut weichen und Platz für ein Wunder machen.

„Nicht anfassen.“

Erschrocken zog sie ihre Hand zurück und schaute Sam fragend an.

Der zuckte nur mit den Schultern. „Es sind immer noch Dornen dran. Sie könnten sich stechen.“

So wie die Einsamkeit ihr in die Seele stach? Sie seufzte und stand auf. Es war wahrscheinlich sowieso gut, dass er sie aufgehalten hatte. Ihre Aufgabe war es, ihm die Augen für die Wunder in seinem Leben zu öffnen und nicht noch zusätzlich welche zu vollbringen.

„Was für einen schönen Garten hat Jenny Ihnen da zurückgelassen“, sagte sie mit ruhiger Stimme.

„Ja?“ Seine Stimme war voller Sarkasmus. „Sehr schön.“

„Manche Dinge müssen Sie mit dem Herzen betrachten, Sam.“

„Danke für Ihre Lektion in der Philosophie der Rührseligkeit. Aber ich kann meine Probleme selbst lösen.“

„Was für Probleme?“

„Ich meine, meinen Standpunkt vertreten.“ Er sah sie mit halb zusammengekniffenen Augen an. „Sie haben keine Ahnung, welche Probleme ich haben könnte, Gloria. Also verschonen Sie mich mit weiteren Plattheiten. Heben Sie sich Ihre Gemeinplätze für Ihre nächste Anstellung auf.“

Sie erwiderte seinen grimmigen Blick mit derselben Grimmigkeit. „So wie es zurzeit aussieht, werde ich keine weitere Aufgabe mehr bekommen. Es hätte mich jemand vor Ihrer Dickschädeligkeit warnen sollen.“

„Und mich hätte jemand davor warnen sollen, dass Sie jede Situation verdrehen.“

„Ach ja? Mich hätte man warnen sollen, dass Sie die Bäume im Wald nicht sehen können!“

„Meinen Sie? Nun ...“ Er unterbrach sich, um sie zu verbessern. „Sie wollten sagen, den Wald vor lauter Bäumen nicht sehen können!“

„Nein, das wollte ich nicht. Ich wollte sagen, dass sie ein Dickschädel sind, der nicht klar sehen kann.“

„Versuchen Sie, sich mit mir zu streiten?“

„Sie haben damit angefangen. Ich versuche nur, Ihnen Paroli zu bieten.“

Sam presste die Lippen aufeinander, aber Gloria konnte sehen, dass er nur noch so tat, als wäre er verärgert. „Dies ist kein

Wettstreit, Gloria. Sie sagten etwas, was mich geärgert hat, und das habe ich Sie wissen lassen. Sie brauchen das nicht aufzubauschen."

„Das ist leicht gesagt. Sie hatten das letzte Wort."

„Aber nicht sehr lange."

„Weil ich schnell ziehen kann und mehr Gemeinplätze kenne, als Sie sich aus dem Ärmel schütteln können." Sie steckte die Daumen durch die Gürtelschlaufen und lächelte ihn triumphierend an. „Legen Sie sich also nicht mit mir an."

Seine Traurigkeit war verflogen und ebenso sein Ärger – auch wenn er noch versuchte, daran festzuhalten. Schließlich gab er auf und lachte. „Ich glaube, das reicht jetzt."

„Noch lange nicht. Ich komme gerade erst in Fahrt."

„Sind alle Kindermädchen von Mrs Kleppersons Agentur so frech wie Sie?"

„Wie oft soll ich es Ihnen noch sagen, Sam? Ich bin keine Nanny. Ich bin ein Engel."

Er ging lachend zurück in sein Arbeitszimmer. „Und ich bin ein Cowboy. Kommen Sie, Sie Engel. Lassen Sie uns hineingehen. Ich mixe Ihnen einen Cocktail auf Eis."

„Ist das so etwas wie ein Aphrodisiakum?"

„Eher ein Gutenachttrunk."

Gloria folgte ihm ins Haus und war froh, dass sie den Garten nicht zum Blühen gebracht hatte. Flirten war ein viel befriedigenderes Wunder … und es machte viel mehr Spaß.

9. KAPITEL

„Dad, ich will mitkommen. Ich will nicht mit Gloria zu Hause bleiben.“ Allison kam aus dem angrenzenden Badezimmer und ging hinüber zum Schrank.

Sam hörte, wie sie wütend mit den Füßen stampfte, drehte sich aber nicht zu ihr um und suchte weiter nach seinen besten Schuhen. Er war spät dran. Damon war schon unterwegs. „Ich weiß, wenn ich dich nicht abhole, dann fällt dir irgendeine Ausrede ein, und du gehst doch nicht“, hatte sein Freund gesagt. „Es ist eine Wohltätigkeitsversteigerung, und es wird dir nicht wehtun, wenn du dich mal für ein paar Stunden unter Menschen begibst. Du vermeidest immer mehr den Kontakt mit anderen, und dieses Mal werde ich dafür sorgen, dass du dich amüsierst ... und wenn ich den ganzen Abend lang deine Hand halten muss.“

Sam hatte Protest eingelegt, aber zu wenig und zu schwach. Jetzt hatte er zugesagt und fühlte sich gar nicht wohl dabei. In dieser Verfassung war er natürlich die ideale Zielscheibe für Allies Schuldzuweisungen, die sie besonders dick auftrug. Sie war ihm den ganzen Abend über nicht von der Seite gewichen, hatte nicht aufgehört, auf ihn einzureden und ihn neugierig zu beobachten, wie er sich rasierte, kämmte und die Zähne putzte. Erst als er ihr sagte, dass sie nicht mitkommen würde, wurde sie sauer.

„Ich will mit dir zur Aukschon gehen, Dad.“

Er wusste nicht, woher sie diese Sturheit hatte. „Es tut mir leid“, sagte er und war froh, als er endlich seine Schuhe fand. Sie waren unter einem großen Stapel von Winterpullovern begraben, den er schon lange hatte wegräumen wollen. Der Schrank musste dringend mal aufgeräumt werden. Die Kleiderstange bog sich unter dem Gewicht der Kleider, und die Regale waren voll gestopft mit den unterschiedlichsten Dingen.

Sam balancierte auf einem Fuß, während er sich den zweiten Schuh anzog. Ohne sich umzudrehen, bückte er sich, um die Schnürsenkel zuzubinden. „Ich habe dir schon gesagt, Allie, dass dies eine Party für Erwachsene ist. Es würde dir gar keinen Spaß machen, als einziges Kind dabei zu sein."

„Würde es doch, hatschi ..." Sie unterstrich diese Behauptung mit einem Niesen, und Sam spürte, wie ihm etwas in den Rücken flog. Er verzog das Gesicht, drehte sich um und sah seine Tochter in der Tür stehen. Auf die untere Gesichtshälfte hatte sie sich eine dicke Schicht Rasierschaum geschmiert.

„Dachtest du, du müsstest dich rasieren, Allie?"

Sie strich sich mit dem Handrücken über die Nase und verschmierte den Schaum. „Ich will auch zur Aukschon gehen", wiederholte sie.

Sam seufzte ungeduldig, stand auf, nahm ihre Hand und führte seine Tochter zurück ins Badezimmer, wo er sie auf die Fläche neben dem Waschbecken setzte. „Halt still", sagte er und ging zurück zur Tür. „Gloria! Ich brauche Ihre Hilfe hier oben!"

„Sie hat keine Zeit", informierte Allie ihn.

„Gloria!" Seine Stimme wurde lauter. „Würden Sie bitte nach oben kommen?"

„Sofort!" Ihre Stimme kam von weit her – vielleicht aus der Küche. Wahrscheinlich hatte sie sich in der Kehrmaschine verfangen oder so etwas Ähnliches.

Sam merkte, dass er jetzt um eine Verspätung nicht mehr herumkam. Er musste sich die Zeit nehmen, Allie sauber zu machen. Er ging ins Schlafzimmer zurück und zog sich seinen schwarzen Smoking aus, damit er nicht noch mehr Flecken bekam. Allie zappelte herum, und er schaute sie streng an. „Halt still!"

Das tat sie ... drei Sekunden lang. Dann fing sie an, mit den Füßen zu baumeln – nicht so heftig, dass sie Gefahr gelaufen wäre, hinunterzufallen, aber heftig genug, um Sam zu ärgern. Er vergaß, dass er sich die Jacke hatte ausziehen wollen, und holte einen Waschlappen heraus, den er unter fließendes warmes Wasser hielt, bis er nass genug war. „Würdest du bitte wenigstens so lange still sitzen, bis ich dein Gesicht abgewaschen habe?"

Sie nickte übertrieben heftig, sodass sie mit dem Kinn Rasierschaum auf den hübschen Spitzenkragen ihrer Bluse schmierte.

Sam sah seine Tochter sehr missgelaunt an, als er ihr mit dem Waschlappen durch das Gesicht fuhr.

„Aua! Meine Augen! Aua! Aua! Aua!"

Er riss sich zusammen und versuchte, den Fehler wiedergutzumachen, aber Allison stieß seine Hände weg, rieb sich die Augen und machte es damit nur noch schlimmer.

„Aua!", kreischte sie. „Aua! Aua! Aua!"

„Hör auf zu schreien, Allie, und lass es mich anschauen."

„Aber es brennt!"

„Ich weiß, aber wenn du mich nicht ..."

„Was ist passiert?" Glorias Stimme war ruhig und besänftigend. Das Verständnis, das sie ausdrückte, beruhigte zwar das Kind, aber irritierte den Mann.

„Er hat mir Seife in die Augen geschmiert."

„Ich habe versucht, ihr das Gesicht abzuwaschen." Sam machte einen Schritt zurück und wäre über jeden froh gewesen, der ihm diese Aufgabe abnahm. „Sie hat alles mit Rasierschaum eingeschmiert, sogar meine Jacke, und die muss wieder sauber sein, bevor Damon kommt. Ich kann doch nicht als Dalmatiner ausgehen."

Allie musste wieder niesen. Ein dicker Klecks Rasierschaum landete auf Sams gestärktem weißen Hemd. Er war verzweifelt.

Und Gloria *lachte*.

Das war unglaublich. Sie lachte hinter der vorgehaltenen

Hand, und als er sich zu Allie umdrehte, hörte und sah er, dass auch sie kicherte. Ihren brennenden Augen ging es merkwürdigerweise besser. „Ich weiß wirklich nicht, was daran lustig ist", sagte er.

Gloria verschluckte sich fast an der nächsten Lachsalve, die in ihr hochstieg, aber sie schaffte es, sie so weit zu unterdrücken, dass sich lediglich ein breites Grinsen über das Gesicht ausbreitete. „Sie haben völlig recht." Eine Heiterkeit, wie sie oft mit einem Schluckauf einhergeht, begleitete ihre Worte und funkelte in ihren schönen blauen Augen. „Aber ich kann das in Ordnung bringen, wenn Sie dort stehen bleiben. Nicht bewegen!" Mit erhobener Hand lief sie zur Tür hinaus und ließ ihn mit einem erneuten „Nicht bewegen!" stehen.

Allison kicherte etwas leiser, als Gloria draußen war. Sam sah sie wütend an, versuchte aber, seine Wut nicht herauszulassen. Er konnte sich nicht ausstehen, wenn er die Geduld mit seiner Tochter verlor. Schließlich hatte sie es nicht böse gemeint. Sie hatte ihm nur alles nachgemacht, was ja auch eine Form von Anerkennung war.

Als Allie das Kinn hob und ihren Vater zaghaft durch den Schaum hindurch anlächelte, entspannte Sam sich wieder. Wenn das Kind in ihm den Trottel sehen wollte, dann war das auch in Ordnung.

„Clownsgesicht." Er tippte ihr auf die Nase und dann auf die eigene, und bis Gloria wieder im Zimmer erschien, war sein Gesicht voller Punkte aus Rasierschaum, und Allie jauchzte vor Vergnügen.

„In Ordnung", sagte Gloria von der Tür her.

Sam drehte sich lächelnd zu ihr um ... und wurde vom Blitzlicht der Kamera geblendet, als Gloria ihn fotografierte.

„Schade, dass du den Smoking nicht anziehen konntest." Damon zog sich die Weste im Safari-Look zurecht und zupfte an den gestärkten weißen Manschetten, damit sie unter seiner dunkelgrünen Smokingjacke hervorguckten. „Die Jungs im Smoking bringen meistens mehr ein. Ich hoffe nur, du machst in deinen Freizeitklamotten nicht die Gebote für dich kaputt. Ich hätte an deiner Stelle wenigsten eine Krawatte umgebunden, aber wir können ja nicht alle Höchstgebote erzielen, oder?"

Sam hörte seinem Freund geistesabwesend zu, während er von der behelfsmäßig aufgebauten Bühne in das überwiegend weibliche Publikum hinuntersah. „Ich frage mich, was die Frau dort in der ersten Reihe für dich bieten würde, wenn du einen Lendenschurz statt diesen auf Tarzan getrimmten Smoking tragen würdest."

Damon grinste und zupfte an den Enden seiner Fliege. „Wenn diese Frau für mich bietet, dann entschuldige dich bitte und stecke die Herrentoilette in Brand. Das meine ich ernst. Ich mag zwar zu ersteigern sein, aber in einer solchen Notlage bin ich nun auch wieder nicht. Unter uns gesagt, sieht die Frau wie ein Affe aus."

„Dann habt ihr beide ja etwas gemeinsam."

Ein aufbrausender Applaus und lautes Gelächter waren bis hinter die Kulissen zu hören, wo Sam, Damon und noch ein paar Wohltätigkeitsjunggesellen darauf warteten, dass sie an der Reihe waren.

Die Auktionatorin mit dem schicken Haarschnitt stand auf der Bühne und rief die nächsten sechs Kandidaten heraus, wobei sie wie eine Hexe den Finger krümmte und sagte: „Kommt zu mir, Jungs. Nicht schüchtern sein!"

„Sie meint uns. Los." Damon zupfte zum letzten Mal an seiner Fliege, sodass sie etwas schief saß – was in dieser Situation gut passt, dachte Sam.

Von der Bühne aus mussten sie einer nach dem anderen den Laufsteg entlang und wieder zurück gehen, damit die Bietenden die „Ware" von allen Seiten begutachten konnten. Natürlich nicht zu nahe. Schließlich war dies eine Wohltätigkeitsveranstaltung, bei der Geld zusammenkommen sollte, und das Publikum verhielt sich einigermaßen zivilisiert. Nur zwei Frauen – besonders die eine in der ersten Reihe – legten gelegentlich eine gewisse ungehobelte Hemmungslosigkeit an den Tag.

Als Damon seine Runde machte und über den Laufsteg zurückkam, erdreistete sich diese Frau zu rufen: „Seht mal, was der für einen schönen knackigen Hintern hat."

Damon stellte sich neben Sam. „Wenn die für mich bietet, dann lege ich hier einen Herzinfarkt auf die Bühne", flüsterte er seinem Freund ins Ohr.

„Dann bereite dich schon mal darauf vor", flüsterte Sam zurück. „Sie wird dich heute Abend besitzen."

Damons Stöhnen ging in der Ansage unter. „Junggeselle Nummer sieben, wir sind bereit für Sie."

Mit einem großspurigen Schlenker ging Damon nach vorn und nahm eine angeberische Pose ein.

„Sehen Sie in Ihr Programm, meine Damen", forderte die Auktionatorin das Publikum auf. „Dies ist Damon Field. Alter …?" Sie sah ins Publikum und grinste. „Er sagt, er sei so alt, wie Sie ihn haben wollen. Beruf? Tagsüber ist er einer der beiden Inhaber des Architektenbüros Oliver&Field. Aber in der Nacht – und jetzt zitiere ich ihn wörtlich, meine Damen – ist er der *Mann Ihrer Träume*!"

Im Saal wurde leise gelacht, übertönt von einem rauen „Hört, hört!", das von der Frau in der ersten Reihe kam. Die Auktionatorin legte den Hammer auf das Podium und fuhr fort, die Vorzüge von Kandidat Nummer Sieben vorzulesen: „Seine Lieblingsfarbe ist …" Sie sah Damon von der Seite an. „Grün, würde ich sagen. Lieblingslied?" Sie zog die Augenbrauen hoch und sagte betont beiläufig: „‚Mein Märchenprinz' natürlich."

„Für dich und mich, mein Schatz, wird es ‚Der Himmel am Abend' sein", kreischte die Frau aus der ersten Reihe.

Die Auktionatorin lächelte Damon zu, als wenn sie sagen wollte: „Es ist für einen guten Zweck!" Zum Publikum aber sagte sie: „Ich würde am liebsten selbst bieten", und damit warf sie ihm eine Kusshand zu, bevor sie zu ihrem Hammer griff. „Nun, meine Damen, bieten Sie für den Märchenprinzen. Wer fängt mit hundert Dollar an?"

Die Frau aus der ersten Reihe hielt die Hand hoch, und die Versteigerung war eröffnet. Fünf Minuten und dreihunderteinunddreißig Dollar später war Damon an diese Frau verkauft. Mit einer Hand schlug er sich an die Brust und mit der anderen deutete er einen Würgegriff um seinen Hals an, bevor die Gewinnerin ihren Preis von der Bühne abholte.

„Junggeselle Nummer acht", rief die Auktionatorin, und Sam nahm seinen ganzen Mut zusammen, um vorzutreten. Dabei fragte er sich, was er hier auf der Bühne vor all den Frauen überhaupt zu suchen hatte. Warum opferte er für diese Menschen seine Freizeit? Er braucht die Erniedrigung nicht, gekauft zu werden – selbst wenn es für einen guten Zweck war. Auch hatte er gar keine Lust, den Abend mit einer Fremden zu verbringen. Er wollte lieber zu Hause bei Gloria sein und bei Allison natürlich.

„Unter uns, meine Damen. Dieser Junggeselle wird unter Wert angeboten." Die Auktionatorin hielt das Mikrofon direkt an ihre Lippen und gab ihren Worten einen rauen geheimnisvollen Unterton. „Wie einige von Ihnen wissen, ist Sam Oliver ein neuer Name auf der Liste der Junggesellen. Er ist die andere Hälfte von Oliver&Field, aber machen Sie nicht den Fehler und nennen Sie ihn ‚Märchenprinz'. Sie können davon halten, was Sie wollen, aber Nummer ist aus dem Stoff, aus dem die realen Träume sind, und Sie sollten ihn mit Glacéhandschuhen anfassen. Der heutige Abend kann für eine von Ihnen der

Beginn von etwas Wunderbarem sein. Nehmen Sie mich beim Wort, und lassen Sie sich diese Chance nicht entgehen. Wer bietet zuerst?“

Sam fühlte, wie sich ihm bei diesen taktlosen Bemerkungen die Kehle enger schnürte, und er wünschte sich, er könnte einen Herzanfall vortäuschen, um von dieser Bühne zu verschwinden. Aber das Ritual hatte begonnen, und er wusste nicht, wohin er fliehen konnte.

Also konzentrierte er sich darauf, ruhig zu bleiben. Nach der Versteigerung würde er wem auch immer erzählen, dass er eine ansteckende Krankheit habe. Er würde zu verstehen geben, dass er keine gute Gesellschaft sei, und das Geld zurückgeben, egal was man für ihn bieten würde ...

„Dreihundertfünfundsiebzig!“, rief jemand aus den hinteren Reihen.

„Dreihundertsechsundsiebzig!“, kam die Antwort.

„Vierhundert!“

„Vierhundertzehn Dollar!“

Sam versuchte, nicht auf die steigenden Gebote zu achten und lächelte eine Frau in der dritten Reihe an, die ihn voller Mitgefühl ansah. Sie war hübsch und hatte goldene Haare wie Gloria. Sie erinnerte ihn überhaupt sehr an Gloria, nur dass sie eine sehr strenge Brille trug. Sie hob eine Hand hoch, und er dachte einen Moment lang, sie würde ebenfalls bieten, aber sie steckte sich nur eine Haarsträhne hinter das Ohr und zuckte entschuldigend mit den Schultern.

„Vierhundertsechzig Dollar, zum Ersten ...“, die Frau hinter dem Podium schaute noch einmal über die Menge. „Zum Zweiten ...“

„Siebenundvierzig Dollar und zweiundfünfzig Cent!“

„Verkauft!“, rief die Auktionatorin aufgeregt, „an die junge Dame dort hinten für die fantastische Summe von siebenundvierzig Dollar und zweiundfünfzig Cent!“ Der Hammer fiel und Applaus brauste auf, während Sam sich noch fragte, ob er sich verhört hatte. Das Gebot war doch schon bei vierhundertsechzig gewesen. Und warum wunderten sich alle über dieses Gebot, als wenn es zehn Mal höher wäre?

Einige Leute im Publikum drehten sich nach der glücklichen Gewinnerin um. Sam kniff die vom Scheinwerferlicht geblendeten Augen zusammen und versuchte zu erkennen, wer ihn da abholen wollte.

Sie kam durch den Mittelgang, ihre schwarzen Lackschuhe klapperten über den Boden, ihr rotes Taftkleid knisterte beim Gehen und ihre Petticoats sorgten dafür, dass sich der Rüschenrock über den Knien bauschte. Eine rote Schleife steckte ihr wie ein Schmetterling im Haar. In einer Hand hielt sie ein dickes rosafarbenes Sparschwein und mit der anderen einen schmuddeligen seegrünen Drachen.

„Hallo, Daddy", sagte sie, als sie schließlich auf der Bühne ankam. Dann ging sie zum Podium und übergab stolz ihr Sparschwein. Der Applaus verwirrte sie etwas, aber Allie fing sich schnell wieder und verbeugte sich nicht ein, nein drei Mal höflich vor ihrem Vater, bevor Sam sie auf den Arm nahm und vom Gelächter des Publikums begleitet von der Bühne hinuntertrug.

„Ich hab dich gewonnen, Daddy!" Allie schlang die Arme um den Hals ihres Vaters und drückte ihn. „Ich hab dich gewonnen!"

„Ja, Allie. Findest du denn, dass ich all das Geld wert bin?"

„Ja, ja, ja!" Sie lehnte sich in seinen Armen zurück, um ihn anzuschauen. „Du gibst mir das Geld doch zurück, Dad, oder? Gloria hat gesagt, du tust es."

„Hat Gloria das hier arrangiert?"

Allie nickte. „Es ist ein Wunna, Dad. Sie hat allen Leuten den Kopf verdreht, damit wir gewinnen konnten, obwohl Engel für so was Ärger bekommen können. Aber sie hat gesagt, sie tut es trotzdem, und dass es so richtig ist. Holst du mir mein Schwein zurück? Hunny würde es nämlich sehr 'missen, wenn es nicht mit nach Hause kommt. Und weißt du was, Dad? Gloria hat gesagt, wir bestellen heute Abend Pizza, und ich darf ganz lange aufbleiben!"

Sam hörte nicht mehr aufmerksam zu, sondern suchte mit den Augen die Menge ab und hoffte, Glorias vertrautes Gesicht zu entdecken. „Wo ist Gloria überhaupt?"

Allison wand sich in seinen Armen, um sich umzuschauen und zeigte dann lächelnd mit dem Finger in die Menge. „Da, Dad. Sieh doch! Da drüben!"

Es verschlug ihm den Atem, als er sie allein hinter dem dunklen Vorhang stehen sah, der die Bühne vom Saal trennte. Sie trug ein einfaches, aber betörendes schwarzes Kleid, und ihr helles lockiges Haar leuchtete wie ein Heiligenschein. Ihr geheimnisvolles Lächeln galt nur ihm, als wenn die anderen Junggesellen und Bieter und deren Anhänger gar nicht da wären, als ob sonst überhaupt niemand auf der Welt wäre. Sein Herz hüpfte vor Aufregung, und mit Allie auf dem Arm bahnte er sich einen Weg zu ihr.

„Wir haben ihn, Gloria! Wir haben ihn!" Allison beugte sich vor, schlang einen Arm um Gloria und zog sie in eine Umarmung zu dritt.

Es durchzuckte Sam wie ein elektrischer Schlag, als sein Körper mit dem von Gloria in Berührung kam, und er fragte sich, ob sie das genauso empfand, oder ob er sich die Leidenschaft im Druck ihrer Hand auf seinem Rücken nur einbildete. Er spürte, wie sich ihm der Magen zusammenzog vor lauter Verlangen, mit ihr allein zu sein. Wie würde sie reagieren, wenn Allison nicht Teil ihrer Umarmung war?

„Ja, ihr habt mich", sagte er in diese Umarmung hinein, und er fühlte, wie Gloria unter seiner Berührung erzitterte.

„Aua! Nicht so fest, Dad." Allie wand sich aus der Umarmung heraus und interessierte sich mehr für die anderen Menschen im Raum. Sam stellte sie auf den Boden und hielt ihre Hand fest, konnte seinen Blick aber nicht von Glorias leicht geröteten Wangen lösen. Ihren Augen konnte er ein gewisses Zögern, eine Befangenheit ablesen, aber dann schaute sie weg. Sam starrte nur noch ihre Lippen an und merkte, dass er sie wider besseres Wissen am liebsten geküsst hätte. Hier … sofort … egal, wer ihnen zusah.

„Ich habe Hunger", verkündete Allie und zog an Sams Hand, wodurch sie ihn wieder in die Realität zurückholte. „Und ich will eine Käsepizza und Erdbeermilch."

„Milch?", fragte Sam erstaunt.

Allie nickte. „Erdbeermilch, und Hunny will …"

„Apfelmus", sagten Sam und Gloria wie aus einem Mund und hielten sich fest an den Händen.

„Mit Schokoladensoße." Allie streichelte den Kopf ihres Schmusedrachens. „Weil es eine besondere 'legenheit ist."

Sam stimmte ihr zu. „Dies ist das erste Mal, dass jemand die Ersparnisse seines ganzen Lebens für mich opfert."

„Eigentlich sind Sie mehr wert als siebenundvierzig Dollar und zweiundfünfzig Cent", sagte Gloria, „aber wir mussten die Vierteldollar-Stücke alle in den Parkautomaten stecken."

Sam mochte nicht an Glorias Fahrkünste erinnert werden, und er wollte auch nicht wissen, wie sie es geschafft hatte, ein Gebot von vierhundertsechzig Dollar mit siebenundvierzig Dollar zu überbieten. Also lächelte er nur und sagte: „Es ist der Gedanke, der zählt."

„Sie schläft", sagte Gloria und nahm sich noch ein Stück Pizza. Sie saß mit Sam im Wohnzimmer auf dem Fußboden, und zwischen ihnen stand der Couchtisch mit den Überresten des Abends: der Schachtel von Marios Pizzeria, einer Schale mit angetrocknetem Apfelmus, einem Glas mit klebriger Schokoladensoße, einem Stück Zitronenkuchen, drei zerknüllten Papierservietten, einem Glas Preiselbeersaft und zwei Kerzenständern mit halb heruntergebrannten Kerzen. „Sie können gerne nachsehen, aber heute Nacht schläft sie tief und fest."

Sam setzte sein Glas auf dem Tisch ab. „Wie kommen Sie darauf, dass ich nach oben gehen wollte, um zu schauen, ob Allison schläft?"

„Wollten Sie nicht?"

„Doch, gut geraten."

Gloria lächelte. „Ethel und ihre kleinen Wunnas schlafen auch."

„Glauben Sie mir. Nach denen zu sehen wäre das Letzte, woran ich denken würde."

„Die Katze ist draußen ... für den Fall, dass Sie an sie denken."

„Ich versuche, überhaupt nicht über die Tiere in diesem Haus nachzudenken." Er nahm eine einsame Peperoni vom Tisch und steckte sie sich in den Mund. „Schon gar nicht darüber, wie sie hierhergekommen sind."

„Ich vergesse manchmal, wie langweilig Ihr Leben gewesen ist, bevor ich es in die Hand genommen habe." Gloria biss von ihrer Pizza ab und musste mit der Zunge die Käsefäden auffangen und in den Mund ziehen. Einer dieser Fäden blieb ihr am Kinn kleben, und sie lachte, während sie versuchte, ihn abzunehmen, ohne dabei die Finger zu benutzen.

Sam war von der Intensität fasziniert, mit der sie jeden Bissen ihrer Pizza genoss. „Sie erinnern mich an das Krümelmonster", sagte er.

Sie wischte sich den Mund und das Kinn mit einer Papierserviette ab. „Und an welches?"

„Sie haben zu viel Zeit mit Allison verbracht."

„Unmöglich."

„Ist es nicht. Allie ist ein herrliches Kind, aber sie kann

auch sehr fordernd sein, und Sie sollten sich etwas Zeit für sich selbst nehmen." Er hielt inne, weil ihm plötzlich bewusst wurde, dass sie noch nicht einen freien Tag gehabt hatte, seit sie angekommen war. „Sie müssen nicht sieben Tage in der Woche arbeiten", sagte er und fing an, nachzurechnen. „Mein Vertrag mit der Agentur besagt, dass Sie jede Woche mindestens vierundzwanzig Stunden freihaben müssen."

Sie schüttelte den Kopf und knabberte weiter an ihrer Pizza. „Schutzengel können nicht freinehmen. Stellen Sie sich einmal vor, was passieren würde, wenn ich es täte!"

„Was würde denn passieren? Eltern müssen nun mal ihre eigenen Aktivitäten etwas einschränken, um auf ihre Kinder aufzupassen, wenn die Kindermädchen dieser Welt freihaben, oder nicht? Aus Ihrem Mund hört sich das wie eine Katastrophe an."

„Vor ein paar Wochen wären Sie noch der Erste gewesen, der das als Katastrophe bezeichnet hätte."

Mit einem Achselzucken gab er zu, dass sie recht hatte. „Ja, aber ich habe dazugelernt."

„Ich auch."

Ihre Blicke trafen sich für einen Augenblick, was wieder diese ständig lauernde Sehnsucht in seiner Herzgegend heraufbeschwor. Er wollte sie küssen – und dieser Wunsch ließ ihn nicht los. Er setzte sich in seinen Gedanken fest, ließ das Bild vor seinen Augen erscheinen und drängte ihn zu handeln, bevor die Gelegenheit vorbei war.

Stattdessen fing er an, die Unordnung auf dem Couchtisch zu beseitigen. „Warum sind Sie heute Abend zur Auktion gekommen, Gloria?"

„Aus keinem besonderen Grund. Allie wollte nur ..." Gloria unterbrach sich mit einem Seufzer. „Ich hätte lieber gelogen, aber die Wahrheit ist, dass ich zur Auktion gegangen bin, weil ich nicht wollte, dass Sie den Abend mit einer anderen Frau verbringen. Das wollte ich mit allen Mitteln verhindern."

Ihre Antwort löste einen angenehmen Nervenkitzel in ihm aus, aber er versuchte, sich nichts anmerken zu lassen. „Ich wollte Sie eigentlich nicht danach fragen, aber was mussten Sie *tun*, um das höchste Gebot mit nur siebenundvierzig Dollar und zweiundfünfzig Cent überbieten zu können? Die Auktionatorin bestechen?"

Gloria schaute Sam beleidigt an. „Ich wäre nie imstande, einen Auktionator zu bestechen, nicht einmal, wenn man mir eine schriftliche Gebrauchsanleitung in die Hand drückte."

„Sie würden es genauso machen, wie Sie Allie bestechen, damit sie ihre kleinen Aufgaben erledigt. Sie bieten einfach eine Belohnung an."

„Wie zum Beispiel die glückliche Zufriedenheit, wenn man eine Aufgabe erledigt hat?"

„Eher solche wie die Aussicht auf eine Pizza oder ein Eis."

„Sie meinen, ich hätte dieser Frau nur etwas Eis anzubieten brauchen?"

Sam lächelte. „Ganz so einfach ist es nicht, Gloria."

„Das werde ich herausfinden."

Er klappte die Pizzaschachtel zu und klopfte auf den Deckel. „Wenn Sie und Allison der Frau keine Bestechung angeboten haben, wie habt ihr beide es denn sonst geschafft zu gewinnen?"

Gloria entwickelte plötzlich großes Interesse für eine der brennenden Kerzen. „Wollen Sie das wirklich wissen? Es war nicht sehr professionell von mir."

„Das hört sich doch schon gut an", sagte er. „Jetzt will ich den Rest hören."

„Nun, in Ihrer Laiensprache würden Sie das wahrscheinlich eine ‚Kollektive Gedankenveränderung' nennen."

Sam dachte über den Begriff nach, und fragte sich, warum er

überrascht war, solche Worte aus ihrem Mund zu hören. Er räusperte sich, um nicht lachen zu müssen, was sie wahrscheinlich beleidigt hätte, und versuchte, ernsthaft auf sie einzugehen. „Kollektive Gedankenveränderung", wiederholte er. „Wollen Sie damit sagen, dass sie jeden Einzelnen im Saal *hypnotisiert* haben?"

„Eigentlich nicht", erwiderte sie und sah etwas verlegen aus. „Ich habe einfach nur jedem den Gedanken eingegeben, dass das Gebot siebenundvierzig *hundert* Dollar und zweiundfünfzig Cent war."

Sam starrte sie an und brach in schallendes Gelächter aus.

„Na prima, Gloria!"

„Wirklich?"

„Kein Wunder, dass Allison Sie vergöttert. Sie sind wahrscheinlich der einzige Erwachsene in ihrem Leben, der eine noch größere Fantasie hat als sie selbst."

„Sie glauben mir also nicht", seufzte Gloria.

„Wenn Sie wollten, dass ich Ihnen glaube, dann hätten Sie nicht vergessen dürfen, auch mich zu hypnotisieren."

„Vielleicht waren Sie gerade mit Ihren Gedanken woanders?"

„Alle anderen aber nicht? Das glaube ich nicht." Er schüttelte den Kopf und lächelte sarkastisch. „Oh, ich glaube Ihnen durchaus, dass Sie etwas getan haben, um die Auktion zu manipulieren, aber Sie müssen zugeben, dass diese *Kollektive Gedankenveränderung* schwer zu akzeptieren ist."

„Ich fange an zu glauben, dass Sie ein Wunder noch nicht einmal dann akzeptieren würden, wenn ich es in Käse einpacke und Ihnen auf einer Pizza serviere."

„Ich bin mir nicht sicher, ob ich überhaupt an Wunder glaube, Gloria." Er beobachtete, wie das flackernde Kerzenlicht ihr Gesicht beschien und ihre Haare wie einen Heiligenschein leuchten ließ. „Obwohl ich zugeben muss, dass ich in letzter Zeit, seit Sie hier sind, versucht bin …"

Gloria schaute Sam an, und ihr rutschte ein kleines „Oh“ heraus. Sie war überrascht. „Ich bin eine Versuchung?“

„Fast unwiderstehlich.“

„Fast?“ Sie wiederholte das Wort mit einer Bedächtigkeit, als wenn sie nach der Hintertür suchte, die Sam sich offen gelassen hatte. „Das bedeutet, dass ich *nicht* unwiderstehlich bin. Oder dass man mir sehr wohl *widerstehen* kann. Also bin ich keine wirkliche Versuchung.“

Sich Gloria als Versuchung vorzustellen, ging ihm unter die Haut. „Von hier aus sehen Sie aus wie der verführerischste Apfel im Garten Eden. Ich weiß aber auch, wie viele Schwierigkeiten dieser Apfel gemacht hat.“

„Es war ein ganz gewöhnlicher Apfel, Sam. Die Schwierigkeiten kamen ganz woanders her.“

Er dachte nach und musste zugeben, dass sie recht hatte. Darum versuchte er, sich wenigstens an einen der Gründe zu erinnern, weswegen er bis heute einer solchen Situation, in der sie sich jetzt befanden, immer aus dem Weg gegangen war. Gloria war hier, um sich um Allison zu kümmern, und nicht um ihn. Und wenn er erst einmal die Grenze überschritt und der Versuchung erlag, dann würden die Schwierigkeiten beginnen. Gloria war zu unschuldig für eine flüchtige Beziehung, und für mehr waren seine alten Wunden noch nicht genug verheilt. Sam sah deutlich vor Augen, dass er sich in Schwierigkeiten hineinmanövrieren würde, sobald er der Versuchung nachgab. Er richtete sich aus dem Schneidersitz auf die Knie auf und beugte sich leicht zu Gloria hinüber. „Gloria, ich weiß, worauf das hinausläuft, und ich glaube nicht, dass Sie verstehen können, welche Konsequenzen …“

„Einen Moment bitte.“ Ärger blitzte in ihren Augen auf, als auch sie sich aufrichtete und hinkniete, um über den Couchtisch hinweg mit ihm auf einer Höhe zu sein. Sie wischte sich die Finger an einer Papierserviette ab, warf sie oben auf die

Pizzaschachtel und stützte sich mit beiden Händen auf den Couchtisch. „Sie möchten wissen, was ich verstehe?"

„Ich habe den Eindruck, dass Sie es mir gleich erzählen werden."

„Nein, ich werde es Ihnen zeigen." Sie beugte sich in eindeutiger Absicht, die Lippen zum Kuss bereit, zu ihm hinüber.

Sam umfasste ihre Schultern und hielt sie auf Abstand. „Lassen Sie uns nicht etwas beginnen, was wir dann nicht beenden können."

„Aber wir können es beenden! Ich habe schon einmal versucht, Ihnen das klarzumachen. Sex gehört zu den Körpererfahrungen, die mir erlaubt sind, und …"

„Ich will aber keine Erfahrung für Sie sein, Gloria. Ich will …" Sam schluckte, weil sich ein schmerzhafter Knoten in seinem Hals festsetzte. „Es muss schon mehr bedeuten. Viel mehr."

„Wie das, was zwischen Ihnen und Jenny war?" Gloria beugte sich erneut zu ihm hinüber und ließ sich von seiner Verteidigungshaltung nicht abschrecken.

„Nichts wird je wieder so sein wie mit Jenny", sagte er schroff. „Nichts."

„Da haben Sie völlig recht, Sam. Also weisen Sie mich zurück, weil ich nicht sie bin? Oder weisen Sie mich zurück, weil Sie Angst haben, ich könnte Sie genauso verlassen, wie sie es tat?"

Einen Moment lang knisterte die Atmosphäre zwischen ihnen vor Spannung, als sich ihre Blicke begegneten und beide den Kontakt aufrechterhielten. Dann kamen sich ihre Lippen näher und näher und näher …

Vertrau mir, Sam. Glaub mir.

Ihre Worte hallten ihm durch den Kopf und waren klar wie ein Sommermorgen. Ihre Einladung war so durchsichtig wie das Netz einer Spinne. Und sie hatte recht, verdammt noch mal. Er hatte Angst. Angst davor, sich ein zweites Mal auf die Liebe einzulassen. Angst davor, ein zweites Mal den geliebten Menschen zu verlieren. Angst davor, über den Punkt hinauszuwachsen, an dem Jenny ihn verlassen hatte.

Er fühlte sich auf unerklärliche Weise von ihr angezogen, reichte über den Couchtisch hinweg und nahm ihr Gesicht in die Hände. Er widerstand ihrem heftigen Atmen und auch seinem eigenen Verlangen, prägte sich die Form ihres Gesichts ein, das Blau ihrer Augen und die weichen verführerischen Linien ihres Mundes und gab damit der Erwartung, die sich in ihm regte, weiter Nahrung. Er beobachtete, wie sie reagierte und etwas nervös und ängstlich die Lippen leicht öffnete.

Sie war nicht Jenny. Sam war sich nicht sicher, wer Gloria war und was sie in seinem Leben zu suchen hatte. Doch sein Herz hieß sie wie eine vertraute Melodie willkommen, nahm ihre Wärme in sich auf, die Faszination, die sie auf ihn ausübte und die Liebe, von der sie umgeben war ... und auch ihn einhüllte und verzauberte. Sie mochte für ihn ein unlösbares Rätsel sein, ein Versprechen, vor dessen Einlösung er sich fürchtete. Auf eine für ihn unverständliche Weise war ihm jedoch bewusst, dass er ihre Stärke brauchte, um diese sinnlose schmerzhafte Einsamkeit in seinem Herzen zu vertreiben.

Er beugte sich zu ihr hinunter und presste seine Lippen auf die ihren.

10. KAPITEL

Wie ein Ertrinkender sich an einen Rettungsring klammerte, so suchte Sam sein Heil in einem leidenschaftlichen Kuss. Er zog Gloria an sich und achtete nicht auf die harten Kanten des Couchtisches, die sich ihm in die Oberschenkel rammten. Er spürte nichts anderes mehr als das Feuer, das ihm im Herzen brannte, und die Hitze, die ihm in die Lenden hochstieg. Als er spürte, dass Gloria sich zurückzog, mochte er sie nicht loslassen und schon gar nicht den süßen Geschmack der Versuchung auf seinen Lippen verlieren.

Aber sie entzog sich ihm immer entschiedener und keuchte plötzlich: „Sam, ich brenne."

Er beugte sich erneut zu ihr hinunter und wollte ihren Mund wieder finden. „Ich auch. Ich auch."

„Nein! Ich habe wirklich *Feuer* gefangen!" Sie schlug mit den Armen um sich und versuchte so die Flammen an ihrem Ärmel zu löschen, aber dadurch brannte der Stoff nur noch mehr.

Der Geruch von Rauch ernüchterte Sam. Er sprang auf, stieß den Couchtisch zur Seite und warf Gloria auf den Boden. Dann rollte er sie in den kostbaren Teppich ein, bis sie wie ein Kokon aussah und fast erstickte. Schnell schob er die anderen Möbelstücke aus dem Weg und rollte sie wie eine Teigwurst, die zur Rolle geformt werden soll, hin und her. Schließlich warf er sich auf sie und rieb ihre eingerollten Arme, um eventuelle Restglut zu löschen.

„Sam?"

Ihre Stimme klang zwar gedämpft, aber Gott sei Dank sehr gesund. Erleichtert atmete er auf. „Sind Sie in Ordnung?"

„Ich ersticke. Lassen Sie mich hier raus."

Er rutschte zur Seite und schlug ein Ende des Läufers zurück, damit er ihr Gesicht sehen konnte. „Ist das Feuer gelöscht?“

„Glauben Sie mir, jeder überlebende Funke in mir braucht jetzt Sauerstoff.“

„Für eine menschliche Fackel sind Sie ganz schön vorlaut. Haben Sie Schmerzen?“

„Nur dieses Kitzeln in meinem Hals. Ich glaube ich muss niesen … ha…“

Sam warf das Ende des Teppichs wieder über sie, um die Explosion zu ersticken. „Hatschi!“

„Gesundheit.“

Dann wickelte er sie wie ein Weihnachtsgeschenk aus, bis sie mit angelegten Armen neben ihm lag und ihn mit großen blauen Augen ansah, während ihre Haare wie eine elektrisch aufgeladene Aura um ihren Kopf herum ausgebreitet waren. Sam wusste zwar nicht warum, aber er musste plötzlich vor Erleichterung laut lachen. Dankbar spürte er, wie seine Angst und Anspannung nachließen.

„Sie müssen an Ihren Feuerwehrkünsten arbeiten, Sam“, sagte Gloria trocken.

Er hörte auf zu lachen. „Entschuldigung. Das ist wirklich nicht lustig. Und Ihr Arm tut jetzt wahrscheinlich sehr weh, nicht wahr? Wir sollten damit zum Arzt gehen.“

„Dem Arm geht es gut, und ich brauche keinen Arzt. Engel sind feuerfest. Ich hatte nur vergessen, dass ich Kleidung anhatte.“ Sie hob den Arm hoch und untersuchte den angekokelten Ärmel. „Gut, dass das Kleid schwarz ist. Sonst würde man es deutlich sehen.“

Er berührte ihre elfenbeinfarbene Haut unter dem verbrannten Stoff. Sie war kühl, weich und makellos. „Ihre Haut ist noch nicht einmal gerötet. Das Feuer hat keine Spuren hinterlassen.“

„Natürlich nicht. Feuer kann mir nichts anhaben.“

Ihre Antwort war einfach, ehrlich und völlig rätselhaft. Er berührte den Arm noch einmal, um sich zu vergewissern. „Aber ich habe die Flammen doch gesehen, und im Ärmel ist ein Loch, so groß wie meine Hand. Wie kommt es, dass der Stoff brennen konnte, ohne …"

Sie warf ihm einfach die Arme um den Hals. „Wenn ich es Ihnen erklären würde, würden Sie es mir doch nicht glauben."

„Vor allem versuchen Sie mir nicht zu erklären, dass das eins von Ihren *Wundern* ist."

„Dann fragen Sie auch nicht danach, Sam."

Sie hatte recht. Er wollte es nicht wirklich wissen. Eine weitere übersinnliche Erklärung war jetzt das Letzte, was er gebrauchen konnte. Das Einzige, was ihn interessierte, war, an dem Punkt weiterzumachen, wo sie unterbrochen worden waren. Aber was, wenn die Unterbrechung ein Zeichen gewesen war, eine Warnung, die er nicht in den Wind schlagen sollte?

Mit dem leichten Druck ihrer Arme in seinem Nacken drängte sie ihn, näherzukommen, aber so schwer es ihm auch fiel, er widerstand der Versuchung. „Wir sollten das ganze Zimmer untersuchen", sagte er. „Es könnten noch irgendwo Funken weiterglimmen."

Sie ließ ihn aber nicht los. „Glauben Sie mir doch, Sam. Nichts in diesem Zimmer fängt Feuer … außer Ihnen selbst."

Der Hals wurde ihm trocken, und das Herz schlug ihm wie ein Presslufthammer gegen die Rippen. Für jemanden, der dachte, dass er Sex mal ausprobieren sollte, hatte Gloria die Kunst der Verführung unheimlich schnell gelernt.

Entspann dich.

Sie massierte ihm sanft den Nacken und zog ihn gleichzeitig näher zu sich heran.

Lass es geschehen.

Kokett schaute sie ihn an. Ihre Lippen öffneten sich verführerisch … und Sam entschied sich, seinen Widerstand aufzugeben. Warum sollte er für ihre Unschuld kämpfen, wenn sie sich alle Mühe gab, sie zu verlieren?

Küss mich.

Er tat ihr den Gefallen und empfand ihre Lippen wie süßen warmen Regen, der auf ihn niederfiel … und Gloria ertrank fast in der Erregung, die in Wellen ihren Körper überflutete. Und gerne wäre sie ertrunken, wenn das der Preis war, den man für diese Erfahrung bezahlen musste. Das Küssen hatte schon ihre kühnsten Erwartungen übertroffen, aber ihre Lippen wie auch die von Sam waren von einer verzweifelten heißen Begierde erfüllt, einer Kraft, die stärker war, als sie es hätte erahnen können. Ganz offensichtlich hatten ihre Lehrer im Fach menschliche Sexualität ein paar sehr entscheidende Dinge ausgelassen.

Sam fuhr mit der Hand durch ihr Haar, wobei er eine dicke Falte aus dem Teppich strich, damit ihr Kopf bequemer lag. Gleichzeitig drängte er seinen Körper gegen den ihren. Gloria durchlebte die unterschiedlichsten Gefühle. Jede einzelne von Sams Berührungen lösten neue Gefühle in ihr aus, und sie konnte sich nur noch fallen lassen, um ihre neu gewonnene menschliche Identität gleich wieder zu verlieren.

Sie wanderte mit den Fingern über Sams Schultern und strich ihm die Verspannungen aus dem muskulösen Rücken. Sie nahm die Hitze seiner Haut in sich auf und wärmte sich an den Flammen seiner Leidenschaft. Als er ihre Unterlippe zärtlich in den Mund nahm und an ihr knabberte, raubte ihr die Lust den Atem, und dieses überwältigend schöne Gefühl wurde immer stärker und ergriff ihren ganzen Körper von Kopf bis Fuß. Gloria schloss die Augen, um sich auf die Regungen in ihrem Körper zu konzentrieren.

Dann benutzte Sam seine Zunge, um damit so berauschende Spuren auf ihren Lippen, ihrem Kinn und ihrem Hals zu hinterlassen, dass sie sich fragte, ob der Körper, in dem sie steckte, diese Nacht überstehen würde. Nacht? Sie hatte das Gefühl, er konnte keine weitere Minute in diesem Zustand ertragen. Vielleicht war dies der Grund, warum menschliche Körper schon nach wenigen Jahrzehnten so verbraucht waren? Vielleicht waren sie ja wegen solch intensiver Vergnügen so erschöpft?

Sam legte ihr die Hand auf die Brust, und ihr Puls fing erneut an zu rasen. Ihre Erregung wurde noch intensiver; ihr Entzücken größer. Und auf wundersame Weise konnte ihr menschliches Herz diesen neuen Ansturm ertragen. Wie konnte ein Haufen von Muskeln und Nerven, von Blut und Knochen auf diese Handlungen mit derart tiefen sinnlichen Gefühlen antworten? Gloria verspürte den Wunsch, eins zu werden mit dem ganzen Universum, und wollte … nein, sie sehnte sich danach, nur diesem einen Mann zu gehören. Es war aufregender, als sie erwartet hatte, und schöner, als sie gedachte hatte. Sie fühlte sich dem Himmel näher als jemals zuvor …

Sam war wie verzaubert. Die Reaktion ihres Mundes auf den seinen, die Berührung ihres Haares, ihre Brust in seiner Hand, weich und drängend, die sanfte Bewegung ihrer Hüften – alles an ihr zog ihn in den Bann. Sie hatte ihn mit ihrem Lachen verführt, mit ihrer Unschuld gefangen und erinnerte ihn jetzt an ein Glück, von dem er geglaubt hatte, es für immer verloren zu haben.

Gloria verkörperte Energie und Leben auf eine Weise, die er nicht erklären konnte. Sie war die Summe aller Lust, die er jemals empfunden hatte. Sie war nicht Jenny, aber zum ersten Mal in seinem Leben verstand er, dass Jenny für immer gegangen war, und dass er die Tür zu den Erinnerungen an sie verschließen und eine neue öffnen durfte.

Widerstrebend zog Sam sich zurück, obwohl er sie eigentlich festhalten wollte. Er starrte hinunter auf Glorias gerötete Wangen und ihre leidenschaftlichen Lippen – Lippen, die so süß waren, so zärtlich und so empfänglich – und er fragte sich, ob er mit ihr ein für Engel unbefugtes Territorium betreten hatte. „Dies ist keine sehr bequeme Stellung“, sagte er.

In Glorias Augen entstand ein Lächeln, das seinen Weg zu ihren Lippen fand. „Du meinst, es gibt eine bessere?“

Er streichelte ihr die Wange mit dem Handrücken und genoss ihre glatte Haut. „Viele bessere. Wir sollten lieber nach oben ins Schlafzimmer gehen.“

„Nein“, antwortete sie schnell. „Wenn du einen Grund bekommst aufzustehen, fürchte ich, dass du es dir anders überlegen könntest.“

„Ich glaube, du hast mir bereits Grund genug gegeben aufzustehen … und aufzubleiben.“ Er strich ihr das Haar an den Schläfen glatt. „Ich werde meine Meinung nicht mehr ändern.“

Gloria seufzte erleichtert auf. „Das ist gut, denn so menschlich das jetzt auch klingen mag, ich glaube, ich würde vor Sehnsucht sterben, wenn du es tätest.“

Ein berauschendes Lustgefühl ließ sein Herz schneller schlagen und kribbelte unter seiner Haut. Sam beugte den Kopf hinunter, um der Einladung ihres Mundes zu folgen, und war erneut verzaubert von der Weichheit ihrer Lippen. Er stöhnte leise, als ihn die Leidenschaft erneut ergriff und übermannte.

Sie schlang die Arme um ihn, und sein Begehren perlte ihm durch die Adern. Ihr Atem war von einer warmen Süße, als er sich mit seinem mischte, und er genoss es, sie zu fühlen, zu riechen und zu schmecken. Er hatte gedacht, es wäre schwierig und unbequem, nach der Vertrautheit mit Jenny eine andere Frau in den Armen zu halten. Aber Gloria bewies ihm, dass es überhaupt nicht schwierig war, und die einzige Unbequemlichkeit, die er spürte, war der harte Fußboden unter dem viel zu dünnen Teppich.

Gloria berührte ihn auf eine Weise, wie Jenny es nie getan hatte. Diese Feststellung empfand er als erschreckend, aber auch befreiend.

Gloria ihrerseits wusste, dass es ein Leichtes sein würde zu vergessen, warum sie jetzt hier in Sams Armen lag. Sie wusste auch, wie erschreckend einfach es in diesem Moment sein konnte, dem Himmel den Rücken zu kehren und für immer bei diesem Mann zu bleiben. Plötzlich war ihr das Ausmaß der Versuchung bewusst … und die Versuchung hieß Sam Oliver.

Ihr Herz raste so schnell, dass sie nicht verstand, wie es das aushalten konnte, ohne erschöpft einfach stehen zu bleiben. Durch die Adern loderte ein Feuer, das ihr die Haut verbrannte und den Kopf benebelte. Ein Engel kann an Gefühlen sterben, stellte sie fest. Diese Gefahr hatte man ihr also nicht in übertriebener Weise aufgezeigt. Sie war so real wie der Mann, den sie an ihr klopfendes Herz drückte, so bedrohlich wie ihr Wissen, welche Macht sie unbeabsichtigt über ihn hatte.

Das erschreckte sie jedoch nicht mehr als das Bewusstsein, dass auch sie auf eine Weise der Macht dieses Mannes unterworfen war, von der sie vorher nichts geahnt hatte. Sie war Geist – eine Mischung aus Liebe und Glaube, ein Spiegel der besten Seiten des Universums. Aber in dieser für sie fremden Erfahrungswelt des körperlichen Lebens hatte sie plötzlich Entscheidungsmöglichkeiten mit unüberschaubaren Konsequenzen. Sie konnte nicht für alle Ewigkeiten in Sams Armen bleiben. Sie konnte noch nicht einmal länger in seiner Welt bleiben. Zum ersten Mal seit ihrer Erschaffung merkte sie, wie schwer die Last der Verantwortung sein konnte und auch die Bürde, die richtige Entscheidung treffen zu müssen.

Sam genoss ihre Berührungen und reagierte mit menschlicher Leidenschaft. In diesem Moment seines Lebens brauchte er ihre physische Gegenwart und den Körper, in dem sie seit Kurzem steckte. Das Wunder bestand für sie darin, dass sie jetzt die herrliche und wundersame Verschmelzung ihrer Körper sehen, fühlen, spüren, schmecken, hören und vor allem erleben konnte.

Seine Hand auf ihrem Schenkel fühlte sich heiß an und löste tief in ihrem Inneren eine eigenartige schmerzvolle Sehnsucht aus. Sie bewegte sich, damit diese herrlichen Gefühle ihre sinnliche Steigerung erfahren konnten. Als Sam mit dem Mund ihren Hals hinunterwanderte und feuchte erregende Zärtlichkeiten an ihrem Ausschnitt entlang verteilte, raubte es ihr fast den Atem.

Herrlich, dachte sie. Konnte es noch etwas anderes geben, das so köstlich war wie diese Schauder, die ihr über die Haut zogen? Seine Hand fuhr in ihren Ausschnitt und umfasste ihre nackte Brust, und ihr wurde schnell klar, dass diese Schauder erst der Anfang waren und sie auf das Eigentliche vorbereiten sollten. Die Erregung ergriff blitzartig all ihre Sinne, und tief in ihrem Inneren verspürte sie einen wollüstigen Schmerz. Sie wusste nicht, was jetzt von ihr erwartet wurde, ob er erwartete, dass auch sie seine Brust streichelte oder dass sie einfach still liegen blieb, um seine Liebkosungen nicht zu behindern. Sie versuchte beides, indem sie ihm die Hand auf das Herz legte und seine Reaktion abwartete.

Es fing mit einem perlenden Geräusch in seiner Kehle an, das sich nach innen fortsetzte. Sie konnte fühlen, wie die Erregung seinen Puls schneller schlagen ließ, konnte spüren, wie sich seine Muskulatur anspannte. Gloria hatte den Eindruck, dass er neue Zaubertricks entwickelte, mit denen er die Kleidungsstücke verschwinden ließ. Erst ihre, dann seine und dann … nacktes Entzücken.

Gloria hatte gedacht, ihre physischen Sinne hätten bereits ihren Höhepunkt erreicht, aber dass das ein Irrtum war, wusste sie spätestens, als er in voller Länge auf ihr lag und sie seine Haut auf der ihren spürte und als sie das männliche Drängen mit weiblicher Empfänglichkeit erwiderte. Und wie sie sich geirrt hatte!

Seine Hände wurden zu erlesenen Folterinstrumenten, seine

Lippen bewegten sich über ihren Körper und hinterließen eine feuchte heiße Spur, die ihre brennende Sehnsucht nach seiner Berührung noch verstärkte. Sie war voller bebender Sinnlichkeit und bewegte die Beine, die Hüften, die Arme und die Hände immer heftiger, um ihrem ständig wachsenden Begehren freien Lauf zu lassen.

Als sie schließlich spürte, wie er gegen sie stieß, legte sie all ihre Liebe zu ihm in diese vollkommene Vereinigung ihrer Körper, ihrer Herzen und ihrer Seelen. Sie fühlte sich vollkommen, ganz, glücklich und herrlich menschlich. Und als die Leidenschaft ihren Höhepunkt erreichte und sie gemeinsam in einen Sternenhimmel voller Küsse und Zärtlichkeiten katapultiert wurden, entdeckte Gloria eine neue Art zu fliegen.

„Sam", flüsterte sie etwas später. „Küssen ist gerade zu meiner zweitschönsten Erfahrung geworden."

„Bis jetzt?"

„Für immer und ewig", seufzte sie zufrieden. „Und in meinem Fall ist das eine sehr lange Zeit."

„Daddy?"

Sam öffnete die Augen und sah in die sehr beunruhigenden schwarzen Knopfaugen eines Drachens mit gestutzten Ohren. Allie stand neben seinem Bett und hielt ihm das Kuscheltier so dicht unter die Nase, dass er das angetrocknete Apfelmus riechen konnte. Er blinzelte und räusperte sich, um etwas wacher zu werden. „Was ist los, Allie?"

„Hunny ist krank, Daddy", flüsterte sie. „Und mir ist auch schlecht."

Sam stützte sich auf den Ellbogen. „Was fehlt dir denn?"

Die Wangen seiner Tochter waren gerötet, und in ihren Augen glitzerten ein paar Tränen, aber sie schüttelte nur den blonden Schopf, von dem die Haare in alle Richtungen abstanden.

Krank? Sam war plötzlich hellwach. „Musst du dich übergeben?“ Das war die erste und schlimmste Möglichkeit, die ihm einfiel. „Hast du Bauchschmerzen?“

„Ich weiß nicht. Können wir zu dir ins Bett kommen?“

Bett. Letzte Nacht. Gloria Schnell suchte Sam mit dem Fuß unter der Bettdecke nach Gloria. Er wusste, dass sie mit ihm ins Bett gekommen war, aber sein Fuß fand nur Laken und keine Körperwärme. Jetzt war sie jedenfalls nicht mehr da, und obwohl er unter gar keinen Umständen gewollt hätte, dass seine Tochter ihn in solch einer kompromittierenden Situation antraf, war er doch enttäuscht, dass Gloria nicht mehr neben ihm lag.

„Ist dir heiß, Allie?“ Er legte ihr die Hand auf die Stirn und machte sich Sorgen wegen ihres jämmerlichen Aussehens. „Brauchst du Medizin?“

Sie nickte teilnahmslos und machte sich auf den Weg ins Badezimmer. Den Drachen zog sie hinter sich her. Sam überzeugte sich, dass sie ihn nicht sehen konnte, bevor er die Bettdecke zurückschlug und hastig eine Hose überzog. Als er den Hosenbund zuknöpfte, musste er daran denken, wie Jennys Vater ihn einmal ohne Hosen erwischt hatte, als er aus ihrem Schlafzimmerfenster kletterte. Jetzt musste er lächeln, obwohl er es bisher noch nie lustig gefunden hatte. Seltsam, dass er mit Jenny nie darüber hatte lachen können, und noch seltsamer, dass er plötzlich Lust hatte, diese Erinnerung mit Gloria zu teilen. Sie würde bestimmt darüber lachen, und er würde mitlachen können …

Er horchte einen Augenblick, aber es war im ganzen Haus still, und er fragte sich, was sie wohl tat. Er hatte den starken Wunsch, das dringende Bedürfnis, sie sofort zu sehen, aber Allison brauchte ihn jetzt, und das stand an allererster Stelle. Er trottete zum Badezimmer und sah hinein.

Da lag seine Tochter auf dem Boden und schlief. Sie hatte einen Arm unter den Kopf gelegt und den anderen um den

Drachen geschlungen. Sie muss wirklich krank sein, entschied Sam, und seine Tagträume wurden von der Sorge um seine Tochter verscheucht. Er hatte so wenig Übung darin, wie man mit solchen Dingen umging. Jenny hatte sich immer um alle medizinischen Probleme gekümmert und auch entschieden, wann man mit Allison zum Arzt gehen musste. Sam wünschte sich, dass er damals besser aufgepasst hätte. Dann wüsste er jetzt wenigstens, ob er mit ihr ins Krankenhaus fahren musste oder sie einfach nur ins Bett legen sollte, damit sie sich gesund schlafen konnte.

Er beugte sich zu seiner Tochter hinunter und hielt ihr den Handrücken auf die Stirn. Sie war zwar sehr warm, aber nicht heiß. Und sie musste sich nicht übergeben. Das war sicherlich ein gutes Zeichen. Er entschied sich, Gloria zu fragen, was sie davon hielt, und trug Allie erst einmal ins Bett.

Nachdem er sie gut zugedeckt hatte, dachte er, dass es ihr vielleicht zu heiß werden würde, und lockerte die Bettdecke wieder etwas. Aber als sie sich über ihren formlosen Drachen zusammenrollte, als wenn es ihr kalt wäre, zog er ihr die Decke wieder über die Schultern. Sie stöhnte leise im Schlaf, und es zerriss ihm vor lauter Liebe zu seiner Tochter fast das Herz.

Er fand Gloria unten in der Küche, und er blieb in der Tür stehen, um ihr zuzuschauen. Sie hatte ihm den Rücken zugekehrt und hantierte mit irgendetwas am Herd. Sie hatte nur sein Smokinghemd an, die Ärmel über die Ellbogen hinweg hochgekrempelt, und die hinteren Enden umspielten ihre nackten Hüften, während sie irgendeine Melodie summte und sich zu ihrem Rhythmus bewegte.

Sam war von ihrem Anblick entzückt, und sein Verlangen nach ihr war ein warmes wunderschönes Gefühl, das er mit jedem Atemzug und jedem Pulsschlag spürte. Diese Erregung war ihm vertraut, und er fragte sich, ob er dabei war, sich zu verlieben. Die Vorstellung erschien ihm absurd und zog ihm doch auf seltsame Weise das Herz zusammen.

In dem Moment schaute Gloria über die Schulter, sah ihn und drehte sich zu ihm um. Ihr Lächeln leuchtete wie der aufgehende Abendstern, der sich in ihren Augen niedergelassen hatte. „Sam."

Das war alles. Nur sein Name, aber gesprochen von einer sanften, leicht rauchigen Stimme, welche Glorias Freude ausdrückte, ihn zu sehen. Es dauerte nur einen einzigen Herzschlag lang, und er war zu ihr geeilt, einen zweiten, und er hielt sie in den Armen, einen dritten, und sein Mund hatte den ihren gefunden. In diesem innigen Kuss schien die Welt für einige Augenblicke stillzustehen und ehrfurchtsvoll zu verstummen, und Sam hätte geschworen, dass der Himmel seufzte.

Als er den Kopf wieder hob, schaute Gloria ihn aus Augen an, die wie Sterne aussahen. „Sam Oliver. Deine Küsse rollen mir die Fußnägel hoch, aber sie stehen trotzdem nur an zweiter Stelle auf meiner Skala für Lieblingserlebnisse."

„Ich glaube, das hast du letzte Nacht schon erwähnt."

„Hab ich? Hm." Sie strich ihm mit einem Finger über das Kinn. „Ich war mir nicht sicher, ob du dich daran erinnern würdest."

Er küsste sie auf die Nasenspitze. „Mach mich nicht älter, als ich bin. Ich erinnere mich an jede Einzelheit der vergangenen Nacht. Du kannst mich ruhig befragen."

„Okay. Was habe ich getragen?"

„Ein Gewand aus Mondlicht. Nächste Frage?"

„Was hast du getragen?"

„Nur das Verlangen nach dir." Er legte ihr die Hände auf die Hüften und zog sie zu sich heran. „Und das werde ich heute Abend wieder tun."

„Ich habe mir überlegt, dass ich von jetzt an dein Hemd tragen werde."

„Das geht nicht, fürchte ich. Ich muss es zurückhaben."

„Wann?"

Er überlegte kurz. „In spätestens zehn Minuten."

„Und was ist, wenn ich es nicht ausziehe?"

„Dann werde ich es dir leider selbst ausziehen müssen."

„Klar, jetzt hast du gut reden, aber gleich gehst du wieder arbeiten und vergisst das Hemd und auch die, die es trägt."

„Darauf würde ich mich an deiner Stelle nicht verlassen", sagte er lächelnd. Sie erwiderte sein Lächeln, und in seinem Herz tobte der Zwiespalt der Gefühle.

Ich liebe dich.

Die Worte waren in seinem Kopf, auf seiner Zunge, lagen ihm auf den Lippen, aber er konnte sich nicht überwinden, sie auszusprechen ... nicht jetzt, nicht hier in Jennys Küche. Aber dennoch wollte er ihr sagen, wie wichtig sie ihm war. „Ich werde dich nie im Leben vergessen, Gloria."

Das Lächeln in ihren Augen verschwand, aber sie versuchte, es sich nicht anmerken zu lassen. Sie stellte sich auf die Zehenspitzen und drückte ihm ein flüchtiges Danke auf die Lippen. *Ich werde mich lang genug für uns beide erinnern.* Sie schickte ihm diese Worte, wartete aber nicht ab, wie die Reaktion war, sondern drehte sich aus seiner Umarmung und zeigte auf die Unordnung, die sie auf der Arbeitsplatte angerichtet hatte. „Seit einer Stunde versuche ich, Frühstück zu machen, aber die Eier sehen immer noch merkwürdig aus."

„Sie sehen roh aus", sagte Sam mit einem Blick über ihre Schulter hinweg.

„Ich verstehe nicht, warum dieses Ding nicht funktioniert." Sie hob den Föhn hoch und hielt ihn über die Bratpfanne. „Du hattest doch gesagt, dass Essen in heißer Luft schneller gart."

„Da habe ich den Backofen gemeint, Gloria." Seine Stimme war leise, hatte aber einen Unterton, aus dem seine Belustigung herauszuhören war.

Sie bekam ein ungewohntes Gefühl in der Magengegend, und ihr war nicht danach zumute, über ihren Fehler zu lachen. Also legte sie den Föhn auf die Arbeitsplatte und kippte die Eier in die Spüle. „Die Eier machst du." Damit drehte sie sich um und stieß mit der Pfanne gegen seinen festen Bauch, sodass er ein kurzes überraschtes „Uff!" von sich gab. Seltsamerweise ging es ihr danach besser. „Ich bin ein Engel", sagte sie. „Keine Köchin." Sie duckte sich unter seinen Armen hinweg und ging zur Tür.

„Gloria …" Sam hielt sie an der Hand fest und zog sie zu sich heran. „Wenn ich dich verletzt habe, dann tut es mir leid, und ich entschuldige mich dafür. Es ist nur … du hast einfach eine sehr ungewöhnliche Art, die Dinge zu sehen."

„Ach ja? Nun, ich sehe jetzt dich an, Sam, und alles was ich sehe, sind … sind … Spiegeleier!" Sie entzog ihm die Hand und stemmte sie in die Seite, wobei sie sich nicht sicher war, ob sie gerade eine Erfahrung von Verlegenheit oder Wut machte oder eine posttraumatische sexuelle Frustration, von der sie in der Engelschule einmal kurz gehört hatte.

Seine Lippen zuckten, und sie nahm sich vor, dass, wenn er jetzt lachte, sie ihm eine verpassen würde.

„Daddy!" Allisons aufgeregter Schrei wurde kaum gedämpft durch die Entfernung, die er zurücklegen musste.

„Allie …" Sams Gesichtsausdruck veränderte sich sofort, und seine Aufmerksamkeit wandte sich seiner Tochter zu. Seine Stimme klang erschrocken und angespannt. „Verdammt, ich habe Allie vergessen. Ich war so mit dir beschäftigt, dass ich vergessen habe … sie ist krank, und ihr unfähiger Vater vergisst sie einfach."

„Du dachtest doch, dass sie schlief, Sam." Aber er war schon auf dem Weg nach oben, und Gloria wusste, dass er sich in diesem Moment nicht beruhigen lassen würde – besonders nicht von ihr.

Mit einem Seufzer ging sie hinüber zu dem Gitter, mit dem die jungen Hunde daran gehindert wurden, ihr Kinderzimmer zu verlassen, und kniete davor nieder. Sie steckte einen Arm hindurch, und innerhalb weniger Sekunden hatten sich alle auf ihre Hand gestürzt, leckten sie und rieben sich an ihr, während sie niedlich quiekten, wie es junge Hunde eben tun. „Sie schlief nämlich, müsst ihr wissen“, erzählte ihnen Gloria. „Sam ist ein guter Vater. Er hat keinen Grund, auf sich böse zu sein.“ Oder auf sie.

Aber sie wusste, dass er genau das jetzt war.

Während sie einen jungen Hund nach dem anderen streichelte, versuchte sie sich mit ihresgleichen zu verbinden … aber die Atmosphäre um sie herum war leer. Es war kein Engel in der Nähe. Noch nicht einmal Leonard hielt es für nötig zu antworten. Und so konnte sie eine weitere Erfahrung auf ihre Liste setzen, obwohl sie sich daran erinnerte, dass ihre Lehrer gesagt hatten, Engel könnten niemals wirklich verstehen, was Einsamkeit ist.

Etwas später erschien Sam in der Tür und hielt eine hochrote Allison auf dem Arm, die sich an ihn klammerte.

„Hallo, Gloria“, flüsterte sie mit einem Mitleid erregenden Stimmchen und zog ihr Hemd hoch. „Guck mal, ich bin ’punktet.“

Gloria stand auf, um die roten Punkte auf Allies Bauch zu begutachten. Sie versuchte auch, Sam ein Lächeln zu schenken, aber er ignorierte diese Geste und auch den Trost, den sie ihm damit spenden wollte. Er setzte sich Allie seitlich auf die Hüfte und wandte sich ab. „Ich gehe mit ihr zum Arzt“, sagte er nur. „Wir sind bald zurück.“

„Wenn du zurückkommst, spielen wir Punkte verbinden“, sagte Gloria.

Allisons Kichern war sehr leise. Sam reagierte überhaupt nicht, sondern zog die Haustür geräuschvoll hinter sich zu.

„Ich bin wieder da, Gloria."

Allison fühlte sich viel besser, obwohl die Falten auf ihrer Stirn anzeigten, dass es ihr nicht besonders gut ging. Sie warf den armen Hunny auf den Küchentisch und kletterte auf einen Stuhl. Oben angekommen, legte sie das Kinn auf eine Faust und seufzte mitleiderregend. „Ich habe Windpochen", verkündete sie feierlich.

Gloria schaute von Allie zu Sam hinüber. „Windpochen?"

„Pocken." Sam stellte eine Flasche Medizin neben die Spüle und entfaltete den Beipackzettel. „Es sind die Windpocken, eine ganz normale Kinderkrankheit. Das habe ich Allie schon erklärt. Dr. Cooper sagt, dass sie für die nächsten paar Tage, in denen sich der Ausschlag entwickelt, ansteckend sein wird, aber danach müsste sie sich besser fühlen."

„Und keiner darf mit mir spielen, weil ich 'steckend bin." Allie drückte das Kinn noch tiefer in ihre Faust. „Ich darf mit keinem Kind spielen. Noch nicht einmal mit Hunny, weil er sonst auch Windpochen kriegt."

„Ich bin sicher, Drachen sind immun gegen Kinderkrankheiten", sagte Gloria. „Du kannst ruhig mit ihm spielen."

„Aber wer macht mein Frühstück? Und wer liest mir und Hunny *Das beste Nest* vor?" Ihre Augen glänzten voller besorgter Tränen. „Und wer bringt uns ins Bett? Und was ist, wenn ich schlecht träume? Und was ist, wenn ich ...?"

„Allie", sagte Sam. „Wir lassen dich nicht allein. Gloria und ich sind hier wie immer."

„Aber ich bin 'steckend, Dad."

„Nur für jemanden, der die Windpocken noch nicht gehabt hat. Ich hatte sie, als ich so alt war wie du. Und Gloria hatte sie wahrscheinlich, als sie ein kleines Mädchen war. Also mach dir keine Sorgen. Gloria kümmert sich um dich, wenn ich im Büro bin, und ich bringe dich abends ins Bett, wie immer."

Gloria klopfte ihn auf den Arm und gestand: „Ich habe nie Windpocken gehabt."

Er drehte sich zu ihr um. „Bitte sag, dass das ein Scherz ist."

„Du weißt, dass ich nicht lügen kann, Sam. Du wirst dich selbst um Allie kümmern müssen."

„Dies ist der ungünstigste Zeitpunkt überhaupt, nicht ins Büro zu gehen. Wenn ich diese Woche nicht da bin, wird Morrison mir das Krankenhausprojekt entziehen. Und ich kann es ihm noch nicht einmal übel nehmen. Wenn ich doch nicht schon so viel Zeit in dieses Projekt gesteckt hätte …" Er riss die Besteckschublade auf und nahm einen Löffel heraus, während er darüber nachdachte, wie er die Situation in den Griff bekam. „Ich werde einfach jemand anderen finden müssen, der sich um Allie kümmert. Ich stelle ein anderes Kindermädchen ein."

„Ich will aber keine andere Nanny", sagte Allie starrköpfig. „Wenn du dich nicht kümmern kannst und Gloria sich nicht kümmern kann, dann kümmere ich mich alleine."

Sam holte tief Luft und ermahnte sich, dass sie krank, und deswegen etwas aufbrausend war.

„Sei vernünftig, Allie. Es ist doch nur für ein paar Tage, bis du nicht mehr ansteckend bist."

„Ich werde es tun." Gloria schaltete sich in das Gespräch zwischen Vater und Tochter ein. „Das ist für mich eine gute Gelegenheit, diese Krankheit zu bekommen, und wenn ich … nun … vielleicht muss ich es ausprobieren, wie es ist, krank zu sein."

„Nein, ich kümmere mich schon um sie", sagte Sam. „Ich werde eben zu Hause arbeiten müssen. Das ist alles." Mit diesem Entschluss beendete er die Diskussion, obwohl dies wahrlich keine befriedigende Lösung war. Er nahm die Medizin und goss den kirschroten Sirup in einen Löffel. „Du musst jetzt alle vier Stunden zwei Löffel voll davon nehmen, Allie. Mach den Mund auf."

Sie schaute ihn nur an und presste die Lippen aufeinander.

Gloria kam näher heran, um zu helfen, aber Sam sah ihre Bewegung aus den Augenwinkeln. „Raus hier, Gloria“, sagte er. „Und für die nächsten paar Tage halte dich bitte nicht mit Allison in einem Zimmer auf … es sei denn, du willst unbedingt Windpocken bekommen. Die sollen übrigens bei Erwachsenen viel schlimmer sein als bei Kindern.“ Er hielt seiner Tochter erneut den Löffel mit der Medizin hin. „Mach den Mund auf, Allison.“

Sie schüttelte aber nur den Kopf, und Sam spürte, wie die Ungeduld in ihm wuchs. Von der Tür aus konnte Gloria sehen, wie sich dort zwischen den beiden Dickköpfen eine Schlacht anbahnte, die niemandem weiterhelfen würde. Also steckte sie die Hände in die Achselhöhlen und machte mit den Armen das Flattern eines Huhnes nach.

Allie machte sie nach und wollte noch ein „Kikeriki!“ dazutun, aber sobald sie den Mund öffnete, steckte Sam ihr den Löffel hinein.

„Hast du das auch gehört?“ Sam setzte sich im Bett auf, aber Gloria zog ihn zurück an ihre Seite.

„Du bildest dir das ein“, sagte sie. „Wenn du aus diesem Bett raus willst, dann musst du nur dies machen …“ Sie machte es ihm vor, und er stöhnte auf.

„Hör bitte damit auf. Ich hatte nur den Eindruck, Allie hätte gerufen.“

„Sie schläft, Sam. Die Medizin macht sie müde.“

Er drehte sich zu ihr um und war fasziniert von der Art, wie das Mondlicht Glorias Haar in einen Heiligenschein verwandelte. Die Gelassenheit in ihrer Liebe berührte ihn immer wieder zutiefst. Sie war im ganzen Haus zu spüren, in jedem Zimmer und besonders in ihm selbst.

„Vielleicht sollte ich dir mal eine Portion dieser Medizin geben, damit ich etwas Schlaf bekomme.“

„Du kannst später schlafen." Sie streichelte ihn liebevoll und erregte ihn. „Hast du nie davon gehört, dass man das Eisen schmieden soll, solange es heiß ist?"

„Das Eisen ist schon seit Stunden kalt, Gloria."

Sie knabberte ihm am Ohr. „Dann tu wenigstens so, als ob, Sam. Schließe die Augen und tu nur so."

Er schloss die Augen, und das Eisen wurde heiß.

11. KAPITEL

Mitch Morrison hasste Katzen. Und natürlich sprang Dobbin auf seinen Schoß, kaum dass er in Sams Arbeitszimmer Platz genommen hatte.

Damit stand diese Unterhaltung schon von Anfang an unter keinem guten Stern.

„Würden Sie dies bitte wegnehmen?" Morrison packte die Katze im Genick und machte deutlich, was er mit „dies" meinte.

Sam nahm ihm Dobbin ab und streichelte den Kater kurz, bevor er ihn nach draußen in den Rosengarten setzte und die Terrassentür zumachte. Es war ein herrlicher Tag mit einer leichten angenehmen Brise, und das Arbeitszimmer würde mit geschlossenen Türen eher stickig sein, aber nur so konnte Sam die Katze draußen halten. Er hörte ihr Kratzen, als er sich seinem Gast zuwandte, und hoffte nur, dass die vermaledeite Katze in den nächsten dreißig Minuten ihre Krallen nicht an der Tür wetzen würde.

Morrison verlagerte sein beträchtliches Gewicht auf dem Sessel. „Ich hätte nie gedacht, dass Sie ein Katzenliebhaber sind, Sam."

Sam erwog einen Moment lang, sich in den großen Stuhl hinter dem Schreibtisch zu setzen, entschied sich dann aber für einen anderen Sessel vor dem Schreibtisch neben Morrison, um den inoffiziellen Charakter dieses unerwarteten Besuchs zu unterstreichen. „Meine Tochter hat diese streunende Katze in ihr Herz geschlossen, und so ist sie eben im Haus geblieben. Sie wissen ja, wie Kinder sind."

Morrison nickte, aber es war nicht zu übersehen, dass er andere Punkte auf seiner Tagesordnung stehen hatte als Small Talk. „Lassen Sie mich gleich zur Sache kommen. Ich habe Ihnen erhebliche finanzielle Zuschüsse für Ihr Krankenhausprojekt in Aussicht gestellt und meine Freunde davon überzeugen können, auch ihre Unterstützung zuzusagen. Damit ist mein Name eng mit diesem Projekt verbunden, wenn Sie verstehen, was ich meine."

„Ich weiß alles, was Sie getan haben, sehr wohl zu schätzen", sagte Sam aufrichtig, obwohl er genau wusste, dass Morrison erwartet hatte, Worte des Dankes für seine Großzügigkeit und Einflussnahme zu hören.

„Ich weiß, dass Sie das tun, Sam, aber ich habe ein Problem. Als Sie mir vor einem Jahr zum ersten Mal Ihre Idee vorgestellt haben, das alte Krankenhausgebäude zu kaufen, habe ich sehr gezögert. Aber Sie haben einen guten Ruf, und ich hatte keinen Grund, an Ihrem fachlichen Urteil über den Zustand des Gebäudes zu zweifeln. Außerdem muss ich zugeben, dass Sie mich mit Ihrer Begeisterung für dieses Projekt angesteckt haben. Ein Mann, der im Andenken an seine verstorbene Frau jetzt anderen helfen will, ist eine starke treibende Kraft."

Morrison beugte sich in seinem Sessel vor und fühlte sich offensichtlich behaglich in Sams Reich. „Aber in letzter Zeit sind mir Zweifel gekommen, ob Sie immer noch so engagiert sind. Und ich hasse Zweifel, Sam. Vor allem dann, wenn meine Freunde aufgrund meiner Empfehlung eingestiegen sind. So viel ich weiß, sind Sie nicht ein einziges Mal nach Seattle gefahren, um sich die Renovierung eines ähnlichen Gebäudes anzusehen, und der detaillierte Bericht für die Stadt und die öffentlichen Gelder liegen auch noch nicht vor. Mit anderen Worten, wir sind keinen Schritt weiter als vor einem Jahr, als wir das Gebäude gekauft haben. Ich weiß, dass Sie im letzten Jahr viel im Ausland waren, aber Sie hatten mir zugesagt, dass unser Projekt nicht darunter leiden würde, und dass Sie sich nach ihrer Rückkehr verstärkt in die Arbeit stürzen würden."

Sam nickte und versuchte den Eindruck zu vermitteln, dass er Morrison aufmerksam zuhörte, obwohl er mehr damit beschäftigt war, auf die Herkunft dieses Kratzgeräusches zu achten.

Morrison lehnte sich im Sessel zurück und lächelte gütig wie ein Vater, der bereit ist, seinem Sohn zu vergeben, nachdem er ihm eine Standpauke gehalten hat. „Ich muss Ihnen als Fachmann nicht sagen, Sam, dass der Zustand des Gebäudes sich laufend verschlechtert und die Renovierungskosten sich damit erhöhen. Meine Freunde rufen mich an und wollen wissen, wie es weitergeht. Und genau das frage ich jetzt Sie, Sam. Was *zum Teufel* ist los?"

„Hey! Du darfst das Wort nicht sagen." Allison tauchte hinter dem Schreibtisch auf. Ihren Schmusedrachen hatte sie sich auf die Schulter gesetzt und im Arm hielt sie einen braunweißen zappelnden jungen Hund. „Kinder und junge Hunde sollen nicht hören, wenn die 'Wachsenen so schlimme Wörter sagen. Sonst sagen sie die Wörter auch, um Aufmerksamkeit zu kriegen. So!" Sie kam um den Schreibtisch herum und hielt den Hund hoch. „Guck, was er für große Ohren hat. Damit hat er das schlimme Wort gehört, und jetzt erzählt er es Ethel, und die wird böse und …"

„Allison." Sam stand auf. Er befürchtete schon, dass Morrison sie ebenfalls im Genick packen könnte. „Was machst du hier drin?"

„Hallo, Daddy", sagte sie und strahlte dabei von einem Ohr zum anderen. „Ich und Wunna Zwei haben eine 'Sprechung, so wie du, Dad."

Das Berechnende dieses Kommentars war so gut verpackt in die kindliche Verehrung, die ihr aus den Augen leuchtete, dass sie mit dieser charmanten Art einfach immer wieder zum Ziel kam. „Du solltest nicht hier sein, Allie. Warum gehst du nicht –"

„Willst du meinen Hund sehen, Mr Meerson?" Sie ging auf Morrison zu. „Ist er nicht niedlich? Er heißt Wunna Zwei. Du kannst ihn streicheln, wenn du ganz, ganz vorsichtig bist. Keine Angst, er beißt nicht fest." Mit diesen Worten schob sie Morrison den jungen Hund auf den Schoß und stützte sich mit den Armen auf die steife Armlehne, um mit den Beinen baumeln zu können. „Hattest du schon mal Windpochen, Mr Meerson? Ich habe welche. Guck mal!" Sie schob ihren Pony zur Seite und zeigte stolz die vielen, bereits verblassenden Punkte auf ihrem Gesicht. „Und jetzt hat Gloria sie, und sie ist quengelig. Bist du auch quengelig? Du hörst dich sehr quengelig an. Hast du auch ein Kind wie ich? Wie heißt sie? Hat sie auch einen jungen Hund?" Allie lachte. „Guck mal, er leckt an deinem Hemd."

Morrison hob den Welpen mit seinen fleischigen Händen vom Schoß und ließ ihn auf den Boden fallen. Der Welpe jaulte auf, aber Allie jaulte noch lauter und blitzte wütend mit den Augen.

„Du bist gemein! Hau ihn, Daddy. Er hat Wunna Zwei wehgetan."

„Der Hund ist in Ordnung." Morrison schaute Sam stirnrunzelnd und erwartungsvoll an. Es war nicht schwer zu erraten, was er wollte. Sam sollte seine Tochter zur Katze nach draußen befördern. Als ihm das klar wurde, mochte er Mitch Morrison überhaupt nicht mehr. Er hatte schließlich nicht um diese Besprechung gebeten, und er sah auch nicht ein, warum er sich verteidigen sollte. Außerdem hatte er keinen Grund gehabt, den jungen Hund auf den Boden fallen zu lassen, auch wenn er ihm damit nicht geschadet hatte.

„Bitte lassen Sie uns unsere Besprechung verschieben, Mr Morrison", sagte er. „Ich rufe Sie an, um einen Termin zu vereinbaren."

„Aber dann haust du ihn, Daddy, nicht wahr?"

„Nein Allie. Ich haue keine Menschen." Und mit einem sarkastischen Blick auf Morrison: „Und auch keine jungen Hunde."

Morrison stand langsam auf und lächelte süffisant. „Ich kann mich sicherlich nicht beschweren, dass ich hinausgebeten werde, nachdem ich hier unangemeldet aufgetaucht bin. Aber es hatte einen Grund, Sam, dass ich das getan habe, und Ihr kleiner Engel hier hat mir die Antwort gegeben."

„Gloria ist ein Engel, und wenn ich es ihr sage, dann legt sie dich um!" Für diese Drohung hatte sich Allie hinter den Beinen ihres Vaters in Sicherheit gebracht, und Morrison lachte.

„Du bist ein mutiges kleines Ding", sagte er. Allison zeigte die Zähne und knurrte wie ein Hund.

Sam reichte hinter sich und legte ihr eine Hand auf den Kopf, um diesen Ausbruch zu dämpfen. Offensichtlich hatte sie bei ihrem Kampf gegen die Windpocken die letzten guten Manieren verloren, die Jenny ihr beigebracht hatte. Aber er wollte sie unter gar keinen Umständen vor diesem Mitch Morrison zurechtweisen. „Für unsere nächste Besprechung ist mein Büro sicher der geeignetere Ort", sagte er. „Ich werde meine Sekretärin bitten, einen für uns beide passenden Termin zu vereinbaren."

„Machen Sie sich keine Mühe. Wenn ich mich recht erinnere, hat es Ihre Tochter auch im Büro geschafft, unsere Besprechung zu stören. Ich hatte gehofft, dass Sie inzwischen eine geeignetere Aufsichtsperson gefunden haben, aber offensichtlich haben sich Ihre Prioritäten geändert, und Sie sind nicht mehr vorrangig an dem Krankenhausprojekt interessiert. Ich werde also einen anderen Architekten bitten müssen – jemanden mit weniger Verantwortung der Familie gegenüber."

Es kam Sam so vor, als wenn jemand sein Innerstes in Stücke riss. Das Krankenhaus war sein Plan – als ewiges Andenken an Jenny. Aber er musste auch an Allison denken. Und es war ganz offensichtlich, dass Morrison nicht glaubte, er könnte beides miteinander vereinbaren.

„Ich würde das sehr gern ein anderes Mal mit Ihnen besprechen, Mr Morrison. Das Projekt liegt mir nach wie vor sehr am Herzen. Aber ich habe auch eine Verpflichtung meiner Tochter gegenüber."

„Ja, natürlich haben Sie das", stimmte Morrison zu. „Und denen gegenüber, die Geld in Ihr Projekt gesteckt haben."

„Das können Sie nicht miteinander vergleichen, und das wissen Sie auch."

Mit einem Nicken ging Morrison hinaus. „Es hat keiner behauptet, dass im Leben alle Entscheidungen leicht fallen, Sam. Ich finde schon allein hinaus. Auf Wiedersehen, junge Dame. Pass gut auf deinen Hund auf."

Er hätte keine Sekunde länger im Zimmer bleiben dürfen, sonst hätte sich Allison wie ein Fußballstürmer auf ihn geworfen und ihn angegriffen. Sam hielt sie zurück. „Beruhige dich, Allie. Er hat dem Hund nichts getan."

„Das erzähl ich Gloria. Sie wird ihn umlegen!"

„Gloria legt niemanden um. Noch nicht einmal, wenn sie krank ist." Der Gedanke an Gloria war tröstlich, auch wenn sie in letzter Zeit etwas gereizt war. Aber allein zu wissen, dass sie in der Nähe war, besänftigte den Aufruhr in ihm. Gloria war seine Ratgeberin geworden, seine beste Freundin, seine Geliebte, seine …

Er freute sich gerade an diesem Gedankengang, als er sie die Glocke läuten hörte. Sam hatte sie ihr vorsorglich gegeben, als sie krank wurde. „Sieht so aus, als sollten wir mal nach ihr schauen", sagte er, obwohl er nicht verstand, warum sie gar nicht wieder aufhörte mit der Klingelei. „Lass uns nachsehen, was sie möchte."

„Es juckt", sagte Gloria. „Und es ist nicht nett von dir, dass du darüber lachst, Leonard. Diese Windpocken waren deine Idee, nicht meine."

Sie saß auf dem gepolsterten Fensterplatz und hatte sich –

vorsichtig – an die Wand gelehnt. Sie hatte die Hände vor sich im Schoß liegen, um die Flecken und Blasen auf ihrer Haut zu betrachten. „Sag mir nur eins, Leonard, hast du jemals bei einer deiner Verkörperungen eine Kinderkrankheit durchmachen müssen? Nein? Das habe ich mir gedacht. Dann kannst du dir auch nicht vorstellen, wie sehr ich mir wünsche, mich kratzen zu dürfen."

Gloria veränderte ihre Sitzposition und versuchte, nicht an ihre Qualen zu denken. „Natürlich kenne ich den Grund. ‚Krankheiten gehören zum menschlichen Leben, und Engel müssen die Schmerzen kennenlernen, die damit verbunden sind.' Aber es sind keine Schmerzen, es ist eine Plage. Und wem in diesem Haus soll sie bitte schön nutzen? Bestimmt nicht Sam. Er kann nicht aus dem Haus und ist ärgerlich, dass er sich nicht nur um Allie, sondern auch noch um mich kümmern muss … Wie meinst du das, er braucht das Gefühl, gebraucht zu werden?"

Verstimmt schaute sie aus dem Fenster. Draußen war ein herrlicher Tag. „Das hilft mir auch nicht weiter. Und ich komme mir jetzt überhaupt nicht wie ein Engel vor. Du bist mein Lehrer und solltest wissen, wann ich Hilfe brauche, und nicht nur gelegentlich auftauchen, wenn dir danach ist … Was? Nein, das ist nicht wahr. Ich rede ständig mit dir, aber du bist nie da, um mir zuzuhören."

Aber Leonard hatte ja recht. Im Grunde ihres Engelherzens wusste sie das auch ganz genau. Sie hatte die Wahrheit nicht sehen wollen, ihn nicht sehen wollen. Er war nicht für sie da gewesen, weil sie ihn weggeschickt hatte. Sie wollte nur noch in diesem Körper, in diesem Haus und vor allem ein Teil von Sams Leben sein. Und ihre Wünsche waren immer mehr zur Realität geworden.

Draußen in der alten Eiche entdeckte sie ein Rotkehlchenpaar, das versuchte, sein Junges aus dem Nest zu drängen, damit es seinen ersten Flugversuch machte. Unten im Garten lag Dobbin auf der Lauer. Sein Schwanz zuckte, und er ließ die Augen nicht von dem Vogeljungen, das auf den Boden flatterte und ganz in seiner Nähe landete. Gloria starrte die Katze erschrocken an … aber es passierte nichts. Sie blinzelte überrascht und vergewisserte sich, ob sie richtig gesehen hatte. Dobbin schlich sich näher heran und schien bereit zum Sprung. Er merkte nicht, dass Gloria einschreiten wollte, und ihre Bemühung erreichte ihn auch nicht.

Dann sprang Dobbin plötzlich wie vom Blitz getroffen auf, landete auf allen vieren auf dem Boden, nur um sofort wieder in den Baum zu jagen und ganz nach oben zu klettern. Die Rotkehlcheneltern schwebten indessen über ihrem Jungen und versuchten, es zum Fliegen zu bewegen.

Danke Leonard.

Du hast Flügel Gloria. Fliege …

Sie hörte ihn rufen, während er davonflog, aber sie antwortete nicht. Stattdessen nahm sie die Glocke, die Sam ihr gegeben hatte, und läutete so kräftig sie konnte.

„Höher, Sam. Du musst noch höher klettern."

Sam hielt sich an einem der dicken Äste der alten Eiche fest und schaute grimmig zu Gloria und Allison hinüber, die sich aus dem Schlafzimmerfenster lehnten und ihn anfeuerten. „Höher klettern", murrte er vor sich hin. Sie hatten gut lachen. Er sicherte seinen Stand auf der rauen Baumrinde und schaute durch die Zweige nach oben, um auszumachen, wo die Katze eigentlich hockte, die er retten sollte.

„Dobbin weint, Dad. Er möchte runter."

„Da sind wir ja schon zwei, die das wollen", zischte er, während er sich Zentimeter um Zentimeter zum nächsten Ast vorschob. Blöde Katze. Warum war sie überhaupt da hinaufgeklettert, wenn sie nicht wusste, wie sie wieder hinunterkommen sollte. Warum hatte Gloria überhaupt in dem Moment aus dem Fenster geschaut? Und warum hatte er sich von ihr überzeugen lassen, dass er der heldenhafte Retter sein musste?

„Komm hierher, Kätzchen", rief er, bekam aber nur ein klägliches „Miau" zur Antwort. Sam konzentrierte sich auf den Ast, der nur dreißig Zentimeter über ihm war, und griff nach ihm.

Er verfehlte ihn aber und rutschte zurück, wobei er sich an den Armen, an der Brust und am Bauch schrammte und ein Loch in das Hemd riss, ganz zu schweigen davon, dass sein Ego angekratzt wurde.

„Pass auf, Sam!"

„Vorsicht, Daddy!"

Mit Ermahnungen und Ermutigungen sind sie schnell dabei, dachte er. Fast so schnell wie mit ihren Bitten. Warum sonst war er hier in diesem Baum? Warum sonst hatte er den größten Teil der letzten beiden Wochen damit verbracht, sich um sie zu kümmern? Und äußerst wichtige Arbeiten vernachlässigt? Morrison hatte recht. Er hatte seine Versprechen bezüglich des Krankenhauses nicht gehalten. Und das war nur eines von einem Dutzend von Projekten, das er auf die lange Bank geschoben hatte, nur um zu Hause zu bleiben. War es aber nicht eigentlich der Zweck eines Kindermädchens, dass er in Ruhe arbeiten konnte, während er sein Kind in guten Händen wusste? Wie konnte es passieren, dass Gloria fast genauso viel Fürsorge brauchte wie Allison?

In einem Anfall von Frustration schwang Sam sich auf den nächsten Ast und packte die Katze. Er hörte noch die Beifallsbekundungen durch das helle grüne Laub klingen, als Dobbin ihm seine Krallen in die Hand grub, einen Riesensatz machte und dann den Baum flink und behände hinunterkletterte.

„Armes Kätzchen. Ist es in Ordnung?"

„Hast du ihm wehgetan, Daddy?"

Jetzt reichte es. Das Fass war voll, und er hatte genug. Er

war schließlich Architekt, verdammt noch mal. Und es wurde Zeit, dass er sich auch wieder wie einer benahm.

Egal, was die Frau seines Lebens dazu sagen würde …

„Ich muss geschäftlich nach Seattle", verkündete Sam beim Abendessen.

Allison hörte auf, aus den Karotten eine Pyramide zu bauen und schaute ihn an. Gloria legte ihre Gabel auf den Tisch.

„Ich habe für morgen früh einen Flug gebucht", fuhr er fort und gab sich Mühe, es sehr beiläufig und selbstverständlich klingen zu lassen. „Am Donnerstag bin ich zurück."

Gloria sagte nichts, aber Sam sah ihr an, dass sie viele Fragen hatte.

„Wir müssen aber Ethel und die Wunnas mitnehmen, Dad", fing Allie an, Pläne zu schmieden. „Und Dobbin und Hunny. Und ich nehme *Das beste Nest* mit, damit wir es lesen können, und …"

„Allie, das ist eine Geschäftsreise. Ich kann weder dich noch die Tiere mitnehmen. Du weißt doch, was eine Geschäftsreise ist, oder etwa nicht?" Nach seinen zahlreichen langen Europareisen im letzten Jahr war das sicher das Schlimmste, war er hatte sagen können, aber dieser Zusammenhang wurde Sam erst klar, als es schon zu spät war. „Ich bin schon zurück, bevor du überhaupt merkst, dass ich weg bin."

„Nein!" Allie warf ihren Löffel auf den Teller, woraufhin eine der Karotten über den Tisch segelte. „Du kannst nicht weggehen. Nicht ohne mich und Gloria. Hunny wird ganz böse, wenn du ihn zu Hause lässt."

„Fang nicht so an, Allie. Ich muss weg. Es ist wichtig." Sam sah hilfesuchend zu Gloria hinüber, aber sie hatte kein Wort der Unterstützung für ihn.

Allie hob den Drachen hoch und hielt ihn so, dass er Sam anstarren konnte. „Hunny möchte mit, Dad."

„Ich habe geschäftlich zu tun, und du bleibst zu Hause."

„Aber ich will nicht zu Hause bleiben."

„So ist es aber nun einmal, und damit ist die Diskussion beendet."

„Das ist nicht fair", schmollte Allison.

„Du hättest uns vielleicht vorwarnen können, Sam", sagte Gloria sehr ruhig, aber damit goss sie nur noch Öl auf das Feuer.

„Ich weiß selbst auch erst seit Kurzem, dass ich diese Reise machen muss."

„Aber du musst gewusst haben, dass diese Reise bevorstand. Du hättest …"

„Ja ich hätte, hab ich aber nicht." Sam sah keinen Grund, warum er sich schuldig fühlen sollte. Es ging schließlich nur um zwei Tage. „Und so wird es gemacht. Ich fahre und ihr nicht. Basta. Ich fahre morgen früh selbst zum Flughafen, und ich sehe euch beide am Donnerstagabend wieder. Können wir jetzt bitte in Ruhe zu Ende essen?"

„Ich will dieses dumme Essen nicht!" Allie stiegen vor lauter Wut die Tränen in die Augen, und sie rutschte von ihrem Stuhl hinunter. „Hunny hasst Karotten!"

Sam sah seiner Tochter die Verunsicherung an, und es tat ihm weh, ihr Kummer zu bereiten. Voller Mitgefühl streckte er die Hand nach ihr aus und versuchte, sie in die Arme zu nehmen, um sie zu beruhigen. Aber sie riss sich los und starrte ihren Vater an, als ob er all ihre Geheimnisse an ihren schlimmsten Feind verraten hätte.

„Ich fahr doch nur für zwei Tage fort", versuchte er zu erklären. „Du und Gloria werdet viel Spaß miteinander haben. Ihr könnt mit den Welpen spielen und mit Ethel und mit Dobbin. Du kannst fernsehen und Bücher lesen. Du kannst dir sogar ein paar Freunde einladen. Und bevor du überhaupt merkst, dass ich fort bin, bin ich schon wieder zurück. Ich gehe doch nicht für immer fort."

„Ich will aber, dass du weggehst“, sagte Allie. „Und ich will, dass du nie wieder kommst! Hast du verstanden? Komm nicht wieder!“ Sie hielt Hunny fest im Arm, als sie hoch erhobenen Hauptes aus dem Zimmer ging.

Er beobachtete sie, wie sie die Treppe nach oben stampfte und nahm sich vor, nach seiner Rückkehr mehr Disziplin und Struktur in das Leben seiner Tochter zu bringen. Sie wurde immer widerspenstiger. Gloria war oft sogar noch nachsichtiger als Allies Großmutter. Vorwurfsvoll sah er die einzige Person an, die noch mit ihm im Zimmer war und mit ihm die Verantwortung teilen konnte.

Sie antwortete aber nur mit einem Achselzucken. „Ich glaube, sie ist gekränkt.“

„Wirklich? Dann seid ihr euch ja einig.“

„Ich bin nicht gekränkt, Sam. Ich möchte nur nicht, dass du gehst.“

„Warum nicht? Hast du Angst, die Katze könnte wieder auf einen Baum klettern, und du bekommst sie nicht alleine herunter? Oder fürchtest du dich davor, dass du wieder von einem Haushaltsgerät angegriffen wirst? Oder willst du dich einfach nicht allein um Allie kümmern? Ist es das, Gloria? Bist du so sehr von mir abhängig, dass du Angst davor hast, allein gelassen zu werden?“

Gloria blitzte ihn voller Wut und Verletztheit an. „Du brauchst mich nicht anzugreifen, Sam. Ich bin nicht diejenige, die hofft, dass du nie wieder kommst.“

Jetzt war er tief getroffen, und der Schmerz lastete schwer auf ihm. Sam fühlte sich sehr hilflos. „Das hat sie nicht so gemeint. Sie ist einfach noch zu jung, um verstehen zu können.“

„Sie hat Angst.“

„Jeder hat Angst. Sie muss sich daran gewöhnen.“

Gloria zog mit dem Finger einen Kreis auf dem Tisch und wusste nicht, was sie sagen sollte, wie sie ihm erklären sollte, dass Angst auch bei ihm so etwas wie ein Dieb war, der ihm täglich die Freuden des Lebens stahl.

„Wie steht es mit dir, Gloria? Wovor hast du Angst?"

Sie zog immer wieder die ununterbrochene Linie des Kreises nach. „Zeit", sagte sie schließlich. „Ich habe Angst, dass mir die Zeit davonläuft. Ist das nicht eigenartig? Zeit ist eigentlich nur eine Vorstellung, eine Illusion der Menschen. Ich hätte nie gedacht, dass ich erleben würde, wie sie verstreicht. Und da treffe ich dich, und ich fange an, jede Sekunde zu zählen ..."

Sam streichelte Gloria am Kinn. Seine Hand fühlte sich warm und fest an, und sie musste dem Druck nachgeben, um ihn anzusehen. Erstaunen und Hoffnung standen ihm in den dunklen Augen. Als er sich langsam über den Tisch zu ihr hinüberbeugte, ohne die Hand von ihrem Kinn zu nehmen, wurde auch in ihr die Hoffnung geweckt. Er gab ihr einen zarten unwiderstehlichen Kuss, der in ihr schmerzvolles Verlangen auslöste. Sie hielt sich mit beiden Händen an seinen Schultern fest und er spürte, wie in ihr für sie unerklärliche brennende Tränen aufstiegen. „Sam", sagte sie zwischen seinen Küssen, „ich möchte jede Minute bei dir sein. Ich möchte die Zeit genießen, die wir zusammen haben."

Er wanderte mit seinen Küssen über ihre Schläfe und durch ihre Locken. „Ich muss diese Reise machen, Gloria."

„Bitte fahr nicht. Bleib hier bei mir."

Jedes Mal, wenn er seufzte, hoben sich ihre Haare an. „Langsam hörst du dich wie Allison an. Willst du jetzt auch noch mit dem Fuß aufstampfen und mir sagen, dass ich nicht zurückzukommen brauche."

„Das würde ich dir nie sagen können, und du weißt, dass ich nicht das beste Verhältnis zu meinen Füßen habe. Wenn ich versuchte, mit einem aufzustampfen, dann würde ich wahrscheinlich flach auf dem Boden landen."

„Wenn wir so weitermachen, dann landen wir beide auf dem Fußboden." Sam küsste sie jetzt am Ohr, und schickte ihr damit Schauder der Erregung durch den Körper.

Sie genoss seine Berührungen und die Lust, die sich in ihr entfaltete. „Kann man in der Küche Sex haben?"

„Ich weiß nicht, Gloria, aber es ist ein sehr verführerischer Gedanke."

„Wer verführt wen zuerst? Du mich oder ich dich?"

Sein Lachen war wie eine Liebkosung für sie, obwohl er gleichzeitig den Abstand zwischen ihnen vergrößerte. „Bitte bring mich nicht in Versuchung. Wir müssen die Küche aufräumen und Allie irgendwie in ihrem Zimmer einsperren. So verlockend der Gedanke auch ist, aber wir sollten ihn für einen passenderen Moment aufheben."

Gloria hatte das Gefühl, dass ihr die Zeit mit Sam durch die Finger rann, und sie klammerte sich an ihn – fest entschlossen, noch so viel wie möglich davon mit ihm zu verbringen. „Wird das um neun oder um elf sein?"

„Neun Spieler sind in einem Baseballteam und elf in einer Fußballmannschaft", sagte er grinsend. „Was spielen wir hier? Ist das ein Quiz, oder was?"

„Zimmersport", antwortete sie sanft. „Du bist der Stürmer, und ich steh im Tor. Dann wissen wir, wie die Rollen verteilt sind."

„Du hast wirklich keine Ahnung vom Sport. Sonst wüsstest du, dass wir schon zu einer Mannschaft gehören müssen, wenn wir dasselbe Trikot tragen wollen. Und im Schlafzimmer ist nur eine Art von Trikot zugelassen."

„Und in der Küche?"

„Nur Schürzen."

„Und wenn die Schürze sich im Mixer verfängt?"

„Es sind keine Küchengeräte im Spiel zugelassen ... nur wir beide." Sam beugte sich vor und erstickte jeden weiteren Unsinn mit einem Kuss. Dabei genoss er den warmen vertrauten Geschmack ihrer beider Lust.

Fahr nicht, Sam. Bleib. Bitte bleib bei mir …

Aber sie wusste, dass er sie nicht hörte. Ihre Fähigkeit, ihm Gedanken eingeben zu können, war der Fähigkeit gewichen, mit ihrem menschlichen Körper Macht über ihn auszuüben.

Und Gloria fand, das war kein schlechter Tausch.

„Schschsch, Hunny!" Allison legte einen Finger auf die Lippen, bevor sie vorsichtig die Tür ihres Zimmers öffnete. Die machte zwar nur ein winziges Geräusch, aber sie blieb erschrocken und mäuschenstill stehen, um zu sehen, ob jemand sie gehört hatte. Im Haus blieb alles still. Sie ging auf Zehenspitzen in den Flur, schloss die Tür leise hinter sich und erschrak erneut, als das Schloss geräuschvoll einschnappte. Aber vom anderen Ende des Flurs war nichts zu hören. Also holte sie tief Luft und hielt dann den Atem an, während sie ihren Koffer für Omabesuche hochhob und die Treppen hinunterschlich.

12. KAPITEL

Sam hatte schon die Hand auf der Türklinke, blieb aber dann doch vor Allies Zimmer stehen und kämpfte mit seinen Schuldgefühlen. Einerseits wäre es äußerst dumm von ihm, jetzt diese Tür zu öffnen, aber was für ein Vater wäre er andererseits, wenn er fortführe, ohne seiner Tochter auf Wiedersehen zu sagen?

Ein feiger Vater.

Damit konnte er leben. Besonders wenn er an die Szene dachte, die sie ihm machen würde, wenn er sie aufweckte, um sich zu verabschieden. Er beruhigte sein Gewissen damit, dass er sich vornahm, sie bei der Zwischenlandung in Dallas anzurufen. Dann konnte er ihr am Telefon versprechen, ihr ein T-Shirt oder ein Kuscheltier oder ... Quatsch! Er würde ihr versprechen *alles* mitzubringen, was sie haben wollte.

Feigheit, faule Kompromisse, Bestechung. Er beschwor sich mit dieser Zauberformel eines schlechten Vaters, nahm seinen Koffer und ging nach unten. Jenny würde sich jetzt meiner schämen, dachte er. Aber sie hätte bei Allison gar nicht diese Disziplinlosigkeit aufkommen lassen. Wäre Jenny andererseits in Erziehungsfragen nicht so kompetent gewesen, dann hätte er jetzt nicht so viel Ärger mit ihrer Tochter.

Es tat ihm gut, zur Abwechslung mal Jenny dafür verantwortlich zu machen. An diesen Gedanken klammerte er sich auf dem Weg in die Küche. Er hörte Ethel, wie sie ihm aus der Wäschekammer einen Guten Morgen zuschnüffelte, aber er widerstand dem dummen Impuls, ihr über den Kopf zu streicheln, bevor er ging. Die kleinen Wunnas aufzuwecken, wäre genauso schlimm, wie Allison selbst wach zu machen. Also ging er wortlos an der Hundefamilie vorbei, durch die Küche hindurch zur Hintertür und verließ leise das Haus. Er würde auf dem Flughafen etwas frühstücken und dadurch auch das letzte Risiko vermeiden, doch noch seiner Tochter in die Arme zu laufen.

An Gloria dachte Sam erst wieder, als er den Wagen rückwärts aus der Einfahrt setzte. Das erstaunte ihn wiederum etwas. Natürlich hatte er ihr Auf Wiedersehen gesagt und ihr versprochen, dass sie nach seiner Rückkehr über ihre gemeinsame Zukunft sprechen würden. Er hatte sie geküsst – mehrere Male – und sie dann auf Donnerstag vertröstet. Aber angesichts der Tatsache, dass er geglaubt hatte, in sie verliebt zu sein, erschien es ihm seltsam, dass er in den letzten fünf Minuten nicht ein einziges Mal an sie gedacht hatte.

Er war so lange mit Jenny zusammen gewesen, dass er nicht einmal mehr wusste, wie es sich anfühlte, verliebt zu sein. Damon sagte immer, Liebe sei für einen Mann das größtmögliche Vergnügen, während er gleichzeitig unter starkem Sodbrennen und Verdauungsstörungen litt. Aber eigentlich hatte Sam weder das Leben noch die Liebe aus der Sicht des Junggesellen betrachtet. Solange er denken konnte, war er immer nur die eine Hälfte eines Paares gewesen. Und jetzt … nur jetzt gab es Gloria.

Gloria, die Wundermacherin.

Gloria, die Geheimnisvolle.

Gloria, die …

Sam streckte die Hand aus und klopfte leicht auf die Uhr. Dann stellte er das Radio an und schaltete so lange von einem Sender zum nächsten, bis er eine genaue Zeitansage hatte. Gloria, diese kleine Intrigantin, dachte er, während er auf das Gaspedal trat. Sie hat alle Uhren im Haus verstellt, und ich muss in fünfzehn Minuten am Flughafen sein.

Damon hatte recht. Liebe und Verdauungsstörungen. Das waren die beiden Seiten derselben Medaille.

Gloria fiel das fehlende Wunna zuerst auf. Sie zählte die jungen Hunde noch einmal – eins, zwei, drei, vier – um ganz sicher zu sein. Dann rannte sie nach oben in Allisons Zimmer, wusste aber schon, bevor sie die Tür öffnete, dass das Kind fort war. Sie konnte ihre Gegenwart nirgendwo im Haus spüren. Selbst mit ihrem geschwächten Wahrnehmungsvermögen war sie sich dessen ganz sicher.

Wo war Allison bloß?

Und warum hatte Gloria ihren Kummer nicht gespürt? Wie hatte es ihr gestern entgehen können, dass Allie fortlaufen würde? Eine Mutter hätte diese Möglichkeit zumindest geahnt und alle Anzeichen wahrgenommen, die auf ein solches Vorhaben hinwiesen. Aber Gloria war nicht Allies Mutter. Sie war ein Schutzengel ... und im Moment ein sehr schlechter.

„Sam?", rief sie, obwohl sie wusste, dass auch er nicht mehr im Haus war. Zum Glück war er früh wach geworden. Höchstwahrscheinlich war er schon am Flughafen und beeilte sich, das Flugzeug zu bekommen. Und wenn er nicht angehalten hatte, um sein Gepäck zu kontrollieren, dann könnte er es auch noch geschafft haben.

„Gepäck", flüsterte sie und sah vor sich den übergroßen Koffer, den er gestern Abend gepackt hatte. „Ich muss mir einen kleineren kaufen", hatte er gesagt. „Dieser war ideal für die Europareisen, aber er ist viel zu groß für nur eine Übernachtung in Seattle."

Allison hätte in den Koffer hineingepasst und auch noch Platz gehabt für einen weichen Drachen und einen kleinen, dicken, jungen Hund.

Aber sie wäre nicht allein in den Koffer gekommen. Und Sam hätte auch das zusätzliche Gewicht bemerkt. Und der Hund hätte Krach gemacht und ... gestunken. Diese Möglichkeit kam also nicht infrage. Kein fünfjähriges Kind würde sich selbst in einen dunklen kleinen Raum einsperren. Da war es schon wahrscheinlicher, dass Allison einfach weggelaufen war.

Weggelaufen? Gloria wurde plötzlich von Panik ergriffen. „Leonard!“, rief sie. „Du musst sofort kommen. Etwas Schreckliches ist …“

Schrecklich? Bist du sicher?

„Wie meinst du das, ob ich sicher bin? Allie ist weg. Sie muss heute Nacht das Haus verlassen haben. Ich … ich habe nicht aufgepasst. Ich weiß weder wann noch wo sie hingegangen ist, noch was sie vorhat. Sie war auf Sam wütend. Du musst mir helfen, sie zu finden, Leonard. Zeig mir bitte, wo sie ist, sag mir, wie ich zu ihr kommen kann.“

Du hast Flügel, Gloria.

Aber die hatte sie eben nicht. Nicht mehr.

„Ich weiß, dass ich den Flug verpasst habe“, erklärte Sam der übereifrigen Stewardess in der Abflughalle. „Was ich *nicht* weiß, ist, welchen nächsten Flug ich bekommen kann.“

„Sie müssen mit Ihrem Ticket nach unten zum Flugschalter gehen. Dort wird Ihnen jemand helfen.“

„Von *dort* hat mich jemand *hierher* zu Ihnen geschickt.“

Sie klimperte heftig mit den Wimpern, und ihr breites Lächeln verschwand. „Aber das hätten die nicht tun sollen, Sir. Sie müssen mit Ihrem Ticket …“

„Nach unten zum Flugschalter, ich weiß.“ Sam beendete den Satz für sie, nahm seinen Koffer, und zerrte ihn durch die ganze Halle zum Aufzug nach unten. „Ich habe meinen Flug verpasst“, sagte er in einer bewunderungswürdigen Ruhe und setzte seinen Koffer auf das Transportband neben dem Schalter. „Ich brauche den nächsten Flug nach Dallas, damit ich noch meinen Anschlussflug nach Seattle …“

„Sam!“

Er drehte sich um und sah, wie Gloria ihm heftig vom anderen Ende der Eingangshalle her zuwinkte.

„Sir?“ Die Stewardess am Schalter bat um seine Aufmerksamkeit. „Wenn Sie mir Ihr Ticket geben, schaue ich nach, wie

Sie Ihren Anschlussflug bekommen können."

Sam schaute von der Stewardess wieder zu Gloria hinüber.

„Sam!", rief sie wieder seinen Namen, und mit einem entschuldigenden Achselzucken zur Stewardess gab er ihr das Ticket und verließ den Schalter. Was machte Gloria bloß am Flughafen? Sie war noch nicht einmal richtig angezogen. Sie trug verblasste Jeans, ein T-Shirt, auf dem stand „Engel nehmen sich leicht", und sie sah etwas zerzaust aus. Ihr Gesicht wurde wie immer von ihren Haaren wie von einer Sonne umrahmt. Sie hatte keine Schuhe an, und trotz ihres Streichs von heute Morgen ging ihm bei ihrem Anblick das Herz auf.

„Was machst du denn hier?", fragte er, während er einen Arm um sie legte und sie sich an die Brust zog. Er gab ihr einen langen Kuss, und als er wieder von ihr ließ, musste er sich noch nicht einmal Mühe geben, nicht böse auszusehen. „Wenn das deine Vorstellung von einem dramatischen Abschied ist, bin ich einverstanden. Aber es ist gut, dass du nicht noch früher gekommen bist."

Sie schaute ihn sehr ernst an, und erst jetzt bemerkte er, wie besorgt sie aussah. „Oh, Sam", flüsterte sie, und ihr Herz rutschte ihr in die Hose und nahm das seine gleich mit.

Allie? Sam konnte ihren Namen noch nicht einmal aussprechen, geschweige denn eine ganze Frage formulieren. Er stand nur da, und die Angst überfiel ihn wie ein wildes Tier.

„Sie ist weg, Sam. Sie war heute Morgen nicht in ihrem Zimmer, und ihr kleiner Koffer ist auch weg, und einer der Hunde auch."

Er musste schlucken. „Hunny?"

„Weg."

„Wo? Wie konnte sie …? Warum sollte sie …?" Aber das Warum kannte er ja. Er musste sich jetzt auf das Wo konzentrieren. „Hast du die Polizei angerufen?"

Gloria schüttelte den Kopf. „Leonard."

„Du hast jemanden angerufen, der Leonard heißt?"

„Natürlich. Er ist der Lehrer der Engellehrlinge."

Sam schüttelte sie. „Hör auf damit, Gloria. Die ‚Schutzengel'-Agentur hilft uns jetzt auch nicht weiter. Wir müssen die Polizei anrufen, damit sie die Nachbarschaft absucht."

„Leonard hat gesagt, ich würde sie hier finden."

„Wie kann er das wissen?"

Gloria ließ einen nicht sehr engelhaften ungeduldigen Blick durch die Halle schweifen. „Er weiß solche Sachen, Sam. Er sagte, ich würde sie bei dir finden. Also muss sie hier irgendwo sein."

Jetzt suchte Sam die Halle mit den Augen ab und versuchte, logisch an die Geschichte heranzugehen, ohne an all die schlimmen Möglichkeiten zu denken, die sich ihm aufdrängten, und ohne auf die Angst zu achten, die ihm das Herz rasen ließ. „Aber was hat sie auf dem Flughafen zu suchen? Bist du sicher, dass sie sich nicht irgendwo im Haus versteckt hat?"

Gloria umklammerte Sams Arm nur noch fester. „Sie ist hier, Sam. Ich weiß nicht, was sie denkt, und ich weiß auch nicht, wo genau sie ist, aber ich weiß, dass sie irgendwo in diesem Gebäude ist. Sie … sie muss es sein."

„Ein fünfjähriges Kind kann unter gar keinen Umständen allein, ohne Begleitung eines Erwachsenen zum …" Sam schaute hinaus auf die vorbeifahrenden Autos. „Sie ist in meinem Auto", sagte er. „Das muss es sein. Sie hat sich im Auto versteckt und ist mit mir hierhergefahren."

Er ging auf die automatischen Türen zu.

„Sam!"

„Sir!"

Die Rufe verhallten ungehört. Gloria, die Stewardess, der Flug nach Seattle … Nichts war mehr wichtig. Er spürte nur noch seine Liebe zu Allison und die Angst um sie, und nur die

Sorge um ihre Sicherheit hinderte ihn daran, sich vor Schmerzen auf dem Fußboden zu krümmen.

Sie musste im Auto sein.

Das war der einzige Gedanke, den er sich erlaubte.

Sie war nicht im Auto.

Noch bevor sie Sam im Parkhaus eingeholt hatte, wusste Gloria, dass er das Auto leer vorfinden würde. Es war ihr noch genug Wahrnehmungsvermögen eines Engels geblieben, um zu sehen, dass der hintere Sitz jetzt leer war. Ihr tat schon jetzt das Herz weh, weil sie wusste, von welcher Verzweiflung Sam gleich gepackt werden würde, wenn er die Tür öffnete und in das Auto sah. Sie wollte ihn trösten und legte ihm die Hand auf den Arm.

„Fass mich jetzt nicht an", sagte er wutschnaubend. „Das ist von Anfang an das Problem gewesen. Du und ich ... anstatt ich und Allie. Du hast dich mit deinen *Wundern* bei uns eingeschmeichelt. Dann kannst du jetzt auch das Wunder hierbei herausfinden!" Er zeigte auf den leeren Kombi und meinte die erschreckende Leere in ihm. „Wo ist sie, Gloria? Was hast du mit meiner Tochter gemacht?"

„Benommenheit" war wohl der richtige Begriff für das, was sie als dumpfes Gefühl in sich wahrnahm. Sie fühlte sich wie benommen und viel zu hilflos, um sich verteidigen zu können. Vielleicht hatte sie ja alles falsch gemacht. Vielleicht hatte sie wirklich alles kaputt gemacht, obwohl sie nur das Beste gewollt hatte. Aber wie hätte sie es denn verhindern können, sich in Sam zu verlieben? Trotz aller Warnungen wusste sie, dass sie auch dann nicht dagegen angekämpft hätte, wenn sie es gekonnt hätte. „Es bringt nichts, mich anzugreifen, Sam. Ich bin auf deiner Seite. Wenn ich wüsste, wo Allie ist, wenn ich auch nur die leiseste Ahnung hätte, dann würde ich es dir sagen."

„Was ist mit deinem Lehrer? Du redest immer von ihm, aber ich habe ihn nie gesehen. Hat er Allie?"

„Er hat nur ihr Bestes im Sinn."

„Ach ja? Und wo ist er jetzt, Gloria? Und wo ist meine Tochter?"

„Ich kann mir nicht vorstellen, dass Leonard ..."

Sam umfasste Glorias Oberarm mit einem festen Griff. „Ich aber, Gloria. Meine Tochter ist verschwunden, und ich mache dich persönlich dafür verantwortlich, wenn ihr etwas passiert. Hast du mich verstanden? Ich werde jeden verklagen. Ich werde dafür sorgen, dass diese lächerliche ‚Schutzengel'-Kindermädchen-Agentur geschlossen wird und von der Bildfläche verschwindet. Und wenn meiner Tochter irgendein Leid zugefügt wird ... werde ich dich und deinen *Engellehrer* in den Weltraum schießen."

„Benommen" war doch nicht das richtige Wort. „Niedergeschmettert" kam schon eher dem nahe, was sie empfand, als sie die Verbitterung in Sams Augen sah. Sie liebte diesen Mann. Sie hatte ihn lange vor ihrer ersten Begegnung schon geliebt, und sie würde ihn auch dann noch lieben, wenn die kurze Zeit ihres gemeinsamen Lebens lange vorbei sein würde. Sie liebte ihn mit jeder Faser ihres Körpers und ihrer Seele. Sie liebte ihn innig und zutiefst verzweifelt.

Nie hätte sie sich vorstellen können, wie weh es tun würde.

„Ich liebe dich, Sam", flüsterte sie. „Und ich liebe Allison."

„In diesem Moment ist mir das ziemlich egal." Er ließ sie los und knallte die Wagentür zu. Seine Angst war zu erschreckend real geworden – sie war wie ein hungriger Löwe, der ihn von innen her auffraß. Und plötzlich wurde Gloria auf sehr menschliche Weise bewusst, dass die Angst ein Teil des menschlichen Lebens war – und der Liebe.

Und dafür war sie bereit, sich zu opfern.

„Ich kann sie finden, Sam, aber du musst mir dabei helfen."

„Nein, Gloria, ich spiele dein kindisches Spiel nicht mehr mit.“ Er drehte sich um, ging ein paar Schritte und blieb wieder stehen. Er vergrub das Gesicht in den Händen, war erschüttert und bewegungsunfähig durch die panische Angst, Allison zu verlieren ... und Gloria zerriss es das Herz.

Es fehlt ihr nichts, Sam. Vertrau mir. Sie ist in Ordnung.

Er hörte sie. Sie wusste, dass die Worte in seinem Geist angekommen waren, denn er richtete sich wieder auf, und sie konnte sehen, wie seine Rückenmuskulatur sich entspannte. Als er jedoch die Arme hängen ließ und sich nach ihr umschaute, sah sie auch das Misstrauen in seinen Augen.

Glaub an mich, Sam. Glaub an Wunder. Glaub nicht nur an das, was du sehen kannst.

Er wollte sich wehren. Auch das las sie in seinen Augen, aber er konnte nicht an zwei Fronten zugleich kämpfen. Angst und Vertrauen verlangten gleichermaßen seine volle Aufmerksamkeit. Er musste sich entscheiden. Aber gleichgültig, was er glauben wollte, gleichgültig, wie schwer es ihm fiel loszulassen, er konnte sich nur für eines entscheiden.

In Ordnung, Gloria. Ich glaube. Ich glaube an Engel. Ich glaube an dich.

Seine Antwort empfand sie wie den süßen Duft eines frisch geschrubbten Cherubs, und sie nahm sie mit der ganzen Freude ihres Engelherzens entgegen. Sie hatte sich für den Himmel entschieden. Sam hatte sich für das Leben entschieden. Die Welt war voller Wunder.

Gloria schloss die Augen und schärfte ihre Sinne, hüllte Sam in ihre grenzenlose Liebe ein, und sandte ihre gemeinsame Liebe zu Allie aus. Und genauso wie an dem Tag auf der Eislaufbahn erlebte sie, wie wunderschön es war zu fliegen.

Sie ist im Gebäude. Gloria schickte Sam die Visionen, die sie hatte. *Neben etwas Rotem. Sie teilt sich gerade ein Eis mit Hunny und dem kleinen Wunna. Und Menschen drum herum lachen und lächeln sie an und kümmern sich um sie ... Schau, Sam. Es ist alles in Ordnung.*

Sam schloss die Augen und holte tief Luft, als er das Bild sah. Er hatte es vor seinem geistigen Auge, und es war klar wie ein wolkenloser Himmel, und genauso heiter. Allison saß oben auf dem Flugschalter, ließ die Beine über mehreren Gepäckstücken hin- und herbaumeln. Eins davon war ihr Koffer für Omabesuche. Mehre Angestellte der Fluggesellschaft standen um sie herum und hatten offensichtlich viel Freude an dem Kind. Jeder schien über das, was die Kleine sagte, zu lachen. Sie hielt ein Eishörnchen in der Hand und erlaubte dem kleinen Hund und Hunny, daran zu lecken. Hände und Gesicht waren von einer orangefarbenen klebrigen Masse verschmiert, und der kleine Hund hörte nicht auf, sich die Lippen zu lecken, um sich dann wieder über das Eis herzumachen.

Seine Tochter war in Sicherheit. Sie wartete auf ihn und schien nicht daran zu zweifeln, dass er bald kommen würde. Das hatte Gloria arrangiert. Das war Sam plötzlich klar. Sie hatte ihm die Angst vor Verlust genommen und sie in Zuversicht umgewandelt, dass die wichtigen Dinge in seinem Leben in Ordnung waren und es immer sein würden.

„Kommst du mit mir?“, fragte er und spürte sofort ihr Bedauern.

Gib ihr einen Kuss von mir.

Sam hielt inne und spürte, wie eine eigenartige Mischung von Gefühlen ihm das Herz zerriss. „Und was ist mit mir, Gloria? Wer küsst mich?“

Das Bild ihrer Antwort kam sehr langsam und verschwommen. Nur ihre Stimme klang klar und rein und wunderschön wie ein neuer Frühlingsmorgen. *Jemand ganz besonderer, Sam. Halte Ausschau nach ihr und vertraue deinem Herzen. Es kann dich auf sanfte Art genau dorthin bringen, wo du hingehörst.*

„Und du, Gloria? Was ist mit dir?“

Ich werde immer in der Nähe sein. Werde wahrscheinlich mit den Cherubim reiten, hier und dort etwas Sternenstaub entfernen, aber nie weit weg sein. Du kannst mir nicht entkommen, Sam. Ich bin dein Schutzengel.

„Du bist ein Wunder“, sagte er im Brustton der Überzeugung.

Ja. Ein Wunder in einem Leben, das voll von Wundern ist.

Sam drehte sich langsam um, hörte ihr Lachen, spürte ihre Liebe und wusste, dass er sie nie wiedersehen würde. Trotzdem wollte er ihr noch einen letzten Blick zuwerfen.

Er war allein … und doch verstand er, dass er nie wirklich allein gewesen war, und es auch nie wieder sein würde. Wer hätte gedacht, dass ihm so etwas passieren würde?

Die Antwort war sofort in seinem Kopf – wie ein Versprechen.

Allison.

„Und dann, Daddy, hat mir Wunna Zwei das Gesicht geleckt, und ich bin aufgewacht. Und dann habe ich gesehen, wie du weggingst, und ich habe geschrieen, aber du bist immer schneller gegangen und ich wollte weinen, aber ich habe nicht geweint. Und dann hat Hunny gesagt, wir müssen uns beeilen, und ich habe Wunna Zwei genommen und Hunny und meinen Koffer, und ich habe die Autotür aufgemacht und wieder zugemacht. Und dann bin ich gerannt und habe überall gesucht, und dann hat Hunny geweint, und dann Wunna Zwei geweint, aber ich habe nicht geweint, Daddy.“ Allison lehnte sich auf dem Arm ihres Vaters zurück, damit sie ihm in die Augen sehen konnte, während er sie aus dem Flughafengebäude hinaus zum Parkhaus trug. „Kann ich mit dir zur Arbeit fahren, Daddy? Ich bin ganz, ganz still, und ich verspreche, ich störe nicht, weil ich immer bei dir sein will, Daddy, für immer und immer …“

„Allison ..." Sam wechselte den Arm, um seine Tochter zu tragen, zusammen mit den zwei Koffern, dem jungen Hund in seiner Jackentasche und dem schlaffen Drachen, der ihm über der Schulter hing. Sie waren noch zwei Reihen von ihrem Kombi entfernt, aber er war so glücklich, dass Allie gesund und munter war und wie eine aufgezogene Puppe plapperte, dass er sie alle bis nach Seattle hätte tragen können. Jedenfalls fühlte er sich so. „Weißt du was, Allison?"

„Was denn?"

„Ich liebe dich."

„Ach, Dad! Das hast du doch schon gesagt."

„Darf ich es nicht noch mal sagen?"

„Doch. Wenn du willst."

„Das will ich. Ich will, dass du weißt, wie wichtig du mir bist und was für Sorgen ich mir gemacht habe, als ich nicht wusste, wo du warst, und wie glücklich ich war, als ich dich gefunden habe."

„Ich habe nur auf dich gewartet, bis du mich findest." Sie drückte ihm einen Kuss auf die Nase. „Hunny hat sich Sorgen gemacht, dass du uns nicht findest, aber ich wusste, dass du kommst, denn du bist der beste Daddy auf der ganzen Welt." Und um ihm das zu beweisen, drückte sie ihn, so fest sie nur konnte.

Sam blieb stehen und setzte das Gepäck ab, damit er sie auch drücken konnte. „Ich werde dich immer finden, Allison. Und wenn du mal Angst hast oder allein bist, dann musst du die Augen zumachen und daran denken, wie sehr ich dich liebe."

„Muss ich dabei die Augen zumachen?"

Sam schüttelte den Kopf und kniff sie liebevoll in die Nase. „Nein, Allie, das musst du nicht."

„Gut, denn sonst schlafe ich wieder ein, und ... Dad?"

„Ja?"

„Ist Gloria zurück in den Himmel gegangen?"

Sam stockte. Er wusste nicht, was er darauf sagen sollte. Wie sollte er etwas erklären, was er selbst nicht verstand. „Ich weiß nicht, Allie. Ich weiß nicht, wo Gloria ist."

Allison schlug ihm auf die Brust „Ich glaube, sie ist da drin. In deinem Herzen."

Einen Moment lang schnürten ihm die Erinnerungen die Kehle zu. *Sei nicht dumm*, hatte Gloria gesagt. *Der Himmel ist viel näher, als du denkst.*

Sam musste kräftig schlucken, bevor er seinerseits die Hand auf Allisons Hand auf seinem Herzen legte. „Ich glaube, du hast recht, Allie." Das war alles, was er sagen konnte. „Ich glaube, du hast recht."

Schau dir die beiden an, Leonard. Hast du je etwas Schöneres gesehen? Sie sind vollkommen. Absolut vollkommen.

Sie sind menschlich.

Das war ich auch …

Du kannst zurückgehen, Gloria. Sag es, und ich schicke dich zurück.

Um etwas zu sein, wofür ich nicht geschaffen wurde? Das wäre nicht richtig. Nicht für sie und auch nicht für mich. Aber es war eine große Versuchung …

Du hast dich richtig entschieden.

Ich weiß, aber … sie werden sich noch nicht einmal mehr an mich erinnern, Leonard. Allison wird weiter an Engel glauben, aber ihre Erinnerung an mich wird mehr und mehr zu einer Fantasie werden. Und Sam wird sich überhaupt nicht mehr an mich erinnern. Für die beiden wird es so sein, als ob ich nie ein Teil ihres Lebens gewesen wäre.

Liebe hinterlässt Spuren, Gloria. Glaub mir, es wird viel bleiben.

Warum hast du mir vorher nicht erzählt, dass ich so sehr an ihnen hängen würde?

Das lernt man besser aus Erfahrung.

Du mogelst, Leonard. Ich wette, das hast du vorher auch nicht gewusst.

Ich wusste es, genauso wie ich wusste, wie du dich entscheiden würdest.

Wie hast du das denn wissen können?

Weil du Flügel hast, Gloria, und du möchtest, dass jeder das Fliegen lernt. Komm mit, ich zeige dir deine nächste Aufgabe …

Du meinst, ich muss nicht zurück zu den Cherubim?

Du bist jetzt ein Engel erster Klasse, Gloria. Es gibt keine Streiche mehr mit den Cherubim.

Hm. Du meinst, ich muss jetzt meine Streiche alleine machen? Nein, Spaß beiseite, Leonard. Lass uns … nein, warte. Ich habe etwas vergessen. Ich muss noch ein Mal kurz zurück. Nur für eine Minute. Ich muss noch ein Wunder machen. Es braucht nur eine Berührung …

Gloria …?

Schscht, Leonard. Nur noch eine Spur. Für Sam …

13. KAPITEL

Allison rannte um die Ecke und fegte durch das Arbeitszimmer – die jungen Hunde immer hinter ihr her. Vor der geschlossenen Terrassentür kam sie rutschend zum Stehen und riss die Augen auf. „Dad, komm schnell! Es ist ein Wunna!"

Sam kam herbei, um sie aufzuziehen, und fragte sich, von wem sie wohl ihre Liebe für dramatische Auftritte geerbt hatte. „Du hast recht", sagte er, „ich sehe fünf Wunnas … nein, sechs …" Aber der Blick auf das farbenprächtige Blütenmeer draußen im Garten verschlug ihm die Sprache. Langsam griff er an Allie vorbei und drehte den Schnappriegel herum. Die Tür ging auf und macht den Weg frei in einen wieder auferstandenen Garten, der in allen Farben erstrahlte und betörend duftete. Wo er auch hinsah, alle Rosenstöcke standen in voller Blüte und zeigten ihre vielfältigen Farbtöne und unterschiedlichen Grünschattierungen.

Allie schob ihre kleine Hand in die von Sam, der sie zärtlich umfasste. „Es ist ein Wunna, nicht, Dad?", flüsterte sie.

Gestern war der Rosengarten noch abgestorben und vertrocknet gewesen, aber heute … Er beugte sich über einen der Rosenstöcke, um am Duft der Blüten zu schnuppern. Auf den Blütenblättern lag frischer Tau, das Laub war dick und frisch gewachsen, und die Zweige waren wieder biegsam und voller Lebenskraft. „Das sieht wirklich wie ein Wunder aus, Allie."

„Es ist eins, Dad. Ich weiß, es ist eins."

Sam legte seiner Tochter die Hand auf die Schulter, und gemeinsam standen sie im Türrahmen und ließen sich schweigend von diesem Wunder verzaubern. „Es ist unglaublich", sagte er schließlich.

Allie sah zu ihm hoch. „Weißt du, was ich glaube, Dad?"

„Was denn, Allie?"

„Wir haben nicht nur einen Schubsengel, sondern auch einen Gartenengel."

Sam schaute sie an und sah den unerschütterlichen Glauben in ihren Augen. Er wusste, dass sie in ihrer kindlichen Unschuld fest an die Engel glaubte, von denen sie so oft sprach. Das war wahrscheinlich ihre Art, mit dem Verlust ihrer Mutter fertig zu werden, und wie konnte er da sagen, dass Engel wahrscheinlich Wichtigeres zu tun hatten? Jemand hatte jedenfalls diesen Garten berührt und ein Wunder hervorgebracht. Und selbst wenn er genau wüsste, wer das war, und warum und wie er es getan hatte, würde er Allison nicht von ihrer Meinung abbringen können. Ein Gartenengel war sowieso eine bessere Erklärung, als die, die er hätte liefern können.

„Glaubst du, er ist noch hier?", fragte er. „Sollen wir mal nachsehen?"

„Dad, du bist dumm. Man kann Engel nicht sehen."

„Warum nicht?"

„Weil man das nicht kann." Sie stemmte eine Hand auf ihre Hüfte und blickte suchend durch den Garten. „Aber manchmal hinterlassen sie Spuren."

Sam war beeindruckt, dass sie so viel über Engel wusste. Er wusste nur, was er darüber gelesen hatte … und natürlich, was in Allisons Lieblingsbuch stand, aus dem er ihr immer vorlesen musste. *Gloria, Engel erster Klasse* hieß das Buch, und er hatte es schon so oft vorgelesen, dass er es auswendig kannte.

Das Telefon klingelte, und Sam zwinkerte Allie zu, bevor er ins Haus ging. „Guten Morgen", antwortete er, und es wurde ihm plötzlich bewusst, dass dies wirklich ein Wunder von einem Morgen war. Mit dem Telefon in der Hand ging er zur Terrassentür zurück und erfreute sich am Anblick des Gartens.

„Sam." Damons Stimme hatte einen unangenehmen Unterton. „Morrison hat gerade das Büro verlassen."

Allie krabbelte auf allen vieren von einem Rosenstock zum

nächsten, schob die Blätter zur Seite und untersuchte den Boden nach Engelsfußspuren ab. Sam lächelte. „Es ist etwas ganz Ungewöhnliches passiert, Damon."

„Ich weiß. Darum rufe ich dich ja an, Sam. Morrison hat die Krankenhausakte mitgenommen. Er sagt, er entzieht dir das Projekt, Sam, und er gibt es Keith Miller."

„Okay", sagte Sam ins Telefon.

„Nun reg dich bitte nicht auf. Ich glaube, ich weiß, wie … Hast du gerade *okay* gesagt?"

Sam musste kichern, als er sah, wie einer der kleinen Welpen Allies nackte Zehen ableckte. „Ich habe mir gedacht, dass Morrison so reagieren würde. Ich bin damit einverstanden. Gestern Morgen wäre ich es vielleicht noch nicht gewesen, aber heute … soll es mir recht sein."

Am anderen Ende der Telefonleitung war bedeutungsvolles Schweigen. „Einen Moment bitte. Ich glaube, ich bin falsch verbunden. Sam, das Krankenhausprojekt ist dein Kind. Du hast seit Monaten über fast nichts anderes mehr gesprochen, und jetzt ist es plötzlich *okay*, wenn Miller es übernimmt?"

Sam verstand es selbst kaum. „Damon, hier ist etwas ganz Ungewöhnliches passiert."

„Das finde ich auch."

„Nein, ich meine nicht das Krankenhaus. Das stört mich wirklich nicht mehr. Natürlich hätte ich das Projekt gerne selbst zum Ende gebracht, aber seit gestern gehört dieses Monument für die Vergangenheit nicht mehr zu meinen Prioritäten. Ich denke da an ein ganz anderes Andenken an Jenny."

Allison rollte über die Erde, während die Hunde um sie herumtollten. Ihr Bellen und Allies Lachen klangen durch das Arbeitszimmer, und er genoss ihre Lebensfreude. Jennys Rosengarten war wieder zum Leben erwacht, und nach diesem langen kalten Winter war das Leben endlich auch wieder in ihn zurückgekehrt.

„Du solltest wirklich herkommen, Damon“, sagte Sam. „Du musst das hier sehen.“

Damon seufzte. Er war ja sehr geduldig aber … „Ich habe die Hunde gesehen, Sam, und auch die Katze. Ich habe die Ziege gesehen, bevor du sie an den Streichelzoo abgegeben hast. Ich habe Allison gesehen, persönlich, auf Bildern und in Videos. Es ist nichts mehr in deinem Haus, was ich mir noch unbedingt anschauen müsste.“

„Du musst dir diesen Garten anschauen.“

„Lass mich raten. Du hast endlich alle toten Pflanzen rausgeschmissen und stattdessen einen Swimmingpool gebaut, wie ich es dir schon so oft vorgeschlagen habe.“

„Du wirst deinen Augen nicht trauen.“

„Gut, ich komme sofort rüber. Kann ich eine Freundin mitbringen?“

Sam zog die Augenbrauen hoch. „Nein, Damon. Allison muss nicht jede Frau kennenlernen, die ein kurzes Gastspiel in deinem Leben gibt.“

„Ich hätte nie gedacht, dass ich so etwas noch einmal sagen würde, aber Meredith … äh ist kein kurzes Gastspiel. Sie wird es wohl länger geben.“

„Jetzt glaube ich, dass ich falsch verbunden bin. Wer ist Meredith?“

Damon räusperte sich. „Nun ja, die Märchenprinzessin von der Junggesellen-Auktion.“

Sam grinste von einem Ohr zum anderen. „Also bekommt der Märchenprinz endlich seinen Lohn? Ich kann nur sagen, du hast ihn wie kein anderer verdient.“

„Was habe ich verdient?“

„Verdauungsstörungen.“

„Ausgerechnet du musst dich über mich lustig machen. Statt die Gelegenheit zu nutzen, eine wirklich nette Frau kennenzulernen, gibst du lieber fünftausend Dollar aus, um einen

Abend mit deiner Tochter zu verbringen."

„Es war für eine gute Sache", sagte Sam und sah dabei zu Allie hinüber. „Wann stellst du uns also deine Märchenprinzessin vor?"

„Wir werden gegen Mittag zu euch kommen, wenn es dir recht ist. Wir wollten sowieso zusammen zu Mittag essen, und da du zu Hause arbeitest, können wir das ja bei dir tun."

„Wir erwarten euch. Wir warten sowieso noch auf eine Bewerberin vom ‚Schutzengel'-Kindermädchen-Dienst. Ich hatte schon gedacht, dass sie uns völlig vergessen haben, nachdem uns Miss Maggard so plötzlich verlassen hatte. Aber letztendlich war es gut so. So konnten Allison und ich uns wieder aneinander gewöhnen, und ich denke immer öfter daran, vielleicht auch in Zukunft eher von zu Hause aus zu arbeiten ... jedenfalls noch ein Jahr lang, bis das Mädel in die Schule kommt."

Damon knurrte. „Darüber will ich jetzt gar nicht reden", sagte er. „Irgendjemand muss sich schließlich um das Büro kümmern."

„Ich weiß ... und es ist gut zu wissen, dass es in den allerbesten Händen ist."

„Äh, nun, da hast du dann aber etwas gut zu machen."

„Ja, Damon, ich weiß." Sam legte auf und ging wieder hinaus zu Allison und den Hunden, aber da läutete die Haustürglocke, und es erklangen einige Takte des „Halleluja-Chorals". Also kehrte er wieder um.

Ein Blick durch das Fenster der Haustür machte ihn skeptisch. Die Frau draußen blickte in die andere Richtung, und er konnte nur die untere Hälfte ihrer wohlgeformten Beine sehen, die in einer abgeschnittenen Jeans steckten, und ein weißes T-Shirt mit irgendeiner Radioreklame auf dem Rücken. Außerdem war sie barfuß. Wenn das Mrs Kleppersons Vorstellung von einem geeigneten Kindermädchen war, dann ...

Sam öffnete die Tür, und die Frau drehte sich herum. Überraschung spiegelte sich in ihren Gesichtszügen. „Sam?", fragte sie mit einer sanften Stimme. „Sam Oliver?"

„Ja." Er war ihr noch nie begegnet. Jedenfalls war er sich da fast sicher – auch wenn sie ihm irgendwie bekannt vorkam. Sam zwang sich, seine Augen von ihrer blonden Lockenpracht abzuwenden und sich die mürrisch dreinblickende Basset-Hündin in ihren Armen anzuschauen.

„Ist das Ihr Hund?", fragte die Frau und hielt ihm Ethel entgegen. „Ich habe sie bei mir hinter dem Haus gefunden, als sie meinen Abfall durchsucht hat, und ich dachte, sie ... nun, man sieht, dass sie Junge hat, und ich dachte, sie wird sicher in der Nachbarschaft wohnen."

„Sie wohnen hier?" Sam hoffte, dass er nicht ganz so dumm aussah, wie er sich bei dieser Frage vorkam. „Ich meine, in der Nachbarschaft?"

„Ja, um die Ecke, auf halbem Weg zur nächsten Kreuzung." Ihr Lächeln war etwas sarkastisch. „Ich mag es nicht, wenn Tiere frei herumlaufen. Es kann ihnen so viel zustoßen, und ich ... Nun, ich bin jedenfalls froh, dass ich Sie gefunden habe. Ich meine, den Besitzer. Ich meine, ich freue mich, dass die Hündin hier wohnt."

Sam nahm Ethel und es durchzuckte ihn, als er dabei zufällig die Hand der blonden Frau berührte. „Danke." Er konnte beim besten Willen nur dieses eine Wort aus seiner trockenen Kehle hervorbringen.

„Nichts zu danken." Sie trat von einem Fuß auf den anderen, als ob sie nicht wusste, ob sie bleiben oder gehen sollte. „Sie erinnern sich nicht an mich, oder?"

Mit größtem Bedauern schüttelte Sam den Kopf. „Ich weiß nicht, wie ich es habe vergessen können. Sie kommen mir ... bekannt vor."

Sie zuckte mit den Schultern. „Ich vermute, ich habe ein Allerweltsgesicht. Die Leuten meinen immer, ich würde sie an jemanden erinnern. Dabei rechne ich eigentlich eher damit, dass irgendjemand mal sagt, dass er meine Stimme wieder erkannt hat." Sie machte eine Pause und erklärte dann: „Ich bin ab und zu im Radio."

„Radio?", fragte Sam neugierig. „Ich höre oft Radio."

„Ich mache das nur selten. Der Moderator ist ein Freund von mir, und er mag es, wenn ich in seiner Sendung über Träume spreche. Das ist zwar keine echte wissenschaftliche Arbeit oder so, aber er sagt, die Zuhörer sind begeistert."

„Moment! Das habe ich schon mal gehört." Sam dachte, dass er sich über einen Architekturpreis auch nicht mehr hätte freuen können. „Vor ein paar Wochen. Das waren Sie?"

Sie presste verlegen lächelnd die Lippen aufeinander und nickte.

„Ich bin beeindruckt." Ethel fing an, sich in seinem Arm zu winden, und Sam setzte sie auf den Boden. Sie hat schöne Beine, dachte er – die Frau, nicht Ethel. „Ich kenne keinen, der …", fast hätte er gesagt, der so schöne Beine hat, „der im Radio ist. Ich meine, Verbindungen zum Radio hat."

„Eigentlich bin ich Psychologin. Das macht sicher einen besseren Eindruck. Denn jeder, der lesen kann, kann sich über Träume unterhalten."

Sam stand immer noch sprachlos da, schaute diese Frau an und wusste nicht, wie er anfangen sollte. „Dann muss ich es geträumt haben, dass wir uns schon mal begegnet sind", sagte er schließlich mit verblüffender Ehrlichkeit. „Das ist die einzige Entschuldigung, die ich dafür anbieten kann, dass ich mich nicht genau erinnere."

Ihr Lächeln strahlte wie der Sonnenschein, und ihr Lachen glitzerte wie Gold. „Wir sind uns nicht begegnet. Wir hatten nur Augenkontakt. Bei der Wohltätigkeitsauktion."

Jetzt wusste er es wieder. „Dritte Reihe, vierter Platz?"

„Ja, das war ich."

„Daran kann ich mich erinnern. Ich hatte gehofft, dass Sie bieten würden, aber da hatte ich schon entschieden, dass Allison gewinnen sollte." Sam machte einen Schritt zurück, zögerte, und dann stürzte er sich ins kalte Wasser. „Möchten Sie auf eine Tasse Kaffee hereinkommen? Wir können uns in den Rosengarten setzen, wenn Sie wollen. Dann sehen Sie auch Ethels Junge. Und Allie. Und … vielleicht können wir uns auch über Träume unterhalten."

„Danke, sehr gern." Sie hielt seinem Blick stand, als sie ins Haus trat – und prompt über Ethel stolperte.

Ganz automatisch fing Sam sie auf, aber Ethel bellte protestierend, und bei seinem Versuch, nicht auf den Hund zu treten, verlor auch er das Gleichgewicht, ging zu Boden – und zog den blonden Engel gleich mit, der auf ihm landete. Als er die Augen öffnete, starrte er in zwei himmelblaue Augen. „Hallo", sagte er. „Ich bin Sam."

„Angenehm, Sam", sagte sie. „Ich heiße … Grace."

Daraufhin mussten sie beide lachen und freuten sich über ihre Bekanntschaft. Als er ihr Lachen hörte, hatte Sam das Gefühl, dass auf eine Weise, die er nicht erklären konnte, sein Herz schon längst mit ihr vertraut war.

Es war, wie Allie immer sagte, ein Wunna.

– ENDE –

MIRA IST ONLINE FÜR SIE!

www.mira-taschenbuch.de

Immer aktuell:
News und **Neuerscheinungen**
direkt auf der Startseite!

Das gesamte
Taschenbuchprogramm
übersichtlich nach Kategorien!

MIRA TASCHENBUCH

Lori Foster

Der Engel in meinem Bett

Wie kann das sein? Früher hat Derek sie eiskalt gelassen, jetzt weckt er in Angel ein heißes Verlangen! Als sei er plötzlich ein ganz anderer Mann. Sie braucht ihn, diesen gefallenen Engel mit dem gefährlichen Geheimnis …

Band-Nr. 95028

8,95 € (D)

ISBN: 978-3-89941-888-0

496 Seiten

Riccarda Blake

Schwingen der Lust

Auf der Suche nach der Schriftstellerin Maggie streift der Engel Azazel durch New York. Denn auch wenn die junge Frau noch nichts ahnt, ist sie dazu ausersehen, das Jüngste Gericht herbeizurufen. Das will Azazel mit allen Mitteln verhindern!

Band-Nr. 95030

8,95 € (D)

ISBN: 978-3-89941-890-3

eBook: 978-3-86278-088-4

384 Seiten

Auch als eBook erhältlich!

Lori Foster
Für Emma & ewig
Band-Nr. 25475
8,95 € (D)
ISBN: 978-3-89941-776-0
304 Seiten

Lori Foster
Ein Traummann kommt selten allein
Band-Nr. 25443
8,95 € (D)
ISBN: 978-3-89941-726-5
512 Seiten

Susan Andersen
Mister Cool und Lady Crazy
Band-Nr. 25543
8,95 € (D)
ISBN: 978-3-89941-886-6
eBook: 978-3-86278-086-0
304 Seiten
Auch als eBook erhältlich!

Susan Andersen
Rosarot in Seattle
Band-Nr. 25493
8,95 € (D)
ISBN: 978-3-89941-804-0
eBook: 978-3-86278-272-7
320 Seiten
Auch als eBook erhältlich!

Kristan Higgins
Meine Brüder, die Liebe und ich
Band-Nr. 25535
8,95 € (D)
ISBN: 978-3-89941-875-0
eBook: 978-3-86278-076-1
416 Seiten
Auch als eBook erhältlich!

Kristan Higgins
Fang des Tages
Band-Nr. 25529
8,95 € (D)
ISBN: 978-3-89941-862-0
eBook: 978-3-86278-062-4
384 Seiten
Auch als eBook erhältlich!

Susan Wiggs
Vertrau deinem Herzen
Band-Nr. 25542
8,95 € (D)
ISBN: 978-3-89941-885-9
eBook: 978-3-86278-084-6
448 Seiten
Auch als eBook erhältlich!

Susan Wiggs
Ein Haus für fünf
Band-Nr. 25495
8,95 € (D)
ISBN: 978-3-89941-806-4
512 Seiten